ein Ullstein Buch

Ullstein Buch Nr. 2938
im Verlag Ullstein GmbH,
Frankfurt/M — Berlin — Wien
Englischer Originaltitel
»How Green Was My Valley«
Übersetzt von Albert Gysin

Ungekürzte Ausgabe

Umschlagentwurf: Heinz Kröhl

Printed in Germany 1973
Gesamtherstellung:
Augsburger Druck- und
Verlagshaus GmbH, Augsburg
ISBN 3 548 02938 8

Richard Llewellyn

So grün war mein Tal

Roman

ein Ullstein Buch

MEINEM VATER
UND DEM LAND
MEINER VÄTER

Erstes Kapitel

Ich packe meine beiden Hemden, mein zweites Paar Socken und meinen Sonntagsanzug in das blaue Kopftuch, das meine Mutter bei der Hausarbeit immer getragen hat, denn ich verlasse das Tal meiner Heimat.

Das Tuch ist viel zu gut, um Sachen hineinzupacken, ich würde es lieber in die Tasche stecken, aber ich habe nichts anderes, was ich dazu nehmen könnte, und der Korb ist bei Frau Tom Harries, drüben über dem Berg. Wenn ich in Tossalls Laden ginge und ihn um eine Pappschachtel bäte, dann wüßte gleich jeder, wozu ich sie brauche, und das will ich nicht. Deshalb nehme ich das alte blaue Tuch, aber wenn ich wieder irgendwo zu Hause bin, will ich es schön waschen und bügeln, ganz sicher.

Ich hatte immer geglaubt, wenn man sich entschließt, von allem wegzugehen, was einem vertraut ist, und in die Fremde zieht, dann muß es einem sehr weh tun. Wenn ich im Garten Rosen abgeschnitten und auf den Friedhof getragen habe, um die Gräber damit zu schmücken, habe ich stets das Gefühl gehabt, es tut den Rosen weh. Ein Mensch muß so etwas noch stärker empfinden, weil es doch von ihm abhängt, wo er sein will.

Aber wenn mir etwas weh getan hat in dieser Stunde, in der ich mich endgültig entschlossen habe wegzuwandern, so war es höchstens meine Schulter; da hat mich nämlich ein Holzspänchen gekratzt, das in mein Hemd geraten ist, als es draußen auf dem Gartenzaun zum Trocknen hing. Vorhin, als ich bei Olwen war, um Abschied zu nehmen, da tat mir wohl plötzlich das Herz weh, aber da ich ihr nicht Lebewohl sagte, und da sie gar nicht weiß, daß ich fortgehe, so war es doch nicht so schlimm, als wenn ich ihr richtig mit Worten Adieu gesagt hätte.

Ich hätte das blaue Tuch vielleicht doch nicht nehmen sollen; immer habe ich Angst, ich könnte es verlieren, oder es könnte ein Riß hineinkommen, und das würde ich mir mein Leben lang nicht verzeihen. Ich erinnere mich gut, schon als ich noch ganz klein war, hat meine Mutter es getragen. Ihr Haar war blond, lockig, so dicht und üppig, daß der Kamm kaum durchging, und immer war es schön anzusehen, sogar als es schon grau wurde. Als mein Vater sie kennenlernte, war sie sechzehn, und er war zwanzig. Seine Eltern waren Bauern; er war in das Tal gekommen, um im Eisenwerk zu arbeiten, und als er eines Abends singend über die Straße ging, sah er meine Mutter, wie sie oben im Haus gerade die Vorhänge vorzog. Er hörte auf zu singen und sah zu ihr hinauf, und sie sah hinunter, weil das Singen so plötzlich aufhörte, nehme ich an. Jedenfalls sahen sie sich an und verliebten sich ineinander.

Wenn ihr das meiner Mutter gesagt hättet, so würde sie euch freilich nur lachend zugerufen haben, ihr solltet machen, daß ihr wegkommt, aber ich weiß doch, daß es so war, denn mein Vater hat es mir erzählt. Sechs Wochen später haben sie geheiratet, im strengsten Winter seit Jahren. Wir haben seither manchen schlimmen Winter gehabt, aber Vater hat immer gesagt, so ein Winter wie der, als er und Mutter heirateten, würde nie mehr kommen. Wenn die Eltern morgens aufwachten, dann fanden sie oft ihren Atem auf der Bettdecke zu dünnem Eis gefroren.

Bequem war das Leben damals nicht. Für die Arbeiter waren noch keine Häuser da, und manches verheiratete Paar mußte in Scheunen und alten Schuppen schlafen, bis die Häuser gebaut waren. Es ist auch viel Geld an Häusern verdient worden in jenen Tagen. Zwanzig Jahre hat Vater Miete für das unsere bezahlt, bis er es endlich kaufen konnte. Ich bin froh darüber, daß er es gekauft hat; sonst hätte Mutter in den letzten Jahren kein Dach über dem Kopf gehabt.

Aber in der alten Zeit wurde das Geld leicht verdient — viel Geld. Und nicht etwa Papiergeld wie heute. Richtige, harte Goldsovereigns, wie mein Großvater sie an der Uhrkette trug. Kleine runde Goldstücke, gelb wie Butterblumen; auf der einen Seite war ein Kopf eingraviert, auf der anderen ein Drache und ein Mann mit einer Stange. Und wenn man sie auf den Tisch warf, dann klang es nach etwas. Es muß ein feines Gefühl gewesen sein, wenn man die Hand in die Tasche stecken und mit zehn oder fünfzehn solchen Dingern klimpern konnte. Das wird freilich nicht mehr kommen, wenigstens nicht, solange ich lebe. Ich möchte nur wissen, ob es dem allerletzten, der eine Tasche voll davon hatte, in den Sinn gekommen ist, daß er der allerletzte war, der mit Goldstücken klimpern konnte.

Daß man heute hundert Meilen in der Stunde fliegt, daran finde ich nichts Besonderes; geradezu lächerlich finde ich es, daß man darüber soviel Geschrei macht. Aber ein Mann mit der Tasche voll Goldstücken, das war etwas Rechtes. Damals hatte die jeder in der Tasche.

Wenn Mutter Samstag mittags bei der Kohlengrube drüben das

laute Pfeifen hörte, dann wußte sie, jetzt ist die Arbeit aus, und die Männer kommen bald nach Hause. Dann stellte sie immer ganz rasch den alten Schemel vor die Haustür, und auf den setzte sie sich und wartete, bis mein Vater und meine Brüder die steile Straße heraufkamen.

In den letzten Jahren stand ich oft vor der Tür und schaute ins Tal hinab, und dann war es mir, als sähe ich die Männer wieder lachend und schwarz vor Kohlenstaub den Hügel heraufkommen. Ein bißchen gebückt pflegten sie zu gehen, denn die Straße ist steil; und zu jener Zeit war sie noch recht holperig.

Die Häuser freilich waren damals schon geradeso wie heute, aus Steinen von den Steinbrüchen gebaut. Eine schwere Arbeit muß es gewesen sein, all diese Steinblöcke auf Karren meilenweit herzuschaffen, denn richtige gute Fahrwege gab es noch nicht; ringsherum war alles Ackerland.

Am Samstagmorgen zogen alle Frauen ihr zweitbestes Kleid an und steifgestärkte Schürzen darüber. Samstag war immer ein besonderer Tag, da brachten die Männer den Lohn heim.

Mittags saß dann überall die Mutter vor der Haustür und wartete auf ihren Mann und die Söhne. Wenn die kamen, warfen sie ihren Lohn, Goldstück für Goldstück, der Frau in die weißglänzende Schürze, einer nach dem andern; zuerst kam der Vater und hintendrein die Söhne und dann die Mieter, wenn es welche gab. Meine Mutter hatte oft vierzig Sovereigns in der Schürze, denn bei uns arbeiteten der Vater und fünf von meinen Brüdern. Die ganze Straße herauf und hinab konnte man die heimkehrenden Männer singen und lachen hören, und dazwischen das Klingeln der Goldstücke. Ja, damals war der Samstag wirklich ein guter Tag.

Dann gingen die Männer sich waschen, im Sommer im Holzschuppen hinter dem Haus, im Winter in der Küche. Mutter füllte große Kübel mit heißem Wasser, und daneben standen Eimer mit warmen und kaltem Wasser zum Abspülen. Wenn sie fertig waren und ihre guten Anzüge angezogen hatten, kamen sie in die Küche zum Mittagessen, und das war samstags immer besonders fein.

Sonntags durfte nicht gekocht werden, außer wenn Vater in die Grube einfahren mußte, um irgend etwas nachzusehen, und selbst dann kochte Mutter nur etwas Einfaches.

Aber der Samstag war immer ein Festtag bei uns; sogar ich kann mich noch gut daran erinnern, obgleich ich damals noch ganz klein war.

Erstens einmal hatten wir Schinken in der Küche hängen, das ganze Jahr, und nicht etwa nur einen, sondern ein ganzes Dutzend nebeneinander. Und für jeden, der zur Tür hereinkam, wurde eine Scheibe davon abgeschnitten, ob es nun ein Bekannter oder ein Fremder war. Jahrelang hatten wir hinten im Hof einen Hühnerstall. Schöne weiße und braune Hennen, und die Eier, die sie legten, hättet ihr sehen sollen. Braune und dunkelgefleckte und manche beinahe rosa, und jedes einzelne so groß wie eine Faust. Ich kann mich noch erinnern, wie ich hineinkroch und über das Stroh krabbelte, und wie so ein Huhn mich angackerte und mit den Flügeln nach mir schlug, und wie ich dann ein Ei herausnahm, noch ganz warm und so groß, daß ich es mit meinen kleinen Händen kaum halten konnte und es an die Brust drücken mußte, wenn ich es Mutter in die Küche brachte. Hühner haben einen merkwürdigen Geruch an sich, der kommt, glaube ich, von ihren Federn, gerade so, wie jeder Mensch seinen eigenen Geruch hat. Noch heute, wenn ich den guten, gesunden Geruch der Hühner in der Nase spüre, dann muß ich an so vieles denken, das gut und schön war und das nicht mehr wiederkommt.

Wenn wir uns am Samstagmittag zum Essen setzten, dann war es schon ein Vergnügen, den Tisch anzusehen. Auf den Schüsseln, die vor Vaters Platz standen, gab es immer einen mächtigen Rindsbraten oder eine Hammelkeule, und daneben stand das Geflügel — gekochtes oder gebratenes —, Huhn, Ente, Truthahn oder Gans, je nach der Jahreszeit. Dazu gab es Kartoffeln, gebraten, in der Schale, und außerdem noch Püree und Wirsingkohl und Karfiol, oder Erbsen und Bohnen, und manchmal, wenn im Garten recht viel wuchs, alle diese Gemüse auf einmal.

Zuerst wurde gebetet; alle standen um den Tisch herum, mich hielt die Mutter auf dem Arm. Der Vater pflegte immer die Hände vor sich auf den Tisch zu legen und die Augen fest zuzumachen. Nur manchmal blinzelte er ein bißchen zu mir herüber, und wenn er dann sah, daß ich die Augen nicht geschlossen hatte, sondern ihn ansah, dann drohte er mit dem Finger; wenn das Gebet zu Ende war, sagte er mir manchmal, mit mir würde es noch einmal ein schlechtes Ende nehmen, aber das sagte er nur im Spaß. Dann hieß ihn Mutter sich um seine eigenen Sachen kümmern und das Kind in Ruhe lassen. Aber wenn ich es heute bedenke, hat mein armer Vater nicht so unrecht damit gehabt.

Wenn wir uns dann hinsetzten — mich hielt Mutter immer noch auf dem Schoß —, dann schöpfte Vater aus dem großen Kessel die Suppe mit Gemüse und einem großen Stück Schinken darin. Jeder bekam einen großen Teller voll. Wie die Suppe roch, das spüre ich heute noch. Lauter gute Sachen waren darin, deshalb roch sie so gut, daß es einem schon davon allein ganz warm im Magen wurde. Es war ein Vergnügen, weil man schon wußte, wie fein sie schmekken würde.

Ja, jetzt spüre ich noch den Duft dieser Suppe, mit den gerade aus der Erde gezogenen frischen Kräutern darin. So friedlich roch sie nach einem Zuhause und glücklichen Menschen. Wenn das Glück einen Geruch hat, so kenne ich ihn gut; in unserer Küche war er immer ganz leise zu spüren, und in den alten Tagen war das ganze Haus voll davon. Nachdem Mutter mit meiner ältesten Schwester die Teller auf den Tisch gestellt hatte, zerlegte Vater die Hühner, oder was gerade zuerst an die Reihe kam. Mutter lief die ganze Zeit zwischen dem Tisch und dem Herd hin und her, um frische Soße zu holen und sie auf die Teller zu gießen; sie kam immer als letzte zum Essen.

»Eßt tüchtig«, pflegte mein Vater zu sagen, »eßt tüchtig, Jungens. Eure Mutter kocht miserabel, aber das macht nichts. Eßt!«

Während des Essens wurde sonst nicht gesprochen, sogar mir sagte man, wenn ich das geringste Geräusch machte, ich solle still sein. Und auf die Art hat man wirklich mehr vom Essen, meine ich. Außerdem habe ich auch nie einen Menschen kennengelernt, dessen Rede mehr wert gewesen wäre als gutes Essen.

Endlich hatte jeder von uns seinen Teller mit dem guten Brot reingeputzt, das Mutter zu schneiden pflegte, wobei sie den mächtigen Vierpfundlaib gegen die Brust drückte. Und dann kam der Pudding, und wenn ihr den Pudding, den meine Mutter machte, gegessen hättet, dann wäret ihr erstaunt gewesen, daß es so etwas Gutes überhaupt gibt. Manchmal gab es statt dessen Torte oder Kompott mit frischer Schlagsahne darauf, aber was es auch war, fein war es immer.

Und dann eine gute Tasse Tee.

Mein Vater rauchte seine Pfeife nie bei Tisch; wenn meine Schwestern anfingen, das Geschirr zu waschen, ging er mit den Brüdern in die Stube nebenan, und zuweilen durfte ich dann auf seinen Knien sitzen.

Wenn Vater und die Jungens in die Stadt gingen, um etwas zu

kaufen, dann mußten sie erst immer warten, bis Mutter das Geld ausgeteilt hatte.

Mutter bewahrte alles Geld in der Blechbüchse auf, die auf dem Wandbrett in der Küche stand. Jeden Samstag kamen Goldstücke dazu, bis die Büchse so schwer war, daß die Jungens aus Spaß sagten, sie müßten Mutter beim Tragen helfen. Und einmal trug Ivor, mein größter Bruder, wirklich die Mutter mitsamt der Sparbüchse in die Stube.

Wenn die Büchse mit dem Geld auf dem Tisch stand, nahm Mutter den Deckel ab, setzte sich hin und sah Vater an.

»Nun, Gwilym?« sagte sie dann wohl mit ihrer tiefen Stimme, die so schön klang.

»Nun ja«, sagte mein Vater dann, nahm die Pfeife aus dem Mund und schneuzte sich. So ging es immer her, wenn über das gewöhnliche Haushaltungsgeld hinaus etwas ausgegeben wurde.

Vater pflegte zu sagen, das Geld sei zum Ausgeben da, genauso wie die Männer ihre Kraft und ihren Verstand hergäben, um es zu verdienen. Aber geradeso wie man mit Vernunft arbeitet, meinte er, so müsse man auch das, was man dafür erhält, vernünftig ausgeben und nicht verschwenden. So wurde denn in unserer Familie, in der außer meiner Mutter, den Schwestern und mir alle verdienten, immer zuerst gut überlegt, ehe man etwas aus der Geldbüchse nahm.

Wenn Vater und die Jungens über den Berg ins andere Tal gingen, um sich ein Fußballmatch anzusehen, so brauchten sie ein paar Schillinge extra, und Vater pflegte dann einen halben Sovereign gerecht zu verteilen. Viel Gelegenheit zum Geldausgeben hatten sie ja nicht.

Sie tranken höchstens einmal ein Glas Bier im Wirtshaus zu den »Drei Glocken« unten am Fuß des Hügels, und dort zahlte Vater jeden zweiten Samstag alles auf einmal. Dann gab es noch zuweilen einen Ausflug mit dem Kirchenchor, und hier und da einmal kam eine berühmte Fußballmannschaft von auswärts. Dann wanderte allerdings sozusagen das ganze Tal, alles was Beine hatte und laufen konnte, in die nahe Stadt. Die meisten sahen das Spiel gar nicht, aber in die Stadt gingen sie alle, und darauf kam es an. Einer, der wirklich dabeigewesen war, erzählte ihnen schon, was es gegeben hatte, und auf dem Heimweg konnten sie dann genauso gut darüber mitreden und sich ereifern wie die andern. War es da nicht ganz egal, ob man das Spiel gesehen hatte oder nicht?

Schon als ich ganz klein war, bekam ich jeden Samstag einen

Penny, und dafür kaufte ich mir gewöhnlich bei Frau Rhys Karamellen. Frau Rhys machte die Karamellen selbst, und manchmal, wenn sie noch nicht hart genug waren, mußte ich mit meinem Penny in der Hand in dem kleinen Laden eine halbe Stunde oder noch länger warten. Dann stand ich da, und der Mund wässerte mir, wenn ich an die Karamellen dachte, und es roch gut nach Kandiszucker und Sahne. An den Karamellen konnte man stundenlang lutschen, und immer schmeckten sie noch nach etwas. Und wenn man sie endlich geschluckt hatte, konnte man mit der Zunge immer eine Stelle im Mund finden, wo sich noch etwas Geschmack versteckt hatte.

Richtiges Geld zum Ausgeben bekam ich zum erstenmal, als Ivor heiratete. Bronwen kam von der anderen Seite des Gebirges; ihr Vater war dort Krämer. Ivor lernte sie kennen, als in dem Dorf drüben ein Sängerfest war; er ging in den Laden, um sich ein paar Eier für seine Stimme zu kaufen. Bronwen bediente ihn, und wahrscheinlich kamen sie dann ins Reden über dieses und jenes; jedenfalls war es aber etwas sehr Interessantes, denn er kam erst, als der Chorwettbewerb längst aus war, und einen schönen Krach machte man ihm da. Einen wunderbaren Tenor hatte Ivor, den hatte er vom Vater, und fein ausgebildet. Da kann man sich denken, daß er damals seinem Chor gefehlt hat.

Dai Ellis, der Fuhrwerksbesitzer, der den Chor im Omnibus hin- und wieder zurückbrachte, erzählte meinem Vater davon. Ivor muß wohl den ganzen weiten Weg über das Gebirge zu Fuß zurückgegangen sein, denn er kam erst eine Stunde ehe Mutter aufstand, um das Frühstück zu kochen, nach Hause. Vater lachte nur.

»Beth«, sagte er zu Mutter, »unsern Ivor werden wir bald verlieren, das wirst du sehen. Er wird der erste sein.«

»Na, es ist ja auch schon Zeit«, sagte Mutter, und durch ihre Worte hindurch spürte man, wie sie innerlich lächelte. »Ich habe mich schon oft gefragt, wie lange es noch dauern wird. Wer ist es denn?«

Aber das wußte damals noch niemand. Und es wagte auch keiner zu fragen, nicht einmal Vater. Er sagte immer, jeder hätte seine eigenen Gedanken und könne es halten wie er wolle, und niemand hätte das Recht, die Nase in anderer Leute Sachen hineinzustecken. Das tat er auch nie.

Den armen Ivor hatte es schlimm erwischt. Tagelang ging er herum, ohne etwas zu essen. Nach der Arbeit badete er, stieg ein Stück den Berg hinauf, legte sich ins Gras und dachte. Wenigstens sagte er mir, als ich einmal zu ihm auf die Wiese ging, daß er gerade beim Denken wäre.

»Stör mich nicht dabei«, sagte er mir dann, »sonst schmeiße ich dich kopfüber in den Bach dort.«

Von da an fuhr er zweimal in der Woche übers Gebirge, ob nun die Sonne schien, ob es regnete oder schneite, und wenn er Dai Ellis' Postwagen verpaßte, dann wanderte er in stockdunkler Nacht die vielen Meilen zurück. Wenn ein Mann wie Ivor so etwas tut, um ein Mädchen ein paar Minuten zu sehen, noch dazu, wenn ihre Eltern im Zimmer sind, dann muß er sie wirklich liebhaben.

Einmal am Samstag nachmittag lief Ivor ununterbrochen in der Stube auf und ab und seufzte dabei, und dazwischen ging er immer wieder zur Haustür und sah hinaus, so daß Vater von dem Getue schon halb verrückt geworden war. Und dann sahen wir auf einmal, wie vor der Tür ein Wägelchen hielt.

Mein Vater stand auf, um zu sehen, wer da komme, und die Brüder standen auch auf. Ivor war schon bei der Türe und führte den Besuch herein.

»Das ist Bronwens Vater«, sagte Ivor, und er war schneeweiß im Gesicht.

»So«, sagte mein Vater darauf. »Freut mich sehr.«

»Mich auch, wirklich.« Bronwens Vater sah uns alle, wie wir da waren, und die ganze Stube dazu mit einem einzigen Blick an.

»Frisch ist's heute.«

Damit war das Schwerste überstanden, und als meine Mutter den Tee fertig hatte, waren die beiden Männer schon wie alte Freunde. Ehe Bronwens Vater am Abend nach Hause fuhr, trank er sich unten in den »Drei Glocken« einen ordentlichen Rausch an. Vater trank auch einen tüchtigen Schluck, aber er wußte immer genau, wieviel er vertragen konnte, und wenn er genug hatte, dann trank er keinen Tropfen mehr.

Vierzehn Tage später fuhren meine Eltern über den Berg, um Bronwens Mutter kennenzulernen.

Aber schon am Samstag vorher war Bronwen selbst bei uns gewesen, und sie war da, ehe die Männer von der Arbeit heimkehrten.

Nie werde ich vergessen, wie es war, als Bronwen die Straße heraufkam, mit einem Korb am Arm.

Sie trug einen Strohhut mit Blumen an der Seite und breiten grünen Bändern, die unter dem Kinn zu einer Schleife gebunden waren und leicht im Wind flatterten. Ein dunkelgrüner Mantel fiel in weiten Falten um ihre Gestalt, und darunter schaute ihr Kleid mit der weißen Schürze hervor, das bis zu den hohen Knopfschuhen reichte. Der Hügel war steil und der Korb groß und schwer, aber Bronwen schien das gar nicht zu spüren, so frisch und munter kam sie daher. Alle Häuser auf unserer Seite schaute sie an, und als sie zu unserem kam und mich unter der Tür stehen und zu ihr hinaufgucken sah, da lächelte sie.

Und dabei wurden ihre Augen so glänzend wie die Regentropfen auf dem Fenstersims, wenn die Sonne herauskommt, und auch ihr roter Mund lächelte und öffnete sich ein wenig, daß man die weißen Zähne sah, und ringsherum waren die grünen Bänder und wehten im Wind.

»Guten Tag, Huw«, rief sie mir zu. Sicher hatte sie mich gleich erkannt, weil mein Bruder von mir gesprochen hatte.

Ich aber wurde so schüchtern, daß ich gar keine Antwort geben konnte. Ich lief ins Haus und versteckte mich hinter dem Bett.

»Was ist denn mit dir los, Huw?« fragte Mutter ganz erstaunt, aber ich verbarg nur mein Gesicht in der Bettdecke.

Und dann hörten wir Bronwen von draußen leise rufen.

Mutter hatte Bronwen noch nie gesehen und auch ihre Stimme noch nie gehört, aber sicher wußte sie gleich, wer es war. Sie legte die Gabel hin, mit der sie das Fleisch im Kochtopf umgedreht hatte, und lief zu dem kleinen Wandspiegel, nahm das alte blaue Tuch vom Kopf und strich sich das Haar glatt.

»Bist du Bronwen?« fragte sie, aber dabei sah sie noch immer in den Spiegel.

»Ja«, antwortete Bronwen, aber so leise, daß man es kaum hören konnte.

»Komm nur herein, Kind«, sagte Mutter und ging Bronwen entgegen. Eine kurze Weile sahen sie einander an, ohne etwas zu sagen; dann küßte meine Mutter sie.

Fünf Minuten später wußte Mutter schon alles, was zu wissen war, und Bronwen wußte auch schon, was für Streiche Ivor gemacht hatte, als er klein war, und was er am liebsten aß, und daß er den Tee nie heiß trank und solche Sachen. So gut unterhielten sie sich miteinander, daß Mutter beinahe vergessen hätte, ihren Schemel vor die Tür zu stellen; wir hörten Vater und die Brüder schon ganz dicht beim Hause singen, als Mutter erst daran dachte, sich vor die Haustür zu setzen. Ganz rasch lief sie jetzt hinaus, und als die

Männer da waren, saß Mutter schon draußen, wie es sich gehörte.

»Hier ist etwas nicht in Ordnung«, meinte Vater. »Noch nie hast du dich verspätet, Mutter.«

Dann sah er Bronwen in der Tür stehen, und da lachte er. »O doch, alles ist in Ordnung, in schönster Ordnung.«

Vater schob mich aus der Küche, aber ich sah gerade noch, wie Ivor, mit Kohlenstaub bedeckt, wie er war, auf Bronwen zuging und sie küßte.

»Das ist noch nichts für dich, kleiner Huw«, sagte Vater, »an dich wird auch einmal die Reihe kommen.«

Und dann kamen meine Schwestern nach Hause, und hinten im Schuppen badeten die Brüder, und das ganze Haus war voll Lärm und Lachen, und in der Küche roch es so gut, daß einem der Magen weh tat vor Hunger.

Von da an kam Bronwen oft an Samstagen, aber ich war immer schüchtern, wenn sie kam. Ich glaube, ich habe mich schon damals in Bronwen verliebt und habe sie von da an geliebt mein ganzes Leben lang. Es klingt vielleicht komisch, daß ein Kind sich verlieben kann, wenn man es so im allgemeinen betrachtet. Aber das Kind von damals bin ich, und niemand weiß etwas davon, nur ich selbst. Ja, ich glaube, an dem Samstag, an dem Bronwen zum erstenmal kam, begann ich, sie zu lieben.

Alles vorbei . . .

Zweites Kapitel

Ivors Hochzeit war wirklich großartig. Beinahe hätte es Streit darüber gegeben, wo die Hochzeit sein sollte. Bronwens Vater wollte unbedingt, daß sie in der Zionskirche drüben im anderen Tal stattfinden solle, aber mein Vater war sicher, daß unser Kirchlein rechtzeitig fertig würde.

Alle Männer hatten seit Monaten dabei geholfen, eine kleine Kirche zu bauen, denn bisher hatten wir in unserem Dorf noch keine eigene gehabt. Während die Männer arbeiteten, tollte ich immer mit den anderen kleinen Jungen zwischen den Steinen und den Gipsfässern herum; fein konnte man da spielen.

Die Kirche sieht ja heute noch genauso aus wie damals an dem Tag, an dem ein Geistlicher aus der Stadt sie einweihte. Lange Zeit hatten wir keinen eigenen Prediger, weil unser Dorf noch zu klein war, so daß die Männer abwechselnd predigten und die Gebete sprachen, aber einen Kirchenchor hatten wir natürlich immer. Ivor und Bronwen wurden in unserer neuen Kirche getraut, wie Vater es gewollt hatte, und nachher ging es hoch her, da hättet ihr dabeisein müssen.

Es war ein schöner Tag, ein Wunder in unserer Gegend. Mein Vater trug seinen alten Zylinder, Mutter hatte ein neues graues Kleid und einen grauen Hut dazu, und alle meine Brüder hatten neue schwarze Anzüge an und trugen steife Hüte auf dem Kopf. Ich hatte für den feierlichen Tag einen neuen schwarzen Überzieher mit einem Samtkragen bekommen. Richtig elegant war ich darin.

Aber Ivor und Bronwen hättet ihr sehen sollen! Ivor hatte auch einen neuen schwarzen Anzug, und mein Vater hatte ihm seine weiße Weste geborgt; fein sah er darin aus mit dem Nelkensträußchen im Knopfloch.

Und Bronwen erst!

Alle staunten darüber, wie schön sie war. Das Kleid, das sie anhatte, sei von der Urgroßmutter, erzählte Bronwens Mutter, und das muß wohl auch wahr gewesen sein, denn die Spitze war zwar aufgefrischt worden, aber einen bräunlichen Ton hatte sie doch, kein Wunder, wo sie so alt war.

Ganz vorne standen meine Mutter und Bronwens Mutter und sie weinten, und gleich dahinter mein Vater und Bronwens Vater, und dann kamen meine erwachsenen Brüder Ianto, Davy und Owen. Ich stand weiter hinten mit meinen Schwestern, meinem Bruder Gwilym, den Onkeln und Tanten. Die Kirche war so voll, daß man keinen Platz hatte, auch nur einen Arm zu heben, und das Liederbuch zu öffnen wäre ganz ausgeschlossen gewesen. Es war gut, daß alle den Text der Kirchenlieder auswendig konnten.

Der Pfarrer hielt eine schöne Predigt. Er gebrauchte manche großartig klingenden englischen Wörter, die ich noch nie gehört hatte, denn wenn die Männer aus unserem Dorf predigten, sprachen sie immer in der eigenen Sprache, wie man sie bei uns in Wales spricht. Ich versuchte, mir ein paar von den fremdklingenden Wörtern zu merken, und fragte meinen Vater später, was sie zu bedeuten hätten. Doch ich muß sie wohl alle durcheinander gebracht haben, denn so sehr mein Vater und ich uns auch bemühten, wir konnten nicht recht klug daraus werden.

Jedenfalls hörten aber in der Kirche alle sehr genau zu; manche beugten sich vor und hielten die Hand ans Ohr, andere wieder schlossen die Augen, aber aufmerksam und andächtig waren sie alle. Und jedesmal, wenn der Prediger Worte sagte, die besonders großartig klangen, ging ein Gemurmel durch die Kirche, und die alten Frauen nickten alle auf einmal, daß es so aussah, wie wenn der Wind über ein Kornfeld weht.

Einmal murmelte ich vor Begeisterung viel zu laut, und natürlich an der falschen Stelle, als alle anderen mäuschenstill dasaßen. Mein Onkel gab mir einen Stoß mit dem Ellbogen, daß ich mit einem Bums gegen die Wand flog. Die ganze Kirche sah sich mißbilligend nach mir um, und ich war so verlegen, daß ich am liebsten in die Erde versunken wäre. Heute noch träume ich zuweilen davon, dann ist mir, als ob ich noch klein wäre und als ob alle diese Leute noch leben würden.

Es ist sehr merkwürdig, so an alte Zeiten zurückzudenken, aber wenn man es recht überlegt, so ist ja sie Vergangenheit nicht von einer Hecke oder einem Zaun eingeschlossen. Man kann in Gedanken zurückwandern und alles, was man will, noch einmal erleben, wenn man sich gut genug erinnert.

Das Fest nach der Trauung werde ich nie vergessen. Ivor und Bronwen fuhren bald weg, in Dai Ellis' bester Kutsche mit dem Schimmel davor, der sonst immer vor den Postwagen gespannt wurde.

Ein großes Zelt war da, in dem gab es die Sachen zum Essen, und ein kleines mit den Getränken. Für die Erwachsenen waren unter den Bäumen bei der Kirche lange Tische aufgestellt, während wir Kinder im Gras saßen und dort unser Essen bekamen.

Das große Zelt war innen prächtig anzusehen; ringsherum an den Wänden standen Tische ganz voll mit guten Dingen zum Essen, und Blumen standen da in Krügen und Eimern, und die Männer und Frauen, die hereinkamen, um sich das Ihre zu holen, hatten alle ihre besten Kleider an.

Bronwens Vater, der auch Bäcker war, hatte die ganze Nacht gebacken, und ihr hättet sehen sollen, was er da alles hergebracht hatte! Torten gab es da, so schwer, daß einer allein sie gar nicht heben konnte, und obendrauf waren sie so schön mit Zucker verziert, daß es einem leid tat, wenn sie zerschnitten wurden. Der Hochzeitskuchen stand draußen unter den Bäumen; rund und weiß und hoch war er, und Bronwens Vater hatte ihn ganz allein gemacht, mit Hufeisen und Ivor und Bronwens Namen und dem Datum darauf, alles kunstvoll aus kleinen silbernen Kügelchen geformt.

Und dann hatten natürlich auch alle Leute aus dem Dorf und von den Bauernhäusern ringsumher und die Freunde von Bronwens Familie, kurz und gut alle etwas besonders Leckeres mitgebracht, denn jeder wußte, daß die anderen genau hinschauen würden, was er gebracht hatte. Und wie nun alles auf den Tischen stand, da sah es aus, als ob es nie aufgegessen werden könnte.

Aber als Mutter nun in die Hände klatschte und den Gästen zurief, sie sollten nur ordentlich zugreifen, da wäret ihr erstaunt gewesen, wie rasch alles verschwunden war. Wenn ich und mein Freund Cedric Griffiths nicht hinten die Zeltwand aufgehoben hätten und hineingekrochen wären, dann würden wir am Ende leer ausgegangen sein. Ihr dürft nun nicht etwa glauben, daß die Leute sich hastig den Mund vollgestopft hätten, um nur ja recht viel zu bekommen, aber alle hatten so viel zu tun mit Reden und Essen, und die erwachsenen Mädchen mußten so viele kleine Kinder füttern, daß wir selbst für uns sorgen mußten. Denn, seht ihr, Cedric und ich waren schon zu groß, um von den Mädchen gefüttert zu werden, und noch nicht groß genug, um bei den anderen Jungens zu sitzen. Aber unter dem langen Tisch im Zelt kamen wir wahrhaft nicht zu kurz. Da hockten wir und sahen die Frauen an uns vorbeigehen, aber nur ihre Schuhe sahen wir und den Saum ihrer Kleider; alles andere verdeckte das Tischtuch. Wenn wir alles aufgegessen hatten und wieder etwas haben wollten, dann krabbelten wir heraus und nahmen uns, was uns am besten schmeckte. Cedric nahm sich Pudding oder Creme, ich hingegen Kuchen oder ein Törtchen.

»Es ist aber dumm von dir, Huw«, flüsterte mir Cedric unter dem Tisch zu, »daß du trockenen Kuchen ißt, wenn du feinen weichen Pudding haben kannst.«

Ich glaube, so hat er es sein ganzes Leben gehalten, denn es ist ihm immer sehr gut gegangen. Das letzte Mal, als ich von ihm hörte, hatte er eine Pension in einem Badeort an der Küste und verdiente viel Geld.

Später, als es ans Wettlaufen ging, da mußten wir beide freilich dafür büßen, daß wir uns so vollgegessen hatten. Meine Brüder hatten mich schon überall gesucht, weil sie wollten, daß ich im Rennen der kleinen Jungen mitliefe, und so sehr ich auch brüllte und mich wehrte, ich mußte mitlaufen. Ich wollte nicht vor so vielen Leuten beim Rennen besiegt werden, aber schließlich startete ich doch, weil Davy drohte, er werde mir vor den Mädchen die Hosen herunterlassen und mir den Hintern vollhauen.

Wenn Davy etwas versprach, so pflegte er es auch zu halten. Deshalb lief ich denn auch wirklich mit einem Dutzend anderer Buben um die Wette. Ich gewann das Rennen, und dann wurde mir schlecht.

Davy glaubte schon, ich würde sterben, und wirklich war mir so schwindlig, daß ich fortwährend umfiel, bis mir Dr. Richards ein Pulver und ein Glas kaltes Wasser gab; da war ich gleich wieder kuriert. Davy und Ianto gaben mir jeder sechs Pence, und Vater sogar einen Schilling, weil ich den Wettlauf gewonnen hatte. Aber Mutter rief mich ins Zelt und nahm mir das Geld wieder ab, um es in die allgemeine Büchse zu tun. Dafür gab sie mir drei Pence, die dürfe ich ausgeben, und rückte mir einen Stuhl an den Tisch, und da aß ich noch mehr Kuchen und noch mehr Pudding.

Am Abend saßen wir alle auf Pferdedecken im Gras und sangen Kirchen- und Volkslieder, und für die besten Sänger wurden Preise ausgesetzt. Ob ihr es glaubt oder nicht, wieder bekam ich den ersten Preis für die beste Stimme unter den kleinen Jungen. Wie sich mein Vater da freute! Ich werde nie vergessen, wie stolz er mich ansah, als man mir den Preis überreichte, wieder Pudding und wieder Kuchen.

Singen war für meinen Vater das Schönste im Leben. Von diesem Tag an nannte er mich immer den Familiensolisten. Später auf dem Heimweg hielt er meine Hand ganz fest.

Es ist sonderbar, wie einem alles wieder einfällt, wenn man erst einmal anfängt, sich zu erinnern. Freilich geraten die Erinnerungen leicht durcheinander, und zuweilen weiß man dann nicht mehr recht, wie alles zusammenhängt.

Ianto heiratete etwas später ein Mädchen, das in unserem Dorf bei Verwandten zu Besuch war. Ich habe sie nur selten gesehen, denn ihr Vater schlug Ianto vor, zu ihm zu ziehen und mit ihm zu arbeiten, und das tat mein Bruder auch. Die Hochzeit war in dem andern Dorf. Ich hatte damals gerade Mumps, deshalb wurde ich nicht mitgenommen, aber als Vater und Mutter zurückkamen, sagten sie, Ianto täte ihnen leid. Es seien nicht die richtigen Leute, meinte Mutter, und wir haben dann von Ianto auch jahrelang nichts gehört.

Mutter sehnte sich nach ihm, aber das half nun nichts mehr.

Davy war der Gescheiteste in der Familie. Er wollte Arzt werden, aber Dr. Richards meinte, er sei schon zu alt, um mit dem Studieren anzufangen. Immer, wenn es in der Grube einen Unfall gab, war Davy gleich mit der Verbandschachtel da, und wenn im Dorf etwas passierte, so ließ man ihn gleich kommen. Er ließ sich nie etwas dafür bezahlen, höchstens so viel, wie ihn Verbandzeug und Salbe selber kosteten, und in der ganzen Umgebung machte er sich beliebt dadurch.

Um die Zeit, als ich zum erstenmal in die Schule ging, fing Davy an, mißmutig und launisch zu werden. Bald hörte ich auf, ihn zu fragen, wieviel drei mal drei oder sonst etwas wäre, weil er mir doch keine Antwort gab. Eines Abends fragte ihn Vater nach dem Essen, was mit ihm los sei.

Es dauerte lange, bis Davy antwortete. So lange dauerte es, daß ich schon fürchtete, mein Vater würde mich zu Bett schicken, ehe die Antwort kam. Vater hielt streng darauf, daß ich um acht im Bett lag. »Vater«, sagte Davy endlich und sah dabei in seine leere Teetasse, »ich bin gar nicht glücklich.«

»Das höre ich ungern, Sohn.«

Da Vater nichts weiter mehr sagte, fragte nun auch Mutter. »Was ist denn nicht in Ordnung, Davy?«

»Vieles«, antwortete Davy. »Und doch merkt niemand etwas davon. Und wenn er es merkt, so tut er nichts dagegen.«

»Laß hören, was du auf dem Herzen hast«, sagte jetzt wieder Vater, »und wenn ich dir helfen kann, werde ich es tun.«

»Nein, Vater«, sagte Davy darauf, »es ist nichts, bei dem du mir helfen kannst. Es ist etwas, das uns alle angeht. Nächste Woche werden unsere Löhne gekürzt. Warum? — frage ich. Gerade soviel Kohle wie vergangenes Jahr wird gefördert, sogar noch mehr. Warum sollten die Löhne gekürzt werden? Und dann stellt das Eisenwerk den Betrieb hier ein und verlegt ihn nach Dowlais. In Middlesbrough werden Arbeiter gesucht. Nun frage ich, gehen die entlassenen Arbeiter vom Eisenwerk nach Dowlais oder Middlesbrough, oder werden sie hier bei der Kohlengrube Arbeit suchen?« Davy sah meinen Vater ernst und fragend an, und der Schatten seines Haares, das lang war und ihm in die Stirne fiel, machte seine Augen dunkel.

»Wahrscheinlich werden sie dorthin gehen, wo sie Arbeit finden«, meinte Vater und paffte heftig an seiner Pfeife, wie immer, wenn ihm etwas Sorgen machte.

»Zur Kohlengrube werden sie gehen«, fuhr Davy fort, »und die Grube hat schon jetzt mehr Arbeiter, als sie brauchen kann. Die jungen Owains mußten schon hinüber ins andere Tal gehen, um Arbeit zu suchen. Wenn die keine Beschäftigung mehr finden, wo doch ihr Vater und ihre Onkel seit Jahren hier gearbeitet haben, welche Aussichten sollen dann die Neuen haben? Ich werde dir sagen, was geschehen wird.« Davy ging zum Wandbrett und klopfte auf die Geldbüchse. »Das Ding hier wird bald so leer sein wie meine Pfeife.«

»Unsinn, Sohn!« Vater warf einen raschen, besorgten Blick auf Mutter. »So weit wird es nie kommen, solange es Kohle gibt.«

»Das werden wir ja sehen«, sprach Davy eigensinnig weiter. »Wenn die entlassenen Eisenarbeiter Tag für Tag zur Grube kommen, um Arbeit zu suchen, so wird es bald ein paar von ihnen einfallen, daß sie auch billiger arbeiten können, und der Direktor wird sicher nichts dagegen haben. Glaube mir, Vater, du wirst bald sehen, daß die älteren Leute und die mit höheren Löhnen hinausgeworfen werden. Und du wirst auch einer von ihnen sein, wenn du dich nicht vorsiehst.«

»Du redest dummes Zeug, Davy.« Vater lachte kurz auf. »Geh, Mutter, gib uns eine gute Tasse Tee. Und du«, rief er, als er mich noch immer in der Ecke sitzen sah, »marsch ins Bett!«

Es kam so, wie Davy es vorausgesagt hatte. Die entlassenen Leute vom Eisenwerk arbeiteten um einen Lohn, der kaum höher war als der, den die ganz jungen Burschen bekamen. Manche von ihnen erklärten sich sogar bereit, die Förderwagen zu ziehen, vor die sonst Ponys gespannt wurden. Eine Menge von den älteren und besser bezahlten Leuten wurde entlassen. Manchen gab man überhaupt keinen Grund an, anderen sagte man, sie seien schon zu alt und könnten nicht mehr so gut arbeiten. Aber das war purer Unsinn, denn Dai Griffiths, der auch darunter war, kannte man im ganzen Tal als einen der besten Arbeiter.

Vater hatte seit einiger Zeit nicht in der Grube, sondern über Tag als Kontrolleur gearbeitet. Wenn die Kohle heraufkam, mußte er notieren, wieviel die Wagen enthielten, und je nachdem, wieviel Kohle ein Mann gefördert hatte, wurde er bezahlt. So war Vater sozusagen eine Respektsperson, und wenn die Leute untereinander Streit hatten, so kamen sie meistens zu ihm, damit er ihre Streitigkeiten schlichte.

Eines Abends kam Vater von einer Versammlung in den »Drei Glocken« zurück und sah recht finster drein. Davy saß beim Tisch und las, während ich hinten in der Ecke saß und auf einem Stück

Papier herumkritzelte.

»Davy«, sagte Vater gleich, »wir werden streiken.«

»So, Vater!« Davy war sehr ruhig. »Hast du schon darüber nachgedacht, was du tun wirst, wenn du entlassen wirst?«

»Ich werde nicht entlassen«, rief Vater ärgerlich. »Dafür streiken wir ja. Ordentliche Löhne und keine Bedingungen, die für uns nicht annehmbar sind.«

Wieder blickte Davy auf die Geldbüchse und lächelte dabei. Das machte meinen Vater nur noch böser, aber er beherrschte sich.

Er fragte nur: »Weshalb bist du zu Hause geblieben, statt zur Versammlung zu kommen?«

»Weil ich zuerst wissen wollte, was beschlossen wird«, sagte mein Bruder darauf. »Jetzt, wo ich es weiß, kann ich etwas unternehmen. Zunächst einmal, Vater, mußt du dich von der Sache fernhalten. Überlaß mir das Reden.«

»Nein, das tue ich nicht! Die anderen haben mich beauftragt, für sie bei der Direktion zu sprechen, und das werde ich auch.«

»Dann werden wir, Gwilym und Owen und ich, dafür sorgen müssen, daß wir etwas zu essen haben. Dir wird es gerade so gehen wie Dai Griffiths und den anderen, Vater.«

»Das werden wir erst sehen«, brummte mein Vater.

Auch diesmal behielt Davy recht.

Vater und zwei andere Männer gingen zum Direktor, aber bald kamen sie still und niedergeschlagen zurück. Man müsse streiken, erklärten sie, etwas anderes bleibe ihnen nicht übrig.

Da streikten sie also.

Fünf Wochen dauerte der Streik das erste Mal, und zwei Tage, nachdem die Leute wieder eingefahren waren, wurde ein Dutzend von ihnen entlassen, und Vater war auch darunter. Da legten die Kohlenhauer wieder die Arbeit nieder.

Diesmal streikten sie zweiundzwanzig Wochen.

Ringsumher im Tale wurde in den Gruben gearbeitet, und in den anderen Dörfern schien sich niemand darum zu kümmern, was bei uns vorging. So ging es immer weiter bis in den Winter hinein. Dann kamen Herren aus der Stadt herein, und einer aus London kam auch mit, und Vater sprach ganz allein mit ihnen.

Um diese Zeit spürten wir es schon alle ordentlich, daß kein Geld mehr ins Haus kam. Zu essen gab es nicht mehr soviel wie früher, und die kleinste Geldmünze wurde dreimal umgedreht, ehe man sie ausgab. Wären die Frauen in besseren Zeiten nicht so sparsam gewesen, so wäre es schlimm um uns gestanden. Nun aber gingen in den meisten Häusern die Ersparnisse zu Ende, und Mutter griff oft in unsere Geldbüchse, um Frauen zu helfen, die viele kleine Kinder hatten, und manchmal noch solche unterwegs. Die arme Frau Morris unten bei der Kirche, die vierzehn hatte und keines davon älter als zwölf, mußte von Haus zu Haus gehen, um Essen zu erbetteln, und ihr Mann schämte sich so darüber, daß er sich in den Förderschacht stürzte.

Nachdem Vater mit den Herren aus der Stadt gesprochen hatte, kam er ruhig, wenn auch recht bekümmert, zurück. Mutter fragte ihn nicht viel.

»Der Streik ist aus, Beth«, erklärte er. »Aber die Löhne werden gekürzt. Sie bekommen für die Kohle nicht mehr dieselben Preise wie früher, sagten mir die Herren, deshalb könnten sie auch nicht mehr die alten Löhne zahlen. Das müssen wir eben einsehen.«

»Hast du deine Stelle wieder, Gwilym?« fragte Mutter.

»Ja, Kind«, nickte Vater, aber es kam mir vor, als sähe er Mutter recht sonderbar dabei an.

Am nächsten Morgen fuhren die Männer wieder ein, und ihr hättet sehen sollen, wie sie die Straße zum Bergwerk hinuntergingen.

Kalt war es, und ganz früh am Morgen; der Mond war noch nicht untergegangen. Die Straße und die Dächer waren weiß und hart gefroren, und in allen Häusern waren die Fenster beleuchtet und warfen einen gelben Lichtschein auf die Straße.

Und immer, wenn eine Tür sich öffnete und die Männer herauskamen, traten die Frauen und Kinder mit vor die Tür und sahen ihnen nach, wie sie die Straße hinuntergingen. Mein Vater war einer von den ersten, und sobald die Leute ihn sahen, fingen sie an »Hoch!« zu rufen, denn alle hielten sie ihn für den Retter des Dorfes. Aber Vater war kein eitler Mann, und er sah es gar nicht gerne, wenn man Geschichten mit ihm machte. So winkte er ihnen denn auch jetzt zu, sie sollten ruhig sein, und fing an zu singen.

Als die Leute seine Stimme hörten, fielen sie ein, zuerst die Tenöre und die Buben mit ihren Altstimmen, dann die Baritone und Bässe, und endlich die Frauen und Kinder, die gerade vor den Häusern standen. Und nun öffneten sich überall die Türen, in einem Haus nach dem anderen, und Männer und Frauen und Kinder kamen heraus, bis die Straße ganz voll war.

Ich blickte zum weiten nachtblauen Himmel hinauf, und dann

auf die glitzernden weißen Dächer, auf die Straße mit den vielen dunklen Gestalten grüßender und winkender Männer zwischen Gruppen von Frauen mit den Kleinen an den Rockschößen, alle überströmt von gelbem Lampenlicht. Über all den froststarren Gesichtern lag Hoffnung, in allen Augen glänzte sie, und hundertfach verstärkt strömte sie voll und reich als frommes Lied zum Himmel empor, und das Herz wurde mir eng in der Brust.

Und von überall ringsumher im ganzen Tal klang das Lied wider, und in den Bauernhäusern an den dunklen Berghängen wurde ein Licht nach dem anderen angezündet, und unten bei der Kohlengrube schwenkten die Männer ihre Laternen, hunderte winzige Fünkchen, im Takt der Musik.

Alle sangen, denn seht, es war wieder Friede im Tal.

Drittes Kapitel

Bei Frau Tom Jenkins, die in einem kleinen Haus ein wenig abseits vom Dorfe wohnte, ging ich zur Schule. Tom, ihrem Mann, der im Eisenwerk gearbeitet hatte, war vor Jahren ein schrecklicher Unfall zugestoßen; er hatte sich an geschmolzenem Eisen verbrannt, und nun mußte er den ganzen Tag im Rollstuhl sitzen. Seine Frau gab den Kindern des Dorfes Schulunterricht, um sich und ihren Mann zu ernähren. Sie hatte zwei kleine Töchter, die während der Unterrichtsstunden auf Stühlen bei der Wandtafel zu sitzen pflegten, getrennt von den zahlenden Schülern. Tom hatte immer Schmerzen, so kam es, daß der Unterricht oft unterbrochen wurde, weil Frau Jenkins rasch hinauslaufen und nachsehen mußte, ob ihr Mann etwas brauche.

Wir lernten rechnen, lesen und schreiben, ein bißchen Geschichte und die Namen von Städten und Flüssen, und wo sie sich befanden. Frau Tom Jenkins war aus Caernarvon, wo ihr Vater Buchhändler gewesen war, und da war sie natürlich sehr gebildet. Sie gab uns mehr, als wir eigentlich für die vier Pence, die unsere Eltern in der Woche bezahlten, verlangen konnten, das muß ich schon sagen. Bei ihr lernte ich erst richtig denken, wenn ich das auch erst später, als ich in die Arbeit ging, wirklich begriff. Aus all den anderen Knaben und Mädchen, die mit mir zusammen in Frau Jenkins's Schule gingen, ist auch etwas Rechtes geworden.

Wir pflegten in ihrer guten Stube auf Schemeln zu sitzen; unsere

Schiefertafeln hielten wir vor uns auf den Knien.

Frau Tom, so nannte man sie allgemein, stand vor uns und schrieb mit Kreide an die Tafel, die mit vier Nägeln an der Wand befestigt war.

Wenn wir morgens kamen, mußten wir zuerst unsere Hüte und Mäntel hübsch ordentlich aufhängen; dann gingen wir in die Schulstube und mußten ihr und den kleinen Mädchen höflich guten Morgen sagen. Und dann rückten die Buben für die Mädchen die Schemel zurecht, und die Mädchen brachten die Tafeln und die Griffel für die Knaben herbei.

Wenn alles bereit war, sangen wir stehend ein frommes Lied; dann sprach Frau Tom ein kurzes Gebet, in dem sie auf uns alle den Segen des Himmels herabflehte und den lieben Gott bat, uns die Kraft und den Willen zu verleihen, zum Wohle der Menschheit zu leben und zu lernen.

Was ein Mensch war, wußte ich, aber unter dem Worte »Menschheit« konnte ich mir, soviel ich auch darüber nachdachte, gar nichts Rechtes vorstellen.

So nahm ich mir denn eines Tages ein Herz und fragte: »Bitte, Frau Jenkins, was ist das — ›Menschheit‹?«

»Menschheit, das sind wir alle zusammen«, antwortete Frau Tom, »du und ich und Tom und überhaupt alle Menschen in der ganzen Welt. Das ist die Menschheit, Huw.«

»Schönen Dank, Frau Jenkins«, sagte ich darauf, »aber wie kommt es dann, daß Sie uns jeden Morgen ermahnen, der Menschheit zu helfen?«

»Weil ich möchte, daß ihr nicht nur an euch selbst und eure Angehörigen denkt, sondern auch an alle anderen Menschen, die in der Welt leben. Wir sind alle gleich, jeder von uns braucht Hilfe, und der Menschheit kann immer wieder nur die Menschheit helfen.«

»Aber, wenn uns nur die Menschheit helfen kann, warum beten wir dann zum lieben Gott?« fragte ich, denn mein Vater pflegte immer zu sagen, der Mensch könne nur auf Gottes Hilfe bauen.

Was Frau Tom mir da gesagt hatte, war etwas ganz Neues.

»Darauf kann dir nur Gott selbst Antwort geben, Huw«, sagte sie und blickte dabei auf ihren Mann. Und ganz leise, kaum hörbar, fügte sie hinzu: »Wenn es einen Gott gibt.« Daß ich es doch gehört hatte, wußte Frau Tom freilich nicht.

Tom war das glühende geschmolzene Eisen über den Kopf und die Schultern geflossen. Er war blind geworden, seine Nase war ganz weggebrannt, sein Mund war nur noch ein Loch mit ganz schwarzen Zähnen darin, und sein Kopf war kahl und rotverbrannt. Er war um die Zeit, als ich zum erstenmal in die Schule ging, vielleicht dreißig Jahre alt, und Vater hatte mir gesagt, Tom sei ein ordentlicher, bei allen beliebter Mann gewesen und der beste Tenor im ganzen Tal. Jetzt konnte er nur noch unverständliche Worte lallen, und ich weiß nicht sicher, ob er Frau Tom und seine kleinen Töchter überhaupt noch erkannte. Wenn ich es jetzt so recht überlege, so kann ich es Frau Tom nicht übelnehmen, daß sie damals vor sich hinmurmelte, sie wisse nicht, ob es einen Gott gäbe.

Um jene Zeit, glaube ich, habe ich angefangen, selbständig zu denken. Vielleicht ist es mir deshalb im Leben nicht gut gegangen. Nicht, daß ich mit dem, was aus mir geworden ist, unzufrieden wäre; ich meine nur, wenn ich nicht immer versucht hätte, auf meine Art zu denken und auf meine Art den Dingen auf den Grund zu gehen, so wäre ich nach Ansicht der anderen Leute ein glücklicherer Mensch geworden; und man hätte vielleicht mehr von mir gehalten.

Aber was die Leute Glück nennen, das ist wohl gar nicht so viel wert. Das Glück muß von innen kommen, sonst bildet man es sich nur ein. Und die Achtung der Mitmenschen nützt einem nichts, wenn man nicht weiß, daß man sie wirklich verdient. Wenn einer Erfolg im Leben hat, dann wird er geachtet, ganz gleichgültig, wie er dazu gekommen ist. Wer kein reines Gewissen hat, der kann nicht glücklich sein, mag er in den Augen der Menschen auch noch soviel gelten.

Freilich, wenn ich mich jetzt in dieser kahlen Stube umsehe, so sind solche Gedanken nur ein geringer Trost. Man sollte meinen, es müsse auf irgendeine Art möglich sein, als anständiger Mensch zu denken und zu handeln und es doch im Leben zu etwas zu bringen.

Mein Vater ist zeit seines Lebens ehrlich und gerecht gewesen, aber hier auf Erden hat ihm das wenig eingebracht und meiner Mutter auch nicht. Ich sage das alles nicht, weil Bitterkeit in mir ist. Ich sage, was ich denke.

Zum erstenmal habe ich meinen Vater als Menschen, nicht nur als einen Mann, der mein Vater war, an dem Tage gesehen, als die Grubenarbeiter nach dem Streik die Arbeit wiederaufnahmen.

Am Mittag dieses Tages kam ich gerade aus der Schule; mit den anderen Buben lief ich durch den Winterregen, der kalt und grau war und stach wie Nadeln. Über die aufgeweichte Straße und durch Pfützen platschten wir; die kahlen Hecken schüttelten sich, wenn die schweren Regentropfen sie trafen; unsere Füße waren wie gefroren, wenn uns das Wasser eiskalt von oben in die Schuhe lief.

Als ich an die Stelle kam, wo der Weg zur Kohlengrube abzweigt, konnte ich kaum mehr atmen, so eng und steif klebte mir das nasse Zeug an der Brust. Hinter der niedrigen Hecke sah ich die Grube, den Hängeboden und das Maschinenhaus, und davor, ganz nahe bei mir, war der Platz, wo die Aufseher standen, um die geförderte Kohle zu kontrollieren.

Jeder von ihnen hatte sein eigenes Häuschen, in das er sich stellen konnte, wenn es kalt war oder regnete, und solange ich mich erinnern kann, standen dort immer drei solcher Häuschen, für jeden Aufseher eines, und das von meinem Vater war das grüne in der Mitte.

Während die anderen Buben weiterliefen, blieb ich stehen und starrte auf die Lücke, die mit einemmal zwischen dem Häuschen zur Rechten und dem zur Linken klaffte. Mein Vater stand im Regen, kontrollierte die ankommenden Förderwagen und machte Notizen in sein Büchlein, das er unter seinem geöffneten triefendnassen Mantel vor dem Regen zu schützen suchte. In einer Pfütze stand er, und die nassen Haare klebten ihm an der Stirne.

Das Häuschen, das meinem Vater Schutz geboten hatte, war nicht mehr da.

Ob er von seiner Arbeit aufschaute, weil er meinen Blick auf sich fühlte, weiß ich nicht, aber als er mich sah, nahm er den Bleistift aus dem Mund und deutete mit dem Finger, als ob er mir damit sagen wollte, ich dürfe der Mutter nichts erzählen, und dann winkte er mir zu, ich solle nach Hause laufen, ohne mich aufzuhalten.

Als ich dann am Abend im Bett lag, wachte ich plötzlich auf, hörte meinen Vater mit Davy sprechen und meine Mutter weinen.

»Ihr werdet nichts erreichen, wenn ihr nicht zum Kampf entschlossen seid«, rief Davy erregt. »Glaubst du, ich werde ruhig zusehen und keine Hand rühren, wenn man meinen Vater aus Bosheit zwingt, im Regen zu stehen wie ein Hund?«

»Kümmere dich um deine eigenen Sachen«, hörte ich Vater sagen. »Ich erlaube nicht, daß du diesen Fall zum Anlaß nimmst, wieder mit deinem politischen Unsinn anzufangen. Damit will ich nichts zu tun haben. Ich kann schon auf mich selbst aufpassen.«

»Ja, das kannst du, und dabei ersaufen wie eine Ratte«, rief

Davy bitter.

»Schweig, Sohn, ich will kein Wort mehr darüber hören!«

»Aber, Vater, was willst du denn dagegen tun? Wenn es anfängt zu schneien, wirst du dir den Tod holen. Nur wenn wir alle zusammenstehen, können wir etwas unternehmen. Es nützt nichts, wenn in einer Grube allein gestreikt wird; in allen Gruben gleichzeitig muß die Arbeit niedergelegt werden.«

»Und sogar wenn ich mir den Tod hole, darf das kein Grund für einen Streik werden«, sagte Vater jetzt. »Ich will nicht, daß Leute Not leiden, weil ich in der Kälte stehe.«

»Aber so nimm doch Vernunft an, Vater! Wenn die Herren sich so etwas gegen unseren Wortführer herausnehmen«, ereiferte sich Davy, »wie werden sie es dann erst mit den anderen treiben?«

»Abwarten!« sagte Vater. »Genug geredet darüber. Geh lieber schlafen.«

Mein Bruder Gwilym lag in dem Bett neben mir, und an seinem Atem spürte ich, daß er wach war und lauschte.

»Gwil«, flüsterte ich, »was will Davy denn unternehmen?«

»Sei still, Huw«, flüsterte Gwilym zurück. »Willst du, daß Vater mit dem Riemen kommt und dich durchwichst?«

»Sag mir nur rasch, was Davy will!« wisperte ich so leise, daß nur ein Mäuschen oder Gwilym es hören konnte.

»Gegen die verdammten Engländer will er losgehen.«

Mir lief es eiskalt über den Rücken, als ich das hörte.

Gwilym war damals erst vierzehn und hatte gerade angefangen, als Kohlenhauer zu arbeiten; vorher hatte er schon fast ein Jahr die Ponys in der Grube geführt. Er war der Stillste unter uns Brüdern, und nun auf einmal sagte er so etwas Schreckliches!

Gleich darauf ging Davy zu Bett, deshalb konnten wir nicht weitersprechen. Er schlief mit mir in einem Bett; als er die Kerze hinstellte, sah ich, daß er finster dreinstarrte und daß sein Gesicht totenblaß und mit Schweiß bedeckt war. Ich bekam Angst und schloß die Augen; lange lag ich so da und zitterte; dann muß ich wohl eingeschlafen sein.

Ivor und Bronwen hatten ihr eigenes Haus, das ganz nahe bei unserem lag. Deshalb kam Bronwen oft zu meiner Mutter, aber Mutter ging nur zu ihrer Schwiegertochter, wenn sie dazu aufgefordert wurde. Samstags kamen Ivor und Bronwen zu uns zum Mittagessen, aber an den Sonntagen fuhren sie meist über den Berg, um Bronwens Eltern zu besuchen.

Ivor nahm sich das, was man meinem Vater angetan hatte, geradeso zu Herzen wie Davy, aber er schwieg darüber, und das konnte oder wollte Davy nicht. Ivor sagte zu meinem Vater, wenn Davy nicht achtgebe, würde er bald als Rebell verschrien sein und auf die schwarze Liste kommen, aber Vater meinte, es hätte keinen Zweck, zu versuchen, ihn davon abzubringen. Der Junge sei nun einmal so.

»Ich habe schon ein paarmal versucht, ihm den Kopf zurechtzusetzen«, erklärte Ivor ärgerlich. »Aber er läßt sich ja nicht einmal herbei, ein paar Minuten mit mir zu sprechen.«

Den Grund dafür hätte ich ihm sagen können, denn ich hatte gehört, wie Davy ihn einen unentschlossenen Patron genannt hatte. Verheiratete Leute seien zu nichts zu gebrauchen, hatte er gemeint, weil sie immer um ihre Familie zittern.

»Davy ist für den Sozialismus«, erklärte Vater. »Er möchte, daß sich alle organisieren, alle Arbeiter auf der Welt, sagt er.«

»Ein netter Unsinn«, meinte Ivor kopfschüttelnd. »Wenn er gesagt hätte, alle Grubenarbeiter, das könnte ich noch verstehen.«

Aber da mischte sich auf einmal mein Bruder Gwilym ein. »Du kannst sagen, was du willst, Ivor Morgan — eines weiß ich: Davy hat mehr Verstand in der großen Zehe als ihr anderen alle zusammen im Kopf.«

Wie überrascht mein Vater war, als er das hörte, und wie sich Ivor ärgerte! Vater war aufgesprungen, um den Lederriemen zu holen, aber Gwilym war schon aus dem Hause und lief schnell wie der Wind die Straße hinunter, ehe Vater nur bei dem Nagel war, an dem der Riemen hing.

»Der Junge wird einmal ein zweiter Davy werden«, murrte Vater. »In unserer Familie wird's bald Krach geben, das sehe ich schon. Ein Nest voll Wespen habe ich mir da großgezogen.«

Vater sah zufällig in meine Richtung. Wenn ich auch der Jüngste war, so gehörte ich doch auch dazu, und wenn ich auch wußte, daß es unrecht war, so sagte ich trotzdem: »Ich will auch ein Sozialist sein, wenn du dadurch nicht mehr im Regen zu stehen brauchst, Vater.«

»Mach schleunigst, daß du hinauskommst, Junge, sonst kriegst du ein paar«, fuhr mich Vater an, aber an seinen Augen sah ich, daß er mir gar nicht böse war; deshalb ging ich zwar aus dem Zimmer, aber ich eilte mich nicht zu sehr.

Zu Bronwen ging ich. Ich war jetzt gar nicht mehr schüchtern, wenn ich bei ihr war. Sie hatte eine Art, einen anzusehen, als ob sie lächelte, aber genaugenommen tat sie das gar nicht, und deshalb wußte man nie, ob man nun auch lächeln oder sie nur ansehen sollte. Kurz nachdem sie Ivor geheiratet hatte, fing sie an, mich »Alter« zu nennen, und immer, wenn ich zu ihr kam, unterbrach sie ihre Arbeit und sah mich auf ihre Art an, bis ich in Ivors großem Stuhl saß.

»Und was bringt der Alte diesmal Neues?« pflegte sie dann zu fragen. Und dann sagte ich ihr, was es Neues gab, wenn es nämlich etwas gab. Sonst saß ich nur da und sagte gar nichts. An jenem Nachmittag sagte ich nichts, bis sie mir eine Tasse Tee gemacht hatte.

Dann sagte ich es ihr. »Davy geht gegen die Engländer los.«

»Erzähle mir doch keine Märchen, Junge«, lachte sie.

»Doch, das tut er. Von Gwilym habe ich es gehört.«

»Gwilym ist zu jung, um Verstand zu haben.«

»Aber Davy hat Verstand«, rief ich entschieden. »Und um den handelt es sich ja.«

»Und was wird der Alte dabei tun?« fragte Bronwen.

»Ich kämpfe mit. Ich werde denen schon zeigen, meinen Vater im Regen stehenzulassen.«

Bronwen legte mir so rasch und heftig die Arme um den Hals, daß sie den Tee umschüttete, aber sie schien sich gar nichts daraus zu machen, daß die Tasse zerbrochen war.

»Gut gesprochen, Huw«, sagte sie mit blitzenden Augen. »Kämpfe nur, das ist recht. Dazu sind die Männer und die Frauen da. Die Männer, um zu kämpfen, die Frauen, um ihnen zur Seite zu stehen.«

»Bist du eine Rebellin, Bronwen?« erkundigte ich mich.

»Wenn das eine Rebellin sein heißt — ja, dann bin ich eine.«

»Das ist fein. Jetzt, wo ich das weiß, bin ich erst ein richtiger Rebell. Aber was wird Davy nun eigentlich unternehmen? Niemand will mir das sagen — sag du es mir, Bron!«

Bronwen fing an, die Scherben der Teetasse aufzulesen, und mit einemmal sah sie sehr ernst aus.

»Du bist noch zu klein für solche Sachen, Huw«, sagte sie. »Lauf rasch und sag Ivor, er solle herkommen.«

Aber da fragte ich sie noch einmal dasselbe; ich ärgerte mich darüber, daß sie, die doch nur eine Frau war, es wußte, und ich, ein Junge, wußte es nicht. Es ist komisch, was kleine Buben manchmal für Ideen haben.

»Nun, Alter, wenn du es denn wissen willst, Davy will auf seine eigene Art versuchen, daß es besser in der Welt wird. Das ist alles, was ich weiß; damit mußt du dich zufriedengeben. Und jetzt geh Ivor holen, ja?«

Viertes Kapitel

Ich fragte nun auch Vater wegen Davy.

»Warum willst du es wissen, Sohn?« gab Vater zurück.

»Alle meine Brüder wissen es, Vater, und da möchte ich es auch wissen, damit ich ihnen helfen kann.«

»Kümmere dich um deine Sachen«, sagte Vater, »du hast zu rechnen und deine anderen Schulaufgaben zu machen. Mach die ordentlich und damit basta. Laß dir das gesagt sein.«

Es tat mir immer sehr leid, wenn ich gegen Vater ungehorsam war. Ich konnte ihm dann nie richtig in die Augen sehen und dachte auch an den Lederriemen.

Aber diesmal ging es nicht anders, und schließlich erfuhr ich die Wahrheit so, wie kleine Jungen das, was die Großen ihnen nicht sagen wollen, meistens erfahren, nämlich durch andere kleine Jungen. Mervyn Ellis, der Sohn von Dai Ellis, dem Fuhrwerksbesitzer, war damals einer meiner besten Freunde, und das ist er bis vor einer Woche gewesen. Zu dem ging ich am nächsten Tag, als ich aus der Schule kam, und sagte ihm, es gäbe eine Verschwörung oder so etwas, und mein Bruder sei der Anführer. Es klang alles sehr großartig und gefährlich, das muß ich schon sagen, und ich erinnere mich, daß meine Unterlippe allerlei Faxen machte, als ich Mervyn das sagte. Ganz steif wurde die Lippe, und statt natürlich zu sprechen, verzog sich mein Mund nach allen Richtungen, als sei er stolz darüber, etwas so Großes zu berichten. Ich selbst aber kam mir eigentlich etwas dumm vor, weil ich nicht einmal meinen eigenen Mund in der Gewalt hatte.

»Ich weiß, Huw, ich weiß«, sagte Mervyn darauf. »Heute abend ist oben auf dem Berg eine Versammlung.«

»Wer versammelt sich?« fragte ich.

»Davy und die Arbeiter natürlich«, sagte Mervyn von oben herab. »Du bist ein dummer Junge, Huw. Dein eigener Bruder ist dabei, und du weißt nichts davon!«

Und dann berichtete er mir von all den anderen Versammlungen, die in den letzten Monaten stattgefunden hatten und zu denen auch die Männer aus den Tälern ringsumher gekommen waren. Eine Gewerkschaft würden sie bilden, erklärte Mervyn, obwohl er nicht die geringste Ahnung hatte, was das war. So beschlossen wir denn, am Abend auf den Berg hinaufzugehen und alles zu sehen, was es da zu sehen gäbe.

Nun wußte ich auch, warum Gwilym jetzt immer so spät zu Bett ging, kurz ehe Davy kam, und warum er nicht zur Tür hereinkam, sondern auf den angebauten Schuppen stieg und dann durch das kleine Fenster herein. Daß er das tat, hatte ich schon lange bemerkt, denn der plötzliche Luftzug weckte mich öfters auf. Gesagt hatte ich freilich nie etwas davon. Ich wollte Gwilym nicht verklatschen; er hatte auch so schon oft genug Krach, und wenn mein Vater gewußt hätte, daß er abends spät durch das Fenster hereinkroch, hätte es etwas Schönes gegeben.

An jenem Abend ging ich, nachdem ich zuerst Mutter und dann Vater einen Gutenachtkuß gegeben hatte, mit der Kerze in die Schlafstube hinauf, ging zu meinem Bett und kroch ganz angezogen unter die Decke.

»Bist du im Bett, Huw?« rief Mutter nach einer Weile aus der Küche herauf.

»Ja, Mutter«, antwortete ich.

»Brav, Junge! Kerze auslöschen!«

Ich blies die Kerze aus, lag ganz still da und blickte auf das bläuliche Viereck, dort, wo das Fenster war. Jetzt, da der große Augenblick gekommen war, hatte ich nicht gerade Angst, aber mein Herz schlug so laut, daß ich fürchtete, man müsse es unten hören. Es ist merkwürdig, wie laut ganz schwache Geräusche werden, wenn man im Dunkeln ist und etwas Verbotenes tut.

Als ich mich aufrichtete, krachte das alte Bett so laut, daß ich ihm am liebsten gesagt hätte, es solle still sein; aber endlich, immer nur ein ganz kleines Stückchen auf einmal war ich doch herausgekrochen.

Dann der Fußboden.

Jede Diele brummte und ächzte einzeln, als ich so behutsam wie möglich den Fuß darauf setzte, und auch der Teppich seufzte bei jedem Schritt, den ich zum Fenster hin machte, unzufrieden auf.

Das Fenster zu öffnen dauerte Jahre, qualvolle Jahre, so kam es mir vor. Ich hielt den Atem an, als ich es unendlich vorsichtig hinaufzuschieben begann, immer auf dem Sprung, beim geringsten Geräusch wieder ins Bett zurückzuhuschen. Ganz, ganz langsam hob sich das Fenster, es quietschte schrecklich dabei, und je größer die Öffnung wurde, desto kälter blies es herein, desto mehr Angst bekam ich, bis ich am liebsten meine Missetat laut hinausgebrüllt hätte; ohne mit der Wimper zu zucken, hätte ich in diesem Augenblick Prügel über mich ergehen lassen, wenn nur schon alles vorbeigewesen wäre.

Aber endlich war der Fensterspalt doch groß genug, mich durchzulassen, und jetzt kam erst das Schlimmste. Das Dach des angebauten Schuppen neigte sich steil zur Regenrinne hinab, und nun hätte ich eigentlich aus Gummi sein müssen. Zuerst streckte ich ein Bein in die Kälte hinaus und suchte auf dem gefrorenen Fenstersims einen Halt, dann mußte ich meinen ganzen Körper in die Höhe ziehen, um das zweite Bein durchzubekommen. Meine Knie und mein Kinn gerieten in unmittelbare Nachbarschaft. Eine Weile meinte ich, ich müsse die ganze Nacht dort steckenbleiben; der eine Fuß, den ich schon draußen hatte, rutschte auf den nassen Ziegeln ununterbrochen aus, und das ging nicht ohne Lärm ab.

Als ich hörte, wie mein Vater unten in der Küche seinen Stuhl zurückschob, gelang es mir mit einemmal, durch das Fenster hinauszurutschen, wie, weiß ich bis heute nicht; wahrscheinlich wurde ich vor lauter Schreck kleiner. Jedenfalls rutschte ich eine Sekunde später über die geneigte Fläche der Dachrinne zu; von dort aus ging es längs der Wand des Schuppens zwei Meter tief senkrecht zur Erde hinab.

Ob ich hinabsprang oder an der Regenröhre hinabkletterte, weiß ich nicht, aber gleich darauf war ich unten, und nun, da es überstanden war, schalt ich mich einen lächerlichen Angsthasen. Während ich durch die Dunkelheit dem Hause des Fuhrwerksbesitzers zulief, fielen mir Vaters Worte ein, daß viele Leute die Gewohnheit hätten, schon zu brüllen, ehe ihnen etwas passiert sei; und als ich mich nun durch den Zaun, der Dai Ellis' Haus umgab, zwängte, verachtete ich mich so tief, daß ich zu den größten Heldentaten bereit gewesen wäre, nur um mir zu beweisen, daß ich kein Feigling war.

Aber schon verließ mich mein neugewonnener Mut wieder, denn gerade in diesem Augenblick öffnete sich die Stalltür, und Dai Ellis, der bei einem kranken Pferd gewacht hatte, kam heraus. Wie angewurzelt blieb ich stehen, als ich den Mann im Lichtschein der geöffneten Stalltür vor mir stehen sah. Glücklicherweise ging Dai Ellis gleich wieder hinein, sonst hätte mein Abenteuer ein vorzeitiges Ende genommen. Nun kroch ich um das Haus herum zum Schweinestall, bei dem ich meinen Freund Mervyn treffen sollte. Er war auch wirklich da und hatte, wie ich zu meiner Genugtuung feststellte, ebensoviel Angst wie ich.

Aber da wir uns gegenseitig voreinander schämten, taten wir, als mache uns die Sache riesigen Spaß, und wir malten uns aus, wie wir am nächsten Morgen den anderen Jungen gegenüber mit unserer Heldentat prahlen würden; und die kleinen Mädchen würden uns sicher bewundernd ansehen, wie kleine Mädchen es zu tun pflegen, wenn ein Junge etwas Besonderes vollbracht hat.

Wir kletterten über die Steinmauer, die zum Flüßchen hinabführte, und überquerten das Wasser auf den Trittsteinen, die eine Art kleine Brücke bildeten. Dabei mußten wir freilich sehr vorsichtig sein, denn es war dunkel und wir konnten die Steine nur sehen, weil das dahinströmende Wasser jeden von ihnen mit einem kleinen Schaumbärtchen umgeben hatte.

Auf der anderen Seite des Flusses angelangt, rannten wir durch den Wald den Berg hinauf. Wir rannten, bis wir ganz außer Atem waren. Hier draußen mußten wir unausgesetzt an die Hexen denken, die in den Höhlen hausten, und wenn ich auch mit Mervyn nicht darüber sprach, und er nicht mit mir, so fürchtete er sich doch sicherlich gerade so sehr wie ich, denn ich ertappte ihn mehrmals dabei, wie er sich ängstlich umsah.

Als der Wald zu Ende war, wurde uns leichter zumute, denn der Mond gab ein wenig Licht, wenn mich auch beim Licht des Mondes immer ein wenig gruselte. Noch heute finde ich nichts unheimlicher als diesen fahlen Schein, der alles einhüllt, der das Weiße aufglänzen und alles andere graublau oder schwarz erscheinen läßt. Sogar das Gras wird grau, und das Gesicht eines Jungen sieht aus wie ein Totenkopf — schwarze Schatten auf den Wangen und unter den Augen, die glitzern wie silberne Punkte.

Wir waren so beschäftigt damit, uns zu fürchten, daß wir beinahe vergaßen, weshalb wir hier heraufgekommen waren, bis wir vor uns die Baumäste im Laternenschein aufleuchten sahen.

Wir hielten im Laufen inne, schlichen zu einer nahen Hecke und kauerten uns hinter ihr nieder, um festzutellen, ob jemand uns gesehen habe. Und dann hörten wir jenseits der Hecke ein Gemurmel leiser Stimmen.

Wir richteten uns auf, liefen die Hecke entlang, bis wir ein paar Steine fanden. Auf die stiegen wir und blickten hinüber. Und da sahen wir auf einer Wiese eine Menge Männer stehen, hunderte mochten es gewesen sein; reihenweise standen sie da in ihren Mänteln, die Mützen ins Gesicht gezogen, und alle hörten sie Davy zu.

Mein Bruder stand auf einem Felsblock, und wenn ich von dem, was er sprach, auch kaum etwas hören konnte, so sagten mir die Bewegungen seiner Hände doch, wie seine Stimme klang und beinahe, was er sprach, und ich wußte, ohne hinzusehen, wie sein Gesicht in diesem Augenblick aussah. Und der Ausdruck seines Gesichtes machte mir mehr Angst, als ob ich ertappt worden wäre. Ich gab Mervyn einen leichten Stoß und sprang hinab.

»Komm«, flüsterte ich ihm zu, »gehen wir fort von hier ... rasch.«

»Noch nicht, Huw«, sagte Mervyn, »ich will erst hören, was sie vorhaben.«

»Bleib hier, wenn du willst«, wisperte ich, »ich mache, daß ich fortkomme.«

Ich lief davon, und es dauerte nicht lange, da kam Mervyn hinter mir hergelaufen. Wir rannten den Abhang noch viel schneller hinab, als wir ihn emporgestiegen waren; wir kümmerten uns nicht mehr um den Mond und die Hexen, und bald hatten wir den Fluß erreicht. Mervyn ließ ich beim Schweinestall zurück, bei dem ich ihn getroffen hatte, und lief, so schnell ich konnte, unserem Hause zu. Erst als ich wieder unter meinem Fenster stand, fiel mir ein, daß ich nicht wieder hineinkommen konnte.

Ich hatte vergessen, daß eine zwei Meter glatte Wand zu erklettern war, ehe ich die Dachtraufe und damit das Fenster erreichen konnte.

Ich wollte gerade anfangen zu weinen, als mir die Regentonne einfiel. Sie war viel größer als ich und stand unter der Speiröhre neben der Küchentür. Mit vieler Mühe schob und drehte ich die Tonne bis zu einer Stelle, von der aus ich zum Fenster hinaufklettern konnte. Und was für einen Lärm das alte Faß dabei machte.

Zuerst kratzte es kreischend über die Steine, dann begann das Wasser darin zu plätschern und über den Rand zu spritzen. Und endlich rutschte mir die schwere Tonne einen Augenblick aus den Händen, neigte sich und stellte sich mit einem mächtigen Krach wieder auf, wobei aufs neue Wasser laut herausplatschte.

Und als ich sie endlich dort hatte, wo ich sie haben wollte, und mich anschickte, auf ihren Rand zu steigen, glitt ich an dem nassen klebrigen Moos aus und plumpste so geräuschvoll in die mit Wasser gefüllte Tonne hinein, daß die Hühner aufwachten und so laut zu gackern begannen, daß mir angst und bange wurde.

Ein paar Minuten muß ich klatschnaß bis zu den Knien in dem eiskalten Wasser gestanden sein. Als ich bemerkte, daß offenbar niemand wach geworden war, machte ich freilich so rasch wie möglich, daß ich aus dem Faß, das nach Moos und modriger Erde roch, herauskam.

Der Wind blies grimmig, und durchfroren und naß, wie ich war, griff ich zähneklappernd nach der Regenrinne und zog mich hinauf. Als meine Hände endlich den Fenstersims spürten, ruhte ich mich einen Augenblick lang aufatmend aus, steckte dann meine Beine durch die Fensteröffnung und kroch behutsam in die Stube. Als ich gerade wieder sicher auf dem Teppich stand, zündete Vater die Kerze an. »Wo bist du gewesen, Sohn?« fragte er.

Vor Angst wurde mir noch kälter, als mir schon gewesen war. Die Zunge steckte mir wie ein Stück Eis im Munde, und wenn ihr das Gesicht meines Vaters gesehen hättet, so hättet ihr das verstanden. Vater war nicht groß oder sonderlich kräftig, aber gut gebaut, und den Kopf trug er immer hoch. Sein Kopf schien mir immer das Größte und Breiteste an ihm zu sein. Seine Augen waren grau, aber manchmal, wenn er lachte, sahen sie beinahe blau aus. Er hatte eine kleine Nase, und quer über den Nasenrücken lief eine Narbe, die von herabfallenden Kohlen herrührte, und einen guten, lieben Zug um den Mund hatte er. Er trug einen langen Schnurrbart, der, ebenso wie sein Haar, dunkel, beinahe schwarz, aber jetzt schon ein wenig angegraut war. Die Augenbrauen jedoch traten tiefschwarz aus dem blassen Gesicht hervor.

Nun aber im Schein der Kerze waren seine Augen beinahe weiß, funkelnd wie Edelsteine, und sie blickten so ernst und streng, daß ich am liebsten gestorben wäre.

»Wo bist du gewesen?« fragte er wieder und beschattete seine Augen mit der Hand. Er war noch angekleidet und setzte sich nun auf mein Bett.

»Oben auf dem Berg, Vater«, antwortete ich, aber wie ich die Worte herausbekam, ist mir bis heute ein Rätsel geblieben.

»Habe ich dir nicht gesagt, du sollst dich um deine eigenen Sachen kümmern?«

»Ja, Vater.«

»Verlangst du wohl von deiner Mutter, daß die den Dreck von deinen Kleidern putzt?«

»Nein, Vater.«

»Geh hinunter und mach dich sauber, und zwar schleunigst«, gebot Vater.

Wie ein Wiesel schoß ich zur Tür hinaus, auf dem ganzen Fußboden nasse Spuren hinterlassend. Ich erwartete, eine mächtige Ohrfeige zu bekommen, aber nichts dergleichen geschah.

Das Feuer in der Küche ging nachts nie aus, so daß ich keine Mühe hatte, meine Kleider zu trocknen. Aber meine Schuhe zu putzen, das war eine andere Sache. Lange rieb und bürstete ich an ihnen herum, nackt vor dem Feuer stehend. Dabei wußte ich, daß mein Vater noch immer oben saß, und dachte die ganze Zeit darüber nach, welche Strafe meiner wartete, was Mutter am Morgen sagen würde, und ob Gwilym wohl zurückkäme, ehe ich ihm ein Warnzeichen geben konnte.

Als ich wieder oben in der Schlafstube war, trug ich meine trokkenen Kleider und meine geputzten Schuhe in der Hand, um sie meinem Vater zu zeigen. Stück für Stück prüfte er bedächtig; dann nickte er. »Sieh nur«, sagte er, als er fertig war, und wies auf die Pfützen am Boden. »Sieh nur, Huw, wieviel Mühe Mutter haben wird, das alles morgen früh aufzuwischen. Geh und hole ein Tuch.«

So ging ich denn wieder hinunter, kam mit einem Tuch herauf und rieb alle Wasserlachen trocken. Sorgsam sah ich mich um, ob ich nicht etwa eine nasse Stelle übersehen hätte, und all die Zeit über wußte ich, daß die grauen Augen meines Vaters auf mir ruhten. Es ist merkwürdig, um wieviel sorgfältiger man eine Arbeit verrichtet, wenn man etwas auf dem Gewissen hat, beinahe so, als sähe man in dem besonderen Fleiß eine Art Buße.

»Komm her, Huw«, sagte Vater endlich.

Ich legte das Tuch weg, stellte mich vor ihn hin und senkte den Kopf.

»Warum bist du auf den Berg gegangen, wo ich es dir doch verboten habe?« fragte Vater, und zu meiner Überraschung klang seine Stimme ganz wie sonst und nicht ein bißchen zornig.

»Ich wollte Davy helfen, Vater«, sagte ich leise.

»Davy helfen? Und an die arme Mutter dachtest du gar nicht? Was hätte sie gemacht, wenn dir etwas zugestoßen wäre? Hast du darüber gar nicht nachgedacht?«

»Nein, Vater.«

»Denke in Zukunft daran, Sohn! So, jetzt geh zu Bett und schlafe. Und merk dir, von diesem Unsinn will ich nichts mehr hören.«

»Ja, Vater«, sagte ich.

Mein Vater hob mich ins Bett, breitete die Decke über mich und strich mir über den Kopf. »Du wirst bald ein Mann sein, Huw«, sagte er, »und dann wirst du genug Sorgen haben. Mehr als genug, Sohn. Mehr sogar, als wir jetzt haben. Sei bis dahin ein braver Junge und denk an deine Mutter. Der mußt du helfen. Gute Nacht, Sohn. Gott schütze dich.«

»Gute Nacht, Vater.«

So froh war ich darüber, daß er gegangen war, ehe Gwilym durch das Fenster gekrochen kam. Und dann schlief ich gleich ein.

Und wenn ich heute an jene Nacht zurückdenke, so höre ich wieder die Stimme meines Vaters, genau wie er damals gesprochen hat, so traurig und sanft, als wisse und verstünde er alles.

Fünftes Kapitel

Als ich am nächsten Tage mittags nach Hause kam, schien mir Mutter, die sonst fast immer heiter und guter Dinge war, seltsam still und bekümmert. Von Gwilym erfuhr ich, daß es am Morgen eine Auseinandersetzung zwischen Vater und Davy gegeben und daß Davy das Haus verlassen habe. Er sei zu Frau Beynon gezogen, die weiter unten an der Straße wohnte und schon vier Mieter hatte, lauter Freunde von Davy.

Meine Mutter sprach kein Wort über die Sache, aber wie nahe es ihr ging, zeigte sich am nächsten Samstag, als Davy kam, um ihr seinen Beitrag für die Geldbüchse zu bringen und wie früher mit uns zu Mittag zu essen. Sie bemühte sich, nicht zu weinen, aber als Davy kam und sie küßte, liefen ihr doch ein paar Tränen die Wangen hinab. Davy und Vater taten, als sei nichts geschehen, und sprachen ruhig miteinander, wie sie es gewohnt waren. Owen war es, der das Unheil heraufbeschwor.

Owen war damals ein sehr ruhiger Bursche. Er sprach selten mit jemandem; stundenlang pflegte er dazusitzen und zu lesen oder draußen im Schuppen mit allerlei Geräten herumzuhantieren. Über mich ärgerte er sich oft, weil ich Werkzeuge wegschleppte oder seine Bücher nahm und das Lesezeichen, das er hineingelegt hatte, verlor. So kam es allmählich dazu, daß er mich beim Ohr nahm, sobald er mich sah.

Owen hatte die gleiche Stimme wie meine Mutter, tief und klangvoll, und wenn er in der Kirche Gebete sprach, so ging es einem immer durch und durch, weil es so schön klang und von den Wänden widerhallte. Vater hatte daran gedacht, ihn Prediger werden zu lassen, aber dazu hatte Owen noch nicht das rechte Alter. Und außerdem war ihm sein Werkzeug noch lieber als seine Bücher, obwohl er damals schon den größten Teil der Bibel auswendig wußte.

Vater und Davy sprachen gerade über den Abbau der Kohle in den Flözteilen, die an die Erdoberfläche grenzten.

»Lauter Narren sind das«, warf Owen ein.

Davy war darüber so erstaunt, daß er Messer und Gabel hinlegte.

»Pst, Owen«, sagte Mutter und blickte meinen Vater angstvoll an. Keinem von uns Söhnen war es erlaubt, bei Tisch zu sprechen, bevor Vater eine Frage an ihn gerichtet hatte.

Vater kaute weiter, als habe er es nicht gehört, aber sobald er den Bissen hinuntergeschluckt hatte, blickte er Owen an, als sähe er ihn zum erstenmal.

»Was verstehst denn du von dieser Sache?« fragte er streng.

»Es tut mir leid, daß ich ungezogen war, Vater«, sagte Owen, doch weder in seinen Augen noch in seiner Stimme war etwas von Furcht zu spüren, »aber wie man jetzt hier die Kohle abbaut, ist nicht nur eine Dummheit, sondern ein Verbrechen.«

»Zufällig hast du recht, Sohn«, gab Vater zu. »Aber wer hat dir erlaubt zu sprechen? Und woher hast du deine Kenntnisse?«

»Ich habe gesprochen, ohne es zu wollen, Vater«, entschuldigte sich Owen. »Und meine Kenntnisse habe ich von Dai Griffiths.«

»Gut«, sagte Vater darauf. »Niemand versteht mehr von solchen Dingen als Dai. Aber lerne dich benehmen. Sprich, wenn du gefragt wirst, nicht vorher.«

»Ich werde gegen alles sprechen, von dem ich weiß, daß es falsch ist«, sagte Owen.

»In diesem Hause nicht«, entgegnete Vater ruhig. »Und nun schweig!«

»In diesem Hause und außerhalb dieses Hauses«, rief Owen trotzig. »Immer, wenn ich von einem Unrecht höre, werde ich dagegen sprechen.«

»Steh auf und geh hinaus«, befahl Vater.

»Ja, ich gehe! Ich will nicht mehr länger in diesem Hause bleiben.«

Mutter legte meinem Vater begütigend die Hand auf die Schulter. »Owen«, wendete sie sich an meinen Bruder, »sage deinem Vater, daß du dein Benehmen bedauerst.«

»Ich bedaure nichts«, erklärte Owen. »Ich werde von jetzt an dort wohnen, wo Davy wohnt.«

»Ich auch«, sagte Gwilym, legte Messer und Gabel hin und stand auf.

»Wenn ihr beide dieses Haus verlaßt«, sagte mein Vater darauf, »werdet ihr es nie mehr betreten.«

»Einverstanden.« Aber Gwilym weinte beinahe.

»Wir halten zusammen, Bruder«, rief Owen ihm zu.

»Davy, sag ihnen, daß sie sich bei Vater entschuldigen sollen«, wollte Mutter vermitteln. »Du trägst die Schuld; sie folgen deinem Beispiel.«

»Stimmt, Mutter.« Davy stand vom Tische auf. »Aber sie sind Männer, die ihren eigenen Lebensunterhalt verdienen. Ich kann sie nicht aufhalten, wenn sie gehen wollen.«

»Eine Gelegenheit gebe ich euch noch, euer Unrecht gutzumachen.« Vater sah Owen und Gwilym ruhig an. »Benehmt euch von jetzt an anständig, dann wollen wir nicht mehr davon reden.«

»Wir haben kein Unrecht begangen«, rief Owen, »und wenn es schlechtes Benehmen ist, die Wahrheit zu sprechen, so will ich mich ruhig schlecht benehmen!«

»Ich auch«, sagte Gwilym.

»Nehmt eure Sachen und geht.« Vater begann wieder zu essen.

»Ach, Gwilym«, stöhnte Mutter leise auf.

Aber Vater aß weiter, als ob nichts geschehen wäre, wenn ich auch wohl bemerkte, daß er leise zitterte und daß seine Augen feucht waren.

Und dann war es eine Weile ganz still. Bis Davy auf Mutter zuging und sie auf die Stirne küßte, gerade unter dem blauen Kopftuch.

»Leb wohl, Mutter«, sagte er und ging hinaus.

»Leb wohl, Mutter«, sagte auch Owen und sah Gwilym fragend an.

Da sprach auch Gwilym: »Leb wohl, Mutter«, und auch er und Owen gingen hinaus.

Wieder wurde es sehr still in der Küche, als meine Brüder fort und ihre Schritte verhallt waren. Die ganze Zeit über blickte Mutter meinen Vater an, als ob sie erwartete, daß er seine Söhne zurückriefe.

Doch Vater aß weiter und blickte geradeaus durchs Fenster hinaus. Ich bemühte mich so leise wie möglich zu sein, aber dann kratzte auf einmal meine Gabel doch auf dem Teller, und da sah Vater mich an.

»Ja, mein Sohn«, sagte er, »ich weiß, daß du da bist. Jetzt hab' ich wohl nur noch zwei, dich und Ivor.«

»Gwilym«, sagte Mutter, und ihre Stimme klang wieder wie sonst, »wie lange werden unsere Söhne jetzt wohl fortbleiben?«

»Ich habe nur noch zwei Söhne, Mutter«, gab Vater zurück, »der eine ist dreiundzwanzig, der andere sechs. Ivor und Huw. Das sind die beiden einzigen, und Ianto, aber der ist nicht mehr da. Andere Söhne habe ich nicht, und niemand hat das Recht, sich so zu nennen, solange ich es ihm nicht erlaube.«

»Ach, Gwilym«, sagte Mutter wieder und fing an zu weinen. Ich hatte Mutter vor dieser Stunde noch nie wirklich richtig weinen gesehen, so wie ich zu weinen pflegte.

Ich wollte, ich hätte Mutter nicht weinen gesehen. Man sagt, die Tränen einer Mutter seien etwas ganz Besonderes, aber es ist ein Unglück, daß richtige, echte Tränen immer von den Geräuschen begleitet sind, die nun einmal dazugehören. Das leise Kreischen unten im Halse, das schwere Schlucken im Munde, das krampfhafte Atmen, das kurze, abgerissene Schluchzen, all dies zusammen, mag noch so schweres Leid die Tränen hervorgerufen haben, kann ein Kind leicht zum Lachen und zu einer Art Geringschätzung bringen. Zuerst wundert es sich darüber, daß Erwachsene überhaupt richtig weinen können, und dann wird es neugierig, wie dieses Weinen nun vor sich geht. Und jetzt beobachtet es kalt und ungerührt die Einzelheiten. Zitternde Hände sieht es, das Anschwellen blauer Äderchen, tränenbedeckte Wangen, zerzauste Haarsträhnen, die wirr ins Gesicht fallen, und endlich das Taschentuch, das immer nasser und nasser wird. Und mit einemmal fällt dir ein, daß dies deine Mutter ist.

Diese arme Frau, die sich gar nicht fassen kann, die dir so oft gesagt hat, du sollst nicht weinen. Wenn du daran denkst, kommt dir ihr rotes, geschwollenes Gesicht mit einemmal komisch vor, und obwohl du weißt, daß es schlecht und unrecht ist, mußt du dir große Mühe geben, nicht laut herauszulachen.

Und wenn das vorbei ist, so möchtest du plötzlich selber weinen, weil deine Mutter noch immer schluchzt und sich gar nicht fassen kann.

Aber von dieser Stunde an war meine Mutter für mich etwas anderes geworden als vorher; nicht mehr so groß und erhaben kam sie mir vor. Oft, wenn ich sie anblickte, sah ich sie plötzlich vor mir, wie sie damals mit gerötetem Gesicht und geschwollenen Augen vor mir gesessen war. Heute schäme ich mich darüber. Aber so war es nun einmal . . .

Vater kümmerte sich nicht um Mutters Tränen. Jetzt weiß ich, wie er damals die Sache ansah. Er war der Vater, der Herr im Hause. Man hatte sich gegen ihn, gegen das Oberhaupt, aufgelehnt, und er hatte getan, was er für recht hielt. Sein Gewissen war rein, er hatte sich nichts vorzuwerfen. So ließ er Mutter ruhig weinen, denn er wußte, daß Tränen die letzte Zuflucht einer Frau sind — zumal einer gerechten, duldsamen, einer guten Frau. Und daß meine Mutter gut war, das will ich bekennen, solange ich lebe.

Nicht nur Mutter weinte, auch meine Schwestern. Ceridwen blickte zuerst Mutter an und dann ihre jüngere Schwester, die beim Herd stand und darauf wartete, daß das Wasser im Kessel zu kochen beginne. Angharad war damals zehn Jahre alt, und Ceridwen fünf Jahre älter. Ich wußte gleich, als ich Angharads Gesicht ansah, daß sie gleich etwas sagen würde. Wenn ihr den Blick in den Augen einer Katze kennt, die man plötzlich aus dem Schlaf geschreckt hat, dann wißt ihr, wie Angharads Augen in diesem Moment aussahen.

Angharad war damals schon so groß wie meine Mutter; sehr blond war sie, und ihre grauen Augen waren heller als der Himmel, wenn es schneien will, und so groß und klar, daß man es gar nicht sagen kann. Und wenn sie einen mit ihren großen Augen so recht ansah, dann spürte man, wie man inwendig kleiner wurde.

»Mutter«, sagte Angharad mit lauter, klarer Stimme, »ich gehe mit meinen Brüdern fort, um für sie zu sorgen.«

Mutter hörte ganz plötzlich auf zu weinen und wandte sich so jäh um, daß mein Vater auffuhr.

»Angharad, du hältst augenblicklich den Mund«, rief Mutter, und ihre Stimme klang so, daß es mich kalt überlief.

Aber Angharad sagte nochmals: »Ich gehe mit meinen Brüdern.«

»Schweig!« befahl Mutter und stand auf. »Hinaus in das Waschhaus mit dir! Tu deine Arbeit! Wenn ich noch ein einziges Wort höre, bekommst du ein paar Ohrfeigen. Geh!«

Vater schob seinen Stuhl zurück und sah mich an. »Komm, Sohn, wir wollen auf den Berg wandern, um Ruhe zu haben.« Und zu Mutter gewendet, fuhr er fort: »Ich überlasse Angharad dir, Beth. Aber ich hoffe, daß sie weiß, wie weit sie gehen darf. Der Lederriemen ist noch da. Komm, Sohn.«

Ich war sehr froh darüber, daß Vater mit mir spazierengehen wollte, und lief, meine Mütze und Vaters Stock holen. Wie gern ging ich doch mit meinem Vater ins Freie hinaus! Ich habe mich später oft gefragt, ob der Unfriede in unserem Hause auch entstanden wäre, wenn Vater mit den Brüdern spazierengegangen wäre, wie mit mir. Hätte ich meinen Vater nur gekannt, wie er zu Hause war, so wäre ich vielleicht auch so trotzig gegen ihn gewesen wie die anderen, aber da ich ihn kannte, wie er draußen im Wald und auf den Bergen war, konnte ich immer nur voll Liebe und Achtung mit ihm sprechen.

Ich kann mich nicht erinnern, daß er auf diesen Spaziergängen jemals zu mir wie zu einem Kinde gesprochen hätte. Immer war ich ein Mann, wenn ich ihn begleitete, kein Wunder also, daß Bronwen mich »der Alte« nannte. Alles, was ich als kleiner Knabe lernte, kam von meinem Vater; alles hatte Sinn und Wert.

Aber vielleicht war das, was er für gut und recht hielt, nicht das, was man heute für gut und recht hält. Und dadurch, daß er das Rechte zu rücksichtslos tat und sagte, brachte er manche Menschen gegen sich auf.

An jenem Nachmittag wanderten wir zuerst meilenweit den Fluß entlang und dann ins Gebirge hinauf.

Damals, in den alten Tagen, war unser Tal das lieblichste, das ihr euch vorstellen könnt. So grün und frisch war es; immer wehte der Wind von den Bergen her, und Tau lag auf den Wiesen. Der Fluß war nicht breit, aber so klar, daß man durch das dahinplätschernde Wasser jedes Steinchen sehen konnte, und so voll von Fischen, daß niemand daran dachte, eine Angelrute zu benutzen. Mein Vater lehrte mich, zwischen den glatten Steinen hinter dem Häuschen der Frau Jenkins Forellen mit der Hand zu fangen.

Stunde um Stunde pflegten wir dort zu sitzen, und wir warfen Steinchen ins Wasser, um die kleinen Fische zu verscheuchen. Dann warteten wir, bis eine große Forelle herangeschwommen kam und überlegten, wie wir sie am besten fangen könnten.

Zunächst einmal mußte man die Hemdärmel bis über den Ellbogen hinaufstreifen, den Arm ins Wasser tauchen und die Hand offen und ruhig halten. Das Wasser war freilich so kalt, daß man im ersten Augenblick am liebsten laut aufgeschrien hätte, aber wenn man Fische fangen will, muß man eben etwas aushalten können.

Jetzt kam der große Fisch ganz sacht und leise heran, und man glaubte förmlich zu spüren, wie er nun, da er die Hand im Wasser sah, dachte, da müsse etwas nicht in Ordnung sein, aber nicht genau wußte, was es war. Natürlich durfte man während dieser ganzen Zeit nicht die kleinste Bewegung machen, nicht einmal mit der Wimper durfte man zucken, denn sonst merkte es ein tüchtiger, kluger Fisch gleich, schwamm weg und lachte einen aus. Ja, da tun die Forellen, ich habe es selbst gesehen.

War der Fisch aber nicht so gescheit, dann kam er ganz dicht heran, um sich die Finger anzusehen, sie genau zu untersuchen und sich daran zu reiben. Und nun hieß es handeln. Ganz sachte mußte man die Finger biegen, um den Fisch am Bauch zu streicheln und zu kitzeln. Manchmal flitzte er dann davon und war weg, aber öfter blieb er da. Dann tastete man mit den Fingern an seinem Leibe herum, bis man den kleinen Finger in seiner Kieme drin hatte.

Nun ein Ruck — den Arm aus dem Wasser gezogen, und schon zappelte der Fisch auf den Steinen am Ufer.

Und zum Abendessen gab es eine gute, frische Forelle.

Meine Mutter pflegte die Forellen auf einem heißen Stein über das Feuer zu stellen, mit Brotkrumen, Butter, Petersilie und Zitronenschalen, das Ganze in frische grüne Lauchblätter gehüllt. Wenn es im Himmel eine bessere Speise gibt, so möchte ich so rasch wie möglich hinkommen.

Aber kehren wir zur Erde zurück.

Das stille Murmeln des Flüßchens, die reingespülten Steine, all das Grün ringsumher, die Bäume, deren Wipfel sich im Wasser spiegelten, und dahinter der Berg immer höher und höher hinauf — wie schön das alles war!

Wenn die Vögel ihre Nistzeit hatten, gingen wir oft in den Wald, um die Eier in den Nestern anzuschauen, aber nie erlaubte Vater mir, eines herauszunehmen. Und weil auch die anderen Buben im Dorfe das nicht durften, verstummten in unserem Tale nie die Vogelstimmen. Merkwürdig, an den Gesang der Vögel denkt man oft erst, wenn man ihn in einer Gegend nicht mehr hört.

An diesem Nachmittag fingen wir zwei Forellen; ich wickelte sie in Blätter und trug sie in meiner Mütze den Berg hinan. In jenen Tagen trug der Wind einen Duft vor sich her, der wohl von all den

Blumen und dem süßen Gras auf den Bergwiesen dort oben herrührte. Als ich nun an Vaters Seite dahinschritt, war dieser Duft besonders stark zu spüren. Oft blieb Vater stehen, um tief einzuatmen; immer wieder pflegte er mir zu sagen, daß alle Sorgen einem Menschen nichts anhaben können, wenn seine Lungen immer mit guter, frischer Luft gefüllt sind. Und er sagte auch, daß Gott uns das Wasser gegeben habe, um unseren Körper zu waschen, und die Luft, um unsere Seele zu reinigen. So hätte man uns, Vater und mich, oft sehen können, wie wir stehenblieben, um tief Atem zu holen, und dann weiterstiegen. Zuweilen machte mich Vater auf irgendeinen Strauch aufmerksam, der im vergangenen Frühling noch ganz klein gewesen war, oder wir gingen nachsehen, ob auf dieser oder jener Wiese die Schlüsselblumen schon blühten.

Wir hatten ein kleines Stück Weges zurückgelegt, als mir ganz unheimlich zumute wurde, denn wir gingen geradenwegs auf die Wiese zu, auf der ich neulich in der Nacht Davy zu den Männern hatte sprechen sehen. Heute war Samstag; die Arbeiter hatten einen freien Nachmittag, und ich dachte, sicher würden sie wieder hier oben versammelt sein.

»Vater«, sagte ich, »könnten wir nicht dort hinüber ins andere Tal gehen?«

»Nein, Sohn«, gab mir Vater zur Antwort, »wir gehen nur bis zur Berghöhe hinauf. Ich habe nachher noch etwas für die Kirche zu schreiben. Was sollten wir denn auch dort drüben anfangen?«

»Ivor und Bronwen überraschen; die sind heute hinübergegangen.«

»Ich habe heute wahrhaftig schon Überraschungen genug gehabt. Bis hinauf gehen wir, und dann nach Hause.«

Ich zerbrach mir den Kopf, wie ich Vater von jener Wiese fernhalten könne, aber es fiel mir nichts ein. Und wahrhaftig, als wir nun bei der Wiese, die Meredith, dem Krämer gehörte, über den Zaun stiegen, sahen wir weiter oben auf einem anderen Stück Weideland eine Menge Leute stehen. Wir waren schon recht hoch, und der Wind wehte den Klang der Stimmen von uns weg, so daß wir nichts hören konnten.

Vater blieb plötzlich stehen.

»Ist das der Platz, wo du neulich in der Nacht gewesen bist?« fragte er mich.

»Ja, Vater.«

»So, so.« Er sah mich von der Seite an. »Also deshalb wolltest du ins andere Tal hinübergehen, he? Du bist schlauer, als ich gedacht habe, Sohn.«

Die Wachen, die die versammelten Männer aufgestellt hatten, mußten Vater erblickt haben, denn einer von ihnen kam jetzt eilends über die Hecken gesprungen; ich erkannte in ihm Mog, einen Mann aus unserem Dorfe.

»Herr Morgan, Davy läßt Ihnen sagen, Sie möchten so gut sein, herüberzukommen«, rief er.

»Was will Davy von mir?« rief Vater zurück.

»Es sind Arbeiter aus den anderen Tälern gekommen, von überallher«, rief Mog, der jetzt bei uns angelangt war. »Um wichtige Dinge geht es, Herr Morgan.«

»Ach was, wichtige Dinge«, brummte Vater. »Lauter Narreteien. Wo ist denn Davy?«

»Dort drüben steht er.« Mog wies mit dem Finger auf die Stelle. »Gleich wird er zu den Leuten sprechen.«

»Also gut, ich will zu eurer großartigen Versammlung kommen, Mog«, sagte Vater. »Willst du inzwischen auf Huw aufpassen?«

Ich wußte, daß es nichts genützt hätte, etwas dagegen zu sagen, so blieb ich denn bei Mog stehen, als Vater nun durch die Pforte in der nächsten Hecke auf die Wiese ging, wo die Männer versammelt waren.

Aber als er weit genug weg war, sagte ich Mog, ich hätte ein Bedürfnis und müsse einmal verschwinden. Da schickte er mich hinter die Heidelbeersträucher, aber ich solle nur sicher zurückkommen, sonst würde mein Vater ihm die Ohren ausreißen.

Gut. Ich ging, aber sobald ich hinter den Sträuchern verschwunden war, lief ich, so rasch ich konnte, zu den versammelten Männern hin und drängte mich durch, bis ich ziemlich weit vorne stand. Sobald ich zwischen den Beinen der Männer durch meinen Vater sehen konnte, blieb ich stehen.

Ringsumher ging ein Flüstern durch die Reihen, und es klang, als ob es sich um recht wichtige Dinge handelte. Vor uns auf einem schrägen Felsblock standen Davy, Dai Griffiths und einige Männer, die ich nicht kannte, und redeten auf meinen Vater ein. Er hörte ihnen mit vor der Brust gefalteten Händen und mit halbgeschlossenen Augen zu; da wußte ich, daß ihre Worte in den Wind gesprochen waren, und das kam mir recht lustig vor.

Anscheinend versuchte einer nach dem anderen, ihn umzustimmen, aber alle gaben sie es bald wieder auf. Schließlich stellte sich

Dai ganz vorne an den Rand des Felsblocks und hob die Hände.

Das Gemurmel hörte auf.

Nur der Wind wehte durch das hohe Farnkraut und schien allen sagen zu wollen, sie sollten mäuschenstill sein.

»Kameraden«, rief Dai mit dröhnender Stimme, »ehe ihr endgültig beschließt, das zu tun, was wir für das allein Richtige halten, solltet ihr Gwilym Morgan anhören. Gleiches Recht für alle, sage ich!«

Eine Bewegung ging durch die Menge und ein Gemurmel, das in lebhafte Beifallsrufe überging, als mein Vater auf den Felsblock stieg, sich zuerst in der Runde umsah, dann ins Tal hinab und endlich zum Himmel emporblickte. Ich wußte, daß er betete, und die anderen mußten es auch erkannt haben, denn nun nahm einer nach dem anderen still die Mütze ab, und alle Köpfe neigten sich. »Freunde«, begann Vater, »wenn ihr das, was ihr vorhabt, mit gutem Gewissen tätet, dann hättet ihr euch nicht heimlich hier oben versammelt, sondern unten im Tal, damit jeder, der will, zuhören kann. Wartet! Der Zufall, den ich lieber den Willen Gottes nennen will, hat mich hierhergeführt. Ich hatte nicht die Absicht zu kommen, aber jetzt, wo ich da bin, will ich euch sagen, was mir all die Monate hindurch im Kopf herumgegangen ist. Das, was ihr verlangt, ist recht, aber die Art und Weise, wie ihr es erreichen wollt, ist falsch. Es mit Gewalt zu erreichen, wenn ihr es nicht vorher gütlich mit der Vernunft versucht habt, ist unrecht. Um jemand mit Vernunftgründen zu überzeugen, braucht man Geduld. Und wenn ihr euch den Gürtel enger schnallen müßt, dann mag es so sein. Mit Haß in euren Herzen dürft ihr von Gott keinen Beistand verlangen, und ohne den Beistand des Herrn werdet ihr nichts erreichen. Es hat keinen Zweck zu sagen: ›wir wollen eine Gewerkschaft gründen‹, solange ihr noch nicht wißt, was die Gewerkschaft bezwecken soll. Höhere Löhne wollt ihr haben? Auch ohne Gewerkschaft könnt ihr höhere Löhne erreichen, wenigstens so hohe, wie es heute möglich ist. Die Besitzer der Kohlengruben sind nicht alle Blutsauger, aber sicherlich werden sie eure Forderungen nicht deshalb erfüllen, weil ihr euch zusammenrottet und Drohungen ausstoßt. Vernunft und anständiges Vorgehen sind eure stärksten Waffen. Wenn eure Sache gerecht und euer Gewissen rein ist, dann wird Gott immer mit euch sein. Und niemand wird es ohne Ihn weit bringen.«

Aber die Männer wurden unruhig, und ich hörte erregte Zurufe von allen Seiten. Ich sah, wie mein Vater zu sprechen fortfahren wollte, als mich plötzlich ein Mann, der hinter mir stand, bei den Schultern nahm und zu sich drehte.

»Du bist Huw Morgan, der jüngste der Brüder«, sagte er und beugte sich zu mir herab. »Kannst du deinen Alten hören?«

»Mein Vater ist kein Alter«, widersprach ich heftig, »und wenn er dich hören könnte, würde es etwas setzen.«

»Oho«, lachte ein anderer. »Der Junge ist schon ein echter Morgan — der ganze Vater.«

Ehe ich davonlaufen konnte, hatte mich der Mann, der mich festhielt, hochgehoben, so daß ich über die Köpfe der Männer hinausragte.

»Morgan«, brüllte er meinem Vater zu, »hier ist einer, der auch hungern wird, wenn wir den Gürtel enger schnallen müssen. Und ich habe fünf solche zu Hause!«

Tosender Lärm verhinderte meinen Vater am Weitersprechen. Ringsumher konnte ich Männer brüllen sehen, ehe man mich wieder auf die Erde stellte und laufen ließ. Ich drängte mich durch die Menge und lief, so schnell ich konnte, davon. Erst ganz am Rande der Wiese blieb ich stehen und blickte zurück. Vater stand noch immer auf dem Felsblock und redete auf Dai Griffiths ein, während Davy versuchte, wieder Ordnung in die Versammlung zu bringen. Ich sah, wie Vater den Kopf schüttelte und sich anschickte, herabzusteigen; so lief ich denn zu Mog zurück.

»Wahrhaftig, Junge, ich hatte schon geglaubt, du würdest dich dort hinter dem Heidelbeerstrauch häuslich einrichten. Da kommt auch schon dein Vater«, sagte der Mann.

Ein Blick auf meinen Vater bewies mir, in welcher Laune er war, und auch Mog, der gerade etwas sagen wollte, unterbrach sich und pfiff nur leise durch die Zähne.

Sehr bleich war mein Vater; unter seinen Augen standen blaue Schatten, und das Weiße in seinen fiebrig glühenden Augen hatte sich rötlich gefärbt.

Und dennoch lächelte er.

»Komm, Sohn«, sagte er. »Ich danke dir, Mog.«

»Gerne geschehen, Herr Morgan.« Mog zog die Mütze.

Kein Wort wurde gesprochen, ehe wir am Bergkamm angelangt waren, aber während des ganzen Anstiegs waren die Stimmen der Männer dort unten deutlich zu hören, und würden wir uns umgeblickt haben, so hätten wir sie die ganze Zeit über sehen können. Über Zäune und durch Gatter, über Wiesen und Weideland stiegen wir empor, über rauhen Felsboden kletterten wir, durch Stechginster und Brombeersträucher bahnten wir uns den Weg. Während des ganzen Weges forschte ich in Vaters Zügen, aber der Ausdruck seines Gesichtes änderte sich nicht.

Auf der Höhe angelangt, von der aus man ins andere Tal hinüberblicken konnte, setzte sich mein Vater auf einen großen Stein und stützte den Kopf in die Hand.

»Komm, setz dich neben mich, Sohn«, rief er mich zu sich, denn ich war ein wenig abseits gegangen, um ihn allein zu lassen. »Du hast doch keine Angst vor deinem Vater?«

»Nein, Vater«, antwortete ich, »aber ich dachte, du wolltest vielleicht nachdenken.«

»Es hat keinen Zweck, daß ich denke«, sagte Vater. »Für meine Art zu denken ist kein Platz mehr in der Welt. Schlimm steht es, schlimm.«

Eine Weile saßen wir schweigend da und blickten in das andere Tal hinab. Der Wind blies hier oben, als habe er den Mund gespitzt, um schriller pfeifen zu können, aber es war ein kaltes Lied, das er pfiff, und mich fror. Vater starrte ins Tal hinab; aber nur selten wagte ich es, ihn anzusehen, weil ich fürchtete, ihn aus seinem Sinnen aufzuwecken.

Wie eine bunte Flickendecke lag das Tal tief unter mir, mit seinen grünen Wiesen, seinen braunen Äckern. Die Häuser waren klein wie weiße Streichholzschachteln, und weidende Schafe sahen aus wie Kätzchen. Würden sie sich nicht bewegt haben, so hätte man sie sogar für kleine Steine halten können.

In diesem Tal gab es nicht wie in dem unseren ein Kohlenbergwerk, das seine knochigen schwarzen Finger aus dem hellen Grün herausstreckte. Hier unten war alles Friede und stilles Glück; selbst der Wind, der aus unserem Tal herüberkam, schien sich darüber zu freuen, ins andere Tal hinabzukommen; scharf und bitterkalt rauschte er voll Ungestüm an uns vorbei, als habe er es eilig, auf den warmen Feldern dort unten zu ruhen und mit den Mähnen der Pferde zu spielen, die auf den besonnten Wiesen weideten.

»Traurig ist es, Huw, mein Sohn«, sprach Vater, nachdem er lange geschwiegen hatte, »ja traurig. Hier ist alles schön, alles an seinem Platz, alles wie es sein soll. Und bei uns drüben ist nichts als Häßlichkeit und Haß und Torheit.«

»Wie kommt das, Vater?«

»Böse Gedanken und Habgier, Huw. Alles verlangen, alles nehmen, nichts geben. Nicht in solcher Absicht hat Gott die Welt geschaffen. Die Erde gibt dir alles, wenn du es auf rechte Art verlangst. Tust du das nicht, so erhältst du nichts. Die armen Leute, die sich dort auf der Wiese versammelt haben, suchen etwas, das sie nie bekommen werden. Sie werden es nicht bekommen, weil sie auf falsche Art danach suchen. Alle Dinge kommen von Gott, mein Sohn. Alle Dinge sind uns von Gott gegeben, und von Gott mußt du erbitten, was du haben willst. Gott gab uns Zeit, unser Werk zu tun, und Geduld als einen Stab, uns darauf zu stützen. Höre nicht darauf, was dir andere sagen mögen, Sohn, sondern blicke nur zu Gott auf, wenn du in Sorge bist. Und ich fürchte, was dort unten beginnt, jetzt in diesem Augenblick, wird dir in späteren Zeiten Sorge genug bringen.«

Als Vater diese Worte sprach, war sein Blick dem Himmel zugewandt, und ich war froh darüber, daß er jetzt viel ruhiger aussah. Heute hatte ich zum erstenmal gesehen, welch leidenschaftlicher Empfindung Vater fähig war.

»Komm, wir wollen heimgehen«, sagte er nun. »Sag Mutter nichts, wenn sie nicht danach fragt. Sie hat heute schon genug Aufregungen gehabt.«

Wir gingen wieder zu den Wiesen hinab, aber nicht auf die Stelle zu, an der die Männer noch immer versammelt waren. Vielleicht weil ich so lange in das andere Tal geblickt hatte, tat mir plötzlich das Herz weh, als ich nun wieder in das unsere hinabschaute.

Es war mir, als sähe ich zum erstenmal, daß die Ufer des Flusses mit Schlacken vom Gesenk des Kohlenbergwerks bedeckt waren; die Werksgebäude waren alle schwarz, niedrig und häßlich. Die Häuschen krochen in zwei Reihen wie traurige steinerne Schlangen den Berghang hinauf. Nie hätte man vermutet, daß es warme Herde darin gab, auf denen gutes Essen gekocht wurde, so tot und unglücklich lagen sie da.

Ja, unser Tal wurde allmählich schwarz, und die Schlackenhalde war so groß geworden, daß sie sich schon unserem Haus zu nähern begann. So jung und klein ich war, wußte ich doch, daß dies schlecht und falsch war, und sagte es meinem Vater.

»Du hast recht, Huw«, sagte er und blieb stehen, um einen Blick hinabzuwerfen. »Vor Jahren schon habe ich den Herren gesagt, sie sollten mit dem Abbau weiter unter Tag beginnen, aber niemand wollte auf meine Worte hören. Jetzt haben wir an wichtigere Dinge zu denken. Das ist etwas, was geändert werden muß, wenn du einmal erwachsen sein wirst. Viel wird es für euch, die ihr heute jung seid, zu tun geben.«

Als wir durch das Dorf gingen, saßen fast alle Frauen vor ihren Häusern, um auf ihre Männer zu warten und zu erfahren, was in der Versammlung auf dem Berge beschlossen worden war. Vater nahm schon draußen bei der Kirche die Mütze ab, um der alten Frau Rhys, der Müllerin, guten Abend zu wünschen, und während des ganzen Weges nach Hause mußte er die Mütze in der Hand halten, weil ihn alle freundlich grüßten.

Mutter saß ganz allein da, als wir heimkamen, und sie schien ihren Schmerz überwunden zu haben, aber das Haus war sehr still — still wie eine Katze, die einen Buckel macht, um im nächsten Augenblick loszuspringen.

Vater sah Mutter an, ohne zu sprechen, denn er kannte sie, und auch mir bedeutete er stumm, ich möge schweigen, ehe er in die Schlafstube ging, seine Stiefel auszuziehen. Ich ging zum Schrank, meine Schiefertafel herauszunehmen, und als ich gerade damit beschäftigt war, sie zu säubern, kam der Vater wieder herein.

Da stand Mutter auf. »Gwilym«, sagte sie, »Angharad ist fortgegangen.«

»So. Wo ist sie?«

»Unten bei den Beynons, glaube ich.«

»Warte, Beth«, sagte Vater. »Ich werde ein Wort mit ihr reden.«

Als er das Haus verlassen hatte, gebot mir Mutter, den Kessel zu füllen und ein paar Schaufeln Kohle nachzulegen; als ich das getan hatte, rief sie mich zu sich.

»Huw«, sagte sie, »wie wirst du nur aufwachsen, mein Sohn?«

»Das weiß ich nicht«, antwortete ich, »aber eines weiß ich — nie werde ich dies Haus verlassen, solange du mich nicht fortschickst, Mutter.«

»Ich hoffe, so wird es sein, Huw.« Mutter sah mich an, und mir war, als blicke sie ganz tief in mein Inneres. »Wenn noch einer von euch von mir geht, so werde ich es bereuen, daß ich Kinder hatte.«

»Nun, Mutter«, sagte ich rasch, »warum hast du denn Kinder gehabt?«

»Was du für Fragen stellst, Junge?«, lachte Mutter. »Jetzt geh aber! Warum ich Kinder gehabt habe . . .? Vielleicht, damit ich das Arbeiten nicht verlerne.«

Aber die Frage, die mir da herausgerutscht war, führte mich dazu, mich auch bei anderen zu erkundigen, was es mit den kleinen

Kindern für eine Bewandtnis habe. Doch niemand schien etwas Rechtes darüber zu wissen, oder wenn einer etwas wußte, so behielt er es für sich. Merkwürdig, daß die Leute sich lieber die Zunge abbeißen, als einem Kind über derlei Dinge die Wahrheit zu sagen . . .

Ihr hättet Mutter sehen sollen, als Vater dann mit Angharad zurückkam. Wie sie sich freute, und wie sanft sie meine Schwester zum Lehnstuhl führte und ihr sogar den Mantel abnahm! Angharad war still, und es schienen ihr noch immer allerlei Gedanken im Kopf herumzugehen, aber man sah gleich, daß sie nicht zur Rückkehr gezwungen worden war. Vater ging gleich in den Schuppen, um sich zu waschen, und als er zurückkam, ging er ins Nebenzimmer, um etwas zu schreiben, und schloß die Tür hinter sich. Während der ganzen Zeit wurde nichts gesprochen, aber ich hatte inzwischen die Brotscheiben geröstet, wie meine Mutter mich geheißen hatte.

Es gibt nichts Besseres, als am Abend beim Herd zu sitzen und Röstbrot mit Schmalz zu essen. Leckeres Schmalz und krustiges, zu Hause gebackenes Weizenbrot, schön dunkelbraun und knusprig gebacken mit kleinen Höhlen, in denen das Schmalz einsickert, schmilzt und glänzt und einem so fein in den Mund läuft, wenn man hineinbeißt. Butter ist freilich auch gut, aber die habe ich lieber mit frischem Brot. So ein Butterbrot ist auch etwas Köstliches, besonders wenn die Butter erst eine Stunde aus dem Butterfaß heraus und recht dick aufgestrichen ist . . .

»Angharad, was hat Vater gesagt?« fragte meine Mutter.

»Er hat gesagt, es täte ihm leid, wenn er ungerecht gewesen wäre, und ich solle ihm sagen, weshalb ich fortgehen wollte.«

»Nun?«

»Ich habe gesagt, ich wollte für meine Brüder sorgen, weil Frau Beynon säuft.«

»Angharad!« rief Mutter entsetzt. »Wie kannst du so etwas sagen?«

»Es ist aber wahr, Mutter«, sagte Angharad, und in ihren Augen standen Tränen. »Hast du gesehen, daß Davy, als er heute kam, ein großes Loch im Strumpf gehabt hat?«

»Ja, ich habe es gesehen«, nickte Mutter. »Gwilym bringt heute abend seine Strümpfe und die von seinen Brüdern her, damit ich sie stopfe.«

»Ich habe sie gleich mitgebracht«, sagte Angharad, »und auch ein paar zerrissene Hemden. Und wenn du Lumpen brauchst, um Schuhe zu putzen, Mutter, so geh nur hin und sieh dir das Leintuch auf Davys Bett an.«

Mutter saß ganz still da, ihren Teller auf den Knien; mit weitgeöffneten Augen blickte sie ins Feuer.

»Ich werde meine Söhne heute abend noch von dort wegholen, und wenn Vater mich deshalb selbst aus dem Hause jagen würde«, sagte sie endlich.

Sie stellte ihren Teller hin, stand auf und öffnete die Tür zum Nebenzimmer. »Gib Huw seinen Tee, Angharad«, sagte sie zu meiner Schwester; dann ging sie zu Vater in die Stube hinein.

Es war still in der Küche, so daß wir hören konnten, wie Vater und Mutter nebenan leise miteinander sprachen, aber was sie redeten, konnten wir durch die Tür hindurch nicht verstehen.

»Bist du heute nachmittag oben auf dem Berg gewesen, Huw?« fragte mich Angharad.

»Ja, und Vater hat versucht, den Leuten etwas zu sagen, aber sie haben nur gebrüllt, als er gesprochen hat.«

»Waren die Brüder auch dabei?«

»Ja, alle, aber keiner war auf Vaters Seite.«

»Ganz recht so«, rief Angharad lebhaft.

»Bist du auch gegen Vater, Angharad?«

»Ja, das bin ich, das heißt nicht gegen ihn, aber gegen das, was er den Leuten rät.«

»Was ist das denn?«

»Nun, wenn du es unbedingt wissen willst, Huw — er möchte, daß die Leute um das, was sie haben wollen, zum lieben Gott beten, statt sich alle zusammenzutun und die Männer, denen die Bergwerke gehören, dazu zu zwingen.«

»Warum hat Vater denn unrecht?« fragte ich, nachdem ich darüber nachgedacht hatte.

»Sei still, Huw, und iß. Du fragst so viel, daß kein Mensch Antwort darauf geben kann.«

»Ich möchte aber doch wissen, warum Vater unrecht hat«, beharrte ich trotzig.

»Weil man durch Beten nichts erreicht, Bruder. Mir hat es noch nichts genützt und auch sonst niemandem. Denk nur an Frau Mostyn, die Förstersfrau. Alle haben für sie gebetet, und doch mußte sie sterben, und ihr Kindchen auch.«

Jetzt kam Mutter wieder und schenkte den Tee für Vater ein.

»Angharad«, sagte sie, als sie die Tasse in das Nebenzimmer brachte, »geh zu Frau Beynon hinüber und hol die Sachen von deinen Brüdern, ja? Sag ihr, ich werde ihr am Montagmorgen selbst bezahlen, was ihr zukommt.«

»Ja, Mutter«, rief Angharad und lief, froh und leise vor sich hinsingend, durch die Hintertür hinaus.

Als Mutter wieder in die Küche kam, zeigte sie auf das große, von Vorhängen umgebene Bett in der Ecke.

»Von jetzt an wirst du hier schlafen, Huw«, erklärte sie, »deine Brüder sollen die Stube oben für sich allein haben. Du bist noch zu klein, um bei ihnen zu schlafen, jetzt, wo sie alle Männer sind.«

Und von da an bis gestern nacht habe ich nie mehr irgendwo anders geschlafen, außer damals, als ich bei Bronwen wohnte.

Als die Brüder am Abend nach Hause kamen, war ich schon im Bett, und die Vorhänge waren vorgezogen. Ich konnte alles hören, was gesprochen wurde, wenn ich auch so müde war, daß ich von Zeit zu Zeit einschlief und dann wieder aus dem Schlaf auffuhr.

Sie kamen alle zusammen, so als fürchteten sie sich, einzeln zu kommen. Es ist komisch, so im Dunkeln zu liegen und Menschen, die man kennt, zu hören, wie sie sprechen und umhergehen, wie sie sich räuspern und sich schneuzen, wie sich jeder auf seine Art verhält; all dies, während man im Dunkeln liegt, und es doch so klar und deutlich hört, daß man lachen muß und sich fragt, wozu die Menschen selbst überhaupt nötig sind, wenn ihre Stimmen und die leisen Geräusche einem alles von ihnen sagen.

Ich konnte hören, wie Davy sein Haar zurückstrich, ehe er sprach, weil sein Haar leise knisterte, und der Stuhl knarrte. Gwilym erkannte ich daran, daß er immer so laut schluckte. Owen pflegte sich die Stirn zu reiben und sich am Ohr zu ziehen. Das macht ja nun kein richtiges Geräusch, aber ich hörte es doch und wußte, wann er es tat.

Aber obwohl ich wußte, daß Vater da war, hörte ich ihn nicht, obwohl ich jedes Geräusch, das er machte, so gut kannte. Aber daß er da war, spürte ich doch, und daß Davy und Owen in der Küche waren, hätte ich auch dann gewußt, wenn sie sich mäuschenstill verhalten hätten. Es gibt eine Art heiße Stille, die man fühlen kann; eigentlich ist das, was ich meine, nicht heiß und auch nicht still, aber es läßt einen nicht los und macht einen ganz heiß, wenn man daran denkt. Das spürte ich immer, wenn Vater in der Nähe war, und meinen Brüdern ging es geradeso.

Und auch jetzt fühlte ich das so sehr, daß mir so heiß wurde, als säße ich ganz dicht an einem glühenden Ofen; Schweißtropfen liefen mir von der Stirn herab in die Ohren hinein.

Sie hatten Suppe zum Abendessen, aber ich glaube, während sie aßen, schlief ich; und doch konnte ich irgendwo ganz tief unten in mir hören, was sie sagten, so wie ich das Leintuch unter mir nur spürte, wenn ich daran dachte.

Vaters Stimme war es, die mich wieder richtig aufweckte, obwohl er sehr leise sprach, so als ob Mutter auf das Bett gedeutet und ihn darauf aufmerksam gemacht hätte, daß ich darin liege und schlafe. Vater hatte verschiedene Arten, sich zu räuspern, und ich kannte jede einzelne. Er hatte ein bestimmtes Räuspern beim Singen, ein anderes, wenn er in der Kirche predigte, wieder ein anderes, wenn er aus der Bibel vorlas, und noch eines, wenn er sonst etwas las; aber wenn er ein Geschichtenbuch las, dann war sein Räuspern wieder anders. Und dann hatte er noch eines, wenn er etwas sehr Ernstes und Wichtiges zu sagen hatte. Und mit dem weckte er mich nun auf.

»Davy«, sagte er, »du bist der älteste Sohn hier; zu dir will ich sprechen.«

»Ja, Vater«, sagte Davy, und ich wußte, daß seine Augen unter dem dunklen Haar jetzt auf Vater gerichtet waren.

»Ich habe dich aufgefordert, dieses Haus zu verlassen, weil ich es für recht hielt«, fuhr Vater fort. »Ich dachte, du übtest einen schlechten Einfluß auf deine Brüder aus. Aber nun weiß ich, daß die anderen nicht besser sind als du, sogar ein Baby wie Huw geht schon nachts aus dem Haus. So darf es in einer Familie nicht zugehen, das habe ich euch schon gesagt. Ich habe das Recht dazu, weil ich euer Vater bin.«

»Dies Recht werde ich dir nicht streitig machen, Vater«, sagte Davy.

»Gut«, sprach Vater weiter. »Es hat mir weh getan, euch fortzuschicken. Ich bin stolz auf meine Familie, und ich bin auch stolz bei dem Gedanken, daß ihr bereit seid, Opfer für das zu bringen, was ihr für recht haltet. Es ist eine gute Sache, zu leiden, damit es den Menschen besser geht, aber gebt wohl acht, daß euer Tun recht ist und nicht nur halb recht. Meiner Überzeugung nach ist das, was ihr tut, falsch. Wäre es richtig, so brauchtet ihr euch nicht zu verstecken, um oben auf dem Berg solch schändliche Versammlungen abzuhalten. Ein anderer Geist würde unter euch herrschen. Aber das ist es nicht, was ich dir sagen will. Ich hätte euch nicht ins Haus zurückgerufen, wenn eure Mutter mich nicht darum gebeten hätte, und ich erklärte mich nur einverstanden damit, weil Mutter mir sagte, du lebtest dort wie unter Schweinen, Davy. Ja, ihr sollt Opfer bringen, ihr sollt leiden für eure Sache. Aber noch nie hat ein Mensch sich oder seinen Mitmenschen dadurch genützt, daß er in Schmutz und Dreck lebt, und ich wundere mich darüber, daß ein Sohn von mir so zu leben bereit ist.«

»Frau Beynon hatte eine Stube zu vermieten; anderswo konnten wir nicht unterkommen, Vater«, sagte Davy, und ich hörte, wie er auf seinem Stuhl hin- und herrückte.

»Nun, lassen wir das«, sagte Vater darauf. »Mutter wird mit Frau Beynon sprechen. Im übrigen merkt euch dieses: Ich habe euch ins Haus zurückgenommen, weil Mutter mich darum bat. Aber eine Bedingung stelle ich.«

Eine Weile herrschte Schweigen.

Das heiße, stille Gefühl wurde immer stärker und stärker in mir, bis ich glaubte, ich müsse zerspringen.

Endlich fragte Davy: »Und was ist das für eine Bedingung, Vater?«

»Wir alle werden von nun an wie Mieter in diesem Hause leben«, erklärte Vater.

An den Geräuschen erkannte ich, daß meine Brüder in die Höhe fuhren. Ich spürte, wie sie Vater mit blassen, gespannten Mienen anstarrten.

»Weshalb sagst du, Vater, daß du ein Mieter in diesem Hause bist?« fragte Davy.

»Ich wohne hier, aber ich bin kein Vater mehr, weil man mir nicht gehorcht. Kein Mann hat das Recht, sich einen Hausvater zu nennen, wenn er sich keinen Gehorsam zu verschaffen weiß. Meine Worte sind in den Wind gesprochen, deshalb bin ich kein Vater, sondern jemand, der für Kost und Logis bezahlt. Ich bin ein Mieter, ebenso wie du, Davy, und deine Brüder. Eure Mutter wird für euch und für mich den Haushalt führen. Das ist alles.«

»Vater«, sagte Davy, »all dies tut mir so leid! Ich wünschte, ich könnte dich dazu bringen, mit meinen Augen zu sehen; dann würdest du uns verstehen.«

»Heute ist es zu spät, um auch nur etwas zu wünschen, Davy«, entgegnete Vater. »Morgen ist Sonntag und Frühgottesdienst. Gute Nacht.«

»Gute Nacht, Vater«, sagte Davy, und meine anderen Brüder mit ihm, aber leise sagten sie es, als hätten sie vor Erstaunen beinahe die Sprache verloren.

»Da wären wir wieder, Davy«, sagte meine Mutter, nachdem Vater aus der Küche gegangen war.

»Ja, Mutter, wir sind wieder da.«

»Gut«, sagte Mutter darauf, »und wenn du hinaufgegangen bist, Davy, zieh dein Hemd aus und wirf es mir herunter. Ihr auch, Owen und Gwilym.«

»Ja, Mutter.«

»Und keinen Streit mehr bei Tisch! Wenn ihr meine Mieter seid, muß alles so geschehen, wie ich es will.«

»Oh, Mutter!« Ich bin sicher, daß Davy Mutter küßte. »Ich gehe morgen früh auch in die Kirche. Gute Nacht!«

»Gute Nacht, Mutter«, sagten auch die anderen.

»Gute Nacht, Söhne! Wenn du noch einen Tag länger in den Strümpfen herumliefest, Davy, würden deine Zehen herausschauen. Es ist eine Schande.«

Aber Mutter sagte das gar nicht böse. Ich war glücklich darüber, daß ihre Stimme wieder froh klang.

Sechstes Kapitel

Nun war eine Zeitlang Friede im Haus, wenn ich auch zu klein war, um alles richtig zu verstehen. Ich wußte nur, was ich sah und hörte, und oft wünschte ich, ich würde mehr sehen und hören. Aber es gibt nichts Schlimmeres als einen kleinen Jungen, der überall herumschnüffelt und nicht ruht, ehe er alle nach allem ausgefragt hat; Gott sei Dank bin ich nie so gewesen.

Die Familie setzte sich zu Tisch wie sonst, aber es herrschte eine ganz andere Stimmung in unserer Küche als vorher. Selbst wenn Bronwen kam, war es nicht ganz, wie es früher gewesen war. Keiner von uns wagte seine Gedanken frei herauszusagen, weil wir bei jedem Wort fürchteten, es könnte Streit verursachen. Statt des früheren Lachens und Scherzens herrschte jetzt eine solche Stille, als säße ein Pfarrer mit uns am Tisch.

Davy ging nach wie vor zu den Versammlungen auf der Bergwiese, und die Brüder begleiteten ihn, aber wenn sie zurückkehrten, stiegen sie nun nicht mehr heimlich durchs Fenster, sondern gingen zum Haustor hinein. Häufig hatte Davy um diese Zeit Zusammenkünfte mit Männern aus anderen Tälern und besprach mit ihnen die Gründung einer allgemeinen Gewerkschaft, damit, wenn die Arbeiter eines Kohlenbergwerks Grund zur Unzufriedenheit hätten, auch die Kameraden ringsum die Arbeit niederlegen und dadurch die Unternehmer zum Nachgeben zwingen würden.

Und nach einigen Wochen hatte Davy sein Ziel erreicht. Immer weiter breitete sich die Bewegung aus. Alle jüngeren Arbeiter traten der Vereinigung bei, nur die älteren Leute wie mein Vater wollten nichts damit zu tun haben.

Stundenlang versuchte Davy meinen Vater umzustimmen, aber schließlich mußte er es aufgeben. Er wußte, daß die meisten älteren Männer dem Beispiel meines Vaters folgen würden, wenn dieser seinen Beitritt zur Gewerkschaft erklärte, deshalb gab er sich so viel Mühe.

»Nein, Davy«, sagte Vater eines Abends. »Nie werde ich meinen Namen unter so etwas setzen. Ich bin ein Mann und will mit meinen Schwierigkeiten auf meine eigene Art fertig werden. Von niemand brauche ich Hilfe.«

»Aber Vater, du warst doch beim letzten Streik der Wortführer der Leute. Wo liegt der Unterschied?«

»Einen großen Unterschied gibt es da, Davy«, antwortete Vater. »Wir wußten damals ganz genau, was wir wollten, und wir konnten es den Herren genau erklären. Es ging uns alle an, und zufällig wählte man mich, um unsere Sache zu vertreten.«

»Aber etwas anderes tun wir ja jetzt auch nicht«, erklärte Davy. »Wir stellen unsere Forderungen auf und vertreten sie mit der Zustimmung aller.«

»Das ist es ja eben. Ihr seid eine Menge junger Burschen und wollt das, was ihr euch in den Kopf gesetzt habt, mit Gewalt erreichen. Forderungen nennt ihr es. Nun, ich bin gegen alle Forderungen. Wenn man etwas mit Gewalt fordert, so kann man sich mit dem andern nicht vernünftig auseinandersetzen. ›Mit der Zustimmung aller‹, auch ein Ausdruck, den ich nicht mag. Ich sehe, wie sie alle da herumstehen und nicht für sich selber denken können. Die Leute aber, die für die anderen sprechen, haben eine Zunge, die ist einen Meter lang. Wenn sie die zusammengerollt haben, so ist im Kopf für nichts anderes mehr Platz. Ich kenne diese Leute.«

»Ich gehöre auch zu ihnen, Vater.«

»Mag sein. Ich aber will nicht dazugehören. Das ist mein letztes

Wort.«

»Ein Tag wird kommen, Vater«, meinte Davy, »da wirst du dazugehören müssen.«

»Wenn der Tag da ist, Davy«, sagte Vater bedächtig, »dann werde ich mir die Sache noch einmal überlegen.«

Ivor war von allem Anfang an auf Vaters Seite. Nichts, was Davy vorbrachte, konnte ihn umstimmen, und dadurch entstand Feindschaft zwischen ihnen. Es ging so weit, daß Davy nicht einmal mehr mit Bronwen sprach.

So waren wir denn eine Zeitlang eine merkwürdige Gesellschaft in unserem Hause, wahrhaftig! Da war Vater, der sich benahm, als wäre er ein Mieter, dann meine Brüder, die alles versuchten, wieder einen richtigen Vater aus ihm zu machen, und endlich Mutter, die nur den einen Wunsch hatte, daß Friede im Hause herrsche.

Die Besitzer des Kohlenbergwerks mußten bald erkannt haben, daß mein Vater gegen die Gewerkschaftsidee war, denn als der alte Herr Rhys, der Oberaufseher, starb, wollte man seine Stelle meinem Vater geben, und er nahm natürlich an. Als Oberaufseher kam Vater gleich nach dem Direktor; sein Lohn wurde erhöht, und er war jetzt einer der wichtigsten Leute im Dorf geworden.

Nun verbreitete sich aber unter den Arbeitern allmählich die Ansicht, daß Vater sich auf die Seite der Unternehmer gestellt habe, und dieses Gerede tat ihm mehr weh als die Sorgen, die er mit seinen Söhnen hatte. Er haßte den Gedanken, jemand könnte ihn des Verrats an den Arbeitern verdächtigen, aber er hatte keine Möglichkeit, sich gegen die Verleumdungen zu wehren, denn niemand wagte es, ihm so etwas ins Gesicht zu sagen.

Oft sprach er abends mit Mutter darüber, und ich hörte jedes Wort, das sie sagten. Mutter bemühte sich immer, ihn wieder froh zu stimmen, aber nicht sie konnte ihm seine Ruhe wiedergeben, sondern nur die Arbeiter selbst. Und an die konnte er nicht recht herankommen, weil sie aufgehört hatten, sich mit ihren Nöten und Sorgen an ihn zu wenden. Vom ersten Augenblick an, da er die neue Stellung hatte, bemerkte er das.

In den ersten Tagen gingen die Männer stumm an ihm vorüber; sie legten nur grüßend die Hand an die Mütze. Als nun aber eine Woche vergangen war, und die Arbeiter noch immer nicht mit Vater sprachen, außer wenn es sich um Sachen des Betriebs handelte, da wußte er, daß man ihm mißtraute. Als ob er ein Unrecht begangen hätte, als er die Stelle eines Oberaufsehers annahm.

Als Mutter merkte, daß auf Ivor keiner der Brüder hören wollte, sprach sie eines Tages selbst mit Davy.

»Sohn«, sagte sie, »was ist das für eine Geschichte mit Vater?«

Davy wußte gleich, was Mutter meinte. »Es ist sehr sonderbar, daß Vater Oberaufseher geworden ist, obwohl er mein Vater ist.«

»Was ist sonderbar daran?«

»Eben, daß ich sein Sohn bin und im selben Hause mit ihm lebe. Ich bin für die Unternehmer der Rebell, der die Arbeiter aufhetzt, und man weiß, daß Vater gegen mich ist. Warum hat man gerade ihm und nicht Tom Davies oder Rhys Howells die Stelle gegeben? Sie hätten mehr Anrecht darauf gehabt, wenn ich auch zugebe, daß keiner von ihnen die Arbeit besser tun würde. Man wählte Vater, um mir und allen, die für mich sind, eine Ohrfeige zu geben.«

»Das ist Unsinn, Junge«, rief Mutter. »Du und deine Brüder, ihr seid wie die Kinder. Vater hat immer nur getan, was gut und recht war. Es gibt keinen besseren Mann in all den Tälern. Wenn ihr einmal wie er werdet, dann wird sich der liebe Gott freuen. Sag diesen Narren, daß dein Vater jetzt genauso zu ihnen hält wie früher. Bei der ersten Gelegenheit wird er es beweisen.«

»Vorher werden die Leute es auch nicht glauben, fürchte ich«, sagte Davy. »Jetzt mit ihnen zu sprechen, hätte keinen Zweck. Und Ivor solltest du lieber warnen; sein Leben ist in Gefahr, wenn er weiter so dummes Zeug redet wie jetzt. Es könnte geschehen, daß man ihm den Mund zustopft.«

»David Morgan«, sagte Mutter, »wie kannst du so von deinem braven Bruder sprechen? Nie hätte ich so etwas von dir erwartet. Wenn Ivor etwas zustößt, weil er Vater gegenüber seine Pflicht tut, so werde ich dich mit meinem letzten Atemzug verfluchen.«

»Mutter, Mutter!« Davy stand auf und wollte seine Arme um sie legen, aber sie stieß ihn von sich. »Ich habe ja nichts gegen Ivor gesagt, ich will ja nur, daß du ihn warnst. Die Männer sind sehr aufgebracht, und die Stimmung unter ihnen ist gefährlich.«

»Wenn Davy sie nicht zurückgehalten hätte«, warf Owen ein, »so hätten sie Vater und Ivor sicher schon etwas angetan.«

Mutter stand da wie eine Träumende; es war, als seien mit einemmal neue Kummerfalten in ihr Gesicht gekommen; ihre Augen öffneten sich weit, und etwas Schrecklicheres als Besorgnis lag darin.

»So also steht es?« flüsterte sie dann. »Oh, Davy, mein Kleiner, ich glaubte, es sei nur leeres Gerede.«

»Nein, Mutter«, sagte Davy und küßte sie. »Es ist ernst. Die Leute geben diesmal nicht nach, und wenn sie glauben, daß sich ihnen jemand in den Weg stellt, dann werden sie ihn packen, ob es mein Vater ist oder nicht. Es ist die Rede davon, daß sie streiken wollen, damit ein anderer an Vaters Stelle Oberaufseher wird.«

»Wirst du das zugeben, Davy?«

»Was kann ich allein gegen zwanzigtausend oder noch mehr ausrichten?«

»Zwanzigtausend?« Ein Licht schien in Mutters Augen auf und erlosch gleich wieder, als sie nun zu erfassen suchte, wie viele das waren — zwanzigtausend.

»Ja, zwanzigtausend«, wiederholte Davy, und seine Stimme klang traurig. »Und ehe der Monat zu Ende ist, werden es vielleicht hunderttausend sein.«

»O Davy, mein kleiner Davy«, sagte Mutter und setzte sich auf den alten Stuhl beim Feuer. »Wie wird das enden?«

»Noch ist kein Ende zu sehen, Mutter. Es ist erst der Anfang.«

»Im Anfang war das Wort«, sprach Owen, und seine Stimme klang tief und stark, »und das Wort war mit Gott, und Gott war das Wort.«

»Wir werden zu spät kommen«, sagte Davy und sah auf die Uhr. »Ich werde alles tun, damit Vater und Ivor nichts zustößt, Mutter. Das ist alles, was ich dir versprechen kann.«

Er küßte Mutter auf die Stirn, und meine Brüder machten sich auf den Weg. Als sie fort waren, blickte Mutter zu mir herüber.

»Huw«, sagte sie, »erzähle Vater nichts von dem, was du gehört hast.«

»Ich werde nichts sagen, Mutter.«

»Komm her«, rief mich Mutter. Ich ging zu ihr. »Weißt du, wo sich die Männer heute abend versammeln, Huw?«

»Ja, Mutter. Oben auf dem Berg bei Jones' Wiese.«

»So, dort oben? Nun paß auf, Huw. Dein Vater hat heute Nachtschicht. Du sollst mich dort hinaufführen. Und du wirst nichts darüber sagen, hörst du?«

»Ja, Mutter.« Das Herz drehte sich mir im Leibe um, als ich ihren Blick sah.

»Gut«, sagte Mutter. »Angharad und Ceridwen müssen jeden Augenblick nach Hause kommen. Nicht ein Wort, Sohn!«

Ich mochte etwa dreiviertel Stunden hinter den Vorhängen in

meinem Bett gelegen sein, als meine Schwestern schlafen gingen. Sobald sie die Küche verlassen hatten, hörte ich, wie Mutter den Schrank öffnete, um ihren Mantel herauszunehmen; auch das Rascheln, als sie ihren Hut aus der Papierhülle nahm, vernahm ich. Dann zog sie die Bettvorhänge auseinander und blickte, das Licht der Kerze mit der Hand abblendend, auf mich hinab.

»Huw«, flüsterte sie, »schläfst du?«

»Nein, Mutter.«

»Es ist eine Sünde, dich aus dem warmen Bett zu holen«, sagte Mutter, und in ihren Augen standen Tränen. »Schlaf nur weiter, mein Kleiner. Ich finde den Weg schon allein.«

»Nein, Mutter. Du wirst dich verirren oder in den Fluß fallen.«

»Vielleicht hast du recht, Huw. Ich komme so selten aus dem Haus, daß ich im Dunkeln kaum den Weg zur Kirche finden würde.«

»Ich ziehe mich rasch an, Mutter, ich führe dich sicher hinauf.«

»Dann komm«, sagte sie und reichte mir meine Hose. »In dir steckt der ganze Vater, Junge.«

»Gut«, sagte ich; da setzte sich Mutter hin und lachte.

Als ich angezogen war, gingen wir durch die Hintertür hinaus und über den Fußweg bis zum Hause Dai Ellis'. Jetzt waren wir beim Fluß, aber diesmal gingen wir nicht über die Trittsteine, sondern über die schmale hölzerne Brücke.

Das Wasser füllte das Flußbett bis dicht an die Uferböschungen aus, war eiskalt und fast gefroren. Der Winter war beinahe vorüber, aber die Kälte hatte kaum nachgelassen, und es lag Schnee in der Luft.

»Achtgeben, Huw«, sagte Mutter, als wir die Brücke betraten. »Du bist so klein, du könntest durch den Balken durchrutschen, komm, gib mir die Hand.«

Ich steckte meine Hand in Mutters Muff und ich selbst kroch unter Mutters Mantel, so daß gerade nur mein Gesicht herausschaute. So kamen wir glücklich hinüber.

Ich machte mir keine Gedanken darüber, warum Mutter dort hinaufgehen wollte. Ich fühlte nur ihre Nähe, die mich wärmte, und wenn der Weg nicht zu steil bergauf ging, sprach sie leise zu mir.

Im Wald dann war es dunkler; so schwarz stand der Himmel über uns, daß ich die Wipfel der Bäume gar nicht sehen konnte, und den Weg erkannte ich nur daran, daß er noch dunkler war als das Gras zu beiden Seiten. Meine genagelten Schuhe schlugen wie

Hämmer auf den steinigen Boden auf, und oft sprühten kleine Funken auf. Das gefiel mir, und ich trat recht fest auf, damit es viele Funken gäbe, bis Mutter es mir verwies.

»Schuhe kosten Geld«, mahnte sie, und in der kalten Luft lag ihr Atem wie ein Schleier vor ihrem Gesicht. »Heb die Füße ordentlich hoch, Junge.«

Höher oben mußten wir oft stehenbleiben, damit Mutter Atem holen konnte, aber immer ging sie gleich wieder weiter. Wenn Mutter einmal etwas unternommen hatte, dann führte sie es auch durch, das wußte ich. Und auch als wir zu den Wiesen kamen und es zu schneien begann, sagte sie kein Wort, sondern hielt mich nur fester. Bald fiel der Schnee so dicht, daß es war, als ob weiße Papierschnitzel vom Himmel fielen, aber ich kannte den Weg gut und brauchte nicht ein einziges Mal stehenzubleiben, um zu überlegen, wo es weiterging.

»Sind wir auch auf dem richtigen Weg?« fragte Mutter einmal und schüttelte den Schnee vom Hut. »Kommen wir so hin?«

»Ja, Mutter«, antwortete ich, erstaunt darüber, daß sie überhaupt fragte.

»Dann nur weiter, Huw.«

Immer höher ging es hinauf; Mutter wurde müde und lehnte sich an mich. Ich war stolz darauf, daß ich sie führen und ihr helfen durfte. Und noch stolzer war ich, als ich das Ziel vor mir liegen sah.

Die Männer hatten Feuer angezündet, die wie große rote Blüten durch den dichten Schnee schimmerten. Weiß umwehte es uns, knisternd sank der Schnee zu Boden und knirschte unter unseren Füßen.

»Wir sind da, Mutter. Sieh nur, dort drüben sind sie.«

»Das ist recht. Jetzt nur leise, Huw.«

Als wir auf die beiden größten der lodernden Holzstöße zugingen, sahen wir, daß sie oben auf dem Felsblock errichtet waren. Wieder standen die Männer in Reihen ringsherum.

Vorne am Rande des Felsblocks stand einer und sprach zu den Leuten, aber es war nicht Davy. Als wir hinkamen, hatte der Mann gerade zu Ende geredet und trat zurück.

»Rasch«, flüsterte Mutter mir zu, »hilf mir hinauf.«

So erstaunt bin ich wohl im ganzen Leben nicht gewesen. Mutter kletterte den Felsblock hinauf und schleppte ihren Mantel im Schnee hinter sich her. Immer höher hinauf klomm sie, und nun war sie oben angelangt und rief mir etwas zu. Ich konnte es nur schwer verstehen, denn die Männer klatschten noch dem letzten Redner Beifall.

Mutter legte ihre Hände an den Mund und schrie: »Bleib dort stehen und warte, Huw!«

»Ja, Mutter«, brüllte ich zurück und sah nun, daß sie vorsichtig über den Felsen ging bis zu der Stelle, an der soeben noch der Redner gestanden war.

Der Beifall verstummte, als die Männer sie dort oben sahen, aber in dem Schneegestöber und dem von dem Feuer aufsteigenden Rauch konnte niemand recht erkennen, wer es war. Einige, die vorne standen, bemerkten nun, daß es eine Frau war, und sie riefen den anderen etwas zu, aber selbst die in der ersten Reihe Stehenden konnten nur an der Machart des Mantels erkennen, daß es eine Frau war, die dort oben stand. Mutters Gesicht war von dem Muff verdeckt, den sie hoch hielt, um sich vor dem Schnee, den ihr der Wind ins Gesicht trieb, zu schützen.

Ich war rasch um den Felsblock herumgelaufen, um zu sehen, was meine Mutter nun weiter tun würde, und schon ließ sie den Muff sinken und begann zu sprechen.

»Ich bin Beth Morgan.« Ihre Stimme klang so tief und schallte so laut wie die eines Mannes. »Ich bin hier heraufgekommen, um euch zu sagen, was ich von euch allen halte, denn ich habe gehört, wie ihr gegen meinen Mann hetzt. Zwei Dinge gibt es auf der Welt, die ich nicht ertragen kann. Erstens graut mir vor Ungeziefer und zweitens davor, daß jemand hinterrücks verleumdet wird. So, jetzt wißt ihr, was ich von euch halte.«

Als Mutter einen Augenblick innehielt, war kein anderer Laut zu vernehmen als das Krachen des brennenden Holzes und das leise Zischen des niederfallenden Schnees.

»Ihr seid eine Bande von Feiglingen, wenn ihr gegen meinen Mann sprecht«, fuhr Mutter jetzt fort, und ihre Stimme klang genauso kräftig wie vorher. »Er hat niemals etwas gegen euch unternommen, und er wäre auch gar nicht imstande dazu, das wißt ihr ganz genau. Wenn er jetzt Oberaufseher geworden ist, so ist das nur die gerechte Anerkennung dafür, daß er sein Leben lang gut und tüchtig gearbeitet hat. Daß ihr deshalb glaubt, er stände auf der Seite der Unternehmer und wäre gegen euch, ist nicht nur Unsinn, sondern gemeine Bosheit. Wie manche von euch neben ihm in der Kirche sitzen können, ohne sich zu schämen, verstehe ich nicht. Aber noch etwas habe ich euch zu sagen — wenn meinem Gwilym etwas zu Leide getan wird, so werde ich nicht ruhen und rasten, bis ich weiß, wer es gewesen ist, und die, die es gewesen sind, werde ich mit meinen eigenen Händen umbringen. Das schwöre ich bei Gott, dem Allmächtigen. Und ich würde dafür nicht in die Hölle kommen. Man kommt nicht in die Hölle, weil man Ungeziefer vernichtet.«

»Mutter«, hörte ich Davy hinter ihr rufen.

Mutter wandte sich um, und ihre Augen suchten ihn, aber sie konnte ihn nicht gleich erblicken.

»Ich bin nicht deine Mutter«, sprach sie in das Dunkel hinein, »wenn du mit denen da gemeinsame Sache machst. Dann gehörst du auch zu dem Ungeziefer. Und wenn man deinem Vater etwas tut, dann bist du der erste, der dafür büßen wird.«

Davy trat auf Mutter zu, aber sie dreht sich um und schickte sich an, mühsam tastend hinabzusteigen. Ich lief hinzu, um ihr zu helfen. Ein leises Gemurmel erhob sich unter den Männern, und es war, als spräche die Scham selber. Mutter aber weinte.

Doch das kam mir erst zum Bewußtsein, als wir uns schon ein kleines Stück weit entfernt hatten, als sie meine Hand aus ihrem Muff nahm, um ihr Taschentuch herauszuziehen.

»Mutter«, sagte ich, »könntest du einen Menschen töten?«

»Ja, Huw, das könnte ich.«

»Vater sagt aber immer, daß in der Bibel steht: ›Du sollst nicht töten‹.«

»Was in der Bibel steht, und was hier um uns vorgeht, ist nicht dasselbe, Huw. Wenn sie deinem Vater etwas tun, dann werde ich mein Wort halten. So, jetzt sei still und suche den richtigen Weg. Ist dir kalt?«

»Nein, Mutter. Nur meine Füße, die sind wie zwei Steine.«

»Huw, mein Kleiner«, sagte Mutter und blieb stehen, »komm, ich will dich tragen.«

»Nein, Mutter«, sagte ich, und am liebsten hätte ich es hinausgebrüllt. »Du sollst mich nicht tragen. Ich kann laufen wie nur einer. Komm weiter, ich werde es dir schon zeigen.«

»Eigensinnig bist du, wie ein Maulesel, Junge. Gut, geh weiter. Und gib gut acht. Ich kann nicht die Hand vor den Augen sehen.«

Der Schnee fiel jetzt noch dichter, und wir waren noch immer oben auf den Wiesen, so daß wir nicht nur den Schnee, sondern auch den Wind arg spürten, und es war so dunkel. Ich erkannte den Weg nur daran, daß es bergab ging und daß der Schnee unter meinen Füßen an manchen Stellen hart knirschte, an anderen wieder weich war, so daß ich darin einsank.

So gingen wir bergab; Mutter lehnte sich schwer an meine Schulter, und oft mußte sie stehenbleiben, um auszuruhen. Die Stimme des Windes klang nun wie das Stöhnen einer klagenden Frau. Als wir in den Wald kamen, wurde es besser, und wir gingen schneller, doch als wir nun wieder im Tal und in der Nähe des Flusses waren, lag der Schnee, den der Wind von den Ästen der Bäume geweht hatte, so hoch, daß wir bei jedem Schritt tief darin versanken.

Gerade ehe wir zur Brücke kamen, versank ich bis zu den Schultern in einen Schneehaufen, und als Mutter mich herausziehen wollte, stürzte sie über mich. Ich lag mit dem Gesicht nach unten, ich spürte, wie sie versuchte, sich zu erheben, aber je mehr sie sich bemühte, desto tiefer wurde ich in den Schnee gedrückt, bis ich kaum mehr atmen konnte. Dann wußte ich nicht mehr, was mit mir geschah; als ich wieder zu mir kam, hielt Mutter mich im Schoß; sie saß mitten im tiefen Schnee, ohne Hut, das Haar voll Schnee, und blickte auf mich hinab.

»Huw«, sagte sie.

»Ja. Mutter«, flüsterte ich; ich wollte zu weinen anfangen, aber ich hielt die Tränen zurück.

»Tut dir etwas weh?«

»Nein, Mutter. Aber es ist so kalt.«

»Dann komm.« Sie versuchte mich aufzuheben, aber sie sank zurück.

Mir gelang es aufzustehen, aber ich hatte das Gefühl wie damals, als ich auf Ivors Hochzeit den Wettlauf gewonnen hatte: schwindlig war mir zum Umfallen. Doch ich stellte mich ganz gerade hin, weil Mutter Hilfe brauchte. Ich ging zu ihr und nahm sie bei der Hand. »Komm, Mutter«, sagte ich, »nur Mut.«

»›Nur Mut!‹, sagt er. Und wer ist eben noch im Schnee gelegen und hat seiner Mutter so einen Schrecken eingejagt?«

»Es war nicht meine Schuld. Der Schnee war daran schuld.«

Mutter drückte mich so fest an sich, daß mir beinahe wieder schwindlig wurde.

»Huw, mein kleiner Junge«, sagte sie. »Mutter hatte Angst, der Schnee würde dich gar nicht mehr loslassen. Uns beide wird er nicht mehr loslassen, wenn wir nicht weitergehen. Nur Mut, sage ich jetzt.«

Während Mutter ihren Mantel zuknöpfte, zog ich rasch ihren

Hut aus dem Schnee hervor; und ich ging voraus, recht vorsichtig diesmal. So kamen wir zum Fluß.

Aber bei der Brücke blies uns der Sturm mit voller Kraft entgegen und trieb so viel Schnee vor sich her, daß wir in dem Gestöber überhaupt nichts mehr sehen konnten. Ich hielt mich am Geländer fest und tastete mich so über den schmalen Steg, meine Mutter an der Hand führend. Wir mußten behutsam Schritt vor Schritt setzen, und die ganze Zeit über wollte uns der Sturm in das eisige Wasser schleudern.

Aber als wir das andere Ufer erreicht hatten, konnte ich überhaupt nicht mehr erkennen, wo der Weg weiterging. Es war nicht mehr weit bis zu unserem Hause, aber rings um uns her war nichts als Dunkelheit und Schnee. Ich folgte der Richtung, in der, wie ich glaubte, unser Haus lag, aber nachdem wir ein paar Minuten gegangen waren, stieß mein Fuß auf Steine, und ich wußte, wenn ich noch einen Schritt weiter machen würde, läge ich im Wasser. Wir waren im Kreise herumgegangen und wieder beim Fluß angelangt.

»Sei nicht böse, Mutter«, bat ich. »Ich habe mich verirrt.«

»Schadet nichts, mein kleiner Huw. Du hast dich bemüht, das ist einmal sicher. Und jetzt, sollen wir wieder zurückgehen?«

»Die Steine über den Fluß hier sind ganz nahe bei der Kirche, Mutter. Wenn wir jetzt nach links gehen, kommen wir gerade zu dem Haus, in dem Morris, der Metzger, wohnt.«

»Dann los, Huw! Der Mann muß immer vorausgehen.«

So warm wurde mir ums Herz, als Mutter das sagte, daß mir war, als schiene mit einemmal die Sonne. Mit frischem Mut ging ich weiter, so sicher und bestimmt, als sei es drei Uhr nachmittags an einem hellen Frühlingstage.

Aber kaum waren wir ein paar Schritte die steinerne Böschung emporgestiegen, als Mutter die Kräfte verließen. Schwer hielt sie sich an mir fest und atmete mühsam; und dann griff sie sich mit einemmal an die Brust, stürzte vornüber und lag da, ganz still, ohne sich zu regen.

Angst packte mich.

Ich schaute auf Mutter, wie sie da lag, dunkel in dem hellen Schnee, wie nun auch dieses Dunkel weiß wurde, weil ohne Unterlaß Schneeflocken auf Mutter fielen. Ich fürchtete mich, aber dann fiel mir ein, daß sie mich einen Mann genannt hatte, und drückte die Finger zusammen, bis sie zu geballten Fäusten wurden. Was soll ich jetzt tun, fragte ich mich. Wenn ich Vater suchen ging, würde ich die Stelle, wo meine Mutter lag, vielleicht nicht wiederfinden. Blieb ich hier, so würde uns am Ende niemand entdecken, und wir müßten beide erfrieren.

Und während der langen Zeit, da ich so nachdachte, kniete ich neben Mutter, wischte und rieb den Schnee von ihr weg, und jede Handvoll weißen, kalten, stillen, grausamen Schnees haßte ich wie einen lebendigen Feind.

Dann fiel mir ein, daß die Männer, die sich oben auf dem Berg versammelt hatten, bald herunterkommen mußten, und manche von ihnen würden über die Brücke gehen. Wenn ich meine Mutter dorthin bringen konnte, so mußte jemand an uns vorbeikommen. Ja, ich muß Mutter zur Brücke schaffen!

Ich versuchte, sie aufzuheben. Aber sie war so schwer. Immer wieder versuchte ich es, aber ihre Arme waren schlaff und glitten herab, als ich ihre Schultern heben wollte. Und Mutter an den Beinen weiterziehen, wie ich es bei einem Jungen gemacht hätte, ging doch nicht. Immer versuchte ich es aufs neue, und ich stöhnte vor Wut darüber, daß ich so schwach war, und ich wünschte, der Schnee möge härter sein und eine bestimmte Gestalt haben, so daß ich meine Zähne in ihn schlagen könnte.

Endlich gelang es mir, meine Arme um Mutters Hüfte zu legen und sie so, nach hinten durch den Schnee kriechend, weiterzuziehen.

Mir war, als dauerte es viele Stunden, und nur ein Gedanke, nur ein Gefühl war in mir: ich flehte weinend zu Gott, er möge mir helfen, meine Mutter zu retten. Und Gott muß mir auch geholfen haben, sonst hätte ich es nie vollbringen können.

Erst als meine Schultern gegen das Geländer stießen, wußte ich, daß ich die Brücke erreicht hatte. Ich versuchte, Mutter aufzurichten und gegen einen Pfosten zu lehnen, aber starr und wie leblos sank sie immer wieder zurück. Und mit einemmal spürte ich, daß ich nicht mehr stehen konnte. Alle Kraft war aus meinen Beinen gewichen. Ich mußte mich niedersetzen und ausruhen. So schwindlig war mir, ich schloß die Augen, und als ich sie wieder öffnete, sah ich, daß Mutter zur Seite gerutscht und in Gefahr war, in den Fluß zu fallen. Ich zog und zog, um sie festzuhalten, aber sie war so schwer, und meine Arme waren schwach, und meine Finger so steif gefroren, daß ich sie nicht bewegen konnte.

Und als ich erkannte, daß Mutter gleich im Wasser versinken würde, da wußte ich, daß es nur eine Möglichkeit gab, sie zu retten. Ich packte sie, hielt sie fest an mich gepreßt und ließ mich über sie hinweg ins Wasser rollen. Ich wußte, daß der Fluß hier nicht tief war, daß er mir nur bis zur Hüfte ging, denn an dieser Stelle hatte ich schwimmen gelernt.

Aber nun mit einemmal ging mir das Wasser bis an die Brust, und so kalt war es, daß es wie mit eisigen Händen nach mir zu greifen schien. Fast wollte mir der Atem erstarren. Mutter konnte mir nicht entgleiten, denn meine Hände hielten sie fest, aber ich fürchtete, ich würden den Halt verlieren, denn ich stand nicht, sondern stützte meine Knie gegen die scharfen Felskanten, und Eis schnitt mir ins Kinn.

Noch immer regte sich Mutter nicht, und kein Laut drang aus ihrem Munde, aber ich war zu erstarrt, um denken und fühlen zu können, um Angst zu haben.

Wie lange es dauerte, weiß ich nicht, aber mir war, als sei eine qualvolle Ewigkeit vergangen, ehe ich ein Licht sah, das gelbliche Licht einer Laterne, das sich durch das Dunkel auf mich zubewegte. Ich versuchte zu rufen, aber ich konnte keinen Ton hervorbringen. Eine wahnsinnige Begierde war in mir, laut zu brüllen, das Licht zu mir zu rufen.

Und dann kehrte meine Stimme zurück, doch nein, es war nicht meine Stimme — keine menschliche Stimme konnte einen Laut hervorbringen gleich jenem, der nun aus mir hervorbrach. Die Raserei eines Geschöpfes, das sich auflehnt gegen sinnlosen Schmerz und sinnlose Vernichtung, lag in dem Schrei, der das Licht zu mir herholte.

Es war Davy, aber ich konnte nur gerade noch sein kältestarres, blaues Gesicht im gelblichen Schein der Laterne aufleuchten sehen, seine weitgeöffneten, angstvoll starren Augen und seine Hand, die dem Sturm wehrend die Laterne hielt. Als er Mutter der Umklammerung meiner Hände entriß, sank ich in das eisige Wasser zurück und wurde von der Strömung gegen Felsen und Eisschollen geschleudert.

»Huw, Huw«, hörte ich meinen Bruder noch aufschreien. »Oh, Huw!«

Siebentes Kapitel

Ich erwachte in meinem Bett in der Küche und sah die Holztäfelung im Lampenlicht rötlich aufscheinen. Es ist merkwürdig, aufzuwachen und nicht zu wissen, wer man ist.

Wenn du auch genauso bist wie sonst, fehlt doch etwas, und du fragst dich, wo du bist, wer du bist, und was das alles bedeutet. Es fehlt etwas Wichtiges in deinem Leben, wenn du keine Ahnung hast, wer du bist. Du hast nur ein Bild vor den Augen und nichts als Leere dahinter, nicht einmal den Trost, deinen Namen zu wissen. Das ist sogar eigentlich der Grund, weshalb du solche Angst hast, den Mund aufzumachen, und laut schreien möchtest, um dir selbst Gesellschaft zu leisten. Der Mensch fürchtet sich immer im All, denn er ist einsam; spürst du nun aber, daß du ganz allein bist und nicht einmal dich selbst hast, dann packt dich erst recht Furcht. Ich möchte nur wissen, wohin das wirkliche Ich geht, wenn man sich in einem so seltsamen Zustand befindet.

Ich wollte brüllen.

Aber ich hatte nichts, womit ich brüllen konnte; das machte es erst recht schlimm. So sehr ich mich auch abmühte, kein Ton kam heraus.

Du weißt nicht, was Angst ist, solange du nicht dich und deine Stimme verloren hast.

Ja, das ist wirkliche Angst . . . schreckliche Angst.

Du bist im All oder Nichts oder wie du es nennen willst. Du hörst, denkst, siehst, aber du hast keine Stimme, du weißt nichts von dir, du beginnst zu weinen, Tränen machen deine Augen blind, du versuchst verzweifelt, sie wegzuwischen, um sehen zu können, aber immer wieder strömen sie aufs neue, und du irrst umher in feucht schimmerndem Nebel . . .

Dann hörte ich Bronwen singen, still, ganz nahe.

Ein Blitz zuckte in mir auf, und ich war wieder ich; das Blut durchströmte meinen ganzen Körper, und ich wand mich vor jähem Schmerz. Ein Verband hielt mich eng umspannt. Mein Gesicht, meine Arme, meine Beine, alles war ein einziger weicher schlüpfriger Verband.

Süßlich und durchdringend stieg mir der Geruch von Gänsefett in die Nase, und nun wußte ich auch, warum der Verband schlüpfrig war. Man hatte mich mit Gänsefett eingerieben, mich in Gänsefett eingehüllt, um mir die Erkältung aus dem Leib zu treiben.

Plötzlich erinnerte ich mich, wie ich meine Mutter im Fluß festgehalten hatte, und jetzt erst kam die Angst über mich, die ich damals nicht gespürt hatte. Ich versuchte, Bronwen anzusehen, doch ich konnte den Kopf nicht bewegen, und alles tat mir weh. Aber Bronwen mußte bemerkt haben, daß ich mich bemüht hatte, zu sprechen und mich zu bewegen, denn im Nu war sie bei mir.

Bronwen roch immer nach Thymian und Lavendel, weil sie Beutelchen voll dieser duftenden Kräuter in ihren Wäscheschrank zu legen pflegte. Immer war dieser Duft um sie, und einen lieblicheren gibt es wohl nicht auf der Welt.

Sie kniete neben meinem Bett nieder und flüsterte etwas, aber wegen meines Verbandes konnte ich es nicht hören. Sie wischte mir die Tränen von den Augen; dann erhob sie sich und blickte auf mich nieder.

Schön war Bronwen, ja, sie war schön . . .

»Huw«, konnte ich jetzt verstehen, »tut es dir weh?«

Ich nickte ein wenig und sah, wie ihre Zähne sich einen Augenblick in ihre Unterlippe bohrten.

»O Huw«, sagte sie und lächelte so lieb und weinte leise, »kleiner Huw, ich bin so stolz darauf, daß ich den gleichen Namen trage wie du.«

Sie beugte sich nieder und küßte mich rasch und so sanft, als habe ein Schmetterling ganz leicht meine Wange gestreift. Und dann lief sie davon, um Vater zu rufen, der oben am Bett meiner Mutter saß.

Zuerst kam Dr. Richards herein und hantierte an mir herum; er fühlte mir den Puls und sah mit hochgezogenen Augenbrauen auf seine Uhr, und dann kam Vater, stellte sich neben ihn und sah, die Hände in den Hosentaschen, auf mich herab.

»Er wird davonkommen«, hörte ich Dr. Richards sagen, »aber daß er es übersteht, ist wahrhaftig ein Wunder. Der Junge hat eine Roßnatur, Herr Morgan. Von Rechts wegen sollte er schon längst im Sarg liegen.«

»Gott sei Dank, daß er lebt«, sagte Vater zu dem Arzt. Dann blickte er wieder auf mich und lächelte. »Deiner Mutter geht's recht gut, Huw, und deinem neuen Schwesterchen auch. Und das haben sie dir zu verdanken. Dein alter Vater ist stolz auf dich, Junge.«

Er beugte sich nieder, um mich zu küssen, und ließ den guten Geruch seiner Pfeife in meiner Nase zurück. Daß ich kein Wort sprach, schien ihn zu ängstigen, aber Dr. Richards schob ihn zur Tür hinaus und beruhigte ihn; ich sei nur schläfrig, meinte er.

»Frau Ivor«, sagte Dr. Richards zu Bronwen, als mein Vater draußen war, »jetzt wollen wir einmal den Verband abnehmen und nachsehen, was nun eigentlich nicht in Ordnung mit ihm ist. Ich fürchte, er hat sich etwas gebrochen.«

Und das ist das letzte, an das ich mich erinnern kann, denn sobald Dr. Richards den Verband entfernt hatte und seine Hand auf mein Bein legte, durchzuckte mich ein so furchtbarer Schmerz, daß ich ohnmächtig wurde.

Seltsam ist es, so zurückzudenken, wie ein kleiner Knabe zu sein und mit Menschen zu sprechen, die schon lange unter der Erde liegen.

Fast zwei Jahre lang konnte ich meine Beine nicht gebrauchen. Eine Entzündung hatte ich darin und immer wieder Fieber. Zwei Jahre lang in dem Bett mit den Vorhängen liegen, nicht aufstehen können, nicht ausgehen können, sich kaum rühren können . . .

Ich habe viel Zeit zum Nachdenken gehabt.

Während der ersten Monate war ich wegen der Schmerzen nicht ganz klar im Kopf. Dann wurde es besser, und schließlich tat es überhaupt nicht mehr weh. Aber immer noch durfte ich nicht aufstehen, wegen des Knochenbruchs, der einknickte und immer wieder geradegerichtet werden mußte.

Solange ich nur geradeso dahinlebte, kümmerte ich mich nicht um das, was um mich her vorging, und an diese Zeit habe ich kaum irgendwelche Erinnerungen.

Ich weiß nur, daß Bronwen es war, die mich Tag und Nacht pflegte, bis sie ihr Kind, einen Knaben, bekam. Man nannte ihn Gareth.

Die Brüder kamen oft herein, um bei mir zu sitzen. Solange es mir so schlecht ging, aß die Familie immer in der Wohnstube; am Abend durften meine Brüder auf ein paar Minuten zu mir kommen, aber da mein Kiefer gebrochen war, konnte ich nicht mit ihnen sprechen.

Später saßen sie oft an meinem Bett und waren sehr gut zu mir. Davy und Owen lasen mir abwechselnd vor, aber als Boswells »Leben des Dr. Johnson« an die Reihe kam, mußten sie mittendrin aufhören, weil ich zuviel lachte, und das Lachen tat mir weh.

Das war ein feiner Kerl, dieser Dr. Johnson! Ich möchte nur, daß es solche Männer noch heute gäbe. Ich weiß natürlich, daß man den guten Doktor einen alten Wichtigtuer nennt und sonst noch allerlei. Aber es will mir vorkommen, als gehörten Leute, die so etwas sagen, gerade zu denen, die Dr. Johnson mit einem Blick oder einem einzigen Wort erledigt haben würde, wenn er sie gekannt hätte. Herrn Boswell bin ich wirklich viel Dank schuldig; wie glücklich muß er gewesen sein, über solch einen großen Mann schreiben zu dürfen.

Um diese Zeit war es, daß ich entdeckte, was Bücher sind. Wir hatten nicht viele Bücher zu Haus, aber die wenigen waren gut, wenn auch ein bißchen zu schwer für einen Jungen. Vater und Davy und auch Ivor, wenn er Zeit hatte, gaben sich alle Mühe, mir schwer zu verstehende Wörter zu erklären, und nach und nach lernte ich recht gut verstehen, was in den Büchern stand. Viele Schweißtropfen kostete uns freilich Herrn Stuart Mills »System der Logik«. So viel Mühe hatten wir damit, daß wir manchmal selbst darüber lachen mußten. Aber wir arbeiteten uns doch bis zum Ende durch, und das war gut. Der Herr Mill ist nämlich auch ein Mann mit einem tüchtigen Kopf.

Und dann lasen mir Vater und Owen natürlich vor dem Schlafengehen immer die Bibel vor, und schließlich kannte ich sie gerade so gut wie Owen.

Um jene Zeit war es auch, daß ich anfing, mir Gedanken über Jesus Christus zu machen, und meine damalige Meinung habe ich nie geändert. Ich sah ihn als einen Menschen, und als einen Menschen sehe ich ihn heute noch. Auf diese Art zog ich Trost aus dem Leben Christi. Wäre Jesus Christus ein Gott gewesen oder in einem höheren Maße ein Sohn Gottes als jeder von uns, dann wäre es ungerecht, von uns zu verlangen, daß wir seinem Beispiel folgen sollen. Aber wenn er ein Mensch war, der selber herausfand, was das Leben eigentlich ist, dann kann das gleiche auch jedem anderen Menschen gelingen. Und mit Gottes Hilfe werden wir es auch alle entdecken.

Wenn ich es recht bedenke, so verlasse ich ja heute abend dieses Haus, um herauszufinden, wie es um mich und die anderen Menschen steht, denn irgend etwas stimmt mit uns und der Welt nicht, das ist einmal sicher.

Davy hat das auch immer gesagt, und wenn je einer Grund hatte, an den Menschen zu zweifeln, so war er es. Als es mir besser ging, pflegte ich für Davy Briefe zu schreiben, nicht etwa, weil er sie nicht hätte selbst schreiben können, sondern nur deshalb, weil ich ja den ganzen Tag Zeit dazu hatte. So lernte ich nach und nach alles, was die Gewerkschaft anging, verstehen, und schon damals begriff ich, daß es in der Welt nicht so ist, wie es sein sollte.

Frau Tom Jenkins kam, nachdem sie Schule gehalten hatte, immer mit einem ihrer kleinen Mädchen zu mir, gab mir Aufgaben für den nächsten Tag und nahm die mit, die ich während des Tages gemacht hatte. Es war gut von ihr, Tag für Tag den weiten Weg zu machen, nur um vier Pence in der Woche zu verdienen und für einen kranken Jungen ihr Bestes zu tun. Und es war nicht nur ihr Bestes, es war auch wirklich gut. Schönschriftvorlagen brachte sie mir, die mein Vater bezahlte, damit ich eine gute Handschrift hätte, wenn ich wieder aufstehen durfte. Und ich konnte auch wirklich schön schreiben. War das eine Freude für mich, als ich die Schönschreibkonkurrenz der Zeitung in der Stadt gewann! Und ihr hättet sehen sollen, wie Vater dreinschaute, als er die Nummer von der Zeitung nach Hause brachte! Die ganze Familie war in der Küche versammelt, denn es war die Stunde, wo immer aus der Bibel vorgelesen wurde; nur auf Vater warteten wir noch. Es kam selten vor, daß er zu spät kam.

Dann kam er endlich und atmete ein bißchen schneller als sonst, weil er die Straße so rasch heraufgelaufen war. Die Zeitung hielt er so feierlich wie die Bibel unter dem Arm, und an der Art, wie er hereinkam und sich in seinen Lehnstuhl setzte, merkten wir gleich, daß etwas Besonderes los war. So saßen wir denn alle ganz still da. Wir konnten hören, wie Mutter oben mein neues Schwesterchen in den Schlaf sang.

Vater setzte die Brille auf, nahm die Zeitung vor und sah meine Brüder der Reihe nach an, aber auf mich blickte er gar nicht. Ich glaubte schon, er hätte sich über mich geärgert, und zerbrach mir den Kopf darüber, was es wohl sein könnte, als mein Vater sich räusperte. Und an dem Räuspern erkannte ich, daß es nichts Schlechtes, sondern etwas Gutes war.

»Schönschreibkonkurrenz«, las Vater vor, und mein Herz schlug mir bis in den Hals hinauf. »Für Knaben unter zwölf Jahren. Der erste Preis in der Höhe von zwei Pfund wurde dem Schüler Huw Morgan, Sohn des Herrn Gwilym Morgan, für seine wirklich hervorragende Leistung zuerkannt.«

Da saßen sie alle mit offenem Mund da und konnten überhaupt nichts mehr sagen.

Vater legte die Zeitung hin, nahm die Brille ab und klopfte damit auf die Lehne des Sessels.

»Und dieser Junge«, sagte er, »liegt nun schon all die Zeit über im Bett und beklagt sich nie. Immer ist er guter Laune, und nur fröhliche Worte kann man von ihm hören.« Jetzt sah Vater mich erst richtig an. »Ich glaube, ich muß jetzt aufhören, dich zu loben, Huw, mein Kleiner, sonst würde ich am Ende vor lauter Rührung noch allerlei Dummheiten machen. Gott segne dich, mein Junge. Du bist ein guter, ein guter, braver Sohn.«

Und nun ging es erst recht los. Immer wieder von neuem wurde das, was in der Zeitung stand, vorgelesen, und je öfter es gelesen wurde, desto schöner kam es uns allen vor. Gwilym lief rasch hinüber, um Ivor und Bronwen zu holen, und jetzt kam erst der Höhepunkt des Abends.

»*So* einen tüchtigen Jungen haben wir hier!« rief Bronwen und tat, als ob sie vor Verwunderung darüber ganz außer sich sei, und dabei lächelte sie auf ihre besondere Art. »Vor so einem tüchtigen Jungen muß ich mich ja beinahe fürchten, wie das Rotkäppchen vor dem Wolf. Hast du auch so große, starke Zähne wie der Wolf?«

Sie steckte mir die Spitze ihres Zeigefingers in den Mund. Mein Kiefer war zwar noch ein bißchen schwach, aber doch schon besser; ich nahm den Finger ordentlich zwischen die Zähne und hielt ihn fest. Zum Spaß fing Bronwen schrecklich zu schreien an. »Zubeißen kann er wie ein Tiger, wahrhaftig!« rief sie dann. »Zur Strafe werde ich dich von morgen ab nicht mehr füttern.«

Als Bronwen mit meinen Schwestern gegangen war, das Abendessen zu bereiten, setzte sich Davy an mein Bett. Einen Augenblick lang sah er mich schweigend an. Dann sagte er: »Du bist ein kluger Junge, Huw, und der erste aus der Familie, der seinen Namen in der Zeitung lesen kann. Nun gut, davon wollen wir profitieren. Du sollst von jetzt an Briefe für mich schreiben, und für jeden bekommst du zwei Pence. Bist du damit einverstanden?«

»Ich möchte lieber umsonst für dich schreiben, Davy.«

»Nein, nein, du wirst für die Gewerkschaft schreiben. Und das Geld soll mit dazu dienen, daß du dich erholen kannst, wenn du wieder auf bist und in eine richtige Schule gehst. Abgemacht?«

»Ja, Davy«, sagte ich, denn selbst für mich zu bezahlen würde eine gute Sache sein.

Bronwen brachte mir das Abendessen wie sonst, aber statt Brot und Milch gab es ein Stück Fleischpastete. Die schmeckte fein.

»Wenn du das Fleisch noch nicht gut kauen kannst, sag es nur«, forderte mich Bronwen auf, »dann bekommt der ›Alte‹ wieder seine Säuglingsnahrung.«

Sie wußte wohl, daß ich mir nun um so mehr Mühe geben würde, zu kauen; das tat ich auch, wie ich so in ihrem Arm lehnte, den Duft des Lavendels und des Thymians in mich einsog, ihre warme Nähe spürte und ihr Gesicht mit den lächelnden Augen darin sah, das vom Lampenlicht golden überglänzt wurde. Vielleicht ist es nicht recht für einen Knaben, eine Frau zu lieben, die mehr als zehn Jahre älter ist als er, aber niemand hat je davon erfahren, nicht einmal Bronwen selbst. So hatte niemand einen Schaden davon, und Bronwen ist für mich ein Heiligtum geblieben mein ganzes Leben lang. Nächsten Monat wäre sie zweiundsiebzig geworden.

So gehen die Jahre dahin.

Aber ich selbst wußte natürlich erst viel später, daß ich sie liebte. Eine Menge dummes Zeug wird über die Liebe geschwätzt, und am allermeisten von Leuten, die sie nie kennengelernt haben, die gar nicht imstande sind, in anderen Menschen ein wirkliches Gefühl zu erwecken. Wenn solche Leute von Liebe sprechen, ist es eine Entweihung.

Zum erstenmal bekam ich eine Ahnung davon, was Liebe ist, als Owen Marged Evans kennenlernte. Marged war die Tochter eines der ältesten Freunde meines Vaters, und sie kam zu uns, weil ihre Mutter meinte, sie solle lernen, für eine größere Familie den Haushalt zu führen. Meine Mutter war damals noch zu schwach, um die schwere Hausarbeit zu verrichten. Vater hatte darauf bestanden, daß sie noch im Bett blieb, und es war auch sehr vernünftig so.

Marged war ein hübsches, stilles Mädchen mit dunkelblauen Augen, die ihre Farbe änderten, wenn sie lachte. In der ersten Woche war sie so schüchtern, daß niemand mehr als drei Worte von ihr hörte, und die waren: ja, bitte und danke. Bronwen versuchte auf jede Art, sie zum Sprechen zu bringen; auch ich versuchte es und Vater ebenfalls. Alles vergebens. Marged hielt immer den Kopf gesenkt, und wenn man versuchte, einen Spaß mit ihr zu machen, dann weinte sie meistens gleich, und dann tat sie einem leid. Wie kommt es nur, daß Leute, die empfindsame, scheue Menschen im Hause haben, nie daran denken, daß das Heimweh und die vielen fremden Gesichter, Gewohnheiten und Stimmen Kummer und Verwirrung hervorrufen können. Man ist selbst so gewöhnt an das Haus und seine Bewohner, daß man es sich gar nicht vorstellen kann, die alltägliche Umgebung sei etwas schmerzlich Neues für einen anderen.

Marged war seit vier oder fünf Tagen bei uns und hatte sich gerade so weit eingewöhnt, daß sie einen zuweilen anlächelte, wenn sie auch gleich wieder wegblickte. Da geschah es, daß Owen zu ihrem Ritter und Verteidiger wurde.

Ich freilich, der ich da in meinem Bett lag und nichts zu tun hatte als zu beobachten, hätte schon damals jedem sagen können, daß Owen in Marged verliebt war. Ich erinnerte mich daran, wie es mit Ivor und Bronwen gewesen war, und in derselben Familie sind die Anzeichen für so etwas auch immer die gleichen.

Alle saßen bei Tisch; Vater zerteilte gerade das gebratene Huhn und fragte Marged, ob sie lieber ein Bein oder einen Flügel haben wolle.

»Das ist ganz gleich, Herr Morgan, bitte«, sagte Marged ganz schüchtern, und als sie acht Augenpaare auf sich gerichtet sah, wurde sie rot.

»Vielleicht ein gutes Bruststückchen, Marged?« meinte Bronwen.

»Oder den Steiß, he?« scherzte Davy.

»Marged ist unser Gast«, rief Owen und blitzte Davy böse an. »Wenn du dumme Späße machen willst, so suche dir gefälligst jemand anderen dafür aus.«

»Was hat denn der junge Mann bloß?« lächelte Davy. »So etwas von einem bösen Blick habe ich wahrhaftig schon lange nicht mehr gesehen; damit kannst du ja ein Loch in das Tischtuch brennen.«

»Kümmere dich nicht um das Tischtuch, Bruder, und laß Marged in Frieden.«

»Owen«, mischte sich Vater ein, »wenn in diesem Hause Verweise zu erteilen sind, dann werde ich es tun. Davy war vielleicht vorlaut, und er weiß ganz gut, daß der Teil vom Huhn, von dem er sprach, bei uns nie auf den Tisch kommt. Aber es war nicht böse gemeint, und Marged war sicherlich nicht beleidigt. Oder doch, Kind?«

»Nein, Herr Morgan«, antwortete Marged leise.

Aber nur ich sah den Blick, den sie Owen zuwarf; Owen selbst hatte ihn natürlich auch bemerkt.

Den Blick hättet ihr sehen sollen. Ich wundere mich gar nicht, daß der arme Owen sich verliebte. Eine Glut lag in dem Blick, daß man sich daran hätte verbrennen können.

Einige Tage später, am Abend, war es, als ich den Beweis dafür erhielt, daß die beiden wirklich verliebt waren. Vater, meine Brüder und Bronwen waren zur Probe des Kirchenchors gegangen: Marged war zu Hause geblieben für den Fall, daß Mutter etwas brauchte, und Owen war hinten im Schuppen, um an seinen Erfindungen zu arbeiten.

Er war überzeugt davon, daß er eine Maschine zum Schrämen der Kohle konstruieren könne, damit die Kohlenhauer es leichter hätten, weniger Stunden am Tage zu arbeiten brauchten und einen höheren Lohn bekämen, weil die Grube dann mehr Kohle verkaufen würde. Jeden Abend arbeitete er eifrig in seinem Schuppen, hämmerte, feilte und lief dazwischen immer wieder zu Howell, dem Schmied, der Eisenstücke für ihn formte; auch rief er fortwährend ins Haus herüber, jemand möge kommen und einen Bestandteil halten, während er daran herumhämmerte; kurz und gut, er stellte das ganze Haus auf den Kopf.

An jenem Abend nun saß Marged, über ihrer Stickerei gebeugt, beim Ofen in der Küche, während ich wie gewöhnlich in meinem Bett lag und die Vorhänge vorgezogen waren. Durch einen Spalt konnte ich das Mädchen aber doch gut sehen, und ich vergnügte mich damit, mir auszurechnen, wie viele Stiche in der einen, wie viele in der andern Farbe sie machte. Aber so geschwind zog sie die Nadel durch, daß meine Augen müde wurden. Ich war gerade am Einschlafen, als sich die Tür öffnete und Owen hereinkam, ganz schwarz im Gesicht und an den Händen.

»Ach so«, sagte er und blieb bei der Tür stehen.

Marged lächelte, ohne aufzuschauen, und schwieg, aber ich konnte ganz deutlich sehen, daß es in ihrem Gesicht, das Owen abgewandt war, zuckte.

»Ich hatte keine Ahnung, daß du hier bist«, sagte Owen. Aber ich glaube, das war eine Lüge.

Marged sagte noch immer nichts, sondern ließ ihre Nadel flink hin und her flitzen.

»Ist vielleicht etwas heißes Wasser da, Marged?« fragte Owen und blieb steif wie ein Stock bei der Tür stehen. Und dabei wußte niemand besser als er, daß der Kessel bis zum Rand mit kochendem Wasser gefüllt war. Man konnte es zischen hören.

Marged steckte die Nadel in ihre Arbeit und sah auf, aber auf Owen blickte sie nicht.

»Wieviel Wasser brauchst du?« fragte sie.

»Oh!« rief Owen, und es klang, als sei er erstaunt darüber, daß Marged überhaupt sprechen konnte. »Ich möchte mich waschen.«

»Ich gehe den Eimer füllen«, sagte Marged und stand auf.

»Nein, nein!«

»Wie willst du dich denn waschen? In einer Teetasse?«

Ich mußte einen Zipfel von der Bettdecke in den Mund stecken, um über die beiden nicht laut herauszulachen.

Aber Owen antwortete ganz ernst: »Nein, nein. Ich habe nur gemeint, daß ich den Eimer selbst holen will. So etwas brauchst du für mich nicht zu tun.«

»Wo ist denn der Eimer bei euch?« fragte Marged, aber noch immer sah sie Owen nicht an.

»Drüben im Waschhaus.«

»Gut«, sagte Marged und fing wieder an zu sticken.

Aber Owen machte keine Miene, zum Waschhaus zu gehen. Er stand nur da und sah Marged an.

Die Augen eines Verliebten haben einen Ausdruck, der einem schrecklich komisch vorkommt, wenn man nicht selbst verliebt ist. Liebt man aber selber, so hat man innerlich ein Gefühl, als müsse man dem anderen helfen, glücklich zu werden.

Dieser Ausdruck war jetzt in Owens Augen. Darin liegt etwas von dem Blick eines Schafes, das auf das Messer des Schlächters wartet. Aber noch etwas anderes liegt darin, etwas, das man nur in den Augen eines braven Mannes sehen kann, der sein Herz in die Hände eines Mädchens gelegt hat. Ein Licht scheint darin, das nicht von dieser Welt ist, ein heiliger Glanz, ein tröstender, seliger Schmerz — ein Licht ist es, das von innen kommt und alles, was es berührt, zu einem Teil des Himmels macht.

Marged mußte diesen Blick gefühlt haben, denn ich sah, wie ein Beben durch ihren Körper ging.

»Holst du den Eimer nicht?« fragte sie leise.

»Ja — ich gehe schon.« Owen ging, und als er mit dem Eimer zurückkam, ging er, Schritt für Schritt, bis er neben Marged stand.

Sie stand auf und versuchte, seinem Blick auszuweichen, aber brennende Kohlen sind nicht so glühend wie der Blick eines Mannes wie Owen, und so mußte Marged aufblicken, von dem Eimer weg zu seinem Arm, zu seiner Schulter und langsam, ganz langsam, zu seinem Gesicht. Zu seinen Augen.

Und ich sah, wie sich Margeds Hände in ihrer Schürze krampften.

»Marged«, sagte Owen.

»Ja«, sagte Marged. Ich wäre beinahe durch die Bettstatt gefallen, so fremd und starr klang ihre Stimme.

»Ich habe den Eimer gebracht«, sagte Owen jetzt.

Und Marged darauf: »Hier auf dem Herd steht das Wasser.«

»Ja.« Keine Bewegung machte Owen.

»Jeden Augenblick müssen sie zurückkommen.« Margeds Stimme klang gepreßt.

»Ich wollte, sie kämen nie.«

»Das darfst du nicht sagen, Owen.«

»Es ist wahr, was ich da sage. Du bist so schön, Marged.«

»Nein.«

»Doch.«

»Nein«, flüsterte Marged noch einmal.

»Siehe, meine Freundin, du bist schön«, sagte Owen, wie es im Hohelied steht, »deine Augen sind wie Taubenaugen.«

»Taubenaugen sind klein.«

»Deine Augen sind so groß wie die Welt.«

Und wieder sagte Marged leise: »Nein.«

»Doch«, sagte Owen und stellte den Eimer hin. »Ich liebe dich, Marged Evans.«

»Wie kannst du so etwas Dummes sagen.« Wieder sah ich Marged erbeben. »Erst fünf Tage kennst du mich, Owen.«

»Im ersten Augenblick, als ich dich sah, kannte ich dich, Marged. Seit fünftausend Jahren kenne ich dich. Mit Geschmeide und Gold warst du angetan.«

»Mit Geschmeide und Gold?« wiederholte Marged ganz leise.

»Ja, seit ich dich traf am Bache von Hebron . . . O Marged!«

Mit einer raschen, freudigen Bewegung legte Marged die Hände an die Brust, so schön klang ihr Name in seinem Munde. »Ich habe kein Geschmeide und kein Gold«, hauchte sie.

»Du wirst alles haben . . . alles, Marged. Warte nur, bis ich meine Erfindungen verkauft habe. Alles sollst du haben, was dein Herz begehrt. Und gar keine Hausarbeit wirst du machen müssen. Wahrhaftig nicht.«

»Was soll ich den ganzen Tag tun?«

»Auf mich warten. Wann werden wir heiraten?«

»Ich muß erst Vater fragen.«

»Du mußt dich selbst entschließen. Wann Marged?«

»Du wirst Huw wecken.« Ihre Stimme zitterte.

»Wann?« drang Owen in sie.

»Bring mich nicht zum Weinen. Laß jetzt . . . laß.«

Owen blickte sie an, und Margeds Hände sanken herab. Minutenlang, so schien es mir, sahen sie einander an. Sie standen da, still, kaum atmend, und sahen einander an.

Und dann, so schnell, daß meine Augen der Bewegung kaum folgen konnten, nahm Owen sie bei der Schulter und küßte sie — so lange, daß ich glaubte, sie wären zu Salzsäulen erstarrt.

»Marged«, sagte Owen dann, und seine Stimme klang heiser, »Marged!«

»Owen«, flüsterte sie.

»Ich liebe dich.«

»Ich liebe dich auch, Owen.«

»Nein«, sagte er, erstaunt und ungläubig.

»Doch, ich liebe dich«, sprach Marged, und es kam aus dem Grunde ihres Herzens. »Gleich, als ich dich das erstemal sah.«

»Nein, Marged . . . so wie ich?«

»Ja, Owen, so wie du. Und als du für mich eingetreten bist, damals, bei Tisch — hätte ich dich am liebsten geküßt.«

»Marged«, sagte Owen und drückte sie wieder an sich. »So schön bist du.«

»Ich wollte, ich wäre schön.«

»Du bist die Schönste. Mein ganzes Leben lang werde ich dich anbeten. Immer wirst du glücklich sein. Ich werde Buße tun für jede Träne, die du vergießt.«

»Owen«, sagte Marged, »wie schön du sprichst.«

Sicherlich hätten sie noch lange so weitergesprochen, wenn Mutter nicht mit ihrem Schuh auf den Fußboden ihrer Stube, die gerade über der Küche lag, geklopft hätte. Das war das Signal, daß sie mit mir sprechen wollte. Jeden Abend um diese Zeit sprach sie mit mir, und wenn ich schon schlief, unterhielten wir uns am Morgen.

»Ja, Tante Beth?« rief Marged hinauf und winkte Owen, stille zu sein.

»Schläft Huw schon?« fragte Mutter von oben.

Owen kam zu meinem Bett. »Schläfst du schon, Bruder?« fragte er mich, aber so leise, daß ich sicherlich nicht wach geworden wäre, wenn ich schon geschlafen hätte. Was sollte ich tun? Ich sehnte mich danach, mit Mutter zu sprechen. Aber wenn ich antwortete, so würden die beiden wissen, daß ich ihr Gespräch belauscht hatte.

»Ja«, antwortete ich scheinbar schlaftrunken, als sei ich soeben erwacht. So wird man zum Lügner.

»Mutter möchte mit dir sprechen«, sagte Owen zu mir.

»Ja, Mutter«, rief ich hinauf. Owen und Marged standen da, Hand in Hand.

»Wie geht es dir heute abend, mein Kleiner?« rief Mutter zurück.

»Fein, Mutter, und dir?«

»Wunderbar, Huw. Hast du Schmerzen?«

»Nein, Mutter. Dr. Richards läßt mich bald aufstehen.«

»Ich darf Samstag aus dem Bett«, sagte Mutter nun, »dann komme ich zu dir. Gibt Bronwen dir genug zu essen?«

»Ja, Mutter.«

»Aber Bronwen kocht nicht so gut wie Mutter, nicht wahr, mein Junge?«

Ich tat, als müßte ich husten, um die Antwort hinauszuschieben. In einem Bilde, das mir blitzschnell durch den Kopf zuckte, sah ich Mutter vor mir, wie sie oben im Bett lag und voll Sorge daran dachte, daß ihr Haus und ihre Kinder der Obhut einer anderen Frau anvertraut waren. Bronwen kochte ganz herrlich, und es kam mir ungerecht vor zu sagen, daß Mutter besser koche. Aber Mutter war nun einmal Mutter, und ich hörte aus ihrer Stimme heraus, wie sehr sie sich danach sehnte, zu hören, daß sie uns fehle, daß wir sie nicht vergessen hätten, daß sie noch immer unsere Mutter sei, auf die wir warteten und die durch niemanden zu ersetzen war. Da kam es auf eine kleine Lüge nicht an.

»Nein, Mutter, *so* kocht Bronwen nicht. So oft denke ich an deinen Pflaumenkuchen und deinen Apfelauflauf mit Ingwer drin.«

»Das sollst du haben«, rief Mutter. »Warte nur, bis ich aus dem dummen Bett hier bin; dann werde ich dir alle deine Lieblingsspeisen kochen. Ich werde ganz verrückt, wenn ich daran denke, was ich alles zu tun hätte, und dabei muß ich hier liegen und dein Schwesterchen nähren, das jeden Tag dicker wird.«

Süß war meine kleine Schwester; Olwen hieß sie. Oft wurde sie heruntergetragen, um auf meinem Bett herumzukrabbeln, wenn Bronwen und Angharad meiner Mutter das Bett richteten und sie betreuten; so kam es, daß Olwen und ich gleich von allem Anfang an gute Freunde waren.

»Wie kommt es, Mutter, daß Olwen so still ist, ich höre sie gar nicht.«

»Aber sie schläft doch schon lange, du dummer Junge«, hörte ich Mutter lachen. »Schlaf du auch jetzt.«

»Ja, Mutter, Gute Nacht, Mutter.«

»Gute Nacht, mein kleiner Huw. Sag Marged, sie braucht nicht mehr nachzulegen.«

So oder ähnlich war es jeden Abend. An dieses Gespräch mit Mutter erinnere ich mich deshalb, weil Owen und Marged, während ich mich mit Mutter unterhielt, ganz sachte auf Zehenspitzen durch die Hintertür hinausgingen; sie waren auch noch nicht zurück, als Vater mit Ivor und Bronwen von der Probe heimkehrten.

»Wo ist Marged?« fragte Bronwen.

»Ich glaube, hinten im Schuppen«, antwortete ich darauf.

Da kam Marged herein, und sie war ganz rot und bemühte sich, ruhig zu atmen. Sicher hatte sie gehört, wie die anderen heimkamen, und war rasch hergelaufen. Ich sah, wie Bronwen sie mit ihrem Lächeln, das eigentlich kein Lächeln war, anblickte und dann zum Schrank ging, um die Teller herauszunehmen.

»Ich glaube, man müßte Owen in seinem Schuppen ein bißchen Feuer machen«, meinte Bronwen und klapperte mit den Tellern.

»Ja, wirklich«, nickte Marged. »Es ist schrecklich kalt dort drinnen.«

»So?« Wieder lächelte Bronwen ein wenig.

»Er hat es mir gesagt, daher weiß ich es.« Ganz hastig rief Marged das.

»Vielleicht gehst du einmal hinüber und siehst selber nach, Kind«, sagte Bronwen freundlich.

»Ich bin aber noch nie da drin gewesen.« Marged sah Bronwen mit großen Augen an. »Nicht ein einziges Mal.«

»Es wäre ja nichts dabei gewesen, Mädel.« Jetzt lächelte Bronwen richtig.

Als das Abendessen auf dem Tisch stand und Gwilym Owen herüberrief, hätte ein anderer sicher gar nicht bemerkt, daß Marged und Owen sich liebhatten. Sie nahmen gar keine Notiz voneinander.

Ich aber bemerkte ganz genau, daß sie sich von Zeit zu Zeit ansahen; ganz rasche, ganz kurze Blicke waren es, und doch lag alles darin, was sie füreinander fühlten. Sie saßen nahe bei meinem Bett. Da sie glaubten, ich schliefe, gaben sie nicht weiter acht auf den Spalt zwischen den Vorhängen und auf die Augen, die sie aus dem Dunkel dahinter beobachteten.

Die beiden waren schuld daran, daß das Fest, das Vater aus Anlaß der Genesung meiner Mutter veranstaltete, beinahe ein böses Ende genommen hätte.

Vater hatte für diesen Tag alle möglichen Überraschungen vorbereitet. Den Sängerchor hatte er eingeladen, und den neuen Pastor und den Direktor des Kohlenbergwerks und Dr. Richards, und dann alle meine Onkeln und Tanten, und Bronwens Familie, und wer weiß wie viele andere noch, kurz, das ganze Dorf.

Vier Harfenspieler kamen aus benachbarten Tälern und Geiger, und sogar ein Klavier wurde aus der Stadt gebracht; das wollten, wie ich wußte, Vater und Mutter nachher Bronwen schenken für Gareth, ihren ersten Enkel.

Idris John fing an, das ganze Haus frisch zu streichen, von oben bis unten, innen und außen, und mit dem Klavier kamen auch Möbel aus der Stadt, alle neu und so schön, daß ich gar nicht genug hinschauen konnte.

Mutter war ein paar Tage vorher auf der Matratze zu Bronwen getragen worden, denn sie sollte nicht im Hause sein, wenn Idris die Schlafzimmer ausmalte; es sollte ja alles eine Überraschung für sie sein. Mutter glaubte, man habe sie nur deshalb zu Bronwen gebracht, weil die hölzerne Bettstatt ausgebessert werden sollte; das Bett war nämlich schon sehr alt und krachte, daß einem die Zähne weh taten, und einmal hatte Mutter schon geschworen, sie werde einmal das ganze Bett zerhacken und die Stücke als Brennholz zum Fenster hinauswerfen. So kann einen ein altes, krachendes Holzgestell ärgern.

Ich hatte alles, was vorging, von meinem Bett aus mit angesehen, bis die Küche an die Reihe kam; da trug Ivor mich in die Wohnstube. Alles neu tapeziert und gemalt — schön war das! Die neuen Möbel standen vorläufig noch in den Nachbarhäusern und warteten darauf, daß Idris mit seiner Malerei fertig wäre und die Mädchen alles gründlich sauber gemacht hätten.

Als ich am nächsten Morgen wieder in mein Bett getragen wurde, erkannte ich unsere Küche kaum wieder. Die Decke glänzte schneeweiß; die Wände waren hellblau mit Gelb, und alle Löcher und Risse darin waren weggezaubert.

Mein Bett war auch gelb geworden und sah so hübsch aus, daß es ein Vergnügen war, darin zu liegen und zu sehen, wie die Sonne darauffiel und sich darüber zu freuen schien, daß sie auf etwas scheinen durfte, das gerade so schön gelb war wie sie selbst. Während des ganzen Vormittags putzten und rieben und schrubbten meine Schwestern und Bronwen und die Frauen aus der Nachbarschaft und alle meine Tanten, damit das Haus blitzblank sei, wenn Mutter zurückkäme.

Vater schoß in einem fort in die Küche hinein und wieder hinaus, rückte Sachen hin und her, sah zu, wie neue Gardinen aufgehängt wurden oder blickte stirnrunzelnd auf das Geschirr, das noch übereinandergetürmt auf dem Boden stand. Man sah, wie ihn die Finger juckten, wie er am liebsten alles selber gemacht hätte, damit es nur ja rechtzeitig fertig wäre.

Als er sich umsah und bemerkte, daß ich ihn beobachtete, zupfte er verlegen an seinem Schnurrbart, als schämte er sich seiner Ungeduld, aber dann zwinkerte er mir lustig zu.

»Siehst du, Huw, ich bin eben der Oberaufseher«, sagte er, und dann zog er sich hinten den Rock herunter und ging würdevoll und auf höchst komische Art zur Tür hinaus, um mich zum Lachen zu bringen.

Nun, endlich war doch alles fertig.

Hunderte von Leuten waren draußen versammelt. Der Sängerchor kam in voller Stärke angerückt, und schon als sie die Straßen heraufmarschierten, hörte ich sie wunderschön singen. Alles stimmte mit ein, die Mädchen richteten hinter dem Haus Speisen und Getränke her, bei mir in der Küche kochten und buken Bronwen und Angharad und noch andere; all meine Onkeln und Tanten waren schon in der guten Stube versammelt, und oben wurden noch die letzten Vorhänge aufgehängt.

Überall wurde gesungen, das ganze Haus war voll mit Gesang, und draußen sangen sie auch, und mir war, als sänge die Luft und die Berge und alles mit.

Vater führte den neuen Pastor zu mir herein, ehe Mutter aus Bronwens Haus zurückkam; Herr Nicholas, der Direktor der Kohlengrube, und Dr. Richards mußten in der Tür stehenbleiben, so voll war die Küche mit Frauen und Mädchen, die kochten oder Butterbrote strichen.

»Das ist Huw, Herr Gruffydd«, sagte mein Vater. »Huw, das ist Seine Ehrwürden Herr Merddyn Gruffydd, unser neuer Pastor.«

Herr Gruffyd sah lange auf mich nieder. »Huw Morgan«, sagte er endlich, »sorge dafür, daß deine Augen immer so hell strahlen wie jetzt. Und wenn du noch so länger hier bleiben müßtest. Möchtest du gerne mit den anderen Jungen draußen herumlaufen?«

»Ja, das möchte ich, Herr Gruffydd.

»Bist du sicher, daß du eines Tages von dem Bette hier aufstehen wirst?« fragte Herr Gruffydd.

»Ja, Herr Pastor, ich bin sicher.«

»Gut«, sagte Herr Gruffydd. »Nie darfst du daran zweifeln, keinen Augenblick! Laß die Ärzte quatschen, was sie wollen.«

Damit wollte Herr Gruffydd Dr. Richards eins auswischen, aber nur im Spaß. Und alle lachten, nur der Doktor selbst nicht.

»Der Junge wird dadurch, daß Sie ihm solche Ideen in den Kopf setzen, nicht rascher gesund werden, Herr Gruffydd«, brummte Dr. Richards. »Man muß der Natur ihren Lauf lassen.«

»Die Natur ist die Dienstmagd Gottes«, sagte der Pastor. »Ich erinnere mich — ein paarmal hat der Herr ihr befohlen, ein bißchen schneller zu arbeiten als sonst. Was einmal geschehen ist, kann wieder geschehen, wenn auch vielleicht nicht ganz so schnell. Hast du Vertrauen in deine Genesung, kleiner Huw?«

»Ja, Herr Pastor«, antwortete ich lebhaft.

»Gut«, sagte Herr Gruffydd. »Du wirst oben auf dem Berg die erste Schlüsselblume blühen sehen. Möchtest du das?«

»Gern möchte ich das, Herr Gruffydd.« Seine Hand legte sich kühl auf meine Stirn.

»Gott segne dich, kleiner Huw. Ich werde dich jeden Tag besuchen kommen, ja?«

»Ja, bitte, Herr Gruffydd.«

»Ich danke Ihnen, Herr Pastor«, sagte Vater jetzt, und ganz seltsam sah er aus. Herr Gruffydd winkte mir mit der Hand zu und lächelte mich an, ehe er in die Stube hinüberging.

Einen Augenblick war es ganz still in der Küche, als er gegangen war. Bronwen sah ihm nach, die ganzen Hände hatte sie voll Mehl, und die anderen Frauen nickten einander zu und sahen ernst drein.

Dann sagte Bronwen: »Ein guter Mann, der neue Pastor. Sicher wird die Kirche jetzt immer voll sein.«

Während der ganzen Zeit hatte draußen das Singen nicht aufgehört. Aber nun ging, weil meine Mutter kam, ein Rufen und ein Beifallsgeschrei los, daß die Töpfe auf dem Tisch zu wackeln begannen.

In aller Eile beendeten Bronwen und die anderen ihre Arbeit, damit alles bereit sei, wenn Mutter in die Küche käme.

Und wie sie sich beeilten! Schüsseln klirrten, Messer und Gabeln rasselten; alle gleichzeitig wollten die Mädchen den Tisch abwischen, und dann liefen sie wieder weg, um etwas anderes anzufangen; als sie sahen, daß der Tisch noch nicht so glänzte, wie er sollte, rannten sie wieder zurück und wischten ihn noch einmal ordentlich ab, und hier hob eine ein Stückchen Kartoffelschale vom Boden auf, dort wischte eine Mehlstäubchen von den Fliesen, wieder eine andere tat noch rasch ein paar Kohlen ins Feuer und sie stießen aneinander und lachten, und draußen wurde das Rufen und Klatschen immer noch lauter, und eine kam zu mir und strich meine Decke glatt und lächelte mich an, und Bronwen und Angharad gaben mir noch rasch einen Kuß, und dann waren sie weg; ich hörte nur noch, wie die Tür ins Schloß fiel, und dann draußen die Schritte.

Und nichts blieb in der Küche zurück als die gebratenen Hühner am Spieß und die neuen Möbel und das Geschrei von draußen und ich.

Während ich so dalag und die Leute draußen wild durcheinanderbrüllen hörte, kam es mir etwas komisch und beinahe sinnlos vor. Aber um so schöner klang es dann, als nun die Stimme der Sänger ertönten, in reicher würdiger Schönheit und Harmonie. Ja, herrlich ist die Stimme des Menschen, und süß ist der Klang der Harfe.

Und dann sah ich mit einem Male Mutter in der Tür stehen, und sie blickte mich an, und Diamanten glänzten in ihren Augen, und sie hielt die Hand über den Mund, so als wisse sie nicht, ob sie lachen oder weinen solle.

»Huw«, sagte sie. »Mein kleiner Huw.«

Ich aber konnte kein Wort hervorbringen.

Meine Mutter ging auf mich zu; ich hörte ihren Rock über die Fliesen schleifen. Und als sie sich nun über mich beugte und sah, daß ich das Gesicht verzog wie zum Weinen, zuckte es auch um ihren Mund, aber dann schauten wir einander richtig an, und nun fingen wir gleichzeitig an zu lachen. Es war ja auch kein Grund zum Weinen, nein, es hätte keinen Sinn gehabt, zu weinen.

»Warte, Huw«, sagte meine Mutter und strich mir über das Gesicht, »gleich kommt die Heidelbeertorte, warte, gleich kommt sie.«

»Geht es dir besser, Mutter?«

Mutter lächelte in sich hinein. »Natürlich geht es mir besser, Huw. Sehe ich nicht besser aus?«

»Dein Haar ist weiß geworden, Mutter.«

»Ja, weil damals Schnee hineingekommen ist. Du hattest es gut, du hattest deine Mütze auf.«

Und dann stand Vater in der Tür.

»Willst du dir jetzt das Haus ansehen, Beth?« fragte er.

»Ja, das will ich gerne«, nickte Mutter. »Schön ist es!«

Sie sah sich in der Küche um, und dann blickte sie rasch auf mich und lief aus der Küche und die Treppe hinauf. Ja, wahrhaftig, sie lief!

Vater und Mutter blieben lange oben, lange genug, daß der Chor inzwischen vier Lieder singen konnte. Dann hörte ich sie wieder herunterkommen; sie kamen in die Küche zurück, und jetzt standen sie beim Tisch.

»Gwilym«, sagte Mutter.

»Beth«, sagte Vater.

»Schön ist es«, sagte Mutter.

»Freut mich, daß es dir gefällt«, sagte Vater.

Und dann fragte meine Mutter: »Wieviel ist denn noch in der Geldbüchse?«

»Genug.«

»Der Arzt und all dies hier . . .?«

»Genug ist noch drinnen, mehr als genug«, sagte Vater lächelnd und blinzelte mir zu.

»Du bist so gut, Gwil.« Meine Mutter legte ihre Hand auf Vaters Arm. »Eine nette Frau hast du, die so lange faul im Bett liegt und ihre Familie Fremden überläßt.«

»Ja, wahrhaftig«, sagte Vater und tat so, als ob er böse wäre, »eine nette Frau habe ich; zu allem übrigen hat sie Huw noch ein neues Schwesterchen gebracht. O Gott, o Gott, habe ich es schlecht mit meiner Frau getroffen!«

»Aber die ganze Zeit wollte ich schon aufstehen, Gwil.«

»Mein Liebling«, sagte Vater. Noch nie hatte ich ihn meine Mutter so nennen hören. Schön klang es. Mutter gefiel es auch. Wahrhaftig, sie wurde rot.

Ganz rasch schaute sie mich an und sah, daß ich lächelte. Da wurde sie noch röter und blickte zu Boden.

»Wollen wir jetzt zu den anderen gehen, Beth?« fragte Vater.

»Ja, das wollen wir«, sagte Mutter darauf, »aber daß du es gleich weißt, eine Rede werde ich nicht halten.«

»Ein paar Worte wirst du schon sprechen müssen, Kind«, sagte Vater. »Wenn du dich davor drücken willst, gibt's einen Skandal.«

»Aber was soll ich denn sagen?«

»Das letztemal, als du eine Rede hieltest, hat es dir an Worten nicht gefehlt, Beth. Heute wird es dir sicher noch leichter fallen.«

»Also gut«, seufzte Mutter. »Mit ein paar Worten will ich ihnen danken. Aber besser könnte ich das mit einer guten Tasse Tee. Haben die Mädchen alles fertig?«

»Ja, Mutter«, meldete ich mich. »Hinter dem Haus steht schon alles bereit.«

»Komm, Beth«, sagte Vater. »So, und jetzt zeig den Gästen, daß du noch lachen kannst.«

Wenn Vater einen so ansah, wie er jetzt Mutter ansah, dann mußte man lachen, ob man wollte oder nicht. Einen Augenblick lang bemühte sich Mutter ernst zu bleiben, aber dann mußte sie laut herauslachen.

»Also los, Gwil«, sagte sie, machte sich von Vater, der den Arm um ihre Hüfte gelegt hatte, frei und gab ihm einen kleinen Stoß auf die Tür zu. Dann wandte sie sich noch einmal zu mir um. »Ich bin gleich wieder bei dir, mein kleiner Huw. Und die Heidelbeertorte kommt auch gleich.«

»Danke, Mutter. Und sprich, bitte, so laut, daß ich es hören kann.«

»Du lieber Gott im Himmel«, sagte Mutter, »der Junge ist genauso wie sein Vater.«

Und dann gingen sie hinaus, und ein großer Lärm ging draußen los, als sie die Haustür öffneten. Eine mächtige Stimme gebot Schweigen, da merkte ich, daß man den Herrn Pastor Gruffydd sogar im nächsten Tal hätte hören können, wenn er es gewollt hätte.

»Liebe Schwestern und Brüder«, begann er, auf dem Fenstersims der Wohnstube stehend, »ich begrüße euch im Namen des Herrn.«

»Amen«, ertönte es zurück.

Der Pastor fuhr fort: »Groß ist meine Freude darüber, daß mir gleich am ersten Tage meines Wirkens unter euch eine solche Ehre zuteil wird, daß man mich in dieses Haus des Opfers und der Pflichterfüllung gerufen hat, um eine Frau und Mutter willkommen zu heißen, deren Name auf einem Schilde aus purem Gold durch die fünf Täler und darüber hinaus getragen werden soll, für immerdar.«

Er mußte innehalten, so laut war der Beifallslärm.

»Ich sehe schon«, rief Herr Gruffydd, und nun klang Lachen aus seiner Stimme, »daß ihr jetzt keine Geduld habt, eine lange Rede anzuhören. Aber wartet nur, bis ich euch in der Kirche habe, da könnt ihr mir nicht entgehen.«

Fröhliches Gemurmel ging durch die Runde.

»Beth Morgan«, rief der Pastor nun, und seine Stimme hallte von den Bergen wider, »tritt ein in dein Haus! Tritt ein in Ehren, während wir Gott dem Allmächtigen danken wollen für alle Seine Gnade, dafür, daß Er dein Leben bewahrt hat und das deines tapferen Sohnes.«

Wieder ertönten laute Zurufe, aber sie klangen anders als vorher. Hier drinnen in der Küche aber war es so still, daß ich das Fett von den Hühnern am Spieß tropfen hörte. Sonst war kein Laut zu vernehmen, nur noch die leisen Stimmen der frischen Farbe, die in die Risse der Wand einsickerte, des Tisches, der es sich auf den Fliesen des Fußbodens bequem machte, und dann mein langsames, ruhiges Atmen.

»Liebe Freunde, liebe Nachbarn«, hörte ich nun Mutter sprechen, »zuerst einmal möchte ich Herrn Gruffydd recht schön danken. Daß ich am Leben geblieben bin, danke ich Gott und dann noch einem, der dort drinnen liegt. Mehr weiß ich nicht zu sagen. Jetzt kommt alle herein und eßt und trinkt. Es ist genug da.«

Rufe, immer wieder Rufe. Und dann war die Küche auf einmal voll mit Menschen. All die Frauen und Mädchen kamen zur Hintertür hereingelaufen und eilten in ganzen Zügen zur Vordertür wieder hinaus, beladen mit Schüsseln voll Butterbroten und Torten und Kuchen, und Eimern und Kesseln voll heißen Wassers für den Tee; sie rannten aneinander und lachten und stießen und drängten und taten so, als könnten sie nicht durch die Tür hindurch.

Und dann kam Mutter mitten durch das Gedränge zu mir, ein riesiges Stück Heidelbeertorte in der einen, eine Tasse mit dem Tee in der anderen Hand; hoch hielt sie die Sachen vor sich her, vorsichtig, um nur ja nichts zu verlieren oder auszuschütten; mit ihren Ellbogen und dem Blick ihrer Augen bahnte sie sich den Weg durch die vielen Menschen.

»So, Huw«, sagte sie und gab mir Tasse und Teller in die Hand, »aber jetzt warte noch, bis ich dir eine Serviette bringe.«

»Ach nein, Mutter«, rief ich. »Auf die Torte warte ich schon so lange, nicht auf die Serviette.«

»Wenn dein Vater dich ohne Serviette essen sieht, was werde

ich dann zu hören bekommen? Daß ich seinen Sohn wie in einem Schweinestall aufziehe. So, jetzt wart schön!«

Aber ehe sie sich auch nur umgedreht hatte, biß ich schon in die Torte.

Die gute Heidelbeertorte! Mit Beeren so groß wie mein Daumen, purpurn und schwarz, schwellend vor Saft; dazu die knusperige Kruste, die im Mund so schön weich wird, und wenn man es dann hinunterschluckt, dann schmeckt es so fein, daß man die Augen zumacht und wünscht, man könnte ewig leben, um das zu genießen.

Jetzt endlich kam Angharad mit der Serviette, und Bronwen kam, um mir den Tee in der Tasse umzurühren. Viel sprechen konnte ich nicht mit ihr, denn das ganze Haus war vollgepfropft mit Leuten, die alle die neuen Möbel und die neue Malerei an den Wänden sehen wollten, und sie machten einen gewaltigen Lärm. Und die meisten kamen zu meinem Bett und begrüßten und streichelten mich.

Aber der Lärm, ja, der war wirklich schrecklich!

Tassen und Untertassen und Teller und Messer und Gabeln und Löffel und Stiefel und Schuhe klirrten und klapperten und kratzten und schlurften, und Frauen sprachen und lachten in Sopran und Alt, und Männer riefen und scherzten in Tenor und Baß, aber alles war durcheinandergemengt, als ob jemand es sich in den Kopf gesetzt hätte, aus Geräuschen einen Kuchen zu backen und nun zuerst einmal den Teig gut durcheinanderknetete.

Und dann hörte ich auf einmal hinter dem Hause Owen laut brüllen. Die meisten müssen ihn wohl gehört haben, denn es wurde still, und Leute, die nahe bei der Tür standen, wiesen andere, die noch miteinander plauderten, zur Ruhe.

»Ich lasse mir von Ihnen nichts befehlen«, brüllte Owen zornig.

»Wenn ich dich noch einmal in der Nähe meiner Tochter finde«, brüllte Margeds Vater zurück, »so prügle ich dir die Seele aus dem Leibe, du Taugenichts.«

»Laßt mich los, daß ich ihn niederschlagen kann«, schrie nun Gwilym dazwischen.

»Halt den Mund, Gwilym«, hörte ich jetzt Davy sagen. »Herr Evans, Sie haben keinen Grund, meinen Bruder so zu beschimpfen.«

»Das überlaß gefälligst mir«, rief Herr Evans, »kümmere dich nicht um Sachen, die dich nichts angehen.«

»Haut den alten Narren ordentlich durch«, brüllte nun wieder

Gwilym. »Schlagt ihm die Zähne ein, dem ungehobelten Kerl.«

»Sei still, Gwilym«, mahnte Davy. »Du machst es nur noch schlimmer. Bitte, Herr Evans, sprechen Sie mit meinem Vater, ehe Sie weiterreden.«

»Ich nehme meine Tochter von hier weg, und zwar sofort«, ereiferte sich Herr Evans.

»Dann laufe ich von zu Hause fort, Vater«, hörte ich Marged dazwischen schluchzen.

Die Leute in der Küche drängten sich nun noch enger zusammen, um meinen Vater und Herrn Gruffydd durchzulassen, die aus der Wohnstube kamen und nun hinter das Haus gingen, wo der Lärm losgegangen war.

»Beth«, fragte Vater, »was ist geschehen?«

»Gut, daß du da bist, Gwilym«, rief Mutter erleichtert. »Es ist etwas geschehen, das nicht geschehen durfte. Ich schäme mich für dich, Owen. Und ich schäme mich auch, daß du, Gwilym, den Namen deines Vaters trägst. Geh sofort zu Herrn Evans und entschuldige dich.«

»Nein Mutter, das tue ich nicht«, sagte Gwilym trotzig.

»Mit dir rede ich später«, hörte ich Vater sprechen. »Nun, Evans, was ist eigentlich geschehen?«

»Ihren Owen habe ich in dem Schuppen da mit meiner Tochter erwischt.«

»Erwischt? Was heißt das?«

»Er hat Marged umarmt und an sich gedrückt«, entrüstete sich der Vater des Mädchens.

»Ich habe sie geküßt, das ist alles«, verteidigte sich Owen.

»So, so«, brummte Vater, als ob darüber nichts Besonderes zu sagen wäre. Er muß gelächelt haben dabei, denn alle fingen zu lachen an.

Einen Augenblick später lachte das ganze Haus. Als es wieder still geworden war, hörte ich Vater sprechen: »Ich bin froh darüber, daß es sonst nichts ist. Es wird mir eine Freude sein, Marged in unsere Familie aufzunehmen.«

»Eine bessere Familie gibt es nicht«, ließ sich Herr Evans nun vernehmen. »Es tut mir leid, Freund Morgan, daß es zu diesem Krach gekommen ist. Aber ich bin in solchen Sachen sehr streng.«

»Da haben Sie auch recht, Evans«, stimmte mein Vater zu. »Gwilym, jetzt geh zu Herrn Evans und sage ihm, daß dir dein Benehmen leid tut.«

»Wie der Herr früher gewesen ist, hatte ich das Recht, so zu ihm zu sprechen, wie ich gesprochen habe«, sagte Gwilym. »Aber jetzt, wo Sie wieder manierlich geworden sind, will ich gerne sagen, daß es mir leid tut, Herr Evans.«

»Eine bessere Entschuldigung werden Sie von dem Jungen nicht erreichen, Evans«, meinte Vater. Und wieder fingen alle an zu lachen.

»Der Tee wird kalt«, rief Bronwen zum Küchenfenster hinaus. »Kommt alle, rasch!«

Bronwen nahm mir die Teetasse ab und wischte mir die Kuchenkrumen vom Kinn. »Ein alter Esel, dieser Evans«, flüsterte sie mir zu. »Margeds Mutter weiß schon seit einer Woche, was vorgeht. Und der Alte selbst hat nur so getan, als ob er Gott weiß wie böse wäre.«

Und als ob Frau Evans diese Worte gehört hätte, sagte sie nun zu ihrem Manne so laut, daß es jeder hören konnte:

»Schäme dich, Sion Evan Evans. Natürlich wird aus unserer Marged und Owen Morgan ein Paar, und ich freue mich wahrhaftig sehr darüber. Ja, ich schäme mich, liebe Frau Morgan, daß mein Mann, dieser alte Narr, an einem solchen Tag Krach gemacht hat.«

»Wißt ihr was«, rief mein Vater, »jetzt gehen wir Männer ein Glas trinken. Kommt, Freunde!«

Wieder hörte ich alle durcheinandersprechen, und nun begann einer zu singen.

»Owen wird das nicht vergessen, solange er lebt«, sagte Angharad zu mir, als sie mir eine frische Tasse Tee brachte. »Sein Gesicht hättest du sehen müssen, Huw.«

»Ich werde mit ihm reden«, warf Bronwen ein. »Aber ich weiß nicht, ob er auf mich hören wird.«

Doch nun sangen alle, und es dunkelte schon, und die Lampen leuchteten wie goldene Blumen, und die Frauen hatten eine Menge Arbeit, während die Männer singend die Straße hinabzogen, um im Wirtshaus auf das Wohl des jungen Paares und auf das Wohl meiner Mutter und vielleicht auch auf mein Wohl zu trinken.

Owen ließ sich an diesem Abend nicht mehr blicken.

Achtes Kapitel

Mancher Tag verging, ehe Bronwen Gelegenheit hatte, mit Owen zu sprechen, denn sie verbrachte nun nicht mehr soviel Zeit bei uns. Mutter sah jetzt, da sie wieder gesund war, überall selbst nach dem Rechten.

Bronwen kam meistens abends, wenn Ivor gegessen hatte; dann setzte sie sich zu mir, um meine Aufgaben mit mir durchzugehen; später pflegte sie dann Angharad dabei zu helfen, die Frühstücksdosen für Vater und die Brüder zurechtzumachen.

Eines Abends ging Mutter mit Vater zum Gottesdienst, das erste Mal seit ihrer Genesung. Aus diesem Anlaß ging die ganze Familie in die Kirche, mit Ausnahme von Owen, der wie sonst an seinen Erfindungen herumarbeitete.

Owen war in letzter Zeit sehr still geworden. Mehr als einmal war er nicht zum Essen gekommen, und wenn Vater auch sagte, das habe nichts zu bedeuten, so merkte ich doch, daß Mutter sich heimlich Sorgen darüber machte. Das tat sie immer, wenn eines ihrer Kinder eine Mahlzeit versäumte, was ein sicheres Zeichen für sie war, daß etwas nicht in Ordnung sei.

Aber nicht nur Mutter war bekümmert, sondern auch Marged. Ich sah es ganz genau, obwohl sie sich bemühte, es nicht zu zeigen. Oft blickte sie durchs Fenster zu dem Schuppen hinüber, in dem Owen arbeitete. Dann standen oft Tränen in ihren Augen, und jedesmal, wenn drüben der Schlag von Owens Hammer erklang, ging ein Zittern durch ihren Körper, als fröre sie, und dann lief sie zum Waschhaus hinüber, die Hand vor den Mund gepreßt.

Als an diesem Abend Mutter und Vater fortgegangen waren, kam Bronwen durch die Hintertür herein und zog ihren Mantel aus, als habe sie eine Arbeit zu verrichten.

»Ist Marged hier?« fragte sie.

»Nein, Bron«, antwortete ich. »Mit Mutter und Vater und den anderen ist sie weggegangen.«

»Gut«, sagte Bronwen und öffnete die Tür. »Warte, ich muß einen Augenblick mit Owen sprechen.«

Als ich allein war, nahm ich mein Buch wieder vor. Ich beschäftigte mich damals gerade mit Euklid. Noch heute freue ich mich an seinen Lehren. So einfach und weise sind sie, und man kann so gut den Verstand an ihnen üben. Ich war gerade dabei, ein gleichschenkeliges Dreieck in einen Kreis zu zeichnen, als die Tür aufgerissen wurde und Marged hereingestürzt kam. Sie blickte so wütend drein, als ob sie am liebsten jemanden ermordet hätte.

»Wer ist bei Owen?« zischte sie mich an.

»Bronwen ist bei ihm.«

»Ich werde sie umbringen«, rief Marged, riß ihren Mantel auf und warf ihn auf einen Stuhl.

»Sie sprechen nur miteinander«, sagte ich.

»So, sie sprechen miteinander!« Marged lachte schrill auf. »Seit Wochen sieht er mich nicht einmal mehr an. Jetzt weiß ich, warum.«

»Was hast du denn, Marged?« Ich war ganz erschrocken, denn Marged starrte so unheimlich vor sich hin.

Aber sie gab keine Antwort, sondern lief zur Hintertür hinaus, holte tief Atem und schrie zum Schuppen hinüber: »Owen ... Bronwen Morgan! Kommt heraus!«

Gleich öffnete sich die Tür des Schuppens. Bronwen trat heraus, lief zu Marged hin, nahm sie bei den Schultern und schob sie zur Küche hinein.

Nun kam auch Owen herein, schloß die Tür hinter sich und blickte haßerfüllt auf Marged, die, den Rücken hart gegen die Wand gepreßt, Bronwen gegenüberstand.

»Du bist ein dummes Mädel, Marged«, sagte Bronwen ruhig und warf einen raschen Blick zu mir hinüber.

»Nein, ich bin nicht dumm.« Starr und tonlos klang Margeds Stimme. »Seit Wochen beobachte ich schon, wie du ihn immer ansiehst!«

»Sprich keinen Unsinn, Mädel«, sagte Bronwen, »es hat einen guten Grund gehabt, daß ich jetzt bei Owen war.«

»Sag ihr den Grund, Bronwen«, warf Owen hin.

»Ich ging zu Owen, um ihn zur Rede zu stellen, weil er dich in letzter Zeit so schlecht behandelte, Marged.«

»Sag ihr auch, welche Antwort ich dir darauf gegeben habe«, rief Owen dazwischen.

»Es ist ein Kind im Zimmer, Owen. Geh mit Marged hinaus und sag es ihr selbst.«

»Soll ich noch lange hier stehen und von euch beiden wie ein alter Fetzen behandelt werden?« schrie Marged. »Redet endlich!«

»Owen sagte mir, er könne dich nicht mehr liebhaben, Marged, weil ... weil damals soviel darüber geredet wurde ... weil seine Liebe hervorgezerrt wurde wie etwas Schmutziges ... weil alle lachten und grinsten darüber.«

»Du hast ihm das eingeredet, Bronwen, nur du!« stieß Marged zwischen den Zähnen hervor. »Weil du ihn für dich haben wolltest.«

»Schweig, Marged, und benimm dich anständig!«

»Du bist an allem schuld, Owen«, rief Marged. »Oder kann ich etwas dafür, daß Vater uns damals im Schuppen fand? Du warst es, der mich küssen wollte. Erinnerst du dich nicht . . . Ich hatte doch so viel zu tun . . . all die Teekannen sollte ich füllen. Immer wieder sagte ich dir, du solltest mich loslassen, aber du hast mich immer nur noch mehr geküßt.«

»Geh mit ihr hinaus, Owen . . . sprich in Ruhe und Güte mit ihr . . . überlege es dir doch noch einmal!«

Aber Owen stand trotzig, mit finsterem Blick da. »Mein Entschluß ist gefaßt.«

Noch einmal wandte sich Bronwen in bittendem Ton an ihn. »Owen!«

Aber Owen schwieg.

Und nun standen die drei lange stumm da und blickten einander an.

Ich hörte die Uhr ticken, immer lauter, bis mir war, als füllte dieses Geräusch den ganzen Raum. Und ich wunderte mich darüber, daß man sonst die Uhr nie ticken hörte.

Dann senkte Marged den Kopf und begann zu weinen. So heftig wurde sie von Schluchzen geschüttelt, daß ihr Kopf immer wieder krampfhaft, stoßweise auf die Brust fiel. Und jedesmal, wenn er vornübersank, sah ich ihren schlanken Nacken weiß aufschimmern.

Wieder blickte Bronwen Owen bittend an, aber der starrte nur auf die blauen Fliesen am Fußboden rings um den Tisch.

»Also gut«, sagte Bronwen endlich, als habe sie begriffen, daß es keinen Zweck habe, jetzt noch weiter in ihn zu dringen. »Sei vernünftig, Marged, mein Kind; komm mit mir nach Hause und trink eine Tasse Tee.«

Marged ging ohne Widerrede mit ihr. Als sich die Tür hinter ihnen geschlossen hatte, blieb Owen stehen, wo er stand. Nach einer Weile sagte er, ohne mich anzusehen: »Ich brauch dir wohl nicht zu sagen, Huw, daß du über das, was du eben gehört hast, schweigen sollst.«

»Ich werde mit niemand darüber sprechen, Owen, aber Marged hat mir leid getan, wie sie geweint hat. Und ich habe gesehen, wie weiß ihr Nacken ist.«

»Sei jetzt still«, sagte Owen und stellte sich ans Feuer.

Ich konnte hören, wie Bronwen hinter dem Haus mit Marged sprach.

»Wie bist du eigentlich von Hebron hergekommen, Owen?« fragte ich meinen Bruder.

»Von wo, Junge?«

»Von Hebron, Owen«, sagte ich und blickte dabei in mein Buch, »vom Bach von Hebron, wo du Marged getroffen hast. Schön muß sie ausgesehen haben, mit Geschmeide und Gold angetan.«

»Halt den Mund, Huw!«

»Und lange hast du gewartet, Owen. Fünftausend Jahre. Ich habe einmal bis fünftausend gezählt, das ist schrecklich lang.«

»Hast du nichts Besseres zu tun?« rief Owen unwirsch. »Schlaf jetzt.«

»Gute Nacht, Owen«, sagte ich und sah meinem Bruder nach, als er nun zur Tür ging. »Wenn du Bronwen siehst, sag ihr, sie möchte noch kommen, meine Aufgaben durchsehen.«

Owen ging rasch hinaus und schlug die Tür hinter sich zu, daß das ganze Haus zitterte.

Aber Bronwen kam an diesem Abend nicht mehr.

Als die anderen nach Hause kamen, schickte Mutter Angharad zu Bronwen, um Marged zu holen. Aber schon lange vorher, als Morris, der Metzger, gekommen war, um Bronwen zu bitten, zu seiner Frau zu kommen, die in Wehen lag, hatte Marged das Haus verlassen.

Die ganze Nacht suchten sie Marged, am Fluß und oben auf dem Berg; erst morgens, als die Männer bereits zur Arbeit gingen, erfuhren sie von Dai Ellis, daß Marged am Abend mit einigen Leuten, die aus der Kirche kamen, ins nächste Tal gefahren war.

Oh, waren Vater und Mutter da böse!

Aber noch viel böser waren sie, als sie am Abend mit Herrn Evans, Margeds Vater, sprachen.

Ich hörte nichts davon, weil sie ihn in Bronwens Haus trafen. Aber als sie heimkamen, war Vater so ergrimmt, daß er gar nichts essen wollte. Deshalb aßen die anderen auch nichts.

Und dann war es auf einmal Gwilym, der Marged heiratete.

Sie waren gleich alt, und Gwilym hatte Marged von allem Anfang an geliebt, zuerst wahrscheinlich, weil Owen sie liebte. Wenn Owen etwas tat, dann tat Gwilym es auch immer. Owen war nicht zu finden, als die Hochzeit stattfand; nur Mutter und Angharad gingen in die Kirche, als sie getraut wurden. Bronwen mußte zu Hause bleiben, weil Gareth krank war, und mein Vater weigerte sich selbst an diesem Tage, mit Herrn Evans zusammenzukommen.

Gwilym und Marged wohnten in einem von den neuen Häusern im Nachbartal, das mit Geld aus der Sparbüchse eingerichtet worden war. Aus unserer Sparbüchse.

Der alte Evans schenkte ihnen gar nichts, nicht einmal eine Tasse oder ein Stück Fett für die Bratpfanne. Als er ein paar Jahre später starb, hinterließ er der Kirche über dreihundert Pfund. Ich hörte Vater nach der Hochzeit nie mehr Evans' Namen nennen, und dabei waren sie früher gute Freunde gewesen. Auch Owen zog nun auf lange Zeit fort. Er arbeitete an seinen Maschinenmodellen, und zwar im Eisenwerk, das ihm einen Arbeitsraum und richtige Werkzeuge zur Verfügung stellte. Eines Abends, als ich schon schlief, ging er von uns weg. So war das Haus denn recht leer geworden; von Vaters Söhnen waren nur noch Davy und ich da, und Davy war so oft weg, daß er uns beinahe wie ein Fremder vorkam, wenn er zurückkehrte.

Die Gewerkschaft wurde immer größer. Ich wußte es, weil ich Davys Briefe schrieb, wenn er zu Hause war, und oft las ich Briefe von ihm seinen Freunden vor, die sie nicht selber lesen konnten. Davy versuchte um diese Zeit, eine Verbindung mit den Eisenbahnern herzustellen, aber er hatte so viele Gegner unter ihnen, und die Eisenbahngesellschaften waren so mächtig, daß er nach dieser Richtung hin keine rechten Fortschritte machte.

Ich aber machte Fortschritte, dank der Hilfe des Pastors Gruffydd. Jeden Tag kam er mich besuchen, manchmal nur auf ein paar Minuten am frühen Morgen oder abends, hier und da jedoch am Nachmittag auf eine ganze Stunde. Er war ein eifrig tätiger Mann, sein Gewissen verbot ihm, auch nur auf kurze Zeit müßig zu sein. Tagein, tagaus wanderte er über das Gebirge, um diese oder jene Familie zu besuchen und sie zu fragen, warum sie nicht in die Kirche kämen, oder um am Bett alter oder kranker Leute zu sitzen, die am Sonntag den weiten Weg zur Kirche nicht zurücklegen konnten.

Herr Gruffydd führte mich auch in die Geschichte des Volkes von Wales ein und erzählte mir von Caradog, Cadwaladr, Lud, Coel, Boadicea, von all den glorreichen Helden. Und ich erzählte alles, was ich hörte, dem kleinen Gareth weiter, der nun schon vernünftig genug war, um zu verstehen, was man ihm sagte. Ich sah in seinen Augen die Flamme, die Herr Gruffydd sicher oft in den meinen aufleuchten sah.

»Männer, die auf die Welt gekommen sind, um Kohle zu graben, brauchen Kraft und Mut«, sagte Herr Gruffydd zu mir. »Geist brauchen sie nicht, ebensowenig wie der Maulwurf oder die Blindschleiche. Du aber, Huw, pflege deinen Geist, denn er ist das Erbe der großen Männer dieser Erde. Wie dein Vater seine Lampe reinhält, um gutes Licht zu haben, so halte du deinen Geist rein.«

»Wie soll ich meinen Geist denn reinhalten?« fragte ich ihn.

»Durch das Gebet, mein Sohn«, antwortete er, »das heißt aber nicht etwa, daß du in einem fort Gebete murmeln oder brüllen oder daß du in religiösen Gefühlen waten sollst. ›Gebet‹ ist nur ein anderer Name für rechtes, reines, klares Denken. Wenn du betest, so denke gut darüber nach, was du sprichst, und forme aus deinen Gedanken etwas, das fest und stark ist. Auf diese Art wird dein Gebet Kraft haben, und diese Kraft soll ein Teil von dir, von deinem Geist, von deinem Körper und von deiner Seele werden. Sage mir, Huw, wünscht du dir noch immer, die erste Schlüsselblume oben auf dem Berg blühen zu sehen?«

»Ja, Herr Gruffydd, das wünsche ich mir.«

»Dann bete, mein Sohn«, sagte er und ging.

Das Weihnachtsfest war in diesem Jahr sehr ruhig bei uns, denn Davy und Owen waren fort, und Gwilym war mit Marged zu ihren Eltern gegangen. Angharad verbrachte das Fest auf dem Bauernhof, wo Ceridwen im Dienst war; Vater und Mutter hatten ihr Geschenke für die Bauersleute mitgegeben. Ivor war mit Bronwen und Gareth ins andere Tal gefahren, um Bronwens Eltern wiederzusehen.

So war es denn recht leer im Haus, bis am zweiten Feiertag Herr Gruffydd und einige Gäste kamen, um den Abend mit Gesang zu verbringen. So groß war die Harfe, die in der Küche stand, daß die Harfenspielerin unter der Tür sitzen mußte, damit um das Kaminfeuer herum genug Platz für alle wäre. Außer Vater, Mutter und mir war noch Herr Gruffydd da, und dann die Harfenspielerin, Fräulein Jenkins, die eigens über den Berg herübergekommen war, Frau Tom Jenkins mit ihren zwei kleinen Mädchen, die aber jetzt rasch groß wurden, Morris, der Metzger, und seine Frau, Herr Christmas Evans, der Besitzer einer Kohlengrube, Dr. Richards mit seiner Frau und seiner Tochter, Herr Bronwen ap Rhys, der

Kassierer, Herr Owen Madog von der neuen Eisenbahn und noch ein paar Leute, an die ich mich nicht mehr genau erinnern kann; aber ich erinnere mich noch, daß die Kinder, die sie mitgebracht hatten, schrecklich laut an ihren Orangen lutschten.

Von draußen hörten die Leute bei uns singen, und bald standen vor und hinter dem Haus eine Menge Menschen und hörten zu. Einige von ihnen, wenn sie auch zum Teil meinen Vater nur vom Ansehen kannten, steckten den Kopf zur Tür herein, um uns ein fröhliches Fest zu wünschen, weil sie glaubten, dann würden sie eingeladen. Aber bald war kein Platz mehr, und die Luft war so dick, daß man sie hätte in Scheiben schneiden können. Und mir in meinem Bett mit den Vorhängen war es so heiß, als stäke ich bei den Gänsen in der Bratröhre.

Und als dann Fräulein Jenkins die Finger über die Saiten der Harfe gleiten ließ, da war nichts mehr in uns als die Freude am Singen und der Wunsch zu singen. Einstimmige und mehrstimmige Lieder, Kantaten, Arien, Tanzweisen, Hymnen und Psalmen folgten einander so schnell, daß man mit dem Zuhören gar nicht nachkommen konnte. Nun sangen die Männer, dann wieder die Frauen. Meine Mutter stimmte Wiegenlieder an, die sie gesungen hatte, als wir ganz klein waren, und jeder sang irgendein schönes Lied, das er kannte. Dann trug Herr Evans ein paar Volkslieder vor, die er von einem Zigeuner gelernt hatte, und tanzte dazu. Er hatte eine Stimme wie eine junge Krähe, und als nun mein Vater mit seinem tiefen Baß einfiel, da klang es so komisch, daß ich mir die Hand in den Mund stecken mußte, um nicht ungezogen herauszuplatzen.

Und zwischen den Liedern gab es im Haus gebrautes Bier, mächtig viel, und Wein für die Frauen und Tee, so viel man nur wollte. Und wenn das viele Singen die Leute hungrig machte, dann stand gleich alles auf dem Tisch, was Frauen nur backen und braten können, um die Gäste und ihre eigene Eitelkeit zu befriedigen. Nichts machte meiner Mutter mehr Freude, als wenn man ihr sagte, wie gut sie kochen könne. Vielleicht ist die Eitelkeit nicht das richtige Wort dafür, denn sie freute sich zwar darüber, daß man sie für eine gute Köchin hielt, aber noch froher war sie darüber, daß es den Leuten schmeckte.

Ich hatte gerade ein Lied zu Ende gesungen, als Elias, der Kaufmann, sich durch das Gedränge bei der Hintertür einen Weg zu bahnen versuchte und uns, in der Menge eingekeilt, so böse anstarrte, als wären wir alle reif für die Hölle und als stände er schon mit dem Besen bereit, um uns hineinzufegen.

»Gwilym Morgan«, brüllte er, während mir die Leute noch zuklatschten, »Sie sollten sich schämen, sich am heiligen Weihnachtsfest so aufzuführen. Und Sie, Herr Gruffydd, verdienen es, vom Kirchenvorstand abgeurteilt zu werden. Der Gedanke tut mir in der Seele weh, daß ein solcher Mann meine Kinder in der Sonntagsschule unterrichtet. Schämen Sie sich! Schämt euch alle!«

»Gib Herrn Elias einen Krug Bier«, sagte mein Vater ganz ruhig, und dann schob er die Pfeife wieder in den Mund.

Aber Mutter rief zornig: »Wenn ich an ihn herankann, gebe ich ihm lieber eins mit der Bratpfanne auf den Kopf.«

»Auch Sie sollten sich schämen, Frau Morgan«, schrie Elias, »diesen Festtag zu entweihen, wo der Herr Sie doch vor kurzem erst aus den Krallen des Todes befreit hat.«

»Einen Augenblick, Herr Morgan«, sagte nun Herr Gruffydd und sah Elias an. »Was veranlaßt Sie eigentlich, hier einzudringen und Skandal zu machen?«

»Darüber bin ich Ihnen erst Rechenschaft schuldig, wenn Sie vor dem Kirchenvorstand stehen.«

»Acht Mitglieder des Kirchenvorstandes sind hier anwesend«, warf mein Vater ein. »Wie wäre es, wenn wir gleich die Sitzung eröffneten?«

»Es ist eine Schande!« Elias versuchte, mehr nach vorne zu kommen, aber die Leute ließen ihn nicht durch. »Ihr gottlosen Gesellen, was werdet ihr in eurer Ruchlosigkeit noch weiter tun?«

»Nun, wenn Sie nichts dagegen haben, Herr Elias, so werde ich ein Stück Gänsebraten essen. Sei doch so gut, Beth, und reiche mir die Schüssel herüber.«

Während wir noch über Vaters Worte lachten, stand Herr Gruffydd auf, ging so nahe wie möglich an Herrn Elias heran und — nein, er sah ihn nicht an, er sah in ihn hinein. Schöne Augen hatte Herr Gruffydd, und die Pupillen darin glänzten wie die Köpfe der Stecknadeln in der Schürze meiner Mutter.

»Herr Elias«, begann er, »es tut mir aufrichtig leid, wenn Sie in Ihren Gefühlen durch mein Verhalten verletzt wurden, das Ihnen nicht passend für den heutigen Tag erscheint. Aber Sie sollten nicht vergessen, daß unser Herr Jesus die Hochzeit zu Kana besuchte und sogar den besten Wein darbot. Sagen Sie mir, Herr Elias, was sehen Sie Unrechtes an unserer Zusammenkunft?«

Herrn Gruffydds ruhige Stimme klang so voll durch den engen Raum, daß alle ganz still dastanden und ich das Wasser im Bach hinter dem Haus plätschern hörte.

»Wenn Sie das nicht selbst wissen«, antwortete Elias, »so ist es nicht meine Aufgabe, es Ihnen zu erklären. Heute ist ein heiliger Tag. Und damit genug.«

»Nein, nicht genug — ganz und gar nicht genug«, sprach Herr Gruffydd. »Sie haben sich in dieses Haus eingedrängt, haben uns alle aufs ärgste beleidigt und haben sich dabei auf die Bibel berufen. Zu viele von Ihrer Sorte laufen auf der Erde herum. Und nun gehen Sie, ehe ich Sie beim Kragen packe und hinauswerfe!«

Wie hätten wir wissen können, daß dieses Ereignis, so unbedeutend, so lächerlich es war, uns allen Leid und Unglück bringen würde? Elias vergaß diesen Abend nie. Seine Rache war süß; sie schmeckte ihm prächtig, und kein Bröckchen davon ließ er unverzehrt.

Aber selbst an ihn kann ich nur mit Wehmut denken, jetzt, in diesem Augenblick.

Jene Zeit, jene Menschen, Herr und Frau Elias, ihr Sohn, ihre Töchter, ihr Laden, alles ist dahin. Wie könnte man mit Groll an Menschen denken, die zu Staub geworden sind?

Neuntes Kapitel

Ich sitze allein in diesem stillen Haus, betrachte das Bauwerk meines Lebens und bemühe mich, in Gedanken die Mauern wieder aufzurichten, die eingestürzt sind. Es will mir scheinen, als sei das Leben der Menschen eine Zeichnung, die auf den Untergrund gekritzelt ist, flüchtig, ohne Überlegung, ohne rechten Plan. Warum nur, möchte ich wissen, müssen die Menschen leiden, da es doch eigentlich gar nicht notwendig wäre, da doch ein wenig Willensanstrengung und ernste Bemühung sie aus Leid und Elend hinaus zu Ruhe und Zufriedenheit führen könnte ...

Die Schlackenhalde ist wieder in Bewegung. Ich hörte sie drohend flüstern und raunen; indes wappnet sich das tapfere kleine Haus hier, um dem Angriff zu widerstehen. Seit Monaten schon drückt der große schwarze Haufen gegen diese Mauern, dieses Dach. Und seit Monaten schon wehrt sich das Haus gegen den übermächtigen, erbarmungslosen Feind, denn in meines Vaters Tagen verstanden die Männer, die Häuser bauten, ihr Handwerk. Kräftige Balken, feste Steinblöcke, gute, ehrliche Arbeit und Liebe zu dieser Arbeit — all das ist in das Haus hier hineingebaut worden.

Aber die Schlackenhalde kriecht immer weiter hinab, immer stärker drückt sie von allen Seiten gegen das Haus, das meinem Vater und meiner Mutter gehört hat und jetzt mir gehört. Bald, vielleicht in der nächsten Stunde schon, wird das Haus begraben sein, und die Schlackenhalde wird sich vom Berg oben bis hinunter zum Flußufer im Tal erstrecken. Armer Fluß, wie schön warst du, wie fröhlich klang deine Stimme, wie klar strömten deine grünen Wellen, wie freutest du dich, zwischen den verschlafenen Felsen zu spielen . . .

Den Tag, an dem ich den Fluß zum ersten Male wiedersah, nachdem ich so lange im Bett gelegen war, werde ich nie vergessen. An jenem Morgen kam Herr Gruffydd schon früh zu uns: mit einemmal öffnete er die Küchentür und stand da, von Sonne umflossen. Groß und stattlich stand er da, ganz erfüllt von frohem Wollen.

»Guten Morgen, Frau Morgan«, sagte er.

»Guten Morgen, lieber Herr Gruffydd«, grüßte Mutter erstaunt zurück. »Es ist schön, daß Sie schon so früh zu uns kommen.«

»Ich komme Huw holen«, fuhr er fort, mit einer Stimme, als bätte er um einen Laib Brot für die alte Frau Llywarch.

»Huw?« fragte Mutter und zog dabei vor Verwunderung die Augenbrauen so hoch hinauf, daß sie beinahe das blaue Tuch hier berührt hätten.

»Ja, dies ist der Morgen, auf den er gewartet hat.«

Ich sah Herrn Gruffyd an und wußte, was er meinte. Meine Mutter aber hatte immer noch keine Ahnung.

»Die Schlüsselblumen blühen schon, Mutter«, sagte ich.

»Ach, Huw«, flüsterte Mutter, und sie legte das Brotmesser hin und wandte den Kopf ab.

»Wo sind deine Kleider, Huw?« fragte Herr Gruffydd, aber ganz leise.

»Unter meinem Kissen«, sagte ich.

»Unter deinem Kissen?«

»Seit Monaten schon, bereit — für diesen Tag.«

»Dann komm«, sagte er und lächelte. »Und deiner Mutter wirst du einen Strauß mitbringen wie für eine Königin, willst du?«

»Ja, das will ich«, rief ich und zog meine Sachen unter dem

Kissen hervor.

Es tat weh, und in allen Knochen fühlte ich mich so hilflos, aber ich war entschlossen, die Kleider doch anzuziehen. Und wahrhaftig, es ging, wenn auch die Strümpfe zu weit und die Hose zu kurz geworden waren, weil ich gewachsen und sehr dünn geworden war.

Schön muß es nicht ausgesehen haben, als ich nun meine Beine ausstreckte und aufrecht zu stehen versuchte. Aber Herr Gruffydd und Mutter, beide sahen sie weg, da brauchte ich mich nicht zu schämen, und recht dankbar war ich ihnen.

»'rauf auf meinen Rücken«, kommandierte Herr Gruffydd und beugte die Knie, so daß ich die Arme um seinen Hals legen konnte. Ich werde nie vergessen, wie mir zumute war, als ich da auf den Schultern eines Geistlichen saß. Viel zu vertraulich kam es mir vor. Aber war nun eben einmal so, und er trug mich zur Tür.

»In zwei Stunden wird der Kleine zurück sein, Frau Morgan«, versprach Herr Gruffydd.

»Gott segne Sie«, sagte Mutter und sah noch immer nicht zu uns herüber.

»Auf Wiedersehen, Mutter«, rief ich, indes meine Beine an Herrn Gruffydds Rücken herabbaumelten. »Und stell den großen Topf für die Schlüsselblumen zurecht. Ich bringe dir einen großen Strauß mit, und auch welche für Bronwen.«

Dann ging's hinaus, durch die köstlichen Vorhänge aus Luft, in die Morgennebel und Sonnenschein verwoben waren und die der leichte Wind von Nordosten herüberwehte.

»Sitzest du gut, Huw?« fragte mich Herr Gruffydd. »Geh ich zu schnell?«

»Nein, wirklich nicht. Bitte gehen Sie nur so weiter.«

»Gut. Hier ist der Weg, und dort oben sind die Schlüsselblumen. So, jetzt halt dich gut fest.«

Während der ersten Minuten mußte ich die Augen schließen, um mich an den starken, reinen, blendendweißen Sonnenschein zu gewöhnen. Dann gewöhnte ich mich daran; es kamen mir keine Tränen mehr in die Augen, und ich konnte sehen, ohne die Augen zusammenzuziehen und zu zwinkern.

Das erste, was ich richtig sah, war die Schlackenhalde.

Groß war sie geworden und lang und schwarz; ganz still und leblos lag sie auf beiden Seiten des Flusses. Das grüne Gras, das Schilfrohr und die Blumen, alles war weg, zerdrückt von dem schwarzen Haufen. Und jede Minute wurde die Last schwerer, denn Förderkorb um Förderkorb kam von der Grube herauf, rollte kreischend die Drahtseilbahn entlang, kippte und entlud seine staubige Ladung auf den zerklüfteten, schwarzen, schmutzigen Hügel.

Auf unserer Seite des Tales reichte die Schlackenhalde bis zu den Gartenzäunen der unteren Häuserreihe. Kinder spielten in den schwarzen Haufen, liefen lachend und brüllend die Böschungen hinauf und herab. Am anderen Ufer des Flusses konnte ich die Schornsteine der Häuser nur gerade noch über den scharfgeschweiften Rücken der zweiten Halde hinausragen sehen, und ohne Unterlaß kreischten die Drahtseile, kippten die Förderkörbe. Vom Britanniaschacht her ertönte ein schrilles Pfeifen, wenn die Förderkörbe heraufkamen, so als sollte das Tal vorbereitet werden auf weiteren schwarzen Abraum, den jeder Arbeitstag jahraus, jahrein bringen würde.

»Darf die Grubenleitung das tun?« fragte ich Herrn Gruffydd.

»Was tun, mein Sohn?«

»Hier überall Schlacke abladen?«

»Es ist kein anderer Platz dafür da. Aber blicke lieber den Berg hinauf, Huw. Siehst du, dort oben sind schon die Schlüsselblumen.«

Und wirklich, da waren sie mit ihren grünen Blättern, die ein wenig dunkler waren als das Gras ringsumher. So weit ich sehen konnte, auf den Wiesen und an den Hängen, nichts als gelbe, vom Wind bewegte Blütenglocken.

Vielleicht wird in unserer Gegend wieder einmal Gold gefunden werden, vielleicht wird es die Menschen wieder einmal toll machen, aber all das wird nichts sein, verglichen mit dem Gefühl, das ich an jenem Morgen hatte, als ich die Schlüsselblumen wieder blühen sah. Immer näher trug mich Herr Gruffydd an sie heran, und nun war ich ihnen ganz nahe, mitten zwischen ihnen, so daß ich sie in meine Hände nehmen konnte, um ihren kühlen Hauch einzuatmen und Gott zu danken dafür.

Unter uns strömte der Fluß im Sonnenlicht so frisch und klar dahin wie früher, aber als er weiter drüben in das Dunkel zwischen den abfallenden Schlackenwänden kam, schien er sich zu fürchten und floß schwarz, träge, unlustig weiter. Dann kam er jenseits der Halde grau hervor, und nun begann er wieder schneller zu strömen, als habe er es eilig, weiterzukommen. Die Ufer waren schmutzig, mit Kohlenstaub bedeckt; die Gräser hingen leblos herab, schwarz, verkümmert. Sie sahen aus, als schämten sie sich, so schmutzig zu sein, als wären sie am liebsten gestorben aus Scham und aus Mitleid mit ihrem Freund, dem Fluß.

»Kommen die Lachse auch dieses Jahr in den Fluß, Herr Gruffydd?« fragte ich.

Er schwieg einen Augenblick und griff an seiner Pfeife herum.

»Man sagte mir, daß seit zwei Jahren kein einziger Lachs gesehen worden ist«, antwortete er dann.

»Auch keine Forellen?«

»Auch keine Forellen, Huw. Die schwarze Strecke dort vertragen sie nicht.«

»Gut«, sagte ich. »Mir soll man nicht mehr sagen, die Fische hätten keinen Verstand. Es ist ein Unglück, glaube ich, daß viele Menschen weniger Verstand haben als die Fische.«

»Pflücke deine Blumen, Huw. Zwei Stunden — habe ich deiner Mutter gesagt. Sie wird schon warten.«

Man sollte die Blumen mit der Erde, die um sie herumwächst, ausgraben und sie so mitnehmen. Es tut einem weh, die Stengel zu brechen und sehen zu müssen, wie die Blumen ihr weißes Blut verströmen, nur damit wir das Vergnügen haben, sie in einen Topf mit Wasser zu stellen. Aber ich hatte meiner Mutter einen Strauß versprochen, und da mußte ich ihr einen bringen. So pflückte ich denn Schlüsselblumen, bis ich einen ganzen Armvoll davon hatte, und dann ging es wieder den Berg hinab dem Dorf zu.

Wie die Leute sich freuten, als sie mich sahen! Alle Haustüren standen offen, und als wir vorbeikamen, liefen die Frauen heraus, um mir zuzuwinken und mir Glück zu wünschen.

Als wir nach Hause kamen, stand Mutter schon mit Bronwen und Angharad auf der Schwelle und wartete.

»Da seid ihr ja wieder«, sagte sie nur.

»Kommen Sie, Herr Gruffydd, ich nehme Ihnen Huw ab«, rief Angharad und legte ihre Arme um mich, aber ich stieß sie weg.

»Laß mich, Schwester«, sagte ich, »jetzt gehe ich auf meinen Beinen.«

Und das tat ich auch, wenn auch ungefähr so wie eine Spinne, die einen Tropfen zuviel getrunken hat. Die Wand kam mir sehr gelegen zum Festhalten, und so gelangte ich endlich zu Vaters Lehnstuhl; in den ließ ich mich hineinsinken.

»Gut«, sagte Herr Gruffydd, und meine Mutter hustete oder schluchzte ein bißchen, ich weiß nicht genau, was es war.

»Ich hab' solchen Hunger!« rief ich.

»Warte«, sagte Mutter. »Gleich bekommst du ein Frühstück wie dein Vater. Und eine Tasse Tee für Herrn Gruffydd, Angharad. Steh nicht so müßig herum, Mädel.«

Dann kam Bronwen herein mit den Schlüsselblumen, die sie in Töpfe gestellt hatte, und schön sah sie aus, als ihr das Gold der Blumen ins Gesicht leuchtete!

»Bald wirst du den kleinen Gareth spazierenführen, wie, Huw?« meinte sie, noch immer mit den Blumen beschäftigt.

»Nein«, antwortete ich. »Bald werde ich wieder in die Schule gehen, und wenn ich genug gelernt habe, fahre ich mit Vater in die Kohlengrube hinunter.«

»Warum in die Kohlengrube, Huw?« fragte Herr Gruffydd und sah mich prüfend an. »Warum willst du nicht aufs Gymnasium und dann auf die Universität, und später ein Doktor oder ein Advokat werden?«

»Ja, das wäre schön«, stimmte Mutter zu. »›Dr. Huw Morgan‹, und ein eigenes Haus und Wagen und Pferd. Dazu einen schönen schwarzen Anzug und ein steifes Hemd. Oh, wie stolz wäre ich da auf dich, kleiner Huw!«

»Ich will kein Doktor werden, Mutter«, erklärte ich. »Vor sechs Monaten hat Dr. Richards gesagt, ich würde nie mehr richtig laufen können. Und heute war ich schon auf dem Berg oben; morgen gehe ich wieder hinauf und überhaupt jeden Tag. Ich will kein Doktor werden.«

Mutter gab Herrn Gruffydd seinen Tee und schürte das Feuer, daß die Funken stoben. Da wußte ich, daß sie allerlei zu sagen hatte, aber schwieg, weil Herr Gruffydd da war.

»Sagen Sie nur, was Sie auf dem Herzen haben, Frau Morgan«, forderte der Pastor Mutter auf und lächelte.

»Ich wollte nur sagen — Söhne habe ich, die sind störrisch und eigensinnig wie die Esel«, stieß Mutter hervor, und ganz böse war sie und warf den Schürhaken hin, daß es klirrte. »Ja, wahrhaftig, wie die Esel! Sagt man etwas Kluges, heißt es ›nein‹. Sagt man etwas Dummes, auch ›nein‹. Was immer man sagt, immer bekommt man ›nein‹ zu hören. Sie wissen alles besser! Weil Dr. Richards ein alter Narr ist, soll der Junge deshalb nicht etwas Rechtes lernen und es besser machen als der Doktor? Sei doch vernünftig, Huw, du bist überhaupt noch zu jung, um mitzureden.«

»Ja, Mutter«, sagte ich, und der Speck roch so gut, daß mir das Wasser im Munde zusammenlief.

»Nun, wir werden ja sehen«, meinte Herr Gruffydd und stand auf, um zu gehen. »Am Sonntag soll Huw zuerst einmal in die Kirche kommen und im Chor mitsingen. Ein Solo soll er sogar singen! Wenn er sich darauf vorbereitet, hat er vorläufig genug zu denken.«

»Da wird sich Gwilym aber freuen, Herr Gruffydd«, sagte Mutter. »Schönen Dank, recht schönen Dank!«

»Und von Ärzten und Rechtsanwälten wollen wir vorläufig nicht mehr sprechen«, schlug Herr Gruffydd vor. »Die reden selber genug dummes Zeug zusammen; wir wollen weiter keine Zeit mehr mit ihnen verlieren. Morgen früh komme ich wieder, Huw.«

»Ja, bitte, Herr Gruffydd, schönen Dank auch!«

»Gott segne dich, mein Sohn«, sprach er, lächelte meiner Mutter zu und ging.

Zehntes Kapitel

Am nächsten Sonntag, als ich in der Kirche das Solo sang, brachte ich Unehre über mich, aber es hat mir gar nicht leid getan. Während der Woche vor diesem Sonntag nahm mein Vater jeden Abend, wenn er von der Arbeit gekommen war, gebadet und gegessen hatte, die Stimmgabel hervor und übte mit mir. »Nun danket alle Gott« sang ich, und ehe ich mit der ersten Strophe fertig war, hatte Vater schon Tränen in den Augen, weil es so schön klang. Ich sang es aber auch, weil mir so ums Herz war, nicht nur, weil ich eben irgend etwas singen mußte. Wenn man zwei Jahre lang seine Beine nicht gebrauchen konnte und dann auf einmal wieder aufrecht stehen und auf der Erde herumspazieren kann, dann dankt man wirklich Gott bei jedem Schritt, den man tut.

Am Sonntagmorgen waren alle schon sehr früh auf. Als ich zum Fenster hinausblickte, während mein Vater das Feuer anzündete, sah ich, daß schon aus allen Schornsteinen Rauch herauskam; alle Leute schienen heute besonders früh aufgestanden zu sein, um in der Kirche einen guten Platz zu haben.

Nach dem Frühstück ging es los.

Ich humpelte mit Angharad voraus. Dann kam Ceridwen, die über den Sonntag nach Hause gekommen war, mit meinem Bruder Gwilym, hinter ihnen Bronwen und Ivor, und schließlich Vater und Mutter.

Alle Türen öffneten sich, als wir vorbeigingen; die Männer kamen in ihren Sonntagsanzügen heraus, lächelnd und grüßend, und auch die Frauen in ihren besten Kleidern, manche mit großen Hüten, wie Mutter einen trug, andere mit Häubchen wie Bronwen und Angharad.

Auf dem Wege zur Kirche begegneten wir anderen Familien; aber die meisten bestanden aus mehreren Personen als wir. Wären alle meine Brüder zu Hause gewesen, so hätte die Sache freilich anders ausgesehen.

Herr Gruffydd stand vor der Kirche und drückte jedem, der hineinging, die Hand. Er nahm mich auf den Arm und reichte Vater meine Krücken.

»Guten Morgen, Huw«, sagte er. »Bist du heute gut bei Stimme?«

»Großartig«, erklärte Vater. »Die Stimmgabel hätten wir gar nicht nötig gehabt.«

»Gut«, nickte Herr Gruffydd. »Sing heute morgen recht schön für den lieben Gott.«

Die Kirche war größer, als ich sie in Erinnerung hatte, so gewöhnt war ich an unsere Küche. Weiß war sie und recht fest gebaut; oben herum ging eine Galerie aus poliertem Holz, und der Fußboden war so sauber geschrubbt, daß man darauf hätte essen können. Am anderen Ende, gegenüber der Tür, erhob sich die Kanzel hoch über den Köpfen der Leute, und darunter war eine Plattform für die Mitglieder des Kirchenvorstands und die Mitglieder des Gemeinderates. Rechts und links waren stufenförmig übereinander vier Reihen Stühle für den Chor angebracht, links für die Frauen, rechts für die Männer. Es roch angenehm nach Sonntagskleidern und frisch poliertem Holz.

Man setzte mich auf die Plattform gleich neben Dr. Richards; recht schüchtern war ich, und recht komisch kam ich mir vor, wie ich so dasaß und spürte, wie mich alle Leute lächelnd und untereinander flüsternd ansahen. Ich glaubte, es seien meine dünnen Beine, über die die Leute lachten, und versuchte, sie hinter den Stuhlbeinen zu verstecken, aber so schwach und kraftlos waren sie geworden, daß ich beinahe kopfüber auf den Boden gefallen wäre.

»Sitz gerade und laß die Beine ruhig hängen«, flüsterte mir Dr. Richards ins Ohr, »sonst liegst du gleich auf der Nase.«

Zuerst wurde ein Psalm gesungen, dann sprach Herr Gruffydd ein Gebet. Und dann wurde wieder gesungen, und es klang stark und voll, die letzten Worte von jedem Vers tönten von der Decke zurück, und wenn wir eine Pause machten, um einzuatmen, klang noch der letzte Vers schön und feierlich nach. Nun blickte Herr Gruffydd zu mir herüber und gab mir ein Zeichen; da stand ich auf, während Frau Tom Harries die Einleitungstakte spielte.

Ist das eine Angst, wenn man in der Kirche aufstehen muß, um ganz allein zu singen, und man sieht die vielen Gesichter vor sich, aber nur ganz undeutlich und wackelig, durch die Tränen hindurch, die man in den Augen hat. Und dann bekommt man auf einmal einen trockenen Mund mit Sand auf der Zunge und im Hals, so daß der Atem ganz heiß herauskommt. Jetzt ist der Augenblick da, wo man singen soll, und man weiß den Text nicht mehr. Jedes einzelne Wort hat ein Rädchen unter sich und rollt davon in den Abgrund des Vergessens. Wenn man sich nur an das erste Wort erinnern könnte, dann kämen die anderen geschwind hinterdrein durch das Nadelöhr oben im Gehirn, und dann würde man auch die Melodie finden und könnte singen.

Aber die ersten Worte versteckten sich hinter dem großen Hut der Frau Phillips, die gerade vor mir saß, und so sehr ich mich auch bemühte, sie sicher in den Mund zu bekommen, die große Feder verbarg sie zu gut.

Dreimal gab Frau Tom Harries die Töne an, dann öffnete ich den Mund, um zu zeigen, daß ich den guten Willen hatte, und so, als ob sie Mitleid mit mir hätten, kamen die Worte auf einmal zurück und ich sang . . .

Nachdem Herr Gruffydd die Predigt gehalten hatte, ging die Sammelbüchse herum, dann kam noch ein Psalm und der Segen, und nun hätten wir eigentlich alle nach Hause gehen sollen.

Aber niemand rührte sich außer den Mädchen und jungen Frauen und einigen älteren unverheirateten Frauen. Meine Schwestern und Bronwen gingen hinaus, und meine Mutter mit ihnen, aber rund um mich her auf der Plattform stellten die Mitglieder des Kirchenvorstandes noch Stühle zu denen, die schon dastanden. Dr. Richards hob mich hinab, damit mein Vater mich aus der Kirche bringen könne, aber in diesem Augenblick stand Herr Parry, der Besitzer der Kohlengrube, auf und begann eine Ansprache, so daß ich mich wieder ganz still hinsetzen mußte.

So grimmig rollte Herr Parry die Augen, und so streng klang seine Stimme, daß ich beinahe Angst bekam. Dann plötzlich hörte ich hinter mir ein Mädchen laut weinen, und nun stand sie vor den

Männern vom Vorstand auf der Plattform.

Eine Arbeiterin von der Kohlengrube war es. Sie war sauber angezogen, einfach, aber ordentlich, und einen netten kleinen Hut hatte sie auf, und ihr Gesicht war so rot und geschwollen vom Weinen, daß ich am liebsten zu ihr hingegangen wäre und sie getröstet hätte.

»Unzucht hast du getrieben«, herrschte Herr Parry das Mädchen an, und alle Männer, die alten wie die jungen, nickten und brummten und murmelten etwas vor sich hin, und manche zogen die Brauen zusammen und runzelten die Stirne, als wäre ihnen gerade etwas Schreckliches widerfahren.

Die Priester, die Schriftgelehrten und die Pharisäer hatten sich versammelt und fanden viel Vergnügen an ihrem Tun.

»Deine böse Lust hat sich an dir gerächt«, schrie Herr Parry nun, und seine Faust fuhr krachend auf die Geländerstange nieder, »und du hast den Preis gezahlt, den alle Sünderinnen gleich dir bezahlen. Deinen Leib hat der Teufel als Fallstrick benutzt, und du hast den schwachen Sünder damit gelockt. Nun wirst du ein uneheliches Kind in die Welt setzen gegen das Gebot Gottes. Du sollst nicht Unzucht treiben, heißt es in der Heiligen Schrift. Es ist zwecklos für eine wie du, zu beten, und du bist fürder nicht würdig, das Haus des Herrn zu betreten. Du sollst in tiefe Finsternis geworfen werden, bis du gebüßt hast für deine Tat. Ich bin ein eifervoller Gott, spricht der Herr, und die Sünden der Väter sollen gerächt werden an den Kindern bis ins dritte und vierte Geschlecht. Meillyn Lewis, gestehst du deine Missetat ein?«

Meillyn Lewis hustete und schluchzte in ihr nasses Tüchlein hinein und gab durch kaum hörbare Laute zu verstehen — ja, sie gestehe alles ein.

»Wünschest du mit dem Herrn wieder Frieden zu machen?« fragte Herr Parry weiter.

Ja, Meillyn Lewis wünschte mit allen und jedem Frieden zu machen, sogar mit dem Teufel in der Hölle selber, wenn sie nur draußen wäre, wenn sie den Berg hinauflaufen könnte — weg von diesen nickenden Köpfen, von dem Gebrumm und Gemurmel, von Herrn Parry und seiner Stimme . . .

»Bevor das aber geschehen kann, mußt du Strafe erleiden«, rief Herr Parry und machte seine Stimme ganz tief dabei, denn er wußte, daß sie dann klang wie die Posaune des Jüngsten Gerichts.

»Oh, es tut mir ja so leid«, schluchzte Meillyn Lewis »Habt

Mitleid mit mir! Ich will es auch nicht wieder tun ... ganz gewiß nicht, ich schwöre es bei Gott!«

»Sprich den Namen Gottes nicht eitel aus«, donnerte Herr Parry. »Schweige und höre, was die Frommen zu dir sprechen. Wir werden dafür sorgen, daß Gott dir nicht verzeiht, solange du nicht für deine Sünde bestraft bist.«

Und nun war der Augenblick gekommen, da ich Schande über mich und meine Eltern brachte. Bis zum heutigen Tage weiß ich nicht, wie ich damals dazukam, aufzuspringen und Herrn Parry anzubrüllen. Meine ganze Erziehung sprach gegen ein solches Verhalten, besonders in der Kirche, und meine Mutter wäre vor Scham gestorben, wenn sie dabeigewesen wäre. Aber ein so gewaltiger Ärger stieg mir im Halse auf, daß mir rot vor den Augen wurde, und ich hörte, wie mein Herz doppelt stark arbeitete, um das Blut durch meinen Körper zu pumpen und mir Kraft zu geben.

»Du Heuchler«, schrie ich und war selbst erstaunt darüber, wie laut es gellte. »Zieh zuerst den Balken aus deinem Auge; darnach sieh zu, wie du den Splitter aus deines Bruders Auge ziehest. Weh euch Schriftgelehrten und Pharisäern, die ihr das Himmelreich zuschließet vor den Menschen. Ihr kommt nicht hinein, und die hineingehen, laßt ihr nicht hineingehen. Von außen scheinet ihr vor den Menschen fromm, aber inwendig seid ihr voller Heuchelei und Untugend. Ihr Schlangen, ihr Otterngezüchte! Wie wollt ihr der höllischen Verdammnis entrinnen?«

Ihr hättet Herrn Parrys Gesicht sehen sollen!

Aber dann tat es mir doch leid. Ganz plötzlich, ehe Herr Parry den vor Verwunderung weit offenen Mund schließen konnte, tat es mir leid. Denn Herr Parry war ein guter Mann. Er gab seinen Arbeitern höhere Löhne als die meisten anderen, gab viel für die Armen und bezahlte das Schulgeld für viele Arbeiterkinder im Tal.

So brach meine Stimme denn mit einemmal auseinander, und die einzelnen Stücke waren keine Worte mehr, sondern nur noch Atemzüge.

Dann klappte Herr Parry seinen Mund mit einem so lauten Geräusch zu, daß man es in der ganzen Kirche hören konnte, und Herr Gruffydd kam ganz leise von der Kanzel herab, während die Kirchenvorstände und die Gemeinderäte sich untereinander und dann Herrn Parry ansahen und Herr Parry mich. Mein Vater lief zu mir und packte mich bei den Schultern.

»Du Taugenichts«, rief er. »Wie konntest du so etwas nur wagen!«

»Lassen Sie ihn jetzt, Herr Morgan«, wandte sich Herr Gruffydd mit sanfter Stimme an ihn. »Nehmen Sie den Jungen mit nach Hause und lassen Sie es gut sein. Er braucht heute abend nicht in die Kirche zu kommen, und am Nachmittag sollten Sie mit ihm auf den Berg gehen. Morgen früh werde ich dich besuchen, Huw.«

»Ja, Herr Gruffydd«, sagte ich.

»Komm«, rief mir mein Vater zu, und wir gingen in die helle, kühle Stille hinaus. Wir spürten, wie uns die zornigen Gedanken der Menschen, die da drinnen saßen, folgten. Keiner hatte uns angeschaut, als wir hinausgegangen waren. Und die Leute in der Vorhalle der Kirche, die gehört hatten, was drinnen vorgegangen war, versuchten zwar, meinem Vater einen Gruß zuzurufen, aber kein Wort kam über ihre Lippen. Es war, als wäre meine Schande so groß, daß sogar das Wort verstummen mußte.

»Habe ich unrecht getan?« fragte ich Vater, als wir ein Stück die Straße hinaufgestiegen waren.

»Unrecht, mein Sohn?« Vater blieb stehen, um mich voll Erstaunen anzusehen. »Unrecht? Ein Dreikäsehoch wie du — Herrn Parry so etwas zu sagen? Ich schäme mich so, daß ich mich am liebsten mit dir in die Erde verkriechen möchte.«

»Aber Herr Parry war so grausam zu Meillyn Lewis, Vater!«

»Das zu beurteilen ist die Sache des Kirchenvorstandes, nicht deine, Huw.«

»Du bist doch auch im Kirchenvorstand, Vater, und hast gerade soviel zu sagen wie Herr Parry. Warum saßest du nicht in dem großen Sessel?«

»Schweig jetzt, Sohn«, sagte Vater müde. »Oh, was für ein Nest voll Schlangen habe ich mir doch großgezogen. Keiner von euch denkt an andere, jeder nur an sich selbst. Immer bereit mit der frechen Zunge. Was aus euch noch werden soll, das weiß ich wahrhaftig nicht.«

Schweigend gingen wir weiter die Straße hinauf. Ich sah Vorhänge sich bewegen, ich wußte, daß im Halbdunkel der Hausgänge Menschen standen, aber niemand kam heraus, und die Straße war leer. Mir war, als hielten sich sogar die Vögel fern von mir, und die Sonne schien nun so heiß, daß die Stille noch stiller schien.

So betraten wir denn unser Haus, und Vater ging in die Küche, um mit Mutter zu sprechen. Er schloß die Tür hinter sich.

Angharad sah mich an; ihre Zähne hatte sie fest in die Unterlippe gebohrt, und ihre Augen blickten ganz sonderbar drein.

»Warte nur, bis Mutter es erfährt«, flüsterte sie mir zu.

»Woher weißt du es denn?« fragte ich.

»Frau Prosser erzählte es Bron; ich war dabei.«

»Was hat Bron dazu gesagt?«

»Sie hat mich aus dem Haus geschickt. Wozu nur? Das Schlimmste hatte ich ja schon gehört.«

Ich setzte mich hin und spürte, wie mir ein Angststrom durch den Leib rauschte. Ich fragte mich, was nun mit mir geschehen werde. Sogar daran, daß der Polizist aus dem Nachbartal kommen und mich ins Gefängnis bringen würde, dachte ich. Meines Vaters tiefe Stimme klang aus der Küche herüber, dann wurde es still.

Mutter kam, um Geschirr aus dem Schrank zu nehmen. Ihr Gesicht war sehr rot, und ich glaubte zuerst, sie sei zu zornig, um zu sprechen. Aber als sie gerade dabei war, eine Schüssel herauszunehmen, blickte sie sich um und sah mich an; ein Lächeln war um ihren Mund, und in ihren Augen waren Tränen. Ganz schnell lief sie auf mich zu, kniete neben mir nieder und umschlang mich so heftig, daß sie mich beinahe vom Stuhl gehoben hätte.

»Gut«, flüsterte sie. »Gut hast du das gemacht, mein Kleiner. Deine Mutter ist so froh, daß sie aufjauchzen könnte.«

Vater kam herein, stand da mit den Händen in den Hosentaschen und war ganz schrecklich verlegen.

»Wahrhaftig, Beth«, sagte er schließlich kopfschüttelnd, »du bist gerade so schlecht wie der Junge.«

»Kann stimmen, Gwilym Morgan«, sagte meine Mutter, sprang auf und nahm die Schüssel wieder in die Hand. »Und du bist gerade so schlecht wie die Bande dort drüben in der Kirche.«

»Nette Sachen sagst du da, Beth. Jetzt wundert es mich nicht mehr.«

»Was wundert dich nicht mehr, Gwilym?« fragte Mutter, und sie stand ganz nahe bei Vater, und keiner von ihnen war auch nur ein bißchen böse.

»Daß ich eine so feine Gesellschaft von Söhnen habe«, sagte Vater. »Du bist schuld daran. Jawohl, Beth Morgan ist die Ursache.«

Mutter sah ihn an, und Vater sah Mutter an. Und Mutter lächelte.

»Geht euch waschen«, rief sie und ging rasch in die Küche.

Vater schnalzte mit der Zunge und blinzelte zu mir herüber;

das Lachen in seinen Augen lief ganz schnell über seine Wangen hinunter und in den Mund hinein.

»Eine Familie sind wir . . . na!« seufzte er. »Komm, Sohn, gehen wir uns waschen, und dann wollen wir essen.«

Elftes Kapitel

Als wir an diesem Sonntagnachmittag schon beinahe auf der Höhe des Berges waren, hielt mein Vater inne, um Atem zu schöpfen, denn er hatte mich weite Strecken Weges getragen, wenn ich zu müde geworden war. Er füllte seine Pfeife und schaute ins Tal hinab.

»Siehst du, mein Sohn«, sagte er, »man kann nicht immer einfach sagen, was man denkt. Es gibt Dinge, die man tut, und dann wieder andere, die man nicht tut. Gute und schlechte Dinge. Die besten Richter darüber sind die Menschen, die am längsten gelebt und am meisten gedacht haben.«

»Ja, Vater.«

»Das ›ja‹ klingt wie ›nein‹, mein Sohn. ›Nein, Vater‹, wolltest du eigentlich sagen, nicht?«

»Ja, Vater.«

»Sag mir immer offen, was du denkst, Huw«, rief Vater ärgerlich. »Wie soll ich dir helfen, wenn du Lügen sprichst?«

»Aber, Vater, als ich heute morgen gesagt habe, was ich dachte, hast du mich einen Taugenichts genannt.«

»Ja, siehst du, Huw, das war wieder etwas anderes. Da sprachst du von Dingen, die nichts mit dir selbst zu tun hatten, die dich nichts angingen. Heute morgen hattest du kein Recht, den Mund aufzutun. Wenn deine Beine in Ordnung wären, dann wärest du überhaupt nicht dabeigewesen, sondern mit Mutter und Angharad heimgegangen.«

»Dann wäre es Meillyn Lewis gerade so schlecht und noch schlechter gegangen, und es hätte nicht einmal jemand ein Wort gesagt, um ihr zu helfen«, wandte ich ein.

»Meillyn Lewis ist ein schlechtes Mädchen«, sagte Vater und zog seine Pfeife aus dem Mund.

»Weil sie ein Kind bekommt, Vater?«

»Sei jetzt still, Junge. Du sprichst von Dingen, von denen du nichts verstehst.«

»O doch, ich verstehe es ganz gut. Meillyn Lewis ist immer mit dem jungen Chris Phillips den Berg hinaufgegangen, und jetzt gibt er zu, daß man in der Kirche so über sie spricht.«

»Woher weißt du das?« fragte Vater erstaunt.

»Wie oft sind sie doch vor unserem Fenster vorbeigegangen!« rief ich. »Und immer haben die Frauen gesagt, daß etwas passieren würde, wenn Chris nicht bald den Trauring und die Möbel kaufen würde.«

»Wahrhaftig, Huw«, meinte Vater kopfschüttelnd, »ein ganzer Haufen alter Weiber kann nicht mehr hören und tratschen als du allein. Ich werde dafür sorgen, daß du aus der Küche hinauskommst. Wenn es sich um Klatsch handelt, sind deine Ohren so spitz wie Eselsohren.«

»Heute morgen habe ich zum erstenmal den Mund aufgetan, Vater.«

»Hoffentlich auch zum letztenmal, Junge. Noch einmal so etwas, und man treibt uns aus dem Tal.«

»Warum denn?« wollte ich wissen.

»Weil ein Junge deines Alters kein Recht hat, so zu reden«, belehrte mich Vater sehr ernst. »Hier im Tal ist immer alles in Ordnung gewesen, weil wir streng gewesen sind. Die Männer haben es sich zweimal überlegt, ehe sie ein Unrecht begingen. Und die Frauen auch. Wenn alle Mädchen täten, was sie wollten, so wie Meillyn Lewis, wie würde es uns dann ergehen?«

»Nun, Vater, wie?«

»Zunächst einmal würden wir hier im Tal einen Polizeiposten bekommen, und das wäre eine nette Sache! So als ob wir alle Galgenvögel wären. Und denke doch einmal an dein Heim, an deine Mutter, an deine Schwestern. Möchtest du, daß Angharad auch ein Kind bekäme.

»Angharad bekommt kein Kind, Vater. Sie geht doch nie auf den Berg hinauf.«

»Barmherziger Gott!« stieß Vater hervor, und beinahe wäre ihm die Pfeife aus dem Mund gefallen. »Du bist mir ein feiner Junge ... wahrhaftig! Ich wollte ja gar nicht über Angharad sprechen. ›Wenn‹, habe ich bloß gesagt. Aber wenn ich sie bei so etwas ertappen würde, dann würde ich ihr den Hals umdrehen.«

»Würdest du das wirklich, Vater?«

»Ja«, antwortete er, und ich sah, daß es ihm ernst war. »Alles im Leben soll ordentlich und recht zugehen. Darauf kommt es an.

Ohne Anstand und Sitte kann man nicht leben. Meillyn Lewis soll ein warnendes Beispiel sein. Ich möchte darauf schwören — was heute morgen geschehen ist, wird manches Mädchen dazu bringen, es sich zweimal zu überlegen, ehe sie sich zur Dirne macht.«

»Meillyn ist eine Dirne, weil sie mit einem Burschen den Berg hinaufgegangen ist, statt richtig zu heiraten, nicht wahr, Vater?«

Aber Vater antwortete nicht gleich. Er saß da, mit dem Rücken zu mir, und blickte ins Tal hinab.

Hell schien die Sonne, aber noch heller glänzte das Grün im Tal, denn jeder Grashalm warf Licht zurück, so daß die Wiesen golden und grün schimmerten, und aus den bienenumsummten Hecken leuchtete es in allen Farben. Der Hagedorn fing schon an zu blühen, und hinter Meirddyn Jones' Hof erhoben die Apfelbäume sich in Reih und Glied ordentlich nebeneinander. Schwarze Kühe, eine ganze Herde, standen bis zum Bauch im kühlen, stillen Wasser des Flusses und schlugen mit den nassen Schweifen nach Fliegen, während näher bei uns die Schafe ihre Nasen in das saftige grüne Gras vergruben. Wenn der Wind stärker herüberwehte, konnte man sie knirschend kauen hören.

Schön war das Tal an diesem Nachmittag, solange man den Kopf nicht nach rechts wandte — denn da sah man die beiden großen Schlackenhaufen.

»Ja«, antwortete Vater nun auf meine frühere Frage. »Deshalb ist Meillyn Lewis eine Dirne.«

»Was ist dann Chris Phillips?«

»Auch er hat ein Unrecht begangen«, sagte Vater, aber ohne rechte Überzeugung. »Herr Gruffydd wird ein Wort mit ihm reden.«

»Aber nicht vor allen Leuten, wie mit Meillyn Lewis! Wenn Meillyn eine Dirne ist, dann ist Chris Phillips ein Feigling. Und ich weiß, daß das schlimmer ist.«

»Schon wieder deine freche Zunge!« sagte Vater. »Genug davon. Du bist noch nicht alt genug, um das zu verstehen, und überhaupt hast du schon genug geschwätzt. Komm, gehen wir nach Hause, eine Tasse Tee trinken.«

Fast alle Nachbarinnen seien bei ihr gewesen, sagte Mutter, als wir heimkamen. Alle hätten sie gesagt, wie leid Mutter ihnen täte, weil ich mich so schrecklich benommen hätte, und alle seien sie mit derselben Antwort weggegangen.

»Es braucht euch nicht leid zu tun, habe ich ihnen gesagt«, berichtete uns Mutter, während sie die Butterbrote strich.

»Ist das alles, was du gesagt hast?« erkundigte sich Vater.

»Außerdem habe ich ihnen meine Meinung gesagt«, setzte Mutter hinzu.

»Gut«, nickte Vater. »Damit ist die Sache erledigt. Huw kann heute abend bei Bronwen seine Aufgaben machen, während wir in der Kirche sind.«

»Ich gehe heute abend nicht in die Kirche«, rief Mutter entschieden und warf das Butterbrot auf den Tisch, daß die Tassen klirrten.

»Fängst du jetzt mit solchen Dummheiten an?« sagte Vater, aber nicht besonders überrascht. »Wir beide gehen heute abend in die Kirche, Beth. Laß die Leute reden, was sie wollen. Die Kirche ist das Haus Gottes. Wir gehen hin und damit Schluß.«

»Gut, Gwilym«, sagte Mutter.

Am nächsten Morgen wartete ich ungeduldig auf Herrn Gruffydd, denn ich wollte gar zu gerne wissen, was er sagen würde. Die ganze Nacht hatte ich wach gelegen und mir eingebildet, Gespenster stünden um mich herum, die mir mit den schrecklichsten Strafen drohten. Ich fürchtete mich unsäglich.

Töricht ist der Mensch, daß er sich selbst mit Angstgespenstern umgibt und sich fürchtet vor Dingen, die nicht wirklich sind.

Doch als Herr Gruffydd kam, tat er, als sei nichts geschehen.

An diesem Morgen gingen wir höher den Berg hinauf als sonst, denn ich fühlte mich schon stärker und brauchte nur noch einen Stock. Bis zum Gipfel gingen wir, und unter uns lagen die Täler ganz verhüllt von blaßblauem Dunst. Kalt war es, und herrlich tönte das Lied des Nordostwindes.

»So, Huw«, sagte Herr Gruffydd, »jetzt fülle deine Lunge einmal ordentlich mit frischer Luft. Atme tief ein und zähle langsam bis fünf dabei. Dann, während du die Luft drinnen hast, zähle wieder bis fünf, und während du ausatmest, noch einmal ... Hast du das getan?«

»Ja, Herr Gruffydd.«

»Gut.«

So atmeten wir ein und aus, alle beide, oben auf dem Gipfel des Berges, und die Nebel färbten sich purpurn und rosa, und die Sonne schien hindurch und bedeckte uns beide mit Wärme; mit solcher Kraft strahlte sie, daß wir gar nicht hineinsehen konnten. So muß es sein, denke ich mir, wenn wir vor Gott stehen. Nur noch gewaltiger.

Der Wind zauste mächtig an Herrn Gruffydds Haar, und an seiner Nase hing ein Tröpfchen, das schimmerte so, daß ich es immer ansehen mußte und zu zählen anfing, wie lange es dauern würde, bis es herunterfiel. Aber er zog sein Taschentuch heraus und schneuzte sich kräftig; da wußte ich, daß er jetzt mit mir sprechen würde.

Breite Schultern hatte Herr Gruffydd, und wie er dastand in seinem schwarzen Rock, da hätte man sich vor ihm fürchten können. Aber ich hatte nie Angst vor ihm, nur davor, daß er mich nicht mehr gernhaben würde.

»Huw«, sagte er, »komm, setzen wir uns hierher, mein Sohn.«

Wir gingen zu dem großen Stein, der den höchsten Punkt des Berges bezeichnete und bei dem jeder stehenblieb, um Atem zu schöpfen, und sich darüber freute, daß es jetzt den ganzen Weg bergab ging.

Wir setzten uns in die Sonne, auf den weichen Rasen, an eine Stelle, an welche der Wind nicht hinkonnte. »Huw«, begann Herr Gruffydd, »ich möchte sehr ernsthaft mit dir sprechen.«

»Ja, Herr Gruffydd.«

»Gestern hat sich im Hause des Herrn etwas ereignet, was ich noch jetzt für einen Traum halte. Ein Knabe sprach über eine Sache, von der er nichts versteht. Sehr laut sprach er. Ohne Erlaubnis. Er störte. Er erregte Ärgernis.«

»Ja, Herr Gruffydd.«

»Warum?« fragte er und sah dabei ins Tal hinab.

»Weil Meillyn Lewis mir leid tat«, antwortete ich und versuchte, meine Stimme so leise wie möglich zu machen. »Ich konnte nichts dafür. Später tat es mir leid.«

»Du hast ein Unrecht begangen«, sagte Herr Gruffydd, nahm mich beim Kinn und schaute mich an, »und du mußt dir vornehmen, so etwas nicht wieder zu tun. Einmal ist mehr als genug.«

»Ja, Herr Gruffydd«, sagte ich, aber innerlich dachte ich »nein, Herr Gruffyd.«

»Nimm es dir ernstlich vor«, fuhr Herr Gruffydd fort, »alles kann man richtig und falsch machen. Du hast deinem Vater großen Kummer bereitet. Wenn du so etwas in der Kirche tust, wie wirst du es dann erst anderswo halten? Was soll schließlich aus dir werden?«

»Sie waren alle so grausam zu Meillyn«, verteidigte ich mich, und wieder stieg es heiß in mir auf vor Zorn, als ich daran dachte.

»Alle die Männer, die brummten und seufzten und so wichtig nickten, damit es ihr weher täte. Das war nicht das Wort Gottes. Gehe hin und sündige nicht mehr, hat Jesus gesagt.«

»Du kennst deine Bibel zu gut und das Leben zu wenig, Huw. Der Apostel Paulus hat Mäßigung in allen Dingen gepredigt, und einen klügeren Mann hat es nie gegeben.«

»Aber warum haben Sie zugegeben, daß man das arme Mädchen quälte?« fragte ich ihn voll Entrüstung über die Ungerechtigkeit.

»Weil ich ein Pastor bin«, antwortete Herr Gruffydd, und seine Stimme klang traurig. »Aber ich werde die Torheit der Menschen hier mit der Zeit schon ändern, und zwar ohne Hilfe von Huw Morgan.«

Eine kleine Weile pfiff der Wind böse und versuchte, um den großen Stein herum mit kalten Fingern nach uns zu greifen. Aber immer trieb die Sonne ihn zurück.

Herr Gruffydd blickte gedankenvoll in das Tal hinaus und zu den Bergen hinüber.

»Du mußt begreifen, Huw«, sprach er aus seinem Sinnen heraus, »daß die Männer in diesen Tälern ihre Häuser erbaut und ihre Kinder aufgezogen haben ohne Hilfe von anderen, ohne daß die Obrigkeit ihnen dreingeredet hätte. Von Kindheit an haben sie ihr Leben nach der Lehre der Bibel eingerichtet. Sie hatten kein anderes Vorbild, kein anderes Gesetz. Wenn es unter ihnen Heuchler und Pharisäer gibt, so liegt die Schuld an der menschlichen Natur. Wir sind nicht alle Engel. Unsere Väter hielten Rechtlichkeit und gute Sitten durch Strenge aufrecht, aber der alte Adam ist schwach, und manche Menschen sind schlüpfrig wie die Schlangen. Ich finde es zum Erstaunen, daß die Menschen in diesem Tale so sind, wie sie sind, und nicht alle roh und grausam. Auch mir tat Meillyn Lewis leid. Aber jene Sitzung des Kirchenvorstandes kann dazu dienen, weiteren Verfehlungen vorzubeugen. Sie war grausam, doch es ist noch grausamer, die Sünde wuchern zu lassen, ohne ihr Einhalt zu tun.«

»Aber man hätte Meillyn ihre Fehler nicht vor all diesen Menschen vorhalten dürfen!«

»Da magst du recht haben, Huw, aber wir müssen uns den Umständen anpassen. Ich diene nicht nur Gott, sondern auch unserer Gemeinde. Ich bin dem Kirchenvorstand unterstellt. Nur schrittweise kann ich die Dinge ändern. Ich muß denken und dann erst sprechen. Ich muß mein Vorgehen überlegen und dann den richtigen Augenblick benutzen, um zu handeln. Würde ich es machen wie ein gewisser Herr Huw Morgan, so stünde ich bald draußen auf der Landstraße und predigte den Hecken. Und dann hätte ich keine Möglichkeit mehr, etwas zum Besseren zu wenden oder Gutes zu tun. Begreifst du es nun?«

»Ja, Herr Gruffydd«, sagte ich. »Und jetzt tut es mir erst wirklich leid.«

»Das ist recht, Huw«, sagte Herr Gruffydd mit einem herzlichen Lächeln. »Nun, da du dich so schön entschuldigt hast, will ich dir auch gerne sagen, daß ich dich für einen mutigen Jungen halte, der nur diesmal seinen Mut nicht zum Rechten anwandte. Laß dich nicht von deinen Gefühlen hinreißen. Denke. Beobachte. Denke nochmals. Und dann immer nur einen Schritt, dann wird's recht. Wie ein Maurer immer nur einen Stein auf einmal nimmt. Um gut und fest zu bauen. So auch mit dem Denken. Denke. Baue einen Gedanken nach dem anderen. Denke gründlich. Dann handle. Gilt's?«

»Ja, Herr Gruffydd«, sagte ich.

»Dann komm«, rief er und stand auf. »Jetzt geht's nach Hause. Mir ist, als ob ich den guten Speck, den deine Mutter brät, von hier aus riechen könnte.«

Zwölftes Kapitel

Dann kehrte Ianto heim.

Ich glaube nicht, daß mehr Aufregung geherrscht hat, als einst der verlorene Sohn nach Hause kam.

Zuerst kam Ellis, der Postmeister, mit seinem Wagen, vor den er den Schimmel gespannt hatte, vor unserem Haus vorgefahren, als wir gerade beim Frühstück saßen.

Nun, da alle ihre Söhne weg waren, sah meine Mutter Ellis als eine Art Engel an; sie erwartete sein Kommen stets voll Freude, aber auch voll Angst, falls in dem Brief, den er gerade brachte, schlechte Nachrichten enthalten seien.

»Einen schönen dicken Brief habe ich heute für Sie«, schmunzelte Ellis an diesem Morgen. »Vier Pence sind zu bezahlen, weil er nicht frankiert ist.«

»Kommen Sie herein, Herr Ellis«, sagte Mutter und lief ihre Geldbörse holen. »Angharad, stell den Kessel auf und bring rasch ein Stück Speck herein. Eine gute Tasse Tee, Herr Ellis, das wärmt.«

»Wahrhaftig, das ist heute morgen schon das dritte Frühstück«, verkündete der Postmeister. »Na, Gott sei Dank habe ich einen Bauch, in den etwas hineingeht.«

Mutter gab ihm das Geld, riß ihm den Brief beinahe aus den Händen und öffnete ihn.

»Was glaubt Ihr ... von Ianto ist er!« rief sie. »Was schreibt er denn? Wartet einmal ... Liebe Eltern, ihr habt mich sicher schon für tot gehalten, aber ich bin in London und wohlauf.«

Mutter griff sich vor lauter Erstaunen an den Kopf.

»In London«, flüsterte sie vor sich hin. »So weit weg!« Sie las weiter und schrie dann leise auf: »Er kommt heim! Ianto kommt heim! Mein Ianto kommt zu mir zurück! Oh, Ianto, mein kleiner Ianto!«

Ellis rief mit dröhnender Stimme: »Bravo, das ist fein!« und trommelte mit Messer und Gabel auf den Tisch, daß es krachte, und meine Mutter nahm Angharad und tanzte mit ihr im Zimmer herum, und dabei standen ihre Augen voll Tränen.

Dann trocknete sie sich die Augen mit ihrem Taschentuch. »Rasch, Angharad, lauf zur Grube und sag es Vater, und ruf Bronwen her. Komm schleunigst zurück, dann bringen wir das Haus in Ordnung.«

Das taten sie denn auch, aber »in Ordnung bringen« ist ein viel zu geringes Wort dafür. Es war ein richtiger Aufruhr; den ganzen Tag schwamm alles in Wasser und Seife, und am nächsten Tag strichen wir, Angharad und ich, die Vorderfront und die Rückseite des Hauses frisch mit weißer Farbe. Am nächsten Tag dann sollte Ianto kommen; deshalb beriet Vater am Abend vorher mit allen, die Ianto gut kannten, wie man ihn wohl am besten empfangen könne.

Ellis hatte an Davy und Owen Telegramme geschickt und Gwilym auf seiner Fahrt ins nächste Tal benachrichtigt. Ceridwen war gerade auf ein paar Tage zu Hause; Ivor und Angharad und ich waren ja immer da, so kam es denn, daß die ganze Familie wieder einmal vereinigt war.

Wie Vater sich darüber freute!

Als Vater am Vorabend mit Herrn Gruffydd aus der Kirche zurückkam, kniete er nieder, um zu beten und Gott zu danken. Sein Gesicht leuchtete, und sein Schnurrbart glänzte wie Silber.

»Vater im Himmel«, betete er, »wie Du Dich freust, wenn Deine Söhne zu Dir zurückkehren, so freue ich mich jetzt in aller Bescheidenheit. Ich danke Dir dafür, daß Du mich diesen Tag erleben ließest. Ich danke Dir dafür, daß meine Söhne und Töchter gesund sind. Ich danke Dir für den heutigen und für den morgigen Tag, o Gott. Amen.«

Dann setzten wir uns alle zum Abendessen, und nachher wurde ein genauer Plan gemacht, wie am nächsten Tag alles sein sollte; nichts vergaßen sie, weder die Musikkapelle noch Tom Pughs Kohlenkarren, um die Flaschen und Fässer darin zu befördern. Am nächsten Tag machte Vater eine Stunde früher Schluß mit der Arbeit als sonst und fuhr mit Ivor zur Eisenbahnstation, um Ianto und meine anderen Brüder abzuholen. Alles war zum Platzen voll von Erwartung.

An dem Morgen gab es für mich keinen Spaziergang auf den Berg; hinter dem Haus mußte ich Tassen und Schüsseln und Teller waschen. Mutter hatte sich Geschirr von den Nachbarinnen ausgeborgt, und das mußte nun gewaschen werden. Diese Arbeit fiel mir zu, und wenn sie mir auch nicht besonders gefiel, so tat ich es doch gern für Ianto und die anderen Brüder. Die Werksirene bei der Grube hatte gerade das Mittagsignal gegeben, als unten im Dorf, wo die Festgäste Vater und die Brüder erwarteten, die Musikkapelle zu spielen begann.

Das war eine Aufregung!

Mutter hielt mitten im Butterbrotstreichen inne, warf das Messer hin und griff sich ans Herz. »Da kommen sie! Ceridwen, hilf mir in mein Kleid. Du, Angharad, machst die Butterbrote fertig. Bronwen, paß auf die Teekessel auf.«

Und alle beeilten wir uns so sehr wie nur möglich, um fertig zu sein und vor dem Haus stehen zu können, wenn die Kapelle die Straße heraufkäme.

Als Ifan Owen nun um die Ecke bog und mit seinem großen silbernen Stock mit der Schnur darum den Takt schlug, als die Trompeten und die Posaunen schmetterten und die Trommeln wirbelten, da blieb mir wahrhaftig beinahe das Herz stehen. Die Kapelle war ja nicht sehr groß, alles in allem nur zehn Mann, aber sie spielten alle zusammen und alles auswendig, und sehr gut spielten sie auch, da gibt es nichts zu sagen.

Jetzt kamen sie näher und bliesen so laut, als wollten sie die Häuser umblasen.

Hinterdrein kamen die Freunde und Bekannten aus unserem Tal und den Nachbartälern, vom Bergwerk und von den Bauernhöfen ringsumher. Vier Gesangschöre von auswärts waren da und unser eigener, und dann die Fußballvereine in ihrem Sportdreß, und die Frauen mit großen Hüten und roten Röcken, und dann die Pastoren und Prediger aus der ganzen Nachbarschaft, und dahinter der Kinderchor.

Und zum Schluß kam der große Wagen, der Thomas, dem Fuhrmann, gehörte, mit Blumen und buntem Tuch geschmückt, und darauf stand mein Vater mit seinen fünf Söhnen.

Ich stand in der Wohnstube beim offenen Fenster, aber so viele Menschen hatten sich versammelt, daß ich, nachdem die Kapelle vorbei war, nichts mehr sehen konnte als die Köpfe meiner Brüder und den meines Vaters, und als sie heruntergestiegen waren, überhaupt nur noch Hüte.

Aber da ich meine Brüder kannte, so lief ich zur Hintertür, und wirklich, da kamen sie auch schon alle; es war ihnen gelungen, vor der Menge auszukneifen.

Ianto war noch größer als Ivor. Und feine Kleider hatte er an, alles aus London. Es ist merkwürdig, daß man es gleich sehen kann, wenn die Kleider eines Mannes aus London sind. Was für ein wunderbarer Ort muß das doch sein, wenn er sogar in der Sprache von Hosen und Hemden zu einem spricht!

»Na, Huw, du bist ja ein großer Junge geworden«, sagte Ianto zu mir. »Wie alt bist du jetzt?«

»Zwölf«, antwortete ich, »nächste Woche habe ich Geburtstag.«

»Ach so, da möchtest du wohl etwas geschenkt haben?«

»Nein, nein, ich wollte es dir nur sagen, Ianto. Wenn du mir was schenken willst, gut. Wenn nicht, auch gut.«

»Ich habe dir etwas aus London mitgebracht, Huw. Es ist in meinem Koffer. Wenn du Zeit hast, schau einmal hinein.«

»In meinem Köfferchen ist auch etwas für dich, Huw«, sagte Davy.

»In meinem auch«, erklärte Owen.

»Mein Geschenk bekommst du am Geburtstag«, fügte Ivor hinzu.

»Ich gebe dir jetzt gleich einen halben Schilling«, sagte Gwilym als letzter, »und wenn dein Geburtstag kommt, werden wir weitersehen.«

»Na, wie fühlst du dich als Ehemann, Gwilym?« erkundigte sich

Ianto.

Gwilym warf rasch einen Blick zu Owen hinüber, dann schaute er zu Boden.

»Gut, Ianto«, antwortete er leise. »Und wie geht's deiner Frau?«

»Sie ist tot.«

»Tot«, rief Ivor. »Davon haben wir gar nichts gewußt.«

»Ich hielt es für besser, nichts darüber zu schreiben«, erklärte Ianto und strich mir freundlich über das Haar.

»Ist . . . ist sie schon lange tot?« fragte Ivor.

»Seit einem halben Jahr. Bei der Geburt des Kindes starb sie. Aber sage Mutter nichts davon. Ich sage es ihr morgen früh.«

Vor dem Haus riefen die Leute jetzt immer lauter nach Ianto, und auch die anderen Brüder wurden von ihren Freunden weggeholt. In der Stube aber war es so heiß, und so viele Leute strömten herein, daß ich zum Fenster hinauskletterte und in den Schuppen hinter dem Haus lief, um für eine Weile ein bißchen allein zu sein.

Hinten im Schuppen führte eine Treppe zu einer kleinen Galerie mit einem Verschlag hinauf; dort war es immer sehr still, es roch nach Seife und Öl und Kohle und Holz und Kartoffeln und Äpfeln und Zwiebeln, und meine Mutter bewahrte dort auch die Tücher und Decken auf, die gerade nicht gebraucht wurden. Wenn man sich auf dem Haufen Decken flach auf den Rücken legte, konnte man durch ein Fensterchen gerade den Gipfel des Berges erblicken. Hier sah ich zuweilen meine Schulaufgaben durch oder las in einem Buch, wenn Mutter Besuch hatte oder die Küche brauchte, um mit den Mädchen zu baden.

Da ruhte ich mich nun auch jetzt ein bißchen aus, und gedämpft tönte der Lärm des Festes herüber. Auf einmal öffnete sich die Tür zum Schuppen, und Marged kam leise herein.

Ich verhielt mich mäuschenstill und wandte nur den Kopf; da sah ich, wie Marged zu der Werkbank ging, an der Owen früher immer gearbeitet hatte. Einige seiner Werkzeuge waren noch da; der Schraubstock, der Bohrer und die Zangen glänzten, als habe Owen sie eben in der Hand gehabt; ich ging ja jeden Tag hin und putzte die Sachen mit Sandpapier blank.

Marged setzte sich auf Owens Schemel und begann ganz langsam an der Schraube zu drehen.

Sie schien tief in Gedanken versunken, und nun sah ich, daß sie weinte.

Während ich noch überlegte, was ich nun tun solle, öffnete sich die Tür aufs neue, und Owen trat herein. Einen Augenblick ließ er die Tür weit offenstehen; dann fiel ihm offenbar ein, daß überall Leute seien; da schloß er die Tür hinter sich und stand da, ganz still, und in seinem schwarzen Anzug war er in dem dämmerigen Raum kaum zu sehen.

»Marged«, flüsterte er. »Ich sah dich hineingehen. Ich mußte dir folgen.«

»Owen«, sagte sie durch ihre aufsteigenden Tränen, »ich habe mich so nach dir gesehnt.«

»Marged«, sagte Owen abermals und trat näher zu ihr hin. »Oft und oft hätte ich mich am liebsten umgebracht, aber ich bin ein Feigling. Mein Leben ist mir zur Last geworden. Ich habe dich geliebt, Marged, meine schöne Marged, aber ich habe dich zu sehr geliebt. Ich liebe dich noch immer.«

»Es ist zu spät. Ich bin verheiratet.«

Owen kniete vor ihr nieder.

»Erinnerst du dich, wie es war, als du mich hier das erstemal küßtest?« fragte Marged, und nun klang es wie Lächeln aus ihrer Stimme. »Du hast mich gegen das kalte Ding da gedrückt, und mein Rücken wäre fast in Stücke gebrochen.«

»Ist Gwilym gut zu dir?« fragte Owen traurig.

»Keiner könnte besser zu mir sein, nicht einmal du. Und er ist dir so ähnlich, daß ich oft glaube, mit dir verheiratet zu sein.«

»Warum hast du jetzt eben geweint?« fragte Owen.

»Weil der alte Schmerz wieder erwacht ist. Ich habe ihn zu lange erlitten, um ihn zu vergessen. Schmerz, Schmerz, Schmerz ... Tage und Wochen und Monate lang. Und nur *eine* Stimme, nur *ein* Kuß hätte ihn wegbrennen können. Aber der Schmerz war immer da. Dann hörte er auf.«

Owen erhob sich. »Der Schmerz hörte auf?« Seine Stimme klang jetzt höher als die ihre.

»Ja, er hörte auf«, sagte Marged fest. »Eines Abends brauste und stürmte es in mir, und ich wurde ganz toll und ich schrie und brüllte, und der arme Gwilym versuchte mich zu beruhigen. Und ich flehte Gott um Kraft an, damit ich dich vergessen könne.«

»Und hast du mich vergessen?« fragte Owen mit einem Aufschluchzen.

»Ich werde Owen Morgan nie vergessen«, antwortete Marged und stand auf; ich sah, wie schmal ihre Taille war, so schmal, daß eine Hand sie hätte umspannen können. »Owen, der mich geküßt hat, der sagte, ich wäre sein gewesen am Bach von Hebron. Nie werde ich ihn vergessen. Ich werde ihn lieben mit all meiner Seele bis zu meinem Tode.«

»Und jetzt . . .?«

»Und jetzt bin ich Frau Gwilym Morgan, und Owen Morgan ist fortgegangen und wird nie mehr zurückkommen.«

»Aber, Marged«, sagte Owen, »ich bin ja hier . . . sieh doch nur!«

»Du?« Marged sah Owen voll ins Gesicht und schüttelte den Kopf. »Nein, du bist nicht Owen Morgan. Kein Mann ist Owen Morgan gleich. Er ist fortgegangen. Er wird nie zurückkommen. Und er verschenkte mich an seinen Bruder.«

»Oh, Marged«, flüsterte Owen und wandte sich ab.

»Ja, so ist es«, sagte Marged, »und ich wohne in dem kleinen Haus mit ihm.«

»Würdest du mit mir kommen . . . würdest du dann glücklicher sein?«

»Nichts kann mich glücklich machen, niemand kann mich glücklich machen, nur Owen Morgan. Und er kehrt nie zurück.«

»Marged, Marged«, rief Owen verzweifelt, nahm sie bei der Schulter und blickte flehend in ihr Gesicht.

Und er begann zu sprechen, aber die Worte wurden zu einem Murmeln, und er öffnete die Augen weit und schloß sie dann. Seine Hände ließen von ihr ab, und rasch, mit einem Aufschrei, warf er sich taumelnd gegen die Tür.

»Marged«, schluchzte er. »O Marged, schöne Marged! Was habe ich dir angetan, ich Teufel aus der Hölle! Was habe ich dir angetan!«

Er stürzte hinaus und schloß die Tür hinter sich. Marged stand starr da.

Dann hörte ich draußen Schritte; Gwilym riß die Tür auf, ging leise zu Marged hin und legte seinen Arm um ihre Schultern.

»Komm, Liebling«, sagte er mit einer Stimme, die ich noch nie gehört hatte. »Wir fahren nach Hause, ja? Und ich werde dir die Stirn kühlen und dich schlafen legen, willst du? Komm, mein Herz, du sollst Ruhe finden.«

Und Gwilym führte Marged sanft hinaus und schloß die Tür.

Mir war sehr heiß und ich lechzte nach einer Tasse Tee, so stieg ich denn hinab, ging ins Haus, wo die vielen Menschen waren. Manche hatten es sich auf den Wiesen am Berghang bequem gemacht, um im Freien zu essen und zu trinken, und die Frauen versteckten sich unter Schirmen, weil sie Angst vor der Sonne hatten, und die Luft war voll Plaudern und Lachen.

Als ich in die Küche kam, war Mutter sehr bleich, und Angharad stand in einer Ecke und weinte, während Bronwen ihre Wange streichelte. Vater und die Brüder waren in der Wohnstube mit Herrn Gruffydd und den anderen Geistlichen.

»Huw«, rief Mutter und verstellte mir rasch den Weg in die Stube, »nimm dir zu essen und zu trinken, was du willst, und geh auf die Wiese hinaus; sei ein braver Junge.«

»Ja, Mutter«, sagte ich, und Bronwen half mir lächelnd, besonders gute Sachen aussuchen.

Aber aus dem Nebenzimmer drang Vaters Stimme, und sie übertönte allen Lärm. »Es hat keinen Zweck, Herr Gruffydd. Kein Arzt kann Marged helfen. Alles haben wir schon versucht. Die Arme ist irr, und ich sorge mir die Seele heraus um sie und meinen armen Jungen.«

»Geh jetzt, Huw«, flüsterte mir Bronwen zu, »und sei recht brav.«

So ging ich denn hinüber zum Fluß und sah den Forellen zu, denn bis hierher kamen sie noch; und ich aß und trank auf einem großen Stein in der Sonne, und der Fluß plätscherte und murmelte um mich her.

Am Abend saßen überall im Haus Leute beim Abendessen. Die Tische waren nicht groß genug, deshalb hatten nicht alle gleichzeitig Platz. Da mußten wir uns eben einrichten, wie es ging.

Ich saß in der Küche mit Vater und Mutter, mit meinen Brüdern, Herrn Gruffydd und zwei anderen Predigern, Herrn Evans, Dr. Richards, Herrn Parry, Herrn Owen Madog und einigen Kirchenvorständen und Gemeinderäten.

Wir saßen ganz dicht zusammengedrängt, aber da es genug zu essen und zu trinken gab, so kümmerte uns das wenig. Ianto erzählte von London und wie es ihm dort ergangen war. Er war zuerst im Büro von Hopkin Jones, dem Tuchhändler, gewesen; dann hatte er Lokomotiven bei der Great Western Eisenbahn gereinigt, hierauf bei einer Bauunternehmung gearbeitet. Und weiß Gott, was er sonst noch alles gewesen war!

»Warum sind Sie den nicht bei einem Beruf geblieben?« fragte einer der Geistlichen.

»Weil ich nie die richtige Stelle gefunden habe«, erklärte Ianto.

»So suchte ich denn eben immer wieder eine neue.«

»Und haben Sie die richtige gefunden?« fragte der Geistliche weiter.

»Nein. Man hat uns behandelt, als ob wir Dreck wären. In den Büros verlangt man, wir müßten angezogen sein wie die Grafen, bei einem Schundgehalt. Bei der Schwerarbeit wurden wir besser bezahlt, aber die Lebensbedingungen waren so, daß hier kein Tier damit zufrieden wäre. So suchte ich denn immer wieder etwas Neues.«

»Ohne es zu finden, wie?« meinte der gleiche Prediger, einer von den Menschen, die immer gleich bei der Hand sind, etwas zu verurteilen, was sie nicht verstehen.

»Ich habe nicht gefunden, was ich suchte, und ich werde es wohl auch nie finden«, erklärte Ianto.

»So werden Sie also Ihr Leben lang herumzigeunern, wie? Nun, viel ist das gerade nicht — und stolz können Sie wahrhaftig nicht darauf sein!«

In Iantos großen grauen Augen blitzte es gefährlich auf. »Es ist jedenfalls mehr, als bequem auf seinem Hintern zu sitzen, wie Sie es tun, und jeden Sonntag dreimal langen Quatsch reden, und dazwischen in der Woche noch ein paarmal. Ich für mein Teil danke Gott dafür, daß ich kein Schmarotzer an der Gesellschaft bin.«

Alle legten mit einemmal Messer und Gabel nieder, nur Davy und Owen und Ianto und ich nicht.

»Ich denke nicht, hier zu sitzen und meine Kollegen beleidigen zu lassen«, erklärte Herr Gruffydd, »wenn ich auch zugebe, daß seine Bemerkung nicht gerade taktvoll war.«

»Der Herr Pastor hätte seine Bemerkungen überhaupt besser für sich behalten sollen, finde ich.«

»Nun, wenn meine Worte Anstoß erregt haben sollten, so tut es mir leid; das war nicht meine Absicht«, sagte der Geistliche.

»Dann ist ja alles wieder in Ordnung, und ich will mich gerne auch entschuldigen«, meinte Ianto. »Nehmen Sie noch etwas von dem Heidelbeerkuchen, Herr, den macht meine Mutter besonders gut.«

Aber es wollte doch keine rechte Stimmung mehr aufkommen. Die Worte, die gesprochen wurden, blieben mitten in der Luft stecken. Und wenn jemand lachte, so merkte man, wieviel Mühe er sich dabei gab.

Herr Gruffydd hatte sich damit beschäftigt, kleine Brotkügelchen zu rollen, und dabei ohne Unterlaß auf die Butterschüssel geblickt. Mein Vater sah ihn zuweilen von der Seite an und bemühte sich, mit Herrn Parry über geschäftliche Dinge zu reden. Und nun zwinkerte Herr Gruffydd mit den Augen, als sei er soeben aus dem Schlafe erwacht, und räusperte sich. Sogleich wurde es still in der Stube. Angharad, die gerade mit frischen Schüsseln hereinkam, blieb bei der Tür stehen, und als meine Mutter ihr einen heimlichen Wink gab, ging sie mit ihren Schüsseln wieder hinaus.

»Ianto«, sagte Herr Gruffydd, »ich bin im allgemeinen nicht dafür, auf einem Fest über ernste Dinge zu sprechen. Aber was Sie vorhin sagten, läßt mir keine Ruhe. Sagen Sie mir, warum sind wir . . . warum bin ich ein Schmarotzer an der Gesellschaft?«

»Weil ihr Geistlichen unnütze Arbeit leistet«, antwortete Ianto so rasch, daß es nur so flitzte.

»Ianto«, sagte mein Vater über den Tisch hinweg mit aufsteigendem Zorn, so daß ihm Mutter begütigend die Hand auf den Arm legte, »Herr Gruffydd hat unseren Huw geheilt.«

»Nein, Herr Morgan«, warf Herr Gruffydd ein, »Huw hat sich selbst geheilt. Aber sagen Sie mir, Ianto, warum ist unsere Arbeit unnütz?«

Ianto hielt im Essen inne, und seine Augen blitzten. »Das will ich Ihnen sagen, Herr Pastor. Ihr Geistlichen nennt euch die Hirten eurer Herde, und doch laßt ihr es zu, daß eure Schäflein in Dreck und Elend leben, und wenn ihr eure Stimmen erhebt, so sagt ihr bloß, es sei alles der Wille Gottes. Kein Wunder, daß man die Dummen, die auf euch hören, Schäflein . . . Schafe nennt.«

»Solche Reden kann ich nicht zulassen«, erklärte der Geistliche, der bisher noch nicht gesprochen hatte, ein kleiner Mann mit einer Brille, der durch die Nase sprach und immer ein wenig zu hüsteln pflegte.

Herr Gruffydd aber sagte ruhig zu Ianto: »Vielleicht kommen Sie morgen zu mir; dann können wir miteinander reden. Ihre Ansichten interessieren mich.«

»Gut«, nickte Ianto, »ich werde morgen früh um acht bei Ihnen sein, Herr Gruffydd.«

»Das ist recht«, sagte Herr Gruffydd. »Und nun wollen wir Gott bitten, daß er alle, die heute abend in diesem Hause sind, segne.«

»Amen«, ertönte es ringsumher.

Dreizehntes Kapitel

Am nächsten Morgen vor acht verließ ich mit Ianto das Haus, um wieder in Frau Tom Jenkins' Schule zu gehen. Ein großer Tag war das für mich. Mehr als zwei Jahre waren vergangen, seit ich das letztemal den kleinen Schulraum betreten hatte; aber nichts hatte sich geändert, nicht einmal die Vorhänge, wenn die auch natürlich inzwischen gewaschen worden waren.

Frau Jenkins's Töchter, Eunice und Eiluned, waren nun schon beinahe groß genug, um die Kleider ihrer Mutter ungeändert tragen zu können, aber sie gingen immer noch barfuß im Hause umher, um ihre Schuhe und Strümpfe für das Ausgehen zu schonen. Die Wandtafel hatte oben immer noch einen Sprung; wieviel war seither mit Kreide darauf geschrieben und, wenn die Buben und Mädchen es begriffen hatten, wieder weggewischt worden! Kein Wunder, daß sie noch viel grauer war als früher; das Alphabet, das Frau Tom immer abends auf die Tafel schrieb, damit wir es morgens als erstes abschrieben, war kaum zu lesen.

Auch der Geruch in der Stube hatte sich nicht geändert, ein Geruch, gemischt aus Speck in der Bratpfanne, Brot im Backofen, allerlei Kräutern, die Frau Tom verbrannte, damit es im Zimmer ihres kranken Mannes immer schön angenehm dufte, dann aus Kalk, alten Büchern, zum Trocknen aufgehängter Wäsche und Mäusen. Es roch ganz anders hier als bei uns zu Hause, und immer, wenn ich mich dieses Geruches erinnerte, fiel mir der arme, kranke Herr Tom Jenkins ein.

Als Frau Tom hereinkam, sprachen wir zuerst das Morgengebet, und dann kam noch ein besonderes Dankgebet dafür, daß ich wieder da war, mit dünn und schwach gewordenen Beinen, doch sonst gesund und wohlauf.

Aber als dann der Unterricht begann, gab es eine gewaltige Überraschung für mich, denn ich merkte bald, daß ich von Frau Tom nichts mehr lernen konnte. Während der langen Zeit, die ich zu Bett lag, hatte ich jeden Tag Bücher gelesen oder Bronwen, meinem Vater und meinen Brüdern gelauscht, und dazu kamen noch die vielen, vielen Gespräche mit Herrn Gruffydd.

Frau Tom prüfte mich, ob ich die Namen unserer Könige kenne, zurück bis zum Dänenkönig Knut, aber ich konnte ihr noch viel weiter zurück die Namen aller Könige nennen, die unser Land regiert hatten, ehe uns die Römer so übel mitspielten. Meere, Erdteile, Länder, Inseln, Flüsse, Städte — alles, was sie mich fragte, wußte ich, und schließlich ließ sie den Zeigestock sinken.

»Ich glaube, ich muß mit deinem Vater sprechen, Huw«, sagte sie. »Du verlierst nur deine Zeit, wenn du herkommst. Bloß im Rechnen brauchst du noch ein bißchen Nachhilfe von mir, und die kann ich dir abends geben. Du kannst ruhig zu Hause bleiben, Junge.«

Und als wir mittags alle zusammen die Straßen hinaufgingen, da sahen mich die Buben und die Mädchen so bewundernd an, als wüßte ich alles.

Ianto ging mit einem ganz merkwürdigen Gesicht im Hause herum. Owen hörte ich hinten im Schuppen an etwas herumfeilen, und Angharad war im Waschhaus und schälte Äpfel. Ich ging zuerst einmal zu Owen in seine Werkstätte, um zu sehen, was er da mache.

»Ach so, du bist es«, sagte mein Bruder.

»Ja, ich bin es. Kann ich dir helfen?«

»Feile mir den Bolzenkopf da ein bißchen ab, kannst du das?«

»Natürlich«, antwortete ich, »gib mir die Feile.«

Während ich arbeitete, setzte Owen allerlei neue, glänzende Bestandteile zusammen, und als das Ding fertig war, sah es wirklich fein und schön aus.

»Was ist das, Owen?« fragte ich.

»Das Modell einer Maschine«, antwortete er, »in der die Leute herumfahren können, ohne daß man ein Pferd davorspannt. Aber sag niemand etwas davon.«

»Nein, nein, aber sag mir, warum geht Ianto drinnen in der Stube herum und sieht die Wände an?«

»Wahrscheinlich, weil er sich davon ausruhen will, Narrengesichter anzusehen ... Aber erzähl mir lieber, wie es in der Schule war.«

Da berichtete ich ihm, was Frau Tom Jenkins mir gesagt hatte, und Owen lachte.

»Nun, dann wirst du wohl jetzt in eine richtige Schule kommen«, meinte er, »es ist auch schon Zeit. Noch nie hat ein Mann von einer Frau etwas Rechtes gelernt.«

»Frau Tom hat mich aber doch sehr viel gelehrt.«

»Zahlen und Namen und solche Sachen hat sie dir beigebracht. Aber wirklich gelernt hast du nicht viel dabei. Was lernen heißt, das wirst du jetzt erst sehen.«

Als Mutter zum Essen rief, erzählte ich auch ihr, was Frau Tom mir gesagt hatte. Sie war so erstaunt, daß sie mitten im Essen innehielt.

»Ojemine«, sagte sie mit großen Augen. »Wieder eine neue Sorge. Eine Schule für Huw. Wohin mit ihm?«

»In die Realschule«, schlug Davy vor.

»Eine feine Schule mit Internat«, meinte Owen.

»Auf so einer Schule lernt er nichts anderes, als auf seinen Vater und seine Mutter herabschauen«, behauptete Davy.

»Sein Vater soll entscheiden«, erklärte Mutter. »Und Herrn Gruffydds Meinung sollten wir auch hören.«

Da rief Davy ärgerlich: »Vielleicht wird in dieser Familie doch einmal etwas geschehen, ohne daß dieser Herr Gruffydd seinen Senf dazugibt! Jetzt noch nicht, das wage ich nicht zu hoffen. Aber in Zukunft einmal.«

»Iß deinen Teller leer und rede keine Dummheiten«, sagte Mutter und wies mit ihrer Gabel auf Davy. »Einen besseren Freund als Herrn Gruffydd können wir uns gar nicht wünschen. In diesem Hause will ich kein Wort gegen ihn hören . . . von niemand.«

»Herr Gruffydd ist ein rechter Mensch«, nickte Ianto, »das sehe ich jetzt ein.«

»Hat er dir heute morgen ordentlich die Meinung gesagt?« fragte Davy.

»Jetzt, wo ich mit ihm gesprochen habe, weiß ich erst, wieviel ich noch zu lernen habe.«

»Was zu lernen?« warf Owen ein.

»Wie es mit den Menschen bestellt ist«, antwortete Ianto, »wie wir leben und zueinander sein sollen.«

»Und wie denkt Herr Gruffydd darüber?« fragte Davy.

»Die Bergpredigt ist alles, was wir brauchen, meint er. Der heutigen Zeit müßte man sie anpassen, sie den Menschen mit recht lauter Stimme predigen und, wenn es sein muß, mit den Fäusten einbleuen.«

»Wann fängt er damit an?« erkundigte sich Davy. »Da möchte ich dabeisein.«

»Bei mir hat er heute morgen angefangen«, sagte Ianto.

»Hat er dich knockout geschlagen?« Davy lachte, aber nicht spöttisch oder unfreundlich.

»Ja, das kann ich wohl sagen«, sagte Ianto. »Zum Schluß waren wir uns über alles einig, nur über den richtigen Zeitpunkt noch nicht. Ich war dafür, gleich anzufangen. Gruffydd meinte, man müsse noch warten. Die Zeit sei noch nicht gekommen.«

»Es kommt mir vor, als hätte ich so etwas schon einmal gehört«, sagte Owen. »Wann wird die Zeit dasein? Woher sollen wir das wissen? Hast du ihn das gefragt, Ianto?«

»Nein. Ich hatte genug damit zu tun, ihn anzuhören. Ich habe die ernste Absicht, Mitglied der Kirche zu werden.«

»Aber, Ianto«, rief Mutter und sah ihn erstaunt an, »du bist doch schon Mitglied der Kirche. Seit deiner Taufe.«

»Als Prediger«, sagte Ianto. »Pastor möchte ich werden.« Dann legte er Messer und Gabel hin, murmelte ein paar Worte der Entschuldigung und ging aus dem Haus.

»O lieber Gott«, flüsterte Mutter, während Iantos Schritte draußen verhallten. »Wie schön!«

»Es wäre gescheiter, wenn Ianto sich einer vernünftigeren Sache widmete«, murmelte Davy, und auch er legte Messer und Gabel auf den Teller, obgleich er noch gar nicht mit dem Essen fertig war.

»Man braucht nicht auf die Kanzel zu steigen, um seinen Mitmenschen zu helfen«, sagte Owen.

»Wenn Ianto glaubt, daß er es am besten von der Kanzel aus kann, dann soll er es nur versuchen, und auf meine Hilfe kann er rechnen«, erklärte Mutter. »Ein paar Männer, wie Herr Gruffydd einer ist, können wir gut brauchen.«

»Herr Gruffydd, Herr Gruffydd, Herr Gruffydd — immer Herr Guffydd«, rief Davy und stand auf. »Ich kann den Namen schon nicht mehr hören. In diesem Tal gibt es Menschen, die nichts im Magen und keine Schuhe an den Füßen haben. Kinder gibt es ohne Heim und verzweifelte Mütter. Wie will Herr Gruffydd denen helfen? Mit der Bergpredigt vielleicht? Mit Gottes heiligem Willen?«

»Schäm dich, David Morgan«, fuhr ihn Mutter an. »Herr Gruffydd hat für die Armen mehr Geld zusammengebracht als ein Dutzend deinesgleichen. Kein Wort will ich mehr hören. Wenn du schon vom Tisch aufgestanden bist, so brauchst du auch nicht hierzubleiben.«

»Es tut mir leid, daß ich deinen guten Pudding versäume, Mutter, aber ich gehe mit Davy«, sagte Owen und folgte seinem Bruder hinaus.

Jetzt wandte Mutter sich an mich. »Von dir werde ich wohl auch ein paar Worte zu hören bekommen, wie?«

»Ja, aber ich möchte zuerst meinen Pudding haben, Mutter.«

»So! rief Mutter. »Merk dir gut, Junge, wenn ich ein solches Wort von dir höre, dann kriegst du ein paar Ohrfeigen. Und damit Schluß.«

»Mutter«, berichtete Angharad jetzt, »Frau Beynon liegt drüben beim Eisenwerk in einem alten Schuppen und bekommt ihr Kind.«

»Ein Kind bekommt sie?« fragte Mutter zerstreut.

»Ja«, antwortete Angharad, »und du weißt doch, daß sie aus ihrem Haus mußte, weil sie die Miete nicht mehr bezahlen konnte.«

»Woher weißt du das, Angharad?«

»Tegwen hat es mir vorhin erzählt. Ich habe ihr für ihre Mutter ein Leintuch mitgegeben und die beiden alten roten Decken.«

Nun legte auch Mutter Messer und Gabel hin und sah Angharad aus den Augenwinkeln heraus an. »Du sitzt ganz ruhig da und hast ein Leintuch und zwei gute Decken weggegeben, ohne mich zu fragen?«

»Gar nichts hat die Frau gehabt«, sagte Angharad, und keine Spur von Furcht war in ihrem Gesicht zu sehen. »Nackt und bloß hat der Hausbesitzer sie vor die Tür gesetzt. Und heute bekommt sie das Kind. Nur Stroh hat sie, um darauf zu liegen. Und sieben andere Kinder hat sie noch . . .«

»Still jetzt du«, gebot ihr Mutter. »Ich weiß, wieviele Kinder die Frau hat, und ich werde mich nach ihr umsehen. Aber keine Leintücher und Decken mehr hinter meinem Rücken weggeben! In dem Haus hier habe ich zu sagen, was geschehen soll!«

»Ja, Mutter«, sagte Angharad, und wir zwinkerten einander rasch zu.

»Ich nehme an«, sprach Mutter mit einer Stimme, als seien ihre Gedanken weit weg, »außer dem Leintuch und den Tüchern ist nichts aus dem Haus gekommen?«

»Nun ja«, sagte Angharad und wurde ein kleines bißchen rot, »dann waren in der Rumpelkammer noch ein paar alte Töpfe und Schüsseln.«

»Töpfe und Schüsseln«, wiederholte Mutter. »Weiter, was noch?«

»Ja, und dann noch ein paar Anzüge, die die Brüder nicht mehr tragen . . . und einer von Vater.«

»Und ein paar Kleider von mir.« Mutters Stimme war auf einmal so leise, daß man sie kaum hörte.

»Ja, Mutter«, gestand Angharad, »und auch ein paar von mir.

Und mein Mantel.«

»Dein bester Mantel natürlich«, sagte Mutter mit der gleichen Stimme.

»Ja, Mutter«, nickte Angharad. »Ich trage ihn ja nur sonntags, und der Winter ist vorbei. So kalt haben sie es dort, nichts als Stroh, und Löcher im Dach.«

»Sieh dich einmal gut um im Haus«, sagte Mutter, und jetzt klang ihre Stimme wieder wie sonst, »es wäre möglich, daß noch ein paar Sachen da sind, die Frau Beynon nicht bekommen hat. Aber vielleicht können wir sie auf einen Wagen laden und zu ihr bringen, was?«

»O Mutter«, flüsterte Angharad, und ihre Augen, die immer so groß waren, sahen jetzt mit den Tränen, die darin standen, noch größer aus, »die arme Tegwen Beynon hat nur ein einziges Kleid. Und heute morgen kein Frühstück. Und so blaß ist sie.«

»Angharad, meine Kleine«, sagte Mutter und legte ihre Arme um meine Schwester, die ihren Teller weggestoßen und ihr Gesicht tief über den Tisch gebeugt hatte. »Still, weine nicht. Ich war nur böse, weil du mich nicht gefragt hast. Frage in Zukunft, ja?«

»Ja, Mutter«, schluchzte Angharad leise und streckte die Hand nach meinem Taschentuch aus. »Was sollen wir nur für Frau Beynons neues Kind tun?«

»Lauf zu Bronwen und bitte sie um ein paar von Gareths alten Windeln«, rief Mutter Angharad zu. »Ich mache gleich einen Korb mit Essen zurecht. Und du, Huw, gehst mit einem Korb die Straße hinauf und herunter zu allen Leuten und bittest sie, sie möchten geben, was sie entbehren können.«

»Ja, Mutter«, sagte ich eifrig.

Die Sammlung, die ich da zusammenbrachte, hättet ihr sehen sollen! Mit den Kleidern hätte man ein halbes Regiment bekleiden können. An den Speisen hätte das ganze Dorf satt werden können. Möbel gab es, genug für zwei Häuser.

Und an willigen Händen, um die Sachen in den alten Schuppen zu schaffen, fehlte es auch nicht.

Den ersten Korb voll Essen trug ich selbst in den Schuppen, und dort sah es wirklich recht armselig aus.

Frau Beynon lag auf einer von unseren alten Decken, und eine zweite hing über ihr, um das Wasser, das durch das Dach tropfte, von ihr abzuhalten. Evan Beynon hatte eine Planke zerhackt, um Feuer zu machen, und in einem alten Eimer wurde Wasser gewärmt. Recht kalt und feucht war es dort drinnen.

Die drei kleinsten Kinder schliefen zu Frau Beynons Füßen, und zwei, die schon etwas größer waren, spielten am Fenster mit Steinchen Kaufladen. Tegwen und ihr jüngerer Bruder stopften Stroh in Säcke, um Lager für die Nacht zu machen.

»Hallo, Tegwen«, sagte ich und blieb bei der Tür stehen, das heißt, eigentlich war gar keine richtige Tür da.

»Hallo, Huw«, rief sie leise und sah aus, als ob sie sich schämte. »Wir stecken das Stroh in Säcke, denn, weißt du, wenn man so darauf liegt, rutscht es beim Schlafen immer unter einem weg.«

»Ja, ja«, nickte ich sachkundig, als ob ich jede Nacht meines Lebens auf Stroh geschlafen hätte. »Hier drin ist ein Kuchen.«

»Oh, der wird Mutter aber fein schmecken«, rief Tegwen erfreut.

»Und Tee.«

»Tee . . . o Gott! Ich werde ihn gleich in den Kessel tun.«

»Wie geht es der Mutter?« fragte ich; ich hatte wohl gesehen, daß sie Schmerzen hatte; Schaum stand ihr vor dem Munde, sie war rot im Gesicht, das Haar klebte ihr an der Stirne, und von Zeit zu Zeit stöhnte sie auf.

»Frau Price muß jeden Augenblick kommen«, sagte Tegwen und blies ins Feuer. »Dann wird es Mutter besser gehen.«

»Was hat Frau Price damit zu tun?« fragte ich erstaunt.

»Dann kommt das neue Baby, Junge«, lächelte Tegwen.

»Bringt Frau Price denn das neue Baby mit?« erkundigte ich mich ganz verwundert.

Tegwen mußte laut herauslachen; dann legte sie sich rasch die Hand auf den Mund und blickte zu Mutter hinüber.

»Du bist aber dumm, Huw«, flüsterte sie mir zu. »Siehst du, das neue Baby ist in Mutter. Aber Frau Price weiß, wie man es herausbekommt. Rasch, bring ein paar Tassen herüber.«

Und dann trank Frau Beynon eine Tasse Tee nach der anderen, aber ich glaube, sie wußte gar nicht, was sie trank, vielleicht nicht einmal, wo sie war.

»Wo ist denn das neue Kindchen eigentlich?« fragte ich Tegwen, denn ich konnte nichts davon sehen.

»Da sitzst du dick und breit und willst mir einreden, du wüßtest nicht, wie die Kinder auf die Welt kommen?« Man sah Tegwen an, daß sie mich für einen rechten Dummkopf hielt.

»Nein«, antwortete ich, »bei uns zu Hause hat es auch kleine

Kinder gegeben, und bei Bronwen auch, aber ich habe immer geglaubt, Dr. Richards bringe sie in seiner Tasche mit.«

»Wer hat dir das erzählt?«

»Meine Mutter und Bronwen.«

»Das ist nicht wahr!«

»Woher weißt du das, Tegwen? Du bist doch auch erst zwölf; gar so gescheit wirst du noch nicht sein.«

»Was man dir erzählt hat, ist nicht wahr«, behauptete Tegwen abermals. »Warte, dann wirst du es sehen.«

»Ja, wie denn?«

»Wenn Frau Price kommt, schickt sie uns hinaus«, erklärte Tegwen, »dann gehen wir dort oben hinauf und gucken durch das Loch hinunter.«

Ich blickte zu dem oben in den Schuppen eingebauten Verschlag hinauf, der zur Aufbewahrung der Werkzeuge gedient hatte, und bemerkte, daß eine morsche Planke herunterhing.

»Das wollen wir machen«, nickte ich.

Dann kam einer nach dem anderen und brachte Sachen, und die Frauen machten »Oh!« und »Ach!« und schüttelten den Kopf, und dann zogen sie ihre Mäntel aus und brachten den Schuppen in Ordnung, so gut es ging. Und inzwischen waren auch Männer gekommen und bedeckten die schadhaften Stellen mit Sackleinwand und nagelten Bretter über die leeren Fensterrahmen. Wahrhaftig, eine Viertelstunde später sah alles so ordentlich aus, daß ich ganz gern dort gewohnt hätte.

Auch Herr Beynon schaute einen Augenblick herein und ging wieder hinaus, um draußen zu weinen, und dann kam Frau Price mit einem Bündel und einer wunderschönen Tasche mit Blumenmustern darauf, die war aus einem Teppich gemacht.

»So«, sagte sie, als sie kaum mit einem Fuß drinnen war. »Jetzt brauchen wir Platz. Hinaus mit ein paar von euch. Alle Kinder haben gleich zu verschwinden.«

»Komm jetzt«, flüsterte Tegwen mir zu; wir gingen hinaus in den Hof, liefen eine außen angebaute Treppe hinauf — und gingen dann durch eine Brettertür in den Verschlag hinein. Es war dämmerig dort oben unter dem Dach, und es wimmelte von Fledermäusen, die flüsternd und zischend herumflatterten. Wir gingen ganz dicht an die Stelle heran, wo die Planke kaputt war, und blickten hinunter. Wir konnten alles, was unten vorging, deutlich sehen.

Frau Price hatte die kleinsten Kinder auf eine Bettstelle an der Seite des Schuppens gelegt und zog sie frisch an. Frau Beynon weinte, aber nicht leise und still; ganz laut brüllte sie, wie ein Junge, der gefallen ist und sich das Knie aufgeschlagen hat. Sie wollte die Decken von sich werfen; ihr Gesicht war ganz geschwollen, und die Adern traten hervor.

»Die arme Mutter«, wisperte Tegwen schwer atmend. »Immer ist es so, wenn sie ein Kind bekommt.«

Ich hätte gerne gefragt, warum, aber das ging mich ja nichts an. Etwas Häßliches und Schreckliches war dabei, etwas, das ich fühlen konnte, aber nicht beschreiben kann. Frau Beynon war eine große, dicke Frau, immer freundlich; aber sie so zu sehen war wie ein böser Traum. Ganz heiß wurde mir, und ich konnte kaum atmen. Auch einen eigentümlichen Geruch spürte ich. Oft habe ich diesen Geruch in Häusern gespürt, in denen gerade ein Kind zur Welt gekommen ist. Es ist ein Geruch, der keinem anderen gleicht; das innerste Wesen von Blut und Milch strömt daraus hervor; stark ist er und schwer, voll Grauen und Zärtlichkeit . . .

Frau Price ging zum Feuer und brachte gleich darauf den Eimer zu Frau Beynons Lager. Frau Penry, die ihr half, hatte inzwischen die Kinder versorgt und stand nun am Kopfende des Bettes. Als Frau Beynon jetzt noch lauter zu schreien begann, half Frau Penry ihr, die hölzerne Stange, die quer oberhalb des Bettes angebracht war, mit den Händen zu umfassen. Die Kinder wachten auf und begannen zu weinen, aber niemand kümmerte sich um sie. Frau Beynons Beine waren wie weiße Pflöcke; sie stampfte damit, ihre Zehen waren verkrampft und ihre Fersen gruben sich in das Bett. Ihr Mund war weit aufgerissen, ihre Augen groß und wild, so von oben herunter schrecklich anzusehen. Frau Price und Frau Penry taten etwas mit ihr, aber was, weiß ich nicht, weil ich nur ihre Rücken dort unten sehen konnte, und rings um uns her waren jetzt Fledermäuse, die durch das Schreien und Weinen und Schluchzen und Stöhnen aus dem Schlaf geweckt worden waren; böse und zornig umflatterten sie uns, als ob wir zwei die Schuld an allem trügen.

»Da . . . sieh«, flüsterte Tegwen ganz dicht an meinem Ohr und zog mich am Arm näher an das Loch heran. »Da ist es . . . siehst du? Das neue Baby.«

Aber ich konnte in dem Dämmerlicht nur etwas Rotes vor meinen Augen sehen und befleckte Tücher, die Frau Prices Hände über dem Eimer auswand, und dann noch, daß Frau Beynons Zehen jetzt nicht mehr zuckten und ganz still geworden waren. Und voll Scham wandte ich mich ab, denn ich fühlte, daß ich töricht und unrecht gehandelt hatte.

»Gehen wir . . . fort von hier«, flüsterte ich.

»Warte, Huw«, sagte Tegwen leise. »Es gibt noch mehr zu sehen.«

»Jetzt gleich gehe ich fort«, sagte ich, und auf Händen und Knien rutschte ich zur Tür.

»Glaubst du mir jetzt?« fragte Tegwen leise kichernd.

»Ja«, hauchte ich, und mir schwindelte, als ich die Treppe hinabblickte.

»Sag aber ja niemand etwas davon, Huw, sonst geht's uns schlimm.«

»Also adieu jetzt«, sagte ich, als ich den festen Boden des Hofes unter mir spürte, und so rasch ich konnte, lief ich davon. Ganz wild vor Freude war ich darüber, wieder in der frischen Luft zu sein. Ich erschauerte, mich fror, aber ich wußte, daß ich Schlimmeres verdient hatte, als nur zu frieren. Mir war, als müßte ich mich in den Grubenschacht stürzen oder mich unter die Räder eines Heuwagens werfen, so schlecht und gemein fühlte ich mich . . .

Aber ich ging nur zu Bronwen und setzte mich auf meinen gewohnten Stuhl. Bronwen war gerade beim Bügeln; sie sprenkelte Wasser auf die steifen weißen Hemden und bemühte sich eifrig, sie recht schön und glänzend zu machen.

»Nun, wie geht's dem Alten heute?« begrüßte sie mich.

»Ich habe gerade gesehen, wie Frau Beynon ein Kind bekommen hat«, sagte ich.

Bronwen bügelte weiter, als hätte sie nichts gehört, aber sie wurde rot im Gesicht und zog die Augen zusammen, als hätte ihr die Hitze des Eisens weh getan.

Nach einer Weile erst fragte sie leise: »Wie kam das?« und blickte weiter auf ihre Wäsche.

»Ich habe durch eine kaputte Planke geguckt«, antwortete ich.

»Und jetzt bist du zufrieden?« Nun erst blickte Bronwen mich an.

»Ist es wahr, Bronwen?« fragte ich, und ich hoffte, sie würde nein sagen.

»Wenn du es gesehen hast, dann muß es wohl wahr sein.«

»Werde ich bestraft, weil ich es jetzt weiß?«

»Deine einzige Strafe wird sein, daß du daran denken mußt und ein schlechtes Gewissen hast. Menschen, die dorthin gehen, wo sie nichts zu suchen haben, strafen sich immer selbst.«

»Bist du böse auf mich, Bron?«

»Nein, Huw, böse nicht. Nur überrascht. Ich dachte, du wolltest einmal ein rechter, feiner Mann werden. Und rechte, feine Männer stecken ihre Nase nicht in Sachen, die sie nichts angehen. Wenn sie es zufällig doch einmal tun, dann halten sie den Mund darüber.«

»Ich möchte jetzt, ich hätte den Mund gehalten. Aber ich mußte es jemand sagen. Es ist so schrecklich, Bron!«

»Still jetzt. Iß etwas. Bist du hungrig?«

»Ja«, sagte ich.

»Nun gut denn. Deck den Tisch. Ich laufe rasch zur Mutter hinüber und hole meine Bratenschüssel.«

Aber ich wußte wohl, daß sie hinübergegangen war, um es meiner Mutter zu sagen.

Es ist ein merkwürdiges Gefühl, wenn man weiß, jetzt, in diesem Augenblick, bereitet sich etwas Unangenehmes vor und wartet auf einen, und gleich muß es kommen. Es ist so, als stünde man vor einem offenen Fenster, und alle Ängste streckten die Hände herein, um einen anzufassen.

»Mutter möchte mit dir sprechen«, sagte Bronwen, als sie zurückkam. Die Bratenschüssel hatte sie gar nicht bei sich.

»Du hast mich verraten«, sagte ich gleich.

»Ja«, nickte Bronwen, »deine Mutter mußte es wissen. Du kamst zu mir, aber zuerst hättest du zu deiner Mutter gehen müssen.«

»Ich hätte nie geglaubt, daß du mich verraten würdest.«

»Geh, du dummer Junge, niemand will dir etwas Böses tun. Du hast zu viel auf der Seele, und ich kann es dir nicht leichter machen. Das kann nur deine Mutter. Iß etwas, und dann geh nach Hause, ja?«

»Nein, ich esse nichts. Wenn es Verdruß gibt, dann lieber gleich.«

So ging ich denn hinaus, ohne Bronwen gute Nacht zu sagen; geradewegs nach Hause ging ich. Ich traf Mutter allein in der Küche beim Strümpfestopfen.

»Nun«, sagte sie, ganz damit beschäftigt, die Nadel einzufädeln.

»Ja, Mutter«, sagte ich.

Ein helles Licht war in ihren grauen Augen, als sie aufblickte und mich ansah. Nichts war in diesen Augen, das mich hätte ängstigen können, und doch zitterte ich. Nichts war im Hause zu hören als das Ticken der Uhr und hin und wieder ein leises Knistern im

Herd.

»Ich habe gehört, daß du irgendwo gewesen bist«, sagte sie.

»Ja, Mutter.«

»Und daß du etwas gesehen hast.«

»Ja, Mutter.«

»Warum?«

Es gibt Fragen, die kann man überhaupt nicht beantworten; so blickte ich denn nur auf Mutters Pantoffeln, und mir war, als ob Stunden vergingen.

»Fühlst du dich wohl?« fragte Mutter mit einem leichten Zittern in der Stimme.

»Ja, Mutter.«

»Vater wird mit dir sprechen wollen«, sagte sie. »Geh jetzt schlafen.«

»Ja, Mutter.«

Sie neigte ihre Wange hinab, damit ich ihr einen Kuß geben könne, und ich ging in die hintere Stube zurück, in der ich jetzt wieder schlief; ich war froh darüber, daß es dunkel und kalt dort drinnen war. Ich weiß nicht, wie lange ich schon geschlafen hatte, als ich aufwachte und Vater auf mich herabblicken sah, die Lampe in der Hand.

»Es tut mir leid, daß ich dich geweckt habe, Sohn«, sagte er. »Ich höre, du hast heute etwas getan, was du nicht hättest tun dürfen. Das stimmt, wie?«

»Ja, Vater. Bekomme ich Schläge?«

»Nein, keine Schläge, Sohn«, antwortete Vater, und ganz schnell huschte ein Lächeln über sein Gesicht. »Nur sprechen will ich mit dir. Bist du ganz wach?«

»Ja, Vater.«

»Das ist recht«, sagte Vater. »Höre mir gut zu. Vergiß alles, was du gesehen hast. Wende dich ab davon, denke nicht mehr daran. Du brauchst noch nichts davon zu wissen. Nur etwas davon behalte in Erinnerung. Du weißt jetzt, welchen Schmerz die Frauen ertragen müssen, damit Menschen auf die Welt kommen. Vergiß das nie und sei deiner Mutter dankbar dafür und allen anderen Frauen.«

»Ja, Vater«, sagte ich leise.

»Und noch etwas sollst du wissen«, fuhr Vater fort. »In keinem Menschen ist Platz für Hochmut. In keinem Menschen ist Platz für Lieblosigkeit. Niemand soll über andere spotten. Alle Menschen werden auf die gleiche Art geboren und sind gleich. So, wie du es heute gesehen hast, werden die Könige und die Großen der Erde, die Bürger und die Bettler geboren. Daran denke, wenn du mit Männern und mit Frauen zu tun hast. Und sei immer gut zu deiner Mutter. Versprichst du mir das?«

»Ja, Vater.«

»Gott segne dich, mein Sohn. Schlafe in Frieden.«

Ich schlief in Frieden.

Vierzehntes Kapitel

Die Sache mit den weißen Truthähnen wird mir immer klar in Erinnerung bleiben, denn damit begann das Böse, das Elias, der Kaufmann, unserer Familie angetan hat, und auch Herrn Gruffydds Kampf um die Wiedererweckung des Glaubens.

Wir hatten gute Hühner, braune, weiße und auch ein paar schwarze, die von der Schwester meines Vaters stammten und besonders viele Eier legten. Hühner sind glückliche Geschöpfe. Von morgens bis abends picken sie nach leckeren Bissen, zweimal am Tag holen sie sich ihre guten Körner, und am Morgen gackern sie laut und vergnügt; damit wollen sie sagen, daß man herbeikommen und sich ihre Eier anschauen soll. Keinem Menschen machen sie Mühe. Ja, so eine kleine Henne ist wirklich etwas Nettes. Sie kümmert sich immer nur um ihre eigenen Angelegenheiten; zierlich spaziert sie umher, und immer ist sie sauber und adrett.

Jedes Jahr im Juni schickte uns Mutters Bruder junge Truthähne, die mästeten wir für Weihnachten. In diesem Jahr aber sandte uns Onkel Maldwyn statt der Truthähne, wie sie sonst waren, eine neue Art, ganz weiße mit prächtigen Fächerschwänzen, blaßgelben Beinen und knallroten Kämmen. Weiße Truthähne, das war etwas, was wir noch nie gesehen hatten. Das ganze Dorf kam sie anstaunen; ein paar Stunden lang ging es hinter unserm Haus zu wie auf einem Jahrmarkt. An den nächsten Tagen kamen dann auch die Bauern von ringsumher, um sich die »weißen Wunder« anzuschauen. Nach einer gewissen Zeit ließen wir uns weiter gar nicht mehr stören, wenn jemand kam; jeder, der wollte, konnte sich die Truthähne ansehen, um dann wieder heimzugehen.

So geschah es, daß die weißen Vögel eines Nachts spurlos verschwanden.

Unter gewöhnlichen Umständen hätten die Hühner vermutlich einen Heidenlärm gemacht; aber so viele Besucher kamen um diese Zeit, daß die Hühner wahrscheinlich dachten, es sei alles in Ordnung, und sich um den nächtlichen Eindringling weiter nicht kümmerten.

Angharad war es, die das Verschwinden der Truthähne zuerst bemerkte, als sie morgens Eier für das Frühstück holen ging.

Ganz rot im Gesicht, mit weit aufgerissenen Augen kam sie gelaufen und blieb bei der Tür stehen. Vater, der sich gerade den Gürtel zuschnallte, sah erstaunt auf.

»Vater«, rief Angharad, »die Truthähne sind weg.«

»Weg? Was soll das heißen?«

»Die Tür zum Hühnerstall ist aufgebrochen, und auf dem Boden liegen weiße Federn herum.«

»So«, sagte Vater anscheinend ganz ruhig. »Nun, zuerst wollen wir einmal frühstücken. Dann werden wir weitersehen.«

»Soll ich die Polizei holen?« fragte Davy.

»Die Polizei?« Vater schüttelte den Kopf. »Wozu? Ich bin meine eigene Polizei, solange ich gesund und stark bin.«

Während des Frühstücks waren wir alle sehr still, denn in Vaters Gesicht war ein Ausdruck, den wir alle kannten. Ich hätte lieber hundert Polizisten gesehen als diesen Ausdruck in Vaters Gesicht. So atmeten wir denn alle auf, als Ivor ihn zur Morgenschicht abholte. Draußen wurde es hell, und ich ging mit meinen Brüdern nachsehen, wie es im Stall stünde.

Es gab aber nichts zu sehen als die aufgebrochene Tür und ein paar herumliegende weiße Federn. Mit den Händen in den Taschen standen wir da und wußten nicht recht, was wir tun sollten.

»Wer kann sie nur gestohlen haben?« überlegte Davy. »Sicherlich niemand vom Berg hier oben. Das beste wird sein, wir sehen in jedem Bauernhaus im Tal nach.«

Während die Brüder sich auf die Suche machten, ging ich langsam die Straße hinab; jetzt, wo ich nicht mehr in die Schule ging, kam ich mir wie ein Mann vor, der sich vom Geschäft zurückgezogen hat. Ich hatte nichts anderes zu tun, als den Jungen und Mädchen, die in die Schule gingen, zuzunicken und nach einem Zeitvertreib bis zum Mittagessen zu suchen.

Ich ging in Tossals Laden, um mir Karamellen zu kaufen; dann setzte ich mich auf die Brücke, um Ellis zuzusehen, der mit seinem Postwagen angefahren kam. Der Fluß war sehr niedrig, und unten zwischen den Steinen sah ich kleine Forellen; deshalb kletterte ich die Böschung hinab, um zu sehen, ob ich nicht ein paar mit der Hand fangen könnte. Auf der einen Seite war Tossalls Haus, daneben Dr. Richards' Garten; auf der anderen Seite des Flusses stand das Wirtshaus »Zu den drei Glocken«, und neben dem der andere Kaufladen, der Elias gehörte.

Als ich zum Fluß hinunterkam, sah ich, daß die Fische halb tot waren; ich ließ sie in Frieden, so leid taten sie mir, weil sie in dem trüben, schmutziggewordenen Wasser herumschwimmen mußten.

Ich ging über die Brücke, spazierte am anderen Ufer bis zum Wirtshaus und dann noch weiter, bis ich zu dem Weglein kam, das zum Hof hinter Elias' Haus führte.

Mitten auf dem Weg sah ich eine kleine weiße Feder liegen, die von einem Huhn hätte herstammen können. Aber wenn man Hühner und Truthähne kennt, dann kann man ihre Federn ganz gut unterscheiden, mögen sie einander auch ähnlich sein.

Unter dem Schwanzfächer unserer weißen Truthähne hatte ich solche Federn gesehen.

Die Mauer um den Hof war zu hoch, als daß ich hätte hinüberklettern können; ich würde es übrigens auch nicht gekonnt haben, wenn sie niedriger gewesen wäre, denn meine Beine waren noch recht schwach. So ging ich denn von vorne in Elias' Laden. Einen Penny hatte ich.

Der Laden war groß, mit Schaufenstern auf beiden Seiten und einer breiten Tür, und jedesmal, wenn sie geöffnet wurde, klingelten Glöckchen. Die Schaufenster waren vollgepfropft mit Anzügen und Schuhen und Unterwäsche und Seife und Tee und Schürzen und Hüten und Rotkraut und Schinken und Schaufeln und Samen und Hühnerfutter und Kämmen und Schuhbändern, und die Fensterrahmen waren rundherum mit buntem Kreppapier verziert, das aber ganz verblichen und zerrissen war, so viele Jahre hing es schon da.

Als ich hineinging, klingelten die Glöckchen über meinem Kopf, und Elias kam herbei. Er war lang, mager und ging gebeugt; rund um das Gesicht herum trug er einen Bart, aber einen Schnurrbart hatte er nicht, und sein Haar war mit so viel Wasser festgeklebt, daß es dunkler aussah als der Bart. Seine Augen hatten überhaupt keine richtige Farbe; sie waren weder blau noch grau, sondern nur blaß, und immer sahen sie einen von der Seite an, wenn er mit einem sprach.

Elias hatte einen Rock an, der glänzte vorne wie ein Kaminrost, und enge Hosen, die er über die Schuhe gebunden hatte. Seine Hände waren rot und blau, die Nägel lang und mit dem Taschenmesser geradegeschnitten, so daß sie wie dicke, viereckige Klauen aussahen; recht schwarz waren sie auch.

»Na?« sagte er und sah an mir vorbei.

»Für einen Penny Lakritzen, Herr Elias, bitte schön«, sagte ich.

»Eben habe ich dich drüben bei der Brücke kauen sehen. Hast du dir bei Tossall Karamellen gekauft?«

»Ja, Herr Elias.«

»Und jetzt willst du Lakritzen lutschen?« fragte er, noch immer neben mir hersehend.

»Ja.«

»Da möchte ich erst mit deinem Vater sprechen. All der Spektakel, den man mit dir gemacht hat, ist dir zu Kopf gestiegen. Zwei Pence in einem Morgen für Leckereien auszugeben ist lasterhaft. Augenblicklich hinaus mit dir.«

»Bitte, Herr Elias, aber könnte ich nicht noch vorher für einen Penny Lakritzen haben?«

»Nein«, sagte er großartig, mit einer ganz tiefen Stimme und gerunzelter Stirne; dabei schlug er mit der Faust auf den Ladentisch. »Mach, daß du hinauskommst, du Taugenichts!«

»Danke, Herr Elias«, sagte ich und verließ den Laden.

Den Hügel hinauf lief ich und in unser Haus zu Mutter. Es roch angenehm nach Thymian; Mutter füllte gerade einen Hammelbraten.

»Mutter«, rief ich, »ich weiß, wo unsere Truthähne sind.«

»Wahrhaftig? Wo sind sie denn?«

»Im Hof vom alten Elias.«

»Geh weg, du bist ein dummer Junge!«

Da zog ich die Feder aus der Tasche.

»Das habe ich auf dem Weg zu seinem Hof gefunden; die Feder ist sicher von einem unserer Truthähne.«

»Der Wind wird sie hingeweht haben.«

»An einem Schuh hat Herr Elias etwas Weißes, wie die Truthähne es fallen lassen.«

»Woher weißt du das, Huw?«

»Ich bin in den Laden hineingegangen.«

»Warum?«

»Lakritzen wollte ich kaufen.«

»Woher hattest du das Geld?« fragte Mutter und war schon wieder eifrig mit dem Hammelbraten beschäftigt.

»Von Ianto, Mutter.«

»Hast du die Lakritzen bekommen?«

»Nein. Elias hat gesagt, es wäre lasterhaft.«

»Ganz recht hat er gehabt«, sagte Mutter. »Steck den Penny in die Geldbüchse.«

So kletterte ich denn auf den Stuhl, ließ den Penny in die Büchse fallen und war sehr unglücklich.

»Ich will die Feder aufbewahren, bis Vater kommt«, entschied meine Mutter. »Du bringst jetzt den Schuppen in Ordnung, in dem Owen herumhantiert hat. Und mit Ianto werde ich ein Wörtchen reden, wie er sein Geld verwenden soll. So, jetzt geh. Seit wann hilft der alte Elias wohl den anderen Leuten sparen?«

Dann kamen meine Brüder heim, einer nach dem anderen; auf ihrer Suche im Tal hatten sie nicht das geringste gefunden. Ich sagte nichts.

Während Vater badete, war ich mit Owen im Schuppen, dann rief uns Mutter zu Tisch.

»Nach dem Abendessen machen wir einen Spaziergang, Huw«, sagte mir Vater, und wieder hatte er den merkwürdigen Ausdruck im Gesicht und in der Stimme.

»Ja, Vater.«

»Sollen wir auch mitkommen?« fragte Davy.

»Ja, Sohn, kommt alle mit, wenn ihr wollt.«

»Wohin gehen wir denn?« wollte Ianto wissen.

»Zu Elias, dem Kaufmann«, antwortete Vater so, daß es uns allen die Rede verschlug. Keiner von uns sprach ein Wort, ehe wir unten im Tal waren.

»Warum willst du den alten Kerl denn besuchen, Vater?«

»Wegen meiner Truthähne«, antwortete Vater.

»Wegen der Truthähne?« fragte Ianto erstaunt. »Was hat Elias denn mit denen zu schaffen?«

»Das werden wir bald sehen«, meinte Vater. »Ianto und Davy stellen sich hinten beim Fluß auf, damit der Alte nicht entwischen kann. Du, Owen, gehst zur Seitentür. Und du, Huw, kommst mit mir in den Laden.«

Zwei Öllampen und ein paar Kerzen beleuchteten den Laden und gaben Elias eine ganz andere Gesichtsfarbe. Er sah gar nicht überrascht aus und empfing Vater mit überschwenglicher Höflichkeit, wenn er ihm auch natürlich nicht ein einziges Mal gerade ins Gesicht sah.

»Oh, Herr Morgan«, sagte er und verstand es dabei, gerade zwischen Vater und mir hindurchzusehen. »Sie kommen wohl wegen der kleinen Sache mit den Lakritzen heute morgen? Ich hoffe, der junge Herr Huw hat alles richtig erzählt. Ich sah ihn dort bei der Brücke stehen mit seinen armen, schwachen Beinchen, und vor Mitleid drehte sich mir beinahe das Herz im Leibe um. Karamellen kaute er gerade, und ich dachte mir, so ist es recht, er soll auch etwas von den Freuden des Lebens haben. Einen Augenblick später steckte er sein Köpfchen durch die Tür und wollte von mir für einen Penny Lakritzen haben. Aber, aber mein lieber Kleiner, sagte ich, du hast doch gerade Karamellen gegessen. Und jetzt hinterdrein noch Lakritzen? Es wird dir schlecht werden, mein Sohn. Und deine Mutter wird sich ärgern, weil du zwei Pennies in einem Tag für Süßigkeiten ausgibst; geh, mein lieber Junge — das habe ich ihm gesagt.«

Das alles kam herausgeplätschert und gesprudelt wie saure Milch aus einem Krug. In seinen Augen glänzte ein Lächeln, das kein Lächeln war, und wenn sein Mund aufging, sah man kleine, braune Zähne, spitz und weit auseinanderstehend. Noch immer blickte er zwischen uns durch, aber er zeigte auf mich.

»Ich komme wegen meiner Truthähne«, sagte Vater.

Elias trat einen Schritt zurück, und das Lächeln, das kein Lächeln war, verschwand aus seinem Gesicht, wie Wasser in die Erde sickert.

»Ihre Truthähne, Herr Morgan?« krähte er heiser.

»Jawohl, wegen meiner Truthähne. Die Feder hier wurde hinter Ihrem Haus gefunden. Auf Ihrem Schuh da ist jetzt noch eingetrockneter Truthahnmist.«

Gerechterweise muß ich gestehen, daß der alte Elias jetzt — vielleicht zum erstenmal in seinem Leben — etwas gerade ansah, und das war sein Schuh. Dann zog er den Fuß schleunigst hinter den Ladentisch zurück.

»Hühnermist ist das«, erklärte er und blickte über uns hinweg.

»Dann werden Sie mir erlauben, in Ihrem Hof nachzusehen, Herr Elias«, sagte Vater.

Elias stellte sich vor die Öffnung in seinem Ladentisch und blickte senkrecht nach oben.

»Niemand geht hier durch«, sagte er, wie man in der Kirche betet, »nur ich.«

»Weg da«, rief Vater. »Du bleibst hier, Huw.«

»Ja, Vater.«

»Nach den englischen Gesetzen werden Sie sich dafür zu verantworten haben«, kreischte Elias.

»Die englischen Gesetze soll der Teufel holen«, sagte Vater, packte Elias vorne am Rock, warf ihn in das Apfelfaß und verließ den Laden durch die Hintertür.

Elias bemühte sich mit Armen und Beinen, herauszukommen, aber er steckte fest. Sprechen konnte er nicht, dazu war er zu erregt. Das Faß kippte um und kam ins Rollen, langsam zuerst, dann immer schneller, und Elias, dessen Hinterteil feststeckte, rollte mit, während drinnen im Faß die Äpfel herumkollerten. Herr Elias, der brüllte, als ob er am Spieß steckte, fiel endlich bei den Zuckersäcken aus dem Faß und saß nun, in ohnmächtigem Zorn die Fäuste ballend und sich an die Brust schlagend, auf der Erde. Es ist merkwürdig, daß man manchmal einen Menschen in diesem Augenblick verabscheut und im nächsten so viel Mitleid mit ihm hat, daß man zu ihm gehen und ihm helfen möchte.

So erging es mir jetzt mit Elias.

Aber ich kam nicht dazu, meine guten Absichten auszuführen, denn im nächsten Moment war er aufgesprungen und stürzte, unterwegs einen Axtstiel ergreifend, zur Hintertür. Ich schlüpfte hinter einen Stoffballen, bis Elias draußen war, dann lief ich zur Tür, um Davy und Ianto zu Hilfe zu rufen. Ich hörte sie zurückrufen, dann lief ich Vater suchen.

Durch einen Gang und dann durch einen Raum voll Kisten, Säcken, Papier und altem Gerümpel kam ich in den Hof hinaus; da stand Elias und griff sich an die Nase, aus der Blut auf seine Finger tropfte; der Axtstiel lag in zwei Stücke zerhauen auf dem Boden, und nun sah ich auch Vater, der unter jedem Arm einen Truthahn hielt.

Es war inzwischen schon recht dunkel geworden, und in dem nächtlich blauen Licht, zu dem noch der aus einem kleinen Seitenfenster dringende Kerzenschein kam, hoben sich die Truthähne sehr weiß von dem schwarzen Anzug meines Vaters ab. Sein Gesicht lag im Schatten, aber wenn es auch nur undeutlich zu sehen war, so hätte ich doch schwören können, daß Flammen aus seinen Augen zuckten. Eine kurze Weile sah er Elias an, ohne zu sprechen.

Und Herr Elias war augenblicklich auch nicht in redseliger Stimmung. Wenn ein hochangesehener Kirchenvorstand bei einem Diebstahl erwischt wird, mit dem Hinteren in einem Apfelfaß festgeklemmt herumrollt und zum Schluß noch einen ordentlichen Hieb auf die Nase bekommt, dann vergeht ihm die Lust zu sprechen.

Nun kamen meine Brüder durch den Laden herbeigerannt, und genug Lärm machten sie, um Tote zu erwecken. Jetzt waren sie bei mir angelangt.

»Herr Elias«, sagte Vater ruhig, »morgen früh verschwinden Sie aus diesem Tal.«

Elias nahm die Hände von der Nase und schlug sie zusammen. »Wir werden miteinander abrechnen«, rief er heiser. »Ich habe Ihnen die Truthähne weggenommen, weil Ihr Herz vor Stolz über ihren Besitz geschwellt war. Sie standen in Gefahr, in die Krallen des Teufels zu geraten. Ich hätte Ihnen die Tiere zur rechten Zeit wiedergegeben. So aber — hüten Sie sich vor der Abrechnung!«

»Meinerseits ist die Rechnung bezahlt«, meinte Vater, »aber ich wiederhole — heute war Ihr Laden das letztemal offen. Denn falls Sie ihn morgen aufmachen, schlage ich alles kurz und klein.«

»Oh!« krächzte Elias, trat von einem Fuß auf den anderen, schloß die Augen und hob zornig die Fäuste. »Oh! Oh! Oh!«

»Kommt, Söhne«, wandte sich Vater an uns. »Wenn ich ihn noch länger anschaue, wird mir übel.«

»Ich hatte ohnehin die Absicht, von hier fortzugehen, in mein Geschäft im anderen Tal«, brüllte Elias heiser. Er drehte sich rasch um, als mein Vater sich zum Gehen wandte. Mit weitgeöffneten, zornigen Augen blickte er zwischen uns allen durch; seine Nase, die eine andere Form bekommen hatte, glänzte, und vor seinem Mund stand blutiger Schaum.

»Ja, dorthin gehe ich, oder in meinen Laden über dem Berg drüben, oder in mein Geschäft in der Stadt. Ich habe genug Läden ... Genug Läden ... Läden. Schon längst wollte ich aus diesem Diebsnest, aus dieser Räuber- und Mörderhöhle heraus. Jetzt gehe ich ... jetzt gehe ich.«

»Gehen Sie nur«, nickte Vater. Ich aber hatte ein bißchen Angst vor Elias, denn noch nie hatte ich so viel kalte Wut in einem Menschen gesehen. Er schien dem Wahnsinn nahe, und der Anblick war nicht gut. Es gibt einen reinen, erfrischenden Zorn; der von diesem Manne jedoch war so unrein und unmenschlich, daß einem der Gedanke, die Ursache davon zu sein, unheimlich sein mußte.

»Und mein Versprechen werde ich halten«, keuchte Elias. »Nach dem englischen Gesetz werde ich Sie belangen!«

»Nun, heute haben Sie zur Abwechslung unser walisisches Gesetz zu spüren bekommen«, sagte Vater. »Ich bin neugierig, ob Ihr englisches Gesetz besser ist. Und vergessen Sie nicht — morgen wird Ihr Laden geschlossen.« Noch als wir durch den Laden hinausgingen, hörten wir, wie seine Fäuste gegen die Tür schlugen; und tief unten in seiner Kehle war ein schweres Ächzen.

»Es ist schrecklich«, seufzte Vater leise, als wir die Straße hinaufgingen. »Ich hätte ihm die dummen Truthähne gegeben, wenn er mich darum gebeten hätte.«

»Laß mich einen davon tragen, Vater«, sagte Ianto.

»Nein, Sohn. Alle Leute sollen mich mit den Tieren sehen. Ihr sollt mit der Sache nichts zu tun haben. Wenn er mit seinen englischen Gesetzen kommt, dann soll er sich an mich wenden, nur an mich.«

Während des ganzen Weges den Hügel hinauf begrüßten die Leute meinen Vater, aber keiner stellte eine Frage. Es genügte ihnen, zu wissen, daß die Truthähne wieder da waren. Das Wie und Warum würden sie später schon erfahren.

Als wir nach Hause kamen, war Herr Gruffydd da. Vater sperrte die Truthähne zuerst wieder in den Stall, dann kam er herein.

»Guten Abend, Herr Gruffydd«, sagte er und nahm seine Pfeife vom Kaminsims.

»Guten Abend, Herr Morgan. Wie ich höre, haben Sie Unannehmlichkeiten mit Herrn Elias gehabt.«

»Schlechte Nachrichten laufen schnell.«

»Der Mann hat Ihnen die Tiere gestohlen?« Herr Gruffydd blickte dem Rauch nach, der aus Vaters Pfeife stieg.

»Die Tiere sind wieder draußen in ihrem Stall«, sagte Vater ruhig.

»Und wie geht es Ihnen, Herr Gruffydd, führt Sie etwas Besonderes her?«

Herr Gruffydd schwieg ein paar Augenblicke, dann fing er mit einem Male zu lachen an. Ganz tief unten in seiner Brust begann es und stieg langsam immer höher, bis es ein richtiges, lautes Lachen war. Wir waren zuerst erstaunt; dann mußten wir auch lächeln, und schließlich stieg die Lust mitzulachen in unsere Wangen und machte sie voll und dick. Und nun lachten wir alle, daß es nur so schallte. Niemand wußte, warum. Herr Gruffydd versuchte immer wieder zu sprechen, aber das Lachen war schneller als die Worte, und es ging von neuem los.

Nun wies Ianto mit Lachtränen in den Augen auf seine Nase, dann auf Vater, und schließlich machte er einen kleinen schwachen Boxhieb in die Luft. Dann fing das Gelächter wieder an. Lachen ist etwas recht Dummes, wenn man daran denkt, aber etwas Gutes, wenn man es tut.

»Herr Gruffydd«, sagte Mutter, »Sie müssen etwas essen.«

»Danke, das will ich gerne«, nickte der Pastor. »Morgen abend werde ich auf der Kirchenwiese unten beim Fluß sprechen, Herr Morgan. Ich hoffe, ich werde Sie an meiner Seite sehen.«

»Gern, und schönen Dank, Herr Gruffydd«, sagte Vater überrascht und erfreut. »Wirklich, ich freue mich. Worüber sprechen Sie?«

»Darüber, daß der Mensch dem Geist Gottes näherkommen muß.«

»Ich habe heute abend einem Manne die Nase eingeschlagen«, sagte Vater nachdenklich.

»Nun, ich kenne noch ein paar, denen so etwas nicht schaden würde«, meinte Herr Gruffydd. »Und wenn es nicht bald besser wird, so soll es mir nicht darauf ankommen, den einen oder anderen persönlich in die Arbeit zu nehmen.«

»Gut«, sagte mein Vater. »Ich bin morgen abend bei Ihnen, Herr Gruffydd, und jetzt essen Sie. Greifen Sie tüchtig zu!«

Auf der Kirchenwiese pflegte Herr Gruffydd jene zu taufen, die dazu bereit waren. Am Fluß lag sie, etwas außerhalb des Dorfes, und in der alten Zeit war sie ein kleines Paradies; klar und grün strömte der Fluß vorbei, silbern umschäumte er die Felsen; Weiden neigten sich über das Wasser, Schilfrohr genug gab es für die Frösche, Fische für die Reiher und Stille für die Enten und die kleinen Wasserhühner.

Von weit und breit kamen die Leute an diesem Samstag auf die Kirchenwiese. Wir gingen über den Pfad am Berghang und dann hinunter auf die Wiese zu. Vor dem Zaun, der sie umgab, sahen wir eine dichtgedrängte Menge, und schon von weitem klang erregtes Murmeln zu uns herüber. Als wir hinkamen, wußten wir, warum. An ein Brett war ein Zettel genagelt, und darauf stand, daß der Besitzer der Wiese die Gegend verlassen und die bisherige Erlaubnis, Versammlungen dort abzuhalten, zurückgezogen habe. Die Unterschrift des Grundbesitzers lautete: Abishai Elias.

Dem Verbot zum Trotz wollte die Menge die Wiese betreten, aber Herr Gruffydd weigerte sich, einen Schritt jenseits des Zaunes zu tun. So wanderten wir denn alle ein Stück weiter den Berg hinauf. Herr Gruffydd stellte sich auf eine kleine Anhöhe, so daß alle ihn sehen konnten, er sprach, bis die Sonne sank. Da wurde es recht kühl, aber wenn unser Körper auch fröstelte, so wurde unsere Seele doch von der Glut seiner Worte erwärmt.

Er kündigte an, daß er es nun an der Zeit fände, den Feldzug zu beginnen, den er seit langem geplant habe. Unaufhaltsam dringe das Böse in das Tal vor; Diebe gäbe es bereits, lichtscheues Gesindel, viele Trunkenbolde, und sogar sittenlose Frauen.

»Es wird nicht lange dauern«, schmetterte er, und seine Stimme klang von den Bergen ringsumher wider, »dann werdet ihr eine ständige Polizeistation hier haben. Später ein Gericht. Und schließlich vielleicht ein Gefängnis. Mit ihnen kommen Hunger und Not, Elend und Müßiggang. Die Nacht ist nahe. Seid wachsam und betet!«

»Amen«, murmelte die Menge.

»Wie sollen wir den Kampf führen?« fuhr der Pastor fort. »Wie, frage ich! Nun, es ist ganz einfach. Die Menschen geben ihr Erstgeburtsrecht nur dann um ein Linsengericht hin, wenn sie sich der Gaben, die Gott ihnen für ihre Besserung verliehen hat, nicht mehr bedienen. Das Gebet ist die erste und die größte Gabe. Betet! Fleht zu Gott um Kraft des Geistes und um Klarheit des Sehens. Eine zweite Gabe Gottes ist der Verstand. Nutzt euren Verstand. Nicht alle von uns sind zur Größe geboren, aber Verstand haben wir alle. Bedient euch seiner. Denkt. Denkt lange und gut. Mittels des Gebetes und des rechten Denkens werden wir alle Feinde besiegen. Euer größter Feind ist die Kohle. Ihr müßt stärker werden als die Kohle. Die Kohle ist leblos, aber für viele Menschen erhält sie Leben in der Form von Gold. Für euch bedeutet sie: soundso viele Förderwagen zu dem und dem Lohn je Tonne. Für andere wieder bedeutet sie Schiffsladungen voll Güter, Wechsel, Banknoten, Wertpapiere, zu hohen Zinsen verborgtes Geld. Euer Feind ist der Wucher. Und der Wucherer nimmt keine Rücksichten auf Menschen, auf ihr Leben oder auf das Leben ihrer Kinder. Sehet, die Nacht ist nahe. Seid bereit, denn die Stunde kommt!«

Er gab einen Überblick über die Geschichte des Tales und sprach dann über die stetige Verminderung der Löhne, über die Bereitwilligkeit, für immer geringere Entlohnung zu arbeiten, während andere, die Aktien besaßen oder Eigentümer des Grund und Bodens über den Gruben waren, mehr und mehr verdienten.

»Ihr müßt kämpfen«, rief er. »Kämpfen, und zwar jetzt.«

»Sagen Sie uns, was wir tun sollen«, erklangen Stimmen aus der Menge. »Zeigen Sie uns einen Weg.«

»Wählt die rechten Männer ins Parlament«, riet ihnen Herr Gruffydd. »Sorgt dafür, daß eure Forderungen gehörig vertreten werden. Dann vereinigt euch. Sucht einige tüchtige Männer aus, die eure Wünsche und Beschwerden zu Papier bringen, ermächtigt sie, an die führenden Männer in der Kohlenindustrie und in der Regierung heranzutreten. Tut alles mit Ordnung und Überlegung.«

»Herr Gruffydd«, rief Rhys, ein Aufseher wie mein Vater, »kümmern Sie sich da nicht um Dinge, die Sie nichts angehen? Ihr Geschäft ist die Betreuung der Seelen.«

»Mein Geschäft«, rief Gruffydd mit dröhnender Stimme zurück, »ist alles, was sich zwischen den Menschen und den Geist Gottes stellt.«

»Amen«, murmelte die Menge wieder.

»Vergeßt nicht«, fuhr Gruffydd fort, »daß unser Herr Jesus die Geldwechsler aus dem Tempel getrieben hat, nicht nur weil sie den heiligen Ort entweihten, sondern auch, weil sie dies Volk verdarben, das zu einfältig war, um zu erkennen, wie es betrogen wurde — bis es nach und nach vergiftet wurde, bis es auf seine Art geradeso schlecht war wie seine Herren.«

»So solltest auch du zu den Arbeitern sprechen«, flüsterte Ianto Davy zu, und Bronwen drückte meine Hand. »Der Mann hat Verstand.«

Eine Weile noch sprach Herr Gruffydd weiter, aber dann sagte er, den Frauen würde zu kalt werden, wenn die Versammlung noch länger währte; so gingen wir denn nach einem Gebet und einem guten Choral singend heim.

Selbst Ivor und Vater erklärten sich bereit, mit meinen Brüdern zu arbeiten; das war vorher noch nie geschehen. Als Gwilym nach dem Abendessen herüberkam, war er so überrascht, daß er in der Tür stehenblieb.

»Komm herein, Sohn«, sagte mein Vater. »Setz dich hierher. Du kannst die Benachrichtigung der Arbeiter in deinem Tal übernehmen.«

»Ja, was ist denn hier los?« fragte Gwilym und blickte sich in der Stube um. Da saßen Ianto, Davy und Owen mit Feder und

Tinte, Vater mit einer Tafel und einem Stück Kreide, und Ivor mit einem Lineal. Angharad und Mutter waren bei Bronwen, um Ceridwen ein Kleid anzuprobieren.

Owen unterrichtete Gwilym über alles, während Vater die Ankündigung einer Versammlung aufsetzte, die einige Tage später im Wirtshaus »Zu den drei Glocken« stattfinden sollte. Ianto und Owen schrieben Aufforderungen an die Arbeiter aller Kohlengruben im ganzen Bezirk, recht viele Vertreter zur Versammlung zu entsenden. Alle halfen wir mit, ein jeder, so gut er konnte. Schließlich nahm Vater Herrn Boswells' »Leben des Dr. Johnson« vom Bücherbrett und las laut ein paar Kapitel daraus vor; dann gab er das Buch weiter, damit ein anderer vorlese.

Solche Abende gab es jetzt viele, und wahrhaftig, es waren gute Abende.

Fünfzehntes Kapitel

Glücklich waren wir damals, denn wir hatten ein gutes Haus und gutes Essen und gute Arbeit. In jener Zeit gingen die Leute abends nicht so viel aus dem Hause wie heute. Nur in die Kirche gingen wir manchmal oder zur Chorprobe, und hie und da fuhren wir auch in das Nachbartal, um dort zu singen. Aber daheim gab es immer etwas zu tun; wenn wir nicht studierten oder lasen, dann gab es im Hause oder hinten im Schuppen oder sonstwo immer eine Beschäftigung, bis es Zeit war, schlafen zu gehen. Ich kann mich nicht erinnern, daß wir uns jemals gelangweilt hätten.

Ich möchte nur wissen, wie es kommt, daß sich in diesen fünfzig Jahren alles geändert hat. Vielleicht war das Gaslicht, als es kam, daran schuld, daß die Leute weniger Lust hatten zu lesen, weil es nicht mehr so gemütlich war wie bei der Petroleumlampe. Und das elektrische Licht trug dann auch dazu bei, daß man früher schlafen ging, weil es so teuer war. Aber seit wann die Menschen mit ihren Eltern nicht mehr in Freundschaft leben, seit wann sie es nicht aushalten, zu Hause zu sein, und ganz verrückt nach Vergnügungen sind, das weiß ich nicht mehr. So etwas ist wie Asthma; das kommt einem auch zugeflogen, man weiß nicht woher, aber auf einmal ist es da und geht nicht wieder weg.

Liebes kleines Haus, in dem ich gelebt habe, du hast schon Glück gesehen, ehe ich auf die Welt kam. In dir ist mein Leben; alle

Menschen, die ich geliebt habe, sind ein Teil von dir. Dich verlassen, aus dir hinausziehen, das ist so, als ob ich mich selbst verlassen würde.

Der große schwarze Unhold, der dich niederdrückt, der dir so weh tut, wird dich bald ganz begraben. Deine Fenster werden brechen und deine Türen, und Kohlenschlacke wird deine Räume füllen. Dein Dach mag einfallen, und dieses Zimmer hier und alle anderen mögen voll schwarzer Schlacke sein. Du wirst aufrecht stehen, Schlacke hinter dir, Schlacke über dir, Schlacke auf allen Seiten, aber stürzen wirst du nicht. Du wirst begraben sein, aber stürzen wirst du nicht . . .

Ceridwen stand in der Tür dort drüben, die ich jetzt vor mir sehe. Ihr neues Kleid lag ihr eng um die Schultern; ihr Gesicht lachte zwischen dem offenen langen Haar hervor, und sie beugte sich vor, um das Kleid im Rücken zuzumachen. Welche Mühe sie sich gab, bis hin zu reichen!

»Komm einmal her, Huw«, sagte sie und tat so, als wenn sie weinen müßte, »mach mir das hinten einmal zu. So eng ist es, siehst du.«

Wie weich, warm, weiß die Haut war, berührt vom Licht, doch ganz leicht nur, nicht strahlend, nicht einmal glänzend, nur wie matt poliert und dann mit der Hälfte von einem halben Atemzug angehaucht.

»Ceridwen«, rief Mutter von unten herauf, »du kommst zu spät, mein Kind.«

»Wie schrecklich«, sagte Ceridwen und zappelte und wand sich. »So beeil dich doch ein bißchen, Huw. Langsam bist du!«

»So halt doch still«, sagte ich zu ihr, denn als sie so gezappelt hatte, war alles, was ich zugemacht hatte, wieder aufgegangen. »Wie ein Aal in der Tasche bist du.«

»Das ist ja nett . . . also ein Aal bin ich? Da bringe ich dir nichts mit aus der Stadt.«

»Gut«, sagte ich und hörte gleich auf zu arbeiten. »Nichts mitgebracht, kein Kleid zugemacht. So, da hast du's.«

»Oh, Huw, mein Kleiner«, Ceridwen sah mich an mit ihren großen Augen, in denen ein paar Tränen standen, Lachtränen oder Weintränen, und ganz leise sprach sie: »Schlecht bist du zu deiner Schwester. Du bist schuld daran, wenn ich zu spät komme, und dann ist's nichts mit der Stadt, und Vater wird sich ärgern, und Blethyn wird eine andere heiraten. Also komm, mach weiter!«

»Bringst du mir dann auch etwas aus der Stadt mit?«

»O Gott, Junge«, sagte Ceridwen und drohte mir mit den Fäusten, »neun Sachen werde ich dir mitbringen, aber mach, daß das dumme Kleid zugeht, ehe ich aus dem Fenster da springe.«

Und endlich war das Kleid zu, und wir gingen hinunter. Ich sah sie mit Vater und Mutter in dem Wagen von Thomas, dem Kutscher, fortfahren. Zum Bahnhof fuhren sie und von dort in die Stadt.

»Wieder eine aus dem Haus«, sagte Davy, als wir ihnen nachwinkten.

»Wann kommst du an die Reihe?« fragte Owen.

»Ja«, sagte Ianto, »du solltest daran denken, solange noch etwas in der Geldbüchse ist.«

»Ach was, ich habe noch viel Zeit«, lachte Davy.

»Bring das Mädel doch mal her«, schlug Ianto vor. »Hast du Angst, einer von uns werde sie dir wegnehmen?«

»Einer von euch?« Davy lachte noch lauter. »Jetzt, wo du das gesagt hast, bringe ich sie am Samstag her.«

»Verflucht«, schrie Ianto, »ich hab's ja gewußt, daß er ein Mädel hat. Ein alter, dummer Geheimniskrämer ist er. Rollt ihn die Wiese hinab, Brüder.«

Aber Davy hatte zu viel Vorsprung, wir konnten ihn nicht erwischen.

Damals habe ich zum erstenmal gehört, daß Davy ein Mädel hatte.

Aber als wir sie sahen, da wußten wir, warum er sie versteckte.

Am Samstagnachmittag kam Ceridwen mit Vater und Mutter zurück; eine Menge Pakete hatten sie, und sie konnten gar nicht genug erzählen von der Stadt und der Eisenbahn und dem Meer, aber alle sprachen sie zur gleichen Zeit, so daß man gar nichts Rechtes hörte als Lärm und aufeinandergetürmte Worte.

Blethyn Llywarch war ein großer, hübscher Bursche, mit einer gebrochenen Nase vom Boxen her und einer schwarzen Haarlocke, die kam ihm immer in die Augen, wenn er sich aufregte. Zuerst war er schüchtern und wurde rot, wenn er nahe bei Ceridwen war, aber sie war kühl wie ein Bach oben im Gebirge; sie rückte ihm die Krawatte zurecht und zupfte ihm das Taschentuch heraus, aber sein Haar konnte sie nicht glattstreichen, so hoch reichte sie nicht.

Vater redete ihm zu, er solle sich doch richtig bequem in den Sessel setzen, statt nur ganz vorne auf die Kante. Mutter brachte ihm eine Tasse Tee und nahm ihm den Löffel weg, nachdem er ihn zweimal hatte herunterfallen lassen; und Flecke in seine gute Hose machte er sich auch. Jeder versuchte, ihm etwas Nettes zu sagen und nicht ungezogen zu sein, und da saßen wir nun da, und unsere Gesichter waren ganz steif, so sehr strengten wir uns an zu lächeln.

Und dann kamen noch Davy und Ethelwyn obendrein.

Ja, Ethelwyn.

Wyn nannten wir sie alle gleich. Anders ging es auch nicht bei einem Mädchen, das so war. Braune, große Augen hatte sie, mit Wimpern, die waren hinaufgebogen bis beinahe zu ihren Augenbrauen. Ein Lächeln hatte sie in der Stimme, und zu Davy sah sie auf, als wäre er ein Bruder vom lieben Gott.

Eine große Familie waren wir an dem Abend: Vater und Mutter, Ivor und Bronwen, Ianto, Davy und Wyn, Owen, Gwilym, Ceridwen und Blethyn, Angharad und ich, dann die kleine Olwen, aber die schlief schon oben im Zimmer, und Herr Gruffydd und die alte Frau Rowlands, bei der er wohnte, Herr Evans, der Grubenbesitzer, und noch andere, die kamen und wieder gingen. Und weil Ceridwen an diesem Abend mit Blethyn hinter dem Haus spazierenging, mußte ich so viel Geschirr waschen, daß ich am liebsten in meinem ganzen Leben keinen Topf mehr gesehen hätte.

»Guter Gott«, sagte Angharad ganz ungeduldig und stampfte mit dem Fuß auf den nassen Steinboden, »brauchen die da drinnen denn sechs Teller für jedes Stückchen, das sie sich in den Bauch stopfen?«

»Auf den Boden muß ich das da stellen«, rief Gwilym, denn oben war schon kein Platz mehr. »Aber jetzt sind sie bald fertig. Nur Mut, Schwester.«

»Mut?« schrie Angharad, und sie weinte beinahe. »Fünfzig Paar Hände brauche ich, keinen Mut. Sag denen da drinnen, sie sollen die Schnauzen vom Trog nehmen, ehe ich alles kurz und klein schlage.«

Waschen und abtrocknen, waschen und abtrocknen, Teller und Schüsseln und Messer und Gabeln und Löffel und Tassen und Gläser. Wieder Kessel aufstellen für heißes Wasser. Wieder Dampf, wieder Soda, wieder waschen und abtrocknen, immer noch nasser der Boden. Waschen und abtrocknen. Lieber Gott, war ich an dem Abend froh darüber, daß ich als Junge auf die Welt gekommen bin. Ein Mann kennt eine Frau nie richtig, ehe er ihre Arbeit kennt. Waschen und abtrocknen. Heißes Wasser und Soda. Hitze und Dampf, und immer das Wasser.

Endlich waren wir doch fertig, und Angharad warf das letzte nasse Geschirrtuch über die Wäscheleine. Und dann sagte sie zu mir: »Wir wollen ein bißchen den Berg hinaufgehen, Huw.«

»Wozu?« fragte ich ganz erstaunt. »Gehen wir lieber hinein und hören wir zu, wie sie reden.«

»Reden«, rief Angharad, und ihre Augen wurden stumpf vor Verachtung. »Ich habe heute schon genug Gerede gehört. Komm mit mir auf den Berg, da ist es schön still. Reden? Ich würde ihnen doch nur auf den Mund sehen und daran denken, wieviel jeder gegessen hat. Komm, Huw.«

So gingen wir denn den Berg hinauf und setzten uns auf den Ast einer großen Eiche, die der Sturm umgerissen hatte. Es ist schön, dem Berg beim Schlafen zuzusehen. Und drüben auf der anderen Seite stiegen wieder Berge auf, die sahen aus wie blauer Samt; man hätte beinahe geglaubt, man könnte sich ein Stück herausschneiden und sich einen Rock daraus machen, um darin über den dicken Wolken herzutanzen.

Wir saßen kaum ein paar Minuten da, als jemand auf uns zukam; ein Mann war es, und er pfiff, als ob er jemand suche. Und Angharad sprang auch wirklich gleich auf und lief ihm entgegen, so schnell sie konnte.

Der junge Iestyn Evans, der Sohn von Christmas Evans, dem Grubenbesitzer, war es, und er kam mit Angharad zurück, Iestyn war gerade von der Universität in Oxford gekommen; fein und elegant war er und wollte jetzt mit seinem Vater arbeiten. Ganz erstaunt war ich.

»Iestyn«, sagte Angharad, »das ist mein Bruder Huw.«

»Hallo, Huw«, sagte er, so wie die Engländer zu sprechen pflegen, »es ist sehr lieb von dir, daß du deine Schwester zu mir begleitet hast.«

»Von Ihnen habe ich gar nichts gewußt, sonst wäre ich zu Hause geblieben«, sagte ich. »Und wenn mein Vater wüßte, daß Angharad Sie hier trifft, so würde er ihr den Hals umdrehen.«

»Schäm dich, Huw Morgan«, wies mich Angharad zurecht, auf Iestyns Arm gelehnt. »Ich treffe Herrn Iestyn doch nur auf einen Augenblick.«

»Der Augenblick ist schon vorbei«, sagte ich, »komm heim.«

»Wartet«, warf Iestyn ein, »ich gehe mit euch.«

»Wenn Sie das tun«, sagte ich zu ihm, »dann werde ich Vater alles erzählen. Es ist besser, Sie besuchen Vater morgen nach der Kirche, wie es sich gehört.«

»Wie alt ist dieser weise Daniel?« erkundigte sich Iestyn.

»Vierzehn dürfte er jetzt sein«, antwortete Angharad. »Noch nicht alt genug, anderen Leuten etwas zu befehlen. Kommt. Gehen wir ganz auf den Berg hinauf.«

»Ich gehe gleich nach Hause«, sagte ich.

»Warte«, herrschte mich Iestyn an.

»Ich bin vielleicht zu jung, um zu befehlen, aber zu alt, um mir von Ihnen befehlen zu lassen.«

»Ein ekelhafter Kerl bist du«, sagte Angharad und weinte beinahe. »Nur eine Minute.«

»Ich gehe nach Hause.« Und schon ging ich den Berg hinab.

»Huw«, rief sie mir nach. »Warte, ich komme schon.«

Da wartete ich, und ich hörte, wie sie sich küßten, und dann kam Angharad gelaufen, und wir gingen zusammen nach Hause.

»Was ist denn nur los mit dir?« fragte sie, und ihr hättet sehen sollen, wie böse sie war. »Ich könnte dich umbringen. Fünf Minuten hätten doch nichts geschadet.«

»Das hat Meillyn Lewis vielleicht auch gesagt.«

»Huw«, sagte meine Schwester. Ihr Gesicht war weiß und ihre Augen schwarz, ihr Haar wehte um ihren Kopf, und ihr Mantel flatterte im Wind wie der von Hexen im Märchenbuch. »Du wagst, mir so etwas zu sagen?«

»Ich sage es lieber jetzt, als wenn es zu spät ist«, erklärte ich. »Warum will er dich oben auf dem Berg treffen? Warum kommt er nicht zu uns ins Haus?«

»Ich hasse dich«, schrie Angharad und hüllte sich ganz eng in ihren Mantel, daß sie wie eine schwarze Säule aussah, und ihre Augen glitzerten und funkelten, daß man Angst bekommen konnte.

»Sorg dafür, daß er morgen mit Vater deinetwegen spricht«, riet ich ihr. »Dann kannst du mit ihm auf den Berg gehen.«

Aber sie lief schon den Weg hinab, und ich konnte ihr nicht so schnell folgen. Als ich nach Hause kam, machte sie schon Tee für alle, als ob nichts geschehen wäre.

Sie sprachen gerade über die Gewerkschaften, als ich hereinkam, und Herr Evans sah wirklich recht finster drein.

»Ich bezahle meine Leute wirklich gut«, erklärte er. »Die besten Löhne in allen Tälern ringsumher haben sie bei mir, und die haben sie auch immer gehabt.«

»Aber Ihre Grube ist verhältnismäßig klein«, sagte Herr Gruffydd darauf, »und die anderen denken nicht wie Sie; und sie zahlen auch nicht dieselben Löhne wie Sie. Das ist das Unglück. Sie führen Ihren Betrieb selbst. Die anderen Gruben aber werden von bezahlten Direktoren geleitet; die Eigentümer sind nur am Verdienst interessiert. Reiche Faulenzer und habgierige Aktionäre, das sind unsere Feinde.«

»Keir Hardie hat gesagt, die Bergwerke sollten dem Volk gehören«, warf Ianto ein. »Geradeso wie die Post.«

»Hyndman meint, auch der Grund und Boden solle allen gehören«, setzte Davy hinzu, »und ich bin ganz seiner Ansicht!«

»Karl Marx hat das immer gelehrt«, erklärte Owen.

»Ich bin nicht für Sachen, die von lauter Fremden vertreten werden«, meinte Vater. »Wales für die Waliser, das ist mein Prinzip, und es ist mir lieber als das, was dieser Herr Marx sagt.«

»In jedem Land sollte alles dem Volk gehören«, meinte Herr Gruffydd. »Diese Welt ist für die Menschheit geschaffen worden, nicht für einen kleinen Teil der Menschheit.«

»Nun, einige von uns haben immerhin allerlei aus dem gemacht, was sie besitzen«, sagte Herr Evans, noch immer ärgerlich. »Nur der einzelne hat Unternehmungsgeist, nicht die Menge.«

»Erst das Geld ermöglicht es den einzelnen, etwas zu werden und zu erreichen«, war Herr Gruffydds Ansicht. »Nur wer Geld hat, kann Bücher kaufen, gute Schulen besuchen, studieren und dadurch aus der Menge hervortreten. Wenn das Volk etwas Ordentliches lernt, dann hört es allmählich auf, ›Pöbel‹ zu sein, wie die reichen Leute das Volk gerne nennen, und wird eine Gemeinschaft anständiger, disziplinierter, schaffender Staatsbürger; dann kommt der Unternehmungsgeist von selber.«

»Die Gewerkschaften haben gründlich abgewirtschaftet, will mir scheinen«, bemerkte Herr Evans.

»Die Gewerkschaften sind nur ein Teil des Ganzen«, sagte Herr Gruffydd, »sie sollten wirklich etwas für das arbeitende Volk tun und ihm zu seinem Recht verhelfen. Jetzt sind sie ja kaum etwas anderes als Wohltätigkeitsvereine. Die Gewerkschaften sollten Armeen in Zivil werden, für die Sache des Volkes kämpfen.«

»Unsere Gewerkschaft ist jetzt im Begriff, der Sozialdemokratischen Vereinigung beizutreten«, erklärte Davy.

»Habt ihr denn überhaupt eine ordentliche Anzahl von Mitgliedern in eurer Gewerkschaft?« fragte Herr Gruffydd und sah auf seine Pfeife.

»Nicht so viele, wie es sein sollten«, antwortete Davy und wurde ein bißchen rot.

»Sorgt erst dafür, daß eure Gewerkschaft stark in sich selbst ist«, meinte Herr Gruffydd, »dann habt ihr noch immer Zeit, Vereinigungen mit großartig klingenden Namen beizutreten.«

»Die gleitenden Lohnskalen schaden unserer Bewegung sehr«, rief Owen dazwischen. »Wegen dieser neuen Methode weigern sich die Leute sogar, Mitglieder des Bergarbeiterverbandes zu werden.«

»Lauter Narren sind es«, erklärte Herr Gruffydd. »Sagen Sie ihnen das, und sagen Sie ihnen auch den Grund.«

»Tun Sie das bitte, Herr Pastor«, forderte ihn Ianto auf. »Ich habe es vergangene Woche versucht, aber es gelang mir nicht.«

»Ich habe andere Arbeit zu tun«, sagte Herr Gruffydd und stand auf. »Versuchen Sie es noch einmal, und wenn es Ihnen gelungen ist, dann werden Sie finden, daß eure Arbeit sich mit meiner vereinigt wie zwei Straßen, die an der Wegkreuzung zusammentreffen. Dann werden wir einander helfen können.«

»Die letzte Versammlung hat es gezeigt«, berichtete Vater und half Herrn Gruffydd in den Mantel. »Die Leute glauben jetzt zu wissen, wofür sie arbeiten, und die Frauen reden ihnen davon ab, der Organisation beizutreten.«

»Wenn mehr Kohle zu einem niedrigeren Preis verkauft wird, sinken die Löhne«, sagte Herr Gruffydd. »Je niedriger der Verkaufspreis, desto niedriger die Löhne — je höher der Verkaufspreis, desto höher die Löhne. Das nennt man gleitende Lohnskala, und die Arbeitgeber ziehen ihren Profit daraus. Steigen die Kohlenpreise? Nein. Werden die Löhne höher? Nein. Und die Arbeiter werden keine anständige Entlohnung erhalten, solange dieser Unsinn mit der gleitenden Skala andauert, solange nicht ein Mindestlohn festgesetzt wird, mit dem ein Arbeiter seine Familie anständig ernähren kann, und die Preise danach festgesetzt werden. Und das gleiche gilt für jeden Arbeiter in diesem Lande. Gute Nacht, Herr Morgan, gute Nacht, Jungens.«

Später, als alle Gäste gegangen waren, standen die Brüder recht still um das Feuer herum.

Ivor brach das Schweigen. »Nun, Vater, was meinst du — was sollen wir tun? Ich habe den Mund gehalten, aber ich hätte gute Lust gehabt, Evans, diesem Heuchler, einmal ordentlich meine Meinung zu sagen.«

»Ist das wirklich unser Ivor, der so spricht?« rief Owen ganz erstaunt.

»Wie kommt es, Ivor, daß du dich auf einmal mit soviel Eifer unserer Sache annimmst?« fragte Davy.

»Glaubst du vielleicht, daß ich all die Jahre über mit geschlossenen Augen gelebt und gearbeitet habe, Bruder? Wenn ich auch nicht darüber gesprochen habe, so weiß ich doch schon lange, wie es steht. Evans zahlt uns nur deshalb ein paar Pence mehr, weil er weiß, daß wir sonst zu einer Grube gingen, wo die Arbeit leichter ist. Alles nur schöne Reden, sonst nichts.«

»Wie wäre es, wenn wir Brüder darangingen, persönlich und auf eigene Faust einen neuen Feldzug für die gute Sache zu unternehmen?« schlug Davy vor. »Jeder von uns kann in einem anderen Tal tätig sein — nach der Arbeit.«

»Nach der Arbeit?« Ivor sah Davy ein bißchen spöttisch an. »Du, Ianto und Owen seid doch feine Herren geworden, die schon lange nicht mehr in der Grube arbeiten.«

»Montag fangen wir wieder damit an«, sagte Davy. »Heute nachmittag haben wir uns angemeldet. Wir wollen dir und Mutter nicht auf der Tasche liegen, Vater.«

»Das wäre nicht nötig gewesen, Söhne«, meinte Vater. »Ihr seid hier zu Hause, und zu essen ist für euch immer etwas da.«

»Nein, wir wollen nicht mehr von der Sparbüchse leben«, sagte Owen. »Nein, wahrhaftig nicht. Ich kann an meinen Maschinen arbeiten, wenn ich aus der Grube komme.«

»Und wie steht es nun mit unserer Werbearbeit in den Tälern?« fragte Davy.

»Morgen ist Sonntag«, sagte Vater, »am Montag könnt ihr über die Sache weiterreden. Und jetzt geht leise zu Bett, damit ihr Mutter nicht weckt.«

Schön war es, zur Kirche zu spazieren, wenn die Sonne schien, wenn alle ihre besten Kleider und feingewichste Schuhe anhatten. Alle Leute hier oben auf dem Hügel gingen zur gleichen Zeit von zu Hause fort, und auf dem ganzen Weg die Straße hinab hörte man nichts anderes als »Guten Morgen« und »Nun, wie geht es euch?«, und die Männer nahmen die Hüte ab, die Frauen nickten und grüßten, die Buben griffen an ihre Mützen, und die Mädchen knicksten zierlich.

Wenn unsere Familie aufbrach, dann ging ich immer voran, und die kleine Olwen, die jetzt schon brav laufen konnte, ging neben mir, ihre kleine Hand in der meinen, und dann kamen Davy und Ceridwen, Ianto mit dem kleinen Gareth, dahinter Ivor und Bronwen und hinterdrein Vater und Mutter. »Der Stamm Morgan«, pflegte Vater zu sagen, aber viele Familien, denen wir unterwegs begegneten, waren noch zahlreicher, und wir kannten natürlich alle.

Anfangs gingen wir ganz still, aber wenn dann die Häuser des Dorfes hinter uns lagen, stimmten Vater und Mutter leise ein Kirchenlied an, und die Mädchen fielen ein, Angharad und Bronwen mit ihren Altstimmen, Ceridwen in Sopran, und dann wir Brüder, und das Echo sang auch mit und beeilte sich, damit es nicht zu spät kam.

Schön waren die Tage, die vergangen sind — oh, kehrten sie doch noch einmal zurück! Die Berge waren grün, stolz standen sie da, bedeckt mit Eichen und Eschen, und ihre Füße badeten sie im strömenden Fluß, der klar war wie die Augen Gottes. Wind wehte herab und brachte den Duft des Grases und der Wiesenblumen mit sich, der uns süß in die Nase stieg, und andere Düfte trug er fort; ein Räuber war der Wind, der jedem Grashalm und jeder Blume etwas stahl und es wieder zurückbrachte, der jedem von uns ein wenig von dem Duft schenkte und gleich wieder forttrug . . .

Und wenn wir dann zur Kirche hinaufgestiegen waren, so stand Herr Gruffydd da, groß und stark, und wartete auf uns, und die Schwärze seines Bartes war umglänzt vom Gold der Sonne; und mit einemmal sangen alle das gleiche Lied, bis es war, als ob das Tal und die Berge selber sängen.

In der Kirche roch es immer gleich — die holzgeschnitzten Galerien, die Kirchenstühle und die Kanzel nach Wachs, der steinerne Fußboden nach Seife und Wasser, und es roch auch ein kleines bißchen nach Farbe, und dann nach Gebetbüchern und nach dem Kampfer, der von den Sonntagsanzügen und den Sonntagskleidern kam, und nach Leuten, und nach Rauch von dem Holz im Ofen.

Aber wenn man nahe bei Bronwen war, dann roch es nur noch nach Lavendel. Meine Mutter machte immer Rosenwasser aus den wilden Rosen von den Bergen; das roch so gut, aber der Duft blieb ganz nahe bei ihr. Auch meine Schwestern rochen nach Rosenwasser, und am meisten die kleine Olwen. Um Bronwen aber war Lavendel, und selbst wenn drei Leute dazwischen saßen, wußte man, dort ist Bronwen. Zart und leicht wie der Atem eines Kindes war der Hauch des Lavendels, aber immer war er da.

Wir hatten zwei Sitze in der Kirche. Einer hinter dem anderen; ich saß gerade vor Bronwen, so daß ich den Lavendel immer riechen konnte, und ich war dankbar dafür, denn gerade vor mir saß die alte Frau John, die muß in Kampfer gebadet und ihr Essen darin gekocht haben, so stark roch sie danach. Und Kampfergeruch konnte ich nie leiden.

Mein Vater ging hinauf, dorthin, wo die anderen Kirchenvorstände waren, und setzte sich auf seinen großen Stuhl. Und dann suchte einer von ihnen den Choral aus, und endlich kam Herr Gruffydd mit den letzten Kirchenbesuchern herein.

Und nun der Gesang. Singen ... Die Schultern straff zurück, den Kopf hoch empor, damit der Gesang zur Kirchendecke hinansteigen könne und darüber hinaus in den Himmel. Ton türmt sich auf Ton, festgeformt, voll und stark, jeder einzelne Akkord ein farbiger Teppich, gewoben aus Baß und Bariton und Tenor und Sopran und Alt und Mezzosopran.

Singen ... singen, bis das Leben und alles, was lebt, Gesang geworden ist.

O Stimme des Menschen, Orgel voll Kraft und Zartheit.

Wenn Herr Gruffydd seine Predigt begann, legte er stets einige Bogen Papier vor sich auf die Bibel, aber nie blickte er darauf. Er begann zu reden, als spräche er zu einer Familie, ruhig, weder laut noch leise. Aber mit einemmal kam ein Klang in seine Stimme, daß einem kalt wurde bis in die Haarwurzeln. Immer leiser und leiser wurde sie, bis man nur noch an den Bewegungen seiner Lippen erkennen konnte, was er sprach, aber dann mit einemmal war es, als würde sie ein Fels, geformt aus Klang, in die Stille geschmettert, und das Blut raste einem zum Herzen, und der erhabene Donner seiner Stimme verkündete aufs neue das Königreich Gottes und die Herrschaft Jesu Christi, des Menschen.

So kam es, daß wir jeden Sonntag neu bewehrt und neu gewappnet gegen das Böse in der Welt, von neuer Kraft erfüllt, voll Kampfeslust aus der Kirche gingen. Ein jeder kehrte wieder heim in sein Haus, aber manche blieben vor der Kirche stehen, um noch ein wenig zu plaudern, besonders die, welche weit oben am Berghang wohnten, und auch die Kinder standen zusammen und unterhielten sich miteinander. Zuweilen stand eine ganze Menge Leute vor dem Kirchentor, und man redete und lachte; schwarze Hüte und hier und da sogar ein Zylinder nickten, und die Federn auf den Hüten tanzten auf und nieder; die vielen schwarzen Kleider und die weißen Hemden hoben sich ab von dem Grün der Berge und dem Grau der Kirche.

Daheim angelangt, hatten wir gerade Zeit, bei uns oder bei Bronwen zu Mittag zu essen, und dann ging es wieder in die Kirche zur Sonntagsschule, Angharad, Ceridwen, Owen, Davy, Ianto und ich. Die Sonntagsschule war nicht etwas so Ernstes wie der Gottesdienst, deshalb konnten wir unterwegs mit den anderen Burschen und Mädchen gehen, Blumen pflücken oder Nüsse und Beeren sammeln, die wir dann während der Sonntagsschule heimlich unseren Lieblingsfreunden zusteckten. Ich hatte keinen Lieblingsfreund und war auch niemandes Lieblingsfreund. Aber ein paar Süßigkeiten hatte ich immer in der Tasche. Die Sonntagsschule war wirklich recht langweilig ohne ein bißchen Zuckerwerk, das man rasch in den Mund stecken konnte, wenn der Lehrer oder die Lehrerin in das Buch schaute.

Und wen sahen wir vor der Kirche stehen, als wir an diesem Sonntag hinkamen? Keinen anderen als Iestyn Evans, piekfein angezogen, mit einer Blume im Knopfloch. Das gehörte sich nun freilich nicht für den Sonntag, aber mir gefiel es sehr gut, und ich habe seither viele hundert Male selbst eine im Knopfloch getragen.

Es ist gut, eine kleine Blume so nahe bei sich zu haben, die schön aussieht und gut riecht.

»Hallo, Angharad, wie geht's dir, Mädel?« rief er herüber. Ein Narr war er, denn Owen und Davy und Ianto ging gleich hinter meiner Schwester.

»Mit wem sprechen Sie?« fragte Ianto ihn und blieb stehen. Ganz weiß war er im Gesicht, und ganz leise sagte er es, aber seine Stimme zitterte ein wenig. Da würde es etwas Schlimmes geben, das sah ich gleich.

»Mit Angharad«, antwortete Iestyn. »Vielleicht Ihre Schwester?«

Ich blickte Angharad an, aber von der Seite her sah ich Iantos Faust durch die Luft flitzen und schwer gegen Iestyns Kinn prallen. Und als ich dann richtig hinsah, fiel Iestyn gerade hintenüber und lag da, flach ausgestreckt, gut getroffen.

»Du gemeiner Kerl«, schrie Angharad auf und wollte sich mit spitzen Fingernägeln auf Ianto stürzen, aber Owen packte sie beim Arm, zog sie in den Vorraum der Kirche und schloß die Tür hinter ihr.

»So ein Saukerl«, sagte Ianto.

»Was sollen wir mit ihm anfangen?« fragte Davy. »Sollen wir ihn in den Fluß schmeißen?«

»Londoner Manieren sind das«, erklärte Ianto und sah auf seinen schmerzenden Handknöchel. »Wir müssen ihm eine Lehre geben. Lassen wir ihn da liegen, damit jeder ihn sehen kann.«

»Wenn Vater es erfährt, kann Angharad etwas erleben«, sagte Owen.

»Erzählt ihm nichts«, rief Ianto. »Angharad weiß jetzt, was ihr blüht, wenn so etwas noch einmal passiert.«

Wir gingen zwischen Leuten her, die uns still und mit großen Augen anstarrten, zur Kirchentür. Owen öffnete sie, und da stand Angharad und weinte; Ceridwen versuchte sie zu trösten.

»Ich erlaube nicht, daß meine Schwester behandelt wird wie eine Dirne«, sagte Ianto zu Angharad, aber so leise, daß nur wir es hören konnten. »Wenn es noch einmal geschieht, bringe ich ihn um. Wenn er mit dir gehen will, so soll er sich erst die Erlaubnis holen. Wir haben ein Haus, und er weiß, wo es ist. Und jetzt geh in die Sonntagsschule.«

Der Bibelspruch lautete an diesem Nachmittag »Liebet einander«, und als er vorgelesen wurde sahen alle über ihre Bücher hinweg Ianto an. Die Lehrerin, Frau Talfan, muß den Spruch eigens gewählt haben, denn sie las nicht gleich weiter, sondern blickte geradewegs auf Ianto und dann auf uns, die wir um ihn herumsaßen. Aber wir machten Gesichter, als verständen wir es nicht, da half es ihr weiter nichts.

Nach der Sonntagsschule spielten wir immer nebenan am Berghang; wir spielten mit den Mädchen Nachlaufen oder unter uns Buben Indianer, wenn keine Erwachsenen in der Nähe waren. An diesem Nachmittag aber gingen wir gleich nach Hause.

Und da waren Herr Evans und Iestyn bei Vater und Mutter; Iestyn war blaß und sein Kinn geschwollen.

»Hast du Iestyn Evans niedergeschlagen?« wendete sich Vater an Ianto.

»Ja, Vater.«

»Vor der Kirche, an einem solchen Tag?«

»Er war nun einmal vor der Kirche.«

»Dafür werden Sie sich vor Gericht zu verantworten haben, junger Mann«, sagte Herr Evans und wollte aufstehen, aber Iestyn hielt ihn zurück.

»Zweifellos glaubten Sie einen Grund dafür zu haben, mich tätlich anzugreifen«, sagte Iestyn zu Ianto, aber sehr von oben herab.

»Zweifellos«, nickte Ianto. »Und zweifellos werde ich Sie noch ganz anders zurichten, falls ich wieder glaube, Grund dazu zu haben.«

»Ianto, warum hast du das getan?« fragte Vater nun.

»Das soll er dir selber sagen, Vater.«

»Ich rief Ihrer Tochter Angharad einen Gruß zu ... vielleicht etwas zu vertraulich nach hiesiger Auffassung, das war alles«, erklärte Iestyn.

»So?« Vater sah ihn an. »Und was gab Ihnen ein Recht darauf?«

»Nun ... ich habe sie doch schon einige Male gesehen.«

»Gibt Ihnen das ein Recht, so vertraulich mit ihr zu sein?« wollte Vater wissen.

»Wir leben schließlich in einer zivilisierten Gemeinschaft«, entgegnete Iestyn. »Wir sind doch keine wilden Tiere.«

»Und deshalb reden wir mit den Fäusten, wie es sich gehört, wenn uns etwas nicht paßt. Hätten Sie in meiner Gegenwart zu meiner Tochter so gesprochen, dann wäre es Ihnen noch schlimmer ergangen.«

»Gwilym«, rief Mutter beschwichtigend.

»Still, Beth«, sagte Vater. »Wir dürfen hier keine lockeren Sitten einreißen lassen.«

»Ich hatte die Absicht, nach der Sonntagsschule mit Angharad zu Ihnen zu kommen, Herr Morgan«, rechtfertigte sich Iestyn.

»Welch hohe Ehre!« spottete Vater.

»Passen Sie mal auf, Morgan«, mischte sich jetzt der alte Evans ein. »Von der Sache mit Ihrer Tochter habe ich nichts gewußt. Ich wußte nur, daß es Krach gegeben hat. Und was ich über Ihren Sohn gesagt habe, nehme ich zurück, denn wenn ein Mann sich ungebührlich gegen Iestyns Schwester benehmen würde, dann würde er es sicher genauso machen. Kommen Sie, Ianto, wir wollen uns die Hand geben.«

»Gerne, Herr Evans«, sagte Ianto und reichte ihm die Hand.

»Wo ist denn eigentlich Angharad?« fragte Evans. »Heraus mit dem Knochen, um den sich zwei Hunde gerauft haben.«

»Meine Tochter ist oben in ihrer Stube«, erklärte Mutter, »und morgen früh darf sie herunterkommen, früher nicht.«

»Ich denke, die Sache ist in Ordnung«, sagte Evans und wendete sich zum Gehen. »Und nichts für ungut, wie?«

»Nichts für ungut«, nickte Vater.

»Ich werde morgen zu Ihnen kommen und in aller Form um Erlaubnis bitten, Angharad wiedersehen zu dürfen.«

»Gut. Ich erwarte Sie.«

Herr Evans zwinkerte meinem Vater beim Hinausgehen zu und gab ihm einen Klaps auf die Schulter; Iestyn und Ianto gaben sich die Hand, aber nur ganz kurz, so wie ein Boxer vor dem Kampf die Hand seines Gegners berührt.

»Iestyn Evans und Angharad«, flüsterte Mutter und sah verträumt ins Feuer. »Zu jung sind die beiden.«

»Wie alt waren wir denn, als wir heirateten?« lächelte Vater.

»Viel älter, Gwilym.«

»Das sagst du doch nur im Spaß, Mädel. Du warst noch jünger als Angharad. Und jetzt rasch eine gute Tasse Tee. Niemand ist zu jung, um zu heiraten, sage ich.«

Und von der Zeit an konnte man in keine Stube im Hause gehen, ohne ein Paar zu stören und einen ärgerlichen Blick zugeworfen zu bekommen — von Angharad und Iestyn oder von Ceridwen und Blethyn und zuweilen auch von Davy und Wyn, wenn Davy sein Mädel zu uns brachte, statt ins Haus ihrer Eltern im anderen Tal zu gehen.

So kam es, daß ich oft hinten im Schuppen bei Owen war, der in seiner freien Zeit immer versuchte, seinen Motor in Gang zu bringen. Einen schrecklichen Lärm machte das Ding, aber schließlich lief es doch; das war an einem Abend, den ich nie vergessen werde.

Es war ein weiter Weg von uns zu Gwilyms Haus, und Mutter hatte mit der kleinen Olwen und mit dem Kochen für Vater und die Brüder, die in verschiedenen Schichten arbeiteten, den ganzen Tag über genug zu tun; da blieb ihr wenig Zeit und Kraft, um auszugehen, wenn sie auch hier und da Gwilym und Marged besuchte.

An einem Nachmittag, als sie besonders müde war, sagte sie mir, ich möge den Wäschekorb hinübertragen; so ging ich denn den Hügel hinab und dann unten im Tal den Fluß entlang.

Ich bin den Weg seither nie mehr gegangen . . .

Der Weg führte an den beiden Schlackenhalden vorbei, die immer größer und größer geworden waren, bis sie fast wie richtige Berge aussahen. Sogar Gras wuchs an manchen Stellen, als habe es Mitleid mit uns und wollte die Häßlichkeit vor uns verhüllen. Zwischen den beiden riesigen schwarzen Haufen trocknete der Fluß allmählich aus, so müde hatte ihn der Versuch gemacht, rein und klar zu bleiben.

Ein Stück weiter, hinter den letzten Häusern, wuchs wieder Gras an den Ufern, und es war schön, Blumen wachsen zu sehen nach all der traurigen Häßlichkeit, aber das Wasser im Fluß war auch dort noch schwarz; alles, das Gras und die Sträucher, war verkümmert, nichts wollte gedeihen.

Oben auf dem Hügel war es dann besser; es war schön, von der Höhe aus zurückzublicken, denn aller Schmutz lag verborgen hinter Bäumen und Heidelbeersträuchern.

Gwilyms Haus stand im anderen Tal als letztes in einer ganzen Reihe. Ein nettes kleines Haus war es, aber recht offen und ungeschützt stand es da, und zu beiden Seiten hielten die Winde Chorprobe ab, sooft sie nur konnten. Als ich hinkam, sah ich Wäsche an der Leine hängen, und da sie trocken war, nahm ich sie herunter, um sie ins Haus zu tragen.

Drinnen war alles auf den Kopf gestellt. Vor dem Feuer stand Gwilyms Badewasser in einem Zuber, noch schmutzig vom letzten Abend. Das Geschirr von drei Mahlzeiten stand auf dem Tisch. Der Fußboden war mit Kohlenstaub von Gwilyms Stiefeln und Kleidern beschmutzt, und die Möbel standen überall, nur nicht dort, wo sie stehen sollten. Das Haus schien leer zu sein, so machte ich mich denn an die Arbeit, leerte den Zuber aus und schüttete frisches Badewasser hinein, wusch den Fußboden auf, reinigte das Geschirr, machte Feuer, schälte Kartoffeln, zog im Garten einen Kohlkopf aus der Erde und ging dann zur Nachbarin, um ein bißchen Fleisch für Gwilyms Abendessen zu holen.

Die Frau im nächsten Haus war sehr freundlich; sie gab mir ein Stück Hammelfleisch und gute Lehren, wie ich es zubereiten müsse, als ob ich zwei Jahre lang Mutter und Bronwen beim Kochen zugesehen hätte, ohne etwas davon zu profitieren.

Als ich das Fleisch aufgestellt hatte, ging ich ins obere Stockwerk hinauf, um nachzusehen, ob nicht vielleicht auch die Betten zu machen wären. Oben herrschte die gleiche Unordnung, so machte ich denn die Betten und wollte gerade die Fenster öffnen, als ich nebenan ein Geräusch hörte. Es war schon recht dunkel geworden, im ganzen Hause brannte keine Lampe, und bei Geräuschen im Dunkeln war ich nie ein Held.

Ich lauschte eine Weile, dann hörte ich es wieder. Ein leises

Lachen war es, doch ganz deutlich zu vernehmen.

In einem Hause nach dem anderen wurden jetzt die Lampen angezündet, gelb drang ihr Schein aus den Fenstern, schwarz standen die Bäume gegen den dunklen Himmel; der Wind sang leise, dann plötzlich ganz laut, und verstummte.

Es ist merkwürdig, wenn man vor Angst keinen Schritt weiter tun kann. Man kann sehen und hören und so klar denken, daß es einem weh tut. Aber bewegen kann man sich nicht. Eine Macht ist da, die von außen kommt und einen zwingt, stillzustehen, und man muß die Zähne zusammenbeißen, um dagegen anzukämpfen. Leise einen Schritt vor den anderen setzend, ging ich auf die Tür des zweiten Zimmers zu, aber wie ich hingekommen bin, weiß ich nicht. Es gibt einen Mut, der ist größer als der, den man gewöhnlich hat, aber meistens kann man ihn nicht erreichen; er kommt erst zu einem, wenn man den anderen Mut verloren hat, und befiehlt einem, was man tun soll.

Nun war ich bei der Tür und klopfte ... und dann öffnete ich und sah hinein.

Da saß Marged in der Ecke beim Fenster und sah mich an, und das Licht, das durch die Fenster drang, ließ die Tränen in ihren Augen und ihre feuchten Lippen aufglänzen.

Der Raum sah genauso aus wie unsere Hinterkammer; allerhand Gerätschaften und Werkzeuge lagen auf Wandgestellen; in einer Ecke lehnte eine Sense; Säcke mit Kartoffeln und Mehl waren längs der Wand aufgehäuft; Schinken und Zwiebeln hingen an Haken und an Schnüren.

Ganz still saß Marged da, die Hände in ihrem Schoß, und blickte nur vor sich hin. Der Wind war wiedergekommen und blies wie eine Blechtrompete.

»Owen«, sagte sie, und wieder lachte sie auf. »Bist du endlich gekommen?«

»Nein, Marged«, sagte ich zu ihr, und meine Stimme klang mir laut ins Ohr. »Huw ist da. Ich habe Gwilym das Bad hergerichtet und das Essen aufgestellt. Jetzt geh ich wieder.«

»Nein.« Sie machte eine Bewegung. »Du darfst nie mehr von mir gehen. Zu lange warte ich schon.«

»Aber es ist spät, Marged, und schon dunkel; ich habe noch einen weiten Weg zu gehen.«

»Bleib«, sagte sie und stand auf, und ich sah, wie ihre Hände im Dunkeln nach dem Gestell mit den Werkzeugen tasteten. »Ich will dich bei mir haben. Ich will dich in Stücke schneiden und an die Haken hängen.«

Ein Lichtstrahl fiel auf ein Werkzeug, das sie in der Hand hielt.

»Komm, du«, flüsterte sie. »Lange habe ich auf dich gewartet; es ist kalt hier, ich will mich an dir wärmen. Komm und küsse mich, Owen, komm und küsse mich. Küsse deine Marged. Du wirst mich nie mehr verlassen, nicht wahr?«

Und zwischen den Worten drang leises, wisperndes Stöhnen aus ihrem Munde. Ich blieb stehen, bis sie so nahe bei mir war, daß ich die Wärme ihrer Finger auf meinem Gesicht spürte, und dann lief ich hinaus und schlug die Tür hinter mir zu. Ich hörte sie aufschreien und mit dem Werkzeug gegen die Tür schlagen. Die Treppe rannte ich hinab, rasch in die Küche, um meine Mütze zu holen, durch die Hintertür dann auf den Berg hinauf.

Aber als ich mich in der Dunkelheit umwandte, sah ich auf dem Weg hinter mir Margeds Schürze blaß aufscheinen; so leise kam sie daher, daß das Knistern der Äste lauter klang. Und ich blieb stehen, meine Beine waren wie am Boden festgeschraubt, dann hörte ich sie aufschreien, das machte meine Beine wieder frei, und ich drehte mich um und lief.

Ich lief durch Gebüsch und um den Felsen herum, durch Gebüsch und über Felsen, durch Gras und Ackerland, und über Hecken, ich lief und lief, und immer war der Atem in meinem Halse gleich wieder weg, ich lief, bis meine Beine nur noch über den Boden stolperten; die Luft über mir war rot und alles in mir war krank und wund. Oben auf der Höhe schlug ich zu Boden; mit dem Gesicht nach unten lag ich auf kaltem, kurzem Gras. Schafe weideten friedlich in meiner Nähe, sie hatten aufgeblickt, als ich gelaufen war, aber als ich niedersank, rupften sie wieder ihr Gras.

Nach einer kurzen Weile blickten die Schafe wieder auf, doch diesmal liefen sie erschreckt den Berghang hinab; und nun tauchte Marged vor mir auf, langsam kam sie heran, beide Hände an die Brust gepreßt; ihr Atem klang, als würden Säcke zerrissen, und sie ging, als habe sie zuviel getrunken. Zu einem Felsblock ging sie und stützte sich dagegen, und stieß ihren Kopf gegen den harten Stein; der Wind trug den Laut des Anpralls zu mir herüber und ihr Weinen; und immer wieder stieß und stieß sie ihren Kopf gegen den Fels.

Ich zitterte, doch nur vor Müdigkeit, als ich nun zu ihr ging und sie wegzog. Und nun sank sie zu Boden, und ich neben ihr.

»Owen«, flüsterte sie, »Owen.«

»Still, Marged«, sagte ich zu ihr. »Schlaf jetzt ... schlaf jetzt, ja? Owen kommt gleich ... ja?«

»Wenn er kommt, ist es gut«, sagte sie und schlief ein, aber nicht ruhig und gesund, sondern wie tot.

Im Tal unten war es stockdunkel, nur aus einem Bauernhaus drang Licht. Der Mond stand am Himmel, aber noch nicht hoch genug, um auf den Berg zu blicken. Ich wußte, daß wir vor Kälte umkommen würden, wenn wir lange hier oben blieben, so deckte ich denn Marged so gut zu, wie ich konnte, und dann machte ich mich daran, mit dürren Zweigen ein Feuer anzuzünden. Nach wenigen Minuten prasselte ein helles Feuer neben dem Felsblock und wärmte auch schön. Ich legte Marged an eine Stelle, an der sie es warm hatte, und rannte ins Tal zurück, um Gwilym zu holen.

Als ich schon auf dem halben Weg war, mitten im dunklen Wald, hörte ich Marged wieder schreien; da lief ich noch schneller hinab, und weiter unten traf ich Gwilym mit ein paar anderen Männern; alle trugen sie Laternen in der Hand, und sie suchten das Gesträuch ab und leuchteten unter die Hecken. Ich fing an, laut zu rufen, und hörte nicht auf, bis ich bei ihnen war; gar keinen Atem bekam ich mehr, und Gwilym mußte mir entgegenlaufen und mich auffangen, sonst wäre ich zu Boden gestürzt.

Mein Bruder stieg den Berg hinan zu Marged, und ein paar von den Männern gingen mit ihm. Mich hob ein riesiger Kohlenarbeiter auf die Schultern; gerade war er aus der Grube gekommen, ohne Bad, schwarz, und er roch nach Kohle und starkem Tabak.

Nun waren wir oben und liefen zu dem brennenden Feuer hinüber. Die beiden Männer, die als erste die Höhe erreicht hatten, liefen mit lauten Rufen in einen Regen von Funken hinein, schlugen mit ihren Mützen nach den Flammen und sprangen wieder zurück. Nun kam auch Gwilym, blieb stehen, starrte hinüber und schrie gellend auf. Er wollte sich in das Feuer stürzen, aber die anderen mußten mit ihm ringen, um ihn zurückzuhalten.

Jetzt standen alle Männer um das Feuer herum und versuchten es auszutreten. Einen Augenblick lang konnte ich nichts sehen, doch dann, als wir näher kamen, wichen sie vor der Hitze zurück, und jetzt sah ich:

Marged lag im Feuer, brennend, und ringsumher Rauch.

Ich ließ mich von den Schultern des Grubenarbeiters herab und schaute weg, zum Himmel hinauf und dann hinab in das dunkle

Tal. Rufen und Schreien hinter mir, Gwilyms Weinen, das Knistern des brennenden Holzes, der Wind, der um die Flammen summte ...

Ich ging weg, ohne Eile, nur so vor mich hin. Ich stieg den Berg hinab. Ich sah und hörte kaum etwas. Und als ich daheim war, ging ich hinter das Haus, wo es still war; aus dem Schuppen, in dem Owen arbeitete, sah ich Licht dringen, und ich ging zu ihm hinein.

Owens Gesicht war feucht vor Schweiß, aber seine Augen glänzten, und er lächelte, als er zu mir herüberblickte und dann wieder auf seinen Motor sah.

»Komm rasch her, Junge«, rief er. »Du versäumst das Beste. Gib mir Nummer drei herüber, aber rasch.«

Ich reichte ihm das Werkzeug, das er verlangt hatte, und ich dachte an die arme Marged und fing an zu weinen, aber Owen war so eifrig mit seiner Arbeit beschäftigt, daß er es gar nicht merkte.

»So, jetzt hilf mir einmal, ich lasse ihn an. Huw, mein Kleiner, du wirst einmal sagen können, daß du bei einem historischen Ereignis dabei warst, so ... jetzt halt gut fest.«

Er steckte die Kurbel hinein, und ich stand über den Trichter gebeugt, die Spritkanne in der Hand, bereit einzuschütten, sobald das Signal kam.

»Jetzt«, kommandierte Owen.

Ich goß den Sprit hinein, und meine Tränen strömten mit; und Owen drehte und drehte, und bei jeder Drehung wurde der Motor ein bißchen lebendiger, nun ging er los, und Owen drehte nicht mehr, sondern sah den Motor nur an, als wollte er ihn durch seinen bloßen Willen antreiben. Immer schneller und schneller kamen die Zündungen jetzt, bis ein sausender Sturm den Boden unter meinen Füßen erzittern ließ.

Der Motor lief! Jahre hatte es gedauert, aber jetzt lief er.

Owen schaute und schaute, und dann warf er die Kurbel zum Dach hinauf und fing an zu tanzen und zu brüllen, aber so laut war der Lärm des Motors, daß man es kaum hörte.

Die Tür ging auf; Vater kam herein, mit weit aufgerissenen Augen; zu Owen ging er und dann zu dem Motor, und Mutter und Bronwen hinterdrein und auch ein paar Nachbarn; alle waren sie überrascht, und manche hatten Angst. Sprachlos standen sie da inmitten des Höllenlärms. Dann blickte Vater auf mich und lächelte, aber ich weinte, hörte nicht mehr auf zu weinen.

Ich sah Marged vor mir, wie sie im Feuer lag . . .

Mutter lief an mir vorbei zu Owen, schrie ihm ins Ohr, er solle den Motor abstellen, und Vater trug mich in die Küche. Dann nahm Mutter mich auf den Schoß und setzte sich mit mir an den Herd; ich spürte, wie ihre Kraft in mich eindrang, ich fühlte ihren Kuß auf meiner Stirn und hörte ihre liebende Stimme. Oh, ihre liebende Stimme!

»Mein armer kleiner Junge«, sagte sie, »so weit hast du gehen müssen, mit dem großen Korb. Vater hat dich gerade gesucht, und da warst du in dem dummen Schuppen drüben, in dem schrecklichen Lärm, und deine Mutter hatte solche Angst, du hättest dich auf dem Berg oben verirrt.«

»Mutter«, sagte ich, und die Tränen strömten mir über die Wangen, »Marged sah ich brennend im Feuer liegen.«

Meine Mutter sah zu Vater auf, und ein entsetzter Blick kam in seine Augen.

»Was sagst du da, Sohn?« rief er und kniete neben mir.

»Marged lag brennend in den Flammen«, schluchzte ich, »und Gwilym weinte so schrecklich, und die Männer müssen ihn festhalten.«

»O Gott«, schrie Mutter auf, »geh, Gwil, geh rasch. Owen, hole deine Brüder, folgt dem Vater. Angharad, lauf zum Doktor.«

Dann bekam ich Fleischbrühe, und man legte mich schlafen . . .

Während der nächsten Wochen war es sehr still im Hause. Owen und Gwilym gingen weg, niemand wußte wohin, und Mutter grämte sich die Seele nach ihnen heraus. Der Arzt kam und schrieb auf, was ich ihm über jene schreckliche Nacht berichtete; das war das letzte, was ich darüber hörte. Über Marged wurde in der Familie nie mehr gesprochen, aber ich dachte oft an sie.

Und dann erfuhr ich eines Abends, daß ich wieder in die Schule gehen würde. Vater war gerade ins Haus zurückgekommen, nachdem er im Schuppen gewesen war und Owens Motor angeschaut hatte, den ich jeden Tag putzte, damit er sauber und glänzend bliebe.

»Wenn du jeden Tag in die Stadt gehen könntest, Huw«, sagte er zu mir, »dann würde ich dich morgen zur Schule schicken. All deine Zeit mit der Maschine verbringen, das ist nichts für dich.«

»Was hast du jetzt beschlossen, Gwilym?« fragte Mutter. »Seit

Wochen höre ich von der Sache, aber nichts Bestimmtes.«

»Er soll über den Berg in die Staatsschule gehen«, erklärte Vater, »bis die hier im Dorf fertig ist. Es ist gar nicht so weit, und es ist besser für ihn, als immer nur im Haus herumzusitzen.«

»In die Staatsschule? Nein, das will ich nicht.«

»Was soll denn aus dem Jungen werden?« meinte Vater. »Die anderen sind gesund und stark und können selber für sich sorgen, aber bei Huw ist es anders.«

»Willst du ihm am Ende vorwerfen, daß er schwach ist?« rief Mutter. »Wenn du das tust, bekommst du es mit mir zu tun.«

»Aber, Beth, wie kannst du nur so etwas sagen!«

»Muß er denn in die Schule gehen?« fragte Mutter.

»Ja, wie soll er es zu etwas bringen, wenn er nicht zuvor etwas Rechtes lernt?«

»Die Staatsschule kann ich nun einmal nicht leiden«, sagte Mutter, »aber wenn es sein muß, nun, dann muß es eben sein. In die Staatsschule — meinetwegen.«

So fuhr denn Bronwen am nächsten Tag mit mir über den Berg zur Staatsschule. In meinem ganzen Leben war ich erst zweimal in dem Tal dort drüben gewesen; wir fuhren nicht oft hin, denn dort waren die Eisenwerke, und es gab noch mehr Schmutz als bei uns.

Die Stadt wurde jeden Tag größer; eine Häuserreihe nach der anderen wurde gebaut, und zu manchen Häusern, in denen schon Leute wohnten, führte noch keine Straße, nicht einmal ein guter Fußweg. Wirtshäuser gab es fast an jeder Ecke, und die meisten waren schon zu dieser frühen Stunde voll, aber auch ein paar hübsche Kirchen sah ich, also hatten sie doch auch Seelen in der Stadt. Bronwen gefielen die Geschäfte, und mir auch, denn sie waren viel größer als die zwei bei uns, und es gab viel mehr Sachen darin. So machten wir denn zuerst einen längeren Rundgang durch die Stadt, ehe wir zur Schule gingen.

Sechzehntes Kapitel

In eine neue Schule gehen ist noch viel schlimmer, als wenn einem ein Zahn gezogen wird. An jenem Morgen hätte ich alles darum gegeben, Flügel zu haben, eine Libelle oder sonst etwas zu sein, was keine Zunge und keine Hände hat. Aber Bronwen war bei mir, so blieb mir nichts übrig, als brav hinterdreinzutrotten, an dem gelblichen, langen, niedrigen Schulgebäude entlang bis zum großen Tor und dann hinein. Drinnen roch es nach Kreide.

Herr Motshill, der Direktor, war ein Engländer, ein großer Mann mit dünnen Beinen, einem hohen Stehkragen, einem langen, blonden Backenbart, kahlköpfig, ohne Schnurrbart.

Er kam gerade aus seinem Zimmer, als wir in die Schule hineingingen.

»Suchen Sie jemand?« fragte er in der englischen Schriftsprache und so, als ob er eine Schnur um die Kehle hätte.

»Dies ist mein kleiner Schwager«, erklärte Bronwen. »Seine Eltern möchten, daß er hier in die Schule geht.«

Dann stellte Herr Motshill allerlei Fragen. Wer mein Vater sei, was für einen Beruf er habe, ob er das volle Schulgeld zahlen könne und dergleichen Dinge mehr. Bronwen antwortete sehr höflich, mit einem Gesicht wie eine weiße Wolke, aber ich wußte ganz genau, wenn wir uns angesehen hätten, hätten wir angefangen zu lachen wie die Narren, und dann wäre es mit der Schule gleich aus gewesen.

»Na, junger Herr Morgan, sollen wir dich aufnehmen?« wandte sich Herr Motshill an mich, und dabei packte er ein großes Stück von meiner Wange zwischen Zeigefinger und Daumen und beugte sich zu mir nieder, daß ich seinen Schnupftabak riechen konnte.

»Ja, Herr Direktor«, antwortete ich.

»Also gut«, nickte er. »Morgen früh mit Empfehlungen, dem Schulgeld, dem Geld für die Lehrbücher; Bleistifte und Federhalter mitbringen. Man wird dich prüfen, um zu sehen, wie es mit deinen Kenntnissen steht, und dann wirst du in eine Klasse eingeteilt. Vierzehn mal achtzehn?«

Ganz nahe an meinem Gesicht fragte er das, und seine Stimme blies mir in die Ohren. Und seine Augen mit den Brillengläsern waren auch ganz dicht bei meinen. Eine Menge rote Äderchen waren darin.

Die Frage machte mir keine Angst, denn solange ich zurückdenken konnte, haben wir uns zu Hause immer mit Rechnen vergnügt, und das Einmaleins kannte ich schon, als ich kaum laufen konnte. So sagte ich ihm denn, wieviel es ist.

»Stimmt«, sagte er, »stimmt. Aber auf englisch mußt du antworten.« Zu Bronwen gewandt fuhr er fort: »Machen Sie seine Eltern darauf aufmerksam, daß der Junge unter keinen Umständen Dialekt sprechen darf, weder in noch außerhalb der Schule, Englisch, immer Englisch. Guten Morgen.«

Er ging weg und ließ Bronwen und mich allein in der Eingangshalle stehen. In irgendeinem Schulzimmer leierten viele Kinder laut und gleichmäßig das große Einmaleins herunter.

»Hast du gehört, was er gesagt hat, Junge?« fragte Bronwen. »Englisch sollst du sprechen. Was wird dein Vater dazu sagen? Du wirst schon sehen, niemals wirst du in diese Schule gehen.«

»Ich sehe schon, da wird's zu Hause Krach geben«, meinte ich.

»Was für Krach, Huw?« fragte Bronwen jetzt. Wir waren schon wieder auf der Straße, und die Leute sahen Bronwen an, weil sie schön war.

»Zwischen Vater und Mutter«, erklärte ich. »Vater wird sagen, nein, nicht in die Schule, und Mutter wird sagen, das hätte ich dir gleich sagen können, du mit deiner dummen Staatsschule, und ich werde wieder den ganzen Tag zu Hause herumsitzen. Wenn wir aber nichts davon sagen, daß ich Englisch sprechen muß, dann kann ich in die Schule gehen, und niemand weiß etwas davon, und Vater und Mutter werden keinen Krach haben, siehst du?«

Bronwen blickte auf mich hinab, die Hände in die Hüften gestützt, dann sah sie auf ihre Schuhe hinunter, und dann wieder auf mich.

»Du hast recht, Alter«, sagte sie und gab mir einen Kuß. »Also gut, geh nur in die Schule. Aber wenn der Mensch da von dir verlangt, daß du Englisch sprechen sollst, wenn du Walisisch sprechen willst, dann sage es mir. Sag es mir bloß.«

»Was wirst du dann tun?«

»Tun?« Bronwen preßte die Lippen zusammen, und ihre Augen wurden schmal wie Schlitze. »Dann werde ich zu ihm hingehen und ihm ein paar um den Schädel geben.«

»Gut«, sagte ich, und wir lachten beide, weil wir uns vorstellten, wie seine dünnen Beine dann zittern würden. »Kaufst du mir jetzt Karamellen?«

So gingen wir denn über den Berg nach Hause zurück und lutschten die ganze Zeit Karamellen und lachten vergnügt, aus keinem besonderen Grund, nur weil die Sonne schien und weil wir glücklich waren.

Den Rest des Tages verbrachte ich damit, mir die Empfehlungen zu verschaffen; eine bekam ich von Herrn Evans, eine von Dr. Richards, eine von Herrn Silas Owen, dem Advokaten, und eine von Herrn Gruffydd.

»Also jetzt geht es endlich in die Schule, Huw, wie?« sagte Herr Gruffydd.

»Ja, Herr Gruffydd.«

»Gut«, nickte er. »Lerne tüchtig. Lerne alles, was du lernen kannst. Hier ist ein Bleistiftkasten für dich. Ich habe ihn benutzt, als ich in die Schule ging, und vor mir mein Vater, und vor dem mein Großvater. Geh jetzt, ich habe zu tun. Morgen abend aber komm zurück und erzähl mir, wie der erste Tag in der Schule war, ja?«

»Ja«, sagte ich und nahm den Empfehlungsbrief mit nach Hause, und den Bleistiftkasten trug ich vor mir her. Schön war er, wunderschön.

Einen Deckel hatte er mit einer Vertiefung darin für den Daumen, um den Deckel besser herausziehen zu können. Im obersten Fach lagen drei herrliche rote Bleistifte, gar nicht zerkaut, scharf gespitzt, und zwei grüne Federhalter, eine kleine Dose mit Federn war da und ein besonderer Platz für den Radiergummi. Wenn man drehte, kam ein zweites Fach zum Vorschein, da lagen wieder schöne Bleistifte, drei gelbe, ein roter und ein blauer. Und darunter noch eins mit einem Zirkel, einem Lineal, einer Reißfeder, zwei elfenbeinernen kleinen Dreiecken und Farbstiften. Und alles so fein, daß man gewollt hätte, es wären noch mehr Fächer darunter. Ein guter Bleistift ist wirklich etwas Hübsches, und das Gefühl, wenn man so einen langen Stift zwischen den Fingern hat, ist beinahe so angenehm, wie wenn man etwas Gutes ißt.

Am Abend kam Frau Tom Jenkins, um noch ein bißchen mit mir zu rechnen, mündlich und schriftlich. Vater und Mutter, Ivor, Bronwen und Davy, alle saßen sie um den Tisch herum und hörten zu; ganz still saßen sie da und taten, als ob sie nicht herschauten. Alles ging gut, bis wir zu einer Rechenaufgabe kamen, wo es hieß, wenn man eine Badewanne mit soundsoviel Liter Wasser füllt, und aus zwei Löchern fließt soundsoviel Wasser wieder heraus, wie lange dauert es dann, bis die Wanne wieder voll ist. Da legte die Mutter die Socken hin, die sie gerade stopfte, und schnalzte ungeduldig mit der Zunge.

»Was ist denn los, Beth?« fragte Vater sie.

»Die Staatsschule, nein, so etwas Dummes«, sagte Mutter. »Das ist doch wirklich zu einfältig. Wasser in eine Badewanne mit Löchern gießen! Wer würde nur so ein Narr sein?«

»Eine Aufgabe ist das, Mädel«, erklärte ihr Vater. »Eine Rechenaufgabe. Und mit der Staatsschule hat es gar nichts zu tun.«

»Dem Jungen den Kopf mit solchem Unsinn vollstopfen.«

»Das ist kein Unsinn, Beth«, sagte Vater ruhig, »eine Aufgabe ist es. Das Wasser fließt hinein und braucht soundso lange. Es fließt heraus und braucht soundso lange. Wie lange dauert es, bis sie voll ist? Das ist alles.«

»Wer würde Wasser in eine löcherige Badewanne gießen?« fragte Mutter noch einmal. »Sicherlich nur ein Verrückter.«

»Daß du das nicht begreifst!« Vater legte sein Buch hin und sah zur Decke hinauf. »Es handelt sich doch nur darum, ob der Junge rechnen kann, Beth. Ziffern, sonst nichts. Wie viele Liter und wie lange.«

»In eine Badewanne mit Löchern«, brummte Mutter, rollte die Socken zusammen und warf sie in den Nähkorb; sie fielen heraus, und da warf sie sie noch einmal so heftig wieder hinein. »Wenn der Junge in einer Hose mit Löchern drin in die Schule ginge, dann bekämen wir etwas Schönes zu hören. Aber so eine dumme Badewanne kann löcherig sein wie ein Sieb, und niemand kümmert sich darum.«

»Hören Sie mal«, sagte Vater zu Frau Jenkins, »keine Badewanne mehr. Haben Sie nicht etwas anderes?«

»Dezimalrechnung, Herr Morgan«, sagte Frau Tom, »aber die kann er schon ziemlich gut.«

»Gut, Dezimalrechnung«, entschied Vater, »und Friede im Haus, zum Teufel noch einmal.«

»Pst, nicht fluchen«, wies ihn Mutter zurecht.

»Also Dezimalrechnung.« Das Gesicht meiner Mutter hättet ihr sehen sollen, während der Dezimalpunkt hin und her wanderte.

Als ich dann später im Bett lag, kam Mutter herauf; ich hörte sie mit Angharad sprechen, dann kam Vater mit der Lampe, und die Eltern ließen die Tür ein bißchen offen, um die Uhr schlagen zu hören.

»Gwilym«, fragte Mutter, »wem gehört der Dezimalpunkt?«

»Wem er gehört?« Dann hörte ich, wie Vaters Hosenträger gegen die Schranktür flogen.

»Der Dezimalpunkt«, wiederholte Mutter. »Das, wovon früher die Rede war.«

»Fängst du schon wieder an?« lachte Vater. »Genug für heute, kleine Beth. Sonst sind wir am Morgen beide reif fürs Irrenhaus.«

»Aber warum soll mein kleiner Huw etwas wissen, was ich nicht weiß?«

»Beth, Beth, Beth«, hörte ich Vater sagen, »ein Dezimalpunkt macht einfach Teile aus einem Ganzen. In anderen Ländern rechnet man immer damit. Anstatt zu schreiben eineinhalb, schreibt man eins, Punkt, fünf, null. Fünf ist die Hälfte von zehn, vorne eine Eins und hinten eine Null. Die Eins ist ein Ganzes, und null ist nichts. Bist du jetzt klüger?«

Ein paar Minuten vergingen; nichts war zu hören als die Schritte von jemanden, der draußen die Straße heraufkam. Dann hörte ich Mutter fragen: »Aber wem gehört er? Gehört er jemand?«

»Du bist dumm, Beth«, sagte Vater. »Warum soll er jemand gehören? Ein Dezimalpunkt ist es, ein Punkt auf dem Papier. Wie kann ein Punkt aus Tinte jemand gehören?«

Eine Weile schwieg Mutter, dann fragte sie: »Und wer hat das erfunden?«

»Die Franzosen, glaube ich«, antwortete Vater, »jetzt aber genug davon.«

»Dann wundert es mich nicht mehr, wenn die dummen Franzosen es erfunden haben«, sagte Mutter, froh darüber, jemandem die Schuld an dem Ganzen aufladen zu können.

»O Beth«, lachte Vater, »du bist mir eine Feine. Schluß jetzt, sonst stupse ich dich aus dem Bett hinaus.«

»Solche französische Sachen und Dezimalpunkte und Badewannen mit Löchern drin, was soll das meinem kleinen Huw nützen?«

»Ein Stipendium für die Universität soll er bekommen, das möchte ich.«

»Ein Stipendium? Schon wieder etwas Neues; ich weiß wirklich nicht, was aus der Welt noch werden soll.«

»Schlaf jetzt, Beth«, mahnte Vater. »Denk an unsere alte Königin, die so viele Sorgen hat, und freu dich darüber, daß du dir den Kopf nicht zu zerbrechen brauchst, was aus der Welt werden soll.«

»Ich frage mich nur, ob die Königin das mit dem Dezimalpunkt versteht.«

»Die arme alte Dame schläft um diese Zeit. Das wollen wir auch. Gute Nacht, Beth.« Vater löschte die Lampe aus . . .

Am nächsten Morgen um Viertel vor sieben machte ich mich auf den Weg zur Schule, den Ranzen mit meinem Bleistiftkasten und meinen Heften auf dem Rücken, die Frühstücksdose in der Hand schwingend. Als ich den Berg hinaufging, regnete es ein bißchen, aber von dem Wind spürte ich nicht viel wegen der Bäume. Oben auf der Höhe freilich blies er mich beinahe hinab.

Die Stadt sah von hier oben recht häßlich aus; große graue Wolken hingen zwischen den Bergen; Nebel zog um die Dächer, und dicker, gelber Rauch stieg aus den Fabrikschloten auf. Die Schule mit ihrem langen Schieferdach konnte ich zwischen den anderen Häusern gut erkennen. Schmutziggrau strömte der Fluß durch die Stadt.

Als ich hinunterkam, waren die Straßen ruhig, nur ein paar Wagen sah ich vorbeifahren, und einen Milchkarren, der zum Bahnhof fuhr; die Milchkannen darauf klirrten, und die Butterfässer brummten auf dem holprigen Pflaster.

Und dann die Schule.

Ein paar Jungen spielten im Hof, als ich hinkam, aber ich wartete, bis sie weg waren, ehe ich hineinging. Wieder derselbe Kreidegeruch, den ich heute noch hasse, und ganz still war es. Ich ging in der großen Eingangshalle umher und sah mir die Bilder an; einige waren richtig an die Wand gemalt, aber die meisten, die da hingen, waren von Schülern gezeichnet, sehr gut.

Jetzt öffnete sich die Tür. Herr Motshill pflegte eine Tür aufzumachen, indem er zuerst mit der Fußspitze daranstieß und dann mit der Schulter drückte; ein doppelter Bums, einer laut, einer leiser.

»Was willst du?« fragte er, als er mich sah.

»Ich bin in die Schule gekommen.«

»Sprich Englisch! Was willst du also?«

»Hier in die Schule gehen«, antwortete ich auf englisch.

»So ist es besser«, sagte Herr Motshill. »Du warst schon gestern hier, nicht wahr?«

»Ja«, sagte ich, »und hier sind meine Empfehlungen.«

»Setz dich dort hin und warte, bis ich dich rufen lasse«, sagte er und ging weg.

Ich setzte mich hin.

Bald darauf wurde die Schulglocke geläutet, sehr lange läutete sie. Lehrer kamen herein, schüttelten den Regen von ihren Mänteln und Hüten und nickten einander grüßend zu; sie sprachen nicht, weil die Glocke noch immer läutete. Fünf Männer waren es und zwei Frauen, beide Frauen waren alt, mager und schwarz angezogen. Dann kamen die Buben und Mädchen, zwei und zwei hintereinander, und stellten sich mit dem Rücken zu mir auf, aber viele drehten sich um und sahen mich an. Einige der Knaben schnitten Gesichter, und ein paar fingen an zu lachen und stießen die neben ihnen Stehenden an; da drehten sich die auch um und lachten mit.

Jetzt kam Herr Motshill aus seinem Zimmer und stellte sich auf das Podium; dort saß schon eine der beiden Lehrerinnen am Klavier. Der Direktor sah einen Augenblick mit sehr feierlichem Gesicht auf die Schüler hinab; dann strich er sich langsam mit der Hand über das Kinn.

»Wir wollen beten«, sagte er mit seiner zusammengeschnürten Stimme, aber sehr großartig, als wollte er ein Gedicht von einem Klassiker vortragen. Und nun begann er zu beten, und alle Schüler mit ihm, aber die einen beteten schneller, die anderen langsamer. Bei jeder neuen Zeile hob Herr Motshill die Stimme, um die anderen einzuholen, aber es glückte ihm nicht. Zum Schluß waren die Schüler schon weit voran, und manche hatten schon die Augen geöffnet, ehe der Direktor das Amen gesprochen hatte.

Jetzt öffnete auch Herr Motshill die Augen und blickte fromm gen Himmel.

»Nun wollen wir unsere Stimmen in einem Liede zu Ehren des Herrn vereinigen«, verkündete er, wandte sich halb um und nickte Fräulein Cash, die am Klavier saß, zu. Als er zu ihr hinabblickte, schloß er die Augen, und als er den Kopf zurückwandte, machte er sie wieder auf, alles ganz langsam und so, als ob er vor Frömmigkeit überflösse.

Fräulein Cash nickte auch und hob die Hände, um zu spielen; ihre Finger hatte sie ausgestreckt und nur die kleinen Finger ein wenig gekrümmt, und sie schlug ein paar Akkorde an, aber ein bißchen griff sie daneben.

»A — schlagen Sie bitte das A an, Fräulein Cash. So, jetzt alle zusammen — A.«

»A«, sangen die Buben und Mädchen, mit Mündern wie Knopflöcher; kein rechter Ton war darin, kein Klang und keine Kraft.

Und dann sang Herr Motshill vor, und die Schüler und Schülerinnen sangen mit, so gut es ging, und Fräulein Cash schlug auf die Tasten, die gerade am nächsten bei ihren Fingern waren, und jedesmal, wenn sie die falsche getroffen hatte, verzog sie das Gesicht.

»In die Klassenzimmer«, befahl Herr Motshill jetzt.

Die einzelnen Klassen zogen jetzt davon, die eine hierhin, die andere dorthin, und alle trampelten laut auf den Boden, froh darüber, daß es Lärm machte. Der Direktor blieb oben stehen, bis fast alle draußen waren, dann stieg er hinab, um in sein Zimmer zu gehen. Aber auf halbem Wege schien er sich zu erinnern, daß ich da war, und drehte sich um.

»Komm«, sagte er zu mir. »Herr Tyser wird dir die Prüfungsaufgaben geben; dann werden wir bald wissen, wohin du gehörst.«

Großer Bums, kleiner Bums, wieder durch eine Tür und in ein Klassenzimmer. Herr Tyser sah immer müde aus. Ein braver Mann, lieb und gutmütig, aber mit bösen, lärmenden Buben konnte er nie recht fertig werden.

»Herr Tyser«, sagte der Direktor, »das ist Morgan. Ich habe ihn schon tadeln müssen, weil er Walisisch gesprochen hat. Geben Sie ihm die Prüfungsfragen für die höheren Klassen; dann wollen wir sehen, was wir mit ihm anfangen können.«

»Bitte, Herr Direktor«, sagte Herr Tyser. »Komm, Morgan. Setz dich her.«

Ich setzte mich, schnellte aber gleich wieder empor und zog eine krummgebogene, verrostete Stahlfeder aus meinem Hosenboden. Die Jungen hinter mir blickten starr geradeaus auf die Tafel, mit verschränkten Armen und Mienen, als ob sie nicht bis drei zählen könnten.

»Hast du die Feder hierhergelegt?« fragte ich einen von ihnen.

Rot wie Klatschmohn sah Mervyn Phillips mich an, und auch James Herriot blickte auf.

»Hast du gesprochen, Morgan?« fragte Tyser überrascht.

»Ja«, antwortete ich.

»Bediene dich der englischen Sprache«, sagte Tyser, »sonst wirst du bestraft werden.«

»Ich treffe dich draußen auf dem Spielplatz«, flüsterte Mervyn Phillips mir zu. »Ich schlage dir den Kopf herunter.«

»Gut«, sagte ich.

Herr Tyser gab mir die Aufgaben, eine in Arithmetik, eine in Grammatik und Aufsatz, eine in Religion, und dann noch in Geschichte und Geographie. Ich nahm meine Bleistifte und Hefte heraus und fing an, eifrig zu arbeiten.

Die Aufgaben waren für mich ein Kinderspiel, im Galopp wurde ich fertig damit, und es war gut, die Zufriedenheit in Herrn Tysers Gesicht zu sehen, als er sie durchsah.

»Du hast eine schöne Schrift, Morgan«, sagte er. »Bei wem hast du bis jetzt gelernt?«

»Bei Frau Tom Jenkins.« Alle Schüler kicherten leise, so ein Kichern war es, das einen verrückt machen konnte vor Ärger. »Und dann auch bei meinen Brüdern und bei meiner Schwägerin.«

»Es ist sehr bedauerlich«, sagte Herr Tyser mit seinem strafenden Blick auf die Klasse, »daß Frau Tom Jenkins nicht auch Gelegenheit hatte, die Erziehung einiger der hier anwesenden jungen Herren und Damen in die Hand zu nehmen. Was hat Frau Jenkins getan, wenn ein Schüler faul oder ungezogen war, Morgan?«

»Durchgehauen hat sie ihn und einen Brief an die Eltern geschrieben.«

»Komm mit mir, Morgan.«

Draußen im Gang legte Herr Tyser mir die Hand auf die Schulter und blickte zu mir hinab.

»Du bist doch nicht etwa verkrüppelt, Morgan?« fragte er mich mit gütiger Stimme.

»Nein. Etwas schwache Beine habe ich, aber ein Krüppel bin ich nicht.«

»Das freut mich. Komm, Morgan.«

Dann standen wir in Herrn Motshills Zimmer; ein kalter Raum war es; auf dem Tisch lagen Papiere und Bücher umher, auch die Regale waren voller Bücher, und sogar auf dem Boden lagen welche. Dann waren noch ein paar zerkratzte Lederstühle mit gebogenen Füßen darin, und an der Wand hing ein Bild der Königin als junge Frau. Sehr schön sah sie aus mit einer kleinen Krone auf dem Kopf und in einem Spitzenkleid. Herr Motshill sah aus, als ob er eben aus dem Schlaf erwacht wäre.

»Herr Direktor«, begann Herr Tyser, aber mit einer ganz anderen Stimme als vorher, sehr leise und schüchtern, als bangte er um sein Leben. »Ich fürchte, Morgan ist zu vorgeschritten für die vierte Klasse. Die sechste ist die niedrigste, die für ihn in Betracht kommt, wenn Sie mir gestatten, meine Meinung zu sagen.«

»Zeigen Sie mir seine Arbeiten«, sagte Herr Motshill; er griff nach dem auf dem Tisch liegenden Heft; sehr flink flitzten seine Augen über die Seiten.

»Neue Besen kehren gut«, sagte er zu mir, als er fertig war. »Also gut, sechste Klasse. Führen Sie ihn zu Herrn Jonas.«

»Sofort, Herr Direktor«, nickte Herr Tyser, und wir gingen hinaus.

»Soll ich meinen Bleistiftkasten und die anderen Hefte holen?«

fragte ich ihn.

»Ja, tu das«, antwortete Herr Tyser, und jetzt klang seine Stimme wieder wie früher. »Wenn du herauskommst, klopfe an die Tür dort drüben.«

Ich ging in das Zimmer der vierten Klasse, zu meinem Platz hinüber, und sah niemand an dabei. Die Schüler aber sahen mich an, und sehr lang kam mir die Stille vor, wie immer, wenn man weiß, daß etwas Unangenehmes geschehen ist.

Nun kam ich zu meinem Platz; die beiden Jungen, die neben mir gesessen waren, saßen nun eine Reihe weiter vorne. Hell schien jetzt die Sonne auf mein Pult, und da sah ich, warum die Buben nicht mehr dort saßen.

Mein Bleistiftkasten lag zerbrochen auf dem Fußboden.

Die Bleistifte waren alle zerschnitten; ganz schmutzig lagen sie da. Meine Hefte waren mit Tinte übergossen. Reißfeder, Lineal, Schreibfedern, Federhalter, alles war zerbrochen und schmutzig.

Ich weiß, wie einem zumute ist, der im nächsten Augenblick einen Mord begeht.

Das Gefühl, das man da hat, brennt wie Feuer. Zu heiß ist es, um drinnen in der Brust zu bleiben, es steigt zum Kopf hinauf, verbrennt alles, dörrt einem den Hals aus, so daß der Atem nur stoßweise kommt und zu einem Röcheln wird. Man fängt an zu zittern, und die Augen füllen sich, aber nicht mit Tränen, und man sieht nur noch wie durch dichten Nebel, und in dieser Dunkelheit packt einen Gier, mit den Fingern Fleisch zu fassen und daran zu reißen, bis Blut aufspritzt, oder mit einem Messer zuzustoßen, bis die Spitze stumpf wird, oder etwas Schweres zu nehmen und zuzuschlagen, bis die Kraft einen verläßt — loszuhauen, loszustechen, zu würgen, zu zerschmettern, zu morden, zu morden . . .

Oh, ich kenne es gut, dieses Gefühl.

Aber dann wird man plötzlich ganz ruhig, und wenn man auch noch zittert, so kann man doch mit einemmal nicht mehr fühlen. Es ist einem, als wäre man tot, und ohne Grund möchte man weinen . . .

Wie ich so dastand und auf meinen Bleistiftkasten blickte, da bemühte ich mich mit aller Kraft, nicht zu weinen, ich betete darum, jetzt nicht zu weinen, aber da lag der arme kleine Kasten, zerbrochen, mit Tinte und Schmutz bedeckt, der Deckel mit dem schönen Muster zerkratzt, alles kaputt, alles zerstört; es war mir, als ob jedes einzelne Stück aus grausam zugefügten Wunden blutete, und ich weinte.

Ich kniete nieder, um die Sachen aufzulesen, doch da mußte ich plötzlich laut aufschluchzen; ich kniete da, den Kopf in die Hände vergraben, und schluchzte, schluchzte, schluchzte, und rings um mich her ertönte Gelächter. Ich gab mir selbst die ärgsten Schimpfnamen, ich schämte mich, nie mehr wollte ich etwas sehen, nie mehr etwas hören, und je mehr ich mich schämte, desto stärker wurde mein Schluchzen, bis ich nicht mehr wußte, ob ich aus Gram über das, was mir geschehen war, weinte, oder aus Wut darüber, daß ich so dumm und unvernünftig war.

Und dann hörte das Weinen auf. Keine Träne wäre mehr gekommen, und wenn man mit Messern in mich gestochen hätte.

Und ich las die Teile meines Bleistiftkastens auf und versuchte, sie wieder zusammenzufügen. Niemandem hatte der kleine Kasten etwas zuleide getan. Vor hundert Jahren hatte ein geschickter Handwerker all seine Liebe auf diese Arbeit verwendet, vor allem auf das kunstvolle Muster auf dem gemaserten Deckel und um die Seitenwände herum. Er hätte es nicht nötig gehabt, sich so lange damit abzumühen, aber es war ihm ein Herzensbedürfnis. Ich sah ihn vor mir, wie seine Hände das glatte Holz liebkosten, wie er sich daran freute, das Stück zu betrachten und zu befühlen, wie er sich nur schwer entschloß, es einem Käufer zu überlassen. Ich sah, wie Herr Gruffydds Großvater den Kasten hegte, wie er ihn seinem Sohn übergab, und dieser Herrn Gruffydd selbst. Ich wußte, was sie gefühlt hatten, denn ich fühlte dasselbe.

König Salomo kann seine Schatzkammer nicht so hochgehalten haben, wie ich und drei Männer vor mir diesen kleinen Kasten. Federn, Beistifte, alles, was man zum Schreiben braucht, zu besitzen, ganz für sich allein, diese Dinge zu sehen, sie in den Händen zu fühlen, zu wissen, daß sie bereit sind, alles zu tun, was man von ihnen verlangt, sie in einem kleinen, für sie gebauten Haus zu haben als gute Freunde, das ist wahrhaftig eine Freude ohne Ende. Man nimmt sanft und behutsam heraus, was man braucht, schließt den Kasten wieder mit Sorgfalt, wirft einen Blick auf ihn, ehe man mit der Arbeit beginnt, und eine innere Zufriedenheit läßt einen zuweilen die Hand ausstrecken, um das Stück zu berühren, zu streicheln. Gott segne die Handwerker, die ihren Mitmenschen solch ein Gefühl bereiten können mit ein paar Stückchen Holz!

Ich trocknete die Tinte auf den Heften und in dem Kästchen; ich wußte wohl, was Mutter sagen würde, wenn sie mein Taschentuch sähe, aber das war mir gleichgültig. Ich legte die Sachen in meinen Ranzen zurück und ging zur Tür. Noch immer lachten die Schüler, aber recht unbehaglich nun, denn sie fürchteten wohl, ich würde sie anzeigen. Schlimm ist es, wenn unvernünftige Menschen einem etwas Böses antun. Sie tun einem leid, und wenn das Mitleid mit ihnen so groß ist wie der Kummer, so läßt man sie unbestraft entwischen, denn in ihren Augen liegt der Blick eines Hundes, der etwas Verbotenes getan hat, es weiß und sich fürchtet.

»Jeder einzelne von euch wird meine Faust zu spüren bekommen«, rief ich, »aber sagen werde ich nichts von dem, was ihr getan habt.«

»Hau ab«, rief Mervyn Phillips, »sonst schütt' ich Tinte über dich.«

»Du kommst als erster dran«, drohte ich ihm an.

Als ich auf den Gang hinauskam, stand Herr Tyser in der Tür der sechsten Klasse und sprach mit Herrn Jonas-Sessions, den man in der Schule kurzweg Herrn Jonas nannte. Als ich Herrn Jonas sah, wußte ich genug.

Rote Haare hatte Herr Jonas, und seine kleinen, blassen Augen hatten einen Blick, der einem gleich sagte, dieser Mann müsse die Zunge einer Kreuzotter haben, und man müsse sich wohl überlegen, was man zu ihm spräche, sonst würde er einem jedes Wort im Munde verdrehen.

»Du hast aber lange gebraucht, Morgan«, sagte Herr Tyser.

»Vielleicht ist er überhaupt ein bißchen langsam«, meinte Herr Jonas, und wie er nun lächelte, bedeckte er die Zähne mit den Lippen, so daß es aussah, als ob er nichts anderes als eine Zunge im Munde habe. Er sprach reines Englisch nur mit Mühe, bemühte sich aber, seine Worte englischer klingen zu lassen als die jedes Engländers. Es ist eine Schande, daß eine schöne Sprache solchen Menschen ausgeliefert ist.

»Hast du geweint, Morgan?« fragte Herr Tyser.

»Ja, aber das hat nichts zu bedeuten.«

»Was für einen schmutzigen Fetzen du da hast«, bemerkte Herr Jonas noch immer lächelnd und zog aus meiner Tasche das mit Tinte und Staub bedeckte Taschentuch heraus.

»Als ich heute morgen von zu Hause wegging, war es sauber«, sagte ich und riß es ihm aus der Hand. »Dort drinnen ist es schmutzig geworden.«

»Benimm dich anständig, sonst wirst du den Stock zu spüren bekommen«, sagte Herr Jonas und lächelte nicht mehr. »Sofort hinein mit dir, und setz dich.«

Als ich hineinging, wollte er mir eins auf den Kopf geben, aber ich duckte mich und ging zu meinem Platz in der vierten Reihe.

Herr Jonas schloß die Tür hinter mir und stellte sich vor der Klasse auf; zuerst warf er einen Blick über die Buben und Mädchen, dann sah er mich an.

»Wir haben einen Geistesriesen unter uns«, sagte er mit einem Blick auf mich, »und vermutlich werden wir alle das Knie vor ihm beugen müssen. Wir wollen nun darangehen, zunächst einmal seine Kenntnisse in der Algebra zu erkunden, und je nach dem Ergebnis werden wir wissen, ob wir würdig sind, im gleichen Raum mit ihm zu atmen.«

Ein Teil der Jungen und einige Mädchen taten, als hätten sie es nicht gehört, aber die meisten bemühten sich, viel lauter zu lachen, als der Scherz es verdiente. Wahrscheinlich fürchteten sie sich vor Herrn Jonas' giftiger Zunge. Vier quadratische Gleichungen gab er mir zu lösen, aber dank Herrn Gruffydd und Davy war ich gut in Algebra beschlagen. Die Gleichungen waren leicht für mich. Herr Jonas hörte nicht auf zu lächeln.

»Ein Musterschüler«, sagte er und sah sich mein Heft genau an. »Aber deine Hefte befinden sich in einem scheußlichen Zustand, und deine Hände starren vor Schmutz. Wenn du die Absicht hast, dauernd in dieser Schule zu bleiben, wirst du dir zivilisiertere Lebensformen angewöhnen müssen. Sage deiner Mutter, daß man dich heimschicken wird, wenn du morgen wieder in solch einem Zustand hier erscheinst. Deine schmutzigen Kohlengräbermanieren sind hier nicht erwünscht.«

Von diesem Augenblick an war ich Herrn Jonas-Sessions' Feind. Er konnte mich nichts lehren, weil sich alles in mir ihm und dem, was er lehrte, entgegenstemmte. Ich antwortete nicht, aber ich sah ihm gerade ins Gesicht.

»Mit Frechheiten wirst du hier nicht weiterkommen«, sagte er und warf das Heft auf mein Pult. »Ehe du heute die Schule verläßt, schreibst du hundertmal ›Die Zivilisation ist das vornehmste Ziel der Menschheit‹.«

Und während er die anderen in Algebra unterrichtete, saß ich nur so da.

Mir war, als säße ich ein Jahr lang da.

Seine Stimme ging über mich hin wie der Wind.

Ich saß da.

Um elf Uhr hatten wir Pause und gingen alle auf den Spielplatz, um das mitgebrachte Frühstück zu essen. Sobald ich aus dem Tor trat, zog mich Mervyn Phillips am Arm.

»Mit mir willst du boxen?« rief er, und all die anderen stellten sich im Kreis um uns auf. »Also los.«

Er war einen Kopf größer als ich, und als Sohn eines Kohlenhändlers war er gewohnt, schwere Säcke zu tragen; dadurch war er stark geworden.

Aber es war kein richtiger Kampf, dazu hatten wir keinen Platz; zu viele Jungen standen um uns herum. Es war nur eine böse Rauferei. Zweimal traf ich ihn ordentlich, und einmal erwischte er mich seitlich am Kopf, aber dann drückten die um uns stehenden Buben immer stärker und zogen mich zu Boden, so daß ich nichts tun konnte, als meinen Kopf vor ihren Schuhen schützen. Was weiter geschehen wäre, weiß ich nicht, denn plötzlich war alles zu Ende; die Jungen fuhren auseinander, und als ich dann an der Wand lehnte, sah Herr Motshill mich aus dem Fenster heraus an.

»Wer von den Jungen hat dich angegriffen, Morgan?« fragte er. »Ich will ein Exempel an ihm statuieren; ich dulde keine Raufbolde in dieser Schule.«

»Ich habe allen gesagt, daß ich mit ihnen boxen will«, antwortete ich.

»Aha, so ist es. Herr Jonas hat mir schon gesagt, daß du an rauhe Sitten gewöhnt bist. Höre mich an, Morgan. Wenn ich dich hier oder in der Umgebung der Schule raufen sehe, dann werde ich dich zuerst durchhauen und dann aus der Schule weisen.« Dann wandte er sich an die anderen Jungen: »Und was euch anbetrifft, denkt gefälligst daran, daß ihr hier seid, um euch auf verantwortliche Stellen im Leben vorzubereiten. Ihr seid die verantwortungsbewußten Bürger von morgen. Vergeßt das nicht und benehmt euch demgemäß.«

Es war ein Glück für mich, daß Ellis, der Postmeister, schon auf dem Platz vor der Schule auf mich wartete, wo ich ihn treffen sollte, sonst wäre es mir übel ergangen. Er verjagte die Buben, die mich verfolgten, mit seiner Peitsche. Als ich neben ihn auf den Bock kletterte, konnte ich kaum mehr atmen.

»Diese Stadtjungen sind wie die Ratten«, meinte Ellis, als er die Zügel ergriff, »nie einer gegen einen, sondern immer hundert gegen einen. Warum waren sie hinter dir her?«

»Weil ich ein Neuer bin.«

»Da muß etwas geschehen. Sie sahen aus, als ob sie dich umbringen wollten.«

»Sagen Sie nichts, Herr Ellis, sonst wird Mutter sich kränken, und dann ist's noch schlimmer.«

»Wie du willst, Huw, aber ich warte von jetzt ab jeden Abend auf dich, ja?«

So fuhr ich denn fast jeden Abend mit Ellis heim, über die Straße, die um den Berg herumführte und dem Fluß folgte. Fein war es, hinter Mari, der Stute, zu sitzen, die gute Luft von den Bergen einzuatmen, unterwegs die Leute zu grüßen und zuweilen bei einem Hause haltzumachen, um einen Brief oder ein Paket abzugeben. Und immer plauderte Ellis ein bißchen mit den Leuten, denn er wußte natürlich alles, was in den Tälern ringsumher vorging.

Als ich an diesem Abend heimkam, ging ich zuerst in Bronwens Haus, um mir das Gesicht und die Hände zu waschen, aber die Schrammen auf den Wangen und um die Augen waren nicht wegzubringen, und ein Riß in der Lippe bleibt ein Riß in der Lippe. Bronwen und Ivor waren ausgegangen; das ersparte es mir, dieselbe Geschichte zweimal zu erzählen.

Dann zu Hause schlug Mutter die Hände vor den Kopf und starrte mich an, aber kein Laut kam aus ihrem Munde.

»Was ist dir denn geschehen, Huw?«, rief Angharad und tastete mein Gesicht ab. »Tut es weh?«

»Ich bin auf dem Berg oben gefallen«, log ich. »Weh tut's nicht, nur ein bißchen steif bin ich.«

»Geh zum Doktor mit ihm, Angharad«, sagte Mutter. »Nicht gefallen ist er, geboxt hat er. Warte, bis Vater ihn sieht.«

»Kann ich nicht erst einen Tee haben?« fragte ich. »Es ist mir nicht viel geschehen.«

»Die Staatsschule, ich hab's ja gesagt«, rief Mutter. »Wartet nur, bis Vater kommt, der wird etwas zu hören bekommen.«

»Ich brauche nur einen Umschlag, Mutter, aber vorher hätte ich schrecklich gern eine Tasse Tee.«

»Eine Tasse Tee sollst du haben, mein kleiner Junge«, sagte Mutter und nahm mein heißes Gesicht in ihre Hände; mit dem Daumen strich sie mir über die Augen und kühlte die Glut. »Welche Fäuste haben dich so zugerichtet? Auch deine Brüder haben immer geboxt, aber keinen von ihnen habe ich je mit einem solchen Gesicht gesehen. Geh hinunter zum Metzger und laß dir ein Stück blutiges

Rindfleisch geben, Angharad.«

Dann kam Bronwen herein, und als sie mich sah, schrie sie auf und legte ihre Arme um mich.

»Huw, mein kleiner Huw«, sagte sie weinend. »Wer hat das getan? Sag es mir rasch und ich werde ihn umbringen. Auf der Stelle gehe ich hin und bringe ihn um.«

»Wartet, bis Vater kommt«, sagte Mutter, und auch sie war jetzt dem Weinen nahe. »Ich werde ihm meine Meinung sagen. Staatsschule!«

Und so heftig warf sie den Schürhaken zu Boden, daß die Katze erschrocken aus dem Hause lief, den Bauch ganz nahe am Boden, und die weiße Spitze ihres Schweifes schoß herunter wie eine Sternschnuppe.

Eine Tasse Tee ist etwas Gutes, wenn man sich elend fühlt. Nicht zu stark, mit viel Milch drin und braunem Zucker; eine große Tasse, damit man, wenn sich der Mund an die Hitze gewöhnt hat, ordentlich trinken kann, statt nur zu nippen. Jedes Plätzchen im Leib, das eingeschlafen war, wird wieder wach. Eine Tasse Tee ist mir immer ein Trost gewesen.

Als Angharad mit dem rohen Beefsteak zurückkam, legte Bronwen es mir auf und band es mit einem Tuch fest; ich ging in den Schuppen, um Owens Motor blankzuputzen. Als Vater heimkam, war ich nicht im Hause, aber noch nahe genug, um Mutters Stimme zu hören. Dann öffnete sich die Haustür.

»Huw«, rief Vater, »komm her, mein Sohn.«

Vater war noch schwarz von der Grube, deshalb nahm mir Angharad statt seiner das Tuch ab, und er hielt die Lampe nahe an mein Gesicht.

»Ein tüchtiges blaues Auge und noch ein halbes«, stellte er fest. »Ein paar ordentliche auf den Wangen, aber nichts aufgeschlagen, außer der Lippe. Wenn ich gebadet habe, schaue ich mir die Nase gründlich an. So, jetzt geh und putz die Maschine fertig.«

Dann kamen Davy und Ivor zu mir in den Schuppen, bald darauf auch Ianto, aber keiner von ihnen sagte etwas, nur ob es weh tue, fragten sie mich. Aber ich bekam von jedem von ihnen einen halben Schilling, und von Angharad feine Bonbons, so hatte ich ein gutes Geschäft gemacht.

Nachdem Vater mit dem Abendessen fertig war, ging ich zu ihm hinein. Er fühlte mit der Hand, ob meine Nase gebrochen sei, aber sie war nur geschwollen.

»Heißes Wasser jede halbe Stunde«, ordnete Vater an, »und hinterher immer kaltes. In ein paar Tagen wird nichts mehr zu sehen sein.«

»Diese Staatsschule würde nicht mehr lange dort stehen, wenn ich ein bißchen Schießpulver hätte«, erklärte Mutter.

»Pst, Mädel«, sagte Vater zu ihr. »Der Junge wird Schlimmeres ertragen müssen, ehe er im Grabe liegt. Willst du morgen wieder in die Schule gehen, Sohn?«

»Ja. Vater.«

»Gut. Jetzt paß einmal auf, Huw. Du wirst bald ein Mann sein. Ein Mann muß Hiebe ertragen und noch mehr austeilen können, wenn er einen ordentlichen Kopf auf den Schultern sitzen hat. Manchmal muß er in den ersten zehn Runden mächtig viel einstecken, um in den nächsten zehn Runden um so kräftiger zurückzuschlagen. Wenn du Schläge bekommst, lerne daraus. Es ist nicht das gleiche, ob man Schläge bekommt, oder ob man sich geschlagen gibt. Gib dich nie geschlagen, Junge. Schläge, ja, aber nie geschlagen geben. Komm immer heran, um noch mehr zu bekommen. Immer noch mehr. Bis der Augenblick da ist, wo du deine Hiebe austeilst. Willst du's so machen?«

»Ja. Vater.«

»Dann komm«, sagte Vater, stand auf, ging zur Geldbüchse und stellte sie auf den Tisch. »Von heute an sollst du einen Penny für jede Schramme im Gesicht, einen Schilling für ein blaues Auge, einen halben Schilling für eine blutende und zwei Schillinge für eine gebrochene Nase haben, und auch einen Penny für jedes Zeichen des Kampfes an deinen Handknöcheln, am Unterarm und am Körper. In deine Sparbüchse kommen heute abend dreieinhalb Schilling. Und jetzt komm mit in den Schuppen.«

»Gwilym«, sagte Mutter mit aufsteigenden Tränen, »laß den Jungen jetzt in Ruhe. Er hat genug für einen Tag. Noch ein Boxkampf, und er ist tot.«

»Ein Junge muß kämpfen können, sonst soll er in einem Weiberrock herumlaufen. Huw hat bisher nicht boxen gelernt, aber heute abend soll er seine erste Lehrstunde haben. Wir wollen doch einmal sehen, ob die Staatsschule einen Morgan unterkriegen kann.«

Im Schuppen hinten zog Vater seinen Rock aus und rollte seine Hemdärmeln auf, Ianto und Davy schoben den Motor weg, und Ivor kehrte den Boden rein.

»So«, begann Vater, »eine gute gerade Linke ist die beste Waffe. Das ist Lektion Nummer eins. So, siehst du!«

Mein Vater stand sehr gerade da, Kopf und Augen nach links gerichtet, den linken Fuß und den halbgebeugten linken Arm ebenso, den Daumen über die Faust geschlossen, fast in gleicher Höhe mit dem Kinn, aber immer ein wenig darunter, gerade in der Mitte; den rechten Fuß hatte er nach rechts gestemmt; der gebeugte rechte Arm lag gerade über der Brust, die Faust knapp über dem Herzen.

Und während er auf den Zehenspitzen wippte und mit den Armen Lufthiebe austeilte, rief er mir zu: »Stell dich auch so auf, locker, ungezwungen, zum Kampf bereit. Laß mich mal sehen, wie du dich anstellst.«

Dies war meine erste Boxstunde.

Gleich am ersten Abend lernte ich, wie man stehen muß, wie man einen Hieb gibt und wie man ihm ausweicht.

»Der beste Boxer ist einer, der unter einem Hieb wegschlüpft und dem anderen zwei dafür gibt«, erklärte Vater. »Wenn du das fertigbringst, dann kannst du sagen, daß du zu boxen angefangen hast. Zu viele nennen sich Boxer, die nicht einmal das Recht hätten, sich Schläger zu nennen. Siehst du . . . so.«

Er zeigte es mir, indem er auf Ivor losschlug . . . Einen auf dem Kinn und einen auf der Brust hatte der sitzen, so rasch, daß ich mit den Blicken kaum folgen konnte. Dann zeigten Ivor und Davy mir einen rechten und einen linken Haken.

In diesem Augenblick steckte Angharad den Kopf zum Fenster herein; Davy tat, als ob er auf sie losboxen wollte, und sie schrie laut auf, weil ihr Kopf in dem engen Fensterrahmen feststeckte, und sie ihn nicht mehr herausbekommen konnte.

»Herr Gruffydd ist da«, rief sie, während die Brüder versuchten, ihren Kopf herauszuziehen. »Au! Willst du mir den Schädel zerbrechen, David Morgan?«

»Der ist zu hart«, meinte Davy. »Nur ein Mädel kann den Kopf in eine so kleine Öffnung hineinstecken. Natürlich! Ist denn keine Tür da?«

»Ich wollte durch das Fenster hineinschauen, du Narr«, sagte Angharad. »Hätte ich durch eine Tür etwas sehen können?«

»Weil du die Nase in alles hineinstecken mußt, Mädel«, schmunzelte Vater. »Brecht den Fensterrahmen heraus, und die Ausbesserungskosten werden aus Angharads Taschengeld bezahlt.«

»Schlecht bist du zu mir, Vater«, rief Angharad und versuchte zu weinen, kam aber ins Lachen dabei. »Die dummen Jungen da können tun, was sie wollen, wir armen Mädchen aber bekommen nichts zu hören als harte Worte und ›zahlt es aus dem Taschengeld‹. Huw hat mehr für sein zerschlagenes Gesicht bekommen als ich alles in allem seit sechs Wochen. Ich möchte, ich wäre als Junge auf die Welt gekommen.«

»Laß sie dort stecken«, gebot Vater, »dort hat sie Zeit, über ihre dummen Reden nachzudenken.«

So blieb denn Angharad mit ihrem Kopf im Fenster stecken, halb lachend, halb weinend, und als wir hinausgingen, zwickte Davy sie hinten, aber er bekam einen solchen Tritt von ihr, daß er den ganzen Abend hinkte.

»Nun, Huw«, sagte Herr Gruffydd, als wir in der Stube waren, »du hast Scherereien mit den Philistern gehabt, wie?«

»Ja, Herr Gruffydd.«

»Wie kommt es, daß der Bleistiftkasten so zugerichtet wurde?« fragte Herr Gruffydd. »Ich ersuchte dich, darauf aufzupassen.«

»Es wundert mich, daß der Junge den Kasten überhaupt mitgebracht hat, in einem solchen Zustand war er, als er heimkam«, bemerkte Vater.

»Huw soll sich selbst rechtfertigen, Herr Morgan«, sagte Herr Gruffydd. »Kein Eigentum darf auf solche Art beschädigt werden, ohne daß man dafür sorgt, daß es kein zweites Mal geschieht. Huw hatte das Kästchen in seiner Obhut, aber ich bin gewiß, daß er nicht die Schuld trägt. Wer trägt die Schuld?«

»Dieselben, die ihn so übel zugerichtet haben«, meinte Vater.

»Ich war nicht in dem Klassenzimmer, als es geschah, Herr Gruffydd«, berichtete ich, »aber ich habe gesagt, daß ich mit allen, die darin waren, kämpfen will. Und das werde ich auch. So wird der, der es getan hat, seinen Lohn erhalten, wer immer es auch war.«

»Nur rohe Lümmel können solch ein Kästlein so zurichten. Ich habe gute Lust, mir eine Rute zu schneiden, morgen in die Stadt zu gehen und die Übeltäter tüchtig zu verprügeln«, sagte Herr Gruffydd.

»Gut«, nickte Mutter, »und brennen Sie die dumme Schule gleich nieder.«

»Pst, sprich nicht so, Beth«, mahnte Vater. »Ich glaube, es ist besser, wenn Huw sich selbst sein Recht verschafft, Herr Gruffydd. Es ist sein Streit, nicht unserer.«

»Es ist auch unser Streit, Herr Morgan«, sagte Herr Gruffydd. »Huw kann sie verbleuen, wenn seine Fäuste geübter sind, aber die Heiligkeit des Eigentums kann er ihnen nicht einbleuen. Man kann den Wandalen in Angst und Schrecken versetzen, wenn man gegen eine Gewalt doppelte Gewalt setzt, aber ihn das Denken lehren ist eine andere Sache.«

»Glauben Sie, daß Sie es mit der Rute erreichen werden?« fragte Vater und verbiß sich ein Lächeln.

»Die Rute ist in einem solchen Falle besser als die Faust«, meinte Herr Gruffydd und fing an zu lachen. »Die Fäuste sind die rechte Waffe im Kampf zwischen Mann und Mann, aber die Rute und die Vernunft sind das allgemeingültige Gesetz, anwendbar bei allen Menschen. Die Fäuste können einen lehren, sich besser zu wehren, wenn man Mut und einen guten Kopf hat, und mit den Fäusten kann man Raufbolde zwingen, einen in Frieden seinen Weg gehen zu lassen. Die Rute und ein vernünftiges Wort jedoch lehren die Menschen zu denken und hinfort besser zu leben. Deshalb habe ich im Sinne, morgen in die Stadt zu gehen.«

»Ich werde den Kasten reparieren, Herr Gruffydd«, versprach ich. »Nichts wird man mehr daran sehen, wenn ich damit fertig bin. Wie neu wird er sein.«

»Dann komm«, sagte Herr Gruffydd. »Es tut mir im Herzen weh, das Kästchen in diesem Zustand zu sehen.«

Da gingen wir mit Lampen in den Schuppen, und die arme Angharad steckte dort noch immer mit dem Kopf im Fensterrahmen.

»Wer ist denn das?« fragte Herr Gruffydd und hielt die Lampe hoch, um besser sehen zu können.

»Angharad«, sagte ich.

Herr Gruffydd strich ihr die Haare aus dem Gesicht; sie blickte zu ihm auf, und golden überflutete sie das Licht der Lampe.

Ich wußte, daß sie lachte, aber sie blickte drein, als ob sie weinte; goldene Tränen blinkten in ihren Augen, die um Mitleid flehten, groß und rund wie die Augen eines kleinen Mädchens, das auf den Arm genommen werden will, und die Mundwinkel hatte sie herabgezogen, aber nur ein bißchen, damit es nicht häßlich aussähe, um ihr Kinn zitterte es ein wenig, und ihr Haar, das glänzte wie ein neues Pennystück, hing ihr über das Gesicht und über die Schultern hinab; ein paar Löckchen schimmerten über ihren Augen wie die Saiten einer Harfe.

Herr Gruffydd blickte sie an, und ich sah, daß es in seinem Gesicht zuckte, aber wie es zuckte, das kann ich nicht beschreiben. Er stellte die Lampe auf den Tisch und packte den Balken, der Angharads Hals einzwängte, mit einer Hand.

»Sag, wenn es weh tut«, forderte er Angharad auf, aber sie schüttelte nur den Kopf.

Er suchte den richtigen Griff, dann stemmte er die Füße auf den Boden und riß mit einer einzigen Bewegung den Balken und den oberen Teil des Fensterrahmens glatt heraus, mitsamt Nägeln und Schrauben und allem.

»So, Huw«, sagte er, ohne Angharad anzublicken, »du leimst jetzt das Kästchen, und ich leime das Fenster.«

»Ja, Herr Gruffydd«, sagte ich.

»Schönen Dank, Herr Gruffydd«, rief Angharad, blickte dorthin, wo das Fenster gewesen war, und befühlte ihren Hals. »Sie sind aber stark!«

»Gut«, sagte Herr Gruffydd. »Gib mir die Zange, wenn du sie nicht mehr brauchst, Huw.«

Mit Sandpapier brachte ich die Tintenflecke von dem rohen weißen Holz im Inneren des Kästchens heraus, und ich scheuerte, bis es wieder weiß war wie ein Leintuch. Eine neue Schraube hier, eine Einfalzung dort, und mein Bleistiftkasten hielt wieder zusammen, aber außen war er noch nicht glatt, wie er sein sollte, und auch der Deckel war noch zerkratzt. Das war nun freilich eine schwerere Arbeit. Holzstückchen, so klein, daß sie kaum zu sehen waren, legte ich in die kleinen Spalten, und die zerkratzten Stellen füllte ich mit Splittern von der gleichen Farbe wie die verschiedenen Hölzer, die das Muster bildeten. Und wahrhaftig, als ich mit der Arbeit fertig war, konnte man kaum mehr sehen, daß dem Kästchen so übel mitgespielt worden war. Ich aber wußte es, und Herr Gruffydd und sein Vater und sein Großvater auch, denn überall waren die Narben kleiner Wunden, die niemals heilen würden. Holz ist stolz auf sein Alter, und einen Eindringling läßt es gerne fühlen, daß er nicht hierhergehört.

Herr Gruffydd hatte mir schon eine Weile zugeschaut, aber das wußte ich erst, als ich fertig war; nun blickte ich ihn an, wie er da auf der Werkbank saß und lächelte.

»Du bist ja ein richtiger Schreiner, Huw«, sagte er.

»Danke, Herr Gruffydd ... sind Sie mit Ihrem Fenster auch schon fertig?«

»Das will ich meinen! Glaubst du, ich werde mich von einem kleinen Jungen besiegen lassen? Sieh bloß her!«

Und wirklich, fein hatte Herr Gruffydd das Fenster ausgebessert; Clydach Howell, der Tischler, selbst hätte es nicht besser machen können.

»Sie sind aber auch ein guter Tischler, Herr Gruffydd«, sagte ich.

»Das sollst du erst sagen, wenn ich die Möbel für mein neues Haus gemacht habe.«

»Soll ich Ihnen dabei helfen?« fragte ich, denn es war immer mein Wunsch gewesen, gute Möbel zu schreinern.

»Wenn mir einer helfen soll, so bist du es, Huw . . . Tut dein Gesicht noch weh?«

»Ich habe es schon ganz vergessen«, sagte ich, und so war es auch.

Dann rief Angharad von draußen, ich solle die Tür aufmachen, und sie kam herein mit Tee, Brot, Butter, Käse und frischer Kresse. »Mutter läßt sagen, ihr sollt beim Arbeiten etwas essen«, richtete sie aus, »aber wenn ihr fertig seid, möchtet ihr herüberkommen. Und wenn ihr statt Tee lieber Bier haben wollt, es wäre genug da, läßt sie sagen, und Vater sagt, es sei schön kalt im Krug und gut genug, um damit auf das Wohl der Königin zu trinken.«

»Das will ich auch«, rief Herr Gruffydd, »und zwar drinnen im Haus. Gib mir das Tablett, Angharad.«

Er nahm Angharad das Tablett ab, und sie stand vor ihm, um ein paar Teller zurechtzurücken, die gerutscht waren, und einen Löffel legte sie hierher und eine Gabel dorthin, und das Salzfaß schob sie an die Stelle, an die es gehörte, zwischen Milchtopf und Teekanne, und während der ganzen Zeit sah Herr Gruffydd auf sie nieder; ich wußte, daß all das Geschiebe gar nicht nötig gewesen wäre, und ich glaube, Herr Gruffydd wußte es auch.

»So, jetzt«, sagte Angharad dann und lächelte zu Herrn Gruffydd hinauf.

Sie wollte noch etwas sagen, aber plötzlich hielt sie inne, und das Lächeln verschwand aus ihren Zügen; sie sah nur so vor sich hin, und ein Schatten flog über ihre Augen, aber kein dunkler, sondern ein heller Schatten, und dann blinzelte sie und tat so, als sei es das Lampenlicht. Und sie strich sich mit der Hand über die Augen und wendete sich ab.

»Die dumme Lampe blendet so«, sagte sie. »Geh, Huw. Es ist schon spät.«

Ich ging ins Haus, Herr Gruffydd hinterdrein; Vater kam ihm entgegen und nahm ihm das Tablett ab.

»Was ist denn das?« fragte Vater überrascht. »Bald wird man von Ihnen verlangen, daß Sie den Fußboden schrubben!«

»Ich habe schon manchen Fußboden in meinem Leben geschrubbt«, meinte Herr Gruffydd, »aber habe ich recht gehört — werden wir auf das Wohl der Königin trinken?«

»Eingeschenkt ist das Bier schon und wartet. Tee ist gut zur rechten Zeit, aber ein kräftiger Schluck Bier ist auch nicht zu verachten. Meine Frau hat es selber gebraut, müssen Sie wissen, und ein besseres werden Sie im ganzen Leben nicht kosten. Für Huw auch ein Gläschen.«

»Dann wollen wir uns erheben«, sagte Herr Gruffydd. »Ich erhebe mein Glas auf das Wohl Ihrer Britannischen Majestät, unserer königlichen Mutter, und möge die Krone ihr leicht sein. Meine Herren . . . Victoria.«

»Victoria«, wiederholten wir alle, und das Bier glitt wirklich fein die Kehle hinunter.

»Jetzt zum Abendessen«, rief Mutter und kam mit einem Topf vom Herd herüber, »und eßt ordentlich. Huw, zu Bett.«

»Ja, Mutter«, sagte ich und wünschte allen gute Nacht.

Angharad kam dann noch zu mir herauf, um mir die letzte heiße und kalte Kompresse aufs Gesicht zu legen, und als sie damit fertig war, schob sie mir noch ein paar Bonbons unter das Kopfkissen.

»Morgen für die Schule, wenn dann noch etwas übrig ist.«

»Danke, Angharad.«

»Hat Herr Gruffydd zu dir etwas über mich gesagt?« fragte sie, aber ganz rasch, so als wollte sie selbst nicht recht wissen, daß sie es gesagt hatte.

»Nein«, antwortete ich. »Gar nichts. Warum denn?«

»Nur so«, sagte sie, wieder ganz rasch, und sie schaute auf mich hinab, aber sie konnte mich nicht richtig sehen, denn es war ein Lächeln in ihren Augen, ihr Gesicht glühte, und ihr Atem ging schnell, aber ruhig. »Wenn er mit dir über mich spricht, sag es mir, Huw, ja?«

»Ja«, nickte ich.

»Gut«, sagte Angharad. »Schlaf wohl jetzt.«

Ich sah ihr Gesicht, als sie sich nun niederbückte, um die Kerze auszublasen, und ihre Lippen formten sich wie zu einem Kuß dabei; noch immer war das Lächeln in ihren Augen, aber jetzt so, wie wenn eine Mutter auf ihr Kind schaut, das in den Armen einer anderen Frau weint . . .

Als ich am nächsten Morgen in die Schule kam, sagte keiner von den Jungen etwas über mein Aussehen, aber sie sahen mich an und hielten dabei die Hand vor den Mund, um nicht laut loszulachen. Ich sah aber auch übel aus, gelb und blau, mit lauter Schrammen, und geschwollen um die Augen und um die Nase herum. Aber das machte nichts, ich merkte mir die Buben, die gelacht hatten, ganz genau und setzte sie auf die Liste der Jungen, die meine Fäuste zu spüren bekommen sollten.

Nach dem Beten und dem Gesang hielt mich Herr Motshill an und fragte mich, woher ich die Verletzungen hätte.

»Vom Raufen«, sagte ich.

»Nun, da siehst du, Morgan, was das Raufen dir einbringt. Du tätest besser daran, brav zu sein. Ich darf wohl erwarten, daß deine Eltern mich besuchen werden, wie?«

»Nein, Herr Direktor«, antwortete ich. »Mein Vater hat gesagt, ich solle mir selbst helfen.«

»So«, sagte er, nahm die Brille ab, um sie zu putzen, und zwinkerte mit den Augen. »Wenn du dich während des Tages nicht wohl fühlen solltest, so geh zur Frau Direktor in das Haus gleich nebenan und lege dich ein bißchen hin.«

»Danke, Herr Direktor.«

»Und denke daran, Morgan«, sagte Herr Motshill und legte mir die Hand auf die Schulter, »daß ich hier bin, um dir zu helfen. Ich möchte, daß du dir ein Stipendium für die Universität Oxford erwirbst. Es steht in deiner Macht. Aber deine Fäuste werden dich nur daran hindern. Laß dich warnen und arbeite fleißig.«

Warum einem Güte, selbst wenn sie von einem strengen Mann kommt, Tränen in die Augen treibt, weiß ich nicht. Aber es war nun einmal so. Als ich in die sechste Klasse hineinging, bemerkte Herr Jonas, daß ich mir die Augen rieb. Gleich war wieder das Lächeln in seinen Augen, und mir sank wieder das Herz.

»Wahrhaftig, ich irre mich nicht«, sagte er in seinem Englisch, das zu englisch war, »Morgan weint.«

Ganz nahe vor mich stellte er sich und musterte mich von oben bis unten.

»Offenbar hat sich deine Mutter meine Mahnung zu Herzen genommen. Laß mich dein Taschentuch sehen.«

Ich zog mein Schnupftuch heraus.

»Überraschung über Überraschung«, sagte er, während ich ihn ansah. »Vielleicht werden die Schläge, die du bekommen hast, dich lehren, daß deine Lebensart nicht unsere ist. Es ist kein Wunder, daß zivilisierte Menschen auf die Waliser wie auf Wilde hinabsehen. Mich schaudert, wenn ich an eine Erziehung denke, wie sie der zuteil wird. Nun, ich werde mein möglichstes tun, um sie zu verbessern, und mein Rohrstöckchen kann mir dabei helfen. Vergiß das nicht. Und schau mich nicht so frech an, du unverschämter Bengel.«

Dann fing er an, Geschichte vorzutragen, und ich setzte mich auf meinen Platz.

Ich glaube, Herr Jonas haßte mich, weil er spürte, daß ich ihm mißtraute; es verletzte ihn wohl, daß ein Junge nicht so hoch von ihm dachte wie er selbst. Und das machte ihn böse.

Aber nichts machte ihm so sehr zu schaffen, wie sein walisisches Blut; er schämte sich, ein Waliser zu sein, und bemühte sich mit aller Kraft, es zu verbergen.

Nichts, was walisisch war oder aus Wales kam, hatte in seinen Augen den geringsten Wert. Wenn er an Rom und die Römer dachte, so fiel ihm höchstens Kaiser Nero ein, der die Christen verfolgt hatte. Er bemühte sich zu vergessen, daß seine Vorfahren jahrhundertelang das Schwert geführt hatten, um die römischen Soldaten von ihrer Erde zu vertreiben; daß die Wikinger, die Dänen und die Goten lange vergeblich versucht hatten, das Land seiner Väter zu erobern. Und daß seine Väter nicht deshalb unterlegen waren, weil der Kampfgeist von ihnen gewichen war, sondern nur deshalb, weil die Besten von ihnen im Kampfe gefallen waren und ihre Frauen nicht genug Söhne gebären konnten, um die Reihen wieder zu füllen.

All dieser Dinge schämte sich Jonas-Sessions. Aber später dann kam ein Tag, an dem ich mit ihm abrechnete.

Siebzehntes Kapitel

»Ich bin die Auferstehung und das Leben«, sprach Herr Gruffydd mit seiner schönen, tiefen Stimme, der Stimme eines Mannes und eines Menschen.

»Amen«, sprachen wir alle.

Am Abhang des Berges standen wir, vom kalten Nachtwind umweht, im Schein der flammenden Fackeln, und lauschten Herrn Gruffydds Worten, ehe wir ins Dorf hinuntergingen, um das Tal von Schande und Unflat zu befreien.

An jenem Tag war oben auf dem Berg einem kleinen Mädchen auf bestialische Art Gewalt angetan worden; als ich aus der Stadt zurückkam, standen überall erregte Menschengruppen auf der Straße, die Läden im Dorf waren geschlossen, und die Kirchenglocke läutete. Während ich aß und trank, kam mein Vater heim, denn in der Grube war die Arbeit früher beendet worden, um den Männern Gelegenheit zu geben, sich an der Suche nach der Bestie in Menschengestalt zu beteiligen.

»Das Mädchen ist tot«, sagte mein Vater sehr still, »aber wir werden den Kerl fangen, und wenn wir das Gebirge verrücken müßten.«

»Dann geht«, sagte Mutter weinend. »So ein liebes, hübsches Ding war sie.«

Mein Vater und meine Brüder waren unter den zwei- oder dreihundert Männern, die Herr Gruffydd gleich bei Eintritt der Dunkelheit auf der Bergwiese versammelt hatte, nachdem die Männer rasch gebadet und gegessen hatten. Er sagte ihnen, daß die Zeit gekommen sei, da ihre Frauen nicht mehr in Sicherheit seien.

»Bestien leben unter uns«, rief er mit weithin tönender Stimme, »die Seite an Seite mit euch arbeiten, die eure Kinder ermorden und glauben, ungestraft entkommen zu können. Sie werden aus unserer Gemeinschaft einen Sumpf der Verderbnis machen. Werdet ihr mich auslachen, wenn ich zu euch vom bösen Feind spreche? Werdet ihr überlegen lächeln, wenn ich den Namen Satans nenne? Dann will ich euch den Körper eines Kindes zeigen, zerfleischt von mörderischen Klauen. Dieses arme kleine Wesen wurde nicht von Menschenhänden, sondern von den Krallen eines Viehs zu Tode gemartert. Solche Bestien sind die Söhne des Teufels. Sie müssen vertilgt werden, wie der Heiland die Säue der Gergesener vertilgte. Sind wir dazu entschlossen? Sind wir alle einer Meinung?«

»Ja«, riefen alle.

»Dann kommt«, sprach Herr Gruffydd.

Vom Berg hinab führte er uns dem Dorf zu. Ein frommes Lied stimmte er unterwegs an, die Stiefel der Männer schlugen den Takt auf dem felsigen Boden, ihre Stimmen erklangen laut und feierlich, und die lodernden Fackeln beleuchteten ihre bärtigen Gesichter.

Nun waren wir im Dorfe. Alles war still, die Türen verschlossen, keine Lichter, keine Menschen, kein anderer Laut als die Schritte der Männer und die Stimme der Gerechtigkeit.

Um die Wirtshäuser und die drei Reihen von Häuschen, in denen die fremden zugereisten Arbeiter wohnten, bildeten die Männer eine Kette, so daß niemand heraus- oder hineingehen konnte. Dann ging Herr Gruffydd mit zwanzig Männern in das erste Wirtshaus, ermahnte den Wirt, eine Woche lang keinen Branntwein auszuschenken. Hierauf ging er zur zweiten und dritten Schenke, wo die gleiche Weisung erteilt wurde. Das war nun freilich für die Wirte, die auch leben mußten und es nicht leicht hatten, eine schlimme Sache, aber sie fügten sich willig.

Und nun ging es weiter zu den Häusern, in denen Leute wohnten, die Arbeiten verrichteten, welche die einheimischen Grubenarbeiter niemals übernommen hätten. Für einen Schandlohn fuhren sie Schlacke und Abraum weg, trugen Lasten und verrichteten niedrige Arbeiten ähnlicher Art. Und wie sie arbeiteten, so lebten sie auch. Ihre Kinder mußten schon mitarbeiten, wenn sie acht oder neun Jahre alt waren, damit mehr Geld ins Haus komme. Und dieses Geld vertranken sie zumeist. Ihre Häuser glichen Ställen, aber selbst Tiere hätten sich geekelt, darin zu leben, denn Tiere sind von Natur aus sauber und zeigen ihren Abscheu vor Schmutz und Unrat deutlich genug. Diesen Menschen aber waren solche Gefühle seit langem fremd geworden.

An die erste dieser Türen klopfte Herr Gruffydd nun, aber es kam keine Antwort.

Auf allen Seiten stieg das Gebirge schwarz in die Nacht empor. Ein zackiger Ring von Fackeln umgab die Häuser, und unter jeder Fackel, deren Feuerschein wogte wie das wehende Haar einer dahinjagenden Furie, schien ein Männergesicht auf, bleich und schattenhaft rot, und die Augen darin waren wie tiefe Löcher, solange sie sich nicht bewegten und das Weiße darin aufblinkte. Grau stieg der Atem aus dem Munde der Männer, denn die Nacht war kalt, die Dachschindeln waren silbern umschimmert, und die Finger suchten Wärme in der Tiefe der Taschen.

Wieder klopfte Herr Gruffydd, dann nochmals, und endlich öffnete sich ein winziges Fenster, das einzige der Hütte, und ein Kopf streckte sich heraus.

»Wer ist da?« fragte die Stimme einer Frau, schwach und zitternd vor Angst.

»Die Wache«, antwortete Gruffydd; seine Stimme klang laut in die Nacht hinein und hallte von den Bergen wider, und die Fakkeln zuckten, als nun Bewegung durch die Reihen der Männer ging.

»Was wollt ihr von uns?« schrie die Frau, »wir haben nichts getan.«

»Öffnet die Tür«, gebot Herr Gruffydd, »den Unschuldigen wird nichts geschehen. Öffnet . . . sogleich!«

Der Kopf verschwand, und gleich darauf wurde die Tür geöffnet. Herr Gruffydd ging mit meinem Vater und Rhys Howells hinein. Einige Augenblicke später kamen sie wieder heraus, drei Männer mit sich führend.

»Dort hinüber mit euch«, sagte Rhys Howells und wies auf den Eingang eines verlassenen Schachtes. In der dunklen Öffnung verschwanden die drei, und Männer wurden aufgestellt, um sie zu bewachen.

Ein Haus nach dem anderen betrat Herr Gruffydd, und jetzt wurden die Türen bereits geöffnet, ehe er geklopft hatte. Alle Männer wurden herausgeholt.

Als die letzten im Eingang des Schachtes verschwunden waren, stellte sich Gruffydd auf einen großen Stein, und wir alle umstanden ihn im Kreis.

»Jetzt bringt einen nach dem anderen her, damit wir ihn befragen.«

Jeder mußte seinen Namen, seine Beschäftigung, die Höhe seines Lohnes angeben und die Schicht, in der er an diesem Tage gearbeitet hatte. Waren sie nämlich in der Tagschicht, so konnten sie nicht oben auf dem Berg gewesen sein und hätten somit auch die Tat nicht begehen können. Die von der Nachtschicht und die Arbeitsscheuen waren es, die wir suchten. Einer nach dem anderen kam und ging wieder, still und angstvoll; Irländer, Schotten, Engländer und auch einige Waliser waren darunter.

Und dann kam Idris Atkinson an die Reihe.

Lang und dünn war er, weiß im Gesicht, in dem rote Flecken glühten, langes Haar hatte er, und unruhig bewegten sich seine Hände mit den abgebissenen Fingernägeln.

»Tag- oder Nachtschicht?« befragte ihn Herr Gruffydd.

»Tag«, antwortete Idris Atkinson, und seine Augen flackerten hin und her, ohne daß er den Kopf bewegte.

»Auf welcher Sohle gearbeitet?«

»Das geht Sie nichts an.«

»Welche Sohle?« fragte Herr Gruffydd abermals ruhig und ohne Härte.

»Dritte.«

»Die dritte Sohle war heute geschlossen«, sagte Rhys Howells, verschränkte die Arme und blickte Herrn Gruffydd an.

Stille — nur das Zischen der Fackeln und die kleinen Geräusche, die man hört, wenn viele Menschen mit angespanntem Atem wartend dastehen.

Idris Atkinson starrte vor sich hin mit Augen, die vor Angst rot geworden waren, mit weitgeöffnetem Mund. Er versuchte zu sprechen, aber kein Ton drang durch die Stille. Rastlos fuhren seine Hände an den Kleidern herum, die steif vor Öl und Kohlenstaub waren, und die Löcher an Ellbogen und Knie zeigten seine dürftige Magerkeit.

»Geht in das Haus und holt die Frauen heraus«, gebot Herr Gruffydd. »Durchsucht das Haus nach seinen Kleidern und seiner Mütze.«

»Nichts drin«, flüsterte Idris Atkinson. »Niemand drin. Ich ... habe es nicht getan.«

Aber schon waren Männer in das Haus gelaufen.

Wieder wurde es still; niemand blickte auf Idris, der in die Knie gesunken war und weinte. Und dann drang plötzlich ein lauter Ruf aus dem Hause, Männer kamen herausgelaufen, alle sprachen durcheinander und rangen erregt nach Atem.

Evan Thomas und Sion Prosser trugen Kleider über den Arm gehängt.

Evan legte ein schmutziges Flanellhemd, an dem getrocknetes Blut klebte, vor Herrn Gruffydd hin. Auch alle anderen Kleidungsstücke, eine Jacke, eine Weste und eine Hose, waren mit Blut befleckt, und auf der Mütze war das Blut noch feucht.

»Haben Sie sich heute verletzt?« fragte Herr Gruffydd.

»Nein«, keuchte Idris, der aufgestanden war und am ganzen Körper zitterte. »Von einem Grubenpferd ist das Blut.«

»Kein Pferd hat heute oder gestern einen Unfall gehabt«, ertönte die Stimme Llewellyn Johns, des Pferdewächters, aus der Menge.

»Vor Tagen schon ... vor vielen Tagen.« Idris Atkinsons Stimme klang wie die einer Frau.

»Aber das Blut ist frisch«, sagte Herr Gruffydd, »und es riecht frisch. Und Sie haben diese Kleider heute getragen. Öffnen Sie Ihr Hemd und zeigen Sie Ihre Brust.«

»Nein«, schrie Idris auf, schlug mit den Händen um sich und sank wieder in die Knie.

»An den Fingernägeln der Kleinen waren noch Hautfetzen des Mörders«, erklärte Herr Gruffydd ruhig. »So hinterließ der Geist des Mädchens seine stumme Spur. Öffnen Sie Ihr Hemd, Idris Atkinson.«

»Nein«, schrie der Mann gellend.

Rhys Howells und Tom Davies gingen zu ihm hin und rissen ihm Rock und Hemd vom Leibe. Tiefe Schrammen bedeckten seine Brust. Überall war Blut. Seine Hände bohrten sich in den Boden; er brüllte, bis seine Kehle müde war, dann schluchzte er nur noch, und Speichel floß aus seinem Munde.

»Wo ist der Vater des Kindes?« Herr Gruffydd fragte es und sah sich um.

»Hier bin ich«, sprach Cynlais Pritchard und trat vor, und mit ihm seine drei Söhne.

»Ihre Tochter ist von Ihnen gegangen«, sagte Herr Gruffydd. »Statt sie zur Frau heranblühen zu sehen und Freude zu haben an Ihren Enkelkindern, werden Sie morgen hinter der Bahre Ihres Kindes hergehen, weil ein Unhold es teuflisch ermordet hat.«

Dann tiefes Schweigen; Cynlais Pritchard stand mit geschlossenen Augen da und mühte sich mit aller Kraft, seine Tränen zurückzuhalten.

»Den Mörder der Polizei übergeben, heißt, ihm eine Spanne Lebens zu gewähren, die Ihrer Tochter verwehrt war«, fuhr Herr Gruffydd fort. »Er würde atmen bis zu dem Tag, an dem ihm der Strick um den Hals gelegt wird. Und der Galgen ist ein guter Tod, rasch und rein, ohne Blut, ohne Schmerzen, ohne Pein für Leib und Seele. Geschieht der Gerechtigkeit Genüge, frage ich, wenn man einem Manne erst den Strick um den Hals legt, wenn sein Opfer, ein Kind von sieben Jahren, schon lange in der Erde liegt?«

»Nein«, murmelte dumpf die Menge.

»Sollen wir ihn verbrennen?« fragte Herr Gruffydd. »Wenn wir das tun, so wird er einen ehrenvollen Tod haben, denn auch Märtyrer starben in den Flammen. Was soll mit ihm geschehen, frage ich?«

»Übergebt ihn mir«, sagte Cynlais Pritchard.

»Ist das euer aller Wille?« wendete sich Herr Gruffydd an die

Menge.

»Ja«, erklang es wie aus einem Munde.

»Dann nehmen Sie ihn«, sagte Herr Gruffydd, »und was ihm geschieht, soll auch dem nächsten geschehen, falls es einen nächsten gibt. Und denken Sie daran, Cynlais Pritchard, wenn Sie ihn vergraben, und sei es noch so tief, so beflecken Sie reine Erde.«

Einer von Cynlais Pritchards Söhnen ergriff eine Fackel, während die anderen ihrem Vater halfen, Idris Atkinson fortzuschleppen, und wir alle wußten, ohne daß es uns einer gesagt hätte, daß sie ihn hinaufführten an die Stelle, an der das Mädchen in seinem Blut liegend gefunden wurde, und daß der Mörder an eben dieser Stelle den Tod erleiden würde.

Wir standen da, und immer schwächer wurde das Licht der Fackel, als Cynlais Pritchard und seine Söhne höher stiegen und das Heulen des Mörders verklang; und dann waren sie hinter einem Bergvorsprung verschwunden.

»Laßt uns beten«, sagte Herr Gruffydd. »O Herr unser Gott, wir sind schwache Menschen. Wenn wir heute abend unrecht getan haben, so lasse es diese anderen nicht entgelten. Ich aber will vor Deinen Richterstuhl treten, und auch dann noch werde ich sagen, daß wir recht hatten. Jedem das Schicksal, das er verdient. Im Namen Jesu Christi, Amen.«

»Amen«, sprachen die Versammelten, und als Herr Gruffydd von dem großen Stein herabstieg, schickten sich alle an, still und ohne zu sprechen heimzugehen.

Und nun erschien hoch oben auf dem Berg aufs neue das Licht der Fackel; ein Murmeln drang aus der Menge, aber keiner blieb stehen. Langsam bewegte sich dort oben das Licht weiter, bis die Stelle erreicht war, an der man die Leiche gefunden hatte.

Dort erlosch das Licht der Fackel, und der Berg wurde dunkel.

Und als wir oben bei unserem Haus angelangt waren, sahen wir auf dem Berg ein Feuer lodern, so als ob man das Gras dort oben auf der Wiese angezündet hätte, und in dem Feuerschein glaubte ich menschliche Gestalten sich bewegen zu sehen. Voll Angst kroch ich ins Bett.

Am nächsten Tag kam ein Polizist ins Tal, aber niemand fand sich, der ihm Auskunft gegeben und seine Fragen beantwortet hätte, da ging er wieder weg.

Während des ganzen Vormittags sah ich Clydach Howell zu, wie er in seiner Schreinerwerkstätte aus dem weißen Herz einer alten Eiche den kleinen Sarg zusammenfügte, und mancherlei erfuhr ich von ihm darüber, wie man Scharniere statt Nägel und Schrauben verwenden und Nägel und Schrauben so anbringen kann, daß man sie nicht sieht. Ich half ihm dabei, Seide für das Futter zusammenzunähen. Schön war der Sarg, als er fertig war — viel zu schön eigentlich, um in die Erde versenkt zu werden!

Aber Clydach trug ihn doch in das Trauerhaus.

Ich bin nie gerne zu Begräbnissen gegangen.

Cynlais, seine Frau, seine Söhne und dann ihre verheirateten Töchter mit ihren Männern und Kindern waren alle in dem Haus versammelt, als ich Herrn Gruffydd sein Gebetbuch und seine Bibel hinübertrug. Die vielen Leute, die vor dem Haus umherstanden, hatten alle ihre besten Kleider an. Leise sprachen sie miteinander über das, was am Abend vorher geschehen war, und hier und da blickte einer hinauf zu der schwarzen Stelle zwischen all dem Grün und Braun am Berge oben.

Im Hause drinnen war nichts anderes zu hören als das Keuchen und Schluchzen von Frauen, die lange geweint hatten. Die Kinder saßen steif und fremd in der Küche, und auch sie hatten ihre Sonntagskleider an. Die Männer waren unten in der Wohnstube, während die Frauen im obersten Stockwerk um den Sarg herumsaßen.

Herr Gruffydd war bei den Männern in der Stube.

»Danke, mein Sohn«, sagte er zu mir, als ich ihm die Bücher gab, und seine Stimme klang, als habe er lange gesprochen. »Geh jetzt in die Küche, Huw, und führe die Kinder hinaus, ja?«

So ging ich denn in die Küche und versuchte die Kleinen zu trösten, aber da sie ihre Mutter weinen hörten, weinten sie wieder mit. Da kamen die Frauen herunter, und auch der Sarg wurde die Treppe heruntergetragen.

Als ich mit den Kindern aus dem Hause kam, hatte sich schon der Trauerzug gebildet, immer zwei und zwei, die ganze Straße hinab. Die Familie und ihre nächsten Freunde schritten hinter dem Sarg, aber die meisten gingen vor ihm her. Feierlich stieg ein frommes Lied zum Himmel empor, und hier und dort unterbrachen weiße Taschentücher das eintönige Schwarz des Zuges, der sich nun langsam durch das Dorf dem Berg zu bewegte. Wenige Leute nur hatten sich auf der Straße aufgestellt, um uns vorbeigehen zu sehen, denn das ganze Tal ging mit, außer den Kranken, jenen, die sie pflegten, und den Männern, die die Aufsicht in der Grube hatten.

Langsam ging es bergauf, ein Lied wurde vom anderen abgelöst, alle sangen, und das Echo wurde schwächer und schwächer, je höher wir stiegen und je weniger Bäume den Weg umsäumten. Dann blieben wir stehen, damit die Sargträger sich ausruhen konnten, und wieder kamen die Taschentücher in Bewegung, aber nicht an die Augen wurden sie geführt, sondern an Stirnen und Nacken; Röcke wurden ausgezogen, Mäntel über den Arm gelegt und die Riemen an Schuhen, die drückten, gelockert. Eine Blase an der Ferse, Schweiß am Kragenrand, eine Falte im Strumpf nahmen die Leute für den Augenblick mehr in Anspruch als das arme kleine Mädchen in seinem weißen Sarg.

Dann luden die Männer den Sarg wieder auf die Schultern, und weiter ging es, immer hinauf und hinauf, und die schwarzen Reihen lösten sich allmählich auf, als der Weg steiler wurde, und die Männer die Frauen und Kinder führten und stützten. Nun hatten die ersten den Bergrand erreicht und waren nicht mehr zu sehen; auch die Sargträger waren jetzt oben angelangt; schwarz hoben sie sich vom tiefen Blau des Himmels ab, und die Sonnenstrahlen tanzten auf den Messingbeschlägen des kleinen Sarges.

Dann auf der anderen Seite hinunter, schneller jetzt, weil es bergab ging, hinab zum Friedhof. Alle stellten sich in einem großen Kreis um das frischgeschaufelte Grab herum, und Herr Pritchard und seine Familie traten ganz nahe an den kleinen Erdhügel heran, auf den die Männer den Sarg niedergestellt hatten.

Die Taschentücher wurden wieder an die Augen geführt, als Herr Gruffydd nun aus der Bibel vorlas, und rings um seine Stimme ertönte aufs neue Weinen und Schluchzen.

Frau Pritchard mußte von ihrem Mann und ihren Söhnen zurückgehalten werden, als Herr Gruffydd jetzt den Männern ein Zeichen gab, den Sarg in die Grube zu versenken, und sie schrie wild auf, als nun einer nach dem anderen zum Grabe ging und hinunterschaute. Die Kinder um mich herum weinten und weinten, aber niemand kümmerte sich um sie außer mir, und ich wußte auch nicht, wie ich sie trösten sollte, denn ich habe nie mit kleinen Kindern umgehen können.

Endlich waren die letzten Trauergäste herangekommen, und Herr Gruffydd hob eine Handvoll Erde auf, um sie ins offene Grab zu werfen. Dann führte Herr Pritchard seine Frau an den Rand des Grabes und ließ sie Blumen und Erde hineinwerfen, und sie hätte sich wohl selber hineingestürzt, wenn man sie nicht mit Gewalt zurückgehalten hätte. Die Brüder und Schwestern der Toten weinten laut, bis auf einen kleinen Jungen an meiner Seite, der nicht mehr weinen konnte und mit den Händen in den Taschen dastand, mit Augen, in denen nichts mehr war als Müdigkeit.

Männer kamen mit Schaufeln und warfen Erdschollen in das Grab, die dumpf auf das Holz kollerten; da sank Frau Pritchard mit schneeweißem Gesicht zu Boden, und ihr Mann trug sie weg wie ein kleines Kind.

Von den Worten, die Herr Gruffydd sprach, konnte ich nichts hören, denn er sprach leise, und das Weinen übertönte seine Stimme. Dann wieder Gesang, unsicher und zitternd, und das Begräbnis war zu Ende.

Ich war mit den Kindern schon lange im Haus der Pritchards, als die Trauergäste anlangten. Gleich zogen die Frauen ihre Mäntel aus und rollten ihre Ärmel auf, um Geschirr herauszunehmen und Wasser für den Tee zu kochen. Frau Pritchard war jetzt ruhiger, aber immer noch kamen Tränen in ihre Augen, wenn jemand das unrechte Wort sprach oder sie mit dem unrechten Blick ansah. Aber als nun die Tische gedeckt und Sachen zum Essen aufgetragen wurden, arbeitete sie fleißig mit; sie bemerkte es gleich, wenn etwas fehlte oder nicht an seinem Platz stand, und jetzt weinte sie nicht mehr.

Die Männer standen rauchend auf der Straße, aber als man ihnen nun winkte, hereinzukommen, klopften sie ihre Pfeifen an der Hauswand aus und setzten sich auf die Plätze, die Frau Pritchard ihnen anwies. Vier Häuser hatten ihre Türen für den Begräbnistee geöffnet, und in jedem Hause waren Stuben voll mit Menschen, die aßen und tranken, aber ganz still, nicht wie bei einem Geburtstag. Ich bekam meinen Tee und mein Essen in einer Ecke von Frau Pritchards Wohnstube, ganz nahe bei dem Tisch, an dem Herr Gruffydd, Herr Pritchard und die wichtigsten Leute des Dorfes saßen. Lange hörte man kein Wort, aber die Messer und Gabeln klapperten, und fortwährend gingen Frauen ein und aus mit Teekannen und Schüsseln.

»Traurig«, sagte Herr Evans, »traurig.«

Er lehnte sich in seinem Stuhl zurück, stocherte sich mit einem Hölzchen in den Zähnen herum und sah zum Fenster hinaus.

»Ja, es ist traurig«, nickte Rhys Howells, »aber ein schönes Begräbnis, wirklich ein schönes Begräbnis. Einen feinen Sarg hat Clydach Howell gemacht. So etwas Hübsches habe ich mein Lebtag nicht gesehen.«

»Danke, Rhys«, sagte Clydach und wurde ein bißchen rot, so freute er sich über das Lob. »Ich werde gerne einmal einen geradeso schönen für dich machen.«

»Da werde ich dich noch vorher in einem hübschen Sarg liegen sehen, Clydach, aber erst nach vielen Jahren, hoffe ich.«

»Wenn ich so beerdigt werde wie das Kind heute, dann bin ich bereit, schon morgen zu gehen«, meinte Clydach; »schön war es, wirklich schön.«

Alle nickten, und Herr Pritchard lächelte ein klein wenig über den Tisch herüber, als wäre er etwas weniger unglücklich, weil alle es so schön fanden.

»Ich möchte nur, die Kleine hätte es ebenfalls sehen können«, sagte er.

»Glauben Sie, daß sie es gesehen hat, Herr Gruffydd? Ist sie schon im Himmel oder wartet sie noch, bis sie drankommt?«

Herr Gruffydd sah auf seinen Teller hinab. »Im Himmel brauchen die Kinder nicht zu warten. Lasset die Kleinen zu mir kommen, sagte der Heiland. Vom Wartenmüssen hat er nichts gesagt.«

»Da bin ich froh«, sagte Herr Pritchard, und wieder kamen ihm die Tränen. »Aber warum sie fort mußte, das weiß ich nicht. So glücklich war sie bei uns hier. Jeden Tag hat sie mir mittags mein Essen zum Schacht gebracht, froh wie ein Vogel in der Luft, und immer ist sie schon hier vor der Tür gestanden, um auf mich zu warten, wenn ich Frühschicht hatte ... Warum mußte sie nur gehen, frage ich mich.«

»Gottes Wege sind unerforschlich«, warf Herr Owen, der Müller, ein.

»Warum nur, Herr Gruffydd?« fragte Herr Pritchard wieder mit einem Zittern in der Stimme, und die anderen Männer räusperten sich und griffen nach ihren Teetassen, um zu trinken, damit sie ihn nicht ansehen mußten.

»Das kann ich Ihnen nicht sagen, Herr Pritchard«, sprach Herr Gruffydd, und seine Stimme klang tief und voll Sorge. »Kein Mensch kann Ihnen darüber Auskunft geben. Ich könnte sagen, sie sei als Strafe oder Warnung von Ihnen genommen worden. Aber was hätten Sie Böses getan? Sie, oder Ihre brave Frau? Und wenn eine Strafe nötig gewesen wäre, warum Ihr kleines Mädchen und nicht Sie selber? Nein, Herr Pritchard, ich kann Ihnen keine Antwort geben, denn nichts, was ich sagen könnte, wäre die Wahrheit. Die Wahrheit ist über uns, nicht in uns. Wir müssen weiter glauben und hoffen. Das ist alles.«

»Ja, so wird es wohl sein«, nickte Herr Pritchard bekümmert, »aber es ist hart.«

»Niemand kann sagen, warum der Heiland sterben mußte«, sprach Herr Gruffydd. »Er war der Fürst des Lichtes. Er hätte die Welt regieren können. Aber Er wurde gekreuzigt, und als Menschen für Ihn kämpfen wollten, hieß Er sie ihr Schwert niederlegen. Er erlaubte dem Pöbel, Ihn ans Kreuz zu schlagen. Warum starb Er auf diese Weise, da Er doch Seinen Weg wählen konnte? Um uns zu retten, das wissen wir. Doch warum gerade auf diese Weise? War es der Wille Gottes? Vielleicht dürften wir dann auch sagen, es sei der Wille Gottes gewesen, daß Ihre Tochter so sterben mußte.«

»Doch warum nicht ich?« fragte Herr Pritchard wiederum. »Ich habe mein Leben gelebt. Ein hartes Leben, aber ich habe mich bemüht. Wie gerne wäre ich an ihrer Stelle gegangen.«

»Ich habe keine Antwort für Sie, Herr Pritchard.« Herr Gruffydd streckte seine Hand aus und legte sie sanft auf Herrn Pritchards Arm. »Gott hat sie zu sich genommen, und alles Reden darüber ist zwecklos. Wir können nur auf Gott vertrauen und das Unsere tun, damit das, wodurch der Tod des Kindes möglich wurde, hinweggefegt werde. Jetzt gleich können wir es tun.«

»Hört das, ihr Männer«, sagte Herr Evans. »Wie kann das erreicht werden, Herr Gruffydd? Sagen Sie es uns, und ich für mein Teil werde alles tun, was ich kann.«

»Zuerst einmal werde ich für morgen eine Versammlung einberufen«, erklärte Herr Gruffydd. »Jetzt, in diesem Hause, ist nicht die Zeit und der Ort, um darüber zu reden. Aber dies sollt ihr euch alle klarmachen: Nicht umsonst ist die kleine Seele von uns gegangen.«

»So soll es sein«, murmelten die Männer.

»Ich danke Ihnen, Herr Gruffydd«, sagte Herr Pritchard, »das ist ein kleiner Trost für mich.«

Still wurde es; mein Vater gab mir einen Wink, und ich ging nach Hause, um meine Schularbeiten zu machen.

Wenn ich auch in der Schule nicht aufpaßte, so arbeitete ich dafür abends zu Hause um so mehr, und Frau Tom Jenkins, Davy oder Ianto waren immer bereit, mir zu helfen. Ianto und Davy hatten freilich auch genug eigene Arbeit zu tun, denn die Gewerkschaft wuchs jetzt wieder von Tag zu Tag; morgens und abends kam Herr Ellis mit großen Bündeln Post für die Brüder, aber sie nahmen sich immer die Zeit, mir zu helfen, und als Dank dafür schrieb ich Briefe für sie.

Als ich an diesem Tag nach Hause kam, arbeitete Davy in der Wohnstube; Wyn faltete die Briefe zusammen, wenn sie fertig waren. Angharad steckte sie in die Kuverts, und Ianto war gerade damit beschäftigt, ein großes Plakat für eine Versammlung zu malen.

»Wie war das Begräbnis?« fragte Davy.

»Schön war es.«

»Ich gehe lieber dreimal in die Stadt und zurück, als einmal auf einen Kirchhof«, meinte Ianto. »Friedhöfe ... nein, das ist nichts für mich. Es gibt keinen traurigeren Ort auf der Welt als einen Friedhof.«

»Wenn es nach dir gegangen wäre, hätte man das arme kleine Mädchen wohl in den Fluß werfen wollen?« rief Angharad ärgerlich.

»Den Flammen hätte man sie übergeben sollen«, antwortete Davy.

»Je rascher und reiner der Körper zu Asche wird, desto besser. Doch still jetzt, laßt uns arbeiten.«

»Huw, hole einen Hammer und Nägel. Wir wollen dieses Plakat drunten annageln, ehe es dunkel wird.« Into trug das Plakat und ich den Werkzeugkasten ins Dorf hinunter; vor den »Drei Glokken« stand ein alter Baumstumpf, und an den nagelten wir die Ankündigung. Es stand darauf, alle Männer, denen an ihrem eigenen Wohl und am Wohl ihrer Angehörigen gelegen sei, sollten sich am nächsten Abend auf Jones' Wiese oben am Berg versammeln; recht zahlreich sollten sie kommen, um einen Protest gegen die gleitende Skala als Grundlage für den Wochenlohn zu beschließen und ein Komitee zu wählen, das den Grundbesitzern den Protest unterbreiten solle.

Viele Männer hatten sich um uns versammelt, als wir das Plakat angenagelt hatten, und jene, die lesen konnten, lasen es den anderen vor. Auch viele, die bei dem Begräbnis gewesen waren, blieben stehen, und Isaac Wynn, ein Mitglied des Kirchenvorstandes, las, was da geschrieben stand, und schnalzte mit der Zunge.

»Wann werdet Ihr Morgan-Jungen euch endlich einmal um eure eigenen Sachen kümmern?« rief er Ianto zu, nicht eben freundlich.

»Immer zerrt ihr die Leute in diese Richtung oder in jene. Was für ein Recht habt ihr, euch hinzustellen und große Reden zu halten? Geht lieber mehr in die Kirche, dann werden viele Leute mehr Achtung vor euch haben.«

»Wenn ich mehr Lohn habe, begnüge ich mich gern mit weniger Achtung«, entgegnete Ianto. »Die Kinder leben vom Lohn, mit Achtung wissen sie wenig anzufangen. Solange mir einer zuhört, werde ich zu euch von dem Unrecht sprechen, das uns zugefügt wird. Das ist mein gutes Recht. Und wenn du findest, daß ich unrecht habe, so kannst du gegen mich sprechen. Das ist dein gutes Recht, das dir niemand streitig machen wird. Was nun die Kirche betrifft, so ist sie gut auf ihre Art, aber ich gehe nicht gerne hinein, weil ich zu viele Leute deiner Art dort finde. Deshalb ziehe ich Jones' Wiese vor. Gute Nacht, Isaac Wynn.«

»Die Vergeltung wird nicht ausbleiben«, rief Isaac Wynn uns nach.

»Gut«, rief Ianto zurück, »solange sie mit einem höheren Lohn verbunden ist, habe ich nichts dagegen.«

»Geh nach London zurück«, brüllte Isaac Wynn. »Dort gehören deine dummen Ansichten hin.«

»Sprich lieber mit den Arbeitgebern über London«, schrie Ianto, »denn dort kommt das Geld hin, das uns gebührt. Wenn du damit einverstanden bist, daß das, was eigentlich du als Lohn haben solltest, in die Taschen der Großgrundbesitzer und der Bankiers wandert oder für Huren ausgegeben wird, gut — ich aber bin nicht damit einverstanden. Und ich bleibe lieber hier, um es den Leuten immer und immer wieder zu sagen.«

»Wieso wird unser Geld für Huren ausgegeben?« fragte ich Ianto auf dem Rückweg.

»Tut mir leid, daß ich das Wort in deiner Gegenwart ausgesprochen habe«, meinte Ianto, »aber ich habe mich über den alten Narren wirklich geärgert. Du bist zu jung, um solche Sachen zu verstehen, Huw. Du wirst alles noch früh genug kennenlernen.«

So kamen wir denn nach Hause, und in mir war das dumme Gefühl, das einen ganz heiß machen kann — das Gefühl, das man hat, wenn man gerne etwas wissen möchte, und mit ein paar Worten könnte es einem jemand erklären, aber die paar Worte werden einem nicht gesagt.

Hinter unserem Haus sprach Davy mit zwei Männern, die von manchen etwas scheel angesehen wurden. Ich wunderte mich auch darüber, sie bei unserem Hause zu finden, denn Dai Bando und Cyfartha Lewis waren Berufsboxer, wenn sie auch außerdem in der Grube arbeiteten, rauhe, aber brave Burschen.

»Komm her, Huw«, rief Davy und legte seinen Arm um meine Schultern, als ich näher gekommen war. »Du kennst Huw ja, Dai, nicht wahr?«

»Das will ich meinen«, antwortete Dai und verzog lächelnd den Mund. Er war nicht viel größer als ich, aber breit für sechs, und lange Arme hatte er. Sein Gesicht war von den Spuren empfangener Hiebe gezeichnet, und seine Augen waren beinahe geschlossen, so oft war ihm dort herum die Haut aufgeschlagen und wieder zugenäht worden. Aber was man von seinen Augen sah, war klar und glänzend wie die Augen einer Amsel. Man sagte, er habe über tausend Kämpfe ausgefochten, und ein Lord habe ihn einmal aufgefordert, nach Oxford zu gehen, um die Studenten im Boxen zu unterrichten, auf unsere Art ohne Handschuhe natürlich. Aber in London habe er sich einen furchtbaren Rausch angetrunken, erzählte man weiter, und ein paar Polizisten niedergeschlagen. Die Polizisten seien ins Krankenhaus gekommen, Dai aber ins Gefängnis. Kein Wunder, daß viele nicht gut auf ihn zu sprechen waren.

Cyfartha Lewis war jünger, größer und schlanker, aber auch breit an Brust und Schultern. Ringsumher in den Gruben wußte man, daß er der Meister seiner Gewichtsklasse war. Samstags gingen Cyfartha und Dai statt in die Kirche meistens in die Stadt, um abends öffentlich zu boxen; aber am Montag waren sie wieder rechtzeitig zur Morgenschicht zurück. Was sie am Sonntag taten, wußte man nicht genau, aber in die Kirche gingen sie sicherlich nicht.

»Dai wird dir Unterricht im Boxen geben, Huw«, sagte Davy. »Ich habe ihn gebeten, nachzusehen, was aus dir zu machen ist.«

»Zieh mal das Hemd aus, Junge«, sagte Dai mit seiner leisen, hohen Stimme.

Das tat ich denn auch, und Dai sah mich genau an, kniff an mir herum, wie Mutter es tat, ehe sie ein Huhn in den Topf legte.

»In den Schultern, im Rücken und in den Oberarmen braucht er noch ziemlich was«, meinte Dai und sah mich mit einem Blick an, der mir verachtungsvoll und mitleidig zugleich vorkam. »Und von solchen Beinen braucht er auch noch zwei Paar, bis es genug ist, he, Cyfartha? Hau mal daher, Junge.«

Er streckte sein Kinn vor und schlug sich mit seinen kurzen Fingern drauf, aber ich hatte Angst davor, ihm eine ordentliche zu geben.

»Los, Huw«, ermunterte er mich, »schlag mich tot, wenn du kannst.«

»Ja, schlag zu, Junge«, lächelte Cyfartha. »Wenn du ihn knockout schlägst, bekommst du von mir einen Sovereign.«

Da haute ich hin, aber Dais Kopf war immer woanders als meine Faust, obgleich ich nicht sah, daß er ihn bewegt hatte.

»Seine Kraft ist noch keinen Penny wert«, stellte Dai fest, »aber er schlägt gut aus den Schultern heraus, und er hat die richtige Haltung, he, Cyfartha?«

»Ich habe schon schlimmere Fälle gesehen«, meinte Cyfartha. »Am ärgsten ist es mit seinen Beinen. Wenn er einen ordentlichen Hieb bekommt, fällt er um, und man muß ihn ins Bett tragen.«

»Paß mal auf, Dai«, sagte Davy nun. »Seine Beine haben den Jungen daran gehindert, rechtzeitig eine gute Schule zu besuchen. In der Schule, in der er jetzt ist, kommt er nur durch, wenn er seine Fäuste gebrauchen kann, und dazu sollst du ihm verhelfen, ob er nun schwache Beine hat oder nicht. Willst du?«

»Ja, ich will«, antwortete Dai, und es war ihm Ernst damit, das sah ich. »Morgen früh geht's los, he, Cyfartha?«

Cyfartha nickte nur.

»Um welche Zeit morgen?« fragte Davy ganz ungeduldig.

»Um halb fünf Treffpunkt hier beim letzten Haus«, sagte Dai, »um fünf Uhr oben auf dem Berg. Eine Stunde oben bleiben, eine halbe herunter, dann um sieben Frühstück. He, Cyfartha?«

»Jawohl. Und vorher nichts als ein Glas Wasser.«

»Gut«, sagte Davy zufrieden. »Du bekommst Unterricht von Meistern, Huw, und jetzt wieder hinein mit dir und zu deinen Büchern.«

So ging ich denn von Dai Bando und Cyfartha Lewis zu Shakespeare und John Stuart Mill.

Am ersten Morgen rüttelte mich Davy aus dem Schlaf und hielt die lose Diele fest, als ich um Viertel nach vier in stockdunkler Nacht ganz leise die Treppe hinunterging. Kalt war es, daß mir die Zähne klapperten, und waschen konnte ich mich auch nicht, weil das Klappern des Eimers im Brunnen die ganze Nachbarschaft aufgeweckt hätte. Draußen dann wehte der Wind so eisig, daß mir die Augen und die Nase weh taten. Schon kamen meine Lehrmeister heran, zwei dunkle Schatten in der Nacht, und man konnte kaum erkennen, welcher Dai und welcher Cyfartha war.

»Bist du das, Huw Morgan?« fragte Dai; er brüllte in den Sturm hinein, aber ich hörte nur ein Flüstern.

»Ja«, brüllte ich zurück. »Guten Morgen.«

»Komm«, sagte Dai bloß.

Wir gingen zusammen den Berg hinauf, aber auf einmal bemerkte ich zu meiner Überraschung, daß hinter Cyfartha her mindestens noch ein Dutzend andere kamen, dem Klang der Schritte nach zu schließen. Als ich stehenblieb, um mich umzudrehen, schob mich Dai hinten am Hals weiter und fluchte fürchterlich. Weiter ging es den Berg hinan, schneller als ich je zuvor gegangen war, aber die Angst, zu spät in die Schule zu kommen, hatte mir doch schon ziemliche Übung im Laufen gegeben, und als ich oben ankam, war ich nicht weit hinter Dai zurückgeblieben; und auch mit dem Atmen ging es ganz gut.

»Hemden herunter«, kommandierte Dai und zog seines aus, und alle die anderen, die inzwischen nachgekommen waren, taten das gleiche. So zog ich denn auch mein Hemd aus, und im ersten Augenblick glaubte ich, ich müsse erfrieren, denn der kalte Wind blies so stark, daß er einen beinahe umwehte. Es war noch dunkel, aber über dem anderen Tal drüben wurde es schon ein bißchen grau. Sonst war in den Tälern unten noch alles finster bis auf ein einziges Licht in einem Bauernhof und den hellen Schein vom Maschinenhaus bei der Grube.

In der beginnenden Morgendämmerung sah Dai Bando recht zum Fürchten aus. Seine Haut war vor Kälte hellrot, und Muskeln hatte er, daß man seinen Augen nicht traute. Seine Armmuskeln waren stärker als meine Schenkel, und über seinem Gürtel sah ich sechs viereckige Muskelberge, jeder so groß wie meine zwei Fäuste zusammen. Auch an seinen Schultern waren mächtige Muskeln, die wie ein Fächer, der sich öffnet, zu den Oberarmen hinuntergingen, und am Rücken fing es erst richtig an.

Cyfartha hatte beinahe geradeso starke Muskeln wie Dai, und die Burschen und Männer, die mit ihm gekommen waren, auch. Nur ich war lauter Haut und Knochen.

»Los jetzt, Jungens«, rief Dai und schlug sich hart auf den Körper. »Erst mal das Blut in Bewegung bringen.«

Ein paar Minuten lang tanzten wir alle herum und schlugen uns die Kälte aus dem Leib; wie verrückte Fliegen hopsten und sprangen wir, bis das Morgenlicht kam, apfelgrün und orange, mit goldenen Strichen drin; nun konnten wir einander sehen, und die

Bäume traten grün aus dem Dunkel hervor.

»Alles auf den Rücken«, kommandierte Dai, und ganz flach legten wir uns auf das kurze Gras, das weich war wie Moos, mit schön glitzernden Reifkristallen bedeckt, so kalt, daß es einem am Rücken brannte wie glühendes Feuer.

»Beine über den Kopf schlagen ... zurück ... Arme vor«, rief Dai, und das taten wir.

»Aufsetzen, zurücklegen, ohne Arme«, brüllte Dai, und nun ging es auf und wieder herunter, bis wir trotz der Kälte schwitzten.

»Jetzt Paare antreten, einer gerade Linke, der andere Deckung«, kommandierte Dai. »Huw Morgan, zu mir.«

Ich lief zu Dai, während Cyfartha und die anderen anfingen zu sparren, zu üben. Dai hob seine Fäuste, ich machte es ihm nach, und wir übten die gerade Linke, wie man ihr ausweicht und wie man sich duckt. Dann ließ Dai mich nahe an sich herankommen und ihn mit gebeugtem Arm auf seine Bauchmuskeln schlagen, um meine Rückenmuskeln zu stärken. Das tat ich, bis ich müde zum Umfallen war.

»Gut«, nickte Dai dann und lächelte mir zu. »In dir steckt etwas, Junge. Lauf zur Schule und sorge dafür, daß du Muskeln und Fett an die Beine bekommst. Aber laufen, nicht gehen. Starke Beine brauchst du, sonst nichts. Für alles andere sorge ich.«

»Danke, Dai«, sagte ich, und so froh war ich, daß ich am liebsten einen Purzelbaum geschlagen hätte.

»Wann soll ich das erstemal richtig boxen?«

»Heute«, antwortete Dai. »Sooft du kannst. Vieles von dem, was du brauchst, lernst du nur im richtigen Kampf. Wenn du etwas nicht weißt, komm zu mir, und ich werde es dir zeigen. Aber kämpfe!«

»Gut, gleich heute fange ich an.«

»Morgen um die gleiche Zeit treffen wir uns wieder. Hemd anziehen, nach Hause laufen. Und kämpfen, hörst du?«

»Ja. Heute schon, Dai.«

Als ich nach Hause kam, hatte Mutter das Frühstück für mich bereit, und als ich mich gewaschen hatte, setzte ich mich zu Tisch. Mutter setzte sich neben mich und strich mir übers Haar.

»Bist du heute morgen auf dem Berg gewesen, Huw, mein Kleiner?« fragte sie.

»Ja, Mutter.«

»Um boxen zu lernen, wie?« fragte sie weiter, und es klang, als hoffte sie, daß ich nein sagen würde.

»Ja, Mutter.«

»So, so«, murmelte sie und lehnte sich traurig zurück. »Ich wußte es gleich, als ich hörte, daß du so früh weggegangen warst. Gut. Aber wenn du wieder mit Schrammen nach Hause kommst, werde ich dich nicht trösten. Kein Wort wirst du von mir hören. Brich dir nur die Nase und warte ab, was ich tun werde. Nichts. Kein Wort, kein Blick.«

»Aber ich muß es doch lernen, sonst bekomme ich immer wieder Schläge und kann keine zurückgeben.«

»Ich höre nicht, was du sagst.«

Mutter stand jetzt beim Herd und fuhr sich mit der Hand über die Augen. »Jedesmal, wenn du von zu Hause fortgehst, der Mutter das Herz brechen . . . Denk daran, was ich dir gesagt habe. Kein Wort, kein Blick.«

»Ja, Mutter«, sagte ich, trank meinen Tee aus, nahm meinen Ranzen, meine Frühstücksdose und lief zur Schule.

Achtzehntes Kapitel

Ich hatte mich inzwischen in der Schule eingewöhnt und fürchtete mich nicht mehr, hineinzugehen. Ein schreckliches Gefühl ist es, wenn man vor einem Tor steht und nur den einen Wunsch hat, davonzurennen. Aber jetzt ging ich schon durch das Schultor, ohne mir etwas Besonderes dabei zu denken.

Ich war auch schon mit ein paar Jungen bekannt geworden, wenigstens so weit, daß ich mit ihnen in der Pause Fußball spielte, aber das waren Buben, die nicht auf meiner Liste standen. Von denen, die ich mir vom ersten Schultag her gemerkt hatte, hielt ich mich fern, und sogar wenn sie mir etwas Freches nachriefen, tat ich, als hörte ich es nicht. Aber jeden frechen Ruf merkte ich mir gut. Auch daß Herr Motshill mich davor gewarnt hatte, mich in der Nähe der Schule beim Raufen erwischen zu lassen, vergaß ich nicht. So hielt ich denn die Augen offen, um einen Platz zu finden, auf dem ich meine Kämpfe austragen könnte, ohne daß der Polizist oder die Lehrer uns ertappen würden. Bald fand ich die richtige Stelle zwischen dem Hotel und einem Tuchladen; dort bildeten die Rückseiten der Häuser einen kleinen Platz, und nur ein einziges Fenster ganz hoch oben war zu sehen. Den Platz merkte ich mir.

Der Unterricht ging an diesem Morgen genauso vor sich wie sonst. Herr Jonas beachtete mich nicht, und ich saß da, ohne aufzupassen. Dann kam die Pause.

Draußen im Hof ging ich gleich auf Mervyn Phillips zu.

»Nach der Schule will ich mit dir boxen, hinter dem Haus von Spackmann, dem Tuchhändler. Einverstanden?«

»Einverstanden«, nickte er; sein Butterbrot steckte halb in seinem Mund und halb war es draußen, und in seinen Augen war Überraschung zu lesen. »Aber ich werde dich halb totschlagen, das sage ich dir gleich.«

»Gut«, sagte ich. »Also hinter dem Tuchgeschäft.«

»Es lohnt sich nicht, erst dorthinzugehen«, meinte Mervyn Phillips und legte den Rest seines Butterbrotes wieder in die Frühstücksdose. »Jetzt gleich, komm.«

»Denk daran, was Herr Motshill gesagt hat«, warnte ich.

»Feigling! Du willst auskneifen, was?«

Alle Jungen drängten sich um uns herum, und Mervyn Phillips nahm seinen Rock ab. Ich zog auch den meinen aus, und ein Junge, den ich auf der Liste hatte, wollte ihn mir wegreißen. Da gab ich ihm einen ordentlichen Stoß, so daß ihm für ein paar Augenblicke Hören und Sehen verging. Es ist merkwürdig, wie rasch solch eine kleine entschlossene Handlung Ruhe schafft. Die Jungen drängten nicht mehr, sondern bildeten einen weiten Kreis um uns; ein paar, die ich nicht auf der Liste hatte, kamen zu mir, nahmen mir meinen Rock und meine Frühstücksdose ab, und einer kam als Sekundant in meine Ecke. Schon hatten wir die Hemden ausgezogen, und die Buben lachten, als sie sahen, wie verschieden wir waren, aber ihr Lachen machte mich nur noch entschlossener, Mervyn Phillips auf den Boden zu kriegen.

»Los«, sagte Mervyn und stellte sich in Positur, mit erhobenen Fäusten. Einen guten Kopf größer als ich war er und sehr kräftig gebaut. Sein Gesicht und sein Hals waren gesund gerötet, Brust und Rücken sehr weiß; seine Hände aber hoben sich schwarz von den hellen Unterarmen ab, nicht aus Mangel an Wasser und Seife, sondern weil der Kohlenstaub nicht mehr von der Haut wegzubringen war.

Er versuchte es gleich mit einer Linken, aber sie geriet zu kurz, da gab ich ihm einen Hieb auf die Brust, daß er nach Atem rang. Seine Augen waren dunkelblau und sehr klar, und weit offen folgten sie jeder Bewegung, die ich machte. Als er jetzt wieder auf mich losging, sah ich, wie ihre Farbe sich änderte. Ich wich rasch nach rechts aus und hörte ein leises Zischen, als die schwarzen Fäuste dicht an meinen Ohren vorbeisausten. Mit der Linken zielte ich auf seine Nase, aber er erkannte die Gefahr, und schon schoß seine Rechte, zur Abwehr bereit, vor. Gleich darauf erwischte er mich am Kopf, und da lag ich auch schon flach auf dem Rücken; viele Beine sah ich über mir und viele Gesichter, die sich drehten und drehten.

»In die Ecken«, brüllten die Sekundanten, und ich ruhte mich ein bißchen auf Mat Powells Knien aus. Ich war noch fest auf den Beinen, aber in meinem Kopf surrte und summte es.

»Gib acht, Junge«, flüsterte mir Mat Powell zu und blies seine Haare weg, die ihm in die Augen gefallen waren. »Noch ein paar Linke wie die da, und du bist erledigt.«

Die zweite Runde begann; die Sekundanten stießen uns in den Ring und hielten uns erst noch eine Sekunde zurück, ehe wir in vollem Schwung zusammenstießen. Aufmerksam versuchte ich, Lücken in Mervyn Phillips Deckung zu finden, und bald hatte ich heraus, daß er die Gewohnheit hatte, seine herunterrutschenden Hosen mit dem Ellbogen heraufzuschieben. Während einer das tut, kann er die Fäuste nicht gebrauchen. So brachte ich ihn denn dazu, sich immer rascher zu bewegen, damit die Hosen schneller herunterrutschten, und richtig, da rutschten sie schon, und seine Ellbogen fuhren hin, um sie heraufzuziehen.

Jetzt ging ich auf ihn los; ich hörte die Stimme meines Vaters laut in den Ohren, und Dai Bando stand hinter mir. Eine gute Linke aus dem Schultergelenk auf seine Nase, ein Schritt vorwärts, als sein Kopf zurücksauste; ein paar Bluttropfen spritzten um meine Faust; eine, zwei, drei kurze Linke hinterdrein und dann eine Rechte mit gebeugtem Arm, hinter der mein ganzer Körper mit voller Kraft nachschnellte, mitten auf seine Brust; ein harter, klarer Laut, als meine Faust in sein Fleisch drang wie in ein Loch; und als Mervyn Phillips nun mit einem Aufstöhnen nach vorne taumelte, traf meine Rechte sein Kinn mit aller Kraft; der Länge nach schlug er zu Boden, aber auch mich riß der Schlag nieder.

Jetzt kam er wieder auf die Knie, die Hand am Kinn, feucht glänzendes Blut im Gesicht, und auch ich stand wieder auf den Beinen und wartete . . .

Da bog Herr Jonas um die Ecke.

»Es hat schon geläutet«, rief er uns zu. »Seid ihr denn taub?«

Dann erblickte er mich über die Köpfe der Knaben hinweg. Und er lächelte.

»O du meine Güte«, sagte er, während er ganz langsam näher kam, die Hände hinter dem Rücken. »Unser junger Freund, der Kohlengräber, hat also wieder einmal seinem Lieblingssport gehuldigt.«

Ganz dicht vor mir stand Herr Jonas jetzt, aber ich beachtete ihn nicht und zog mein Hemd an; ein paar Jungen halfen Mervyn Phillips beim Anziehen. Alle anderen Schüler hatten sich weggestohlen.

»Ich könnte dich natürlich dem Herrn Direktor anzeigen, Morgan«, sagte Herr Jonas. »Aber ich ziehe es vor, dich selbst zu bestrafen. Du bist in der sechsten Klasse, und ich bin für dein Betragen verantwortlich. Man hat dich gewarnt, du hast es dir also selbst zuzuschreiben. Geh zu meinem Katheder, nimm den Rohrstock von der Wand und warte, bis ich komme.«

Ich wandte mich ab und ging in das Schulgebäude. Ein grauer Tag war es, nicht sehr kalt, ein paar Regenspritzer, alles recht trist. In meinem ganzen Leben habe ich nichts so gehaßt wie die gelben Mauern dieses Schulhauses.

»Steck dir meinen Rock hinten in die Hose, sonst schlägt er dich blutig«, riet mir Mat Powell, der neben mir ging.

»Macht nichts«, sagte ich.

Wir traten in das Klassenzimmer; Mat ging zu seinem Platz, ich nahm den Rohrstock vom Haken und stellte mich zum Katheder. Über vierzig Schüler waren wir in der Klasse, mehr als die Hälfte Jungen, die anderen Mädchen. Ich hatte mir nie viel Mühe gegeben, die Mädchen in meiner Klasse anzuschauen, und nie versucht, die eine von der anderen zu unterscheiden, es waren ja nur Mädchen. Aber als ich jetzt vor der Klasse stand, hatte ich besser Gelegenheit, sie zu sehen, und sie kamen mir recht langweilig vor, bis auf zwei.

Ceinwen Phillips war ungefähr so groß wie ihr Bruder und hatte auch die gleiche Gesichtsform, aber Ceinwen hatte eine kleinere, zartere Nase; ihre vollen Lippen standen immer ein wenig offen und ließen weiße, gesunde Zähne sehen. Große, schöne Augen hatte sie, blau wie die ihres Bruders, nur blickten sie sanfter und weicher; ihre lockigen, aschblonden Haare fielen ihr offen bis fast zu den Hüften hinab.

Sie sah mich so böse an, als sähe sie in mir den Mörder ihres

Bruders; wie ein Lauffeuer hatte sich die Kunde von unserem Boxkampf durch die ganze Schule verbreitet. Mein Blick wanderte über die Klasse, über ein Gesicht nach dem anderen, an meinem leeren Platz vorbei, dann zu Mat Pwell hinüber, der mich anlächelte, als wollte er mir Mut machen; wieder Gesichter, und dann Shani Hughes, die ganz am Ende der Bank vor der meinen saß. Ein blaues Kleid hatte Shani an, ein Blau, wie man es zuweilen in einer Flamme leuchten sieht.

Shanis Haar hatte die Farbe leuchtenden Septemberlaubes; ein rotes Band lag um ihren Kopf mit einer Schleife oben. Das Mädchen war klein, sanft in Stimme und Bewegung, mit dunklen Augen und einem Mund, schmal wie ein Strich; von der Seite gesehen sah sie aus wie eine der Göttinnen auf den alten griechischen Münzen. Mitleid lag in ihren Augen und tiefe Traurigkeit.

Von Shani blickte ich zu Ceinwen hinüber, die mich noch immer haßerfüllt anblickte, und dann wieder zurück zu Shani. Und ich nahm mir ganz fest vor, nicht zu schreien, was immer mir Herr Jonas tun würde.

Dann kam Herr Jonas herein, ganz still, und ohne daß ich mich umwandte, wußte ich, daß er lächelte. Die Stille wurde unerträglich heiß in mir, als er sich nun ganz dicht hinter mich stellte. Er zog mir von hinten den Stock aus der Hand, ich aber blickte noch immer auf das Bild des Herzogs von Wellington an der Rückwand des Klassenzimmers.

»Dreh dich um, Morgan«, sagte Herr Jonas, »bitte dreh dich um«, und ich hörte, wie er sich mit dem Stock leise gegen das Bein schlug.

Ich wandte mich um, und da sah ich auf einmal, daß Mervyn Phillips neben Herrn Jonas stand.

»Mervyn Phillips«, sagte Herr Jonas nun, »sei so gut, dich zu bücken und laß deinen Rücken als Stütze für deinen Gegner dienen.«

Mervyn Phillips Gesicht, das noch Spuren des Kampfes trug, wurde rot. Ohne mich anzusehen, beugte er den Rücken. Ceinwen Phillips lächelte jetzt und stieß das Mädchen, das neben ihr saß, in die Seite.

Ich spürte tief in meinem Inneren das merkwürdige Ziehen und Zerren, nicht der Angst, sondern der Erwartung, das man hat, wenn man weiß, es wird etwas geschehen, aber nicht sicher, wann es geschehen wird. Bald, hofft man, bald; die Hände sind einem feucht und das Gesicht brennt einem vor Hitze.

»Bitte, beuge dich über Mervyn Phillips Rücken«, sagte Herr Jonas hinter mir, noch immer ganz süß, aber so plötzlich, daß ich aufzuckte.

Ich beugte mich über Mervyns Rücken und schloß meine Hände um seinen Hals. Zweimal ließ Herr Jonas den Stock durch die Luft sausen. Der Laut schraubte sich mir ins Gehirn, und mein ganzer Wille flog zu meinem Rücken hin, dessen Nerven zuckend den Schmerz erwarteten.

Wieder sauste der Rohrstock durch die Luft; ich sah seinen Schatten blitzschnell über den Boden huschen, hörte voll Angst, wie er auf meinem Rücken aufprallte, und dann fühlte ich den scharfen, sengenden Schmerz. Wieder das Sausen, wieder der Schatten; ich spürte, wie Mervyn Phillips Hals sich unter meinen Händen bewegte, wie er ein wenig nach vorne schwankte, wie er die Beine spreizte, um fester zu stehen. Dann wieder der scharfe Schmerz, und wieder und wieder und wieder, ohne Pause, wie das gleichmäßige Schlagen einer Uhr, bis mein Rücken ein einziger endloser Schmerz war, in Flammen lodernd, bis meine Augen nicht mehr sahen, Donner meinen Kopf füllte und ich die Streiche nur noch als dumpfe Berührung spürte, dic nicht weher taten als Schneeflocken.

Und dann brach der Stock. Der obere Teil flog über mich hinweg, und ich sah, wie er von der Wand zurückprallte.

»So«, sagte Herr Jonas in Fistelstimme und ganz außer Atem. »Jetzt raufe ruhig noch einmal, Morgan. Das war nur ein Vorgeschmack ... von dem ... was dir dann blühen wird. Auf deinen Platz zurück. Wir werden dir schon Manieren beibringen.«

Während ich mich von Mervyn Phillips Rücken erhob, sah ich Herrn Jonas an; er war bleich, Schweiß glänzte auf seiner Stirne, die Muskeln in seinem Gesicht zuckten, und das Zittern seiner Hände suchte er zu verbergen, indem er seine Finger ineinanderkrampfte. Er blickte mich scharf an, aber ich hielt seinen Blick aus. Als ich auf meinen Platz zurückging, sah ich Ceinwens Taschentuch in Streifen gerissen vor ihr auf dem Pult liegen; den Kopf hatte sie in die Hände vergraben, und ihre Schultern bebten.

»So«, sagte Herr Jonas, »jetzt wollen wir mit der Geographiestunde beginnen. Bitte schlagt in eurem Atlas die Karte von Indien auf.«

Und während er Geographie lehrte, saß ich da ...

Oft an diesem Tag hätte ich gewünscht, ich läge mit dem Rücken auf dem bereiften, kalten Gras des Berges. Wie Feuer glühte mein Rücken, und nicht einmal einen Arm hätte ich bewegen wollen. Die Mittagspause kam, aber ich blieb sitzen; nichts wollte ich als einen Trunk Wasser, aber ich hatte nicht einmal die Entschlußkraft, ihn mir zu holen. Und die Anstrengung blieb mir erspart, denn einige Minuten, ehe die Schulglocke wieder läutete, kam Shani Hughes herein, um ihre Hefte zu ordnen, und sah mich dort sitzen.

»Du bist noch hier?« fragte sie mit großen Augen und fuhr sich hastig mit dem Handrücken an den Mund.

»Ja.«

»Und du hast nichts gegessen?«

»Nein.«

»Soll ich dir etwas holen?« fragte sie, blickte rasch zur Tür und kam näher zu mir. »Ganz rasch kannst du noch etwas essen.«

»Nur Wasser möchte ich.«

»Gleich, warte.«

Mit wehenden Locken lief sie aus dem Klassenzimmer, rasch, aber leise, auf den Zehenspitzen; ihr blauer Rock mit den drei Reihen gelber Litzen unten am Saum raschelte leise. Gleich darauf kam sie zurück, einen Krug tragend; Wasser lief daran herunter über ihre Hände, Wasser glänzte auch dunkel auf ihrem Kleid.

»Trink«, sagte sie, und warm leuchtete es aus ihren Augen, »und stell den Krug dann unter dein Pult, vielleicht willst du später noch einmal trinken. Hast du arge Schmerzen?«

»Ja«, sagte ich. »Es tut weh.«

»Man hat mir gesagt, du hättest dir den Rücken ausgestopft, damit es nicht so weh tut, und deshalb hättest du gar nicht geschrien.«

»Fühle einmal, ob da etwas ist«, forderte ich sie auf.

Sie kam näher, und ich spürte einen Geruch von Gewürznelken und Zimt, als sie ihre Hand ausstreckte, um meinen Rücken zu befühlen. Nur eine ganz leichte Berührung war es, aber so scharf und heftig schmerzte sie, als ob Shani ein glühendes Eisen in der Hand gehabt hätte.

»Nein, da ist nichts«, sagte sie; ihr Mund verzog sich, und Tränen traten in ihre Augen, die braun und tief und groß waren.

»Du tust mir so leid, Huw.«

»Es ist nichts, es geht vorüber.«

»Wirst du es deiner Mutter sagen?« fragte sie.

»Nein, nein.«

»Hast du gern Vogeleier?« fragte sie mich, und ein ganz kleines Lächeln kam in ihr Gesicht.

»Ja«, antwortete ich, »ich habe eine ganze Menge.«

»Nein, wirklich?« Jetzt lächelte Shani richtig.

»Hast du ein Nachtigallenei?«

»Nein«, sagte sie und zog die Augenbrauen hoch. »Hast du eins? Ich wollte dir eins von einem Rotkehlchen geben.«

»Warum?« fragte ich.

»Weil dir dein Rücken so weh tut«, antwortete sie, und das Lächeln war verschwunden.

»Ich nehme das Rotkehlchenei von dir, wenn ich dir mein Nachtigallenei geben darf.«

»Ja, da freue ich mich«, rief Shani. »Ich habe Nachtigallen so gern. Sie singen so schön. Gibt es drüben bei euch Natigallen?«

»Millionen! Und Fasane und Rebhühner und Habichte und Falken und Buchfinken.«

»Buchfinken haben wir hier auch«, versicherte sie mir, »aber ich möchte einmal ein Habichtnest sehen und eine Nachtigall singen hören. Früher haben sie auch bei uns gesungen, aber seit das Eisenwerk hier ist, nicht mehr.«

Da läutete die Schulglocke; Shani sprang auf und eilte hinaus.

»Nach der Schule«, rief sie, und bei der Tür winkte mir ihre kleine weiße Hand zu.

Der Nachmittag war endlos; wie dankbar ich war, als ich aufstehen und heimgehen durfte! Draußen auf dem Spielplatz konnte ich die Luft kaum ertragen und mußte mich gegen die Wand lehnen, um nicht umzusinken. Dann ging ich doch weiter, die Straße hinab, müde vor Schmerzen; am liebsten hätte ich mich gleich irgendwo hingelegt.

Da lief Mervyn Phillips hinter mir her, und mit ihm kam Ceinwen.

»Es tut mir leid, daß er dich so geschlagen hat, Huw Morgan«, sagte Mervyn, »aber er kann dich nicht ausstehen, das ist es. Darf ich dir deine Bücher tragen?«

»Danke, aber es ist nicht nötig.

»Wollen wir uns die Hand geben?« fragte mich Mervyn dann und wurde ein bißchen rot dabei.

»Gut«, sagte ich, und schüchtern gaben wir uns die Hand.

»Huw Morgan«, rief Ceinwen, und ganz rot war sie, aber nicht vom Laufen, und ihre Augen waren so blau und groß und glänzten so, »ich möchte dir einen Kuß geben.«

Das tat sie auch, und ich fühlte ihren Mund auf meiner Wange; ihre Lippen waren noch heißer als mein Gesicht, glühend vor Leben, und ihre Hände drückten meine Arme so fest, daß es weh tat. Dann lief sie mit wehenden Haaren davon, quer über die Straße, dicht vor einem Wagen her. Der Kutscher schimpfte, aber Ceinwen streckte ihm nur die Zunge heraus.

»Morgen sehen wir uns, Huw«, sagte Mervyn, lief rasch weg und warf mit Steinchen nach dem Kutscher.

Langsam ging ich über den Platz, als Shani schnell hinter mir herkam; ich erkannte gleich an ihrem Gang, daß sie es war, aber ich sprach erst mit ihr, als sie bei mir war, denn das Umdrehen hätte mir weh getan.

»Wie wirst du heimkommen?« fragte sie mich. »Soll ich meinen Vater bitten, dir seinen Wagen zu geben?«

»Nein, Shani, ich fahre jetzt gleich mit Ellis, unserem Postmeister.«

»Da bin ich froh«, sagte sie, und ein Schatten glitt über ihre Augen. »Ich habe Angst, du wirst gleich umfallen.«

»Umfallen?« rief ich ärgerlich. »Ich falle nicht um — nie im Leben. Es tut auch nur noch ein bißchen weh. Morgen bringe ich dir das Nachtigallenei.«

»Und ich dir das von dem Rotkehlchen«, sagte sie leise. »Leb wohl jetzt.«

»Leb wohl.« Ich stieg neben Ellis auf den Bock; das Kissen war herrlich weich, und die Decke hinten tat meinem Rücken gut.

Als ich nach Hause kam, hörte ich keinen Laut. Niemand war in der Küche, deshalb konnte ich rasch das Hemd ausziehen und mir meinen Rücken im Spiegel ansehen. Ganz bedeckt war er mit geschwollenen Striemen. Auf einmal hörte ich Ianto, der von der Arbeit heimkam, pfeifen und wollte mich rasch anziehen, aber er war schon im Zimmer, ehe ich mein Hend richtig anhatte.

»Hallo, Huw«, sagte er und warf mir seine Frühstücksdose zu, aber ich ließ sie fallen. »Beim Boxen mußt du die Augen ein bißchen weiter aufmachen und schneller sein, Junge«, lachte er.

Aber plötzlich blieb er stehen, wo er stand, starrte mich an und hob mein Hemd in die Höhe.

»Was hast du da, Junge?« sagte er plötzlich ganz leise.

»Der Lehrer...«

»Aber Huw, er hat dich ja bis auf die Knochen geprügelt.«

»Sprich nicht darüber«, sagte ich und steckte mein Hemd in die Hosen. »Du weißt, was Mutter sonst sagen würde.«

»Ich weiß, was ich dem Kerl sagen werde, der das getan hat. Warte, bis ich gebadet habe.«

Ich nahm die Teekanne vom Ofen, und dann kam Bronwen herein, um Wäsche von der Leine zu nehmen.

»Wie geht's dem Alten?« fragte sie und kniff mich in die Wange.

»Gut«, sagte ich.

»Das freut mich«, lächelte Bronwen und nahm meine Frühstücksdose vom Tisch. »Hat dir der Apfelkuchen geschmeckt, den ich für dich gemacht habe?«

Dann spürte sie, wie schwer die Dose war, und sah mich halb lächelnd, halb böse an.

»Hast du Steine darin?« fragte sie und machte die Dose auf. »Um Gottes willen, du hast ja keinen Bissen gegessen! Wozu bäckt man dir etwas Extrafeines, wenn du es wieder mit nach Hause schleppst?«

»Laß Huw in Ruhe, Bronwen«, rief Ianto. »Sieh dir nur einmal seinen Rücken an.«

»Nein«, schrie ich auf, lief aus dem Haus und den Berg hinauf, während Bronwen hinter mir herrief.

Bis ganz auf die Höhe ging ich und war froh, mich hinzusetzen und den kalten Wind zu spüren.

Wenn man Schmerzen hat, sieht man alles anders und viel klarer als sonst. Dinge, die einem schrecklich bedeutend vorkommen, wenn man gesund ist, erscheinen einem auf einmal ganz unwichtig, wenn Schmerzen einen peinigen.

Wie ich an jenem Abend so dasaß und die kalte Luft meine Schmerzen kühlte, wie ich das Gesicht des Herrn Jonas wieder vor mir sah, wie ich im Geist noch einmal mit Mervyn Phillips kämpfte und versuchte, meine erregten Gedanken zur Ruhe zu bringen, da hatte ich einen Traum, einen Traum ohne Anfang und ohne Ende. So klar wie noch nie etwas im Leben sah ich unser Tal vor mir, entblößt von Gras und Baum. Wie Ameisen sah ich in der Tiefe unter mir Menschen arbeiten, um Geld nach Hause zu bringen. Immer weniger Menschen sah ich dieses Geld auszahlen, und das meiste davon behielten sie für sich. Ich sah, wie die Reichtümer der Erde zerbröckelten unter der Hacke und hinweggeschaufelt wurden. Und dann war mir, als verschwänden diese Reichtümer und mit ihnen alle anderen Dinge. Das Geld wurde nicht mehr ausgezahlt, denn es gab keines mehr, weder für die Herren noch für die Arbeiter. Schlägel und Eisen rosteten. Die Kohlengruben wurden den einströmenden Wassern und den Ratten überlassen.

Die Menschen verließen das Tal. Die Häuser waren leer. Die Kirche war dunkel. Das Gras versuchte, alles zu bedecken, aus Mitleid.

Und ich fürchtete mich.

Ich blickte empor zum sich verfinsternden Himmel und sah, wie das große Rad sich immer langsamer drehte, wie seine Speichen das Licht auslöschten, und wie alles endlich stillstand. Ich hörte das Klirren der letzten Grubenlampen und das Klappern der letzten Arbeitsmarken, als die Männer sie einlösten, und das Stapfen schwerer Stiefel, die immer weiter von mir fortwanderten durch den Staub der Straßen; dann übertönten die piepsenden Stimmen von Milliarden Ratten, die sich in den schwarzen Wassern der verlassenen Gruben vergnügten, jeden anderen Laut, und Angst griff mir ans Herz.

Ich erwachte, zu steif, mich bewegen zu können; um mich her war es dunkel, und noch immer hatte ich solche Angst, daß ich nicht wagte, die Augen richtig aufzuschlagen. Ganz allmählich nur konnte ich wieder die Beine bewegen, und als der vertrauten Geräusche immer mehr wurden, setzte ich mich auf.

Der Wind war eifrig bei der Arbeit und pfiff seinen Freunden ringsumher ein Liedchen vor, um ihnen zu sagen, daß er im Begriff sei, das Haus zu säubern, daß er mit herabgewehten Blättern und herumliegenden dürren Zweigen kurzen Prozeß machen werde; alle würde er erwischen, und bald. Je lauter er pfiff, desto eifriger bemühten sich die Bäume, ihn zum Schweigen zu bringen; sie schlugen nach ihm mit ihren Ästen, aber sie konnten ihm nichts anhaben, denn, husch, war er auf der einen Seite herein, auf der anderen wieder hinaus.

Der Himmel war erhellt vom schwachen Schein der Sterne, und tief unter mir bildete das Dorf eine lange Zickzacklinie von kleinen gelben Lichtern, ein helles vor der Kirche, zwei vor dem Wirtshaus »Zu den drei Glocken« und noch zwei ganz kleine am Berghang drüben; sonst war es überall dunkel, das weiche, klare Dunkel, das vom kommenden Regen kündet. Das Gebirge auf der anderen Seite des Tales war schon schlafen gegangen, und auch die

Berge weiter drüben schliefen, von Schatten zugedeckt, lavendelfarben bis dunkelblau.

Der Wind trug Chorgesang von der Kirche zu mir herauf. Nur hier und da konnte ich einige Töne von dem Gesang hören, aber aus diesen wenigen Tönen klang mir die kraftvolle Stimme der Menschen dieses Tales entgegen, golden, tapfer und rein, voll Herz und hohem Sinn, und ich wußte, ihre Stimmen waren meine Stimme, denn ich gehörte zu ihnen, wie sie zu mir gehörten, und das Tal gehörte zu uns, und wir gehörten zu dem Tal, und keines konnte ohne das andere sein. Ich gehörte dem Tal, und das Tal gehörte mir, und jeder Grashalm, jeder Stein, jedes Blatt des Baumes, jedes Stück Kohle, jeder Tropfen Wasser, jede Blüte und jedes Samenkorn, jedes lebende Wesen und der Staub auf der Straße, alles war ein Teil von mir, wie mein Blut, meine Knochen und meine Gedanken.

Mein Tal, o du mein Tal in mir, ewig werde ich in dir leben. Möge der Tod oder Schlimmeres meinen Geist vernichten, möge Blindheit meine Augen zerstören, wenn meine Gedanken dich vergessen, wenn dein Bild nicht mehr in mir ist. Für manche bist du jetzt ein Tal der Todesschatten, doch nicht für mich, denn ein Teil von mir ist die Erinnerung an dich, wie du warst, als alles, was in dir lebte, glücklich war, als du uns süße Düfte gabst und Gewürze für den Topf am Herd und Blumen, als die Vögel sangen vor Glück darüber, in dir zu sein.

Mein Traum und meine Vision waren es, dich mich an jenem Abend zu Herrn Gruffydd führten, und ich wollte wissen, ob Wahrheit darin war oder nicht. Ich spürte, sie seien wahr, aber ich wollte, sie seien falsch. Als ich den Berg hinabging, sangen die Nachtigallen bei den Heidelbeerbüschen am Rande der Wiesen, und ich dachte an Shani Hughes.

Als ich in das Dorf kam, traf ich niemanden, nicht einmal einen Hund auf der Straße, aber eine laute Stimme tönte von der Kirche herüber; von Zeit zu Zeit hielt sie inne, und dann hörte ich die Rufe der Gemeinde; da fiel mir ein, daß Herr Gruffydd für heute die große Versammlung in der Kirche einberufen hatte. Ich ging hin und fand sogar die Vorhalle von Menschen überfüllt; eng aneinandergedrängt standen sie da, lauschend, ihre Gesichter waren fahl im Schein der Öllampen, und jedes Antlitz war aufgeschlossen, ruhevoll und hoffend, so als habe jeder eine gute Nachricht erhalten und freue sich darüber.

Durch das offene Tor sah ich in der Kirche viele Menschen knien. Herr Gruffydd hatte die Augen geschlossen, und seine Fäuste waren auf die Bibel gepreßt.

»Allmächtiger Gott«, betete er, »erleuchte uns. Die Finsternis ist in den Hirnen und Herzen der Menschen, und in dieser Finsternis lauert der Teufel, immer wachsam, immer bereit, immer auf der Suche nach Mitteln und Wegen, Menschen Böses zuzufügen und Vernichtung zu bringen. Erleuchte uns, o Herr!«

»Amen«, sprach die Gemeinde.

»Das Böse, das im Menschen ist, kommt von der Trägheit, denn die Trägen und Faulen können nicht denken und wollen nicht denken. Erwecke sie mit Deinem Feuer, o Herr. Schicke Deine Flammen über uns, auf daß die toten Gedanken in uns ausgebrannt werden, wie wir totes Gras verbrennen. Schicke Deine Flammen, o Herr unser Gott, auf daß wir sehend werden!«

»Halleluja!« sprach die Gemeinde.

»Es gibt Dinge, deren wir bedürfen, und wir kennen diese Dinge und beten darum, o Herr. Dieselben Dinge sind es, um die Dein geliebter Sohn betete. Unter diesen Dingen ist auch unser tägliches Brot, das andere, verblendet an Geist und Seele, uns versagen wollen. Heile diese von ihrer Blindheit, o Herr. Mache auch sie sehend!«

»Halleluja!« sprach die Gemeinde.

»Wie einst die Stimme ertönte in der Dunkelheit, als die Erde geboren wurde, so lasse auch jetzt eine Stimme ertönen in der Finsternis, die im Geiste der Menschen ist, und laß diese Stimme sprechen: ›Es werde Licht!‹ Denn der erleuchtete Geist des Menschen kann alles Gute Früchte tragen lassen für sich und seinesgleichen. Aber zu viele verbergen sich hinter den Gittern der Paläste und beten das Gold an; sie sind satt und voll, sie vergessen ihre Brüder und verleugnen sie; sie sehen untätig zu, wie ihre Mitmenschen in hungrigem Müßiggang einhergehen, wie deren Frauen sich härmen und sterben aus Not, wie deren Kinder zugrunde gehen, ehe sie noch geboren sind. Erleuchte unser Dunkel, allmächtiger Gott, gib uns das Licht.«

»Halleluja!« sprach die Gemeinde.

»Kommet zu mir, alle, die ihr mühselig und beladen seid, spricht der Heiland.«

»Hosianna, Hosianna!« ertönte die Stimme der Gemeinde.

»Kommt, ihr Brüder, wir wollen dem Herrn ein Lied singen«,

forderte Herr Gruffydd die Gemeinde auf.

Nun knieten auch die Menschen in der Vorhalle weinend nieder, und laut tönten die Stimmen aller zum Himmel empor.

»Huw«, sagte Bronwen hinter mir, und als ich mich umwandte, sah ich, wie sie mich anblickte, die Kapuze ihres Mantels über den Kopf gezogen. Sie streckte ihre Hände aus und hielt sie mir hin. Sie lächelte ihr altes Lächeln.

»Komm, Huw«, sagte sie. »Den ganzen Abend haben wir nach dir gesucht.«

»Ich bin auf dem Berg oben eingeschlafen, Bronwen.«

Sie legte den Arm um mich, und ganz nahe spürte ich den Lavendelgeruch, den sanften Druck ihres Busens und ihren Mund, der meine Stirne berührte.

»Du wirst dich zu Tode erkälten«, sagte sie besorgt. »Deine Mutter ist in der Kirche, aber man hat sie hinschleppen müssen, und sie ist nur deshalb gegangen, weil ich sagte, ich würde dich suchen.«

»Was ist da in der Kirche, Bronwen?« fragte ich sie. Wir gingen ganz dicht nebeneinander her, und noch immer umschlang mich ihr Arm. Mein Rücken tat mir noch weh, aber es war nicht mehr so schlimm, und als wir nun die Straße hinaufgingen, vergaß ich die Schmerzen ganz.

»Die Menschen flehen Gott um Kraft an in ihrer großen Sorge«, sagte Bronwen, und beim Schein der Sterne sah ich Tränen in ihren Augen aufschimmern, und sie blickte traurig.

»Ist denn etwas geschehen, Bronwen?« fragte ich sie, ein bißchen ängstlich, weil sie mir auf einmal verändert vorkam.

»Die Männer in den drei Tälern habe heute die Arbeit niedergelegt«, antwortete Bronwen, »und in unserer Grube wird wohl morgen auch nicht mehr gearbeitet werden. Aber komm, Junge, es gibt Branntweinsuppe für dich.«

Ich ging in das Haus, voll böser Ahnungen wegen der Neuigkeit, aber auf die Branntweinsuppe freute ich mich doch sehr.

O Branntweinsuppe, Königin aller Suppen! Ein zartes Hühnchen, ein feines Stück Schinken, ein bißchen Hammelfleisch, ganz ohne Fett, dann ein wenig Forellenrogen mit Sahne, eine Spur Butter, ein Eidotter, fest gerührt und erst hineingegossen, wenn das Huhn mit seiner leckeren Fülle aus Salbei und Thymian ganz nah bei dem Hammelfleisch und dem Schinken im irdenen Topf schmort, bis alles ganz weich ist. Jetzt hinein mit Karotten und

Rüben, einem Markbein und einem Brei aus Milch und Kartoffeln. Nun schau auf die Uhr und schütte alle fünfzehn Minuten zwei Eßlöffel Branntwein hinein, und mit dem ersten Branntwein ein kleines Glas daheim gebrauten Bieres.

Schlürfe zuerst die Suppe, sei dankbar dafür, daß du einen Mund und einen Magen hast, und dann mach dich über das Huhn her ...

Bronwen ließ mich allein, um Ivor entgegenzugehen, und ich ging schnell zu Bett. Ich war satt, glücklich, und nichts war mir jetzt so gleichgültig wie alle Jonas-Sessions der Welt.

Neunzehntes Kapitel

Als am nächsten Morgen Dai Bando meinen Rücken sah, sanken ihm die schon zum Boxen erhobenen Hände herunter, und seine Augen, die immer halb geschlossen waren, wurden zu ganz schmalen Schlitzen.

»Was ist das, Junge?« fragte er mit seiner leisen, hohen Stimme.

»Von der Schule«, antwortete ich.

»Haben deine Brüder es gesehen?« fragte er weiter und pfiff Cyfartha zu sich her.

»Ianto hat es gesehen«, sagte ich, »aber wegen Mutter können sie nichts unternehmen.«

»Zum Teufel noch einmal, das sieht ja schrecklich aus«, rief Cyfartha.

»Wie heißt der Kerl?« fragte Dai.

»Herr Jonas heißt er in der Schule, und Herr Jonas-Sessions draußen.«

»Herr Jonas-Sessions — so, so.« Dai rieb seine Handknöchel aufeinander. »Haben wir nicht drüben in der Stadt zufällig etwas zu tun, Cyfartha?«

»Am Donnerstag ist der Boxabend«, gab Cyfartha Auskunft.

»So, na, dann gehen wir heute hinüber«, nickte Dai, »aber natürlich nur, um alles für den Boxkampf am Donnerstag zu besprechen, he, Cyfartha?«

»Einen anderen Grund, in die Stadt zu gehen, wüßte ich auch nicht, Dai«, meinte Cyfartha ernsthaft. »Außer, du dächtest vielleicht daran, einen kleinen Besuch zu machen.«

»Das wäre ganz gut, wenn wir ein paar freie Minuten haben ... Wie heißt der Mann nur, Huw? Herr Jonas-Sessions? ... He, Cyfartha?«

»Ein tüchtiger Mann, wenn er einen Stock in der Hand hat.«

»Hm«, sagte Dai, »ich ziehe mich heute ebenfalls elegant an, wenn ich in die Stadt gehe, meine schönsten Hosen und den steifen Hut, he, Cyfartha?«

»Ich ebenso, Dai.«

»Und du, geh jetzt nach Hause, Junge«, sagte Dai sehr freundlich zu mir, »und komm erst nach drei Tagen wieder her, ja?«

»Danke, Dai«, sagte ich.

»Und wenn du heute irgendwo in der Nähe der Schule zwei elegante Herren siehst, Huw, dann kennst du sie nicht, he, Cyfartha?«

»Jawohl«, nickte Cyfartha. »Augen offen, Mund zu.«

So lief ich denn nach Hause, und da gab es Krach.

»Huw«, sagte Vater, »Hemd herunter.«

»Es ist nichts, Vater.« Ich sah, wie Mutter mich mit starren Augen ansah.

»Nun, wird's bald?« brauste Vater auf. »Herunter mit deinem Hemd.« Da mußte ich es ausziehen, und zwar rasch.

Mutter stand neben meinem Vater und hatte ihre Hände auf seine Schultern gelegt. Einen Augenblick stand ich da und fühlte die Glut des Herdes auf meiner Haut. Keiner sprach, aber ich fühlte den Blick meiner Mutter auf mir ruhen.

Nach einer Weile fragte Vater: »Warum hat man das getan, mein Sohn?«

»Ich habe geboxt, Vater«, antwortete ich und zog mir das Hemd wieder an.

»Hast du gesiegt?«

»Ja, Vater.«

»Gut«, sagte Vater. »Fünf Schilling in deine Sparbüchse.«

»Das ist alles, was du sagst, Gwilym?« rief Mutter zornig. »Du willst den Jungen so schlagen lassen? Du erlaubst einem Vieh von einem Menschen, deinen Sohn so zu behandeln, ohne daß er seine Strafe dafür bekommt?«

»Wenn ich zu dem Mann hingehe, Beth«, sagte Vater, »so werde ich ihm die Knochen im Leibe zerschlagen.«

»Laß mich hingehen, Vater«, erbot sich Ivor. »Bronwen hat die ganze Nacht geweint.«

»Wenn einer geht, so bin ich es«, erklärte Vater. »Der Junge ist geprügelt worden, weil er geboxt hat. Ich habe ihm gesagt, er solle boxen, und das werde ich ihm auch weiter sagen. Wenn es gegen die Vorschriften der Schule ist, dann muß er Prügel hinnehmen. Aber boxe weiter, mein Sohn. Tut es weh?«

»Jetzt nicht mehr, Vater.«

»Gut«, nickte er. »Fünf Schilling in Huws Sparbüchse, und außerdem geht er mit mir und seinen Brüdern zum Ländermatch Irland gegen Wales.«

Vor Freude machte ich an diesem Morgen auf dem Weg zur Schule lauter Luftsprünge; das Nachtigallenei in meiner Mütze sprang lustig mit.

Die Jungen in der Schule waren an diesem Morgen ganz anders zu mir; so verändert waren sie, daß ich ihnen am liebsten ins Gesicht gelacht hätte. Statt heimlich über mich zu lachen oder mir laut freche Bemerkungen nachzurufen wie bisher, sahen sie mich fast ehrerbietig an und so, als ob ihnen sehr daran gelegen wäre, Freundschaft mit mir zu schließen. Auch ein paar von denen, die ich auf der Liste hatte, lächelten mich an und sagten freundlich: »Guten Morgen.«

Dumm sind die Menschen. Man muß entweder Schläge bekommen oder ausgeteilt haben, ehe sie Respekt vor einem haben, Respekt dieser oder jener Art. Ich hatte an diesem Morgen Anspruch auf beide Sorten, aber ich könnte nicht sagen, daß ich mir etwas daraus gemacht hätte. Ich mag es nicht, wenn die Leute mich soviel ansehen, am wenigsten, wenn sie es nicht ehrlich meinen. Ein Mann ist ein Mann, und ein Mensch ist ein Mensch und hat geradesoviel Anspruch auf Achtung, wie er wert ist. So ging ich denn an allen vorbei und suchte Shani Hughes.

Nur eine Sekunde lang sah mich Herr Jonas an, als wir zum Morgengebet gingen. Nachher kein Blick und kein Wort mehr. Den ganzen Tag über saß ich da, ohne aufzupassen; manchmal wandte sich Shani um und lächelte mir zu, und ein paarmal drehte sich auch Ceinwen um.

Aber in Ceinwens Blick war etwas, das mich davor zurückschrekken ließ, ihr mit einem guten Lächeln zu antworten. Ihre Augen waren glänzendblau, und das Weiße darin glänzendweiß, und doch kamen mir Ceinwens Augen dunkel überschattet vor; wie durch einen Nebel sahen sie mich an, so als ob ich nicht Huw Morgan wäre, sondern einer, den sie sich nur erdacht und eingebildet hätte.

Und am liebsten wäre ich vor diesem Blick davongelaufen ...

Es war ungefähr eine halbe Stunde nach der Mittagspause, wir hatten gerade Religion, als es an die Tür klopfte. Ein kleines Mädchen aus der dritten Klasse steckte nur gerade den Kopf herein, richtete aus, Herr Jonas möchte bitte zum Herrn Direktor kommen, und lief dann wieder davon. Herr Jonas übergab seinen Katechismus unserem Primus und ging.

Sobald er draußen war, setzte sich Ceinwen neben mich. Ein paar Augenblicke tat ich, als ob ich sie nicht sähe; dann schob sie mir über das Pult hin ein elfenbeinernes Lineal zu, ein schönes altes Stück.

»Gefällt dir das, Huw Morgan?« fragte sie. »Ich möchte es dir gerne schenken.«

»Hübsch ist es. Aber woher hast du es?«

»Von meinem Vater«, antwortete Ceinwen. »Ich hab ihn gefragt, ob ich es haben darf. Nimm es, ja? Ich habe hinten drauf meinen Namen mit einer Nadel eingeritzt.«

»Danke schön, Ceinwen. Aber vielleicht will es dein Vater doch zurückhaben.«

»Nein, nein«, rief sie. »Ich habe ihm gesagt, daß ich es für dich haben will. Wirst du mir jetzt auch ein Nachtigallenei geben?«

»Wer hat dir etwas davon gesagt?«

»Shani Hughes. Sie hat es in ein Döschen mit einem Glasdeckel getan, und ich möchte auch eins. Bitte, Huw, gib mir ein kleines Nachtigallenei, ja? Dafür kannst du alles von mir haben, was du willst. Ich habe dir doch auch einen Kuß gegeben.«

»Das Ei sollst du haben«, sagte ich, »und ein Döschen dazu mache ich dir auch. Aber nicht, weil du mir einen Kuß gegeben hast. Nicht eins für das andere. Nur, weil Shani auch ein Nachtigallenei bekommen hat.«

Ich blickte zu Shani hinüber und sah, daß auch sie mich anschaute, aber böse; ohne daß ich wußte, warum, tat sie mir leid, und ich wäre gern zu ihr hingegangen, hätte meinen Arm um sie gelegt, um sie zu beschützen — aber wovor ich sie beschützen sollte, wußte ich nicht recht.

Dann tönte aus der Vorhalle draußen Geschrei herüber und wurde immer lauter; ich hörte Herrn Motshills Stimme und die von Herrn Jonas, und dann klang es, als ob Möbel kaputtgeschlagen würden; jemand brüllte fürchterlich, Getrampel, wieder Gebrüll, und dann fingen die Mädchen in der ganzen Schule zu quietschen an, aber niemand wußte, warum. Alle in unserer Klasse liefen zur Tür, aber gerade in diesem Augenblick wurde sie aufgerissen und Herr Jonas kam hereingerannt, hinterdrein Dai Bando und Herr Motshill, drei Lehrer, dann Cyfartha Lewis und ganz zum Schluß Herr Tyser, der blieb aber in der Tür stehen und rang die Hände, sein Kragen war ganz auf die Seite gerutscht.

Herr Jonas aber hatte überhaupt keinen Kragen mehr an, der Rest von seiner Krawatte hing ihm herunter, sein Rock war zerfetzt und die Hosen von oben bis unten aufgerissen; schneeweiß war er im Gesicht, nur die Backen waren knallrot, denn Dai gab ihm eine Ohrfeige nach der anderen, immer klatsch, klatsch, eins, zwei, fast so rasch wie ich zählen konnte.

Herr Motshill versuchte Dai daran zu hindern, Herrn Jonas noch mehr Ohrfeigen zu geben, aber Dai kümmerte sich nicht darum, nicht ein bißchen. Herr Motshill führte vor Zorn einen Tanz auf und brüllte und hieb mit den Fäusten auf Dais breiten Rücken ein, aber hören konnte man kaum etwas, so kreischten die Mädchen. Cyfartha stupste einen der Lehrer ein ganz klein wenig, da fiel er um; die beiden anderen Lehrer traten ein paar Schritte zurück und sahen nur noch zu. Und jetzt nahm Dai blitzschnell seinen Gürtel herunter, packte Herrn Jonas beim Hals und legte ihn übers Knie. Wie der Gürtel durch die Luft sauste und dann niederzischte, und wie Herr Jonas brüllte, das war vergnüglich zu hören.

Jetzt war Dai mit dem Hauen fertig, er winkte Cyfartha, und sie packten Herrn Jonas, der eine bei den Schultern, der andere bei den Füßen, schmissen ihn in die Kohlenkiste und warfen den Deckel zu.

Dai nahm jetzt ganz gemütlich Papier und Tabak aus seinem steifen Hut und rollte sich eine Zigarette, und gleich darauf paffte er gemütlich blauen Rauch vor sich hin, während das Kreischen der Mädchen allmählich verstummte wie die letzten Töne der Fabriksirene. Nun wischte sich Dai mit seinem Ärmel den Schweiß von der Stirne, setzte sich den Hut auf den Kopf und sah sich im Klassenzimmer um. Aber obgleich er mich sah, zwinkerte er nicht einmal mit den Augen, und ich zwinkerte auch nicht, darauf könnt ihr euch verlassen.

»Sie Rohling«, hörte ich Herrn Motshill jetzt brüllen, »Sie feiger Halunke! Sie wagen es, diese Schule zu betreten und ein Mitglied des Lehrkörpers tätlich anzugreifen! Dafür werden Sie sich vor Gericht zu verantworten haben!«

»Ich habe doch nur einen Besuch gemacht«, sagte Dai ganz leise und sanft, beinahe so, als ob er sich entschuldigen wollte, »ich habe den Herrn eingeladen, ein bißchen mit mir auf den Berg hinaufzukommen. Habe ich ihn eingeladen oder nicht, he, Cyfartha?«

»Natürlich hast du ihn eingeladen«, antwortete Cyfartha, »und es war gar nicht höflich von dem Herrn, nein zu sagen.«

»Er ist vor mir davongelaufen«, erklärte Dai weiter, »deshalb mußte ich hinter ihm herlaufen. Ich habe einen tüchtigen Weg gemacht, um ihn zu finden, aber ich wäre gern mitten durch die Hölle nach China gegangen, um ihn zu treffen. Daß ich ihn schon hier traf, war Glückssache, he, Cyfartha?«

»Stimmt«, nickte Cyfartha. »Ich glaube, Dai, du hast dem Herrn jetzt gesagt, was du ihm sagen wolltest, und wir können ruhig nach Hause gehen, ein Glas Bier trinken.«

»Ein Glas Bier wäre jetzt ein Segen Gottes«, stimmte Dai zu. »Eine staubige alte Bude haben Sie hier, Herr. Es kratzt einem im Hals, und für die Stimme ist es miserabel, he, Cyfartha?«

»Nicht einmal ein Frosch könnte hier einen Ton herausbringen«, nickte Cyfartha.

»Meine Verehrung, Herr«, sagte Dai und griff, zu Herrn Motshill gewendet, sehr höflich an seinen Hut. »Guten Tag, alle miteinander, und den Herrn dort drinnen soll der Teufel holen.«

Dann gingen die beiden hinaus. Erst als sie schon das Tor hinter sich zugeschlagen hatten, vermochte Herr Motshill sich zu bewegen; ganz erschöpft saß er auf der Kante seines Stuhles.

»Seid so gut, Herrn Jonas ans Licht zu ziehen«, seufzte er.

Zwei Lehrer hoben den Deckel der Kohlenkiste, und Herr Jonas kam hervor, ganz zerstruwwelt, das Gesicht voll schwarzer Streifen, die Wangen purpurrot angeschwollen, die Augen eiskalt vor Wut. Er zitterte am ganzen Leibe, als man ihn hinausführte. Er sagte nichts, nur ganz kleine Geräusche kamen aus seinem Munde, die komisch gewesen wären, wenn er mir nicht leid getan hätte. Es ist merkwürdig, wie man einen Menschen aus tiefster Seele hassen und doch Mitleid mit ihm haben kann.

Zwanzigstes Kapitel

Als ich an diesem Abend mit Shani aus der Schule ging, waren die Straßen und der Platz voll mit Menschen, Männern und Frauen, die Männer schwarz von der Arbeit, die Frauen im Hauskleid und ohne Hut; in Gruppen standen sie beisammen, sprachen miteinander und blickten ernst drein.

»Was ist denn hier los, Herr Ellis?« fragte ich den Postmeister, während er Mari vor den Wagen spannte.

»Streik«, antwortete Ellis bekümmert. »Die Unseren werden wohl auch streiken, bis wir zu Hause ankommen. Dein Vater, Ianto und Davy und noch ein paar sind zu den Grundbesitzern gegangen, um noch einmal mit ihnen zu sprechen. Gott allein weiß, was da herauskommen wird.«

Auf der Landstraße um den Berg herum und am Fluß vorbei kamen die Leute aus den Häusern gelaufen, um von Ellis etwas Neues zu hören. Der Postmeister machte heute nicht einmal halt, sondern rief den Fragenden nur im Fahren die Neuigkeit zu. Als sie es hörten, blieben die Männer ganz starr stehen, und die Frauen wurden sehr still; andere wieder rangen jammernd die Hände oder drückten ihre Kinder fester an sich.

Als wir dann in unser Dorf kamen, waren die Leute gleichfalls alle auf der Straße, und oben bei uns auch; sie sprachen nicht viel, denn es gab nicht viel zu sagen; sie warteten nur still darauf, daß die Männer aus der Grube kämen. Ich sprang vom Bock, als sie Herrn Ellis umringten, und ich hörte, wie die Nachricht, die er brachte, murmelnd weitergegeben wurde.

Zu Hause traf ich Mutter beim Äpfelschälen, und Angharad schnitt die Schalen klein, weil die in die Marmelade kamen. Bronwen bügelte, die kleine Olwen spielte mit Gareth vor dem Feuer.

»Nun?« rief mir Mutter entgegen.

»Die Arbeiter in den drei Tälern streiken, Mutter.«

Niemand hörte auf zu arbeiten, aber Bronwen weinte, als ich an ihr vorbeiging, doch so still, daß man es kaum merkte. Ich ging in den Schuppen und reinigte Owens Motor, den ich jetzt schon auseinandernehmen und wieder zusammensetzen konnte, und ich wischte mir gerade das Öl von den Händen, als ich Vaters Schritt hörte. Ganz leise öffnete er die Tür, und ohne den Mantel und die Mütze abzunehmen, setzte er sich hin und blickte schweigend auf die Kerzen. Kummer lag auf seinem Gesicht, sein Schnurrbart schimmerte wie Silber.

Er räusperte sich, wie er es tat, wenn er seit Stunden sehr traurig war.

»Huw«, sagte er endlich und sah noch immer ins Kerzenlicht.

»Ja, Vater«, sagte ich und ging zu ihm hin.

»Ich schäme mich, hineinzugehen und deiner Mutter vor die

Augen zu treten.« Noch immer sah er mich nicht an.

»Warum, Vater?«

»Oh, mein Sohn, mein Sohn«, sagte Vater, und wenn er einer gewesen wäre, der weinte, dann hätte er es jetzt sicherlich getan. »Wie ihr einmal leben werdet, du und deine Söhne, das weiß ich nicht. Komm zu mir her, mein Junge.«

Ich trat ganz dicht an ihn heran, und er legte seinen Arm um mich und lehnte seine bärtige Wange an die meine.

»Ich habe euch heute den ganzen Tag vor mir gesehen«, fuhr Vater fort, »während sie redeten und diskutierten. Euch und eure Söhne. Nein, was aus euch werden soll, weiß ich nicht. Der Boden rutscht uns unter den Füßen weg. Und man kann nichts dagegen tun. Nichts.«

Seine Stimme klang ganz nahe an meinem Ohr, schwer vor Sorge.

»Deine Mutter und die anderen Frauen werden jetzt darunter zu leiden haben«, sagte er. »Sie werden die Last tragen müssen. Ich schäme mich, hineinzugehen und es ihr zu sagen.«

»Sie erwartet dich, Vater.«

Eine kurze Weile schwieg er, dann löste er sanft seine Arme von mir und stand auf.

»Gott segne deine Mutter, Huw, immer hat sie auf mich gewartet. Bleib noch ein bißchen hier drinnen, Huw, mein Kleiner.«

»Ja, Vater, ich habe dir den Rock fett gemacht.«

»Tut nichts«, sagte Vater und ging ins Haus.

Gleich, nachdem er weg war, kam Ianto herein, bleich und mit glänzenden Augen, wie ein Boxer, wenn der Kampf erst halb beendet ist.

»Ist Vater hineingegangen?« fragte er mich.

»Ja, Ianto.«

»Gut«, nickte mein Bruder. »Ich glaubte schon, wir würden ihn gar nicht heimbekommen.«

»Warum denn?«

»Frag nicht, Junge«, rief Ianto ungeduldig. »Wie war er denn?«

»Kummer hat er.«

Ianto ließ die geballte Faust auf die Werkbank niederfallen. »Ja, Kummer haben wir alle, und dabei wird es bleiben.«

»Wird gestreikt?« fragte ich.

»Seit halb drei schon wird nicht mehr gearbeitet.«

»Werden wir siegen, Ianto?«

»Soviel Aussicht haben wir wie Fliegen in einem Bierfaß ... Keine Aussicht. Keine Hoffnung. Gute Nacht, Huw.«

Ianto ging hinaus, lauschte einen Augenblick vor dem Küchenfenster und ging dann zu Ivors Haus hinunter. Ich wußte nicht, was ich noch weiter tun sollte, deshalb kletterte ich durch das Fenster in die Schlafstube und ging zu Bett.

Am nächsten Morgen bekam ich zum Frühstück zwei Schnitten Brot, nur eine davon mit Butter, und keine Marmelade. Für die Schule bekam ich ein Stück Kuchen und Brot und Käse mit, aber keinen Tee.

»Du mußt dich mit Wasser begnügen, Huw, mein Kleiner«, sagte Mutter zu mir. »Vater sagt, niemand könne wissen, wie lange der Streik dauert, deshalb müssen wir schon jetzt anfangen zu sparen, wo es nur geht.«

Es war merkwürdig, auf die Straße hinauszugehen und die Männer dort zu sehen; auf Stühlen saßen sie oder auf dem Fenstersims, und manche standen auch nur so herum. Es war etwas unheimlich, denn sonst war die Straße um diese Zeit immer leer. Sie redeten miteinander, aber keiner sprach laut, und ich hörte auch niemanden lachen.

Das war im Juli, es war heiß, das Gras verdorrte und wurde braun, der Fluß trocknete aus, und die Steine waren so heiß, daß man sich beinahe die Füße verbrannte, wenn man darauftrat. Eine Versammlung nach der anderen hielten die Männer oben auf der Bergwiese ab, und es war seltsam zu sehen, wie die Sonne sie von Tag zu Tag brauner machte. Da bemerkte ich erst richtig, wie blaß sie sonst immer gewesen waren, sogar mein Vater und meine Brüder, weil ihnen die Sonne fehlte.

Bei uns zu Hause wurde nicht über den Streik gesprochen, kein einziges Wort. Zu essen gab es immer weniger. Den Tee tranken wir ohne Zucker und Milch, und dann gab es auch keinen Tee mehr. Fleisch kam immer seltener auf den Tisch, auch mit dem Brot wurde gespart, nur eine dicke Scheibe bekamen wir, und Butter nur noch sonntags.

August, September.

Noch immer hielten die Männer Versammlungen ab, nicht nur in unserem Tal, sondern auch in den anderen. Immer wanderten mein Vater und meine Brüder über den Berg, weil immer irgendwo eine Versammlung war. Die Arbeiter verlangten höhere Löhne. Die Grubenbesitzer sagten, sie bekämen weniger für die Kohlen, deshalb müßten die Löhne heruntergehen. Keiner von ihnen wollte nachgeben.

Frauen wurden dünn und schwach, Kinder hatten keine Lust mehr, zu spielen. Männer stritten untereinander wegen nichtiger Dinge, denn sie waren müßig, hatten kein Geld und aßen zu wenig; deshalb waren sie immer gereizt und brausten leicht auf.

In der Schule gab es nichts Besonderes; Herr Jonas unterrichtete, und ich saß da und paßte nicht auf. Wir hatten nichts miteinander zu schaffen. Kein Wort sprach er zu mir über den Besuch Dai Bandos, und auch Dai wartete vergeblich auf die Anzeige, mit der man ihm gedroht hatte. Einige der Knaben und Mädchen kamen nicht mehr in die Schule, weil ihre Schuhe nicht mehr zusammenhielten und ihre Eltern keine neuen kaufen wollten, denn das wenige Geld wurde für das Essen gebraucht. Manche kamen nicht mehr, weil sie nur einmal am Tag zu essen bekamen.

Wie dünn und schwach Shani war, merkte ich erst, als sie eines Morgens neben Edith Moß, der Tochter des Metzgers, stand. Edith war ein Klumpen von einem Mädchen, mit dicken, roten Backen und schwarzem Haar; sie sagte immer, sie tränke das Blut von den Tieren, die ihr Vater gerade geschlachtet hatte. Neben ihr sah Shani aus wie eine Taube neben einem Raben, so zart und dünn, und so weiß im Gesicht.

Ihr Vater war auch in einem Kohlenbergwerk beschäftigt, zwar im Büro, aber auch er streikte. Einmal blieb Shani während der Mittagspause im Klassenzimmer und nähte. Ich ging mit meiner Eßdose auf den Spielplatz hinaus, aber es regnete, deshalb ging ich wieder hinein und setzte mich in die kleine Kammer, in die wir unsere Mäntel und Mützen hingen; da sah ich Shani durch das Fenster des Klassenzimmers zu mir hereinschauen. Ich klopfte an die Scheibe und lächelte ihr zu, aber statt zurückzulächeln machte sie ein Gesicht, als ob sie gleich weinen wollte, und sprang weg, so daß ich sie nicht mehr sehen konnte.

Dann kam sie aus dem Klassenzimmer heraus und tat, als ob sie sich nur etwas zum Trinken holen wollte, aber als sie mich aufblicken sah, kam sie zu mir.

»Ich wollte mir nur ein Glas Wasser holen«, sagte sie.

»Gut«, sagte ich, gerade im Begriff, meinen Käse und mein Brot zu essen. »Soll ich es dir holen?«

»Nein, nein«, antwortete sie, aber sie blieb stehen.

Wenn man hungrig ist und einen anderen etwas essen sieht, in das man auch gleich hineinbeißen möchte, dann läuft einem der Speichel in den Mund und man schluckt so laut, daß es zu hören ist. So schluckte Shani jetzt. Da sah ich rasch auf ihre Augen, und sie waren auf meine Eßdose gerichtet.

»Warum gehst du denn heute zum Essen nicht nach Hause?« fragte ich sie.

»Ach, es ist mir zuviel Mühe, wegen des dummen Essens nach Hause zu laufen«, antwortete sie und machte sich an ihrem Haar zu schaffen.

»Willst du etwas von dem hier haben?«

»Nein, wahrhaftig nicht. Ich will dir nichts wegnehmen.«

»Macht nichts«, sagte ich. »Es ist genug da, sieh nur. Komm, iß, Shani.«

Ich hielt ihr Brot und Käse hin, knuspriges Brot und fetten, gelben Käse mit Kresse aus dem Garten.

Sie sah das Brot und den Käse an und schluckte wieder, die Arme hinter dem Rücken gekreuzt.

»Los, Shani«, munterte ich sie auf. »Du bist aber langsam.«

So nahm sie denn ein Stück Brot und ein Stück Käse und biß hinein, und biß und biß, bis ihr kleiner Mund ganz voll war; Tränen kamen in ihre Augen, und während des Kauens schluchzte sie. Die Kehle wird einem trocken, und man kann nicht mehr ruhig weiteressen, wenn einem jemand zusieht, der Hunger hat. So aß Shani denn an diesem Tag für uns beide.

Ich erzählte Mutter davon, als ich heimkam, aber sie sagte nichts, sondern blickte nur müde drein. So viele waren in unserem Dorf, denen es ebenso ging. Aber als ich am nächsten Morgen in die Schule ging, war meine Dose so voll, daß sie kaum zuging, und an einem Knopf meines Rockes hing noch ein in braunes Papier eingewickeltes Paketchen. Kein Wort von meiner Mutter, nur ein kleines Lächeln.

So saßen Shani und ich denn jeden Mittag und aßen zusammen, und zu Hause saß Mutter wohl und lächelte. Shanis Eltern habe ich nie gesehen, und ich ging nie zu ihr nach Hause; und obgleich ich sie einlud, kam sie auch nie in unser Tal, weil ihr Vater sein Wägelchen verkauft hatte, und zu Fuß war es zu weit für sie. Und dann nach ein paar Wochen kam sie auf einmal nicht mehr in die Schule. Man erzählte, ihr Vater sei in den Norden des Landes, nach Middlesbrough, gezogen, um dort Arbeit zu suchen.

Ich werde immer an Shani denken, wie sie war in ihrem blauen

Kleid, mit drei Reihen gelber Litzen unten am Saum und der kleinen Schleife im Haar, mit ihrem blassen Gesichtchen, das, von der Seite gesehen, aussah wie das Antlitz der Königinnen auf den alten griechischen Münzen.

Juli, August, September.

Oktober.

Die ganze Straße hinab, bis in den Ort hinab und auch in der Dorfstraße unten, zog sich längs der Wände der Häuser ein schwarzer Streifen hin, dort, bis wohin die Schultern der feiernden Männer in ihren fettigen Arbeitsjacken reichten. Auf und ab, ein dünner, welliger Strich, weil ein Mann kleiner und einer größer war, aber immer in der Höhe der Schultern. Manche Frauen kamen mit einem Eimer voll heißem Wasser, um das Zeichen wegzuwaschen, aber bald war es wieder da, und der Streifen lief wieder ungebrochen die Wände entlang.

Die Wirtshäuser waren nur noch an den zwei Tagen der Woche geöffnet, an denen die Bauern auf dem Weg zum Markt durch das Dorf kamen. Die Kaufleute gaben eine Zeitlang Kredit, dann schlossen sie ihre Läden. Wohlfahrtsvereine zahlten alles aus, was sie hatten, dann hörte es auf. Die Mitglieder der Gewerkschaft erhielten lange Wochen hindurch Zuschüsse, aber dann nahm auch das ein Ende.

Frauen wie meine Mutter, die erwachsene Söhne hatten, die gespart hatten und gute Hausmütter waren, legten jede Woche Geld und Nahrungsmittel zusammen für die Kinder der Frauen, die erst seit kurzem verheiratet waren, oder für Frauen mit vielen kleinen Kindern. Aber als Woche um Woche und Monat um Monat verging, ohne daß der Streik endete, mußten immer mehr Frauen zu geben aufhören, weil sie selbst Hilfe benötigten.

Herr Gruffydd ging immer und immer wieder in die Stadt und kam mit Eßwaren, Geld und Kleidern für die Ärmsten in den elenden Hütten zurück. Die Leute bei uns auf dem Hügel nahmen nie etwas davon. Herr Gruffydd war magerer geworden. Seine Kleider schlotterten ihm um den Leib, und Mutter sagte, er würde sicherlich hungern müssen, wenn ihn nicht hier und da jemand zum Essen einladen würde, denn er wurde von der Kirchgemeinde bezahlt, und die hatte kein Geld mehr, weil Lebensmittel für die Hungernden davon gekauft worden waren.

Aus all den feiernden Arbeitern zusammen bildete er einen Chor, und Ivor unterstützte ihn als zweiter Dirigent. In alle Täler weithin zogen sie, sangen, um Gaben für die Hungernden zu erhalten, und bald strömten Männer aus anderen Tälern herbei und gesellten sich zu ihnen. Eines Abends hörte ich tausend Stimmen in der Dunkelheit singen; ich glaubte die Stimme Gottes zu vernehmen.

Dann begannen Kinder zu sterben.

Die Leichenzüge zum Friedhof waren sehr lang zuerst, und zuweilen gab es zwei oder drei an einem Tage. Dann aber wurden die Züge kürzer und die Gesänge leiser, denn die Menschen hatten keine Kraft mehr.

Juli, August, September, Oktober.

November.

Die Kälte überfiel uns, und schon in der ersten Woche des Monats lag der Schnee hoch in den Straßen. Die Leute brannten Holz in Kaminen und Herden. Einige der Arbeiter gingen zur Grube, um sich Kohle zu holen; die Wächter verwehrten ihnen den Zutritt, aber sie kümmerten sich nicht darum und luden auf, soviel sie konnten. Am nächsten Morgen kamen Polizisten angefahren und ließen sich im Werksgebäude nieder. Zwei Männer, die erwischt wurden, als sie sich Kohle nahmen, wurden in die Stadt gebracht und auf sechs Monate ins Gefängnis gesteckt. So gingen denn jene, die kein Geld hatten, um Kohle zu kaufen, ins Gebirge, um Holz zu sammeln; da nun auch die Leute aus den anderen Tälern dort oben Holz suchten, war bald keines mehr da außer den Bäumen. Und deren Holz war zu frisch und hätte nur durch einen Brand angezündet werden können.

Immer mehr Kinder starben an Entkräftung, dann Frauen und schließlich auch Männer. Clydach machte keine Särge mehr. Ein Leintuch mußte genügen, und es genügte auch.

Zwei, drei oder vier Familien zogen in ein Haus, um zusammen ein wenig Essen und ein wenig Wärme zu haben. Fenster wurden vernagelt, damit die Kälte nicht so leicht hereinkönne. Selbst Herr Gruffydd hatte Mühe, die Männer von Gewalttätigkeiten zurückzuhalten; immer wieder drohten sie, zur Kohlengrube zu ziehen und die Polizisten umzubringen.

In der dritten Novemberwoche brachte Ellis, der Postmeister, eines Morgens Mari vor unserem Haus zum Stehen und gab Vater einen Brief.

»Kommen Sie herein, Ellis«, forderte ihn meine Mutter auf. »Das Frühstück ist fertig.«

»Nein, wahrhaftig nicht, liebe Frau Morgan«, sagte Ellis, ganz blaß um die Nase herum vor Kälte. »Ich bekomme mein Frühstück, wenn ich nach Hause komme.«

»Sie frühstücken jetzt bei mir«, erklärte Mutter, »sonst dürfen Sie nie mehr einen Fuß in dieses Haus setzen.«

»Gut denn, Frau Morgan«, nickte Ellis, nahm seine Mütze herunter und setzte sich neben mich. »Aber keinen Tee und keinen Speck, wenn ich bitten darf.«

»Tee werden Sie trinken, und Speck und Kartoffeln werden Sie essen«, rief Mutter ganz böse. »Man sagt nicht nein, hören Sie!«

»Gut, Frau Morgan«, sagte Ellis ganz eingeschüchtert und sah Mutter von unten bis oben und von allen Seiten an.

»Und wenn es uns noch so schlecht gehen sollte, nie soll ein Gast dies Haus hungrig verlassen«, rief Mutter.

»Beth«, sagte Vater und reichte Ianto den Brief, den Herr Ellis gebracht hatte, »wir fahren heute in die Stadt, die Jungens und ich.«

Mutter sah ihn an. »Nun?« fragte sie.

»Die Grubenbesitzer«, sagte Vater nur, und in seinem Gesicht war mehr Farbe, als ich seit Wochen darin gesehen hatte.

»Wir müssen nachgeben«, warf Davy ein und trank einen Schluck heißes Wasser mit ein paar Teeblättern darin.

»Sie versprechen uns einen Mindestlohn«, berichtete Vater. »Das ist der Strohhalm, an den wir uns klammern müssen.«

»Aber ertrinken werden wir deshalb doch«, murrte Ianto und blickte noch immer in den Brief.

Vater hob die Fäuste und ließ sie auf den Tisch niedersausen, daß das Geschirr emporhüpfte.

»Macht nichts«, brüllte er, und seine Augen flammten. »Dann ertrinken wir eben, aber beim allmächtigen Gott, wenigstens sollen die Kinder in diesem Haus und in allen anderen Häusern im Dorf heute mit vollem Magen zu Bett gehen.«

»Gut, Gwilym«, nickte Mutter. »Lauf zu Herrn Gruffydd, Angharad, und lade ihn zum Frühstück ein.«

»Ja, Mutter«, rief Angharad, sprang auf und rannte hinaus.

Und wir hatten an diesem Morgen auch wirklich ein feines Frühstück.

Dicke Scheiben Speck gab es und Kartoffeln und Röstbrot mit Butter und Erdbeermarmelade und richtigen Tee mit Zucker und Milch. Es tut gut, wieder einmal mit Verstand gute Sachen zu essen, wenn man sie lange entbehren mußte.

»Wo hast du denn all das versteckt gehalten, Mädel?« wollte

Vater wissen und aß Frühstück für zwei, daß es eine Freude war, ihm zuzusehen.

»Kümmere dich um deine Sachen«, sagte Mutter und wurde so schön rot, »und ich kümmere mich um meine, wenn du nichts dagegen hast. So lange lebe ich schon, da muß ich doch allmählich etwas gelernt haben.«

»Beth, mein Liebling«, sagte Vater, »so eine tüchtige Frau wie dich muß man lange suchen.«

»Geh, Gwilym, sonst bekommst du es von mir«, lachte und weinte Mutter zugleich.

Inzwischen hatten sich viele Leute vor unserem Hause angesammelt, denn sie wußten schon von Ellis, daß wir einen wichtigen Brief bekommen hatten; sie fingen an, laut und aufgeregt miteinander zu sprechen und dann laut zu rufen, und bald war die ganze Straße voll mit Menschen.

»Werden Sie uns zum Bahnhof bringen, Ellis?« fragte Vater.

»Das will ich, Herr Morgan, und wenn ich selbst auf der alten Mari reiten müßte«, lachte der Postmeister.

Mutter nahm die Geldbüchse herunter und zählte jedem das Geld ab, das er für die Reise brauchte, dann küßte sie Vater und meine Brüder, und sie verließen das Haus. Als die Leute sahen, daß sie ihre besten Anzüge anhatten, wußten sie gleich, daß es sich um wichtige Geschäfte handelte, und als sie dann meinem Vater ins Gesicht sahen, erkannten sie auch, daß er ihnen keine schlechten Nachrichten mitbringen würde.

So riefen und klatschten sie denn, wenn auch einige mit Tränen in den Augen, als Ellis mit der Peitsche knallte, um Mari anzutreiben, und auch den ganzen Weg die Straße hinab kamen Leute aus den Häusern gerannt und liefen aufgeregt dem Postwagen nach.

Für mich gab es heute keine Schule, aber ich hatte doch genug zu tun, denn ich machte mit Ivor Abschriften von dem Brief, und wir brachten ihn den Aufsehern in den anderen Kohlengruben jenseits des Berges, damit sie ihn ihren Leuten vorlesen sollten. Und wir luden sie ein, am nächsten Abend, wenn Vater aus der großen Stadt zurück sein würde, in unser Dorf zu kommen.

Am Nachmittag gegen fünf kam ein Telegramm, in dem stand, daß der Streik zu Ende sei; nur ein paar mit Bleistift geschriebene Worte waren es, aber die Leute hätten nicht verrückter sein können, wenn die Schrift an der Wand erschienen wäre, von der in der

Bibel geschrieben steht.

Die Männer liefen die Straße hinauf und hinab und brüllten und tanzten mit jedem, der gerade des Weges kam, Frauen schauten aus den Fenstern heraus und winkten, und Kinder spielten Ringelreiherose. Gegen sieben Uhr, als es schon dunkel war, kam ein Wagen im Dorf an und blieb mitten auf der Straße stehen. Die Leute waren inzwischen in ihre Häuser gegangen, denn es war kalt, und es hatte angefangen zu schneien.

Als der Kutscher nun laut zu rufen begann, kamen sie aus den Häusern heraus, zuerst nur einzeln, aber als er nun anfing, Körbe voll Lebensmittel auszuteilen, da kamen sie so rasch herbeigelaufen, wie sie nur konnten, und der Kutscher mußte ein paar Männer bitten, dafür zu sorgen, daß sie hübsch der Reihe nach kämen, sonst hätten sie ihn zertreten und zertrampelt.

Jemand sagte, die Eßwaren seien von einer Londoner Zeitung geschickt worden, die unter ihren Lesern eine Sammlung veranstaltet habe, andere behaupteten, sie kämen von Herrn Evans, der seinen Frieden mit den Arbeitern machen wolle, und wieder andere meinten, es müsse wohl Herr Gruffydd dahinterstecken. Aber Herr Gruffydd wußte nichts von der Angelegenheit, und von wem die Sachen kamen, erfuhren wir erst, als am nächsten Abend mein Vater und meine Brüder zurückkehrten.

Den Festzug hättet ihr sehen sollen, als sie dann wirklich da waren!

Bis zur Endstation waren sie mit der Eisenbahn gefahren, und von dort brachte Thomas, der Fuhrmann, sie heim. Die Männer gingen die Straße hinauf bis zur Berghöhe mit großen Fackeln Vater entgegen. Dort oben war es so kalt, daß die Blasinstrumente einfroren und die Musikkapelle singen mußte, statt zu blasen. Als der Wagen den Berg heraufkam, spannten sie die Pferde aus; statt dessen spannten sie Grubenponys aus dem Bergwerk, in dem Vater arbeitete, vor die Kutsche, und die Pferdchen waren mit bunten Bändern geschmückt. Dann wurden die Fackeln angezündet, und in Reih und Glied ging's den Berg hinab.

Es war hübsch zu sehen, wie all diese kleinen Lichter sich den Berg herabbewegten, und hübsch zu hören war es, wie die Stimmen immer näher kamen. Hunderte gingen im Zuge mit, Hunderte liefen ihm entgegen, und abermals Hunderte erwarteten ihn im Dorf.

So groß war die Menge und so gewaltig der Lärm, daß mein

armer Vater selbst kaum viel reden konnte; sehr müde sah er aus, aber noch nie im Leben war er glücklicher gewesen.

»Wir arbeiten wieder, Freunde«, rief er, und die Leute riefen Hurra, so laut, daß einem beinahe das Trommelfell platzte. »Wir verdienen weniger, aber wenigstens gibt es Mindestlöhne. Es ist schon alles unterzeichnet. Wir arbeiten wieder!«

»Wann?« brüllten die Leute. »Wann, wann?«

»Morgen«, brüllte Vater zurück.

»Morgen«, tönte es durch die Menge, die Musikkapelle legte los, und Arm in Arm marschierten die Leute die Straße hinab. Die »Drei Glocken« sperrten extra auf; das letzte Faß Bier wurde angeschlagen, und dann wurde wieder getanzt, bis Davy Pryse, der das große Horn blies, einen roten Ring um den Mund herum hatte und seine Hutkrempe, seine Fäustlinge und sein Halstuch ganz steif gefroren waren von seinem kalten Atem.

Nur, weil es so kalt war, weil die Fackeln ausgebrannt waren und nichts mehr zu essen und zu trinken da war, gingen die Leute schließlich nach Hause.

Als Vater heimkam, sank er in die Knie, und Mutter neben ihm, und er betete: »Für alle Deine Gnade und dafür, daß Du mir heute beiseite standest, o himmlischer Vater, danke ich Dir von ganzem Herzen. Gestern habe ich Dir gedankt, und heute danke ich Dir, und morgen werde ich Dir wieder danken, von ganzem Herzen. Im Namen Jesu Christi, des Sohnes.«

»Amen«, sagten wir alle.

»Gwilym«, sagte Mutter, »jetzt ins Bett.«

»Bekomme ich denn nicht vorher etwas zu essen?« fragte Vater. »Verhungern läßt du uns.«

»Waschen und zu Bett gehen«, wiederholte Mutter, wie von weit weg. »Ich weiß, ihr habt immer gehungert in diesem Hause. Du bist einen weiten Weg gekommen, aber natürlich gibt es in so einem Haus nichts zu essen für dich.«

»Na ja, Beth, ich hab's ja nur so gesagt, ich hab's ja nicht so gemeint«, brummte Vater ganz kleinlaut.

»Hast du eine Nase?« fragte Mutter.

»Wenn sie mir oben am Berg nicht abgefroren ist, dann habe ich eine«, meinte Vater und griff sich mit Zeigefinger und Daumen nach der Nase.

Wir alle mußten lachen, aber Mutter sah Vater noch immer ganz böse an, so gekränkt war sie darüber, daß er glauben könne, es wäre nach der Reise nichts zu seiner Stärkung vorbereitet. Doch wenn Vater ein komisches Gesicht machte, konnte Mutter nie lange ernst bleiben; auch jetzt konnte man sehen, wie ein Lächeln in ihre Augen kam, und dann streichelte sie Vaters Gesicht.

»O Gwilym, mein Kleiner«, sagte sie, »so müde siehst du aus! Wasch dich und lege dich ins Bett, und wenn dir schön warm ist, dann bringe ich dir, was eben da ist.«

»Was gibt es denn?« wollte Vater wissen und versuchte seinen Arm um Mutters Hüfte zu legen, doch sie tat, als ob sie noch böse wäre, und schob ihn weg, aber nicht wirklich.

»Warmes Wasser bekommst du, Junge«, sagte sie.

»Darin will ich mich waschen«, meinte Vater. »Mit Seife. Ist das alles, was da ist? Warmes Wasser, sonst nichts?«

»Riech mal, Gwilym«, rief Mutter, die es nicht mehr länger aushielt.

Mein Vater schnupperte, aber so kalt war ihm, daß er nicht riechen konnte.

»Ich rieche etwas Gutes, aber was es ist, kann ich nicht genau erkennen«, sagte er.

»Setz dich mal hierher«, forderte Mutter ihn auf, nahm ihn bei den Schultern und schob ihn zu seinem Sessel, um ihm die Stiefel aufzuschnüren. »Warmes Wasser bekommst du mit einem Hühnchen und einem bißchen vom Rind und einem bißchen vom Hammel und sonst noch allerlei schlechtem Zeug darin. Was kann das nur sein?«

»Beth«, schmunzelte Vater, »bis zum Ende meiner Tage will ich Gott dafür danken, daß ich dich geheiratet habe. Branntweinsuppe, möchte ich wetten. Jetzt will ich rasch ins Bett.«

»Ich hätte gute Lust, die Suppe wegzuschütten«, sagte Mutter.

»Bring mir eine tüchtige Schüssel davon hinauf«, meinte Vater, »und einen Löffel dazu, dann kannst du das andere ruhig wegschütten. Ist das Bett warm?«

Mutter gab ihm einen Klaps auf den Fuß, als ob sie noch immer ärgerlich wäre.

»Nein, mein Junge«, rief sie. »Habe ich denn genug Vernunft, um dir das Bett zu wärmen? Angharad, Bronwen und ich, alle drei sind wir den ganzen Tag die Treppe hinauf- und wieder heruntergelaufen, mit Eisblöcken für dein Bett. Wenn einer geschmolzen war, steckten wir gleich wieder einen frischen hinein. So, jetzt hast du's.«

»Gut«, nickte Vater und zwinkerte uns zu, »mir geht nichts über einen tüchtigen Eisblock im Bett.«

»Ihr da«, rief Mutter und ging auf uns los, »was steht ihr da und grinst wie die Affen im Zirkus! Habt ihr euch schon gewaschen?«

»Ja, Mutter«, antworteten wir im Chor.

»Dann setzt euch an den Tisch. Und keine Dummheiten mehr, von euch nicht und von Vater auch nicht. Verstanden, Gwilym?«

»Ja, mein Liebling?« sagte Vater mit ganz ernstem Gesicht.

»Ins Bett!«

»Ja, Beth«, sagte Vater, ging zur Tür und drehte sich noch einmal um. »Bitte, bitte, bekomme ich auch sicher einen Eisblock, Frau Morgan?« fragte er mit einer Stimme wie ein kleiner Junge.

Dann rannte er die Treppe hinauf und Mutter hinter ihm her mit dem Schürhaken, und wir standen da und lachten beinahe die Tünche von der Decke herunter.

Einundzwanzigstes Kapitel

Am nächsten Morgen verließ ich das Haus bereits, ehe die Männer zur Arbeit gingen, denn nun, da die Wege verschneit waren, brauchte ich länger, um in die Schule zu kommen, und ich wollte früh dort sein, denn ich hatte ja zwei Tage versäumt.

Weit, weiß und schön lag das Tal unter mir, als ich auf der Berghöhe ankam, und meine Fußspuren waren den ganzen Weg hinunter wie kleine Schatten zu sehen. Sogar die Schlackenhalde war mit Schnee bedeckt. Das ganze Dorf, mit Ausnahme von ein paar Stellen, an denen der Schnee von den Dächern herabgeweht worden war, lag unter einer dicken weißen Hülle. Der Fluß war zugefroren, und dort, wo das Eis nicht von Schnee bedeckt war, schimmerte er grau herauf; doch immer noch machten sich Vögel am Fluß zu schaffen, wenn ich auch nicht wußte, was sie dort zu finden hofften.

In der Schule war es sehr kalt, und wir behielten im Klassenzimmer unsere Überkleider an, aber selbst so wollte uns nicht recht warm werden, und immer wieder mußten wir in die Hände klatschen, um überhaupt den Federhalter zwischen die Finger klemmen zu können.

Am Nachmittag ließ mich Herr Motshill zu sich rufen; als ich in sein Arbeitszimmer kam, saß er, in seinen Mantel gehüllt, vor dem schwachen Feuer im Kamin.

»Morgan«, sagte er, und ich merkte, daß er einen Schnupfen hatte, »ich habe mir deine Hausaufgaben angesehen und sie mit deinen Klassenarbeiten verglichen. Wenn ich sage, daß der Unterschied erstaunlich ist, so sage ich noch zu wenig. Wie kommt das?«

Seine Augen blickten gütig, seine Nase war rot, und sogar sein Backenbart sah aus, als ob er erkältet wäre.

»Antworte mir, Morgan«, fuhr Herr Motshill freundlich fort. »Wenn man deine Schularbeiten ansieht, muß man glauben, ein Dummkopf habe sie geschrieben, und noch dazu ein fauler Dummkopf. Ich habe festgestellt, daß drei deiner Brüder ausgezeichnete Schüler gewesen sind. Hängt es vielleicht damit zusammen, daß deine Hausarbeiten um so vieles besser sind? Fast sieht es so aus, als ob ein anderer sie geschrieben hätte. Willst du mir das nicht erklären?«

Es kommt im Leben manchmal vor, daß man die Antwort auf eine Frage ganz genau weiß, sie aber nicht in die rechten Worte kleiden kann. Was man sagen will, klingt so dumm, daß man sich schämt, es auszusprechen.

»Ich hatte große Hoffnung, dich hier so weit vorzubereiten, daß du ein Stipendium für die Universität bekämest, Morgan«, sagte Herr Motshill, und noch immer war, obwohl ich doch seine Geduld hart auf die Probe stellte, Güte in seinen Augen und in seiner Stimme. »Nichts würde mir größere Freude machen, als auch deinen Namen in goldenen Buchstaben auf einer Tafel in der Halle zu sehen. Denke nur daran, wie stolz deine Mitschüler auf dich sein würden und welch gutes Beispiel dies für die künftigen Schüler dieser Anstalt wäre. Denke auch an deinen Vater und an deine Mutter. Die würden sich wohl am meisten freuen, nicht wahr?«

»Ja, Herr Motshill«, sagte ich, froh darüber, überhaupt ein Wort herauszubringen.

»Dann möchte ich dich nochmals fragen, Morgan, warum sind deine Klassenarbeiten so unverhältnismäßig schlechter als deine Hausarbeiten?« Herr Motshill legte mir die Hand auf die Schulter. »Fühlst du dich hier unglücklich?«

»Ich möchte gern bei Herrn Tyser lernen«, sagte ich leise.

»Aha.« Ein ganz kleines Lächeln war jetzt in Herrn Motshills Augen, gleich hinter der Brille. »Das hatte ich mir gedacht ... oder, sagen wir, gefürchtet. Danke, Morgan. Ihr Waliser seid eine merkwürdige Gesellschaft. Jetzt geh bitte wieder in dein Klassenzimmer.«

»Ja, Herr Motshill.«

»Und merke dir dies, Morgan«, sagte der Direktor, als ich bei der Tür war, »nur der Mensch bringt es zu etwas, der das, was er zu sagen hat, auch wirklich sagt, wenn die Umstände es erfordern. Menschen, die schweigen, wenn sie ungerecht behandelt werden, sind Feiglinge. Hast du mich verstanden?«

»Ja, Herr Motshill.«

»Dann nimm es dir zu Herzen.«

Als ich wieder in mein Klassenzimmer ging, war ich fest entschlossen, für Herrn Motshill so gut zu arbeiten, wie ich nur konnte, ohne mich um Herrn Jonas oder sonst wen zu scheren. So fest war mein Wille, daß ich mit zusammengebissenen Zähnen zu meinem Pult ging. Ich sah meine Hefte durch, und Bitterkeit umd Scham erfüllten mich, als ich den Unsinn sah, den ich da zusammengeschrieben hatte; meine Hefte waren voll von Klecksen, die Hälfte war durchgestrichen, und was nun gar die geometrischen Zeichnungen betraf, so waren sie eine Schande für Mensch und Vieh. Und dabei wäre das alles nicht nötig gewesen.

Ich spürte, daß etwas in der Luft lag, und obgleich ich noch in einem Heft blätterte, waren meine Gedanken nicht mehr dabei. Herr Jonas hatte aufgehört zu sprechen. Er stand auch nicht beim Katheder. Dann fühlte ich sein Lächeln hinter mir. Seine Hand griff über meine Schulter weg nach meinem Heft, und als er darin blätterte, hörte ich ihn leise in sich hineinkichern.

»Komm heraus, Morgan«, sagte er. »Die Klasse soll jetzt einmal sehen, wie es heute um die Kenntnisse dieses Musterschülers außer Dienst steht.«

»Ich möchte nicht herauskommen«, sagte ich.

Da nahm er mich beim Ohr und zog mich in die Höhe.

Ceinwen drehte sich um, und ich sah kleine Flammen aus ihren Augen züngeln. Um ihren Mund zuckte es, vor Aufregung zerknüllte sie ihre Bluse, und sie nickte mir energisch zu, ich solle mich wehren.

Aber dazu war ich schon lange entschlossen; kalter Zorn hatte mich gepackt, als Herr Jonas Hand an mich gelegt hatte. Ich wartete, bis wir zwischen dem Katheder und den Schulbänken standen, wo genügend Platz war. Schon schoß meine Faust vor und traf ihn so hart mitten am Leib, daß ich mir die Knöchel an seiner Uhrkette wundschlug.

Mit einem Krach, daß die Schule wackelte, stürzte Herr Jonas zu Boden, die Schultafel und die Kreidestücke hinterdrein. Und die Mädchen fingen wieder an zu kreischen.

»Lauf, Huw«, brüllte Ceinwen, »lauf, Junge.«

Aber Herr Jonas stand schon wieder auf und hatte die Finger nach mir ausgestreckt. Ich wartete, bis er wieder fest auf den Füßen stand. Es gibt Augenblicke, in denen man Blut sehen will. So war es jetzt mit mir. Und nicht umsonst war ich des Morgens mit Dai und Cyfartha auf den Berg hinaufgegangen.

Eine Linke ans Kinn. Oh, welche Freude, die Faust auf Fleisch aufschlagen zu fühlen, das man haßt, den Blick wütenden Erstaunens in verhaßten Augen zu sehen! Eine Rechte in den Magen, eine Linke und eine Rechte an den Kopf hatten Herrn Jonas wieder zu Boden gebracht. Gerade in diesem Augenblick öffnete sich die Tür und Herr Motshill trat ein. Seltsam, wie man in dieser Minute voll Kampfgier ist und überzeugt von der Gerechtigkeit seiner Sache, und in der nächsten arm und klein dasteht und am liebsten vor Scham in den Boden sinken möchte.

So war mir jetzt zumute, als Herr Motshill hereinkam und mich ansah.

»Morgan«, sagte er mit einer Stimme, die wie ein Peitschenhieb war, »nimm deinen Hut, deine Bücher und verlasse sofort die Schule. Diese Woche brauchst du nicht mehr herzukommen. Ich erwarte dich nächsten Montag. Herr Jonas, bitte in mein Zimmer.«

So ging ich denn hinaus und hörte gerade noch, wie Ceinwen hell auflachte.

Nach Hause zu gehen und meiner Mutter zu sagen, daß ich von der Schule weggeschickt worden sei, weil ich einen Lehrer niedergeboxt hatte, war eine schwere Sache. Je länger ich darüber nachdachte, desto schwerer kam sie mir vor. Ich lief durch den höchsten Schnee und ging auf dem schlechtesten Weg den Berg hinab, um nur recht lange zu brauchen.

Aber endlich war ich doch daheim; zuerst ging ich zu Bronwen, aber sie arbeitete oben im Haus, und obwohl sie herunterrief, ging ich hinaus, ohne zu antworten. Ich hatte Angst davor, meiner Mutter jetzt gegenüberzustehen, deshalb warf ich, als ich zu unserem Haus kam, nur rasch meine Schulsachen durch das Hinterfenster und lief dann zu Herrn Gruffydd hinunter. Er war gerade von der alten Frau Rowlands fortgezogen, weil sie von nun an bei ihrer Tochter wohnen würde; Herr Gruffydd zog in das liebe kleine Häuschen bei der Kirche: große Fenster hatte es, eine Tür mit kleinen Säulen und eine Verranda aus Muschelschalen.

Ich trat durch die Haustür in einen dunklen Gang und tastete mich zwischen Kisten, Brettern und Farbtöpfen zur Tür seines Arbeitszimmers durch. Dort blieb ich stehen. Herr Gruffydd war in Hemdärmeln und sah sehr erhitzt aus, obgleich es draußen kalt und Eis an den Fenstern war. Eine Teekanne aus unserem Haus stand auf dem Tisch, und daneben unsere Teller mit Brot, Fleisch und Salat. Und nun sah ich auch Angharad. Sie stand vor einem Büchergestell; ihre Arme lehnten auf dem obersten Brett, und auf ihren Armen lehnte ihr Kopf. Nur von der Seite sah sie Herrn Gruffydd an. Der Pastor war gerade damit beschäftigt, eine Kiste ans Fenster zu ziehen, und das machte so viel Lärm, daß er mich nicht kommen hörte. Ehe ich etwas sagen konnte, blickte er Angharad an, zog ein Taschentuch heraus und wischte sich das Gesicht ab.

»Ich habe immer wieder darüber nachgedacht«, hörte ich ihn sagen, »aber noch immer erscheint es mir unrecht.«

»Es ist nicht unrecht«, sagte Angharad, nicht böse zwar, aber auf sanfte Art ungeduldig. »Ich bin nicht an Iestyn gebunden. Wir sind nur gute Bekannte.«

»Seit Monaten gilt er als dein Bräutigam«, wandte Herr Gruffydd ein. »Deine Mutter sagt immer, wie froh sie darüber ist, daß du immer in Wohlstand leben wirst.«

»Ich will nicht in Wohlstand leben«, rief Angharad, und mit einemmal erinnerte sie mich so an Mutter, daß ich lächeln mußte. »Es gibt Besseres im Leben als Wohlstand.«

»Es kann nicht sein, um deinetwillen nicht«, entgegnete Herr Gruffydd müde.

»Sie sollten ein bißchen mehr an sich und weniger an mein Wohl denken. Wenn ich Iestyn wollte, könnte ich ihn haben. Aber ich möchte lieber Sie.«

»Angharad, du sprichst schamlos.«

»Die Wahrheit ist nicht schamlos.«

»Es geht nicht, Angharad, es ist unrecht.«

»Sie haben Angst davor, was die Leute sagen«, sagte Angharad, die jetzt unser Geschirr vom Tisch räumte. »Sie fürchten sich vor den bösen Zungen.«

»Keineswegs«, widersprach Herr Gruffydd. »Ich fürchte mich nur davor, daß du dein ganzes Leben in Dürftigkeit verbringen würdest. Daß wir beide auf die Wohltätigkeit anderer angewiesen wären, wenn wir einmal eine gute Mahlzeit haben wollten; mein Gehalt deckt kaum das nackte Leben. Glaubst du, ich wollte, daß du zwanzig Jahre vor der Zeit grau wirst? Sollen unsere Kinder in den abgelegten Kleidern anderer aufwachsen? Nein, Angharad, ich bin ein Mann. Ich kann ein Leben in Armut um meiner Pflicht willen ertragen. Aber ich würde es nicht überleben, dich in stetem Kummer und in Sorge zu sehen.«

»Warum nicht?« fragte Angharad, trat nahe an Herrn Gruffydd heran und sah ihn mit ihren schönen Augen an.

»Armut ist keine Tugend, Kind, ebensowenig wie die Armut des Geistes«, sagte Herr Gruffydd sehr traurig. »Das Leben ist gut und voll guter und schöner Dinge. Alle Menschen sollten sich daran erfreuen dürfen.«

»Aber warum würden Sie es nicht überleben, wenn ich Kummer und Sorge hätte?« fragte Angharad abermals.

»Weil ...« Herr Gruffydd suchte nach Worten; überallhin blickte er, nur nicht auf Angharad. »Weil ... nun, eben weil ... und jetzt laß mich arbeiten, Kind.«

Und er wandte sich ab, um die Schnur von einer Schachtel zu lösen. Angharad blickte einen Augenblick auf ihre Hände nieder; ich sah, wie sie mit traurigem Gesicht hoffnungslos den Kopf schüttelte, und als sie sich umwandte, um das Geschirr in den Korb zu tun, ging ich auf Zehenspitzen durch den dunklen Gang zurück und dann die Straße hinauf zu Bronwen.

»Bron«, sagte ich, »ich bin von der Schule weggeschickt worden, weil ich den Jonas gehauen habe.«

»Hast du kräftig zugehauen, Junge?« fragte Bronwen und wischte sich das Mehl von den Händen.

»Ja, er ist umgefallen, und die Schultafel auch.«

»Nur einmal?«

»Gehauen habe ich ihn fünfmal. Zweimal war er am Boden.«

»Fünf Küsse sollst du haben«, rief Bronwen, packte mich und gab mir fünf Küsse aufs Gesicht, daß es nur so knallte. »So, jetzt lauf, Huw, und sag es Mutter.«

»Ich habe Angst, Bronwen.«

»Angst, Junge, wo deine Mutter den Kerl ärger haßt als die Pest! Lauf jetzt und hol dir später ein Stück Erdbeertorte bei mir.«

»Gut«, sagte ich, »aber Angst habe ich doch.«

Ich ging über den hinteren Weg nach Hause, kratzte das Eis

von den Steinen und blieb so lange unterwegs, wie ich nur konnte. Wenn man sich fürchtet, dann weigert sich das Gehirn immer eine Weile, einem den Befehl zu geben, das zu tun, was getan werden muß. Statt dessen tut man minutenlang die unnützesten Dinge, bis einem endlich der Mut zu Hilfe kommt. Wie lange ich nur brauchte, um mir vor der Hintertür die Schuhe abzuputzen! Und als ich dann aufblickte, sah ich Mutter beim Fenster stehen und lächeln.

»Komm herein«, rief sie mir zu; ihre Stimme klang ganz dumpf hinter dem geschlossenen Fenster.

Ich ging hinein und stand da. Es ist auch merkwürdig, daß man sich immer so unbequem hinstellt oder hinsetzt wie möglich, wenn man ein schlechtes Gewissen hat und Strafe erwartet; so als ob einem das aus der Patsche helfen könnte.

»Nun?« fragte Mutter.

»Ich bin von der Schule weggeschickt worden, Mutter«, sagte ich kaum hörbar.

»Bronwen hat es mir schon gesagt«, nickte Mutter. »Ich brauche jemand, um das Bücherregal da zu Herrn Gruffydd hinüberzutragen. Geh du.«

»Aber ich habe Herrn Jonas sogar auf den Boden gehauen, Mutter«, sagte ich.

»Hast du ihm auch einen Fußtritt gegeben?« fragte Mutter und klopfte mit ihrem Fingerhut auf das Stopfholz.

»Nein, Mutter.«

»Ich hätte dabeisein sollen«, sagte Mutter. »Das Regal zu Herrn Gruffydd.«

Ich hätte fünfzig Regale mit meinen beiden kleinen Fingern allein tragen können, so froh war ich.

Aber Herr Gruffydd war anderer Ansicht über den Fall.

»Du hast deinen Lehrer geschlagen«, sagte er, als ich ihm davon berichtete, und jedes Haar in seinem Bart schien sich zu sträuben. »Schäme dich, Huw Morgan. Den Lehrer schlagen? Ein kleiner Junge erhebt seine Hand gegen den Mann, dem er Gehorsam schuldig ist!«

»Ich habe mich nicht beherrschen können«, verteidigte ich mich.

»So, du hast dich nicht beherrschen können! Eine schöne Antwort. Wir dürfen also, wenn man uns auf den Platz verweist, auf den wir gehören, einfach zuschlagen, wie? Hast du je von Jesus Christus gehört? Er hat sich nicht beherrschen können?«

»Mit den Wechslern war der Heiland zornig«, sagte ich schüchtern.

»Weil sie einen heiligen Ort entweiht haben. Aber gegen das Gesetz und die gesetzesmäßige Obrigkeit hat sich der Herr Jesus nie erhoben. Nicht einmal, als man Ihn zum Tode führte. Herr Huw Morgan aber kann sich nicht beherrschen und schlägt seinen Lehrer zu Boden. Hat Herr Huw Morgan je von einem gewissen Sokrates gehört?«

»Ja, Herr Gruffydd.«

»Dann lies gefälligst einmal das Gespräch zwischen diesem Großen des Geistes und Kriton«, sagte Herr Gruffydd und wies auf ein Buch auf dem Büchergestell. »Sokrates hat sich lieber selbst den Tod gegeben, als die Gesetze des Landes zu verletzen. Platon soll dich darüber unterrichten.«

Ich nahm das Buch und fand die Stelle.

»Vor über zweitausend Jahren ist das geschrieben worden«, rief Herr Gruffydd, »und wir sollten uns schämen, daß mit all unserem schönen Gerede von modernen Erziehungsmethoden ein junger Rohling noch immer imstande ist, seine dummen Fäuste gegen einen Mann zu erheben, der ihm vorgesetzt ist. Du wirst noch einmal am Galgen enden, Huw Morgan.«

»Es tut mir jetzt leid, Herr Gruffydd.«

»So, es tut dir leid?« sagte Herr Gruffydd. »Welche Gnade von dir. Geh von mir, Junge, ich schäme mich für dich bis ins Innerste meiner Seele.«

Ich schlich ganz niedergeschlagen aus dem kleinen Haus, schlich die Straße hinauf, schlich um unser Haus herum und setzte mich dann in den dunklen Schuppen auf die zugedeckte Maschine, und wieder sah ich Herrn Gruffydd vor mir und hörte seine Stimme, und bei jedem Wort, dessen ich mich erinnerte, zitterte ich.

Dann kletterte ich durch das Fenster in die Schlafstube und legte mich still zu Bett, denn es gibt Zeiten, in denen das Bett der einzige Platz auf der Welt ist, wo man Ruhe und Frieden findet.

»Der Fehler liegt auf beiden Seiten«, sagte mein Vater am nächsten Morgen. »Ich hätte vielleicht geradeso gehandelt, deshalb will ich weiter nichts sagen. Wir wollen abwarten, was du zu hören bekommst, wenn du am Montag wieder in die Schule gehst, Huw.«

»Herr Motshill hat gesagt, er wolle mich auf das Examen für die Universität vorbereiten«, berichtete ich.

»Deine Brüder hätten das auch haben können«, erklärte Vater, »aber die eigensinnigen Esel wollten lieber arbeiten gehen. Wenn du das erste Examen bestanden hast, mein Sohn, sollst du zehn Sovereigns von mir bekommen. Dann werden wir weitersehen.«

»Ja, Vater.«

»Iß, Huw,« sagte Mutter. »Iß ordentlich, damit du gescheit wirst.«

Die Woche ging für mich so langsam vorüber, als hätte eine Schnecke sie auf der Schulter getragen. Ich reinigte die Hühnerställe und setzte frische Bretter ein, dort, wo die Füchse hineingeschaut hatten, ich arbeitete im Garten, strich an unserem und an Bronwens Haus die Vorderseite und putzte und scheuerte den Motor, bis er glänzte wie Gold und Silber. Und dabei wartete ich immer darauf, daß doch endlich der Montag käme.

Als ich das nächste Mal zu Herrn Gruffydd kam, war er wieder geradeso freundlich zu mir wie früher. Er zeigte mir die Entwürfe für die Möbel, die er sich selbst zimmern wollte. Schön waren die, so einfach, ganz ohne Schnörkel, und ich wollte ihm gerade dabei helfen, das Holz für den ersten Sessel zurechtzusägen, als Isaac Wynn an das Tor klopfte; geradewegs von der Arbeit kam er.

»Herr Evans ist auf der untersten Sohle unter die Grubenbahn geraten«, berichtete er ganz außer Atem. »Können Sie gleich mitkommen, Herr Gruffydd?«

Herr Gruffydd war schon aus dem Haus gelaufen, ehe Isaac Wynn wieder aufgebrochen war, aber er hatte Hut und Mantel zurückgelassen, deshalb nahm ich seine Sachen und lief ihm nach. Ich hätte mir die Mühe ersparen können, denn als ich zur Grube kam, brachten sie Herrn Evans schon herauf und legten ihn in das Maschinenhaus. So gab ich Herrn Gruffydds Hut und Mantel dort ab und ging wieder. Und während ich ging, hörte ich den Gesang.

Die Straße hinab, so weit der Klang reichte, sah ich Männer ihre Mütze abnehmen und Frauen mit gesenktem Kopf stillstehen. Das Dorf war voll mit Menschen, die still dastanden, indes das fromme Trauerlied der Arbeiter ernst aus dem Grubenschacht hervordrang und der Wind wehmütig seufzte.

Der alte Evans war inmitten seiner Arbeit gestorben, in dem Maschinenhaus, dessen großes Rad sich all die Jahre hindurch Tag und Nacht gedreht hatte, um ihn reicher zu machen, und das sich nun auch drehte, um ihn als Sterbenden zum Tageslicht heraufzubringen.

Als ich wieder in Herrn Gruffydds Häuschen war, vertrieb ich mir die Zeit mit Holzhacken, bis der Pastor zurückkam. Ich erschrak, als ich sein Gesicht anschaute. Seine Augen blickten wie die eines Menschen, dessen Leben am Erlöschen ist.

»Geh heim, Huw«, sagte er und setzte sich auf den Bretterhaufen. »Bitte deine gute Mutter, sie möge mich entschuldigen, wenn ich heute nicht zum Essen komme.«

»Ja, Herr Gruffydd«, sagte ich. »Soll ich nach dem Essen wiederkommen, Ihnen helfen?«

»Nein, laß mich allein. Ich werde dir sagen, wann wir wieder an den Möbeln arbeiten.«

Da ging ich nach Hause. Meine Mutter sagte nichts, als ich es ihr ausrichtete, aber sie sah Angharad, die auf dem Schemel beim Feuer saß und weinte, kopfschüttelnd an.

Der alte Evans hatte ein Begräbnis, das sah aus, als ob es nie enden würde. Nicht nur gingen unzählige Menschen vor und hinter dem Sarg her, sondern die Straße war auch schwarz von Leuten, die aus den benachbarten Tälern gekommen waren. Aus allen Kohlenbergwerken und Eisenwerken weit und breit waren Scharen von Arbeitern gekommen, und dann die Kunden und Agenten; und der Chor, der Fußballklub und alle anderen Vereine, denen Herr Evans angehört hatte, waren in voller Stärke ausgerückt.

Noch nie hatte ich so viele Menschen beieinander gesehen; lange, lange traurige Reihen von frostgeröteten Gesichtern. Und alle in Schwarz von Kopf bis Fuß. Meilenweit hintereinander bewegten sich die Beine, im Takt manche, andere wie sie gerade wollten. Und wenn der Gesang einen Augenblick aufhörte, dann vernahm man das Knarren und Knirschen der Sonntagsschuhe und das leise Knistern der Frauenröcke, ohne Ende ging es so den Berg hinauf. Und der Schnee ließ hunderte Zylinderhüte prächtig aufglänzen. Angharad ging mit meinen Eltern gleich hinter Iestyn und seinen zwei Onkeln aus London, die dort die von Herrn Evans geförderte Kohle verkauften, und hinter Herrn Gruffydd und vier anderen Geistlichen.

Ich stand mit Bronwen auf halber Höhe des Hügels, um zuzusehen, und war froh, daß ich nicht im Zuge mitgehen mußte.

»Komm, Huw«, sagte Bron zu mir, als der Trauerzug noch nicht einmal zur Hälfte vorbei war, »wir gehen jetzt nach Hause und trinken eine gute Tasse Tee.«

Wir gingen, und zum Schluß lief ich voraus; als Bronwen kam, hatte ich schon den Teekessel aufgestellt.

»Die arme Angharad«, sagte Bron. »Das heißt, warum ich sie

eigentlich ›arm‹ nenne, weiß ich nicht. Zwischen zwei guten Männern kann sie wählen.«

»Glaubst du, daß sie Herrn Gruffydd nehmen wird?« wollte ich wissen.

»Wenn Herr Gruffydd sie nimmt, sicher. Aber er hat so ein strenges Gewissen, das ist es. Angharad wird erst achtzehn, und er ist an die vierzig. Und ein armer Mann wird er bleiben bis ans Ende seiner Tage.«

»Herr Gruffydd ist arm?« fragte ich ganz erstaunt.

»Fünfundzwanzig Pfund im Jahr«, antwortete Bronwen. »Es ist noch nicht lange her, da hat deine Mutter in zehn Tagen so viel bekommen.«

»Zehn Schilling in der Woche?« Ich konnte mich vor Staunen gar nicht fassen. »Für Herrn Gruffydd? Nur zehn Schilling in der Woche?«

»Ja, und manchmal vergißt die Gemeinde, sie ihm zu bezahlen. Dein Vater mahnt schon seit Wochen, aber sie sagen nur, der Streik habe alles aufgezehrt. Herr Gruffydd solle warten. Und er wartet auch, ohne ein Wort zu sagen, bis ihm die Zehen durch die Schuhe schauen.«

»Wie können wir ihm helfen, Bronwen?«

»Indem wir den Mund darüber halten. Herr Gruffydd wird schon selber sprechen, wenn er es für richtig hält.«

»Dann wird Angharad also Iestyn heiraten, nicht?«

»Ich hoffe es«, nickte Bronwen. »Nicht für hundert Goldstücke in der Woche würde ich einen Pastor heiraten. Iestyn ist ein reicher Mann, seit sein Vater gestorben ist. Herr Gruffydd tut mir ja leid, aber so ist es nun einmal.«

Als Angharad von Herrn Evans' Begräbnis kam, ging sie gleich zu Bett, und am nächsten Tag schickte Mutter sie mit Ceridwen in den Bauernhof hinauf. Herr Gruffydd kam während mehrerer Tage nicht zu uns, und wenn ich zu ihm gehen wollte, um ihm bei seiner Einrichtung zu helfen, war das kleine Haus immer verschlossen. Aber wir wußten doch, daß er seine Arbeit nach wie vor leistete, denn Ellis hatte ihn auf dem Weg zu den einsamen Bauernhäusern im Gebirge angetroffen, und an den Abenden hielt er in der Kirche die Gottesdienste ab.

Iestyn war mit seinen Onkeln nach London gefahren. Jeden Morgen brachte Ellis einen dicken Brief für Angharad, den Bronwen ihr zum Bauernhof hinauftrug; keinen einzigen Tag außer

Sonntag blieb der Brief aus, solange Iestyn fort war. Den ganzen Tag mußte er in London schwarzgeränderte Briefbogen vollgeschrieben haben.

Am Montag ging ich wieder in die Schule, und während des ganzen Weges hatte ich große Angst. Ceinwen erwartete mich beim Eisenwerk; sie sagte zwar, sie sei diesen Weg nur gegangen, weil sie Zwirn für ihre Mutter holen solle, aber obgleich sie bei Meredith, dem Kurzwarenhändler, vorbeikam, machte sie keine Miene, hineinzugehen, nicht einmal, als ich sie daran erinnerte. Wir sprachen nicht viel miteinander, bis wir nahe beim Schultor waren; dann blieb sie zurück, weil so viele Jungen und Mädchen dort herumstanden.

»Huw«, sagte sie, als sie stehenblieb, »wirst du mich einmal am Abend mitnehmen, ich möchte die Nachtigallen hören?«

»Nachtigallen? Es ist Winter, Ceinwen.«

»Dann, wenn es wieder Nachtigallen gibt.«

»Gut«, nickte ich. »In drei Monaten vielleicht, dann sollst du mitkommen.«

»Jetzt hast du es mir versprochen, Huw.«

»Ja, ich werde es auch halten.«

Ich ging mitten durch die Schüler, und alle machten mir höflich Platz, lächelten und wünschten mir guten Morgen. Ich war ganz stolz darüber, daß ich auf einmal etwas so Wichtiges war, aber als ich einen Blick auf die Tür von Herrn Motshills Arbeitszimmer getan hatte, verging das Gefühl wieder. Während ich in der Halle stand und auf Herrn Motshill wartete, versuchte ich, es mir vorzustellen, wie es wäre, wenn auch mein Name in goldenen Buchstaben an der Wand zu lesen wäre. Und ich gelobte mir, daß ich alles dazu tun würde, und wenn ich mich auch noch so sehr anstrengen müßte.

»Nun, Morgan«, hörte ich auf einmal Herrn Motshill hinter mir sagen.

»Guten Morgen, Herr Direktor«, sagte ich, und mir wurde ganz heiß.

»Ich hoffe, daß es wirklich ein guter Morgen ist, Morgan«, sagte er und wischte sich seine Brille ab, ohne mich anzusehen. »Tut dir das, was du getan hast, leid?«

»Ja, Herr Motshill.«

»Bist du bereit, es dadurch wiedergutzumachen, daß du fleißiger arbeitest?«

»Ja, Herr Motshill.«

»Dann geh in dein Klassenzimmer«, sagte er. »Ich erwarte, daß ich vor Freude und Befriedigung ganz außer mir sein werde, wenn ich am Freitag deine Klassenarbeiten durchsehe. Außer mir muß ich sein, Morgan, mit weniger gebe ich mich nicht zufrieden, hörst du?«

»Ja, Herr Motshill«, antwortete ich und ging den Gang hinunter; ich war froh darüber, allein zu sein, um mir die Tränen abzuwischen, die mir in die Augen gekommen waren. Merkwürdig ist es, daß man weinen muß, wenn einer gut zu einem ist, und eigentlich dumm.

Als ich dann in mein Klassenzimmer kam, da gab es eine Überraschung, sage ich euch!

Statt Herrn Jonas war Herr Tyser da.

So glücklich war ich darüber, daß ich mit offenem Mund stehenblieb und Herrn Tyser anstarrte. Er lächelte, als er mich sah, aber dann tat er rasch, als ob er mich nicht bemerkt hätte, und blickte in sein Buch.

Da kam ein so ernstes, feierliches Gefühl über mich, wie noch nie im Leben. Das Blut in mir fror zu Eis, und gleichzeitig kochte es vor Hitze, ich zitterte und konnte einen Augenblick nicht atmen, so ganz, ganz fest nahm ich mir vor, die Güte, die Herr Motshill mir gegenüber bewiesen hatte, tausendfach zu vergelten. Nichts wäre zuviel, alles zuwenig.

Lernen!

Draußen auf dem Spielplatz erlebte ich eine andere Überraschung, aber die war nicht so schön. Ich wußte, daß ich mich darüber hätte freuen sollen, aber ich freute mich nicht richtig.

Herrn Jonas hatte man schlimm herabgesetzt. Er hatte jetzt die Vorbereitungsklasse, noch tiefer als die erste Klasse, Jungen und Mädchen von sieben und acht Jahren. Ich sah ihn, wie er aus dem Klassenzimmer herauskam und mit den Händen in den Taschen wegging. Als ich seinen Rücken sah, hatte ich Mitlied mit ihm, denn die eine Schulter hing tiefer herab als die andere, so daß sein Rock hinten eine große Falte machte, seine Fersen schleiften über den Boden, und seine Hände waren nicht richtig in den Taschen, sondern nur ganz oben. Seine Manschetten waren hinaufgerutscht, seine Handgelenke rot, als ob es ihm ganz gleichgültig wäre, ob sie draußen wären oder drinnen, kalt oder warm.

Ich mußte an sein Lächeln denken und dann an die kleinen

Kinder. Mitleid ergriff mich mit den armen Kleinen, ich aber erschauerte vor Dankbarkeit darüber, daß mir dieses Lächeln nichts mehr anhaben konnte.

Zweiundzwanzigstes Kapitel

Die Fensterscheiben in der Küche sind nun doch von der Schlakkenhalde eingedrückt worden. Ich bin jetzt froh darüber, daß ich so viele Scheiben herausgenommen und verschenkt habe, denn es ist gutes Glas, noch aus der Zeit, als man es mit der Hand machte. Oft und oft habe ich Mutter zugesehen, wie sie die Fenster von innen geputzt hat. Bis zum dritten Querholz konnte sie die Scheiben noch erreichen, wenn sie sich auf die Zehenspitzen stellte, bis zum vierten und fünften stellte sie sich auf den Schemel, und wenn die obersten darankamen, dann legte sie Papier auf das Fensterbrett und stieg vom Schemel aus hinauf. Wenn sie dann wieder heruntergeklettert war, faltete sie das Papier gut zusammen, legte es unten in den Schrank und rieb den Schemel schön sauber ab. Dann ging es an die Gläser im Küchenschrank, denn an dem Tag, an dem die Fenster geputzt wurden, mußte alles Glas und Porzellan im ganzen Haus daran glauben, und am Abend war kein Topf, kein Teller, kein Krug da, der nicht geglänzt hätte.

Jetzt wird die Schlackenhalde bald die Türen unten oder die Fenster hier oben erreichen. Und wenn sie dann nur noch ein bißchen nach unten rutscht, dann muß sie das Haus verschütten. Mein armes kleines Haus, ich höre dich schon stöhnen, ich spüre schon mit dir den Schmerz, den du erleiden wirst, wenn die vielen hundert Tonnen schwarzer Schlacke auf dich drücken. Flehend wirst du mich ansehen und mich um Hilfe bitten. Aber ich kann dir nicht helfen. Zehn Menschenleben lang würde es dauern, bis ich dich mit einer Schaufel befreite, und nicht einmal eine Schaufel nenne ich jetzt mein eigen. Alles was ich besitze, sind die Kleider, die ich am Leibe trage, und die wenigen Hemden und Socken, die ich, in das blaue Tuch gehüllt, mitnehme. Und dabei habe ich einmal von allem in Hülle und Fülle gehabt. Guten Stoff aus der Tuchfabrik, den der alte Hwfa Williams, mit gekreuzten Beinen in seiner kleinen Werkstatt sitzend, für mich zuzuschneiden und zu nähen pflegte. Das erstemal ging ich mit meinem Vater zu ihm, als mir Hwfa Maß nahm, um zu wissen, wieviel Tuch er in der Fabrik kaufen solle. Zweieinviertel Meter.

»Lange Hosen oder kurze, Herr Morgan?« fragte Hwfa meinen Vater, und seine Augen lächelten und glänzten mich an wie kleine dunkelblaue Schuhknöpfe. »Soll Huw ein Mann werden oder ein Junge bleiben?«

»Bitte, Vater, lange, ja?« sagte ich.

Mein Vater blickte mich an, und dann wandte er sich ab, um durchs Fenster zu sehen, das zum Teil bedeckt war mit Bildern eleganter Herren, die schmale Taillen hatten und enge Hosen, dazu Capes und Zylinderhüte. Alles tat mir vor Aufregung weh, und mit meiner inneren Stimme schrie ich Vater zu, er möge doch ja sagen.

Und inzwischen rieb sich Hwfa mit dem Fingerhut über die Unterlippe, und seine dunkelblauen Schuhknöpfe huschten immer hin und her zwischen mir und Vater.

»Also gut, Huw, mein Kleiner«, nickte Vater, und ich hätte vor Freude am liebsten einen Luftsprung gemacht, »lange Hosen. Du bist ja jetzt erwachsen.«

Der Schneider nahm sein Buch heraus. »Vier Knöpfe vorne, Extrahosentaschen hinten, Rockumschläge nicht zu schmal. Kragen schräg geschnitten. Obere Westentaschen mit Klappen?«

Wieder flitzten die runden Äuglein zu Vater hinüber, und Vater sah mich fragend an.

»Ja, Vater, bitte!«

»Gut«, sagte Vater und sah wieder zum Fenster hinaus.

»Anprobe für den jungen Herrn Huw Morgan nächsten Donnerstag, fünf Uhr abends«, rief Hwfa dem alten Twm, seinem Gesellen, zu.

»Gut«, sagte der alte Twm, der überall Stecknadeln hatte, auch im Mund und die ganze Weste hinunter. »Aber um halb sechs am Donnerstag kommt Nan Mardy zur Anprobe wegen dem Regenmantel mit schwarzem Besatz und Taschen auf beiden Seiten.«

»Kümmere dich nicht um Nan Mardy, Twm«, sagte Hwfa, »Donnerstag um fünf der junge Herr Huw Morgan, verstanden?«

»Ich habe ja nur gemeint, für den Fall, daß.«

»Für den Fall, was?« fragte Hwfa ungeduldig. »Für den Fall, was, du alter Esel?«

»Ich habe nur gemeint, für den Fall, daß die Nan hereinkommt, und der junge Herr Morgan steht gerade da mit der Hose unten auf den Schuhen und dem Hemdzipfel oben über dem Kinn, Hwfa«, brummte der alte Twm ärgerlich.

»Der Teufel soll dich holen!« brummte der Meister zurück. »Kümmere dich um deinen eigenen Hemdzipfel und laß die anderen sich um ihre kümmern! Die Nan würde sich vielleicht freuen, wieder einmal einen Hemdzipfel zu sehen!«

»Komm, Huw«, sagte Vater. »Herr Williams, wollen Sie bitte Ihre Zunge im Zaum halten, wenn der Junge da ist.«

»Der Junge wird rasch genug lernen«, meinte Hwfa. »Donnerstag fünf Uhr nachmittags Anprobe. Abgemacht?«

»Abgemacht. Auf Wiedersehen«, sagte Vater, und ich stieß beim Hinausgehen die Tür recht kräftig auf, damit die Glocke mehr Lärm machte.

Als wir ein Stück weit gegangen waren, fragte ich Vater: »Warum wird sich Nan Mardy vielleicht freuen, wenn sie wieder einmal einen Hemdzipfel sieht?«

»Kümmere dich um deine Sachen, Huw, dann wird sich Nan um ihre kümmern, und wir werden alle zufrieden sein.«

Wieder fühlte ich mich schrecklich hilflos und ärgerte mich so, daß mir ganz heiß wurde, weil man mir das nicht sagen wollte, was man mir doch sicherlich mit wenigen Worten hätte erklären können. Ich faßte den festen Entschluß, recht bald zu erfahren, worum es sich da eigentlich handle, und überlegte, wen ich wohl fragen könnte, ohne ausgelacht zu werden. Ich dachte an Tegwen Beynon und an Ceinwen Phillips, denn ich hatte das Gefühl, daß die mehr als ich über die Dinge wußten, die die Erwachsenen unbedingt für sich behalten wollten. Aber da erinnerte ich mich an einen Blick, den ich in ihren Augen gesehen hatte, und mit einem Male kam es mir vor, als ob Tegwen und Ceinwen den gleichen Blick hätten, etwas Heißes und Verschleiertes tief drinnen, das ihre Augen wie mit einem Nebel bedeckte und sie doch ganz klar ließ. Dann fiel mir Bronwen ein, und auf einmal wußte ich, wo ich die richtige Antwort bekommen würde.

Ceridwen und Blethyn sollten heiraten, sobald ihr Haus im anderen Tal fertig würde, ungefähr in vierzehn Tagen. Dafür bekam ich den neuen Anzug, und dann würde ja auch Angharad bald Iestyn heiraten.

Ceridwen und Blethyn machten nicht viel Geschichten wegen ihrer Verlobung, denn sie waren glücklich, sie wußten, daß sie einander heiraten würden, ihr Haus wurde vor ihren Augen aufgebaut, Stein um Stein, die Möbel waren schon gekauft, und Ceridwens Wäscheschrank war auch voll. Was brauchten sie da noch viel hin- und herzureden?

Wenn es ein Mädchen gab, das einfacher und natürlicher war als meine Schwester Ceridwen, dann hätte ich es sehen mögen. Und Blethyn, nun, für den gab es keine auf der Welt, die sich mit Ceridwen hätte vergleichen können. Sie war sein Herz und seine Seele, und es war komisch und schön zugleich, zu sehen, wie seine Augen mit Ceridwen gingen, wohin immer sie auch ging. Und wenn sie an Blethyn vorbeikam, dann kitzelte sie ihn mit den Fingern hinten am Kopf, und manchmal zog sie ihn auch am Ohrläppchen, aber nicht, um ihm weh zu tun, und dann sah er sie mit einem Lächeln an, das einem wie ein Speer ins Herz drang.

Aber Angharad und Iestyn . . .?

»Herr und Frau Küß-mich und Kratz-mich«, pflegte Mutter sie zu nennen. »In einem Augenblick küssen sie sich, im anderen kratzen sie sich beinahe die Augen aus. Wenn sie es so weitertreiben, jage ich sie mit einem Tischtuch zum Hause hinaus.«

Mutter hatte aber auch wirklich Grund, so zu sprechen.

Sobald Iestyn aus London zurückkam, fuhr er in einem neuen dunkelblauen Gig mit roten Rädern vor dem Haus vor. Und vor den Wagen war ein braunes Pferdchen gespannt, das glänzte wie ein frisch poliertes Möbelstück; einen schlanken Hals hatte es, Knoten in der Mähne und vier weiße Socken. Und seine Hufeisen schimmerten wie Silber. So hübsch sah es aus und so stolz war es auf sein rotledernes Zaumzeug!

Iestyn kam mit einem grauen steifen Hut auf dem Kopf, in einem schwarz und weiß karierten Anzug, mit einem weißen Stock, einer Perle in der Krawatte und braunen Schuhen. Elegant war er, nicht zu sagen! Als Mutter ihn so erblickte, kam ein Schatten in ihre Augen und flog so rasch wieder weg, daß ich gar nicht wußte, ob ich ihn auch wirklich gesehen hatte. Iestyn nahm den Hut ab und machte eine Verbeugung, als er Mutter guten Morgen wünschte; sie aber nickte nur, blickte ihm gerade ins Gesicht und ging dann in die Küche. Iestyn stand da, drehte den steifen Hut immer rundherum zwischen seinen Fingern und wußte nicht, ob er gehen oder bleiben solle. Als Ianto ihm nun freundlich zuwinkte, lächelte Iestyn, aber dabei sah er aus, als sei er gerade mit den Fingern zwischen die Tür geraten, und dann ging er in die Küche hinein wie in eine Löwengrube.

Nach knapp einer Minute kam er wieder heraus, winkte uns verlegen zu, kletterte auf den Bock seines Wagens, zog sich die Decke über die Knie und fuhr die Straße hinab zu Angharad nach dem Bauernhof.

Als wir dann in die Küche gingen, ließ Mutter gerade ihren Ärger an den Hemden im Waschtrog aus. Eines von Vaters Hemden tauchte, mit Seifenschaum bedeckt, hervor; Mutter wand es ganz schnell aus, immer rundherum, schlug es gegen das Waschbrett und rieb und rieb, bis man sich darüber wunderte, daß von dem Hemd und von dem Brett überhaupt noch etwas übrigblieb, und dabei rutschte eine Haarsträhne aus dem blauen Tuch heraus und fiel ihr in die Stirne. Ganz voll Seife war die Strähne schließlich, so ungeduldig versuchte Mutter, sie mit der Hand beiseite zu streifen.

»Habt ihr ihn gesehen?« fragte Mutter uns; ihre Hände waren schon wieder im Seifenwasser, und sie versuchte, die Haarsträhne wegzublasen.

»Ja«, nickte Ianto. »Das Pferdchen ist hübsch, das muß man sagen.«

»Wer spricht von dem Pferd?« rief Mutter, und wieder ging es klatsch, klatsch, klatsch, auf dem Hemd los. »Ihn meine ich — Iestyn.«

»Nun, wenn er sich so elegant anziehen kann, dann wird er wohl das Geld dazu haben«, war Iantos Ansicht.

»Geld oder kein Geld«, sagte Mutter, »er soll meinetwegen in Samt und Seide herumgehen und Diamanten tragen. Ganz gleichgültig ist mir das. Aber nicht jetzt soll er so herumstolzieren, wo sein Vater kaum in der Erde liegt. Wartet nur, bis Fräulein Angharad ihn sieht. Die wird ihm die Haare ausreißen.«

Am nächsten Tag kehrte Angharad heim, gerade als ich aus der Schule zurückgekommen war. Sie sah genauso aus wie immer, sie lachte auch, und nach dem Abendessen wusch sie das Geschirr wie sonst. Aber ich merkte, daß sie in Wirklichkeit doch nicht so war wie immer. Als ob etwas in ihr erloschen wäre. Iestyn kam zum Abendessen, und nachher ging er mit ihr spazieren, aber obgleich sie einander anlächelten, waren sie ganz anders als Ceridwen und Blethyn. Iestyn küßte Angharad stürmisch genug, wenn er glaubte, daß man es nicht sehe, und Angharad ließ sich auch gerne küssen. Aber nie blickte sie, wie ich Ceridwen hatte blicken sehen, mit dem Glück in den Augen, das nicht von dieser Welt ist, so glücklich, daß alles ringsumher hätte einstürzen können, ohne daß sie es gemerkt hätte.

Dann kam Ianto eines Abends mit der »Times«, und er zeigte Vater und Mutter etwas, das links auf der ersten Seite gedruckt stand und mit Tinte angezeichnet war.

»Vom wem kommt die Zeitung?« fragte Mutter ihn.

»Ellis hat sie mir gerade gegeben«, antwortete Ianto.

»Mit der Post ist sie gekommen?« fragte Vater und setzte seine Brille auf, um zu lesen.

»Ja«, nickte Ianto. »Was glaubst du, wer sie geschickt hat, Mutter? Rate einmal.«

»Nun, von wem ist sie?«

»Von Owen«, sagte Vater.

Mutters Hände sanken in ihren Schoß, und sie blickte in der Küche herum, als ob das Haus um sie her schwankte. Ianto legte seinen Arm um sie, und sie mußte sich auf ihn stützen.

»Wahrhaftig, da steht es«, sagte Vater, den Kopf in der Zeitung. »Iestyn Dylan Evans, Sohn des verstorbenen Herrn Christmas Dylan Evans aus Tyn-y-Coed, beehrt sich, seine bevorstehende Vermählung mit Fräulein Angharad Morgan . . .«

Er hörte auf zu lesen und sah Mutter mit zugepreßten Lippen an.

»Lies nur weiter, Gwilym«, sagte Mutter.

»Kein Wort lese ich mehr«, rief Vater zornig. »Aber Herrn Iestyn Evans werde ich etwas erzählen, wenn ich ihn sehe. Sein Vater hat kaum seine Ruhe gefunden, da setzt er so einen Unsinn in die Zeitung. Wenn eine Hochzeit bevorsteht, so sollte ich doch auch etwas davon wissen. Dieser Herr hat mir zu englische Manieren. Ehe er eine Stunde älter ist, wird er von mir etwas zu hören und zu sehen bekommen.«

»Sagt mir noch einmal, wer die Zeitung geschickt hat und von wo sie kommt«, bat Mutter.

»Von Owen kommt sie«, sagte Vater abermals. »Aus London hat er sie geschickt. Er schreibt dazu, er möchte nur wissen, warum wir Angharad diesen Narren heiraten lassen; dann schickt er noch herzliche Grüße, auch von Gwilym, und bald kämen sie heim.«

»Gott sei dafür gedankt, daß meine Jungen gesund sind, und auch dafür, daß wir sie wieder zu Hause haben werden. Wann kommen sie?«

»Kein Wort schreiben sie darüber, die Spitzbuben«, sagte Vater und sah sich noch einmal an, was Owen geschrieben hatte. »Aber wenn dieser Herr Iestyn herkommt, der kann aber etwas erleben.«

»Laß das jetzt, Gwilym«, meinte Mutter. »Vielleicht hat er seine

Gründe gehabt, das in die Zeitung zu setzen.«

»Bin ich der Vater der Angharad Morgan, oder bin ich ein Heiratsvermittler?« rief Vater und hob die Fäuste.

»Großtun will Iestyn«, warf Ianto ein, »aber es ist ja weiter nicht schlimm.«

»Mir ist es schlimm genug«, erklärte Vater. »Wenn Angharad heiraten wird, dann soll es von der Kanzel herab verlesen werden, wie es sich gehört, und in der Zeitung mag es meinetwegen nachher stehen. Nachher, nicht vorher. Sind wir denn Heiden?«

Ich war gerade hinter dem Haus, als ich Angharad mit Iestyn zurückkommen hörte, und ich pfiff ihr schon von weitem zu.

»Gib acht, Iestyn«, warnte ich ihn dann. »Die ›Times‹ ist aus London gekommen und Vater dürstet nach deinem Blut.«

»Was ist da los?« fragte Angharad ganz erstaunt.

»Unsere Verlobung ist los«, antwortete Iestyn. »Wer hat sich denn da hineingemischt und die Zeitung geschickt?«

»Unsere Verlobung?« rief Angharad mit gerunzelter Stirn. »Was hast du denn jetzt wieder angestellt, Iestyn?«

»O Gott, ihr werdet mich noch verrückt machen«, jammerte er. »Ich habe unsere Verlobung auf ziemliche und gehörige Weise durch die Presse bekanntgegeben. Hast du etwas dagegen?«

»Ja«, sagte Angharad rasch. »Wer bist du denn, dich mit mir zu verloben, ohne daß ich etwas davon weiß?«

»Was sprichst du da für Unsinn? Warum wäre ich denn sonst immer in dieses Haus gekommen? Frage ich dich nicht seit Wochen, ob du meine Frau werden willst?«

»Habe ich schon ja gesagt?« sagte Angharad mit eiskalter Stimme.

Ich glaube, das war das einzige Mal in seinem oder meinem Leben, daß mir Iestyn Evans wirklich leid getan hat.

Er sah Angharad an, und wenn ich auch seine Augen nicht sehen konnte, so spürte ich doch seinen Blick, so flehend, so schmerzlich flog er durch die Dunkelheit zu ihr hinüber.

»Angharad«, sagte er mit erstickter Stimme, »Angharad, warum bist du so grausam zu mir?« Und er fiel auf die Knie und legte seine Arme um ihre Hüfte. »Du mußt mich heiraten. Du mußt. Ich liebe dich, du Süße. Ich liebe dich.«

»Steh auf«, sagte Angharad scharf und hart, und ihr Atem ging rasch. »Willst du dich und mich lächerlich machen? Geh jetzt nach Hause, komm in zwei Tagen zurück und hole dir dein Ja oder dein

Nein.«

Iestyn erhob sich, und sein Zorn war dunkel wie die Nacht um uns.

»Wenn du glaubst, daß du mich so behandeln kannst, Angharad«, schrie er, »irrst du dich. Es gibt genug andere Frauen auf der Welt, und ich kann an jedem Finger eine haben. Warum hast du mich geküßt, wenn du nicht daran dachtest, mich zu heiraten?«

»Ich bin Angharad Morgan«, sagte meine Schwester, und nie strömte der Fluß so kalt, wie ihre Stimme jetzt klang. »Geh zum Teufel!«

Und sie war verschwunden, ehe Iestyn sich rühren konnte. Die Tür schlug sie hinter sich zu, daß die Mauern bebten.

»Alle Frauen sollen in der Hölle schmoren, wo sie am tiefsten ist«, stieß Iestyn hervor; und als ich nun das Lämpchen, das ich in der Hand hielt, ausblies, um gleichfalls ins Haus zu gehen, sagte er zu mir: »Kannst du den Mund halten, Huw?«

»Ja, das kann ich«, nickte ich. »Aber wenn du Angharad bekommen willst, dann sprichst du besser nichts von anderen Frauen und machst dich auch nicht so groß.«

»Die ganze Familie ist gleich«, sagte Iestyn, noch immer feucht um die Augen. »Noch nie habe ich so eine Gesellschaft gesehen, und der Jüngste ist nicht besser als die anderen. Kommt Angharad mit diesem Gruffydd zusammen?«

»Woher soll ich das wissen? . . . So, jetzt gehe ich zu Bett.«

»Da hast du zwei Schilling, Huw«, sagte Iestyn und steckte die Hand in die Tasche.

»Kauf dafür Gerstenzucker für dein Pferdchen und sag ihm, daß ich das Geld nicht genommen habe. Gute Nacht.«

»Verflucht«, schrie Iestyn und lief davon, als ob die Hexen mit ihren Besen hinter ihm her wären.

Am nächsten Tag war ich in dem kleinen Haus gerade eifrig dabei, Walnußbretter für die Platte eines Schreibtisches glattzuhobeln, und Herr Gruffydd stand an der Drehbank, um Stuhlbeine zu drechseln, als Angharad mit Tee und Kuchen hereinkam, wortlos die Tassen vollschenkte und mit den Tellern zu uns trat.

»Nun, Angharad«, sagte Herr Gruffydd, »wie geht es dir heute?«

»Danke, gut.«

»Das ist recht«, nickte Herr Gruffydd, steckte ein Stück Kuchen in den Mund und machte sich wieder an seiner Drehbank zu schaffen.

»Kann ich mit Ihnen im Nebenzimmer sprechen, wenn Sie den Tee ausgetrunken haben?« fragte Angharad gerade so, wie sie Vater um Pennies für Zuckerwerk zu bitten pflegte, nett und zierlich, mit großen Augen und einem ganz kleinen Lächeln.

»Jetzt gleich, wenn du willst«, sagte Herr Gruffydd und klopfte sich Holzspäne von der Hose.

»Trinken Sie, bitte, zuerst Ihren Tee aus.« Angharads Stimme bekam plötzlich einen Klang, als hätte sie einen Sprung.

»Nein, komm«, sagte Herr Gruffydd. »Huw, trink nicht den ganzen Tee allein aus.«

»Nein, Herr Gruffydd.«

Der Pastor machte eine Bewegung, als wollte er Angharad den Arm um die Schulter legen, aber statt dessen öffnete er nur die Tür und schloß sie wieder, nachdem sie hineingegangen waren.

Schön ist es, ein gutes Stück Holz mit einem scharfen Werkzeug abzuhobeln und zuzusehen, wie jedesmal, wenn wieder ein bißchen Holz sich ringelnd wegfliegt, die Maserung kräftiger hervortritt. Herr Gruffydd bekam das Holz umsonst von Daniel Thomas, dem Förster, weil er jeden Tag Frau Thomas besuchte, die im Bett liegen mußte, seit vor Jahren ein Pferd mit ihr durchgegangen war und sie auf die Pflastersteine vor einem Bauernhof geworfen hatte. Gutes Holz war es, besseres nirgends zu finden, dunkel, rötlich gemasert, trocken und hart vor Alter. Ich arbeitete im Schweiße meines Angesichts, um recht bald fertig zu werden und die Platte schön zu polieren, denn nichts macht einem mehr Freude, als wenn man sieht, wie das Holz, an dem man arbeitet, einen weichen Hochglanz annimmt, bis die Sonne sich freut, etwas so schön Glänzendes noch glänzender zu machen.

Plötzlich hörte ich, wie Angharad aus dem Hause rannte; nach einer kurzen Weile kam Herr Gruffydd in die Stube zurück, aber ich sah nur auf meine Arbeit. Das Rad an der Drehbank fing wieder an, sich zu drehen, dann hielt es inne. Wieder drehte es sich ein bißchen, dann stand es abermals still, diesmal für länger. Doch dann drehte es sich wieder, doppelt so schnell und kräftig nun, und es drehte sich noch immer, als ich endlich mein Werkzeug in den Schrank stellte, weil es schon ganz dunkel geworden war.

»Wenn es Ihnen recht ist, will ich jetzt nach Hause essen gehen, Herr Gruffydd«, sagte ich.

»Ja, geh, Huw, mein Kleiner, und ich danke dir auch schön. Kommst du morgen wieder?«

»Gleich nach der Schule. Gute Nacht, Herr Gruffydd.«

»Gott segne dich, mein Sohn«, sagte er, und als ich mich dann noch einmal umblickte, sah ich ihn im Dunkeln ganz still vor der Drehbank stehen.

Dreiundzwanzigstes Kapitel

Am nächsten Sonntag verlas Herr Gruffydd in der Kirche die Ankündigung von Angharad und Iestyns Hochzeit. Es dauerte diesmal Stunden, bis wir von der Kirche wegkamen, denn alle Leute umringten uns, um uns die Hand zu schütteln und uns auf die Wange zu küssen. Allen gratulierten sie, Vater und Mutter und Angharad und Iestyn und Bronwen und Ceridwen und meinen Brüdern, sogar mir.

Aber dann hätte es beinahe Krach gegeben, weil Angharad und Iestyn nicht darüber einig werden konnten, wo sie wohnen würden, welche Möbel in ihr Haus kommen sollten, wie sie sich für die Hochzeit anziehen würden und wo die Trauung überhaupt stattfinden sollte.

»Laß sie nur«, riet mein Vater, als Mutter ganz böse wurde, weil Angharad und Iestyn miteinander zu streiten begannen; was dem einen gefiel, fand der andere scheußlich. »Das geht uns nichts an. Die beiden müssen in dem Haus wohnen, nicht wir, deshalb mische dich nicht ein, Beth. Wenn du ihnen zu etwas rätst und später gefällt es ihnen dann nicht, dann hast du nichts davon als böse Blicke und saure Mienen, und dein Lebtag werden sie es dir nicht verzeihen. Also laß sie in Ruhe.«

»Diese Angharad!« rief Mutter händeringend. »Ich werde ihr bald ein paar Ohrfeigen geben. ›Das will ich, das da nicht. Nicht hierhin soll der Schrank kommen, sondern dorthin‹, so geht das den ganzen Tag.«

»Ich weiß, wie die junge gnädige Frau redet«, lächelte Vater. »Aber ich erinnere mich dunkel, daß ihre Mutter es auch einmal so gemacht hat.«

»So schlimm habe ich es nicht getrieben«, verteidigte sich Mutter.

»Ich könnte Geschichten erzählen«, meinte Vater und sah zur Decke hinauf. »Aber lassen wir es nur. Eine Woche verheiratet sein, wird Angharad schon kurieren.«

»Sprich nicht so, Gwilym.«

»Nun, jemand, den ich kenne, hat sich auch einmal gründlich geändert. Und damals hat es nicht einmal eine Woche gedauert.«

»Jetzt habe ich aber genug. Ich gehe zu Bronwen«, rief Mutter und ging hinaus, die Nase hoch in der Luft. Vater zwinkerte mir lustig zu.

Aber es machte uns wirklich ganz ärgerlich und dumm, zu sehen und zu hören, wie Angharad und Iestyn zueinander waren; und als Iestyns Tante, die ihm jetzt den Haushalt führte, zu Mutter auf Besuch kam, da meinte sie, zu Hause triebe Iestyn es geradeso. An manchen Abenden wäre er so zornig, erzählte sie, daß er drei oder vier Teller oder Töpfe zerschlüge, um seinem Ärger Luft zu machen. Das gute Porzellan stehe schon im Keller, bis ihr Neffe wieder Vernunft annehmen würde.

Mutter wollte, daß Angharad und Iestyn am selben Tag wie Ceridwen und Blethyn heiraten sollten, damit alles auf einmal überstanden wäre. Aber Iestyn war entschieden dagegen, und dies eine Mal gab Angharad ihm nach. Iestyn wollte in einer Londoner Kirche getraut werden und dann die Hochzeitsreise nach Paris und Berlin machen. Angharad hatte nichts dagegen, daß die Hochzeit in London stattfände, aber dann wollte sie gleich zurückkommen. Angharad hätte gerne in Tyn-y-Coed gewohnt, wo die Evans seit sechs Generationen in einem guten, großen Haus voll prächtiger Bauernmöbel gelebt hatten, Iestyn hingegen wollte das Haus verkaufen und sich ein neues in der Nähe der Stadt kaufen. Herr und Frau Küß-mich und Kratz-mich hatte Mutter die beiden genannt, und wahrlich, sie hatte recht!

Eines Abends kamen sie nach einem Spaziergang zum Essen zurück. Angharad machte ein Gesicht, als ob gleich der Blitz einschlagen würde, und Iestyn maulte übelgelaunt.

»Herr Morgan«, sagte er, sobald er in der Tür drinnen war, »ich möchte einen Augenblick allein mit Ihnen sprechen, bitte.«

»Was gibt es denn jetzt schon wieder?« brummte Vater, stand kopfschüttelnd aus seinem Lehnstuhl auf und ging mit Iestyn in die Stube hinüber.

Meine Mutter ließ sich nicht im Kochen stören, und ich machte meine Hausaufgaben. Angharad saß auf einem Stuhl und blickte ins Feuer; sie hatte noch ihren Mantel an, und ihr Haar hing beinahe bis zum Boden hinab.

»Was ist los, Angharad?« fragte Mutter.

»Iestyn will morgen mit mir wegfahren, damit wir in London heiraten«, antwortete Angharad ganz leise und so traurig, daß ich gar nicht mehr recht arbeiten konnte.

Mutter kochte weiter, als habe sie nichts gehört. Dann wischte sie sich die Hände ab, ging zu Angharad, kniete neben ihr nieder und legte ihre Arme um sie. Und Angharad fing an zu weinen. Als bräche ihr das Herz, so weinte sie.

»Still, Angharad, meine Kleine, still«, sagte Mutter, so wie sie sonst zu der kleinen Olwen sprach. »Sei ruhig, meine Pfirsichblüte. Trockne deine lieben Augen, ja?«

»Mutter«, schluchzte Angharad, »ich liebe ihn. Nur ihn. Aber er schickt mich weg.«

»Still, still«, sagte Mutter wieder und sah ernst ins Feuer, und mit einer Hand streichelte sie Angharads Kopf, der auf ihrer Schulter lag. Da machte ich eine Bewegung, und Mutter sah auf.

»Huw«, sagte sie scharf, »geh hinaus.«

»Ja, Mutter.«

Doch Vater und Iestyn waren in der einen Stube, Ianto und Davy mit ein paar Männern von der Gewerkschaft in der anderen, da hätte ich nur hinauf ins Bett gehen können. Aber ich wollte mein Abendessen haben, deshalb ging ich zu Bronwen; sie flickte gerade Ivors Unterwäsche.

»Nun, Huw«, sagte sie mit ihrem alten Lächeln, »warum sieht dein Gesicht denn so sauer aus wie unreife Stachelbeeren?«

»Iestyn sitzt mit Vater in der Stube, und Angharad mit der Mutter in der Küche. Im ganzen Haus kein ruhiges Plätzchen.«

»Angharad tut alles, damit Iestyn die Verlobung auflöst«, meinte Bronwen. »Ein armes Ding ist sie, trotz allem. Aber so ist es nun einmal. Hast du schon zu Abend gegessen?«

»Nein, das ist es ja«, antwortete ich. »Ich habe Hunger.«

»Du hast immer Hunger«, lachte Bronwen. »Komm, ich mache dir einen tüchtigen Teller Suppe, ja?«

So aß ich denn mit Bronwen; Ivor hatte Nachtschicht. Fein schmeckte es, nur der Lauch in der Suppe war ein bißchen alt, und der Speck etwas versalzen, und dann gab's natürlich Winterkartoffeln, aber da Bronwen mich von der anderen Seite des Tisches her anlächelte, so schmeckte es doch fein.

»Bronwen«, sagte ich ganz rasch, damit mich nicht noch im letzten Augenblick der Mut verließe, »warum würde sich Nan Mardy freuen, einen Hemdzipfel zu sehen?«

Bronwen starrte mich an, und aus ihrem Löffel rann die Suppe herunter. Dann aber hob sie den Kopf und fing an, laut zu lachen. Ein schönes Lachen hatte sie, voll und tief, aber ich wurde doch ganz verlegen.

»Wer hat dir das gesagt?« fragte sie, und wieder mußte sie lachen, mit geschlossenen Augen, höher als früher, als ob sie jetzt erst daraufgekommen wäre, wie komisch es sei. Ich sah sie an und würde ihr am liebsten etwas ins Gesicht geworfen haben, aber dabei hätte ich auch mit ihr lachen wollen.

»Hwfa Williams hat es gesagt«, antwortete ich endlich. »Er hat gesagt, sie würde sich freuen, und nun möchte ich wissen, warum.«

»Eines Tages wirst du das verstehen, Huw, mein Kleiner«, sagte Bronwen. »Willst du noch etwas zu essen haben?«

»Eine Antwort auf die Frage möchte ich gerne haben.«

»Hast du deinen Vater schon gefragt?« sagte Bronwen jetzt mit einem Male sehr still.

»Ja, und er hat geantwortet, ich sollte mich nicht um Sachen kümmern, die mich nichts angehen.«

»Ich werde mit ihm sprechen«, sagte Bronwen und stand auf, als ob die Sache damit beendet sei.

»Warum behandeln mich alle wie den kleinen Gareth?« wollte ich wissen und stand auch auf. »Warum würde sich Nan Mardy freuen, wenn sie einen Hemdzipfel sähe? Warum bekommen die Huren Geld, das eigentlich uns gehört?«

»Pst, Huw! Wo hast du denn das gehört?«

»Ianto hat es behauptet, aber dann hat er gesagt, es täte ihm leid, in meiner Gegenwart davon gesprochen zu haben.«

»Huw«, sagte Bronwen sehr gütig, »geh jetzt zu Bett und mache dir keine Sorgen über solche Dinge. Wenn du älter bist, so wirst du das alles besser verstehen.«

»Ich werde es schon erfahren. Von Tegwen Beynon. Sie weiß es sicher.«

Im Nu war Bronwen um den Tisch herum bei mir und packte mich beim Kragen.

»Huw«, sagte sie ernst und kalt. »Wenn du mit dieser Schlampe von einem Mädchen noch einmal sprichst, dann trau dich nicht, mir noch einmal in die Nähe zu kommen. Laß dich warnen!«

»Ich werde aber doch mit ihr sprechen, wenn es mir sonst niemand sagt«, rief ich trotzig.

Bronwen legte ihren Arm um mich und küßte mich auf die Stirn.

»Hast du Herrn Gruffydd schon gefragt, Huw?«

»Das könnte ich ja, aber ich weiß, was er mir antworten wird.«

»Wenn ich wüßte, daß ich recht damit täte, würde ich es dir jetzt gleich sagen«, erklärte Bronwen, »aber du bist ein Junge, und vielleicht darf ich es nicht. Ich werde es mir einen Tag lang überlegen, ja?«

»Gut«, sagte ich. »Danke, Bronwen.«

»Gute Nacht.« Bronwen lächelte ihr altes Lächeln, das eigentlich keines war.

»Gute Nacht, Bronwen«, sagte ich, küßte sie rasch auf den Mund und lief davon.

Eine sonderbare Sache ist der Kuß, und doch auch wieder nicht sonderbar. Sonderbar ist er, weil er so ernst ist für jene, die küssen, und immer ein wenig komisch für den, der zusieht; nicht sonderbar, weil gute Gründe für ihn vorhanden sind. Man kann einem Menschen die Hand drücken. Das sollte genug sein. Aber alles, was man empfindet, kann man auf diese Art doch nicht ausdrücken. Die Hand ist zu hart und zu sehr daran gewöhnt, Arbeit zu verrichten; zu wenig Gefühl hat sie, zu weit entfernt von den Organen des Geschmacks und des Geruchs ist sie, zu weit entfernt auch vom Gehirn, und die Länge eines ganzen Armes trennt sie vom Herzen. Die Nasen aneinander reiben, wie die Schwarzen es tun, ist, obgleich es uns so komisch vorkommt, schon besser, aber an der Nase ist nichts, was dem Geschmack angenehm ist; im Grunde genommen ist sie nur ein Knochen, der einem aus dem Gesicht heraussteht; im Winter kann sie einen ordentlich ärgern, vor einem guten Essen oder im Garten freilich ist sie einem eine rechte Freundin. Die Augen kommen nicht in Betracht, denn wenn wir einander zu nahe kommen, dann sehen wir alles undeutlich und doppelt, ohne daß einer etwas davon hätte.

Und da mit den Ohren auch nichts anzufangen ist, so kommen wir wieder zum Mund zurück. Er ist der Tempel der Stimme, der Hüter des Atems, der Schatzmeister von allem, was lecker und saftig ist, und das Heim der edlen Zunge. Seine Portale sind fest und doch weich, wärmer und lebendiger als das übrige Gesicht; rosig ist er, und bei den Frauen voll roter, geschwungener Zärtlichkeit. Was nun seinen Geschmack betrifft, so ist er wohl nicht mit Walderdbeeren zu vergleichen, aber wenn der Geschmack der Küsse aus der Welt verschwände und wir das ganze Jahr Walderdbeeren hätten, so wäre doch die halbe Freude aus der Welt verschwunden. Es ist kein Wunder, daß wir küssen, denn wenn ein Mund sich an den anderen drückt, wenn Atem sich mit Atem mischt, Geschmack sich mit Geschmack vereint, Wärme noch wärmer wird, dann finden Dinge ihren Ausdruck, für die es keine Form und keinen Namen gibt, für die die Sprache zu schwach und zu armselig ist.

So küßte ich denn zum erstenmal Bronwen, und ich bereute es und bereute es doch nicht, ich hatte Angst, und war doch tapfer und froh.

»Huw«, sagte Herr Gruffydd am nächsten Nachmittag zu mir. »Da gibt es etwas, was du von deiner Schwägerin wissen wolltest. Es tut mir weh, daß du, um solches zu erfahren, nicht zu mir gekommen bist. Das Wissen um diese Dinge, Huw, kann dir eine Frau nicht geben.«

»Ich dachte, Sie würden böse mit mir sein, Herr Gruffydd«, brachte ich mühsam heraus. Ganz rot wurde ich, und zornig war ich darüber, daß Bronwen mich schon wieder an jemanden verraten hatte.

»Jetzt bin ich böse mit dir«, sagte er, aber seine Stimme klang gar nicht so. »Wenn ich berufen bin, dich das Wort Gottes zu lehren, warum sollte ich nicht berufen sein, dich auch über die Dinge zu belehren, die Gott in seiner Güte gewollt hat?«

Ich schwieg und wäre am liebsten in ein Mauseloch gekrochen.

»Gut denn«, fuhr Herr Gruffydd fort und arbeitete schon wieder an seiner Drehbank. »Es gibt Dinge, die du wissen darfst, und andere, für die es noch zu früh ist. In der Schule wirst du es erfahren haben, daß man Zeit zum Lernen haben muß, wenn man etwas wissen will. Mit Ungeduld erreicht man nichts als Verwirrung, nicht wahr?«

»Ja, Herr Gruffydd«, antwortete ich und war schon tüchtig mit dem Hobeln beschäftigt.

»Die ersten Dinge zuerst«, meinte Herr Gruffydd. »Es gibt Männer und Frauen. Ehe sie Männer und Frauen geworden sind, waren sie Knaben und Mädchen, und davor kleine Kinder, nicht wahr?«

»Ja, Herr Gruffydd.«

»Und davor? Was waren sie davor?«

Ja, was waren sie nur, ehe sie kleine Kinder waren? Nicht, was ich kannte.

»Vorher waren sie gar nichts, Herr Gruffydd. So wie in der Bibel. ›Im Anfang war das Wort.‹ Ehe die Erde da war, meine ich.«

»Nicht schlecht, Huw, mein Kleiner«, nickte Herr Gruffydd. »Du bemühst dich, es zu verstehen. Das Wort war bei Gott. So ist es auch mit den kleinen Kindern. In eurem Schuppen, Huw, steht eine Maschine, die Owen gemacht hat. Wie hat er sie gemacht? Mit seinen Händen, das wissen wir. Aber mit seinem Geist auch, vorher hat er sich alles ausgedacht, nicht wahr?«

»Ja, Herr Gruffydd.«

»Auch die kleinen Kinder werden aus dem Geist geboren, Huw«, erklärte mir Herr Gruffydd. »Aus dem Geist Gottes. Sie sind kleine Maschinen, voller Wunder, ein herrliches Geheimnis, denn sie werden nicht von dummen Öl getrieben, sondern vom Leben selbst; aber statt immer so klein zu bleiben, wie sie im Anfang waren, wachsen und wachsen sie, Tag für Tag, werden Knaben und Mädchen, dann Männer und Frauen. Das ist ein Wunder, ein großes Wunder, mein Sohn.«

»Aber woher kommen die kleinen Kinder?« fragte ich. »Was ist, ehe die kleinen Kinder kommen?«

»Schon wieder ungeduldig«, tadelte Herr Gruffydd. »Schade, daß wir hier nicht in der Schule des Pythagoras sind, denn dort müßtest du das Gelübde ablegen, fünf Jahre, solange der Meister dich lehrt, zu schweigen.«

»Entschuldigen Sie, bitte, Herr Gruffydd«, sagte ich, und wieder suchte ich nach dem Mauseloch.

»Gut«, sagte Herr Gruffydd, »also, wir waren bei den kleinen Kindern. Der Mann wurde als Ebenbild Gottes geschaffen, und das Weib schuf Gott aus der Rippe Adams, nicht wahr?«

»Ja, Herr Gruffydd.«

»So waren Adam und Eva denn im Garten des Paradieses«, fuhr Herr Gruffydd fort. »Und was geschah dann?«

»Eva aß vom Baum der Erkenntnis und gab Adam von dem Apfel zu essen, und sie wußten, daß sie nackt waren und zogen sich Feigenblätter an.«

»Gut«, sagte Herr Gruffydd und arbeitete heftig an seiner Drehbank. »Und dann?«

»Dann kam der Engel mit dem flammenden Schwert und vertrieb sie aus dem Paradies.«

»Damit sie im Schweiße ihres Angesichtes ihr Brot äßen. Und nachher?«

»Dann kamen Kain und Abel, und Abel war ein guter Mann, aber Kain tötete ihn.«

»Warte einmal«, unterbrach mich Herr Gruffydd. »Ehe man

einen töten kann, muß er erst da sein. Adam und Eva haben wir jetzt, aber woher haben wir Kain und Abel?«

»Aus der Bibel, Herr Gruffydd.«

»Gut, aber woher hat sie die Bibel?« fragte mich Herr Gruffydd. »Wie Adam und Eva erschaffen wurden, das wissen wir. Aber woher kamen nun Kain und Abel?«

»Kain und Abel waren die Söhne von Adam und Eva.«

»Gut«, sagte Herr Gruffydd wieder und machte sich an ein anderes Stuhlbein. »Sie waren die Söhne von Adam und Eva, und sie wurden gezeugt, wie seither alle Kinder von Männern und Frauen gezeugt worden sind. Von einem Vater und einer Mutter. Jetzt sag mir, Huw, warum ist ein Mann ein Vater und eine Frau eine Mutter?«

»Weil Adam und Eva zwei verschiedene sind.«

»Warum, habe ich gefragt«, sagte Herr Gruffydd und sah mich an. »Worin liegt die Verschiedenheit? Woran unterscheidet man einen Mann von einer Frau, einen Vater von einer Mutter?«

»Ja, Herr Gruffydd«, antwortete ich, »der Mann hat Hosen an und einen Schnurrbart, und die Frau ist zarter und trägt Röcke.«

»Huw, dein Körper ist anders als der eines Mädchens, sonst würdest du stricken statt zu boxen, nicht wahr?«

»Ja, Herr Gruffydd.«

»Auf welche Weise verschieden?«

»Ein Mädchen ist dicker in der Brust als wir.«

»Und was noch?«

»Unten sind wir anders.«

»Richtig«, nickte Herr Gruffydd. »Jetzt sag mir mal, was du vom Schoß weißt? Was ist ein Schoß?«

»Es steht in der Bibel, Herr Gruffydd.«

»›Der Herr hat dich aus dem Schoß des Weibes geschaffen‹, steht in der Bibel, und so ist es auch, Huw. Maschinen entstehen aus dem Geist des Menschen, Kinder aus dem Geist Gottes. Aber so wie eine Maschine nur entstehen kann, wenn Gehirn und Hände zusammenarbeiten, wie die Maschine eine Form und Gestalt erhalten muß, so kommt das Kind aus der Vereinigung zwischen Mann und Frau, und es erhält seine Form und Gestalt im warmen, lebendigen Fleisch des Schoßes. Dort werden die einzelnen Teile des Kindes zusammengefügt, wie die einzelnen Teile einer Maschine zusammengefügt werden. Daß Owen die Teile der Maschine zusammengefügt hat, wissen wir. Wer aber fügt die Teile des Kindes zusammen? Der Vater und die Mutter, nicht wahr?«

»Ja, Herr Gruffydd.«

»Und wer von den beiden hat den Schoß, Huw?«

Plötzlich sah ich Frau Beynon vor mir, wie sie die dicken Adern im Gesicht hatte und ihre Hände in die Wand zu krallen versuchte.

»Die Mutter, Herr Gruffydd«, antwortete ich.

»Gut«, nickte er, »so wissen wir also jetzt, daß ein Mann Vater und eine Frau Mutter wird. Er wird Vater, weil er verschieden von ihr ist, und wenn es der Wille Gottes ist, so erhält ein Kindchen Form und Leben. Doch wie?«

»Durch eine Vereinigung.«

Herr Gruffydd sprach in einem anderen Tone weiter, so etwa, als ob er mir den Unterschied zwischen dieser und jener Holzart erklärte. »Diese Vereinigung nun — du hast ja schon einmal vom Samen des Menschen gehört, nicht wahr?«

»Ja, Herr Gruffydd.«

»Gut. Es gibt Weizen und Gerste und Hafer. Alles Samen. Und man muß säen, um zu ernten, nicht wahr?«

»Ja, Herr Gruffydd.«

»Damit das Kindchen in der rechten Form entsteht, muß auch zuerst gesät werden — der Samen des Menschen«, erklärte er weiter. »Und der wird in den Schoß gesät. Deshalb heiraten Mann und Frau. Die Ehe ist eine Vereinigung. Sät man Weizen, wenn nicht die rechte Jahreszeit dazu ist? Würde man Samen in die Erde senken, wenn sie mit Schnee bedeckt ist?«

»Nein, Herr Gruffydd.«

»Ganz richtig, das täte man nicht, sonst würde man bald ins Irrenhaus gesperrt werden. Für alle Dinge gibt es die rechte Jahreszeit. Und die rechte Zeit, um den Samen des Menschen zu säen, ist die Ehe — nicht vorher. Mag der Bauer auch noch so ungeduldig darauf warten, ein Feld voller Weizen zu haben, er muß warten, bis die Zeit für die Aussaat da ist, nicht wahr?«

»Ja, Herr Gruffydd.«

»Oder aber man wird einen solchen Bauern für einen Einfaltspinsel halten. So auch mit dem Menschen. Die Zeit der Eheschließung ist die Zeit des Säens.«

Jenseits des Gebirges begann schon die Sonne unterzugehen.

»Nun«, fuhr Herr Gruffydd fort, »was gibt es sonst noch zu wissen?«

»Wie wird die Saat gesät, Herr Gruffydd?« fragte ich.

»Seit wann beschäftigst du dich schon mit diesen Dingen, Huw?«

»Lange schon.«

»Nun sag mir einmal, Huw, wenn du lange Zeit nur an das Essen dächtest, hätte man dann das Recht, dich einen Schlemmer und Vielfraß zu nennen? So ist es auch hier. Gib acht, damit du deine Zeit nicht unnütz vergeudest, sonst könnte es einmal dazu kommen, daß man dich für einen Tagedieb hält. Nun denn, du möchtest wissen, wie der Samen gesät wird, nicht wahr?«

»Ja, Herr Gruffydd, bitte.«

»Gut. Du hast selber festgestellt, daß dein Körper anders ist als jener der Mädchen. Das kommt daher, daß du berufen bist, zum Mann heranzureifen und dann der Hüter des menschlichen Samens zu sein . . . Ja, was wolltest du fragen?«

»Wo werde ich den Samen haben, bitte?«

»Schon wieder ungeduldig! Du wirst ihn in dir haben, erzeugt aus deinem eigenen Blut und bereit für die Säezeit in jenen Teilen deines Körpers, die verschieden sind von denen der Mädchen. Wenn du heiratest, nicht zuvor, wirst du dich vereinigen mit dem Mädchen, das bestimmt ist, dein Weib zu werden. Und alles weitere wird folgen.«

»Wie vereinigen, Herr Gruffydd?« fragte ich mit zitternder Stimme.

»Was bedeutet das Wort ›vereinigen‹, Huw?« fragte er mich und brachte das Rad zum Stillstand, denn es war schon beinahe dunkel in der Stube, nicht einmal die Walnußplatte glänzte mehr.

»Etwas, das zusammenkommt«, antwortete ich.

»So ist es auch«, nickte Herr Gruffydd. »Jener Teil deines Körpers, durch den du verschieden bist von den Mädchen, vereinigt sich mit dem Schoß deines Weibes, und so gießest du deinen Samen aus, den dir Gott verliehen hat, damit du fruchtbar werdest nach dem Willen des Herrn.«

»Ist das alles, Herr Gruffydd?« fragte ich verwirrt und nicht froh.

»Ob das alles ist? Was sollte es denn sonst noch geben?«

»Ich hatte geglaubt, es gäbe noch etwas, Herr Gruffydd, etwas Furchtbares.«

»Es ist furchtbar, Huw«, sagte Herr Gruffydd ernst und legte mir die Hand auf den Kopf. »Denke doch nur einmal darüber nach. Du trägst die Verantwortung für ein Leben in dir. Für viele Leben. Denke an die Mühsal und das Elend, die jene Leben treffen kann, wenn das deine schon lange beendet ist. Denke daran, daß Kinder, die dein Ebenbild sind, vor dir stehen, als Fleisch von deinem Fleisch, Blut von deinem Blut zu dir aufsehen werden, auf daß du sie lehrest und führest, wie du aufsiehst zu Gott, dem Vater. Ist dieser Gedanke nicht furchtbar und dabei so schön und gewaltig, daß Worte es nicht ausdrücken können?«

»Ja, Herr Gruffydd. Aber wenn das alles ist, warum sagen dann die Erwachsenen, ich dürfe es nicht wissen?«

»Ja, siehst du, Huw«, sagte Herr Gruffydd, und jetzt lachte er. »Soll man sich an die Straßenecken stellen und diese Dinge in die Welt hinausschreien? Gibt es nicht so etwas wie Sitte und Anstand? Ziehst du dich in Gegenwart aller Leute nackt aus?«

»Nein, Herr Gruffydd.«

»Nun denn, wenn du schamhaft bist, was dich selbst betrifft, um wieviel schamhafter müssen wir sein, wenn es sich um die Geburt des Menschen handelt. Würdest du dem kleinen Gareth zu erklären versuchen, wie die Maschine betrieben wird?«

»Nein, Herr Gruffydd.«

»Natürlich nicht. Sicherlich würde er es gerne wissen, aber sein kleines Gehirn könnte gar nicht erfassen, was du ihm erklären wolltest. Doch in späterer Zeit wird er es genauso gut begreifen wie du, nicht wahr?«

»Ja, Herr Gruffydd.«

»Alles wird ihm dann klar und einfach vorkommen, weil sein Geist reif dazu geworden ist. Und er wird dann auch dich fragen: ›Ist das alles?‹ und du wirst sagen: ›Ja, das ist alles, mein Junge‹, geradeso, wie ich es jetzt zu dir sagte . . . Du willst noch etwas fragen?«

»Ja, bitte, Herr Gruffydd. Warum würde sich Nan Mardy freuen, einen Hemdzipfel zu sehen?« Die Worte waren schon draußen, ehe ich sie zurückhalten konnte.

»Das ist ein dummer Scherz, Huw. Nan ist eine ältere Frau, die keinen Mann und deshalb keine Kinder hat. Hwfa meinte, es wäre besser für sie, wenn sie auch einen Mann hätte wie die anderen Frauen.«

»Bitte, woher wissen Sie denn, daß Hwfa das gesagt hat, Herr Gruffydd«, fragte ich, ganz starr vor Überraschung.

»Nicht vieles, was dich angeht, ist mir unbekannt, Huw, mein Sohn«, erklärte Herr Gruffydd lächelnd. »Gehst du morgens noch mit Dai Bando auf den Berg?«

»Ja, Herr Gruffydd.«

»Das ist recht«, nickte er. »Es kann dir nur gut tun. Aber der Morgen genügt. Die Abende verbringe wie bisher. Keine Wirtshäuser und keine öffentlichen Boxveranstaltungen, hörst du?«

»Dazu hat mich Dai Bando noch nie aufgefordert.«

»Gut. Und jetzt geh nach Hause essen, Huw.«

»Kommen Sie heute abend zu uns, Herr Gruffydd? Ihr Platz bei Tisch ist immer bereit.«

Herr Gruffydd schwieg ein paar Augenblicke, legte sein Werkzeug in den Kasten zurück und schob die Drehbank an die Wand.

»Grüße deine gute Mutter recht herzlich von mir«, sagte er endlich, »und bitte sie, mich heute abend zu entschuldigen. Gute Nacht, Huw.«

»Gute Nacht, Herr Gruffydd«, sagte ich und ging in die beginnende Dunkelheit hinein; mir war, als stehe die Welt auf dem Kopf und als seien alle Leute darin dumme Esel. Aber ich begriff nun, warum Bronwen es mir nicht sagen wollte; ich war ihr dankbar und gar nicht mehr böse.

Kurze Zeit nachher hatte Iestyn seinen Willen durchgesetzt und reiste mit Angharad nach London. Ianto und Davy fuhren mit ihnen, aber mein Vater und meine Mutter blieben daheim; sie hatten gewünscht, daß die Trauung in unserer Kirche stattfinde, und von einer Hochzeit anderswo wollten sie nichts wissen.

Ianto und Davy kamen bald zurück; sie waren sehr still und erzählten gar nichts von London oder von der Reise. Und als ich in ihre Gesichter blickte, hielt ich es für besser, nicht viel Fragen an sie zu stellen.

Wir bekamen von Angharad Karten aus Calais und Paris, nur ein paar Worte standen darauf, und dann einen Brief aus Berlin. Vater und Mutter lasen ihn zusammen.

Mutter sah Vater über die Schulter, als er beim Fenster stand und den Brief in der Hand hielt. Steif und ernst waren ihre Mienen zuerst, aber als Vater eine Seite gelesen hatte und sich nun umsah, ob Mutter schon so weit sei, da wich der harte Ernst von ihren Zügen. Und als sie fertig waren und ihre Brillen weglegten, da strich Mutter nachdenklich ihre Schürze glatt und sah Vater gerade ins Gesicht.

»Nun?« sagte sie.

»Es wird schon gehen, Beth«, meinte Vater und nahm Mutters Hand. »Ich habe es dir ja gesagt. Jetzt sieht schon alles anders aus. Sie wird vernünftig werden.«

»Hoffentlich.« Mutter blickte zum Fenster hinaus.

»Sicherlich«, sagte Vater, »mach dir keine Sorgen, warte, bis sie heimkommt, und du wirst sehen.«

Vierundzwanzigstes Kapitel

Aber erst viel später kehrten Iestyn und Angharad heim, lange nachdem Ceridwen und Blethyn, Davy und Wyn geheiratet hatten. Am selben Tag wurden die beiden Paare in unserer Kirche getraut. Ein Samstag war es, und seit Monaten der erste Tag, an dem die Erde frei von Schnee war. Ich erinnere mich noch gut, denn wenn es geschneit hätte oder die Wege kotig gewesen wären, hätte ich meine Schulstiefel statt der Sonntagsschuhe tragen müssen; die hätten aber gar nicht zu meinem neuen Anzug aus gutem grauem Tuch gepaßt.

Wie stolz war ich doch, mir den ersten Anzug abzuholen, der nach Maß für mich gemacht worden war. Früher hatte mir natürlich Mutter meine Anzüge genäht oder sie im Laden gekauft, aber einen im Laden gekauften Anzug zum erstenmal tragen, das ist nicht das richtige Gefühl, denn da hängt er fix und fertig und wartet darauf, an irgend jemandem herumzuschlottern. Und er schlottert auch; im Hosenboden bauscht er sich und unter den Armen auch; vorne ist er so weit, daß man ihn zweimal um sich herumwickeln könnte, die Ärmel fallen einem bis auf die Fingerspitzen herunter. Aber man trägt doch, was einem verkauft wird, und zwei oder drei Sonntage geht man stolz in dem Anzug herum, weil er neu ist; dann aber sind die Falten in den Hosen, die zeigen, daß er neu ist, nicht mehr da, und er ist nur noch ein gewöhnlicher guter Anzug, der einem zu lang ist, und der vielleicht gleich so weit und lang gekauft worden war, damit man hineinwachsen kann.

Aber einen Anzug nach Maß gemacht zu bekommen, mit Metermaß und Kreide, das ist wirklich ein besonderes Gefühl.

An dem Tag, der für die Anprobe bestimmt war, lief ich von der Schule so schnell heim wie noch nie, und ohne erst nach Hause zu gehen, rannte ich gleich zu Hwfa Williams und dem alten Twm.

»Der junge Herr Morgan, Anprobe«, sagte Hwfa zu Twm, als ich kaum in der Werkstätte drinnen war.

»Ja, ja, komme schon«, rief Twm und nähte schneller, um erst noch eine kleine Arbeit fertig zu machen. Dann biß er den Faden ab und steckte die Nadel in seine Weste.

»Mein guter Twm«, sagte Hwfa ganz süß, und seine runden Knopfaugen blickten auf das große Bügeleisen, »würdest du die Liebenswürdigkeit haben, deinen Hintern endlich von der Bank zu heben und freundlichst mit einem Stück Kreide herzukommen?«

»Du lieber Himmel«, ärgerte sich Twm und stand ächzend und jammernd auf, »soll ich jedesmal so schnell laufen, daß ich den Atem verliere, wenn ein alter Narr mit mir herumschreit?«

»Halte gefälligst den Mund«, sagte Hwfa und wurde rot im Gesicht, »und führe gütigst meine Befehle aus, ohne deine süße Stimme ertönen zu lassen. Schweigen ist Gold.«

»Es wäre gut, wenn du dir's einmal merken würdest, Meister«, sagte der alte Twm, der endlich aufgestanden war; er ärgerte sich noch mehr als früher, aber er sprach genauso süß wie Hwfa.

»Hier ist die Kreide«, sagte Twm und hielt dem Meister auf dem Handteller ein rundes, dünnes Stückchen Kreide hin. »Werden wir jetzt den Herrn Schneidermeister bei der Anprobe bewundern können?«

Hwfa nahm die Kreide würdevoll und langsam entgegen und sah Twm ernsthaft an.

»Jawohl, du wirst jetzt einen Schneidermeister in seiner eigenen Werkstätte mit der Arbeit beginnen sehen«, sagte er, jedes einzelne Wort gewichtig betonend. »Und zwar auf eine Art und Weise, die ihm Ruf und Ansehen eingetragen hat überall dort, wo gesprochen wird von Anzügen für Herren, Jünglinge und Knaben, Jackenkleidern für Damen, kompletten Ausstattungen für Fuchsjagden, Überziehern, Mänteln, Havelocks, Regenmänteln und allen Arten Bekleidungsstücken aus Tuch für jung und alt.«

»Wollen wir jetzt anfangen?« fragte Twm ungeduldig mit erhobenen Händen und lose herabhängenden Fingern, bereit, jedwede Arbeit in Angriff zu nehmen. »Wenn du nämlich noch lange so weiterredest, Meister, dann werde ich längst im Grabe ruhen, und der junge Mann dort wird einen Vollbart bis zur Erde haben, ehe wir mit der Anprobe beginnen.«

»Ruhe«, rief Hwfa wütend. »Schere!« Und Twm hatte auf einmal die Schere in der Hand, wie aus dem Nichts hervorgezaubert.

Jedem Menschen sein Beruf, aber das Schneiderhandwerk ist ohne jeden Zweifel eines der edelsten und geheimnisvollsten in der Welt. Ein Stück Tuch zu nehmen und daraus mit so einfachen Hilfsmitteln, wie Kreide, Nadel, Zwirn, Schere und Bügeleisen, einen Anzug zu schaffen, der jeder Erhöhung und Vertiefung des Körpers aufs genaueste folgt, der prächtig sitzt, ist wirklich ein köstliches Wunder.

»In der Schulter etwas auslassen«, sagte Hwfa und machte kleine Zeichen mit der Kreide. »Rücken heben!«

Der alte Twm zog den Stoff im Rücken ein winziges bißchen in die Höhe.

»Genug, genug«, brüllte Hwfa. »Willst du denn, daß dem jungen Herrn Morgan der Kragen bis über die Ohren reicht, du alter Narr? Etwas tiefer. Noch etwas. Halt.«

»Was ist denn, um Gottes willen?« schrie Twm.

»Einen Rock mach ich, wenn du es nicht wissen solltest«, schäumte Hwfa hinter meiner Schulter, und seine Stimme klang gar nicht mehr süß, »keine Hose. Willst du dem jungen Herrn Morgan vielleicht den Kragen um die Taille herum machen?«

»Wundern würde mich hier gar nichts«, meinte Twm. »Nicht einmal, wenn du deinen Kunden Knopflöcher in den Hosensitz machen würdest.«

Hwfa blickte so grimmig auf die große Schere, als wollte er im nächsten Augenblick jemanden damit umbringen.

»Rechter Ärmel zu kurz«, sprach Twm vor sich hin, als hielte er ein Selbstgespräch.

Hwfa holte tief Atem und beschäftigte sich mit dem linken Ärmel.

»Rechter Ärmel«, mahnte Twm und lutschte an seiner Lippe.

Hwfa ließ die Arme sinken und schloß die Augen. Dann öffnete er sie wieder, musterte mich, als ob alle Sorgen der Welt auf ihm lasteten, und machte sich an die Hose. »Taille etwas enger«, sagte er, »falls niemand hier etwas dagegen hat.«

»Rechter Ärmel zu kurz«, beharrte Twm auf seinem Standpunkt.

Hwfa summte ein Liedchen, das er offenbar selbst komponiert hatte, und machte überall auf meiner Hose kleine Kreidezeichen.

»So, zieh deinen Rock wieder an, Huw«, sagte er großartig. »Die Anprobe wäre gar nicht nötig gewesen. Ein guter Schneider sieht gleich alles richtig. Komm übermorgen abend und hole dir deinen Anzug frisch vom Bügeleisen.«

»Aber der rechte Ärmel sitzt ihm doch oben am Ellenbogen«, meinte Twm und setzte sich wieder zu seiner Arbeit. »Und wenn du später findest, Huw, daß du ein Hosenbein von dem neuen Anzug oben am Hals hängen hast und Manschetten statt Klappen auf den Taschen, dann klage nicht mich an, denn ich habe rechtzeitig gewarnt.«

»Gute Nacht, Hwfa, gute Nacht, Twm«, rief ich und lief davon, und noch, als ich schon auf dem halben Weg nach Hause war, hörte ich die beiden Alten miteinander streiten.

Es ging hoch her an dem Tag, an dem Davy Wyn heiratete und Ceridwen Blethyn, und schon in der Nacht vorher machten wir kein Auge zu.

Wir waren unten in der Kirche, um den kleinen Nebensaal ordentlich sauber zu machen, Tische für den Tee und den Kuchen aufzustellen und Stühle blank zu scheuern, damit am Samstag alles fertig sei. Vater, Ianto, Davy, Ceridwen, Bronwen und ich, und dann Frau Lewis und Frau Jones, unsere nächsten Nachbarinnen mit ihren Söhnen und Töchtern arbeiteten stundenlang daran. Ivor war im anderen Tal, um den großen Chor zu dirigieren, und Herr Gruffydd war in ein Häuschen oben am Berg gegangen, wo arme Leute wohnten und jemand krank lag. Ich hatte hinter unserem Haus ein Huhn gejagt und eingefangen, damit Herr Gruffydd es mit hinaufnehmen könne. Aber eines unserer Hühner zu schlachten, konnte ich nur schwer übers Herz bringen, denn ich kannte jedes einzelne von ihnen, sie kannten mich, und wir waren Freunde. James Rowlands, ein Mitglied des Kirchenvorstandes, der gerade die Kanzel in der Kirche abrieb, damit sie am nächsten Tag schön glänzte, winkte meinem Vater zu.

»Besuch ist da, Gwilym«, rief er, »drinnen in der Kirche.«

»Danke, James«, rief Vater zurück. »Wegen der Hochzeit?«

»Ja, ich glaube schon«, nickte James Rowlands. »Aber jemand ganz Besonderer. Komm rasch.«

»Bring den Besuch hier herein«, bat Vater; er stand auf einer Leiter und hämmerte einen Kerzenhalter an der Wand fest.

»Gut!« James ging hinaus und hinterließ einen Geruch von Bienenwachs und Terpentin.

Vater hatte gerade den letzten Nagel eingeschlagen und streckte jetzt die Hand aus, um die Kerze entgegenzunehmen, die ich ihm hinaufreichte. Doch als er nun einen Blick zur Tür warf, wäre er beinahe von der Leiter gefallen. Sein Gesicht sah aus, als ob Hexen darauf herumtanzten; die Kerzen fielen ihm aus der Hand, knapp an Bronwens Kopf vorbei; und plumpsten in den Eimer, daß es hoch aufspritzte. Und da kamen auch schon Owen und Gwilym lachend und mit weitgeöffneten Armen auf uns zugelaufen.

»Owen!« rief Vater. »Gwilym, mein Kleiner! Oh, meine Söhne!«

Und so rasch lief er die Leiter herunter, daß sie unter ihm umfiel; aber er sprang herab, kam glücklich unten an und eilte meinen heimgekehrten Brüdern entgegen.

»Vater«, rief Owen, »wie schön, dich wiederzusehen!«

»Wie geht's Mutter?« fragte Gwilym. »Und wie gut du aussiehst, Bronwen!«

»Huw«, lächelte Owen. »Du bist wieder tüchtig gewachsen.«

»Lange Hosen bekomme ich«, berichtete ich. »Morgen.«

»So, wir sind hier fertig«, sagte Vater. »Kommt, Söhne, jetzt geht's heim zur Mutter. Lange hat sie auf diesen Augenblick gewartet. Huw, sieh nach, ob wirklich alles in Ordnung ist, ehe du gehst.«

»Ja, Vater«, nickte ich.

So half ich denn Bronwen bei den Kleinigkeiten, die noch zu tun waren; dann sperrten wir ab und gingen die Straße hinauf, um eine Tasse Tee zu trinken. Auf halbem Weg kam uns Herr Gruffydd entgegen. Ganz langsam ging er, den Hut hatte er bis über die Augen gezogen, und seine Hände steckten tief in den Taschen seines kurzen Mantels.

»Bitte, Herr Gruffydd, Owen und Gwilym sind zurückgekommen«, sagte ich, als wir bei ihm waren.

»Zurückgekommen?« fragte Herr Gruffydd, so als hätte ich ihn aus tiefen Gedanken aufgeschreckt. »Wer ist zurückgekommen?«

»Owen und Gwilym. Gerade jetzt.«

»Gut«, nickte er. »Ein glücklicher Abend für deine gute Mutter. Ich werde mich freuen, deine Brüder morgen zu begrüßen, Huw. Gute Nacht, Frau Morgan, gute Nacht, mein Sohn.«

»Kommen Sie nicht mit herein, Herr Gruffydd?« lud Bronwen ihn ein. »Ich habe guten Hammelbraten.«

»Ich habe noch zu tun«, lächelte Herr Gruffydd. »Die Möbel müssen fertig werden, wie, Huw? Entschuldigen Sie mich bitte, Frau Morgan, gute Nacht.«

»O Gott, o Gott«, seufzte Bronwen, als wir ein Stück weitergegangen waren. »Ein armer Kerl, der Herr Gruffydd.«

»Warum denn?« fragte ich sie.

»Ach«, sagte Bronwen nur, und öffnete die Tür zu ihrem Hause.

Als sie die Lampen angezündet hatte, brodelte schon das Wasser im Teekessel.

»Warum hast du vorhin ›ach‹ gesagt, Bronwen?« wollte ich wissen. »Ist mit Herrn Gruffydd etwas nicht in Ordnung?«

»Ich sollte so etwas eigentlich nicht sagen«, meinte Bronwen, »aber wenn ich noch ledig wäre, würde ich ihn heiraten.«

»Warum, Bronwen?«

»Warum, warum, warum«, lachte Bronwen. »Immer fragst du ›warum‹? Weil er so dreinschaut, Junge.«

»Mir ist nichts an ihm aufgefallen«, sagte ich, dumm wie Bohnenstroh. »Er sieht heute genauso aus wie gestern.«

»Traurig ist er, und tief drinnen fehlt ihm etwas.«

Mir fielen die Nachmittage in dem kleinen Haus ein, das Holz, die Werkzeuge, der Geruch nach heißem Leim, und dann der Tee und der Kuchen, den meine Schwester gebracht hatte.

»Wegen Angharad . . .?«

»Komm Tee trinken«, rief Bronwen, »und keine Flecken auf dem Tischtuch, bitte. Denk nur, ich ziehe mein neues Kleid an. Ich freue mich schon darauf. Ich möchte bald schlafen gehen, um nur ja rechtzeitig aufzuwachen und das Kleid gleich anzuziehen.«

»Und ich ziehe meine langen Hosen an.«

»Ja«, sagte Bronwen. »Jetzt bist du ein Mann, Huw.«

Sie sah mich an und lächelte ihr altes Lächeln. Aber während sie mich noch ansah, begann ihr Mund ein wenig zu beben, und das Lächeln verschwand ganz langsam; und während es verschwand, errötete sie; ihre Augen wurden anders, und ihre Lider sanken leise zuckend herab.

Und auch ich wurde rot, doch warum, wußte ich nicht; die Tasse und die Untertasse in meiner Hand zitterten, und die Tasse begann zu klappern, da mußte ich sie hinstellen. Aber Bronwen saß noch immer ganz still und ganz rot da und blickte in die Zuckerdose hinein, und das Schweigen war so schwer in der Stube, daß ich seine Last auf den Schultern spürte.

»Geh jetzt, Huw«, sagte Bronwen leise.

Ich ging, schloß behutsam die Tür hinter mir und blickte zum Berg empor, der dunkler war als die Finsternis um mich her, aber nicht dunkler als die Qual in meinem Inneren. Nichts war gesprochen worden, nichts geschehen, was meine Unruhe hätte erklären können. Und doch stand ich dort und sah zum Berg hinauf, als wollte ich ihn bitten, mir etwas von seinem Frieden mitzugeben. Kühl umwehte mich der Wind; in Bronwens Stube war es heiß gewesen, und nun fröstelte mich.

Doch mit einem Male durchströmte mich eine neue Wärme, ein Gefühl der Wonne, das ich noch nie empfunden hatte und das ich doch so sehr als einen Teil meiner selbst empfand, daß keine Überraschung darüber in mir war. Scharf, klar, wundervoll durchzuckte es mich, und mein ganzer Körper wurde ein einziger lauter, jubelnder Gesang. Ich hob die Arme und straffte jeden Muskel in mir, das Blut rauschte und donnerte durch meine Adern, eine goldene Weite eröffnete sich vor mir, und ich wußte, daß ich ein Mann geworden war.

Doch rasch verblaßte der goldene Glanz, wieder durchströmte mich Kälte; Zweifel sank auf mich herab und Elend, dunkler als zuvor. So rasch die Vision gekommen war, so rasch war sie auch wieder verschwunden. Mir war kalt, ich hatte Angst und schämte mich, und als ich über den dunklen Weg nach Hause ging, wunderte ich mich darüber, daß die Menschen sorglos ihren täglichen Geschäften nachgingen und nur daran dachten, ihren Magen und ihre Taschen zu füllen, obgleich es solche Wunder und Geheimnisse gab.

Ich wünschte mir, wieder wie gestern ein Knabe zu sein, ohne diese Last des Zweifels, ohne diese drückende Furcht, ohne diese neue Gefahr, die mich in diesem Augenblick in die Bereiche singenden Glanzes emporhob, um mich gleich darauf in die Abgründe der Finsternis zu stoßen.

Doch neuer Mut durchströmte mich, als ich nun wieder zu dem Berg hinaufsah, der hoch und still vor mir stand, und mit ihm kam die Würde des Mannseins und das Wissen um den Baum des Lebens. Nun war auch ich ein Ast dieses Baumes und wartete in der Dunkelheit des Gartens Eden auf eine unbekannte Eva, daß sie mich lockte mit dem Apfel ihrer Schönheit, auf daß wir wüßten, daß wir nackt seien, und Söhne und Töchter zeugten zur Ehre Gottes, unseres Herrn.

Ich sah hinter mir jene, die dahingegangen waren, und vor mir jene, die kommen würden. Ich blickte zurück und sah meinen Vater und dessen Vater und alle unsere Väter, und vor mir sah ich meinen Sohn und dessen Sohn, und Söhne und Söhne bis in die Unendlichkeit.

Und ihre Augen waren meine Augen.

Wie ich fühlte, so hatten sie gefühlt und so würden sie fühlen, einst, jetzt, morgen und in alle Ewigkeit. Und nun fürchtete ich mich nicht mehr, denn ich war einer in einer langen Reihe, die keinen Anfang hatte und kein Ende; die Hand seines Vaters hielt die Hand meines Vaters, seine hielt die meine, und mein ungeborener Sohn griff nach meiner rechten Hand, und so alle, die in der Reihe standen, welche sich ausstreckte von der Zeit, die gewesen ist, über die Zeit, die ist, zur Zeit, die noch nicht ist. Und alle hoben die Hände, um das Band zu zeigen, das sie vereinigte, und wir sahen, daß wir eins waren, geboren vom Weibe, Sohn des Mannes, geschaffen nach Gottes Ebenbild.

Ich war ein Teil von ihnen, sie waren ein Teil von mir. Sie waren in mir, ich war in ihnen allen. Das uralte, immer wieder neue Geheimnis des Lebens rührte mich an.

»Huw«, hörte ich Ianto rufen, »was stehst du da und gaffst in die Luft. Bist du verrückt geworden?«

»Nein, Ianto. Ich schaue mir nur den Berg an.«

»Komm lieber herein und schaue dir ein paar Töpfe und Teller an, die Frauen sind nicht mehr im Hause, da müssen wir selbst für uns sorgen, sonst können wir verhungern.«

»Wo ist denn Ceridwen?« fragte ich.

»Da sie morgen heiratet, sitzt sie jetzt in der guten Stube und läßt sich bewundern. Mutter ist auch drinnen. Bronwen ist hinuntergegangen, um Ivor abzuholen.«

»Ich habe sie aber jetzt gerade noch in ihrem Haus gesehen.«

»Jetzt ist sie hinuntergegangen, ich habe sie selbst gesehen. In ihrem schönsten Mantel und in ihren schönsten Schuhen, als ob Ivor der König von Babylon wäre. Da gibt's tüchtig zu tun in der Küche. Der Teufel soll die Frauen holen. Nie sind sie da, wenn man sie braucht.«

So ging's denn in die Küche. Zuerst mußte das Geschirr gewaschen, Teller und Schüsseln bereitgestellt werden, und dann kam das Tischdecken an die Reihe. Das ist nun eine Arbeit, für die ich nie etwas übrig hatte. An einem ordentlich gedeckten Tisch sitze ich freilich gern. Messer und Gabel dort, wo sie hingehören, Gläser und Teller daneben, das alles gibt einem erst den richtigen Appetit, und es kribbelt einem schon in den Fingern, Messer und Gabel zur Hand zu nehmen, ehe das Essen noch aufgetragen ist. Ein Tischtuch mit Flecken und Falten darin, Messer und Gabel, die nicht geradeliegen, einen Löffel mit dem verkehrten Ende nach vorn mag ich nicht leiden und habe keine ruhige Minute, ehe alles liegt, wie es sich gehört. Aber ich schrubbe lieber einen Fußboden ab, als daß ich einen Tisch decke. Ganze Hände voll Messer und Gabeln herbeitragen und Teller, hoch aufeinandergetürmt, und Gläser und das Salzfaß und was sonst noch. Und dann das Tischtuch so legen, daß nicht zuviel auf der einen und zuwenig auf der anderen Seite ist;

man zieht und zieht, aber nie will es stimmen, und schließlich möchte man das dumme Tischtuch zu einer Kugel zusammenrollen und ins Feuer werfen.

Aber schließlich war der Tisch doch gedeckt, die Brüder hatten inzwischen das Essen hergerichtet, und dann saßen wir alle bei Tisch.

Es ist wahrhaftig etwas Schönes, fröhliche Gesichter rund um einen Tisch herum zu sehen, auf dem etwas Gutes zu essen steht. Und das Lied, das die klappernden Messer und Gabeln singen, kommt gleich nach dem Lied des Menschen.

Mutters Augen sahen es immer gleich, wenn irgendwo ein leerer Teller war, oder ein Messer und eine Gabel müßig dalagen. Alles sah sie, nichts entging ihr, und wenn auch auf ihrem Teller immer am wenigsten war, so begann sie doch gleich zu schelten, wenn jemand ein Stückchen übriggelassen hatte oder nein sagte, wenn ihm die Schüssel zum drittenmal gereicht wurde.

»Habt ihr in London Gutes zu essen bekommen?« fragte Mutter.

»Das könnte ich nicht behaupten, Mutter«, antwortete Owen. »Meistens haben wir in Speisehäusern gegessen.«

Und Gwilym fügte hinzu: »Roastbeef mit Kartoffeln, Kohl, Pudding, eine Tasse Tee, sieben Pence.«

»Sieben Pence?« flüsterte Mutter ganz entsetzt. »Um Gottes willen, Jungen, seid ihr denn in Geld geschwommen?«

»Nein«, sagte Owen, »aber es ist teuer in London.«

»Geht ihr wieder dorthin zurück, Owen?« erkundigte sich Ianto.

»Nein, wir bleiben hier, wenn Vater und Mutter uns haben wollen?«

»Ihr seid hier zu Hause«, rief Vater herüber.

»Ich freue mich schon darauf, mich einmal richtig ausschlafen zu können«, warf Gwilym ein. »Nichts als Nachtarbeit diesen Monat, und die beiden letzten Nächte haben wir gar nicht geschlafen.«

»Und was wollt ihr beginnen, Söhne?« fragte Vater.

»Wieder in den Schacht hinunter«, antwortete Owen.

»So ist es«, nickte Gwilym eifrig. »Fein wird das sein nach dem ekelhaften Tunnel.«

»In einem Tunnel habt ihr gearbeitet, Owen?« fragte Ianto. »In welchem denn?«

»Sie bauen jetzt eine Untergrundbahn in London«, erklärte Owen. »Aber ohne Sinn und Verstand.«

»Wie ich euch kenne, habt ihr das auch dem Vorarbeiter gesagt«, lächelte Vater und stopfte sich die Pfeife.

»Der Vorarbeiter war Owen selbst«, erzählte Gwilym, »aber dem Inspektor haben wir es gesagt.«

»O Gott, da ist Owen wohl hinausgeschmissen worden?« meinte Vater.

»Der Mann war grob zu mir, da mußte ich ihn Höflichkeit lehren«, sagte Owen.

»Und deswegen bist du hinausgeflogen, wie?«

»So war es nicht«, erklärte Gwilym. »Der Inspektor ist hinausgeflogen. Owen bekam sogar einen höheren Lohn und eine bessere Stelle. Entlassen wurde *ich*.«

»Ja, warum denn, Sohn?« wollte Vater wissen.

»Um die Löhne und die Arbeitsbedingungen handelte es sich«, sagte Gwilym und sah recht niedergeschlagen auf seinen Teller. »Ich versuchte, die Leute zu organisieren, und das war dort verboten. Als wir im großen Zug der Hafenarbeiter mitgingen, wurden wir entdeckt. Als man mir das vorhielt, sagte ich, sie sollten zum Teufel gehen. Aber eines Tages berief ich eine Versammlung nach der Arbeit ein; da kam der Direktor, und ich wurde auf der Stelle entlassen. Owen ging auch, wenn es auch nicht nötig gewesen wäre. Und dann sahen wir, was Iestyn in die Zeitung gesetzt hatte, und im hiesigen Blättchen lasen wir, daß Davy und Wyn heiraten würden, und da dachten wir, jetzt ist's Zeit, nach Hause zu gehen.«

»John Burns und Cunningham Graham zeigten es den Herren aber doch allmählich, was?« sagte Davy.

»Die beste Gewerkschaft von allen«, nickte Owen. »Dieser John Burns ist ein Prachtkerl. Und wie steht es hier?«

»Ungefähr wie früher«, gab Ianto Auskunft. »Überall hört man von der gleitenden Lohnskala. Diese Narren glauben, wegen der gleitenden Skala hätten sie regelmäßige Arbeit. Man kann sie nicht dazu bringen, sich ein paar Ziffern anzusehen. Keiner findet es der Mühe wert, einen Blick auf die Dividenden zu werfen, die die Aktionäre einstecken.«

»Das wundert mich«, meinte Owen. Er war kräftiger geworden, und das Haar trug er jetzt kurzgeschnitten, aber seine grauen Augen sahen einen noch geradeso fest an wie früher. »Die Arbeiter in den Tälern hier sind keine Dummköpfe.«

»Das nicht«, gab Davy zu. »Aber zu anständig und zu bescheiden sind sie, zum Teufel noch einmal.«

»Es wäre mir lieb, wenn du in diesem Hause nicht fluchen würdest, Sohn«, sagte Vater. »Vergiß nicht, daß wir mit den Arbeitgebern ein Übereinkommen wegen der gleitenden Lohnskala getroffen haben. Das müssen wir auch halten. Also schimpfe nicht so viel. Dazu ist noch immer Zeit, wenn dich die Unternehmer betrügen.«

»Genug davon, genug davon«, suchte Mutter zu beschwichtigen. »Seid ihr in London in die Kirche gegangen, Owen?«

»Das will ich meinen, Mutter«, nickte Owen. »Jeden Sonntag.«

Und wahrscheinlich, weil gerade von der Kirche gesprochen worden war, fragte Gwilym: »Wo ist eigentlich Herr Gruffydd?«

»Heute abend muß er arbeiten, aber morgen wird er sich freuen, euch zu sehen, das soll ich euch von ihm ausrichten«, sagte ich.

Nach einer Pause fragte Owen: »Wie ist es nur gekommen, daß Angharad den jungen Evans geheiratet hat? War sie denn nicht bei Sinnen?«

»Warum sollte sie nicht bei Sinnen gewesen sein?« fragte Vater ruhig und blickte auf seine Pfeife.

»Nun, Iestyn ist doch immer ein dummer Lümmel gewesen«, sagte Owen.

»Ein Esel, der auf seinen Geldsack stolz ist«, stimmte ihm Gwilym bei. »Und in Oxford ist er auch nicht besser geworden.«

»Jedenfalls ist er jetzt euer Schwager«, sagte Vater, »und Angharad hat eine gute Heirat gemacht. Sie wird nie Not leiden, weder sie noch ihre Kinder.«

»Ich hoffe nur, er wird sich um seine Grube kümmern, wenn er zurückkommt«, meinte Ianto. »Der alte Evans konnte mit seinen Arbeitern machen, was er wollte, weil er sie verstand und so sprach wie sie. Von dem jungen Evans werden sie sich nichts gefallen lassen.«

»Streiken sollten sie«, rief Ianto.

»Ein Streik bringt den Leuten nur Hunger und Entbehrungen, und vielen Kindern bringt er den Tod«, sagte Vater ernst. »In Büchern und in der Zeitung sieht es gut und schön aus, wenn vom Streik die Rede ist, aber in der Wirklichkeit ist er schlimm für den Kopf und den Magen. Ich will nichts mehr davon hören.«

»Willst du denn einmal für immer arbeitslos werden und den Rest deines Lebens hungern, Vater?« fragte Owen.

»Ich habe dir gesagt, ich will heute nichts mehr davon hören, Sohn«, rief Vater. »Kommt, wir wollen singen. Laßt mich einmal hören, ob eure Stimmen in London eingerostet sind.«

So setzte Wyn sich denn an die Harfe und Ceridwen ans Klavier, und Vater und Mutter in ihre Lehnstühle zu beiden Seiten des Kamins, und wir anderen setzten uns im Kreis herum.

Und dann sangen wir.

Allmählich strömten immer mehr Nachbarn herein, durch die vordere und hintere Tür, und dann kamen auch Ivor und Bronwen. Gwilym suchte gleich in Ivors Taschen nach seinem Taktstock, und alle riefen, Ivor solle dirigieren.

So heiß war es inzwischen schon geworden, und so eng saßen wir nebeneinander, daß Wyn keinen Platz zum Spielen hatte; deshalb gingen wir alle hinaus auf die Straße und nahmen unsere Stühle und Schemel mit.

Ein schöner Abend war es; der Mond zog eine silberne Schleppe hinter sich her, und der Wind wehte ganz bescheiden, weil er auch unsere Stimmen hören wollte, und das Tal wartete still auf unseren Gesang.

Stunde um Stunde saßen wir nun da auf der Straße und sangen; ringsumher öffneten sich die Fenster, und die Leute lehnten sich heraus, um mitzusingen, und Ivor stand auf einem Stuhl mitten auf der Straße und dirigierte. Zuweilen konnte man ein paar Frauen ins Haus gehen und ein paar Minuten später mit großen Teekannen und Bier in Krügen zurückkommen sehen; andere wieder kamen mit Brot und Käse und Kuchen. Aber der Gesang hörte nie auf; wenn ein Lied aus war, kam gleich das nächste, bis Wyn Schwielen an den Fingern hatte. Da hob Davy sie von ihrem Stuhl und setzte sich mit ihr auf das Fenstersims; den Arm hatte er um sie gelegt, und ihr Kopf ruhte an seiner Schulter.

Schön ist es, wenn die Stimme des Menschen hinausdringt in die stille Nacht. Ruhe und dunkles Blau ringsumher, Gesichter, weiß vom lächelnden Licht des Mondes, und Dunkelheit dort, wo der Mond nicht hineinscheint. Und in dieser Stille höre nun die süße, sanfte Stimme der Harfe, den Klang der vielen Töne, die in ihren zitternden Saiten verborgen liegen. Warte, jetzt kommen die ersten tiefen langsamen Akkorde, die dein Herz füllen und dich bereitmachen für die rasche, sich steigernde Melodie, die dein Blut mit Feuer füllt und dich zwingt, deine Stimme zu erheben.

Und höre nun die Stimmen deiner Brüder und Schwestern, tief wie das Meer, so zeitlos auch, so bewegt und so erhaben. Tenöre durchbohren die Wolken mit Klingen, die geschliffen sind von den Silberschmieden im Himmel. Baritone schütten ihr Gold aus, und der majestätische Alt streckt sich zur Höhe, um sich mit der tiefsten

Note des blumengeschmückten Soprans zu vereinigen. Darunter aber beugt der Baß seinen mächtigen Rücken, um den Vielklang der Töne zu tragen, wohin die Melodie es befiehlt.

Singe, o Menschensohn, und ahne, daß an deiner Stimme Gott seine köstlichste Freude finden mag!

Ich hatte gespürt, daß Bronwen mich schon einige Male angeblickt hatte, aber wenn ich schnell zu ihr hinübersah, schaute sie immer weg, und nicht ein einziges Mal lächelte sie. Doch als ich dann ins Haus ging, um Mutter beim Einschenken des Tees zu helfen, füllte ich zuerst eine Tasse für Bronwen und brachte sie ihr hinaus.

»Tee für dich, Bronwen«, sagte ich.

»Du bist ein guter Junge, Huw«, sprach sie mit der Stimme einer Fremden. »Ich habe schon nach einem Schluck Tee gelechzt.«

»Sag, Bronwen«, flüsterte ich, dankbar für den lauten Gesang rings um uns her, »habe ich heute bei dir etwas gesagt oder getan, das nicht recht war?«

Sie saß im Dunkeln, und die große Teetasse verdeckte beinahe ihr Gesicht, doch da fiel ein Mondstrahl auf eine Träne in ihrem Auge, und sie wandte sich von mir ab.

»Morgen spreche ich mit dir«, sagte sie mit ihrer gewohnten Stimme. »Nein, es war nichts.«

Aber wieder war mir, als käme auf einen Augenblick das seltsame Gefühl zurück, das mich erhoben und geängstigt hatte, und ich lief zu Mutter, um ihr wieder zu helfen, und arbeitete für zwei. Mutter hatte aber auch alle Hände voll zu tun; an jeden dachte sie; für alte Frauen, die nicht mehr viel Zähne hatten, schnitt sie ganz dünne Brotschnitten und strich Butter und weichen Käse darauf, und dann tat sie Honig in einen Krug warmen Bieres für den alten Herrn Jones, den sehr fror, der aber doch nicht zu Bett gehen, sondern weiter mitsingen wollte.

Die meisten Männer setzten sich in einen Lehnstuhl, um bis zum Arbeitsbeginn ein bißchen zu nicken, ich aber ging mit Ianto auf den Berg, um Pilze zu suchen; einen ganzen Korb voll brachten wir heim, dazu Blumen für Ceridwen und Wyn, und auch welche für Mutter und Bronwen.

Vater und Ivor gingen mit Ianto und Davy früh weg, denn sie hatten Morgenschicht. Als sie fort waren, begann erst die richtige Arbeit. Das Haus wurde vom Dach bis zum Keller gescheuert, die Möbel wurden hinausgetragen, um blankgerieben zu werden, frische Vorhänge wurden aufgehängt, und Messer, Gabeln und Löffel geputzt, bis sie spiegelten. Und dann begann das große Kochen, bei dem alle Nachbarinnen halfen.

Kartoffeln wurden geschält und Gemüse gewaschen, Hühner und Enten gerupft, Schnitzel und Koteletten geschnitten und Würste auf Schüsseln geladen, bis ich überhaupt keine Speisen mehr sehen konnte. Dann deckten wir die Tische, und ein paar von uns gingen in den Saal neben der Kirche, um dort alles für den Chorwettbewerb zum Abend bereitzumachen.

Als zu Mittag die Sirene der Kohlengrube heulte, liefen wir wieder heim; ich richtete das Bad für meinen Vater und für meine Brüder her, dann badete ich selbst und ging hinauf, um meine langen Hosen anzuziehen.

Das war etwas!

Ob es wohl ein besseres Gefühl auf der Welt gibt, als die ersten langen Hosen anzuziehen?

In derselben Stube, in der ich jetzt sitze, nahm ich den neuen Anzug sorgfältig aus seiner Papierhülle und hielt ihn zuerst einmal in die Höhe, um mich an dem Anblick zu freuen. Dann die Kleider herunter und in ein reines Hemd geschlüpft, den steifen Kragen angeknöpft, die neue weiße Krawatte, die Bronwen mir geschenkt hatte, zu einem schönen breiten Knoten gebunden und Vaters Krawattennadel hineingesteckt. Hierauf kamen die Socken dran, auch neue, die Ceridwen für mich gestrickt hatte, und nun ging es mit Kamm und Wasser an die Haare, die einen Scheitel bekommen und schön flach liegen mußten.

Und dann der Anzug. Schade, daß man nicht den Rock und die Weste zuerst anziehen und die Hosen bis zum Schluß aufsparen kann, wie man zuerst das Fleisch und die Kartoffeln ißt und die jungen Erbsen bis zum Schluß aufbewahrt. Aber es ist nun einmal so, die Hosen zuerst.

Herrlich ist das Gefühl, in den guten langen Hosen dazustehen, und ich verstehe, wie den Edelleuten mit ihren Federhüten und ihren Puffärmeln zumute war, die man auf alten Bildern sieht. Stolz und tapfer steht man da und fürchtet nichts und niemanden auf der Welt.

Dann stieg ich aufs Bett und versuchte meine Hosen in dem Wandspiegelchen zu sehen, aber es war zu klein, und in der Stube hier war es zu dunkel, deshalb konnte ich nur meine glänzenden Schuhe und ein Stückchen vom Hosenaufschlag sehen. Aber ich kam mir elegant vor, und das genügte mir. Ich glaube, selbst der Kaiser Napoleon hat nie ein so großartiges Gefühl gehabt, und als ich dann hinunterging, hätte der Botschafter Ihrer Majestät der Königin nicht stolzer einherschreiten können als ich.

Und dann sah mich meine Mutter.

Sie setzte gerade ihren Hut auf; die Hutnadel hielt sie in der Hand, um sie hineinzustecken.

Große Augen machte sie, und den Mund öffnete sie, um zu sprechen, aber kein einziges Wort kam heraus und die Nadeln fielen ihr aus den Händen.

»Huw, mein Kleiner«, rief sie und schlug die Hände zusammen, »wie wird man dich jetzt noch von einem Lord unterscheiden können?«

»Paßt mir der Anzug, Mutter?« fragte ich ganz aufgeregt.

»Ob er dir paßt? Wie die Blätter auf die Bäume. Das muß er aber auch. Ein Pfund und noch etwas darüber haben wir Hwfa allein Macherlohn bezahlt. Und wie gefällt dir mein neues Kleid?«

Da wußte ich, daß meine Mutter sich über ihr neues Kleid geradeso freute, wie ich über meinen Anzug; ich sah es mir von vorne und von hinten an und bewunderte es, wie es sich gehörte, aber dabei dachte ich schon daran, was die Jungen und die Mädchen draußen über mich sagen würden.

»Schön bist du, Mutter«, sagte ich; da lächelte sie so hübsch, wie nur sie es konnte.

Dann kamen Wyn und Ceridwen herein, aber nicht in ihren Brautkleidern, und wieder mußte ich mich rundherum drehen, daß sie mich richtig sehen konnten, und sie gratulierten mir, küßten mich und versuchten, mich hinten am Hosenbein zu kitzeln, aber ich lief davon, und hinter dem Haus traf ich Vater.

»Nun, Huw, mein Sohn, laß dich ansehen«, sagte er, musterte mich von oben bis unten, sah sich genau das Rockfutter an und die Knopflöcher, und wie die Knöpfe angenäht waren. »Hwfa hat seine Sache gut gemacht. Keinem Schwein kann seine Haut besser passen.«

»Wie sehe ich denn darin aus?« fragte ich ein bißchen enttäuscht darüber, daß er mehr auf die Schneiderarbeit als auf mich geschaut hatte.

»Geradeso wie gestern, bis auf die langen Hosen«, bemerkte Vater trocken. »Und wenn du zu Mittag gegessen hast, trag die Mäntel deiner Brüder zum Fußballplatz hinunter. Und vergiß nicht, daß wir im Saal unten noch Kerzen brauchen.«

»Ja, Vater«, sagte ich kleinlaut.

Zuerst also noch einmal ins Haus hinein; da roch es wunderbar nach frisch gebackenem Kuchen und nach Brot, das gerade knusperig aus dem Backofen gekommen war. Aber ich traute mich nicht, viel zu essen, weil ich Angst hatte, ich würde mir Flecke auf den neuen Anzug machen. So kam es, daß ich mit den Mänteln lange, ehe das Rugbyspiel begann, auf dem Sportplatz war. Alle machten Witze über mich uns sagten, ich sei wohl jetzt zu stolz, um wie andere Leute zu Mittag zu essen. Und ich muß schon sagen, ich war auch stolz, als ich die Straße hinunterging und die Jungen mich alle bewundernd anstarrten, und die Frauen auch, wenn ich höflich meinen Hut abnahm. Dabei war ich aber so verlegen, daß ich froh darüber war, daß meine Hände mit dem Tragen der Mäntel beschäftigt waren. Meine Nase und mein Mund hingegen hatten nichts zu tun, und sie zuckten hin und her wie der Schwanz von einer Kuh; ehe ich unten beim Sportplatz war, wünschte ich mir schon, wieder in meinen alten Kleidern zu stecken.

Ich war auch froh darüber, daß es auf dem Fußballplatz noch so leer war, und suchte mir einen guten Platz aus, auf einer Anhöhe gerade zwischen den Torstangen. Da legte ich die Mäntel nieder und setzte mich daneben, aber sehr vorsichtig. Und da fand ich es doch wieder sehr schön, lange Hosen anzuhaben, und ganz heimlich dachte ich schon an Tabak und eine Pfeife.

Die Mannschaft aus dem Nachbartal kam mit einem Omnibus mit vier tüchtigen Pferden angefahren, und die Burschen zogen sich hinter einer Hecke um; ein paar kleine Buben mußten aufpassen, damit keine Mädchen in die Nähe kamen. Inzwischen kamen auch schon die Leute von unserem Team aus ihren Häusern heraus, und es war hübsch, sie in ihren bunten Leibchen die Straße herunterkommen zu sehen; noch hübscher war es, als die andere Mannschaft ins Spielfeld gelaufen kam, um sich noch ein bißchen zu üben. Unterdessen füllte sich der Platz immer mehr; eine Menge Leute kamen vom Hügel herunter; Wagen aller Art fuhren die Bergstraße herab, bis der Dorfplatz nebenan ganz voll mit Rädern war; auf den Wiesen am Abhang grasten die Pferde, und ein paar Männer paßten auf sie auf, um sich ein Glas Bier extra zu verdienen.

Jetzt lief Ivor ins Spielfeld, denn er war der Schiedsrichter; er wirbelte eine Geldmünze in der Luft herum, und als es sich herausstellte, daß die Unseren in der ersten Halbzeit mit dem Wind spielen durften, klatschten alle aus unserem Dorf in die Hände.

Ein Geräusch, das einem gut in die Ohren klingt, ist das Aufprallen des Lederballes auf kurzes, grünes Gras, und fein ist es, dem Ball zuzusehen, wie er zum blauen Himmel aufsteigt, sich behaglich um sich selber dreht, als ob ihm die Reise dort hinauf ordentlich Spaß machte, um dann wieder in einem niedrigen Bogen gerade in die fangbereiten Hände eines Verteidigers zu fliegen.

Ivors Pfeife ertönt, der Ball fliegt in die Höhe, und darunter laufen die Spieler vor, um ihre Plätze einzunehmen.

Jetzt hat ein Stürmer den Ball erwischt, aber ehe er ihn noch recht berührt hat, liegt er schon flach auf dem Rücken, und beide Mannschaften sind wie die Wilde Jagd hinter dem Leder her. Wieder pfeift Ivor, und jetzt kommt das erste Gedränge. Der Ball wird eingeworfen, und die straffen, angespannten Muskeln beginnen zu arbeiten, acht Mann gegen acht; sie halten einander fest und versuchen, einander über die ganze Fläche des Spielfeldes zu drängen. Aber hinter dem Knäuel springt der Ball auf einmal in die Höhe, und jetzt hat der Mittelläufer der anderen ihn erwischt, so rasch, daß es keiner weiß, ehe er auf halbem Weg zu unserem Tor ist; niemand stellt sich ihm entgegen — als ein einziger Verteidiger. Brüllt, Leute, brüllt, mit einer einzigen Stimme, langgezogen, tief, laut und voll Kraft, denn der Läufer geht jetzt im Zickzack vor; Cyfartha Lewis dribbelt ihm entgegen, immer höher hinauf klettert jetzt die Stimme der Menge, immer lauter und stürmischer wie ein Hymnus auf Kraft und Mut zwischen Männern.

Aber Cyfartha ist wie das Netz eines Fischers. Der Mittelläufer wollte zu gescheit sein. Er hätte den Ball schon lange an seinen Flügel abgeben können, aber er ist zu gierig und läuft mit dem Ball weiter. Nun versucht er Cyfartha zu täuschen, aber das ist nicht so leicht, wie der Mann es sich vorgestellt hat. Schon liegt er am Boden, Cyfartha stößt den Ball über das halbe Spielfeld bis zu unserem Stürmer, und jetzt hat er Zeit, dem Verbindungsläufer, der noch immer ganz verdattert auf der Erde liegt, aufzuhelfen. Vater lacht so herzlich, daß die Brille auf seiner Nase gar nicht stillsitzen will. Nun höre ich Owen und Gwilym brüllen, daß mir beinahe das Trommelfell platzt, denn jetzt ist Davy am Ball ...

Aber auf einmal sah ich, wie mir von unten herauf jemand mit dem Taschentuch zuwinkte, und als ich näher hinschaute, erkannte ich Ceinwen Phillips. Sie lachte mir zu, ihre kräftigen Zähne leuchteten weiß, und die Augen hatte sie halb geschlossen; eine rotgrüne

Schleife, die Farbe unseres Klubs, trug sie im Haar, das ihr wellig über den Rücken fiel.

Nun kam sie auf mich zugerannt, und ich wäre am liebsten weggelaufen, denn ich wollte nicht mit einem Mädchen gesehen werden. Aber sie war schon zu nahe bei mir; da blieb mir nichts übrig, als zu lächeln, als ob ich mich freute, sie zu sehen, und dabei verwünschte ich sie in die ägyptische Wüste.

»Huw«, rief sie, »ich freue mich so, daß ich gekommen bin. Vater und Mervyn haben mich hergebracht. Eine feine Mannschaft habt ihr. Ich habe gehört, dein Bruder würde dieses Jahr als Internationaler für Wales spielen.«

»Das kann man jetzt noch nicht wissen«, meinte ich, »aber Davy spielt gut, das ist einmal sicher.«

»Schön siehst du aus in deinen langen Hosen. Die ganze Zeit mußte ich herübersehen. Der sieht genauso aus wie Huw Morgan, habe ich mir gedacht. Aber nein, er ist doch viel zu erwachsen, sagte ich mir dann; ein Mann, sicherlich ist es Huws großer Bruder. Da hab ich mit dem Taschentuch gewinkt, um zu sehen, ob du es nicht doch bist. Lustig ist das.«

»Ja, sehr«, sagte ich, wurde rot und wußte nicht, was ich mit meinen Händen anfangen sollte. Und dabei hoffte ich nur, das Spiel wurde recht interessant, damit meine Brüder immer hinsehen müßten und nicht zu mir herüber.

»Heiß ist mir!« rief Ceinwen und blies sich Kühlung zu. »Ist hier nicht irgendwo ein Glas Wasser zu haben?«

»Dort drüben in den Häusern gibt's genug Wasser«, antwortete ich. »Klopf an eine Tür und laß dir welches geben.«

»Ich bin doch fremd hier«, sagte Ceinwen und machte sanfte, flehende Augen, als ob sie Mitleid mit sich selber hätte. »Und denke nur, wenn mir ein Mann die Tür aufmachen würde.«

»Mervyn wird mit dir hingehen.« Ich tat, als schaute ich dem Spiel zu, aber in Wirklichkeit blinzelte ich zu meinen Brüdern hinüber, um zu sehen, ob sie sich umdrehten.

»Mein Bruder will das Spiel sehen. Ich habe ihn gebeten, er solle mit mir gehen, aber er war ekelhaft zu mir. Und dabei falle ich um vor Durst«, klagte Ceinwen.

»Trinken ist ungesund, wenn man erhitzt ist«, belehrte ich sie. »Kau lieber einen Grashalm.«

»Bin ich ein Schaf, daß ich Gras kauen soll?« rief Ceinwen. »Einen Schluck Wasser will ich; die Zunge klebt mir schon am Gaumen. Drei Stunden haben wir hierher gebraucht, nicht einmal zu Mittag gegessen haben wir vorher. Bitte, bring mir ein Glas Wasser, ja, Huw?«

Ein Mann, der ganz aus dickem Eisen gewesen wäre, hätte weich werden müssen wie Wachs, wenn er Ceinwen so hätte sprechen hören, mit einer ganz hohen, armen Stimme, ein bißchen wie ein Kindchen, und doch wie eine Frau. Aber ich hatte Angst, mit ihr gesehen zu werden; meine Brüder hätten mir die Hölle heiß gemacht.

»Sieh mal, Ceinwen«, sagte ich deshalb, »ich muß auf die Mäntel hier aufpassen. Aber ich werde einen meiner Brüder bitten, sich herzusetzen; geh du inzwischen voraus über die Brücke bei den ›Drei Glocken‹, und ich treffe dich dort, ja?«

»Wo sind denn die ›Drei Glocken‹?« fragte sie, wieder ganz hilflos dreinblickend.

»Sei doch nicht so dumm, Mädel«, sagte ich ärgerlich. »Durch den Zaun dort und dann die Straße hinunter nach rechts. Geh jetzt!«

»Ich weiß schon, du willst nicht mit mir gesehen werden«, schmollte sie. »Das ist schrecklich, da muß ich weinen.«

Und sie zog ihr Taschentuch heraus und fing wahrhaftig an, mitten unter all den Leuten, die mich kannten, laut zu schluchzen.

»Pst, Mädel, pst!« flüsterte ich. Ich hätte sie umbringen können, nur um sie davon abzuhalten, solch einen schrecklichen Lärm zu machen. »Willst du denn, daß dich alle Leute anschauen?«

»Ein Glas Wasser will ich«, heulte Ceinwen. »Schlecht und grausam bist du zu mir, Huw.«

Und dann, o Gott, drehte sich Vater um. Er hatte gerade angefangen »Bravo, bravo!« zu rufen, denn Davy war wieder mit dem Ball durchgegangen, aber als er nun mich neben der weinenden Ceinwen stehen sah, blieb sein Mund offen und kein »Bravo« kam heraus. In diesem Augenblick fing Ceinwen noch lauter zu heulen an, die Mundwinkel herabgezogen, die Augen geschlossen und das Gesicht dem Himmel zugewandt. Ich aber trat von einem Fuß auf den anderen, und meine Finger juckten mich, ihr den Hals umzudrehen.

»Ein bißchen Wasser«, sagte sie, aber nur wir beide konnten es verstehen, so viel schluchzte und schnaubte und hustete sie in die Worte hinein.

»Pst, pst«, sagte ich wieder, »ich bringe dir ja schon Wasser. Den ganzen Fluß kannst du austrinken, aber sei still, hörst du? Da kommt mein Vater.«

Und wirklich kam er schon herbei und sah im Gehen abwechselnd mich und Ceinwen streng an. Und meine Brüder wandten sich um, weil sie sehen wollten, wohin Vater ginge, und nun wurden immer mehr Leute aufmerksam auf uns, viele schauten her, ein paar kamen sogar herbei, und Ceinwen vergnügte sich damit, immer noch lauter zu heulen, zu schluchzen und zu jammern.

»Um Gottes willen, Junge«, herrschte mich Vater an, »was hast du dem Mädchen denn getan?«

»Nichts, Vater. Sie wollte nur ein Glas Wasser.«

»Ein Glas Wasser, Sohn? Warum lügst du?«

Vater streichelte beruhigend Ceinwens Hand. »Sei schön ruhig, Kind. Komm, sag mir, was er dir getan hat.«

»Ein Glas Wasser möchte ich haben«, jammerte Ceinwen, ihren Kopf an Vaters Schulter lehnend. »Kein Mittagessen habe ich bekommen, und drei Stunden bis hierher, und so heiß ist mir. Ich habe den Jungen gebeten, mir ein Glas Wasser zu holen, aber er hat gesagt, ich soll Gras kauen.«

»Ja, was ist denn das, Huw«, wandte sich Vater streng an mich, »bist du verrückt geworden? Einem Mädchen verweigerst du, was jeder Hund von dir haben könnte?«

»Ich mußte auf die Mäntel aufpassen, Vater«, verteidigte ich mich so leise, wie eine kleine Mücke summt.

»Mäntel, Mäntel, Mäntel«, sagte Vater so scharf, daß es mir durch und durch ging. »Hast du keine Zunge, daß du es einem von uns sagen kannst? Geh jetzt mit dem Mädchen zu uns nach Hause und bitte deine gute Mutter, ihr alles zu geben, was sie haben will. Und zwar rasch. Das kleine Fräulein wird sonst glauben, wir wären lauter Wilde hier. Geh, Huw.«

»Ja, Vater«, sagte ich. »Komm, Ceinwen.«

»Ceinwen?« rief Vater erstaunt. »Kennst du denn ihren Namen?«

»Ja, Vater, sie ist in meiner Klasse.«

»Und da läßt du das Mädchen verdursten?« sagte Vater so zornig, daß er kaum sprechen konnte. »Da soll mich doch gleich dieser und jener holen, wahrhaftig, ich hätte Lust, dir deinen neuen Anzug vom Leib zu reißen, du Lümmel. Warte nur, bis deine Mutter das hört. Geh, damit ich dich nicht mehr sehe.«

Wie ein geprügelter Hund ging ich davon, mit gesenktem Kopf;

an all den Leuten, die mich anschauten, ging ich vorüber, als ob ich sie gar nicht sähe, und meine Schritte waren immer etwas länger als die Ceinwens, damit sie laufen mußte, um mich einzuholen. Als wir außerhalb des Sportplatzes waren, blieb ich stehen, um mir den Schweiß von der Stirn zu wischen, und so gräßlich war mir zumute, daß es mir nichts ausgemacht hätte, wenn die Sonne in Stücken mitten auf die Straße gefallen wäre.

»Eine Katze bist du«, sagte ich zu Ceinwen.

Sie sah mich an und runzelte ein bißchen die Stirn dabei; helle Sonnenflecken huschten über ihre Augen, und an ihren Wimpern hingen noch Tränen. Und dann fing sie an zu lachen. In den Augen fing es an, so daß ich zuerst glaubte, sie würde wieder weinen. Aber jetzt lachte sie ganz richtig und laut, und ihre Augen waren so voll Tränen dabei wie vorher beim Weinen; sie steckte sich das Taschentuch in den Mund und mußte sich an eine Wand lehnen, weil sie ganz schwach geworden war vor lauter Lachen. Oh, diese Ceinwen!

»Dein Gesicht!« rief sie dann. »Dein Gesicht hättest du jetzt eben sehen sollen. Oh, Huw, es tut mir ja so leid, daß du meinetwegen von deinem Vater Schelte bekommen hast.«

»Halte den Mund«, schrie ich sie an. »Ich bekomme es noch viel ärger von meinem Vater und von meinen Brüdern noch extra dazu. Warum mußtest du denn so brüllen? Du hättest ja das dumme Wasser haben können.«

»Ich habe doch nur Theater gespielt«, gestand Ceinwen. »Ich habe gar nicht wirklich geweint. Habe ich gut gespielt, Huw?«

Ich sah sie an und versuchte, in sie hineinzublicken, aber das war so, als ob man in einem Leiterwagen säße, der ganz voll ist mit Getreide, und nun hindurchsehen wollte, während einen die Spitzen der Ähren im Gesicht und in den Ohren kitzeln, und alles ringsumher raschelt und knistert. Viele Lichter spielten in ihren Augen, graue und schwarze und vielleicht sogar blaue, aber so rasch kamen und verschwanden sie, daß ich nie sicher war, welches ich sah, und ob ich es überhaupt gesehen hatte. Und während ich so schaute, wurde mir ganz eng in der Brust, und mir war, als drückte ein schweres Gewicht mich nieder; meine Augen glitten hinab zu ihrem Mund, und ich sah, wie er ganz leise bebte; geschwungen und zartrot waren die Lippen, und ihre Zähne waren gerade noch zu sehen und dazwischen die Spitze ihrer Zunge. Und wieder stieg mein Blick hinauf, an den schmalgeschlossenen Nüstern vorbei, die sich weiteten, als ich hinsah, empor über ihre gerade Nase wieder zu den

Augen, in denen neue Lichter spielten, und die nun von einem leichten Schleier überzogen waren. Und der Wind griff nach ihren Haaren, zog daran, wehte sie hinauf, fing sie und ließ sie wieder frei.

»Habe ich gut gespielt?« flüsterte Ceinwen.

»Komm, gehen wir nach Hause, damit du ein Glas Wasser bekommst«, sagte ich, wandte mich von ihr ab und ging rasch die Straße hinauf; ich war froh darüber, daß mir kalter Wind ins Gesicht wehte und daß ich wieder gewöhnliche Dinge anschauen konnte.

Mutter sagte nichts, als ich ihr ausrichtete, was Vater gesagt hatte, aber sie sah Ceinwen mit einem kurzen Blick an, der stundenlang zu dauern schien und doch nur ein kurzer Blick war. Sie nickte, als Ceinwen einen Knicks vor ihr machte. Aber sie lächelte nicht.

Man hat gesagt, daß Mädchen wenig essen, aber an Fräulein Ceinwen Phillips hat man dabei nicht gedacht. Ich bin der letzte, der einem Menschen seinen guten Appetit nicht gönnt, denn gutem Essen soll man Ehre antun.

Aber Ceinwen? — Na!

»Wer ist denn eigentlich das Mädchen, das du mir da ins Haus gebracht hast?« fragte mich Mutter und schnitt eine dicke Scheibe Schinkenpastete ab. »Ißt sie auf Vorrat für den nächsten Winter?«

»Nun ja, Mutter«, sagte ich und schämte mich für Ceinwen, »sie ist ja schließlich auch ein großes, starkes Mädchen.«

»Ein großes, starkes Mädchen«, wiederholte Mutter. »So, so!«

»Ein gieriger Vielfraß ist sie«, warf Bronwen ein. »Hast du gesehen, wie sie sich den Apfelkuchen hineingestopft hat?«

»Sie hat gesagt, er wäre zu gut, um etwas übrigzulassen«, erwiderte ich.

»So rasch hat sie gegessen, daß sie überhaupt nichts geschmeckt haben kann«, fand Bronwen. »Bring sie nach dem Essen wieder dorthin, wo du sie hergeholt hast, Huw, und laß sie dort. Und komm gleich wieder nach Hause, ja?«

»Ja, Bronwen«, nickte ich und ging hinaus zu Ceinwen.

»Ach, Huw«, sagte sie und hielt sich den Magen. »Gut ist das! Ich glaube, ich werde weiteressen, bis ich platze!«

»Nur ein Glas Wasser wolltest du haben, habe ich gemeint.«

Voll Wohlbehagen leckte sich Ceinwen mit der Zunge die letzten Krümchen aus den Mundwinkeln. »Herrlich war es«, rief sie. »Jetzt will ich zu deiner Mutter hineingehen und ihr danken und sie einladen, doch recht bald einmal zu uns zu kommen, ja? Dann gehen wir zum Sportplatz zurück.«

Sie ging hinein zu Mutter; ich nahm die leeren Teller vom Tisch, stellte reine hin und wischte die Krumen vom Tischtuch.

»So, so«, sagte Ceinwen, als sie zurückkam. »Bei euch sind also heute zwei Hochzeiten, wie?«

»Ja«, nickte ich. »Aber du wirst nicht dabeisein.«

»Ich bin gerade eingeladen worden«, sagte sie und richtete sich das Haar. »Ich werde auch ein bißchen mithelfen, ein paar Teller waschen. Jetzt geh ich mit dir zum Sportplatz hinüber und sage es meinem Vater, und dann kommen wir zurück, ja?«

Ich begleitete Ceinwen bis zum Sportplatz, aber die Lust, mir das Spiel weiter anzusehen, war mir vergangen, und ich war froh, daß gleich darauf der Schlußpfiff ertönte. Herr Phillips ging mit Ceinwen zu unserem Haus hinauf, und Mervyn führte das Pferd und den Wagen näher zu uns. Ich aber ging in den Saal neben der Kirche und machte alles zurecht; ich war froh, allein zu sein und in meinen langen Hosen auf und ab zu gehen.

Ich hörte, wie die Hochzeitsgesellschaft die Straße herunterkam und in die Kirche ging, und dann die Stimmen der Menge vor dem Kirchentor; aus der Kirche drang Gesang und Beten an mein Ohr, von draußen Gesang und Lachen. Immer geräuschvoller ging es vor der Kirche zu, bis die Kirchenvorstände zu den Leuten hingehen und ihnen sagen mußten, sie sollten doch ein bißchen ruhig sein und schämen sollten sie sich auch.

»Ich bin nur froh darüber, daß es lauter Auswärtige sind«, meinte James Rowlands, als er einen Augenblick in den Saal hereinkam und die Tür hinter sich geschlossen hatte. »Wenn es Leute aus unserem Tal wären, würde ich mich vor Scham gleich in mein Grab legen. So ein Benehmen, wo zwei junge Paare im Angesicht Gottes ehelich verbunden werden!«

»Wie lange dauert es jetzt noch, Herr Rowlands?« fragte ich.

»Nicht mehr lange, Huw, mein Kleiner«, antwortete er. »Als ich eben aus der Kirche ging, war es schon beinahe soweit. Zwei hübschere Paare habe ich mein Lebtag nicht gesehen. Schön war es, wahrhaftig, und rührend.«

Als Herr Rowlands gegangen war, ging ich wieder auf und ab; es tut einem gut, so ganz allein in einem leeren Raum auf und ab zu spazieren, zu gehen, wie man will, zu sagen, was man will, ohne sich den Kopf darüber zu zerbrechen, was andere dazu sagen oder darüber denken mögen.

Endlich tönte der letzte Choral durch den Lärm draußen zu mir herein. Die Kirchentore wurden geöffnet, und die Leute begannen herauszuströmen; in der Vorhalle drängte einer den anderen beiseite, um Platz zu machen für Davy und Wyn und für Blethyn und Ceridwen. Ich hatte mich auf einen Stuhl gestellt und blickte zum Fenster hinaus, um sie die Kirche verlassen zu sehen. Und wahrhaftig, ich könnte schwören, daß in den wenigen Minuten schon mit Davy und Ceridwen eine Veränderung vorgegangen war. An ihrem Lächeln sah man das, an der Art, wie sie den Leuten zuwinkten, wie sie standen, ja sogar wie sie gingen. Es war, als hätten sie etwas verloren, aber etwas Besseres dafür gefunden, und als ob es ihnen doch leid täte um das, was sie verloren hatten, wenn sie nur wüßten, was es wäre.

Thomas, der Fuhrmann, führte sie in Kutschen, die mit Blumen und Girlanden geschmückt waren, die Straße hinauf, und vorher und hinterher liefen die Leute, warfen Blumen, sangen Lieder in verschiedenen Tonarten, wie es gerade kam, sprangen aufs Trittbrett, um einen Blick auf die Brautpaare zu erhaschen. Sogar die Kranken schauten aus den Schlafzimmerfenstern und warfen auch Blumen hinunter. Die Sonne machte sich schon allmählich bereit, unterzugehen.

Ich stieg von dem Stuhl herab, auf den ich mich gestellt hatte, um durch das Fenster alles mit ansehen zu können. Da kam Bronwen herein. »Wo bist du denn gewesen, Huw?« fragte sie. »Ich habe dich ja in der Kirche gar nicht gesehen.«

»Ich habe hier drinnen die Kerzen in die Leuchter gesteckt und sonst noch ein bißchen Ordnung gemacht«, sagte ich. »Vater war böse mit mir, deshalb bin ich lieber hiergeblieben.«

»Wegen dem dummen Vielfraß von einem Mädchen, das du mitgebracht hast?« fragte sie mich und nahm ihren Mantel ab. »Halte dich fern von der, Huw! Ein Blick, und ich habe genug gewußt.«

»Sie ist oben im Haus und wäscht Geschirr«, berichtete ich. »Sie ist eingeladen worden, weil sie gesagt hat, Mutter koche so fein.«

»Dann laß sie oben bleiben, bis es Zeit für sie ist, heimzufahren«, meinte Bronwen, »und du bleibst hier unten, ja?«

»Ja, Bronwen, wenn du auch hierbleibst.«

»Stell Teller zu den Kuchen dort hinüber, Huw«, kommandierte Bronwen, »aber genug. Und Teelöffel dorthin neben die Tassen, sonst kommen sie wieder alle auf einmal und schreien nach Löffeln und machen einen verrückt.«

»Warum bist du nicht oben im Haus geblieben, Bronwen,« fragte ich sie. »Es wundert mich, daß du nicht beim Hochzeitstee dabei bist.«

»Herr Gruffydd ist gekommen«, sagte Bronwen. »Überall im Haus war von Angharad die Rede. Ich sah, wie Herr Gruffydd dreinblickte, da hielt ich es nicht aus, zog meinen Mantel an und sagte, ich hätte Kopfschmerzen.«

So machten wir denn zusammen alles bereit für den großen Sängerwettstreit, und als die anderen, die auch helfen wollten, kamen, da war für sie nichts anderes mehr zu tun, als zu essen und zu trinken. Und dann füllte sich der Saal immer mehr. Die Gesangvereine besetzten ganze Reihen, da blieb für die anderen gar nicht mehr viel Platz übrig; es gab ein großes Gedränge, und einige stritten miteinander; die Kirchenvorstände hatten alle Hände voll zu tun, um den Frieden wiederherzustellen.

Ich hatte für meine Mutter und die Brüder gute Plätze in der ersten Reihe freigehalten, und als sie kamen, war ich stolz darauf, sie hinführen zu können. Aber an Ceinwen, Mervyn und Herrn Phillips hatte ich nicht gedacht, und Mutter sagte, sie ginge lieber wieder heim, als zu sitzen, wenn Gäste stehen müßten. So trat denn Gwilym seinen Platz an Herrn Phillips ab, Mervyn setzte sich auf ein paar Mäntel, die zwischen seinem Vater und Owen auf der Erde lagen, und mir sagte Mutter, ich solle Ceinwen hinter die Anrichtetische führen, damit sie ein bißchen helfen könne.

Da war ich nun wieder mit Ceinwen beisammen, und sobald wir abseits von den anderen waren und nicht gesehen werden konnten, hinten in der Ecke, wo wir das Wasser kochten, legte sie mir den Arm um den Hals.

Ich war verwirrt. »Geh weg, Ceinwen«, sagte ich und stieß sie unsanft von mir.

»Wir wollen ein Liebespaar sein, du und ich, Huw«, sagte sie leise und weich. »Siehst du, dein Bruder und deine Schwester sind jetzt auch verheiratet, und alle sind glücklich, nur wir zwei nicht. Niemand haben wir, nur einen Vater und eine Mutter und Brüder. Ich möchte dein Schatz sein, willst du meiner sein? Dann haben wir auch jemand. Schön wäre das.«

»Nein«, sagte ich. »Es wäre dumm.«

»Huw«, sagte sie jetzt und schlang wieder den Arm um meinen

Hals, und sie küßte mich.

Wenn Mutter uns küßte, dann berührte sie nur gerade unsere Wange oder unsere Stirne, um uns zu zeigen, daß wir ihr gehörten. Bronwen küßte weicher und länger, und es tönte ein kleines bißchen, aber sie küßte auch immer nur auf die Wange. Meine Tanten küssen, wie Hühner Körner von der Erde picken.

Aber Ceinwen küßte.

Weich war ihr Mund und kühl, mit einem Hauch von Feuchtigkeit, und ihre Zungenspitze küßte mit, lässig und doch voll Leben; schwer lehnte sie sich an mich, und ihr Haar, das um unsere Gesichter fiel, hielt das Licht fern und alle Gerüche außer ihrem eigenen, gleich dem Duft der süßen Landschaft, Geruch des warmen, lebendigen Fleisches, der von ihr aufstieg, der sie einhüllte und ihr folgte, wohin sie ging.

Dann war mein Mund mit einem Male kalt und leer, und Ceinwen blickte mich an.

»Wie viele Mädchen hast du schon geküßt?« fragte sie mich, so ruhig, als bäte sie mich bei Tisch, ihr die Salatschüssel hinüberzureichen.

»Noch keines.«

»Aber geh, Junge«, sagte sie und gab mir einen Stoß. »Wie kann man so lügen!«

»Das Wasser siedet schon«, sagte ich, nahm die Kessel vom Kocher, froh darüber, eine Beschäftigung zu haben. »Geh zu Bronwen und sag ihr, sie solle den Tee bereithalten.«

»Bin ich jetzt dein Schatz, Huw?« fragte Ceinwen leise, und ihre Hände machten sich an den Schleifen ihres Kleides zu schaffen.

»Nein«, antwortete ich. »Geh.«

»Ich komme wieder«, flüsterte sie mir zu und lief davon.

Den ganzen Abend und spät in die Nacht hinein dauerte der Gesangswettbewerb. Zuerst die Kinder, dann die größeren Jungen und Mädchen, die Männer und Frauen, schließlich die Chöre. Und die ganze Zeit über hatten wir genug damit zu tun, Tee zu kochen und Essen auszuteilen, bis es mir vorkam, als ob die ganze Welt hergekommen sei, um zu essen, zu trinken und zu singen.

Erst als die Kerzen schon abgebrannt waren und die Lampen angezündet werden mußten, fingen die Leute an, ihre Mäntel anzuziehen, einander Adieu zu sagen, nach ihren Kindern zu suchen und jemanden hinauszuschicken, um das Pferd vor den Wagen zu spannen.

Mein Vater und meine Mutter waren natürlich mittendrin, und es dauerte noch eine gute Stunde, bis sie sich von allen verabschiedet hatten und auch nach Hause gingen.

Ich ging zur Wiese hinauf, um Herrn Phillips' Stute zu holen; tief atmete ich die kalte Nachtluft ein, froh darüber, nicht mehr in dem Lärm, dem Gedränge und der Hitze zu sein. Aber als ich das Pferd losgemacht hatte und es gerade wegführen wollte, hörte ich, wie Ceinwen meinen Namen rief. Ich hoffte, sie würde mich in der Dunkelheit nicht finden und wieder weggehen. Statt dessen aber kam sie langsam auf mich zu; sie rief mich jetzt nicht mehr, sondern sang leise vor sich hin, mit tiefer, klarer Stimme, und der Wind trug das Liedchen zu mir herüber, als wollte er, daß ich es höre.

»Huw«, rief sie, blieb nahe bei mir stehen, und nun sang sie nicht mehr.

»Dein Vater wartet«, sagte ich und begann das Pferd die Wiese hinabzuführen. Ceinwen ging neben mir her, legte den Arm um meinen Hals und lehnte sich an mich.

»Leg deinen Arm um mich, Huw«, wisperte sie mir zu.

»Geh, Mädel. Fällt mir nicht ein, meinen Arm um dich zu legen. Dumm bist du und närrisch.«

Ich möchte nur wissen, was uns dazu treibt, so oft töricht und beleidigend zu Menschen zu sprechen, die uns eine Ehre antun oder ein Vergnügen bereiten wollen. Vielleicht ist es, weil wir Angst haben vor dem, was die Leute sagen, und auch vor unserem eigenen Gewissen.

Und doch ist das Gewissen das Beste in uns und unser wahrer Freund.

Ich hätte nichts lieber getan, als meinen Arm um Ceinwen zu legen, ich lechzte danach, sie wieder zu küssen, aber die Dummheit in mir hielt mich davor zurück und gebot mir, Ceinwen mit der Weigerung wehe zu tun, als ob damit mir oder meinem Gewissen ein Dienst getan wäre.

Die Dummheit verbot mir zu sprechen, wie mir zumute war, und Ceinwen lächelnd und freudig zu küssen, obwohl wir auf einer dunklen Bergwiese waren, von allen bösen und giftigen Zungen und allen strafend und mißgünstig blickenden Augen so weit wie vom Mond entfernt.

Aber das Wissen darum, daß diese Zungen und diese Augen irgendwo waren, machten mich zum Lügner im Denken und Fühlen, und ich ging stumm neben Ceinwen her wie ein rechter Tölpel.

»Oh, Huw«, rief sie jetzt, zog an meinem Ärmel, damit ich stehenbliebe, und stampfte mit dem Fuß auf, »ich möchte dich küssen. Ich küsse so gern.«

»Sei still, Mädel«, sagte ich, und mir war sehr unbehaglich zumute, denn ich hätte sie ja auch küssen wollen, ich beneidete sie um ihre Aufrichtigkeit, aber noch immer konnte ich mich nicht entschließen, es zu tun, weil ich fürchtete, sie würde sich dann vielleicht über mich lustig machen, und weil es schon spät war und Vater mich fragen würde, wo ich so lange gewesen sei, vor allem aber, weil ich Angst vor meinem Gewissen und vor den Leuten hatte.

Einen Augenblick standen wir da und sahen einander an, wenn wir auch in der Dunkelheit nicht viel mehr sehen konnten als einen schwarzen Schatten. Dann legte Ceinwen ihren Arm um mich, hielt mich fest, zog mich an sich und küßte mich, aber dieses Mal bohrten sich ihre Zähne in meine Lippen; vor Schmerz wollte ich mich losmachen, wollte schreien, aber nur ein ganz schwacher Laut kam aus meiner Kehle, und Blut lief mir warm und salzig in den Mund.

»So«, sagte Ceinwen nach Atem ringend und schob mich weg. »Das nächste Mal küsse richtig, hörst du? Gute Nacht.«

Ich sah ihrem Schatten nach, als sie die Wiese hinablief, sog an meinen Lippen; dann stieg ich auf das Pferd und ritt hinab. Und während des ganzen Weges lachte ich, aber warum, hätte ich nicht sagen können.

Merkwürdig war es, zu sehen, wie ruhig sie war, als sie mir, meinen Eltern und Brüdern auf dem Dorfplatz gute Nacht sagte, wie gerade sie sich hielt, mit welch leeren Augen sie lächelte, und wie kühl sie nickte, als ihr Vater mit der Peitsche knallte und sie wegfuhren. Sie sah Mervyn sogar mit gerunzelter Stirne vorwurfsvoll an, als er mir vom Wagen aus noch laut einen Gruß zubrüllte.

Die Frauen!

Aber wir sind selber schuld. Wir sagen, daß wir sie nicht verstehen können, wenn es in Wirklichkeit unsere eigene Dummheit ist, die wir nicht verstehen können. Wir können uns nicht freimachen von der Furcht, daß wir die Hauptschuld tragen, immer müssen wir, obgleich wir uns darob eigentlich schämen sollten, der Frau den Vorwurf machen, sie habe angefangen, wir hätten nur widerstrebend teilgenommen an der Sünde — auch ein Wort, das der Teufel holen soll —, und immer müssen wir unser empfindliches Sittlichkeitsgefühl mit dem Unsinn, wir seien verführt worden, beruhigen. Die Wahrheit ist nicht in uns, und wir suchen sie auch gar nicht; wir sind Feiglinge und keine Männer. In der Ritterzeit pflegte der Mann für die Ehre einer Frau zu kämpfen, aber in unseren Tagen verkriechen sich die, welche sich Männer nennen, schon in Gedanken, wenn sie nur an die Augen und Ohren der Kuppler und Dirnen denken, die ihre Freude daran haben, ihren Mitmenschen gemeines, dreckiges Zeug darüber ins Ohr zu flüstern, was dieser und diese getan hätten.

Klatsch.

Überall ist er, überall kommt er hin.

Klatsch. Hört, wie es zischelt und tuschelt!

Mögen aller Verleumder und Klatschmäuler ihr irdisches Leben schleunigst beenden, möge ihnen von allen Qualen und Peinigungen, die den Sündern bestimmt sind, keine erspart bleiben, mögen sie bis in alle Ewigkeit auf dem heißesten Rost der Hölle braten: frisches Wasser soll ganz dicht an ihrem Munde vorüberfließen, ohne daß sie es erreichen können, und die grünen Wiesen des Paradieses sollen sie immer klar vor Augen haben.

Ich hasse den Klatsch und jene, die klatschen.

Klatsch war es, der Herrn Gruffydd von uns fortgetrieben hat, damals, als er mir seine goldene Uhr schenkte. Nie habe ich sie ansehen können, ohne an die Lügen zu denken, die böse Zungen auf der Welt verbreiten während jeder Sekunde, die die Uhr tickt.

Davy trug schon seinen kleinen Sohn auf den Schultern herum, und Ceridwen lehrte ihre Zwillinge bereits das Gehen, und noch immer war Angharad nicht heimgekehrt.

Fünfundzwanzigstes Kapitel

Seit vielen Monaten schon hatte es in der Kohlengrube des Herrn Evans Unrast und Unruhe gegeben, aber immer wieder waren die Streitigkeiten durch den Direktor und einen Herrn aus London beigelegt worden; doch immer wieder brach der Zwist zwischen der Grubenleitung und den Arbeitern aufs neue aus, bis niemand im Dorfe mehr etwas davon hören wollte.

Zuerst machten die Leute Herrn Gruffydd zu ihrem Wortführer, denn sie hatten Vertrauen zu ihm, aber zuweilen zweifelten sie selbst an ihm, und schließlich betrauten sie einen Rechtsanwalt damit, ihre Sache zu führen. Dann wurde ein zweiter Advokat beigezogen, es wurde unter den Arbeitern gesammelt, um die Kosten zu bezahlen; wieder Advokaten und dann wieder andere. Aber alle zusammen taten sie für die Leute nicht so viel, wie Herr Gruffydd umsonst getan hatte; doch nur die Frauen der Arbeiter hatten genug Verstand, um das einzusehen, und eines Abends gingen sie nach dem Gottesdienst zu Herrn Gruffydd und baten ihn, doch noch einmal zu versuchen, ob er etwas erreichen könne.

»Was soll ich den Herren noch weiter sagen?« erkundigte sich Herr Gruffydd bei meinem Vater. »Die Leute verlangen ihre festgesetzten Löhne, soundso viel für die Bohrarbeit, bis sie zur Kohle kommen, soundso viel für das Zimmern der Stützpfeiler und eine gerechte Verteilung der Arbeit. Was soll ich nur sagen?«

»Wir haben in unserer Grube denselben Kampf«, erklärte Vater. »Deshalb wächst die Gewerkschaft von Tag zu Tag, und die Leute wollen von der gleitenden Lohnskala nichts mehr wissen.«

»Was gedenkt ihr zu tun?« erkundigte sich Herr Gruffydd. »Wenn Sie mir das sagen, Herr Morgan, weiß ich besser, wie ich mit dem Direktor zu reden habe.«

»Ich bin dafür, daß sich die Arbeiter, und zwar je ein Mann von jeder Grube in den Tälern hier, mit den Direktoren und Besitzern der Bergwerke zusammensetzen«, erklärte Vater. »Die Wünsche und Beschwerden der Arbeiter vorbringen, gut zuhören, was die Herren von der anderen Seite über ihre Schwierigkeiten zu sagen haben, ein bißchen geben, ein bißchen nehmen, sich so einigen, daß es für alle recht und billig ist.«

»Gut«, sagte Herr Gruffydd, »das will ich versuchen.«

Aber es führte zu nichts. Die gemeinsame Besprechung wurde abgelehnt, die Bedingungen der Arbeiter wurden abgelehnt, und die Leute traten in den Streik. Dann nahmen sie wieder die Arbeit auf. Dann streikten sie wieder. Und schließlich kümmerte sich niemand mehr so recht darum, ob sie arbeiteten oder feierten; die besten Leute erhielten Arbeit in anderen Gruben, Fremde kamen ins Tal und schafften für einen Lohn, den unsere Männer nicht annehmen wollten.

Es war eine schlimme Zeit.

Iestyn erhielt Drohbriefe, und Mutter schrieb an Angharad in London, sie sollten vorläufig lieber noch nicht zurückkommen. Einige der Leute gaben sogar uns einen Teil der Schuld, nur weil Iestyn in unsere Familie geheiratet hatte.

Dann verkaufte Iestyn sein Unternehmen an die Besitzer der Grube, in der Vater arbeitete; sie sagten, sie würden die neu erworbene Grube erst dann wieder weiterbetreiben, bis die Stollen der beiden Bergwerke aneinanderstießen. Vorläufig wurde sie geschlossen, vierhundert Männer wurden dadurch arbeitslos. Wir hatten schon viele Streiks gehabt und auch Begräbnisse infolge der Streiks, aber nun standen erstmals Männer in den Straßen umher, ohne Hoffnung, daß sie später wieder Arbeit bekämen.

»Das ist erst der Anfang, Vater«, meinte Owen. »Du wirst es bald sehen. Alles geht nach dem Gesetz von Angebot und Nachfrage. Viele Arbeitskräfte, niedrigere Löhne. Wenig Arbeitskräfte, höhere Löhne. Du wirst es schon sehen.«

»Wir haben eine Vereinbarung«, sagte Vater, »und einen garantierten Mindestlohn.«

»Vierhundert unbeschäftigte Leute haben wir jetzt ganz allein in unserem Tal, und in den anderen Tälern steht es nicht besser. Wenn alle diese Männer wieder arbeiten werden, gibt es einen neuen niedrigeren Mindestlohn.«

»Wir werden ja sehen«, meinte Vater kopfschüttelnd.

Owen behielt recht. Der neue Mindestlohn kam ganz von selbst; wenn ein Mann sich beklagte, wurde er entlassen, und dafür einer von den feiernden Leuten, die sich um die Grubeneingänge drängten, eingestellt. — Für niedrigeren Lohn, immer niedrigeren Lohn. Einige der Leute fanden Beschäftigung in anderen Tälern, einige gingen nach Sheffield, Birmingham oder Middlesbrough, einige wanderten in die Vereinigten Staaten aus. Und manche blieben im Dorf.

So hatten wir zum erstenmal Männer, die dauernd arbeitslos waren, die nur deshalb nicht ins öffentliche Arbeitshaus gingen, weil es zu weit entfernt war, weil ihre Söhne verdienten, weil sie helfende Verwandte oder mildtätige Freunde hatten.

Und dabei strömten immer neue Männer mit ihren Familien in das Tal, arbeiteten in den Kohlengruben unter dem Mindestlohn, betätigten sich als Bauarbeiter, eröffneten kleine Läden, in denen sie Kolonialwaren, Tabak oder Zeitungen verkauften; auch billige Speisehäuser wurden eröffnet, und so entstanden längs der Straße, die um den Berg herumführte, und auch längs jener, die den Berg hinaufführte, immer neue Häuschen. Auch hinter dem Dorfplatz wurden zwei neue Straßen mit kleinen Häusern auf beiden Seiten angelegt, und drei neue Kirchen wurden errichtet, eine für die

Methodisten, eine für die Kalvinisten, und jenseits des Flusses eine katholische Kirche für die zugereisten Irländer.

Aber wenn die Sorgen auch immer größer wurden, kannten wir doch noch glückliche Tage.

Eines Abends kam Ivor nach Hause gelaufen mit einem Gesicht, das leuchtete wie ein Sonnenuntergang im Sommer, und so froh, daß es ein Vergnügen war, ihn anzusehen.

»Lies das, Vater!« rief er und gab meinem Vater einen Brief.

»O Gott, ich kann es gar nicht glauben, Junge«, sagte Vater, las den Brief noch einmal durch und blickte dann mit offenem Mund auf Mutter. Dann fing er an, den Brief ein drittes Mal zu lesen, bis Mutter so ungeduldig hin und her rückte, als säße sie im Bett mit Brotkrumen unter sich.

»Willst du mich denn verrückt machen?« fragte sie beinahe böse.

Sogar der Teekessel sah aus, als ob er neugierig wäre und zuhörte.

»Königlicher Befehl!« las Vater aus dem Briefe vor. »Ein Königlicher Befehl ist es. O Gott!«

»Ein Königlicher Befehl?« wiederholte Mutter mit großen Augen. »Was ist denn das?«

Vater setzte sich sehr gerade auf, räusperte sich und las dann: »Königlicher Befehl. Herr Ivor Morgan erhält den Auftrag, mit ausgewählten Mitgliedern seines Chors vor Ihrer Majestät der Königin im Schlosse von Windsor zu erscheinen.«

Mutter stieß einen langen, hohen Seufzer aus, als würde sie im nächsten Augenblick ohnmächtig werden.

Vater war jetzt aufgestanden; ich glaube, er war den Tränen nahe. »Mein Sohn! Mein Sohn soll vor der Königin erscheinen. Nie hätte ich geglaubt, einen so schönen Tag zu erleben. Laßt uns Gott danken.«

»Ja, das wollen wir«, nickte Mutter, und wir knieten alle nieder

»O Vater im Himmel«, sprach mein Vater, Mutters Hände in den seinen, und blickte empor, »ich danke Dir aus der Tiefe meines Herzens für diesen Tag. Ich danke Dir dafür, daß Du mir diesen guten Sohn gegeben hast und eine Frau, die mir ein Segen ist seit dreißig Jahren. Ich danke Dir für alles, was ich habe, und auch für diese neue Gnade. Denn Du bist unser Vater, aber zu unserer Königin blicken wir auf als zu unserer Mutter. Gib ihr Stärke, o Gott, auf daß sie die schweren Sorgen, die sie für uns alle auf sich genommen hat, trotz ihres hohen Alters ertragen kann. Und verleihe den Stimmen jener, die auf ihren Befehl vor ihr singen sollen, Kraft, sie zu trösten, Süße des Tones, sie alles Schwere vergessen zu machen, und Feuer, ihr neuen Mut zu geben. Und gib auch Ivor Stärke, o Gott, auf daß er an jenem Tage in Ehren bestehe. Amen.«

»Amen«, wiederholten wir alle.

»Beth«, sagte Vater nun mit glänzenden Augen und ganz rot im Gesicht, »bring das Bier heraus. Huw, lauf zu Herrn Gruffydd, lade ihn ein und sag ihm, ein ›Nein‹ wird heute nicht angenommen.«

Ich eilte zu Herrn Gruffydd und fand ihn gerade damit beschäftigt, sein Abendessen zu kochen; in einer Hand hielt er eine Gabel, in der anderen ein Buch.

»Der Chor wird vor der Königin singen, Herr Gruffydd«, berichtete ich eifrig. »Und Vater sagt, Sie müssen bitte gleich kommen.«

»Ich habe es schon lange erwartet, Huw, mein Kleiner«, lächelte er und nahm den Topf vom Feuer.

Ich ging mit Herrn Gruffydd die Straße hinauf; überall strömten die Leute schon aus ihren Häusern, Männer liefen mit Holz und Papier den Berg hinauf, um durch große Feuer Mitglieder des Chors von überallher herbeizurufen, und Frauen standen in Gruppen beisammen, um zu beschließen, wer das Essen und die Getränke bereiten solle. Fenster öffneten sich, man rief sich die große Neuigkeit über die Straße hinweg zu, und Kinder liefen im Nachthemd herum, ohne daß jemand daran gedacht hätte, sie wieder ins Bett zu schicken. Alle ließen Herrn Gruffydd und Ivor hochleben.

Niemandem mußte eine besondere Weisung erteilt werden, nichts Gedrucktes gab es, keine Trompeten wurden geblasen und keine Kanone abgeschossen, aber jeder wußte genau, wie er zu dem großen Ereignis beitragen könne; und jeder tat es willig und gut.

Die Leute von der Nachtschicht steckten bereits in ihren Arbeitskleidern, um in die Grube einzufahren, und die von der Nachmittagsschicht kamen die Straße herauf, als die Mitglieder des Chors aus den anderen Tälern herbeizuströmen begannen, über das Gebirge und unten auf der Straße am Fluß vorbei. In allen möglichen Wagen und Karren kamen sie angefahren, einige hatten sogar Ziegen vorgespannt; alles was Räder hatte und sie schneller herbrachte als ihre Beine, benutzten sie, aber viele kamen auch zu Fuß über den Berg, mit Laternen und Fackeln, und alle sangen sie. Nun war der Hügel ganz schwarz von Menschen; bis hinunter ins Dorf standen sie, ohne ein freies Fleckchen zwischen den Hütten, und manche saßen sogar auf den Dächern und ließen die Beine herunterhängen. Die dort oben erhoben ihre Stimmen am lautesten und fröhlichsten, und manchmal quietschte eine Frau auf, weil sie glaubte, einer würde vom Dach herunterrutschen und sie erdrücken. Dann sahen die Leute Herrn Gruffydd an einem Fenster im oberen Stock unseres Hauses stehen, und ein begeistertes Gebrüll erhob sich, das auch dann noch nicht enden wollte, als der Pastor der Menge zuwinkte, sie möge still sein. Mit weitaufgerissenem Munde standen die Leute da, und ihre Augen strahlten glücklich; wenn das Brüllen ein paar Augenblicke nachgelassen hatte, wurde es gleich darauf wieder umso stärker, und so ging es weiter, Minuten und Minuten lang, bis endlich Hunderte zur Ruhe mahnten, und nun wurde es still.

Ganz still.

Herr Gruffydd wandte sich meinem Vater zu, und gleich darauf gab er auf der Rohrpfeife den Ton an.

Ivor hob die Hand, und von ganz oben bis ins Tal hinab summten Männer und Frauen, um die richtige Tonart zu finden, und dieser Laut aus vielen Kehlen, immer der gleiche Ton von Sopran bis Baß, klang wundervoll warm, wundervoll stark und doch unendlich zart. Es würde mich nicht wundern, wenn die Blumen in den Gärten des Himmels aus solch einem Laut geformt wären. Einen Geruch möchte ich kennen, der so gut wäre für die Nase, wie dieser Laut für das Ohr ist.

Aber selbst der Himmel kann nicht so schön sein, sonst wären wir betrunken vor Schönheit Tag und Nacht; niemand würde mehr arbeiten, und keinen könnte man darob tadeln.

Betrunken vor Schönheit. Herrlich muß das sein.

»Gott schütze die Königin«, rief Herr Gruffydd, und dann gab er Ivor den Platz am Fenster frei.

Ivor streckte die Arme in weitem Bogen aus, die Daumen aufgestellt; sein Mund formte ein O, seine Augen waren beinahe geschlossen; damit sagte er uns, daß wir leise beginnen sollten; eine leichte Bewegung ging durch die Menge, von der Höhe bis ins Tal, nicht weil die Leute unruhig waren, sondern weil sie Raum brauchten für ihre Arme, damit sie locker fielen, für ihre Füße, damit sie fest auf dem Boden stünden, für ihre Brust, damit recht viel Atem hineinginge — Raum zum Singen.

Nun senkte Ivor den rechten Arm, einmal, zweimal, und als der Arm ganz unten war, ertönte die Nationalhymne, ganz leise zuerst, dann immer lauter, immer gewaltiger, bis es klang wie die Posaune des Jüngsten Gerichtes, bis selbst die Mauern des Schlosses in Windsor es hören mußten und zu beben begannen. Und als die Hymne in einem mächtigen Schlußakkord endete, erhob sich ein Beifalljubel, der weit über die Berge schallte; aber die Leute unten im Tal, die Ivor nicht sehen konnten, sangen noch weiter, und es war wie ein Echo, das unterwegs eingeschlafen war und nun mit verschlafenen Augen weiterlief, um noch zur rechten Zeit zu kommen.

Ich ging ins Haus, um Schüsseln herauszubringen, und sah gerade, wie mein Vater Clydach Howell, dem Schreiner, den Brief der Königin gab; flach lag das weiße Papier zwischen den Seiten eines Gebetbuches.

»Mach einen Rahmen aus dem besten Holz, das du finden kannst, für den Brief, Clydach, mein Lieber«, sagte Vater. »Und oben drüber muß eine Krone kommen, und der Brief soll an der Wand hier hängen, solange ich lebe.«

»Überlaß das nur mir, Gwilym«, sprach Clydach ernst, und er trug das Buch vor sich her, als sei es ein Freipaß für die Himmelstür. »Einen so schönen Rahmen werde ich machen, daß die Leute, die ihn sehen werden, weinen müssen, so wahr mir Gott helfe. Und keinen Penny wird es dich kosten, Gwilym.«

»Ich bezahle den Rahmen, oder ich nehme ihn nicht.«

»Nun, wir werden ja sehen«, meinte Clydach. »Ich weiß, wo ein Stück Mahagoni ist, so fein, daß der Teufel selbst froh wäre, seine Klaue drauflegen zu dürfen, wenn er wüßte, wo es zu finden ist. Seit Jahren habe ich nach einer guten Verwendung dafür gesucht, aber für einen Stuhl war es zu wenig und für einen Fußschemel zu schade. Ein Rahmen, das ist gerade das Richtige. Da wirst du ein Holz sehen, daß dir die Augen übergehen, Gwilym, alter Freund.«

»Trink aus, Clydach«, rief Vater, und von neuem gingen die Krüge herum.

Eine prächtige Nacht war das; in Gruppen zogen die Leute nach Hause, auf den Straßen, über den Berg; hier sang eine Gruppe den Vers eines Liedes und wartete darauf, daß irgendwo eine andere den nächsten singe; durch das Tal klang Gesang, den Berg hinauf und herunter, bis der Wind müde war, die Töne noch länger durch die Luft zu tragen.

Der Berg lag lange wach, lächelte in das Dunkel hinein und freute sich, uns bei sich zu haben.

»Huw«, sagte Ceinwen am nächsten Tag während der großen Pause, »wie ist es denn nun mit der Nachtigall?«

»Es gibt genug Nachtigallen auf dem Berg um diese Zeit«, antwortete ich.

»Wann werde ich sie zu hören bekommen?« fragte sie weiter und sah mich aus den Augenwinkeln heraus an, als erzählte ich ihr lauter Lügen.

»Wann du willst, du brauchst nur in unser Tal herüberzukommen.«

»Fein«, sagte Ceinwen. »Die Männer bei uns fahren am Samstag nach London, da kann ich am Samstagnachmittag hinüberkommen. Ist es recht so, ja? Bis zum späten Abend können wir dann auf dem Berg bleiben, und wann ich will, fahre ich in unserem Wägelchen zurück.«

Es hätte keinen Zweck gehabt, Ausflüchte zu machen, auch hatte ich es ihr ja versprochen, und so blieb es dabei.

»Du wirst es von deinem Vater kriegen«, warnte ich sie aber doch.

»Vater wird nichts davon erfahren«, meinte Ceinwen und zwinkerte mir zu. Und ich wurde rot, ganz dumm.

Ich hatte seit dem Hochzeitsabend meiner Geschwister nur selten mit Ceinwen gesprochen; vor der Schule konnte ich ihr höchstens zunicken, denn sie kam immer sehr spät, und dann war sie auch morgens selten gut gelaunt; und in den Pausen war Mervyn fast immer in der Nähe. So blieb es bei Zettelchen über die Bank weg, oder ich berührte einmal rasch ihre Finger, wenn wir aneinander vorbeikamen.

Man kann sagen, was man will, ich möchte schwören, daß es im Hirn des Menschen grüne und rote Lichter gibt, und wenn man in Gefahr ist, flammt das rote auf. Und jedesmal, wenn ich an Ceinwen dachte, zuckte das rote Licht auf und wollte gar nicht mehr verlöschen. Warum, wußte ich nicht recht, aber ich war sicher, daß etwas geschehen würde.

Und damit hatte ich auch recht.

Nur wenige Schüler und Schülerinnen blieben über unser Alter hinaus auf der Schule, um für die Aufnahmeprüfung zur Universität vorbereitet zu werden. Herr Motshill hatte uns gesagt, er werde alles tun, damit wir dieses Ziel erreichten. Unser neun waren wir, darunter auch Ceinwen, denn sie war ein begabtes Mädchen, daran war nicht zu zweifeln. Dadurch, daß sie ihrem Vater seit Jahren im Geschäft geholfen, Rechnungen herausgeschrieben und die Bücher addiert hatte, war sie eine ausgezeichnete Rechnerin, und Shakespeare konnte sie auswendig hersagen, Tage und Wochen hintereinander, wenn es sein mußte.

Wir wurden weniger streng gehalten, als die anderen Jungen und Mädchen, die meistens nur bis zum vierzehnten Jahr auf der Schule blieben. Nicht etwa, was das Lernen betraf, darin war Herr Motshill sehr streng, aber mit dem Hinkommen und Fortgehen wurde es nicht so genau genommen. Wir hatten nebenbei dafür zu sorgen, daß die jüngeren Schüler sich ordentlich benahmen, aber wir ließen sie so ziemlich tun, was sie wollten, und nie zeigten wir einen an, wenn sie in der Schule Walisisch sprachen.

Dann kam der Freitagabend, an dem das ganze Dorf auf den Beinen war, um sich von Ivor und seinen Sängern zu verabschieden, die nach Windsor fuhren, um vor der Königin zu singen. Tagsüber hatte es geregnet, aber gegen Nachmittag war es kühl und der Himmel wieder blau geworden. Der große Wagen, in dem sie zur Bahn fuhren, war mit Grün geschmückt, und die Pferde trugen drei weiße Straußenfedern an den Kopfriemen, und rote Decken hatte man ihnen umgehängt. Ein stolzeres Gespann hätte man sich nicht vorstellen können, keiner kann mir einreden, daß Pferde nicht wissen, wenn sie fein herausgeputzt sind. Ihr hättet die Rosse an dem Abend sehen sollen, wie sie hin und her tänzelten, leise aufwieherten, unruhig mit den Hufen scharrten und mit dem Schweife schlugen. Ganz klar war es — sie wollten, daß man sie anschaute, streichelte und leise mit der Zunge schnalzte, wie Pferde es von Menschen, die ihnen wohlgesinnt sind, gern haben.

Nun kamen die Koffer mit den Sonntagskleidern auf den Wagen, dann zwei Fässer Bier von den »Drei Glocken«, damit die Sänger bis zum Paddington-Bahnhof in London nicht verdursteten, und außerdem noch große Pakete mit Eßwaren.

Schließlich kletterten die Männer selbst auf den Wagen, zuletzt Vater und Ivor.

Herr Gruffydd hatte allen die Hand geschüttelt, und jeder einzelne von ihnen hatte ihm noch einmal gesagt, wie schon hundertmal zuvor, er solle doch mitfahren. Aber Herr Gruffydd lächelte nur und schüttelte den Kopf; er könne nicht, weil er am Sonntag den Gottesdienst abhalten müsse, meinte er, und dann seien auch Kranke da, die seiner bedürften. So fuhr denn der Chor, den er gegründet hatte, ohne ihn nach Windsor. So viel Lärm gab es, als sie abfuhren, daß es klang, als ob die persischen Horden in den Krieg zögen.

Wir sahen dem Wagen noch lange nach, wie er den Berg hinauffuhr; dann wandte sich Herr Gruffydd um und ging dem kleinen Haus mit der Veranda aus Seemuscheln zu; vorher hatte er aber ein freundliches Lächeln für jeden von uns, und mir klopfte er außerdem noch auf die Schulter.

»Es bricht ihm das Herz, daß er nicht mitfahren kann«, sagte Bronwen, »wenn er das Geld dazu hätte, würde er sie sicherlich begleitet haben.«

»Sie hätten doch gewiß gerne dafür gesammelt«, meinte ich.

Bronwen sah mich ganz mitleidig an. »Nie hätte er das erlaubt«, sagte sie.

Sechsundzwanzigstes Kapitel

Mit Herrn Gruffydd war eine Veränderung vorgegangen, aber ich glaube, ich war der einzige im Dorf, der erkannte, wie sehr er sich verändert hatte. Müde schien er mir zu sein und dabei rastlos, und älter kam er mir vor; nicht daß er Falten im Gesicht oder weiße Fäden im Bart gehabt hätte; etwas Dunkles in seinen Augen war es, das ihn älter machte. Es ging jetzt sehr langsam mit der Einrichtung weiter, denn nur ich arbeitete daran, und nicht jeden Tag. Herr Gruffydd hatte sehr viel zu tun jetzt, da mehr Leute im Tal wohnten; auch die Streitigkeiten zwischen den Arbeitern und den Unternehmern nahmen ihn oft in Anspruch. Er las jetzt auch weniger. Das sah ich an den Büchern, die auf seinem Schreibtisch lagen, und an der Länge der Kerzen. Zuweilen begann er an einem Möbelstück zu arbeiten, aber dann hörte er mittendrin auf, saß da, starrte vor sich hin, schüttelte zuweilen den Kopf, lächelte mir zu und stand plötzlich auf, um Tee zu machen. In unser Haus aber kam er jetzt wieder sehr häufig, fast jeden Abend saß er beim Kamin und rauchte seine Pfeife; Mutter freute sich immer, wenn er kam, und stets sah sie ihn mit Bedauern fortgehen.

Es tat mir leid, ihm zu sagen, daß ich am Samstagnachmittag nicht mit ihm arbeiten könne, aber er fragte nicht nach dem Grund, sondern sah mich nur an, strich sich über das Haar und nickte. Und dabei hätte ich ihm so gerne gesagt, was ich vorhatte, damit er nicht glauben sollte, ich wäre zu faul. Aber ich hatte den Mut nicht, denn es hätte so dumm geklungen: Bitte, Herr Gruffydd, ich kann am Samstag die Platte nicht polieren, weil ich mit Ceinwen auf den Berg hinaufgehe, um den Nachtigallen zuzuhören.

Über die Straße um den Berg herum ging ich Ceinwen entgegen; bei den Buchen trafen wir uns. Etwas nach drei war es. Schwül war es geworden, die Sonne schien heiß, und der Wind war fortgegangen, um sich in den Bäumen oben auf dem Berg zu verstecken. Ceinwen brachte ihr Wägelchen bei dem Stein, auf dem ich saß, zum Stehen, nahm ein paar Decken und einen roten Strohkorb heraus und reichte mir die Sachen herunter.

»Wozu ist der denn?« fragte ich sie.

»Da ist etwas zum Essen drin, Huw«, antwortete sie und sprang herab, um die Stute auszuspannen. »Sollen wir denn die ganze Nacht dort oben bleiben, immer nur die Nachtigallen singen hören und nichts in den Magen bekommen?«

»Die ganze Nacht«, rief ich und bekam plötzlich Angst. »Um sieben Uhr habe ich Chorprobe.«

»Laß es nur erst sieben Uhr werden«, sagte Ceinwen, gab dem Pferd einen Klaps, um es auf die Wiese neben der Straße zu treiben. »Und jetzt hilf mir das Wägelchen hier auf die Seite zu schieben.«

Wir schoben den Wagen aus dem Wege, und dann ging ich, bepackt wie ein Esel, voraus, den Berg hinan zu den Bäumen, wo die Nachtigallen sangen. Ceinwen hatte ein grau und weiß gestreiftes Kleid an und eine weiße Mütze auf dem Kopf; ihr Kleid war am Hals von roten Samtbändern eng zusammengehalten. Kräftig in der Brust und in den Hüften war Ceinwen, aber lange Beine hatte sie, und sie war größer als ich.

Und während des ganzen Weges leuchtete das Warnungslämpchen in meinem Kopf in einem fort auf.

Schattig war es unter den Bäumen, nur zuweilen drang die Sonne durch die Wipfel. Und kühl war es. Immer sanken unsere Füße ein wenig ein in dem schweren, weichen Brei aus Erde und vermoderten Blättern, der einen Hauch vom Geruch des Laubes bewahrte, das seit hundert Jahren gewachsen und gestorben war; weiter hinauf ging es dann zwischen wilden Rosensträuchern, und der Pfad war hier rot von herabgewehten Blüten. Dann durch blühende Beerenbüsche, über Weideland, wo das Gras uns bis zu den Knien reichte und bei jedem unserer Schritte leise zischte. Hinauf nun über bemooste Felsblöcke, zwischen kleinen Tannen. Und ganz oben schließlich, wo die Eichen und die Ulmen standen, war es ganz still und friedlich, nur noch der harte Flügelschlag der Heuschrecken war zu hören und das Piepsen der Vögel, die miteinander Verstecken spielten. Und vom hellblauen Himmel brannte die Sonne heiß auf uns herab.

»Nun?« sagte Ceinwen, als ich stehenblieb.

»Nicht zu nahe herangehen, sonst hörst du nichts.«

»Ein bißchen Schatten möchte ich haben. Ich vergehe vor Hitze«, klagte Ceinwen.

Wir breiteten die Decken im Schatten einer alten Eiche aus; Ceinwen warf sich pustend auf den Boden und breitete das Taschentuch über ihr Gesicht.

»Wie lange müssen wir noch warten?« fragte sie mich.

»Noch Stunden«, sagte ich.

»Gut, dann werde ich schlafen.«

Ich sah einer Ameise zu, die über den Stamm der Eiche lief. Auf dem Rücken liegend beobachtete ich sie. Hart, glänzend und spröde war sie, auf dem Rücken schön poliert, mit wie aus Draht gebogenen Beinen. Ich hätte gerne gewußt, ob die Ameise mich geradeso sah wie ich sie, und ob sie auch so an ihrem Heim und ihren Leuten hing wie ich. Oft habe ich darüber nachgedacht, was wohl im Kopf einer Ameise vorgehen mag, was für ein Gefühl man hat, wenn man eine Ameise ist, ob das geradeso ist, wie zu fühlen, daß man ein Mensch ist. Ob sie sehen und denken kann, ihre Freunde kennt und sie beim Namen ruft. Und ob sie glücklich ist. Die Ameise hier sah aus, als ob sie etwas sehr Dringendes zu tun — aber dann vergessen hätte, was es war; alle Schritte machte sie halt und versuchte sich zu erinnern; dann steckte sie die Füße in die Taschen, um nachzusehen, ob sie alles bei sich hätte, lief ein Stückchen weiter und dann wieder zurück. Dumm war sie, aber nicht dümmer als manche Menschen. Owen, der alte Müller, blieb auch oft mitten auf der Straße stehen, fing an, in seinen Taschen nach etwas herumzusuchen, und dann schickte er einen Jungen zu sich nach Hause und ließ Frau Owen fragen, was er vergessen habe. Dann blieb er stehen, mit einem ganz verlorenen Blick, und kratzte sich den Kopf, bis der Junge zurückkam. Und meistens hatte er gar nichts vergessen.

Es war also kein Grund vorhanden, mit der Ameise zu streng zu sein. Lange sah ich ihr noch zu, ganz still, um Ceinwen nicht zu wecken. Dann schlief ich ein und erwachte erst, als Ceinwen mich aufrüttelte. Ganz kalt fühlte ich mich jetzt, steif und feucht, und ich war sehr überrascht, daß es dunkel war.

»Ach, Huw«, sagte Ceinwen mit klappernden Zähnen, »zünde ein Feuer an, sonst sterbe ich vor Kälte oder komme um vor Angst.«

»Warte«, sagte ich und trug Rindenstücke und trockene Blätter zusammen. Und bald brannte ein lustiges Feuer, das uns schön warm machte. Nun nahmen wir das Essen aus dem Korb; ich füllte das kleine Töpfchen, das Ceinwen mitgebracht hatte, mit Wasser aus einem nahen Bächlein und machte Tee zu der Pastete.

»Hast du sie gemacht?« fragte ich, nur um etwas zu sagen.

»Wer sonst?« rief Ceinwen, und ihre Augen sahen im Schein des Feuers gelb aus. »Schmeckt sie, als ob sie vergiftet wäre?«

»Nein, nein. Du kannst fein kochen, Ceinwen.«

»Gott sei Dank«, lachte sie auf. »Als ich die Pastete machte, dachte ich mir, was du wohl dazu sagen würdest. Sehr gut ist sie nicht geworden. Der Teig ist ein bißchen zu schwer, und im Fleisch ist nicht genug Gewürz. Nein, sie ist nicht gut.«

»Sehr gut ist sie, und ich hätte gerne noch etwas davon.«

»Du willst mir schmeicheln«, sagte Ceinwen, öffnete und schloß langsam ihre Augen, und jedesmal, wenn sie sie öffnete, machte sie sie ein bißchen größer.

»Wenn die Pastete schlecht gewesen wäre, hätte ich sie sicherlich nicht gegessen«, erklärte ich.

»Du bist ein verwöhnter Junge, Huw. Deine Frau wird es einmal schwer mit dir haben.«

»So gut wie Mutter soll sie kochen, dann bin ich zufrieden.«

»Du würdest eine Frau zur Verzweiflung bringen, Huw. Sicher wird sie dir jeden Tag ein paar Schüsseln an den Kopf werfen, und dann wirst du alle Töpfe im Küchenschrank kaputtschlagen vor Zorn. Wenn du das mir tätest, würde ich warten, bis du schläfst, und dann würde ich dich totschlagen.«

»Gut, daß es dazu nicht kommen wird«, meinte ich und schnitt mir ein Stück Torte ab.

Ein paar Minuten war Ceinwen ganz still, ich hörte das Feuer knistern und das Holz darin krachen. Einige Male sah ich sie an, aber sie blickte ins Feuer und bemerkte es nicht. Die Arme hielt sie hinter dem Rücken, den Kopf auf die Schulter gesenkt, und ihre Beine hatte sie gerade ausgestreckt und übereinandergelegt.

»Schön ist es«, sagte sie dann leise, »zu heiraten und ein Häuschen zu haben.«

Ich sagte nichts.

»Ein eigenes Häuschen wie dein Bruder und deine Schwester. Ganz neu gebaut, weiß angestrichen; Möbel, wie man sie haben möchte, hingestellt, wo man will, nicht dummer Kram, der anderen gehört.«

Auch dazu sagte ich nichts.

»Mit einem Gärtchen. Und ein paar Hühner. Und dann kleine Kinder.«

»Bei mir wird's lange dauern, bis ich wieder etwas mit kleinen Kindern zu tun haben will«, sagte ich jetzt. »Davon habe ich genug bei uns gesehen.«

»Es ist aber etwas anderes, wenn es die eigenen Kinder sind, Huw«, lachte Ceinwen.

»Jedenfalls habe ich noch Zeit genug, um an so etwas zu denken.«

»Möchtest du mich heiraten, Huw?« fragte sie jetzt ganz schüchtern und sah zur Seite.

»Nein, antwortete ich. »Wie kannst du nur solche Dummheiten reden, Ceinwen? Du bist noch in der Schule und denkst schon ans Heiraten?«

»Meine Mutter hat auch von der Schule weg geheiratet. Wir sind vier Mädchen zu Hause, ich bin die Jüngste. Wollen wir heiraten, Huw, und auch ein eigenes Häuschen haben?«

»Zum Teufel noch einmal, Mädel«, rief ich ärgerlich. »Ich muß doch zuerst etwas verdienen, ehe ich heirate.«

»Weißt du was, Huw, arbeite bei meinem Vater«, sagte Ceinwen jetzt und rückte näher. »Dabei kannst du das Geschäft erlernen, und du bekommst einen guten Lohn. Dann können wir heiraten und unser eigenes Häuschen haben, ja?«

»Hör einmal, Ceinwen, sprich keine solchen Dummheiten mehr heute abend. Um die Nachtigallen zu hören, sind wir heraufgekommen. Also hör zu.«

»Dann gib mir wenigstens einen Kuß, Huw.«

»Laß mich in Ruhe«, sagte ich und steckte ein Stück Kuchen in den Mund. »Nachtigallen hören heute abend, nicht küssen oder dummes Zeug vom Heiraten reden.«

»Mit vollem Mund sprichst du! Nette Manieren sind das.«

»Laß mich doch in Ruhe essen.«

»Ich wollte, ich hätte nichts gekocht«, sagte Ceinwen jetzt ärgerlich. »Dann müßtest du hungern.«

»Dann wären wir früher von hier weggegangen«, meinte ich, froh darüber, von etwas anderem sprechen zu können.

»Ach, Huw, so ekelhaft bist du zu mir«, sagte Ceinwen und zog ihr Taschentuch aus dem Gürtel. Und sie weinte.

Wenn ich an Ceinwen denke, wie sie damals dort saß, in ihrem hellen Kleid, umhüllt von ihrem Haar, das die Farbe frischen Heues hatte und sogar über das Gras gebreitet war, wie sie das weiße Taschentuch mit beiden Händen an die Augen drückte, wie am Ende jedes Atemzuges ein kleines leises Schluchzen kam — wenn ich daran denke, dann tut mir das Herz weh. Damals saß Ceinwen neben mir im hellen Feuerschein, und um uns her sangen die Nachtigallen. Jetzt aber ist das Feuer erloschen, die Nachtigallen sind verstummt, und Ceinwen ist nicht mehr da.

Aus Stein müßte der Mann sein, der seine Frau weinen sähe und nicht hinginge, sie zu trösten mit seinen Worten und der Zärtlichkeit seiner Hände. So rückte ich denn an Ceinwen heran, legte meinen Arm um sie, zog ihr die Hände vom Gesicht und küßte die salzigen Tränen von ihren Wangen. Schwer lehnte sie sich an mich, zitternd, doch ohne Tränen jetzt.

»Horch«, sagte ich, »da sind deine Nachtigallen.«

Voll und süß ist der Gesang der Nachtigall. Keine im Hals gepreßten Töne gibt es da, kein Gesäusel mit halbgeschlossenem Mund, kein Zittern in der Stimme, weil zuwenig Atem da ist.

Eine kräftige Brust voll Atem hat sie; den Kopf hebt sie hoch, und den Schnabel öffnet sie weit; sie schämt sich nicht, mit der Stimme zu singen, die Gott ihr gegeben hat. Vor niemandem fürchtet sie sich, wenn sie ihren Gesang ertönen läßt, laut singt sie, klar und rein, und ein trillernder Wohllaut ist in ihrer Stimme, daß einem ganz kalt und starr wird vor diesem Wunder. Ein kleiner Vogel ist die Nachtigall. Keine bunte Farbe ist in ihrem Gefieder; ohne sich zu zieren, singt sie ihr Lied, und nichts verlangt sie dafür, nur Raum zum Singen. Keine Verbeugung, keine Kratzfüße, kein Knicksen; und hohe Honorare verlangt Frau Nachtigall auch nicht. Ein kleiner Zweig, ein paar grüne Blätter, der dämmernde Abend, und du hörst ihr Lied, ohne etwas anderes dafür bezahlen zu müssen als die Augenblicke deines Lebens, während derer du lauscht.

Solche Stimmen müssen die Engel im Himmel haben.

Viele Nachtigallen sangen für uns in dieser Nacht; lange saßen wir da, um ihnen zuzuhören, bis Asche grau auf dem Feuer lag, bis der Wind erwachte, um sein Tagewerk zu beginnen. Ceinwen schlief mit dem Kopf auf meinen Knien; sanft, langsam, lautlos ging ihr Atem.

Schön ist der Schlaf, und schön ist es, einen Menschen friedlich schlafen zu sehen. So still ist er, so ruhevoll die Hände, zuweilen nur ein lauterer Atemzug oder ein rasches Zittern, eine rosige Ruhe über dem Gesicht, die Lippen leicht geöffnet in zarter Unschuld, und Sanftmut um ihn her wie ein leiser Duft.

So schlief Ceinwen, als ich sie betrachtete, und dann erwachte sie, mit weit offenen Augen, die eine ganz kurze Weile leer waren und sich dann füllten mit Erinnerung; ihre Zähne blinkten in einem leichten, lachenden Gähnen, und auch ihr Blick lächelte verschlafen.

»Es ist spät«, sagte ich. »Wir werden Schelte kriegen.«

»O Huw«, sagte sie, streckte ihre Arme hoch über den Kopf, und als sie dann langsam hinabglitten, schlangen sie sich um mich, und ihr weicher Körper straffte sich und wurde hart wie Stahl. Wir küßten einander.

Ein sanfter Wahnsinn kommt über uns, wenn wir küssen, doch so sanft er ist, so streng ist sein Befehl, weh zu tun, doch nur, um Wonne zu schenken. Ein Biß, ein harter Griff, wütend Mund auf Mund gepreßt; Kraft zeigen, die männlich ist, wie Weichheit weiblich ist. Ich lag neben Ceinwen; still und lächerlich ließ sie es geschehen, daß meine Hände sich um das warme, weiche Geheimnis der knospenden Fülle bogen, die die Streifen ihres Kleides emporbauschten zu Ackerfurchen bebauten Hügellands. Als meine Hände zaghaft über den seidigen Abhang ihres Fleisches gleiten wollten, als ihre Stirn sich runzelte, sich ihr Mund in sanfter Lust verzog, sah ich plötzlich aus dem Grün der Sträucher unter uns den gelben Schein einer Lampe aufleuchten; und ich setzte mich jäh auf, kalt bis ins Innerste. Das Herz schwoll mir in der Brust und schlug so laut, daß ich nicht atmen konnte.

»Huw«, flüsterte Ceinwen und griff nach meinen Händen.

»Sie suchen uns«, sagte ich in Hast, legte schnell die Decken aufeinander und begann, das Geschirr in den Korb zu stopfen. Das Feuer war tief herabgebrannt, kaum noch rot, und als ich nun den Rest des Tees darübergoß, erlosch es zischend. Ich nahm den Korb,

Ceinwen die Decken; ich schob sie vor mir her, dem Gipfel des Berges zu, weg von den vielen Lichtern, die wir jetzt so deutlich sehen konnten, die immer näher auf uns zukamen.

Im Zickzack stiegen wir höher, durch Buschwerk und Sträucher, über Wiesen und Hecken, mitten durch weidende Kuhherden, bis Ceinwen, von Angst gepackt, ihr Gesicht verhüllte, meine Arme umklammerte, und nun mich vor sich herschob. Dann den steilen Abhang hinab, zwischen den Bäumen zur Straße hinunter. Ein gutes Gefühl war es, die Füße wieder flach auf den harten Boden setzen zu können.

»Warte hier«, flüsterte ich Ceinwen zu, »ich hole das Pferd und bringe den Wagen her.«

Ceinwen nickte, und nun in ihrer Hilflosigkeit und Angst war sie mir lieber als zuvor; ich küßte ihre Wange, aber sie starrte nur vor sich hin, die Fingerknöchel an die Stirn gepreßt, bleiche Furcht in den Augen.

»Ach, Huw«, flüsterte sie, »wenn sie mich finden, komme ich ins Gefängnis.«

»Ins Gefängnis, Mädel?« sagte ich so erstaunt, als wäre ich in einer anderen Welt. »Warum denn?«

»Oder man wird meinen Namen von der Kanzel herab nennen.« Sie konnte kaum sprechen vor aufsteigenden Tränen.

»Ich hole das Pferd, Ceinwen. Warte.«

So rasch ich konnte, lief ich auf dem Gras neben der Straße der Stelle zu, an der wir den Wagen zurückgelassen hatten, aber lange schon, ehe ich dort ankam, war mir das Herz schwer vor Furcht, denn ich sah Feuer dort brennen und schwarze Schatten von Menschen.

Das Wägelchen war auf die Straße geschoben worden, und ein anderer Wagen, dem ersten genau gleich, stand daneben; die Stute und noch ein Pferd standen nahe dabei, an einen Baum gebunden. Ich begriff, was geschehen war, und gleichzeitig wußte ich, daß ich Ceinwen vor dem, was ihr bevorstand, bewahren mußte.

Die Stute war nach Hause gelaufen und hatte dadurch alles verraten.

Was tun jetzt? Rasch.

Woher mögen nur die Gedanken kommen, die einem zu Hilfe eilen und einem sagen, was man tun muß, wenn noch eine Sekunde vorher unser ganzes Hirn eine einzige schmerzende Leere war?

Wenn man es in sich arbeiten spürte, hilflos, verzweifelt?

Näher an das fremde Pferd heran. Streichholzschachtel heraus.

Rasch band ich das Pferd los und stellte es so, daß sein Kopf dem Feuer auf der Straße zugewandt war. Dann zündete ich ein Streichholz an, hielt es einen Augenblick an einem Kniebug des Pferdes und entschuldigte mich in Gedanken bei ihm, weil ich ihm wehe tun mußte. Aber Ceinwen saß drüben im Dunkeln und sah drohende Gesichter und drohende Stimmen vor sich, da ging es nicht anders. Und das Pferd, von dem zuckenden Schmerz gepeinigt, raste laut aufwiehernd davon, in einem Sturm von Hufschlag und Staub. Ich aber fiel rücklings zu Boden. Rasch sprang ich wieder auf, Staub und den Geruch verbrannten Pferdehaares in der Nase, war mit einem Satz bei Ceinwens Stute und riß sie zu dem Wägelchen hin.

Die Männer brüllten erregt durcheinander. Der Leib des dahinjagenden Pferdes glänzte einen Augenblick im Feuerschein auf, dann war er in der Dunkelheit verschwunden. Die Männer rasten zu dem Abkürzungsweg am Berghang hinauf, um das davongaloppierende Pferd aufzuhalten und einzufangen, wenn es um dem Bergvorsprung bog.

Ich war allein.

Rasch die Stute vor den Wagen gespannt, auf den Bock gesprungen. Ein Peitschenhieb, und schon setzte sich das Pferd in Galopp. Nun sah ich schon Ceinwens helles, gestreiftes Kleid durch die Dunkelheit leuchten. Die Zügel angezogen. Das Pferd stand. Ich sprang hinab, übergab Ceinwen die Zügel und warf die Decken und den Korb hinter sie in den Wagen.

»Fünf Minuten Vorsprung hast du, mehr nicht«, keuchte ich. »Leb wohl.«

»Ich werde dich lieben, solange ich lebe.« Ceinwens Stimme bebte. »Auf Wiedersehen am Montag, Huw.«

Keine Amazone hätte ihren Streitwagen geschickter lenken können als Ceinwen. Die Peitsche zischte und knallte; das Pferd schlug wild aus, dann fiel es in rasenden Galopp; schwarz stand Ceinwens Gestalt hochgerichtet auf dem Wagen, die Zügel straff in den Händen.

Ich wartete, bis nichts mehr zu hören war als das Rauschen der Bäume; dann lief ich über Wiesen und Äcker zurück zur Brücke bei den »Drei Glocken«, und dann die Straße hinauf nach Hause. Kein Mensch war zu sehen, nirgendwo im Dorf ein Licht, doch am

Berghang oben blinkte es hier und dort gelb auf.

Hinter unserem Haus kletterte ich durch das Fenster in die Schlafstube.

Sobald ich drinnen war, wurde die Kerze angezündet und das Fenster wieder geschlossen.

Ianto, Owen und Gwilym saßen angezogen auf den Betten; ihre Hüte und Mäntel lagen auf den Stühlen umher.

»Nun?« begrüßte mich Ianto mit ernstem Gesicht.

»Hallo«, sagte ich nur.

»Wo bist du gewesen, Huw?« fragte Owen.

»Auf dem Berg oben«, antwortete ich beinahe stolz.

»Mit wem?«

»Geht euch nichts an.«

»Mit Ceinwen Phillips, was?«

»Geht euch nichts an.«

»Hör mir zu, du Narr«, flüsterte Ianto mit einer Stimme, die mir angst und bange machte. »Willst du, daß die Leute aus dem anderen Tal drüben unser Dorf anzünden? Willst du, daß es zwischen ihnen und uns zum Kampf kommt wegen dir?«

»Nein, nein.« Ich konnte mich vor Überraschung gar nicht fassen. »Wer will denn das Dorf anzünden?«

»Alle bei uns hier warten darauf, daß es losgeht«, antwortete Owen. »Kein einziger Mann ist zu Bett gegangen. Seit Stunden sind die Lichter oben am Berg. Wenn sie dich erwischt hätten, würden sie dich umgebracht haben.«

»Und ihr hättet es zugelassen?«

»Eben erst, als wir hier heraufkamen und dein Bett leer fanden, wußten wir, daß du es bist«, erklärte Ianto. »Krank vor Angst waren wir, daß Mutter etwas merken würde. Zu deinem Glück schläft sie heute nacht bei Bronwen drüben.«

»Dein Essen steht auf dem Tisch«, sagte Gwilym jetzt. »Iß, und dann leg dich schlafen, in Dreiteufelsnamen.«

»Ich will hinaufgehen und den Männern sagen, daß sie nicht mehr zu suchen brauchen.«

»Geh hinunter und iß, Huw, ehe sie selbst auf dich losgehen«, rief Ianto ärgerlich. »Wenn du jetzt auf den Berg gehst, dann gibt es einen Mord. Wir wollen Mutter Sorge ersparen. Geh hinunter in die Küche, und zwar rasch!«

So ging ich denn in die Küche, recht niedergeschlagen, und ließ ein paar Tränen in das Essen fallen. Als ich wieder in die Schlafstube kam, waren meine Brüder weggegangen, um den anderen Männern zu sagen, daß sie zu Bett gehen könnten. Die Lichter auf dem Berg waren verschwunden.

Aber ehe ich einschlief, lag ich in Gedanken wieder neben Ceinwen und verfluchte die Männer, die mit ihren Laternen gekommen und mich von ihrer Seite gezogen hatten, die Stute, die nach Hause gelaufen war, um alles zu verraten, um am allermeisten meine Gedankenlosigkeit, das Pferd frei grasen zu lassen. Ich lag da und schimpfte und schimpfte mit mir selber, bis ich einschlief.

»Was wirst du wohl als nächstes anstellen, Huw?« sagte Ianto am Morgen zu mir. »Ein kleiner Junge und so ein junges Ding allein auf dem Berg oben die halbe Nacht. Unerhört! Daß mir so etwas nicht wieder vorkommt, verstanden?«

»Warum nicht?« fragte ich trotzig.

»Weil wir dann vierhundert Männer auf dem Hals haben, darum. Danke Gott dafür, daß niemand weiß, mit wem das Mädchen dort oben war. Sonst würdest du heute morgen in deinem Sarg liegen, statt in die Kirche zu gehen.«

»Wir haben aber nur den Nachtigallen zugehört.«

»Ich weiß, Junge«, lachte Ianto jetzt. »Ich kenne die Nachtigallen; ich habe es selbst nicht anders getrieben zu meiner Zeit.«

Siebenundzwanzigstes Kapitel

Vor der Kirche sprachen die Leute an diesem Sonntag nur von zwei Dingen, von der Heimkehr des Chors am Abend und von der Suche oben auf dem Berg. Einige Männer waren dafür, daß man jemanden ins andere Tal hinüberschickte, um herauszufinden, worum es sich eigentlich gehandelt habe, aber Ianto und Owen sprachen dagegen; es wäre besser, Gras über die Sache wachsen zu lassen, meinten sie. Ich wollte selbst hinübergehen, um zu erfahren, wie es Ceinwen ergangen war, aber Mutter brauchte mich den ganzen Tag, weil Essen und Trinken für die Sänger hergerichtet werden mußte, und beim Klappern der Töpfe und Teller vergaß ich meine Sorge.

Lange nach Mitternacht war es, als wir die Musikkapelle über den Berg herüberkommen hörten. Die Freudenfeuer, die auf dem Berg angezündet worden waren, hatten schon lange vorher das Kommen der Sänger angekündigt, und so waren wir denn alle bereit, um sie gebührend zu empfangen. Mutter holte so rasch ihren Mantel aus dem Schrank, als ob die Posaune des Jüngsten Gerichts ertönte und als ob gleich das letzte Schiff zum Paradies aus dem Hafen führte. Bronwen hatte schon stundenlang fix und fertig, sogar den Hut auf dem Kopf, gewartet. Sie wußten, daß es noch eine gute Stunde dauern würde, bis die Männer auf dem Dorfplatz anlangen würden, und wir brauchten nur eine Minute hin, aber das tat nichts; Mantel, Hut, Handschuhe heraus, eine Flasche mit etwas Warmem eingesteckt und zum Platz hinunter, rasch, rasch, als ob die ewige Seligkeit davon abhinge, im nächsten Augenblick unten zu sein.

Die ganze Straße war voll mit Menschen, die ins Dorf hinunterströmten, und als wir zu dem kleinen Haus bei der Kirche kamen, trat Herr Gruffydd heraus, um uns anzuführen und zu unserem Singen den Takt zu schlagen. Wir sangen schon unterwegs, und als der große Wagen, in dem die Heimkehrer saßen, bei Herrn Gruffydd haltmachte, sangen wir noch viel lauter.

Dann schrie alles hurra, und Vater sah im Kreis umher, um Mutter zu finden. Mutter weinte so sehr, daß sie Vater nicht sehen konnte, und Vater weinte auch.

»Führt mich zu ihm hin, Söhne«, sagte Mutter, und Owen und ich bahnten ihr einen Weg durch die Menge. Vater stand gegen eine flache Kiste gelehnt und sah aus, als habe er den größten Schatz der Welt gefunden.

Owen und Ianto hoben die Kiste herab, und ich half ihnen, sie ins Haus hinaufzutragen. Vater rief uns nach, wir sollten sie in die Wohnstube stellen, bis er käme, und höllisch darauf aufpassen: wenn wir sie fallen ließen, würde er uns vierteilen. Wir brauchten lang, bis wir die Kiste oben beim Haus hatten, denn es war ein furchtbares Gedränge; Leute gingen die Straße hinauf und herab und blieben unterwegs stehen, um die Männer vom Chor zu fragen, wie es in Windsor aussehe, ob die Königin ein goldenes Kleid angehabt hätte und ob sie von diamantenen Tellern gegessen hätte. Die zu Hause Gebliebenen taten so, als ob ihnen gar nicht daran gelegen wäre, mit nach Windsor zu fahren und die Königin zu sehen, und Silas Tegid, der Mälzer, sagte sogar, so einen angenehmen Sonntag wie den heutigen habe er im Dorf noch nie erlebt, so schön ruhig wäre es im Tal gewesen. Dumm sind so unaufrichtige Leute, denn die Lüge steht ihnen auf dem Gesicht geschrieben, sie klingt aus ihrer Stimme und ist in ihrem Lächeln. Ich ging in den Schuppen, um den Werkzeugkasten zu holen. Da kam Bronwen, das ganze Gesicht naß vor Tränen; sie legte ihre Arme um mich, um ein bißchen zu weinen.

»So dumm bin ich«, lächelte sie unter Tränen, »daß ich dastehe und heule, und dabei weiß ich gar nicht, warum. Die Königin hat Ivor einen Taktstock geschenkt und ein Bild von sich. Mit ihrer Unterschrift, Huw; selbst hat sie es geschrieben.«

Von drinnen brüllte man jetzt, wo denn der Werkzeugkasten bliebe; ich brachte ihn hinein, und wir hatten genug zu tun, den Deckel aufzubekommen, denn der Mann, der zugenagelt hatte, wollte sicherlich zeigen, daß er keinen Mangel an Nägeln hatte.

Vater stand wie auf Nadeln, bis die Kiste offen war, während Mutter versuchte, ihm einen Schluck warme Suppe einzuflößen, und Herr Gruffydd hatte ihm die Hand auf die Schulter gelegt. Rings um Vater herum und noch bei der Tür standen Menschen; andere schauten zum Fenster herein und sahen zu, wie wir an der Kiste herumarbeiteten. Endlich war sie offen.

»So«, rief Vater jetzt, »hat jeder einen tüchtigen Krug Bier?«

»Ja«, schrien wir alle und hoben die Krüge in die Höhe.

»Gut«, rief Vater jetzt und breitete die Arme aus, um das Bild, das darin war, herauszunehmen. Hinten war roter Brokat darauf, und einen breiten Goldrahmen hatte es.

Jetzt drehte Vater das Bild um und stellte es auf das Büffett, und nicht ein einziges Mal sagte Mutter, er müsse aufpassen, damit es keine Kratzer gäbe.

»So, jetzt«, sagte Vater und konnte kaum sprechen vor Stolz. »Von der Königin von England für deinen Sohn, Beth.«

Nur den Kopf und die Schultern der Königin sah man, in Schwarz und Weiß, mit einem Nebel als Hintergrund; beinahe wie auf einem Pennystück sah sie aus. So ruhig blickte sie auf ihr Reich hinaus, wie meine Mutter schaute. Wie ein Schiffsbug, der die Wogen des Meeres durchschneidet, ragte die Nase vor, das Kinn war stark und fest genug, das Zittern selbst von einem weicheren Munde fernzuhalten, und keine Sorge wäre schwer genug gewesen, die strengen, stillen Augen unruhig zucken zu lassen. Leicht schien diese Frau die Last ihrer gewaltigen Aufgabe zu tragen, und doch waren, wenn man näher hinsah, die Spuren davon in der geraden Straffheit der Schultern, der Haltung des Kopfes zu erkennen.

Und auf diesem Kopf war die Krone, und unter der Krone, die Männlichkeit der Züge mildernd, das Zeichen der Frau, der

Schleier.

»Victoria, R. I.«, las Mutter, als meines Vaters Finger auf die Schriftzüge unter dem Bilde wies. »Wie stolz ich bin!«

Auf Zehenspitzen ging sie zu Ivor hin, um ihn auf die Wange zu küssen, und Ivor versuchte zu lächeln, aber es gelang ihm nicht.

»Die Krüge hoch«, rief Vater jetzt, »trinkt, Freunde, trinkt aus bis auf den letzten Tropfen. Es lebe die Königin!«

»Es lebe die Königin!« riefen wir alle.

»Sie ist noch kleiner als du, Beth«, sagte Vater und gab Mutter einen Kuß.

»Erzähl mir keine Lügen«, sagte Mutter ungläubig.

»Doch, Mutter«, bestätigte Ivor. »Nur bis hierher ist sie mir gegangen.«

»Hast du sie denn in der Nähe gesehen?« fragte Mutter mit Staunen.

»Die Hand hat sie mir gegeben«, sagte Ivor und sah seine Hand an, als ob er noch träumte.

»Lieber Gott, Junge«, flüsterte Mutter, »ihr habt euch die Hand gegeben, du und die Königin?«

»Ja, Mutter, frag nur die anderen.«

»Ja, die Königin hat ihm die Hand gereicht«, nickte Vater, »und sie hat gefragt, wer die Leute im Singen unterrichtet, und ob es alle Kohlenarbeiter sind, und ob es ihnen im Schloß gefällt.«

»Und dann gab sie mir einen Taktstock«, berichtete Ivor weiter. »Zwar nicht sie selbst, aber sie hat mir gesagt, daß ich einen bekommen würde, und einer von den Soldaten hat ihn mir gebracht.«

»Ivors Name steht darauf«, berichtete Vater, »und der Tag, und wo und warum. Den Taktstock hängen wir unter das Bild an die Wand, in einem besonderen Kasten. Schön ist er.«

Er war auch wirklich schön. Aus Elfenbein, mit Silber und Gold eingelegt, und ein goldenes Schild mit der Inschrift drauf; bequem lag er auf rotem Plüsch in einem länglichen Lederfutteral.

Lange dauerte es an diesem Abend, bis es im Hause ruhig wurde. Hunderte Leute kamen sich das Bild ansehen; auf Zehenspitzen gingen sie ins Zimmer, um nichts schmutzig zu machen, und lange blieben sie mit großen Augen vor dem Bild stehen. Mutter saß selbst wie eine Königin da, und alle Frauen sagten ihr, wie stolz sie auf Ivor sein könne, aber es müsse doch gewiß schrecklich viel Arbeit sein, am Morgen den Fußboden aufzuwaschen, über den so viele Leute getrampelt seien. Doch Mutter hätte um des Glückes dieser Stunde willen sicherlich gern das ganze Tal aufgewaschen.

Dies war einer der wenigen Abende, an denen ich Vater betrunken sah, und auch da kam sein Rausch nur von dem Bier, das die anderen ihm im Wirtshaus aufdrängten. Und man soll auch einen guten Schluck Bier, der einem in Freundschaft angeboten wird, nicht zurückweisen. Als meine Brüder Vater wieder ins Haus führten, sah er Mutter an und lächelte, und nur ganz leicht schüttelte sie den Kopf.

Wenn ein Mann sich nicht einmal an dem Abend, an dem die Königin seinem ältesten Sohn die Hand gedrückt hat, betrinken dürfte, dann könnten wir uns alle begraben lassen.

Das zweitemal, daß ich Vater betrunken sah, war an dem Tag, an dem unser Davy in Cardiff ein Tor gegen Irland schoß, aber da war das ganze Tal betrunken. Ganz genau erinnere ich mich noch an diesen Abend: Vater hatte Davys rotes Fußballeibchen über seinen Rock angezogen, und so tanzte er mitten auf der Straße. Und Davy wurde von den Männern auf die Schulter genommen und immer wieder die Straße hinauf und herunter getragen. Die Männer tranken gewaltige Mengen Bier, und wenn man von Tee einen Rausch bekommen könnte, dann hätten auch alle Frauen im Tal einen Schwips gehabt. Davy war an diesem Tag der Kaiser der Welt. Ich machte einen Glaskasten für das Leibchen, das Davy bei diesem Match getragen hatte, und der wurde gegenüber dem Bild der Königin an die Wand gehängt. Es war mir immer eine Freude, Vater in unserer Wohnstube seine Pfeife rauchen zu sehen, wenn Besuch kam; wie ein König saß er dann da, mitten unter seinen Schätzen.

Und dann kam ein Abend, an dem Vater sich meinetwegen einen Rausch antrank.

Nur noch unser vier waren wir in der Vorbereitungsklasse für die Universität, kurz ehe die Prüfungen beginnen sollten. Die anderen waren nach und nach weggeblieben, weil sie arbeiten und Geld verdienen mußten. Nur noch James Dafydd, Llewellyn Rhys, Emrys Tudor und ich saßen jetzt in der kleinen Stube neben Herrn Motshills Arbeitszimmer. Dort arbeiteten wir unter seiner Leitung oder auch allein.

Ceinwen hatte nach der Nacht, in der wir die Nachtigallen singen hörten, die Schule sang- und klanglos verlassen. Einige Male sah ich sie im Kohlenhof ihres Vaters, aber da war immer jemand dabei. Wir sprachen nie miteinander, weil wir keine Gelegenheit hatten, und wenn ihre Augen mich auch immer warm begrüßten und schmerzlich von mir Abschied nahmen, so bat mich ihr Blick doch, ich möge nicht zeigen, daß ich sie kenne. Da wußte ich, daß es ihr schlimm ergangen war, und es tat mir so leid, daß ich zum Teil daran schuld war. Und doch habe ich jene Nacht nie bedauert. Oft dachte ich an Ceinwen, oft denke ich noch jetzt an sie, an ihre Wärme, an ihre weichen Glieder und an ihre süße Zärtlichkeit. Mervyn hatte keine Ahnung davon, daß ich mit Ceinwen auf dem Berg gewesen war, und ich sagte es ihm auch nicht. Deshalb konnte ich auch nur Fragen an ihn richten, die mit dem, was ich eigentlich wissen wollte, kaum etwas zu tun hatten. Auf solche Fragen kann man keine Antworten bekommen, die etwas wert sind, deshalb gab ich es allmählich auf.

Sogar am Sonntag mußten wir in den letzten Wochen vor der Prüfung in unserem kleinen Schulzimmer arbeiten, und abends zu Hause saßen wir wieder über den Büchern. Aber die anderen Jungen hatten es schwerer als ich, denn ich war tüchtig in der englischen Sprache. Ich kannte den großen Dr. Johnson aus dem Buche seines Freundes, des Herrn Boswell. Für manche schöne, friedvolle Stunde habe ich Herrn Boswell zu danken. Es ist wohl etwas Wunderbares, daß hundert Jahre, nachdem ein großer Geist in die Ewigkeit eingegangen ist, die Menschen noch den Namen eines Mannes segnen, der einmal Fleisch und Blut war, lachte, sich an guten Speisen und guten Gesprächen freute.

Nicht nur mit Dr. Johnson, auch mit John Stuart Mill, mit Spencer, mit William Shakespeare, mit Chaucer, mit Milton, mit John Bunyan und anderen aus dem königlichen Kreise der Dichter und Denker schloß ich Freundschaft, dank meinem Vater und Herrn Gruffydd. Bis an mein Ende will ich es diesen guten Männern nicht vergessen.

Richtig Englisch schreiben und sprechen ist sogar für einen Engländer schwierig, viel schwieriger noch für einen walisischen Jungen. Er spricht, liest, schreibt und denkt in seiner eigenen Sprache; zu Hause, auf der Straße und in der Kirche hört und spricht er nur Walisisch; wenn er Englisch liest, so versteht er es auf walisisch, und wenn er Englisch spricht, so wollen ihm die Worte nur schwer und mühsam aus dem Munde. Und wahrhaftig, wenn man die englische Sprache nicht klar und richtig aussprechen kann, dann verliert sie die Hälfte ihrer Schönheit. Welch eine Schande ist es, eine edle Sprache zerkaut und beschmutzt zu hören durch solche

Esel in Menschengestalt, wie unser Herr Jonas-Sessions einer war. Und doch — selbst an dich, armer Herr Jonas, kann ich heute nur mit Wehmut denken, denn dein Leib ist schon seit vielen Jahren zu Staub zerfallen.

Nie, nicht einmal, wenn ich schon im Paradies wandeln werde, wird die Erinnerung an den Tag in mir verblassen, an dem Herr Motshill mich endgültig aus der Schule jagte. Denn so geschah es, und die Stelle an der Wand der Schulhalle, an der mein Name hätte in goldenen Lettern prangen sollen, ist leer geblieben.

Ich ging an jenem Tag mit James Dafydd auf dem Spielplatz der Schule auf und ab, und wir zitierten Stellen aus dem »König Lear«, um unser Gedächtnis für die Prüfung zu stärken.

Der Fliederbaum im Garten nebenan zündete seine Blütenlampen an, und die Primeln waren noch frisch in dem Moos oben auf der Schulmauer.

Da hörte ich aus dem Klassenzimmer der Kleinen ein Weinen dringen, als ob ein Kind hingefallen wäre; das Weinen ertönte nun näher, dann kam ein kleines Mädchen herausgelaufen, tat ein paar Schritte auf uns zu und blieb stehen, die Hände, die Grübchen an den Fingerknöcheln und Fettpolster wie kleine Armbänder an den Gelenken hatten, in Scham vor das Gesicht geschlagen.

Ein steif gestärktes Schürzchen hatte das Mädchen an, seine roten Socken hingen ganz arm und klein um die winzigen Schühchen, eine kleine Schleife hatte es im Haar, und es schluchzte so laut und erbärmlich, daß das Schleifchen auf seinem Kopf wackelte.

Um den Hals trug die Kleine eine Schnur, und an der Schnur hing eine Tafel, die ihr beinahe bis zu den Füßen ging und ihr bei jedem Schritt, den sie machte, in die Beine schnitt. Auf der Tafel aber stand, von der Klaue des Herrn Jonas-Sessions mit Kreide geschrieben: »Ich soll in der Schule nicht Walisisch sprechen.«

Und da stand auch schon Herr Jonas unter der Tür, die Hände in den Taschen, unterhielt sich mit Fräulein Cash und lächelte.

Die Tafel zog das Mädchen nach vorne, denn es war klein, kaum mehr als ein Baby, die Schnur rieb die Haut seines Halses auf, und an seinen Schienbeinen hatte der Rand der Tafel rote Striemen eingeschnitten. Laut weinte die Kleine, hochaufschluchzend zuweilen, mit einem Röcheln dazwischen, daß man ihr am liebsten atmen geholfen hätte; und in ihren Augen glänzten die großen Tränen eines Kindes, dem an weh getan hat, das sich schämt und sich fürchtet.

Doch als ich zu ihr trat und sie zu mir aufsah, als habe sie Angst, daß man ihr wieder etwas täte, sah ich ihre Augen, die Augen eines Geschöpfleins, das noch im Kinderbettchen schläft. Da war es, als ob die Tränen, die in der Sonne glitzernd aus ihren Augen flossen, in meine Augen strömten. Und durch meine Tränen sah ich wie durch den leichten Nebel des Morgens das Gras auf einem Feld zerstampft; Recken standen vor mir, die ihr Panzerhemd trugen wie ich meinen Anzug aus Wolle, und ihre Schwerter funkelten. Und die Stimme des weinenden Kindes wurde mir zum Schall der Trompeten, die zur Schlacht blasen, Trommelwirbel erklang, Kampfrufe ertönten, Banner flatterten und Bogenschützen spannten die Sehnen ihrer Bogen, indes Stahl auf Stahl schlug und Lanzenspitzen in der Sonne schimmerten.

Kampflust war in mir, Blut rann rot über meine Füße, rot waren auch meine Hände von Blut, und der Geruch des Blutes strömte heiß zu meinem Gesicht empor.

Dann zerging der Nebel vor meinen Augen; ich sah Herrn Motshill, der mich anblickte, bleich mit verschobener Krawatte. Und hinter ihm sah ich Frau Motshill mit einem Krug in der Hand. Ich sah, daß ich naß, mit Wasser übergossen war, und meine Kehle war rauh vom Brüllen. Ein Polizist saß neben mir und sah mich an; sein Helm lag auf dem Boden, die eine Seite eines Schnurrbarts war spitz ausgezogen, die andere hing herunter, und seine Haare hingen ihm wirr in die Stirne. An meinen geballten Fäusten klebte Blut, doch wenig nur, und es trocknete schon.

»Jetzt scheint er wieder bei Verstand zu sein«, sagte der Polizist. Es war einer, den ich oft in der Stadt sah.

»Morgan«, sprach Herr Motshill nun, nicht unfreundlich, doch mit Zweifel in der Stimme. »Hörst du mich?«

»Ja, Herr Motshill.«

»Du weißt vermutlich, was du getan hast?«

»Nein, Herr Motshill«, antwortete ich, und Angst überfiel mich. »Was habe ich getan?«

»Du hättest Herrn Jonas-Sessions beinahe getötet«, hörte ich Frau Motshill sagen.

»So schlimm ist es nicht«, meinte der Polizist, »aber etwas Ordentliches hat er abbekommen.«

»Bitte, komme ich ins Gefängnis?« fragte ich Herrn Motshill.

»Das hängt von Herrn Jonas ab. Fühlst du dich wohl genug, um nach Hause zu gehen?«

»Ja, bitte, Herrn Motshill.«

»Dann geh«, sagte Herr Motshill müde. »Ich werde einen Brief an deinen Vater schreiben, sobald ich mit Herrn Jonas gesprochen habe.«

»Danke, Herr Motshill.«

»Komm mit mir, mein Sohn«, forderte mich der Polizist auf, setzte seinen Helm auf den Kopf, sah im Glas eines Bildes, wie sein Schnurrbart zugerichtet war, schnitt ein erschrockenes Gesicht und zog das herunterhängende Ende energisch gerade.

An der Seite des Polizisten ging ich die Straße hinab; beim Tor standen viele, um mich weggehen zu sehen, aber ich sah nur ihre Beine, denn ich ging mit gesenktem Kopf.

»Was habe ich getan?« fragte ich den Mann, als wir beinahe bei der Brücke waren.

»Nett hast du ihn zugerichtet, das kann man wohl sagen. Beide Augen hast du ihm blaugeschlagen, und seine Zähne liest er wohl jetzt noch zusammen. Als ich dich von ihm wegriß, lagt ihr beide auf der Erde.«

»Was glauben Sie, was man mit mir tun wird?« fragte ich und fürchtete im voraus seine Antwort.

»Gar nichts«, antwortete er und lächelte. »Und wenn Frau Stephens ihrem Alten erzählt, was sein Töchterchen um den Hals tragen mußte, dann wird man mich noch einmal holen.«

»Wird Herr Jonas sterben?«

»Sterben, Junge?« Der Polizist lachte. »Du lieber Gott, Ratten kann man nur mit Gift umbringen. Nein, nein. Eine ordentliche Warnung, das ist alles. Aber ich hatte geglaubt, diese Tafeln hätten sie abgeschafft. Ich habe, als ich jung war, auch Prügel bekommen, weil ich in der Schule Walisisch gesprochen habe.«

»Mein Vater auch. Die schwere Tafel, die das Kind umgehängt hatte, war schuld. Ich muß verrückt geworden sein.«

»Mach dir keine Sorgen deswegen«, riet mir der Polizist. »Lauf nach Hause und halte dein Temperament und deine Fäuste besser im Zaum. Sonst sitzt du wirklich eines Tages in der Patsche. Adieu jetzt.«

»Adieu.«

An jenem Abend saßen wir alle um den Tisch herum, und vor Vater lag Herrn Motshills Brief, den Ellis, der Postmeister, gebracht hatte.

»Ich trage die meiste Schuld daran«, sagte Vater sehr traurig.

»Ich habe dem Jungen gesagt, er solle ruhig dreinschlagen. So ist es nun einmal. Aber eine Schande ist es doch.«

»Es ist keine Schande für ihn, von der dummen Schule zu gehen«, meinte Mutter. »Ich war von Anfang an dagegen.«

»Von der Schule gejagt zu werden, ist eine Schande«, sagte Vater jetzt. »Ob er nun recht gehabt hat oder nicht, es ist eine Schande. Und ich hatte geglaubt, er würde wenigstens Advokat werden.«

»Das Examen kann Huw trotzdem machen«, warf Ivor ein. »Der Direktor schreibt, das könne er ohne weiteres.«

»Schick ihn nach Cardiff auf die Schule«, war Davys Ansicht. »Ich weiß, wo er dort gut untergebracht werden kann.«

»Gut untergebracht ist man nur zu Hause«, sagte Mutter. »Daß du es nur weißt.«

»Huw soll zuerst einmal zur Prüfung gehen«, schlug Owen vor, »und sehen, ob er sie besteht. Dann könnt ihr weiterbeschließen.«

»Der Entschluß wird heute gefaßt und dabei bleibt's dann«, erklärte Vater. »Es hat keinen Zweck, einen Monat und dann noch einen Monat zu warten. Ich möchte, daß Huw ein Advokat wird oder ein Doktor oder sonst etwas Rechtes. Warum auch nicht? Er hat den Verstand dazu.«

»Frag doch Huw einmal, was er möchte«, sagte Bronwen und sah mich dabei an.

»Nun, Huw?« fragte Vater.

»Ich will mit dir in der Grube arbeiten«, antwortete ich ihm. »Ich will nicht zur Prüfung, und Doktor oder Advokat will ich auch nicht werden.«

»Überlege es dir gut, Sohn.«

»In die Kohlengrube will ich«, sagte ich fest. Ich sah alle die Augen auf mich gerichtet, und in meinem Inneren öffnete sich ein Fenster. »Ich will Kohle hauen.«

»Wie seine Brüder ist er«, rief Vater ärgerlich, »genauso eigensinnig und starrköpfig. Du wirst zum Examen gehen und es bestehen, Junge. Dann auf die Universität, und einen anständigen Beruf, nicht Kohle hauen.«

»Was ist denn Unanständiges daran, ein Bergmann zu sein?« fragte Mutter, und die Brille rutschte ihr herab, was bei ihr nie etwas Gutes bedeutete. »Du, Gwilym, und Huws Brüder, seid ihr denn alle Galgenvögel?«

»Laß das, Beth«, sagte Vater und schloß müde die Augen. »Ich will ja nur Huws Bestes. Ich will, daß er ein Leben führt, das nicht so voller Verrücktheiten ist wie unseres. Ich will für ihn einen Beruf, in dem er in Ruhe und Würde sein eigener Herr sein kann. Nicht wie bei uns, wo immer einer gegen den anderen ist, wo es immer heißt, hier die Herren, da die Knechte.«

»Wenn Huw ein so braver und tüchtiger Mann wird wie du und seine Brüder, dann kann ich einmal ruhig sterben«, sagte Mutter. »Dir ist doch auch der Kohlenschacht immer über alles gegangen.«

»Beth, Beth«, rief Vater, und Ärger stieg in ihm auf. »Ich denke an Huws Zukunft. In unserer Zeit war es anders. Guten Verdienst und Gerechtigkeit für alle gab es da, einer ließ den anderen leben. Jetzt ist es anders. Ich habe nie studiert, wie Huw. Warum soll er von seinem guten Kopf keinen Gebrauch machen? Was für einen Zweck hat es, Verstand in den Kohlenschacht hinunterzutragen?«

»Dort unten in der Grube gibt es geradeso gescheite Leute wie hier oben. Tüchtigere und bravere vielleicht«, meinte Mutter. »Wenn Huw Doktor werden will, gut. Wenn er Advokat werden will, gut. Wenn er etwas anderes werden will, gut. Und wenn er mit seinem Vater in den Schacht fahren will, so will ich ihn küssen und auch sagen, daß es gut ist.«

»Wenn er es später bereut, hat er sich nur selbst dafür zu tadeln«, sagte Vater und sah mich an. »Er soll sich nur hüten, sich dann zu beklagen.«

»Ich will in die Kohlengrube, Vater. Ich will arbeiten.«

»Dann ist es also abgemacht«, sagte Vater langsam. »Er muß warten, bis ein Platz frei ist. Dann soll er arbeiten.«

»Gut«, sagte Mutter.

»Gut«, sagte Vater, »aber ich betrinke mich heute.«

Mutter begann zu weinen, da ging Vater ins Wirtshaus.

Herr Gruffydd sagte seltsamerweise nicht ein einziges Wort, als er hörte, daß ich aus der Schule weggeschickt worden war. Er nickte und blickte zum Berg hinauf.

»Hast du Herrn Jonas gesagt, daß es dir leid tut, Huw?« fragte er mich nur.

»Nein, Herr Gruffydd«, antwortete ich sehr überrascht, denn das war das Letzte, was mir in den Sinn gekommen wäre.

»Dann geh zu ihm und bitte ihn um Entschuldigung, ja? Und wenn du zurückkommst, erwarte ich dich bei mir.«

»Bitte, Herr Gruffydd.«

»Gut«, sagte er.

So ging ich denn über den Berg ins andere Tal und ließ mir von dem Schuldiener die Adresse des Herrn Jonas geben.

Unterwegs wurde mir sehr ernst zumute, als ich an die Zukunft dachte, an die Zeit, die kommen wird. Seltsam ist es, daran zu denken. Ich dachte darüber nach, wie diese Zeit aussehen würde, was ich wohl in zehn, in zwanzig, in dreißig und vierzig Jahren tun würde. Und jetzt sitze ich hier auf meinem Bett und denke immer noch an die Zeit, die kommen wird, und bin so klug wie zuvor.

Das Haus, in dem Herr Jonas wohnte, paßte so recht zu ihm. Ganz neu war es, aus glatten roten Ziegeln gebaut; eine Farbe wie rohes Rindfleisch hatte es und keinen einzigen Fehler. Braun und gelb war das stattliche Haustor gestrichen, sechs kleine Fenster aus farbigem Glas im oberen Stock, und das große Fenster unten neben dem Tor hatte feine Spitzenvorhänge.

Und zum erstenmal bemerkte ich, daß hier alle Haustore geschlossen waren, die ganze Straße hinab, obwohl es ein heißer Tag war.

Ich klopfte, das Tor öffnete sich kreischend, und Frau Jonas sah mich mit hochgezogenen Augenbrauen an.

»Guten Tag«, sagte ich. »Ich bin Huw Morgan, und ich komme, um zu sagen, daß es mir leid tut.«

Ich sah, wie ihr Gesichtsausdruck sich veränderte, vielmals, ganz rasch hintereinander. Ihr Haar war aus dem Gesicht gestrichen und endete oben in einem kleinen Knoten. Eine weiße Bluse trug sie mit einem hohen Kragen, eine Brosche daran, und einen schwarzen Rock, der die Matten in der Vorhalle abfegte, wenn sie ging.

Sie sah mich an, und ich sah sie an.

»Komm herein«, sagte sie dann und machte die Tür weiter auf. Drinnen waren die Vorhänge heruntergelassen und die Türen geschlossen, und es roch ein bißchen wie in der Kirche, aber dazu noch nach Kohl, Irish Stew, gelber Seife und Blattpflanzen.

»Warte hier«, sagte sie, ging hinauf und öffnete eine Tür. Gleich darauf hörte ich Herrn Jonas zuerst laut, dann leiser sprechen. Ich wartete; das ganze Haus wartete.

Dann kam Frau Jonas heraus und lehnte sich über das Treppengeländer.

»Komm herauf«, rief sie mir zu. »Aber nur einen Augenblick, hörst du?«

So ging ich denn die Treppe hinauf; mir war, als ob hohe Wellen in mir hinauf- und herunterstürzten, so daß ich kaum atmen konnte. In dem kleinen Zimmer war es halb dunkel, das Fenster war geschlossen, ein warmer Hauch von Karbol, benutztem Bettzeug, Essig und verbrauchtem Atem schlug mir entgegen.

Herr Jonas saß im Bett; er hatte einen Verband über den Augen, einen Schal um den Mund geschlungen, eine Nachtmütze auf dem Kopf und ein Heftplaster auf den Knöcheln der rechten Hand, mit der er Frau Jonas jetzt zuwinkte, die Tür zu schließen.

»Nun«, sagte er, »du kommst vermutlich, um mich um Entschuldigung zu bitten, wie?«

»Ja«, antwortete ich. »Was ich getan habe, tut mir leid, Herr Jonas.«

»Die Entschuldigung wird nicht angenommen. Du hast den Ausschluß aus der Schule verdient; ich habe darauf bestanden, sonst hätte ich die gerichtliche Anzeige gegen dich gemacht. Nicht einmal, wenn du auf den Knien gekrochen kommst, werde ich mich bei Herrn Motshill für dich verwenden.«

»Das will ich auch gar nicht, Herr Jonas. Ich will nur sagen, daß es mir leid tut.«

»Ich kenne dich und deinesgleichen nur zu gut. Schwindler seid ihr. Ihr alle. Ihr beschwindelt euch selbst und andere. Aber ich kenne euch. Und ich habe genug.«

»Es tut mir wirklich leid«, sagte ich, und jetzt war es mir ernst damit, denn es war nicht gut zu hören, wie seine Stimme zitterte und viel schwächer klang als sonst.

»Leid tut es dir? Wieder Schwindel. Wenn du ein paar Schritte von meinem Haus entfernt bist, wird die ganze Stadt dich lachen hören. Ich habe dich nur heraufkommen lassen, um dir zu sagen, was ich von dir halte, du verdammter Tunichtgut, du verkommenes Subjekt. Jetzt mach, daß du hinauskommst.«

Er hätte mir noch viel Schlimmeres sagen können, und ich würde mich nicht gewehrt haben. So erstaunt war ich darüber, ein Schwindler genannt zu werden.

»Warum bin ich ein Schwindler, Herr Jonas?« fragte ich ihn.

Er sah mich unter dem Verband her an, den Kopf emporgestreckt. Ich konnte ein wenig von der Wunde unter den Augen sehen, und was ich getan hatte, tat mir jetzt noch mehr leid als früher.

»Warum?« Er schnaubte vor Wut. »Zunächst einmal — du hast mich bei Herrn Motshill angeschwärzt und bewußt versucht, mir zu schaden. Und diese Gemeinheit ist dir auch eine Zeitlang gelungen.

Eine Zeitlang, sage ich. Es wird vielleicht ein Trost für dich sein, zu erfahren, daß ich wieder die sechste Klasse übernehmen werde.«

»Aber warum bin ich ein Schwindler, Herr Jonas?« fragte ich wieder.

»Weil du vorgibst, etwas anderes zu sein, als du bist.« Vor Wut versagte Herrn Jonas beinahe die Stimme. »Wie sollte ich aber auch etwas anderes erwarten. Die Kohlenarbeiter leben wie die Schweine, kennen nichts als Bier und Boxen; und dabei tun sie Gott weiß wie fromm. Waliser! Was für eine Bande!«

»Aber warum bin ich ein Schwindler, Herr Jonas?«

»Hinaus mit dir! Du machst einen Mordanschlag auf mich, vermutlich, weil ich mich bemühe, den Gebrauch eures gemeinen Dialektes in der Schule einzuschränken, und jetzt hast du noch die Unverschämtheit, auf englisch freche Fragen an mich zu richten. Schwindel, nichts als Schwindel!«

»Sie haben angefangen, Englisch zu sprechen, Herr Jonas. Ich hatte geglaubt, Sie sprächen nie in unserer Sprache, sonst hätte ich gleich Walisisch mit Ihnen gesprochen.«

»Höre, Morgan«, sagte Herr Jonas und schob den Ellbogen vor, als ob er mich aus dem Zimmer stoßen werde, sobald er zu Ende gesprochen hatte, »ich weiß nicht, weshalb ich überhaupt noch eine Minute Zeit an dich verschwende. Aber das eine will ich dir doch noch sagen: Walisisch ist nie eine Sprache gewesen, sondern immer nur ein primitives Verständigungsmittel zwischen stinkenden Barbaren. Wenn du es gut mit dir selber meinst, höre auf, deine Zunge damit zu beschmutzen.«

Ich mußte an Vater und Mutter und Bronwen denken, aber ich konnte nichts herausbringen als: »Sie sind doch auch ein Waliser, Herr Jonas.«

»Mir ist das Unglück widerfahren, in diesem Lande geboren zu sein.«

Ich stand auf. »Sobald Sie den Mund aufmachen, Herr Jonas, merkt man, daß Sie ein Waliser sind, daran ist nichts zu ändern, und wenn Sie unsere Sprache noch so sehr hassen,«

»Hinaus mit dir«, brüllte er. »Auf der Stelle hinaus mit dir.«

»Nur eine Minute lang möchte ich Dr. Johnsons Beredsamkeit haben«, rief ich, nun auch ganz aufgeregt. »Damit würde ich Sie härter treffen als mit meinen Fäusten, Herr Jonas. Nie wieder würden Sie sich von ihrem Bett erheben. Und damit Sie es nur wissen — es tut mir nicht mehr leid, was ich getan habe. Es tut mir leid, daß ich nicht *mehr* getan habe. Und nun können Sie meinetwegen zur Hölle fahren!«

Kaum hatte ich das gesagt, als ich schon aus der Tür draußen war und die Treppe hinablief. Einen Augenblick später war ich auf der Straße.

»Herr Jonas hat unrecht gehabt«, meinte Herr Gruffydd, als ich ihm die Sache erzählte. »Unsere Vorfahren sind keine Barbaren gewesen. Wenn sie ein bißchen rasch mit dem Dreinschlagen bei der Hand waren, so tragen die Engländer selbst die Schuld daran. Aber auch das soll man ihnen nicht vorwerfen, denn die meisten von ihnen wissen wahrscheinlich gar nichts von den grausamen Gesetzen, mit denen man uns verfolgte. Einen unwissenden Menschen darf man niemals tadeln. Das wäre dasselbe, als wenn man einem Hund einen Tritt dafür gäbe, daß er einem nicht guten Morgen sagt.«

»Warum aber hat Herr Jonas mich einen Schwindler genannt?«

»Das weiß ich nicht, Huw«, antwortete Herr Gruffydd. »Herr Jonas sollte lieber vor seiner eigenen Tür kehren. Ärgere dich nie über Leute, die dir einen Schimpfnamen geben. Laß dumme Menschen reden, was sie wollen, und mache dir überhaupt nicht mehr Sorgen als notwendig.«

»Warum machen Sie sich denn Sorgen, Herr Gruffydd?« fragte ich ihn; aber kaum hatte ich die Worte gesprochen, als mir ganz heiß wurde, so bedauerte ich es.

Herr Gruffydd blickte mich mit einem leisen Lächeln an, und dabei war in seinen Augen doch schmerzliche Überraschung zu lesen, so, als ob ich ihm soeben ein Bein gestellt hätte.

»Sorgen, mein Sohn?« sagte er sehr ruhig. »Nein, ich mache mir keine Sorgen. Du mußt lernen, Besorgnis von Nachdenklichkeit zu unterscheiden. Es kommt vor, daß ein helles Licht aus unserem Leben geht, Huw, dann müssen wir beten, bis wir stark genug sind, um die Last unserer Gedanken wieder zu ertragen.«

»Ja, Herr Gruffydd«, sagte ich und wäre am liebsten davongerannt. »Es tut mir leid, daß ich so zu Ihnen gesprochen habe.«

»Findest du mich verändert, Huw?« fragte er mich, und seine Augen beobachteten mich ein wenig von der Seite, so, als wollte er sich vergewissern, daß ich die Wahrheit sprach.

»Ja, Herr Gruffydd.«

»In welcher Weise denn?«

»Sie sprechen ernster als sonst, Herr Gruffydd, Sie lächeln nicht mehr so oft, Sie interessieren sich nicht mehr für alles, und Sie sind auch nicht mehr so froh. Und um Ihre Möbel bekümmern Sie sich gar nicht mehr.«

Er blickte zum Berg empor, und Angst ergriff mich, als Herr Gruffydd so lange dastand, ohne etwas zu sagen. Dann erst fragte er mich: »Ich erfülle meine Pflichten nicht mehr, willst du damit sagen, nicht wahr, kleiner Huw?«

»O nein, Herr Gruffydd«, rief ich eifrig, jeden Augenblick bereit, mein Blut für ihn zu vergießen. »Nein, das wollte ich gewiß nicht sagen. Nur, daß Sie ein bißchen anders sind als früher.«

»Höre, Huw«, sagte er nun und legte mir die Hand auf die Schulter, »geh jetzt, komm morgen früh wieder, dann wollen wir wieder einmal tüchtig an den Möbeln arbeiten, ja? Wenn wir uns ein paar Tage ordentlich dranhalten, werden wir fertig damit.«

»Ja, Herr Gruffydd«, sagte ich, und ich ging mit Kummer in der Seele.

Achtundzwanzigstes Kapitel

Als ich nach Hause kam, war Iestyns Schwester da, und ich erkannte am Gesicht meiner Mutter, daß etwas nicht so war, wie es sein sollte, obgleich ein Fremder es ihr gar nicht angesehen hätte. Blodwen hatte eine dunkle Haut, schwarzes Haar und runde braune Augen. Sehr ruhig und gerade saß sie da, die Hände vor sich auf dem Tisch gefaltet, die Füße beinahe unter dem Stuhl. Sie sprach fast immer Englisch, aber schön und klar, denn sie war in London auf der Schule gewesen und später in einem englischen Pensionat in Paris, und da hatte man es wohl mit dem Sprechen sehr genau genommen.

»Nun, Huw, wie geht es dir?« fragte sie mich mit einem lieben Lächeln.

»Danke, gut. Und dir?«

»Mir geht es großartig«, lächelte Blodwen. »Würdest du vielleicht so gut sein, mir heute abend die Harfe nach Tyn-y-Coed zu bringen?«

»Ja, gern«, nickte ich.

»Das ist nett von dir«, sagte sie und lächelte wieder, aber daran, wie Mutter dastand, erkannte ich, daß ich störte; deshalb ging ich hinaus und zu Bronwen hinunter, um die Harfe einzupacken.

»Blodwen ist also noch bei deiner Mutter?« fragte Bronwen.

»Ja, Bronwen.«

»Dann gibt es sicherlich neue Unannehmlichkeiten«, sagte sie. »Du wirst sehen, Angharad wird bald wieder zu Hause sein. Ein besoffenes Schwein ist er.«

»Wer, Bronwen?«

»Ach, niemand.«

Da begriff ich, was die Blicke und die Seufzer zu bedeuten hatten, wenn zu Hause von Angharad und Iestyn gesprochen wurde. Der Gedanke, daß Angharad nicht glücklich sei, tat mir sehr weh, aber ich konnte nichts daran ändern, und ich sah gleich, daß Bronwen nicht einmal mit glühenden Zangen ein weiteres Wort darüber zu entreißen sei.

So ging ich denn mit der Harfe über den Berg nach Tyn-y-Coed. Ein hübscher Spaziergang war es, oft rastete ich, und jedesmal, wenn ich die Harfe hinstellte, summte sie ein bißchen.

Ein schönes, großes Haus hatten die Evans in Tyn-y-Coed. Ursprünglich stammte es aus ganz alter Zeit, noch ehe die Königin Elisabeth regierte, aber das Haus, wie es jetzt dastand, war zur Zeit König Georgs II. erbaut worden; auf der einen Seite stand noch ein Teil des alten Hauses. Das neue Haus hatte zwei Stockwerke, breite Fenster und eine große Säulenhalle. Ganz weiß war das Haus, mit grünen Fensterläden, und auch die Nebengebäude waren schneeweiß gestrichen, ohne ein einziges Fleckchen. Ein prächtiger Besitz war es; hohe Bäume beschatteten das Haus, davor und dahinter waren Gärten, braune Kühe gab es auf den Wiesen, schwarze, weiße und braune Hühner im Hof, weiße Gänse und Enten beim Teich und eine Schar Truthähne drüben bei den Stallungen.

Blodwen war schon vor mich nach Hause gekommen; sie erwartete mich beim Haustor; der Diener nahm mir die Harfe ab.

»Komm und trink eine Tasse Tee, Huw«, lud sie mich ein, das Gesicht im grünen Schatten der Bäume.

So ging ich denn ins Haus, um meinen Tee zu trinken; sehr gut war er, das muß ich sagen. Das große Zimmer in Tyn-y-Coed gefiel mir. Hoch war es und hell; alles war noch aus einer Zeit, als die Menschen Raum für ihr Denken und ihr Wohnen hatten, zu leben verstanden und Sinn für gute Arbeit besaßen. Ein Blick auf die Decke hätte das bewiesen, selbst wenn man sich die Möbel gar nicht erst angeschaut hätte. Und der Kamin, nun, der war so schön, daß er einem viel zu schade vorkam, um Kohle darin zu brennen. Aus weißem Marmor war er, ganz einfach, aber so leicht und anmutig im Schwung seiner Linien, daß es eine Freude war, mit den Händen darüberhinzufahren.

Blodwen lachte gern ein bißchen über mich, wenn ich nach Tyn-y-Coed kam, aber es war ein gutes, freundliches Lachen, und diesmal lachte sie, weil ich ihr zu erklären versuchte, warum es mir so viel Freude machte, Dinge anzufassen, die von Leuten geplant und gemacht worden waren, welche ihre Arbeit verstanden und liebten, Dinge, die mit der Zeit immer schöner und edler geworden waren.

»Möchtest du hierherkommen und hier wohnen, Huw?« fragte sie mich, als wir nun zusammen Kuchen aßen.

»Nein«, sagte ich. »Wenn es mein Haus wäre, ja.«

»Wenn ich dich nun einmal einladen würde?«

»Nein, danke. Ich werde bald anfangen zu arbeiten.«

»Mußt du das unbedingt?« fragte sie; sie sah mich sehr gerade an, und ihre Augen waren sehr braun. »Eine Menge Möbelstücke hier müßten ausgebessert werden. Und ich finde die Möbel, die du für Herrn Gruffydd gemacht hast, wunderschön. Komm und arbeite hier, Huw.«

»Ich habe gesagt, daß ich in der Grube arbeiten will, Blodwen.«

»Ach, der Gedanke, daß du in den dunklen Schacht hinunterfahren wirst, ist mir schrecklich, Huw«, sagte sie mit einem leichten Seufzer. »Ich mochte auch nie, daß mein armer Vater hinunterfuhr, und ich freue mich immer wieder von neuem darüber, daß Iestyn seine Grube verkauft hat.«

»Er hat aber vierhundert Leute dadurch arbeitslos gemacht«, gab ich ihr zu bedenken.

Blodwen sah mich an und fuhr sich mit einem Stückchen Spitze über die Nase, das nie im Leben ein Taschentuch war.

»Du sprichst wie dein Bruder Owen«, sagte sie dann.

»Gut«, sagte ich.

»Hat er etwas Neues für sein Patent gehört?« fragte sie mich, aber so, als ob es sie weiter nicht besonders interessierte.

»Nein, aber nächste Woche kommt ein Herr aus Amerika zu ihm, der will das Patent kaufen.«

»So«, sagte Blodwen und blickte in die Teekanne. »Weißt du vielleicht, ob Owen nach Amerika fahren wird?«

»Vielleicht, wenn er jemanden findet, der hier seine Arbeit in der Gewerkschaft für ihn tut.«

»Warum er seine Zeit an solche Dummheiten verschwendet, verstehe ich nicht«, sagte sie stirnrunzelnd.

»Über fünfzigtausend Mitglieder hat die Bergarbeitergewerkschaft schon«, berichtete ich, »und jede Woche werden es mehr.«

»Woher weißt du das, Huw?«

»Ich schreibe die Briefe nach London, schon immer, seit sie besteht. Und wenn Owen wegfährt, werden Ianto und Davy die Arbeit weiterführen. Wir vereinigen uns nächstens mit den Hafenarbeitern und den Eisenbahnern.«

Einige Minuten lang saß Blodwen ganz still da, die Hände gefaltet, die Füße beinahe unter dem Stuhl, ein malvenfarbener Schatten in der beginnenden Dämmerung; nur ihr Gesicht glänzte im Feuerschein rötlich auf.

»Ich habe Owen neulich sprechen hören«, sagte sie.

»Im anderen Tal drüben?« fragte ich.

»Ja«, nickte sie, und sicherlich wurde sie rot, denn ihre Stimme war mit einemmal ganz leise, mit einem noch leiseren Flüstern herum. »Wir sind zusammen hinübergefahren.«

Wieder schwieg sie eine Weile, dann fragte sie mich: »Er hat wohl viele Freunde, wie, Huw?« Und ich spürte nur an ihrer Stimme, daß sie mir plötzlich näher war. Als ob lautlos eine Wand zwischen und umgefallen wäre.

»Ja«, antwortete ich, aber vorsichtig. »Eine Menge Freunde hat Owen. In allen Tälern ringsumher. Wenn er wollte, könnte er jeden Abend betrunken sein.«

»Trinkt er denn?« fragte sie mich rasch, besorgt.

»Nein, keinen Tropfen. Nur Tee und Wasser. Manchmal einen Schluck von Mutters Bier.«

Blodwen schien tiefer in ihren Sessel zu sinken.

»Ihr seid so viele Brüder im Haus, da sind wohl immer junge Damen um euch herum? Noch eine Tasse Tee, Huw. Versuch den Kuchen, ja?«

»Tee ja, bitte«, sagte ich und reichte ihr meine Tasse. »Kuchen, bitte, nicht mehr. Ich habe schon viel davon gegessen, fein war er. Junge Damen kommen keine.«

»So . . . Aber ihr Männer sagt natürlich immer nein, wenn ihr ja sagen solltet.«

»Keine jungen Damen«, wiederholte ich entschieden. »Die sind nur eine Plage. Wenigstens manche.«

»Bin ich eine Plage, Huw?« fragte sie und lachte.

»Nein, Blodwen, ich mag dich gern. Owen auch.«

»Woher weißt du das, Huw?« fragte sie leise.

»Würde er sonst mit dir über den Berg gehen oder sonstwohin? Bestimmt nicht.«

Frau Nicholas kam herein und brachte Kerzen; breit und rund war sie in ihrem schwarzen Kleid, an dem eine silberne Kette und viele Schlüssel rasselten, und in dem Kerzenschimmer sah ihr Gesicht aus wie eine goldene Sonne.

»Im Dunkeln sitzen, Blodwen, das solltest du wirklich nicht«, schalt sie. »Im Dunkeln sitzen mit einem jungen Mann! O Gott, o Gott! Wenn das einer weiß, werden die bösen Zungen im Tal wieder etwas zu klatschen haben.«

»Laß sie nur«, sagte Blodwen. »Oder stört es dich, Huw?«

»O nein«, antwortete ich, »aber so ein Klatschmaul möchte ich einmal erwischen.«

»Erwischen?« sagte Frau Nicholas und zündete weitere Kerzen an. »Da brauchst du nur in den ersten besten Laden hineinzugehen oder zuzuhören, was die Leute auf dem Markt reden. Klatschmäuler gibt es hier so viele wie Flöhe in einem Armenhausbett.«

»Nicky«, sagte Blodwen, »deine Zunge ist auch nicht viel besser als die anderen.«

»Wie du nur so etwas sagen kannst, Blodwen! Vor zwanzig Jahren hätte ich dich dafür übers Knie gelegt, und alles Bitten und Betteln hätte da nichts genützt.«

»Hilft nichts, ich glaube doch, daß du mit den Tüchtigsten um die Wette klatschen kannst«, lachte Blodwen. »Heute abend acht Personen zum Abendessen.«

»So«, sagte Frau Nicholas ein bißchen ärgerlich, »acht sind es, Blodwen? Da bleibt also der junge Herr Huw auch hier?«

»Nein. Aber ein anderer kommt.«

»Ich weiß schon, Herr Owen Morgan kommt«, rief Frau Nicholas in einem Ton, als ob sie es ganz bestimmt wüßte, und dann ging sie raschen Schrittes zur Tür.

»Nicky, keine vorschnellen Folgerungen«, sagte Blodwen, und ich sah, daß sie ärgerlich wurde. »Acht Personen zum Essen habe ich gesagt, sonst nichts. Und jetzt kannst du gehen.«

»Gut, Blodwen«, nickte Frau Nicholas und wandte sich in der Tür noch einmal um, »Herr Parry, Herr Owen Jones, Frau Owen Jones, Frau Davies, Frau Griffith, Fräulein Griffith und du.« Und als sie schon halb zur Tür draußen war, drehte sie sich noch einmal um. »Und Herr Owen Morgan.« Dann war sie draußen.

»Diese Frau wird nach und nach unerträglich«, meinte Blodwen. »Sie nimmt sich zuviel heraus. Owen ist natürlich heute abend ganz woanders.«

»Er hat sich aber heute morgen seinen besten Anzug gebügelt und eine Viertelstunde lang das schönste Hemd ausgesucht«, erzählte ich ihr.

»Huw, du sagst niemand etwas, nicht wahr?«

Mir fiel Cyfartha ein. »Augen offen, Mund zu«, sagte ich.

So kam es, daß ich von nun an oft nach Tyn-y-Coed ging. In meiner freien Zeit reparierte ich jedes Stück, das es nötig hatte.

Während der nächsten Tage, ehe ich anfing, in der Kohlengrube zu arbeiten, half ich auch Herrn Gruffydd jeden Tag bei seinen Möbeln, und oft bemerkte ich, daß er mich anblickte. Ich konnte sein Gesicht in der glänzenden Tischplatte sehen, an der ich gerade arbeitete. Wenn ich mich aber dann umschaute, sah er immer gleich weg. Zuerst wunderte ich mich darüber. Dann wurde ich besorgt. Und als dann ein paar Tage vergingen, als Herr Gruffydd immer schweigsamer wurde und nur noch hier und da ein Wort über die Politur oder über das Wetter sprach, da fing ich von neuem an, mich zu wundern, und ich hätte ihn gar zu gern gefragt, was es denn gäbe. Denn es gibt wohl nichts Niederdrückenderes, als in der Nähe eines Menschen zu sein und zu spüren, daß ihn etwas peinigt, die Pein mit ihm zu fühlen und doch nicht helfen zu können.

Die kleine Olwen brachte uns jetzt immer den Tee, und wenn sie dann wieder ging, so pflegte ich mich vor das kleine Haus zu stellen und ihr nachzusehen, bis sie wieder oben am Hügel war. Jedesmal, wenn sie sich umdrehte, winkte ich ihr zu. Ehe ich ihr nicht mit der Hand winkte, ging sie nicht weiter. Ich mußte winken, sonst würde sie heute noch dort stehen. Das dauerte immer eine gute Weile, und wenn ich wieder hineinging, war der Tee schon beinahe kalt.

»Sie sieht Angharad sehr ähnlich«, sagte Herr Gruffydd einmal.

»Ja«, nickte ich. »Wenn sie groß geworden ist, wird sie ganz genauso aussehen.«

»In zwanzig Jahren«, sagte Herr Gruffydd.

Ich möchte nur wissen, wie es kommt, daß es einem das Herz zusammenzieht, daß es einem wie ein Degenstoß durch alle Sinne geht, wenn von der Zeit, die kommen wird, die Rede ist. Vielleicht weil uns dann ist, als ob unsere Jugend mit einem einzigen Ruck von uns genommen würde, ohne die lindernde Gewohnheit der langsam entgleitenden Jahre; weil die Beschwerden des Alters, die fest und unverrückbar in der Zukunft auf uns warten, einen Augenblick lang dicht an unserer Seite stehen; aber wenn wir sie uns dann vorstellen wollen, so sind sie wieder weg und stehen an ihrem Platz in der Zeit, die kommen wird, und warten auf uns.

Oder wird durch solch ein Wort über die Zeit, die kommen wird, vielleicht die festverschlossene Tür der Zukunft einen Spaltbreit geöffnet, gerade genug nur, damit wir einen Blick in die wallenden Nebel tun können, durch die wir hindurch müssen, bevor jene, die uns gekannt haben, mit ernsten Gesichtern sagen können, wir seien tot? Traurig ist es, zu denken, daß wir im Kampf mit der Zeit jede Runde verlieren müssen, daß wir nicht zurückschlagen können, daß wir ohne Hoffnung auf einen Sieg als Blinde gegen den Meister aller Meister zu kämpfen haben, der lange mit uns spielt, um schließlich Ernst zu machen und uns in der letzten Runde mit einer geraden Rechten knockout zu schlagen. Und als einziger Trost bleibt uns nur, daß wir nie etwas von unserer Niederlage erfahren werden, daß wir in dem Augenblick, in dem man unseren entseelten Leib aus dem Ring trägt, schon anderswo einen schwereren Kampf zu bestehen haben.

Ich hörte Herrn Gruffydds Herz in seiner Stimme pochen und suchte in heißen, leeren Sekunden unter der ungeheuren Zahl der Worte jenes, das ihm hätte Trost geben können.

»Zwanzig Jahre — eine lange Zeit«, sagte ich.

»Ich werde ein alter Mann sein.«

»Ja, Herr Gruffydd.«

»Alt«, sagte er, »und nichts geschafft, nichts erreicht.«

»So viel haben Sie geschafft, Herr Gruffydd! In der Kirche, für die Kranken, und alles andere.«

»Und alles andere«, wiederholte er und lachte. »Ich danke dir, Huw. Ach ja, als ich ein junger Mann war, dachte ich, ich würde mit der Wahrheit die Welt erobern. Ich dachte, ich würde ein Heer anführen, größer als je ein Feldherr es sich erträumte, nicht um Länder zu erobern, sondern um die Menschheit zu befreien. Mit der Wahrheit. Mit dem goldenen Klang des Wortes. Doch nur wenige hörten die Trompete. Nur wenige verstanden es. Die anderen zogen dunkle Kleider an und setzten sich in die Kirche.«

»Ist es denn falsch, in die Kirche zu gehen, Herr Gruffydd?« fragte ich ihn so erstaunt, daß ich kaum sprechen konnte.

»Warum gehst du in die Kirche, Huw?« fragte er mich, ohne in seiner Arbeit innezuhalten.

»Weil . . .« Ich stockte. Ja, warum eigentlich?

»Warum, Huw?« fragte Herr Gruffydd nochmals und lächelte dabei. »Weil du gerne hingehst? Weil es dir in der Kirche gefällt? Weil deine Mutter und dein Vater auch hingehen? Weil es sich gehört, sonntags in die Kirche zu gehen? Weil es nichts anderes zu tun gibt? Weil dir der Gesang gefällt? Um mich predigen zu hören? Oder weil du den Zorn Gottes fürchtest, wenn du wegbleibst? Gehst du aus Furcht oder aus Liebe in die Kirche, Huw?«

»Ich weiß nicht recht, was ich da antworten soll, Herr Gruffydd.«

»Wenn man die Gewohnheiten der Menschen näher betrachtet, stößt man auf mancherlei Überraschungen«, sagte Herr Gruffydd. »Fürchtest du, daß ein Blitzstrahl auf dein Haupt hinunterzucken oder eine andere schwere Strafe dich treffen wird, wenn du nicht in die Kirche gehst?«

»Ja, Herr Gruffydd . . . ein bißchen so mag es wohl sein.«

»So ist es mit den meisten«, fuhr Herr Gruffydd fort. »Deshalb kleiden sie sich in Schwarz und strömen aus Angst in die Kirche. Aus schrecklicher, abergläubischer Angst. Die Rache des Herrn. Die Strafe Gottes. Sie vergessen die Liebe Jesu Christi. Und daran, daß er sich für die Menschheit geopfert hat, denken sie nicht. Tod, Angst, Flammen, Schrecken und schwarze Kleider.«

»Ich hörte aber noch nie, daß Sie gegen all das gepredigt hätten, Herr Gruffydd. Wie sollen wir es halten, was sollen wir tun?«

»O Huw, mein Kleiner«, sagte er, stand auf und zog sich die Arbeitsschürze aus. »Wer bin ich, daß ich dir den rechten Weg weisen könnte? Wer bin ich, daß ich anderen predigen dürfte? Meine Sünden sind ebenso groß. Größer.«

Und er ging aus dem Hause; ich sah ihn den Weg zum Berg hinaufstapfen, und mir war, als träfe jeder seiner Schritte mein Herz.

Neunundzwanzigstes Kapitel

Ivor kam von der Tagschicht nach Hause und sagte mir, ich solle mich bereithalten, am nächsten Tag mit ihm arbeiten zu gehen. Ich war in gewaltiger Aufregung; niemand im Haus sprach ein Wort darüber. Nicht ein einziges Wort. Aber die Art, wie sie schwiegen, sagte mehr, als ob sie alle aufs Dach geklettert wären, um es ins Tal hinauszurufen.

Am nächsten Morgen um ein Viertel vor sieben holte ich Ivor ab;

Mutter ging mit mir bis zu seinem Haus, aber sie machte nicht mehr Aufhebens von der Sache, als ob ich zur Schule gehen würde. Ich nahm meine Frühstücksdose, und in meiner Seitentasche steckten fünf Kerzen.

»Fertig?« fragte Ivor, und Bronwen gab ihm seine Frühstücksdose.

»Ja«, nickte ich.

»Wieder einer groß geworden«, sagte Mutter. »Adieu, Huw.« Und sie küßte mich.

»Adieu, Mutter.«

»Ivor«, sagte Mutter jetzt, »paß auf ihn auf.«

»Das werde ich. Adieu, Mutter. Adieu, Bronwen.«

»Adieu«, sagte Bronwen, und ihr Mund streifte meine Wangen.

Mutter ging rasch ins Haus.

Die ganze Straße hinab begrüßten mich Jungen und Mädchen, und alle lächelten, als wollten sie sagen, du wirst Augen machen, wenn du zum erstenmal unten in der Grube arbeitest. Für die Männer war es natürlich nichts Besonderes, daß wieder ein Junge zu arbeiten anfing; nur ein paar von ihnen nickten mir zu oder klopften mir ermutigend auf die Schulter.

Aber als ich nun der Schachtöffnung zuging, hatte ich das gleiche Gefühl wie im Boxring, gerade bevor der Kampf beginnt. Etwas bewegte sich in meinem Magen, mir war heiß und leer im Kopf.

Dai Bando und Cyfartha kamen gerade angelaufen, um noch in den Förderkorb zu kommen, gerade als Ivor und ich eingestiegen waren. Ich hoffte, die beiden würden noch rechtzeitig kommen. Der Förderkorb war ein Kasten aus starken Brettern, der auf ein Stahlgestell genietet war. Die Bretter waren durch die jahrelange Benutzung ganz schwarz geworden; der Boden war hoch mit Kohlenstaub bedeckt, und wenn man drauftrat, klang es wie eine Trommel.

Dai und Cyfartha zwängten sich noch hinein, ehe das Tor geschlossen wurde, und Dai sah mich in der Ecke stehen.

»Du bist es, Huw!« rief er noch ganz außer Atem. »Auch ein bißchen arbeiten, was?«

»Ja«, sagte ich.

Dann wich der Boden unter meinen Füßen, ein zischender Windstoß, und wir sanken in die dunkle Tiefe hinab. So dunkel war es, daß ich glaubte, Lichter zu sehen, und die Knie zitterten mir.

Hunderte Male fuhr ich hinab, aber nie habe ich mich an das plötzliche Niedersausen des Förderkorbes richtig gewöhnt.

Ein paar Sekunden lang war mir, als sei ich blind geworden. Dann schlug die Angst ihre scharfen Zähne in mich.

Es schien mir, als ginge es Stunde um Stunde hinab, die Luft wurde kalt, und immer noch war es dunkel, dunkler als in der finsteren Nacht; unsere Füße berührten kaum den hinuntersinkenden Boden, bis mir war, als stünden wir in der Mitternacht, mit vorgebeugten Knien, bereit, in den Morgen zu springen.

Dann wurde der Boden fester unter meinen Füßen, die Luft wurde wärmer und trug den salzigen Geruch der Kohle zu mir herüber, ein Lichtschein kam auf uns zu, ich vermochte wieder zu atmen, und Dankbarkeit, heißer als Feuer, war in mir, weil ich lebte und sehen konnte.

»Komm, Huw«, sagte Ivor, als das Tor geöffnet wurde.

Ich folgte ihm durch den Querschlag, der voll war vom Geräusch der fahrenden Förderwagen und der Männer, die auf ihnen arbeiteten. Der Querschlag war gerade breit genug, um die Förderwagen durchzulassen, und an beiden Seiten waren schmale Wege zum Gehen; er war nicht ganz drei Meter hoch; Lampen gaben ein schmutziggelbes Licht.

Eine gute Weile gingen wir inmitten zahlreicher anderer Männer weiter, bis Ivor sich bückte und in ein enges Loch in der Wand hineinstieg.

»Komm, Huw«, sagte er lächelnd, »paß auf deinen Kopf auf.«

Durch diesen stockdunklen kleinen Schlitz krochen wir, den Kopf beinahe an den Knien; dann blieb Ivor stehen und warf seine Hacke auf den Boden.

»So«, sagte er, und seine Stimme klang in der Dunkelheit wie ein Brüllen. »Zünde deine Kerzen an, dann zeige ich dir, was du weiter zu tun hast.«

Wir zogen unsere Röcke, Westen und Hemden aus, ich zündete zwei Kerzen an und befestigte sie in ihren eisernen Behältern an den hölzernen »Stempeln«, die zur Stützung der Decke dienten. So wenig Luft gab es hier, daß die Flammen hoch emporschossen.

»Jetzt paß auf, Huw«, sagte Ivor nun, »ich fange an, die Kohle zu hauen, und du stößt die Stücke die Rutsche hinunter. Dann gehst du selbst hinunter und lädst alle Kohle, die du findest, in meinen Förderwagen, ja?«

»Ja, Ivor«, sagte ich.

Und Ivors Hacke schlug tief in das Flöz.

So begann meine Arbeit in der Grube.

Ivor war ein tüchtiger Arbeiter, flink, unermüdlich, und er hielt im Hauen nur inne, um die Schlacke, die herabfiel, wenn die Kohle sich löste, beiseite zu schaffen. Wenn er eine Pause machte, tat auch ich es, aber selbst dann waren wir nicht müßig, denn dann häuften wir die Schlacke an den Wänden dicht aufeinander, damit auch sie als Stütze für das Dach diene.

Stunde um Stunde arbeiteten wir dort angestrengt und schweißbedeckt, immer gebückt, ausgestreckt nur, wenn wir flach auf dem Rücken lagen. Wir spürten die leise Berührung des Kohlenstaubs, der sich an uns festsetzte; es war, als ob die Kohle uns warnen, uns sagen wollte, daß sie uns jetzt nur abtaste, daß wir ihr aber nicht entgehen würden; eines Tages, wenn wir gerade nicht aufpaßten, würde sie sich auf uns stürzen und uns unter sich begraben. Wenn ich im gelblichen Licht unserer beiden Kerzen den schwarzglänzenden Kohlenstreifen anblickte, dann dachte ich bei mir, vielleicht sei es der Trauerflor der Erde, den wir da wegrissen, um ihn zu verbrennen, und daß die Erde mit halbgeschlossenen Augen dasäße und warte, bis der Tag der Abrechnung käme.

Eine Angst war dort unten in mir, die ich nie verlor.

Immer glaubte ich in der tiefen Stille eine Stimme zu hören, die das Hack, Hack, Hack von Ivors Haue und das dumpfe Echo der die Rutsche hinabrollenden Kohle übertönte. Ich glaubte auch, in der Kohlenwand ein Gesicht zu sehen, und wieviel Ivor auch davon abschlug, das Gesicht veränderte sich nicht.

Lange bevor der Arbeitstag zu Ende ging, war mir, als ob meine Bauchmuskeln rissen. Ivor kniete, lag auf der Seite, stand nach rechts oder links gebeugt, oder er lag auf dem Rücken; der Schweiß machte seine Haut zu schwarzer Seide, aber nie gab es für ihn eine Pause, nie ein Aufhören, bis es Zeit zum Essen war oder Zeit, den Kohlenstaub in der Kehle mit einem Schluck Tee hinunterzuschwemmen.

Schon an diesem ersten Tag wußte ich, woher Dai Bando seine mächtigen Bauchmuskeln hatte.

Oh, welche Freude dann, wenn wir nach den heißen Stunden in dem von glänzendem Kohlenstaub durchschwirrten Kerzenlicht heraufkamen in die kühle Luft der Nacht. Da wußte ich — und wußte es mit Dank im Herzen —, warum wir uns vor unsere Häuser setzten, wenn die Sonne schien. Nur um unseren schmerzenden Gliedern Ruhe zu gönnen, in reines Licht zu blicken, den Segen der Sonne zu fühlen, um einige Stunden frei zu sein von dem über unsere Körper kriechenden Finger der Kohle.

Als ich dann auf dem Heimweg Freunde traf, die an mir vorübergingen, ohne mir grüßend zuzunicken, war ich erstaunt, bis ich mich der neuen Haut aus Kohlenstaub erinnerte, die mich von Kopf bis Fuß bedeckte und mich vor ihren Blicken verbarg.

Aber ich fühlte mich zum erstenmal wahrhaft als Mann, wie ich, geschwärzt vom gleichen Staub, zwischen den anderen Männern heimging, ihre Müdigkeit mit ihnen teilte, dort unten gesehen und gehört hatte, was sie sahen und hörten, so dachte wie sie, zu ihnen gehörte, ein Teil von ihnen war.

Ich badete mit Ivor im Schuppen hinter Bronwens Haus, denn bei uns warteten auch ohne mich schon genug Männer auf das reinigende Bad.

Ein guter Anblick ist es, die großen Kübel alle wartend nebeneinander stehen zu sehen und daneben die Eimer mit heißem Wasser, auch in einer Reihe. Die Kleider herunter, mögen sie fallen, wohin sie wollen. Zuerst einen Eimer Wasser über den Rücken gegossen, um das Gröbste fortzuwaschen, dann tüchtig mit Seife abgerieben, wieder ein Eimer, wieder Seife. So, jetzt kann man sich schon wieder halb und halb erkennen, aber die Hände, besonders die kleinen Falten und Linien an den Fingern, sind hoffnungslos. Man kann rciben und reiben, soviel man will, die Kohle bleibt drinnen und lacht einen aus.

Ein guter Freund des Menschen ist das Wasser, aber nie ein besserer, als wenn es über unseren Rücken rinnt und zusammen mit einer Stange Seife den Kohlenstaub verjagt.

Jetzt hinein in den großen Kübel, sich ganz einhüllen in weißen Seifenschaum, sich ins Wasser ducken, den Atem anhalten, um das Wohlbehagen richtig auszukosten.

»Nun«, sagte Bronwen, als ich wieder auftauchte. »Wie fühlt sich der Alte jetzt?«

»Gut«, antwortete ich und blieb so tief in dem großen Kübel drinnen, wie ich konnte.

»Hinten am Rücken bist du noch ganz schwarz«, sagte sie und rollte ihre Ärmel hoch.

Sie nahm die Bürste und schrubbte mir die Schultern ab, dann seifte sie mich mit den Händen ein und goß Wasser über mich, bis ich froh darüber war, Huw Morgan und nicht der Fußboden in ihrer Küche zu sein. Tüchtig mit ihren Händen war Bronwen. Wahrhaftig.

»Habe ich am Rücken überhaupt noch Haut?« fragte ich sie. »Das wäre nämlich wirklich ein Wunder.«

»Haut hast du noch genug, Huw, aber die Kohle ist herunten, und das hast du mir zu verdanken.«

Dann kam Ivor herein, und während er badete, trocknete ich mich ab. Als ich angezogen war, kam Bronwen wieder, um auch ihn abzureiben, und ich ging zu unserem Haus hinüber.

»Nun, du hast wohl schon ordentlichen Hunger, was?« fragte Mutter.

»Ja, Mutter.«

»Hast du es schwer gehabt, mein Kleiner?«

»Nein, Mutter.«

»Gut«, sagte sie. »Jetzt setz dich hin und iß ordentlich.«

Als Vater kam, zog er mich lächelnd am Ohr.

»Morgen in ein Anwaltsbüro, wie?« sagte er. »Von der Grube hast du wohl schon genug?«

»Mir gefällt die Grube, Vater.«

»Nun, wir werden ja sehen. Es ist Zeit genug und Kohle genug da.«

Ich dürfte schon einige Monate in der Grube gearbeitet haben, als ich einen Brief von Ceinwen bekam, nicht durch Ellis, sondern von einem Kohlenfuhrmann ihres Vaters. Sie schrieb, ich solle Samstagnachmittag an der gleichen Stelle, an der wir uns das letztemal getroffen hatten, warten. Sie muß wohl gewußt haben, wie unsere Arbeitseinteilung war und daß ich Samstagnachmittag frei hatte. Ich hatte Ceinwen beinahe vergessen. Aber nun stand sie lebendiger vor mir als je zuvor, und keinen Abend schlief ich ein, ohne an sie zu denken und mir zu wünschen, es wäre schon Samstag.

Doch ehe der Samstag da war, bekam Owen ein Telegramm aus London, und ich half ihm, seinen Motor einpacken, während Gwilym die Werkzeuge verpackte. Und dann begleitete ich sie beide auf den Bahnhof.

»Zwei Paddington, bitte«, sagte Owen so ruhig, als ob das gar nichts wäre.

»Paddington?« sagte der Mann am Schalter mit großen Augen. »Das ist ja in London!«

»Stimmt«, nickte Owen, die eine Augenbraue hinauf-, die andere heruntergezogen, und er blickte drein, als ob er die ganzen Taschen voll dicker Zigarren hätte.

»Großer Gott«, rief der Beamte. »Schon wieder weg?«

»Allerdings«, antwortete Owen und streifte sich ein Haar vom Ärmel.

»Gehen Sie als Freiwilliger?«

»Was für ein Freiwilliger?« fragte Owen.

»Nach Südafrika, meine ich. Ich glaube, die Unseren bekommen tüchtig Haue von den Buren.«

»General Roberts wird schon Ordnung machen, und zwar rasch«, meinte Gwilym. »Wir reisen geschäftlich.«

»So? Geschäftlich? Was für Geschäfte denn?«

»Unsere«, sagte Owen. »Und jetzt zwei Fahrkarten nach Paddington, wenn Sie nichts dagegen haben.«

»Nichts für ungut. Ich habe ja nur eine höfliche Frage gestellt«, sagte der Beamte.

»Und eine höfliche Antwort bekommen«, erklärte Gwilym. »Zwei Fahrkarten nach Paddington.«

Eine Stunde, ehe der Zug kam, spazierten wir schon wie drei Lords auf dem Bahnsteig auf und ab, und den Koffer stellten wir so, daß jeder den Zettel »Paddington« darauf sehen konnte. Und auf alle anderen Leute, die da waren, sahen wir ordentlich von oben herab, weil die nur ein paar Stationen fuhren, wir aber nach London. Ich wäre gerne mitgefahren, aber ich hatte geradesoviel Vergnügen wie meine Brüder, vielleicht noch mehr, denn als der Zug wegfuhr, konnte ich ihnen nachwinken, bis sie um die Ecke waren; alle sahen mich bewundernd an, als ich den Bahnhof verließ, und ich hörte, wie man sagte, das wäre einer von den Morganjungens, zwei andere seien gerade nach London abgefahren.

In der Tasche hatte ich einen Brief von Owen an Blodwen, den sollte ich ihr heimlich geben. Nur Sendboten von Fürsten können sich so wichtig vorkommen, wie ich mich an jenem Tag fühlte.

Ich ging gleich nach Tyn-y-Coed und fand Frau Nicholas gerade damit beschäftigt, Astern in die kupferne Vase auf dem Tisch in der Vorhalle zu stecken.

»Nun?« sagte sie ein bißchen säuerlich.

»Ich möchte Fräulein Evans sprechen.«

»Fräulein Evans ist ausgegangen«, sagte sie und fing an, leise vor sich hinzusummen.

»Ich werde warten.«

»Nicht mit diesen Stiefeln auf diesem Boden. Der ist für die Füße feiner Leute gebohnert. Die Küche ist hinten.«

»Ich warte draußen«, sagte ich und ging vor das Haus.

Bald sah ich Blodwen um das Haus herumkommen, mit Blumen im Arm, mit Handschuhen und einer großen Schere zum Schneiden der Blumen. Schön sah sie aus mit ihrem großen Hut und dem Strauß roter und gelber Rosen.

»Du bist da, Huw?« rief sie mir lächelnd entgegen. »Was für eine angenehme Überraschung!«

»Owen ist nach London gefahren«, berichtete ich ihr so leise, daß keine fremden Ohren es hören konnten, und wenn sie sich noch so angestrengt hätten. »Er hat mir den Brief hier für dich gegeben, und du sollst mit keinem darüber sprechen, wirklich mit keinem.« Blodwen gab mir die Blumen zu halten und öffnete den Brief, als gehe sie die Sache weiter nichts an. Aber dann las sie ihn, und sie lächelte noch viel mehr als vorher, und zum Schluß wurde sie sogar ein bißchen rot.

»O Huw«, sagte sie lachend, »wie froh ich bin. Willst du bitte deiner Mutter ausrichten, daß ich am Montag in London sein werde? Eine unvermutete Einladung.«

»Gut«, sagte ich.

Das Lächeln verschwand aus ihrem Gesicht. »Und sag bitte auch, falls sie es noch nicht weiß, daß Iestyn in drei Wochen nach Südafrika fährt.«

»Was, als Soldat?« fragte ich, halbtot vor Überraschung.

»O nein. Es handelt sich um Kohle für die Marine oder so etwas. Und jetzt komm Tee trinken, Huw.«

»Danke, Blodwen. Aber dann muß ich gleich zurück. Ich habe Nachtschicht.«

»Ich habe mir geschworen, daß ich dich aus der Kohlengrube herausbringe, Huw. Und zwar bald. Wir werden ja sehen.«

Als ich Mutter ausrichtete, was Blodwen mir aufgetragen hatte, sagte ich nur: »Angharad kommt nach Hause. Aber sag den anderen nichts.«

Dreißigstes Kapitel

Ceinwen kam dann am Samstagnachmittag; in meinem besten braunen Anzug ging ich hin mit einer roten, herrlich duftenden Rose im Knopfloch.

Da kommt auch schon das alte Wägelchen mit derselben Stute,

die ihre langen Beine noch geradeso komisch hebt und ebenso vergnügt lächelt wie früher.

Und Ceinwen.

Aufrecht steht sie auf dem Wagen und winkt mit der Peitsche. Ein blaues Kleid hat sie an und einen langen Mantel, und ein großer Hut sitzt oben auf ihrem Haar, das die Farbe frischen Heus hat. Aber das Haar hängt jetzt nicht mehr lose herab. Aufgesteckt! Eine richtige Frisur!

Eine Frau.

Aber das gleiche Lächeln, die gleichen Augen, und oh, der gleiche Kuß.

»Huw«, sagte sie mit einem Gesicht, das wie von einem inneren Licht erleuchtet war, »du bist aber groß geworden, Junge.«

»Deine Haare . . . ganz anders«, sagte ich.

»Es ist schon lange her . . . Rasch, verstecken wir den Wagen im Gebüsch.«

»Und binden wir das Pferd an«, fügte ich hinzu. »Daß es nach Hause läuft und Geschichten erzählt, das gibt's nicht mehr. Hast du damals Unannehmlichkeiten gehabt?«

»Unannehmlichkeiten?« rief Ceinwen. »Ich bin geprügelt worden, daß ich ein paar Tage im Bett liegen mußte. Aber mit wem ich war, haben sie nie herausbekommen.«

»Ich wollte zu deinem Vater gehen«, sagte ich und wäre vor Scham beinahe in den Boden gesunken.

»Gut, daß du nicht gekommen bist. Er hätte dich mit seinem Schießgewehr erwartet. Weißt du, warum ich dich heute treffen wollte?«

»Nein, Ceinwen. Warum denn?«

»Ich möchte, daß du mit mir in den Rathaussaal gehst, da wird Theater gespielt«, sagte sie und sah mich mit gesenktem Kopf an; ihre Augen guckten nur gerade ein bißchen unter der Krempe ihres großen Hutes hervor, aber so, daß mir das Atmen schwer wurde und ich rasch wegschauen mußte.

»Was für Theater?« fragte ich sie und ging vor ihr her, damit sie mein Gesicht nicht sehen konnte.

»Die Komödianten kommen ins Rathaus, zwei Abende lang. Zu Hause darf ich nicht einmal davon sprechen, noch viel weniger hingehen. Mervyn würde ohnmächtig hinfallen, wenn ich ihn bäte, mich zu begleiten, vielleicht würde er es sogar meinem Vater erzählen. Der würde mich dann einsperren. Wenn ich allein ginge, würden sie mich sicherlich steinigen.«

»Warum willst du hingehen, Ceinwen?«

»Ach, Huw«, sagte sie und kam ganz nahe an mich heran wie ein kleines Mädchen; sie verzog den Mund ein bißchen, und ihre Augen machte sie ganz weit auf, so daß sie mich groß und grau ansahen, sanft, mit einem Abglanz von Tränen und einem Lächeln tief drinnen.

Ich wandte mich ab, Hämmer schlugen auf weißglühenden Stahl in meinem Inneren, Feuer verzehrte mein Rückgrat und sandte Tränen empor in meine Augen; ich konnte nicht mehr denken, nur noch sehen, aber alles verschwommen, so daß das Grün der Bäume und das Grün des Grases sich vermischten zu einem Grün ohne Form, und in meinen Ohren klang nur das Tosen meines Blutes und von weit her Ceinwens Stimme.

»Ich will Schauspielerin werden«, sagte sie jetzt.

»Warum?« fragte ich und legte meiner Stimme Zügel an.

»Weil ich will. Nicht aus einem Grund, nur weil ich will. Ich habe den Kohlenhof satt, übersatt, und auch die ewigen schwarzen Hände. Ich will Schauspielerin werden.«

»Dann wird aber zu Hause kein Platz mehr für dich sein«, meinte ich.

»Das macht nichts. Keine Träne würde ich vergießen, wenn ich sie nie mehr wiedersehen würde.«

»Es ist ein schweres Leben beim Theater, glaube ich. Und böse, sündhafte Menschen.«

»Wenn Herr Irving böse und sündhaft ist, dann will ich es auch sein.«

»Wer ist denn das?«

»Großer Gott, Junge, du weißt nicht, wer das ist?« rief Ceinwen und schlug die Hände zusammen. »Wer das ist? Die Leute sind dort unten ganz verrückt danach, ihn auf der Bühne zu sehen.«

»Wo, dort unten?«

»In London.«

»Gehst du nach London?« fragte ich und hatte nur die eine Hoffnung, daß sie nein sagen würde.

»Ja«, sagte sie. »Später. Mich werden die Leute auch an der Bühnentür erwarten, mit Blumen.«

»Wann wird denn hier Theater gespielt?« fragte ich, insgeheim wünschend, daß ich um die Zeit in der Grube unten bei der Arbeit sein würde.

»Nächsten Mittwoch und Donnerstag, sieben Uhr, vier Pence, sechs Pence und ein Schilling. Und sage bloß nicht, daß du um die Zeit arbeiten mußt, Huw. Ich habe eine Liste der Arbeitsschichten in eurer Grube.«

»So! Du wolltest also auf Nummer Sicher gehen?«

»Ja, das wollte ich«, rief Ceinwen und lachte. »Kommst du mit? Bitte, bitte, sage ja, Huw.«

Und mit einer Stimme sagte sie das, daß nicht einmal ein Heiliger hätte nein sagen können. Ich hätte mich auch gar nicht mehr wehren können, denn ein schweres Gefühl der Trägheit überfiel mich, nichts wünschte ich mir, als mich ins Gras zu werfen, neben Ceinwen zu liegen, ihren Duft einzuatmen, ihrem Munde, ihrem warmen, weichen Körper nahe zu sein.

»O Huw«, flüsterte Ceinwen, legte langsam einen Arm um meinen Hals und zog mich an sich, mit wilder Kraft; Laute, die keine Worte waren, drangen aus ihrer Kehle; weich zuckend bog sich ihr Körper, und tagelang blieben die Spuren ihrer immer noch stärker zupackenden Hände an meinen Schultern. Und in mir stieg eine Tollheit auf, die glühend war, eine Tollheit des Mundes, der Hände und der Lenden.

Kein Mann weiß in solchen Augenblicken, welche Götter Macht haben über ihn.

Der Mund greift nach Früchten, die nun nahe zu sein scheinen, nun wieder ewig unerreichbar. Zu weit sind die Sinne entfernt von den Spitzen der sehnsüchtig suchenden Finger. Und die Glut der Lenden weiß, daß nur, heißer noch, das Blut der Frau ihr Kühlung geben kann. Nicht mehr zu bändigen ist die Unrast, der Wille, immer enger, immer näher vereint zu sein, immer süßer die zuckende Qual. Und nun, eine Überfülle der Sinne, der Atem versagt, hart strafft sich der Wille zur Lust. Ein Hymnus rast durch das Blut wie ein Sturm, laute, fremdartige Musik erklingt, Urfarben, nie erschaut, gleißen in trunken erblindenden Augen, Myriaden flammender Monde kreisen unendlich in einem neugeschaffenen, goldenen Weltall aus Weihrauch und Myrrhe.

Nun ist das Lied gesungen, Atem kehrt zurück, bebend, ein Zittern. Das Auge vermag wieder zu sehen. Die Bäume sind grün, wie sie waren. Nichts hat sich verändert. Kein rächender Donnerschlag des Himmels. Kein Engel mit flammendem Schwert. Und doch war dies es, was den Garten Eden zur unkrautüberwucherten Wildnis werden ließ.

Ich hatte gekostet vom Baum der Erkenntnis.

Und immer noch kein Donnerschlag, kein zuckender Blitz, kein strafendes Wort des Herrn.

Nur der Sang einer Drossel, der Duft des Grases, der Frieden der Halde am Berg.

Still lag Ceinwen da, Tränen rannen sanft aus den Winkeln ihrer Augen, und ihr Haar breitete sich in leuchtenden Wellen über das Gras. Sie öffnete ihre Augen, sah mich an, seufzte ein wenig; ein leises Schluchzen stieg in ihr auf, und sie atmete tief, um seiner Herr zu werden.

»O Huw«, sagte sie und legte ihre müdegewordenen Arme um mich. »Mein Liebling, was hast du getan?«

»Ich habe dich geliebt.«

»Ich bin so froh, daß du es warst. Vor dir keiner. Und keiner nach dir. Süßer Schatz, nur du.«

»Pfirsichblüte«, sprach ich und küßte sie, setzte mich auf und blickte ins Tal hinab.

Wie grün war mein Tal an jenem Tage, grün und hell in der Sonne.

»Halb sieben Mittwoch, also«, sagte sie, als die Stute wieder eingespannt war und ungeduldig mit den Beinen stampfte.

»Gut«, sagte ich. »Beim Rathaus.«

Sie nahm die Peitsche in die linke Hand und blickte mich an, und oh, eine süße Schüchternheit war in ihr, die ich nie zuvor gesehen hatte. Unschuldig warst du, meine Ceinwen, und unschuldig bist du immer geblieben. Du warst nur eine Frau.

»Nun?« sagte ich.

Sie blickte vor sich hin.

»Hast du die Achtung vor mir verloren?« fragte sie leise.

Ich sah die blassen, losen Flechten ihres Haares unter ihrem Hut hervorschauen; hier und dort hing ein Löckchen auf die Schultern hinab; die Sonne ließ ihren Schleier silbern aufscheinen. Warm strömte es von ihr her, und wie sie da vor mir stand, ein wenig zerzaust, ein wenig staubig, den Kopf gesenkt, und die kleine Faust um die Peitsche, fand ich sie süß, süß für mich.

»Die Achtung verloren, warum?«

»Nun«, sagte sie, »weil du mich geliebt hast.«

Schwer ist es für einen Mann, in solchen Augenblicken das rechte Wort zu finden, um der Frau, die er liebt, die Ruhe wiederzugeben.

»Sieh, Ceinwen«, sagte ich, »wenn ich mir die Seele aus dem

Leibe risse, und du würdest mit genagelten Schuhen darauf herumtreten, so würde kein Schmerzenslaut aus meinem Munde kommen.«

»Aber bin ich schlecht?« fragte sie mich, Tränen in den Augen.

»Das weiß nur Gott. Und Gott hat nicht gesagt, daß er dir böse ist.«

»Aber, Huw, denkst du geradeso von mir wie vorher?«

»O Ceinwen«, sagte ich und bedeckte sie mit leichten Küssen, »bin ich denn eine eklige Ratte? Ich werde die Minuten zählen bis halb sieben nächsten Mittwoch. Mit dir habe ich Schöneres erlebt als je zuvor. Soll ich deshalb schlechter oder besser von dir denken?«

»Besser«, sagte sie sehr lieb. »Bitte, bitte, besser.«

»Besser«, sagte ich.

»Leb wohl jetzt.« Sie stieg auf den Wagen.

»Leb wohl, Ceinwen.«

»Ach, Huw«, sagte sie nun und saß ganz unglücklich da.

»Was hast du denn?«

»Ich denke an den Kohlenhof. Komm und gib mir noch einen großen, langen Kuß mit auf die Fahrt, ja?«

Ich stieg auf den Wagen und küßte sie, und die Spur des Kusses blieb ihr, zur Erinnerung.

»Leb wohl, Huw.«

»Leb wohl.«

Ein liebliches Lächeln, ein Peitschenknall, und blau entschwand sie in einer Staubwolke.

Heim ging ich, in einen Traum gehüllt, der vom Abschied zurückglitt zum Beginn.

Während des ganzen Mittwochs war mir, als hiebe Ivors Hacke die Stunden hinweg. Hack, hack, hack, sprach Ivors Haue; in wilder Freude ließ ich die schwarzen Klumpen die Rutsche hinabdonnern, nicht schnell genug konnte ich in die salzig riechende Finsternis hinabgleiten, mit Riesenkräften hob ich die Kohle in die Förderwagen, stieß ich die beladenen Wagen die Schienen entlang. Mit jedem Klumpen Kohle kam ich Ceinwen einen Augenblick, mit jedem gefüllten Wagen ein paar Minuten näher, jeder Schlag der Hacke war wie das Ticken einer Uhr. Und doch war der Tag lang, oh, wie lang!

Doch später dann, als ich über den Berg ging, in meinem besten Anzug und hier und da ein paar kleine Blumen für Ceinwen pflückte, wußte ich nichts mehr von den langen Stunden in der

Grube. Ich sang so laut und schmetternd, daß die Vögel still auf den Zweigen saßen, die Köpfchen zur Seite neigten und ein Auge hoben. Gute Manieren haben die Vögel. Wenn du dich glücklich fühlst und deine Stimme laut ertönt in einem Lied, dann suchen sie sich leise ein Plätzchen zum Zuhören und sitzen ganz still da, bis du ausgesungen hast.

Das Rathaus war nicht so großartig, wie der Name klingt. Aus häßlichen Ziegeln war es gebaut, ohne Liebe. Manch ein Bauer hätte es sich wohl überlegt, ob der Bau ihm als Scheune genügt hätte. Gerade gut genug war das Rathaus für die Ratten, die sich darin tummelten, für das Anschlagen amtlicher Bekanntmachungen und für Gerichtsverhandlungen.

Ceinwen hielt meine Hand ganz fest, als wir hineingingen, und ich war vorsichtig genug, zwei Plätze zu einem Schilling nahe dem Ausgang zu nehmen, für alle Fälle. Wir warteten, bis der Saal voll war, und gingen erst zu unseren Plätzen, als der Hausmeister die Lampen auslöschte. Gleich darauf wurde der Vorhang beiseite gezogen, das heißt, er blieb stecken; wieder wurde gezogen, wieder blieb er stecken; alles wartete mäuschenstill, was nun geschehen werde. Eine Stimme hinter der Bühne wurde hörbar, daß es immer dieselbe Schweinerei mit dem verfluchten Vorhang sei. Dann wieder ein kräftiger Zug, und jetzt ging es los. Ceinwen straffte die Schultern hoch vor Spannung und Begeisterung.

Shakespeare bot man uns dar, unter Mitwirkung des gesamten Ensembles, aus jedem Stück ein bißchen. Hamlet hatte einen Stockschnupfen, Richard III., Macbeth und Shylock gleichfalls. Ich möchte schwören, daß derselbe Schauspieler sie alle gespielt hat. Aber sehr gut. Ophelia war fett, und Cordelia, Lady Macbeth und Porzia ebenso. Aber auch sehr gut. Und hübsch, nur ein bißchen dick. Wenn die Frau in einer Kohlengrube gearbeitet hätte, weiß ich wirklich nicht, wie sie in den Badekübel hineingegangen wäre. Wahrscheinlich hätte sie im Fluß baden müssen.

Viel Applaus gab es für ein kleines Mädchen, das die Julia spielte, dann eine graue Perücke anzog und auch sprach, was die alte Amme zu sagen hatte. Lautes Gelächter für Falstaff, sogar wenn er gar nicht sprach. Nur mit dem Kissen, das er sich als Bauch unter das Wams gesteckt, hatte er seine liebe Not. Ich konnte genau die Streifen auf dem Kissen erkennen.

Dann kam ein Drama, wiederum gespielt von der gesamten Truppe, und zwar waren es, wie uns Falstaff berichtete, lauter

Schauspieler vom Drury-Lane-Theater in London und von der Scala in Mailand. Wenn einer daran zweifle, solle er sich nur an die Direktion wenden, und verbindlichsten Dank für Ihre liebenswürdige Aufmerksamkeit, Ihr ergebener Diener, und so weiter.

»Schön hat er gesprochen«, flüsterte mir Ceinwen zu; sie verging fast vor Freude, daß sie dabeisein durfte, aber alles, was die Schauspieler taten, nahm sie mit einem Ernst auf, als säße sie in der Kirche.

Der Schauplatz des Dramas war ein Leuchtturm, und alle auf der Bühne waren schrecklich aufgeregt, weil das Licht im Leuchtturm ausgegangen war, gerade jetzt, wo ein großes Schiff aus Kapstadt zurückkam, voll mit verwundeten Soldaten und wunderschönen Krankenschwestern. Falstaff war der Leuchtturmwächter und Ophelia seine Tochter; lange Zöpfe hatte sie, an denen sie immer zog, wenn sie Kummer hatte oder bei anderen passenden Gelegenheiten. Der Leuchtturmwächter hielt immer die Hand an die Stirn und stapfte so heftig hin und her, daß die Kerzen an der Rampe ausgingen; von den Seiten schlängelte sich dann etwas heran und zündete sie wieder an. Es wäre natürlich noch schöner und interessanter gewesen, wenn wir das Schiff wirklich gesehen hätten, aber das war wahrscheinlich nebenan, und auch daß der Bösewicht in einem Boot herangerudert kam, mußten wir uns vorstellen. Der Bösewicht hatte das Licht des Leuchtturms ausgelöscht, erzählte uns Falstaff, weil sein Bruder, der im Krieg verwundet worden war, nach Hause kam, um sein Erbe zu heischen, wenn er aber ertrunken wäre, dann wäre dem Bösewicht der Adelstitel zugefallen, und auch alles Geld und die Schlösser. So löschte er denn das Licht im Leuchtturm aus; um die verwundeten Soldaten und die wunderschönen Krankenschwestern kümmerte er sich nicht.

Dann entfernte sich Falstaff, um die Kriegsmarine zu Hilfe zu rufen. Schwimmend entfernte er sich.

Da kam aber auch schon der Bösewicht wieder, spuckte sich in die Hände, weil er so heftig gerudert hatte, und schwitzte furchtbar von der Anstrengung. Und als nun gar ein grausiges Gewitter losbrach und der Bösewicht vor Angst zitterte und bebte, wurde Ceinwen so aufgeregt, daß ihre Hand in der meinen ganz feucht und heiß wurde. Wir zischten und pfiffen, was das Zeug hielt, aber darum kümmerte sich der Schurke nicht. Was tat er? Er stach auf Ophelia los, bis sie mausetot war; und alle Männer im Zuschauerraum sprangen auf und fingen an, ihre Röcke auszuziehen, um bereit zu sein, dem Bösewicht im nächsten Augenblick alle Knochen im Leibe zu zerschlagen. Ophelia lag mitten auf der Bühne wie ein Wäschebündel.

»Mir sollte er das einmal antun«, flüsterte mir Ceinwen ins Ohr. »Ein einziges Mal nur. Ich würde ihm den Kopf einschlagen, dem verdammten Schweinekerl.«

Doch dann, ehe die Kriegsmarine Zeit hatte, helfend einzugreifen, klang von draußen ein frommes Lied herein; es wurde an die Tore gepoltert, ein Brüllen ging los, gemischt aus Hallelujas und Flüchen, die Zuschauer im Saal machten laut: »Pst, Pst!«, Füße kratzten über den Boden, Stühle wurden gerückt, aber die Rufe von draußen wurden immer lauter.

»Komm, rasch«, sagte ich und zog Ceinwen hinaus in die Vorhalle.

»Ach, Huw, werde ich von Vater wieder Prügel bekommen?«

»Ich auch von meinem«, sagte ich hastig. »Warte hier.«

In der kleinen Vorhalle war Falstaff gerade damit beschäftigt, in höchster Eile Kupfer- und Silberstücke in eine Ledertasche zu werfen. Die Doppeltüren wackelten schon unter Fußtritten und andrängenden Schultern. Die Fensterläden wurden von draußen mit Brecheisen bearbeitet, und einer krachte auf, gerade in dem Augenblick, als Falstaff in dem engen Gang verschwand, der hinter die Bühne führte. In beiden Strümpfen hatte er Löcher, und einer seiner Pantoffel rutschte hinter ihm her.

»Geh Falstaff nach, den Gang hinunter. Ich bleibe hier und passe auf, daß niemand dir folgt.«

Ceinwen küßte mich, ein Nichts von einem Kuß war es, wie eine weggeblasene Flaumfeder. Aber in dieser Sekunde erlebte ich aufs neue unser gemeinsames Glück; doch obgleich ich die Dinge der Wirklichkeit um mich her ganz klar und wach sah und spürte, war jene andere Musik, die ich damals gehört, die Welt, die ich mir selbst geschaffen hatte, weit, weit von mir entfernt, und ich sehnte mich danach, dies alles aufs neue groß und fremd und schön um mich zu fühlen.

Schon war Ceinwen verschwunden, und ich machte kehrt, um das Tor im Auge zu haben. Da sah ich auf einmal Dai Bando und Cyfartha Lewis aus dem Saal kommen und das Tor betrachten, das schon nachzugeben und zu krachen begann.

Rings um die beiden her waren viele andere Männer, die alle nachsehen wollten, was der Lärm dort draußen zu bedeuten habe.

»Dai«, sagte ich und faßte ihn am Arm. »Sollen wir nicht versuchen, durch die Hintertür hinauszukommen?«

»Freue mich, dich zu sehen«, sagte Dai und ließ lachend seine Zähne sehen. »Hast du dir auch die Späße von den Komödianten angeschaut?«

»Ja«, antwortete ich hastig. »Was wollen die Leute dort draußen?«

»Die Prediger haben sie aufgehetzt. Zeter und Mordio haben sie geschrien, weil die Stadt den Schauspielern den Saal hier überlassen hat. In allen Kirchen waren heute abend Protestversammlungen dagegen. Einen mächtigen Krach machen sie da draußen, he, Cyfartha?«

»Hier drinnen wird's gleich noch mehr Krach geben, Dai«, meinte Cyfartha und streifte sich schon die Ärmel hoch.

»Wir wollen lieber hinten hinausgehen«, riet ich.

»Ich gehe vorne hinaus«, sagte Dai und setzte sich den steifen Hut fester auf den Kopf. »Ich habe mein Entree gezahlt wie ein Christ. Ich habe brav zugehört wie ein Christ, und ich gehe auch dort wieder hinaus, wo ich hereingekommen bin, wie ein Christ. He, Cyfartha?«

»Wir sind beide gute Christen, Dai«, nickte Cyfartha. »Vorne 'raus, sage ich.«

»Soll ich mit euch kommen?« fragte ich, während die Türfüllung schon herausfiel, und draußen Köpfe sichtbar wurden.

»Jawohl. Los, Junge«, antwortete Dai. »Komm da zwischen uns. Wenn meine Rechte sich mit einem Kinn beschäftigt, sei so gut, Huw, und tritt dem Betreffenden mit der Schuhspitze ins Schienbein, he, Cyfartha?«

»Aber sachte, immer sachte«, sagte Cyfartha. »Brich keinem einen Knochen, sonst belastet es dein Gewissen.«

»Fertig«, rief Dai, knöpfte sich den Rock zu, und seine Augen wurden ganz blaß vor entschlossener Kampflust. Ein gefährlicher Anblick, wenn man an Dais Muskeln dachte, die unter den Kleidern nach gar nichts aussahen.

Jetzt stürzten von draußen die ersten Angreifer unter dem Druck der hinter ihnen Nachstürmenden kopfüber durch die Tür; Gebrüll, drinnen und draußen, ringsumher heiße, rote Gesichter, weit aufgerissene Augen, offene Mäuler, aus denen Rufe drangen von Sünde, Teufel und Hölle.

Dais Fäuste stießen vor, eins, zwei, und zwei Männer sanken

bewußtlos zur Seite, unter die Füße der Kämpfenden. Cyfartha traf mit seiner herrlichen Linken einen jungen Mann mit einem steifen Hut gerade auf die Nase. Der Hut flog zum Dach hinauf. Wohin der junge Mann flog, konnte ich nicht sehen. Und als nun einer in einem schwarzen Rock auf Dai losging, fiel mir der erhaltene Befehl ein und ich trat ihm ordentlich aufs Schienbein. Gleich darauf war der Mann knockout.

Dann traf ein Holzscheit die Lampe, sie fiel um, und wir standen mit einemmal im Dunkeln da. Gleich darauf stand ich beim Tor mit Dai auf der einen und Cyfartha auf der anderen Seite; eingekeilt zwischen jenen, die herein, und jenen, die hinaus wollten.

»Kopf herunter, Dai«, schrie Cyfartha; sie legten sich gegenseitig den Arm auf die Schulter und, während ich mich zwischendurchschlängelte, schafften sie sich Platz mit Kopf und Ellbogen, Fäusten, Knien und Schuhen.

In vollem Schwung landeten wir gerade bei den Kisten, die man draußen als Rednertribüne aufeinandergestellt hatte. Der Tisch und der Stuhl purzelten herunter, und die Kisten wackelten schon bedenklich. Ich sah Dai und Cyfartha nach rechts und links um sich schlagen . . .

Da kam auch schon die Polizei. Dai wollte gerade auf einen der Männer mit den glänzenden Helmspitzen losgehen, da fiel ihm offenbar ein, daß es damals im Gefängnis nicht angenehm gewesen sei, und er rief uns zu: »Kommt, Jungens. In den Laden dort drüben und dann hinten 'raus. Rasch!«

Ich aber dachte an Ceinwen, rief Dai und Cyfartha noch rasch einen Gruß zu und drängte mich durch die Menge zu der kleinen Gasse auf der Seite des Rathauses. Dunkel war es dort, aber ich konnte noch gerade sehen, daß eine Seitentür des Gebäudes offenstand, und schlüpfte hinein.

In einem kleinen Raum stand ich jetzt, mit einem anderen daneben. Die Zimmer waren noch warm von den Körpern der Komödianten, die dort soeben einen kleinen Teil ihres Lebens gelebt, und von den Kerzen, die diese kurze Spanne Zeit mit herabtropfendem Talg gemessen hatten.

Ein Streichholz wurde angezündet, und ich sah den Hausmeister vor mir stehen; seine grüne Schürze war in der Mitte zerrissen. Er sah mich an, als sei ich ein Gespenst.

»Wer ist denn das?« sagte er zitternd. »Wie kommen Sie daher?«

»Haben Sie heute abend hier jemand gesehen?« fragte ich ihn.

So dumme Sachen sagt man in solchen Augenblicken.

»Ob ich jemand gesehen habe? Das will ich meinen. Aus allen fünf Tälern sind sie heute abend da und schlagen sich gegenseitig die Köpfe ein. Und da fragen Sie, ob ich jemand gesehen habe!«

»Entschuldigen Sie«, sagte ich, »ich meinte nur, ob Sie ein Mädchen gesehen haben, das hier hereingelaufen ist, als es losging.«

»Ach was«, brummte der Mann ärgerlich. »Ich habe jetzt keine Zeit, von Mädchen zu schwätzen. Haben Sie den Saal gesehen? Ein Schweinestall! Brauche Wochen, um ihn wieder rein zu machen.«

»Bitte, haben Sie ein Mädchen mit blondem Haar gesehen? Jung und schön.«

»Ach so«, sagte der Hausmeister und zwinkerte mit den Augen. »Ihr Schatz, was?«

Ich nickte.

»Ja, erinnere mich jetzt. Frau Prettyjohn, die Komödiantin, hat sie mitgenommen. In ihrem Wagen sind sie weggefahren.«

»Wohin sind sie gefahren?« fragte ich, und mir wurde ganz kalt.

»Weiß ich nicht, ich bin nur froh, daß wir sie los sind. Keine Komödianten kommen mir mehr hier herein. Gute Nacht, junger Mann.«

»Gute Nacht«, sagte ich und ging.

Kalt war es in jener Nacht auf dem Gang über den Berg, kalt draußen und kalt drinnen.

Als ich nach Hause kam, sah ich Licht in der Küche, und die Hintertür stand offen.

»Bist du es, Huw?« rief Vater aus der Küche, und starr blieb ich stehen.

»Ja, Vater.«

»Komm her«, sagte er, und ich ging hinein. Lange brauchte ich dazu, die Tür zu schließen und den Riegel vorzuschieben, und ich fragte mich dabei, was wohl geschehen sein mochte, daß Vaters Stimme so seltsam klang.

»Bist du bei den Komödianten gewesen?« fragte er mich, als ich drinnen war und vor ihm stand.

»Ja, Vater.«

»So also hast du dich und deine Mutter entehrt?«

»Nicht entehrt, Vater.«

»Entehrt. Du wagst es, heimzukommen, mit dem Gestank der Komödianten noch an dir und dem Schmutz in deinem Hirn? Schäme dich!«

»Shakespeare haben sie gespielt, Vater, keinen Schmutz.«

»Teufelswerk«, sagte Vater. »Was sonst sollte aus dieser Senkgrube des Lasters kommen? Huren und verworfene Gesellen läßt du ihre geilen Künste vor dir zeigen? Schäme dich . . . schäme dich, Huw Morgan.«

»Ich schäme mich, daß du so von mir denkst, Vater.«

»Nun, dann ist dir vielleicht doch noch eine Spur von Anständigkeit geblieben. Wahrhaftig eine Ehre für mich, daß so einer wie der Sohn von Abishai Elias mich auf der Straße ansprechen und mir sagen darf, daß mein Sohn bei den Dirnen und Teufelsbraten gesehen worden ist.«

»Dem werde ich meine Meinung sagen.«

»Zuerst wirst du gefälligst hinausgehen und dich von Kopf bis Fuß reinigen«, fuhr Vater fort. »Dann komm herein und bete für das Heil deiner Seele. Wenn du dich noch einmal in solch eine Lasterhöhle begibst und ich erfahre es, dann jage ich dich mit meinen Fäusten aus dem Hause. Merk dir das!«

»Ja, Vater.«

»Bade!« gebot er mir.

Und ich badete.

Wie mich fror! Durch die Spalten in der Bretterwand des Schuppens griff der Wind mit seinen eisigen Fingern nach mir, und nicht einmal, als ich mich wieder abgetrocknet hatte, konnte ich mich erwärmen. Von meinem Gebet dann war wenig zu hören, so heftig klapperten mir die Zähne.

Ein schönes Ende für einen Tag, dem ich mit so viel Sehnsucht entgegengeharrt hatte . . .

Sehnsucht!

Als Owen von London aus ein Telegramm schickte, er fahre mit Gwilym nach Amerika, da hatte ich Sehnsucht danach, mit ihnen zu fahren. Und als er dann schrieb, er habe Blodwen Evans geheiratet, da sehnte ich mich wieder nach Ceinwen.

Mutter weinte an dem Morgen, als der Brief ankam, und Vater versuchte sie davon zu überzeugen, daß nichts Böses dabei wäre, wenn man auf dem Standesamt heirate.

»Geradeso gut und so bindend wie in der Kirche«, meinte er.

»Sie hätten nach Hause kommen sollen«, schluchzte Mutter. »Aber wir sind ihnen nicht gut genug.«

»Unsinn, Beth. Owen ist jetzt ein Geschäftsmann, der sich sein eigenes Leben aufbauen muß. Und kein Mann ist glücklich ohne eine gute Frau.«

»Auf dem Standesamt gibt es keine guten Frauen«, sagte Mutter, und die Tränen rannen ihr dabei die Wangen herab.

»Geh, Beth«, sagte Vater. »London ist groß, und die Tage sind kurz. Er hätte etwas Schlimmeres tun können, als Blodwen auf dem Standesamt zu heiraten.«

»Etwas viel Schlimmeres gibt es nicht«, meinte Mutter und trocknete sich die Tränen ab.

Still und traurig war sie während der nächsten Tage, und nicht einmal die Maiblumen aus Blodwens Brautbukett, die in einem Karton ankamen, vermochten Mutter zu trösten.

Es schmerzte sie, daß ihre beiden Söhne so weit weggefahren waren, ohne ihr richtig Lebewohl zu sagen. Und daß dann der eine obendrein noch geheiratet hatte.

»Ich habe ihnen nur Lebewohl für London gesagt, nicht für Amerika«, sagte sie.

»Lebewohl ist Lebewohl«, meinte Vater darauf.

»Nein, es gibt so ein Lebewohl und so eines. Hätte ich meine beiden guten Jungen mit einem einzigen Kuß und ein paar belegten Broten ziehen lassen, wenn ich gewußt hätte, daß sie nach Amerika fahren? Man hat mir nicht gegönnt, Abschied von ihnen zu nehmen, wie es sich gehört. Und ich bin ihre Mutter.«

»Aber gute Briefe haben sie geschrieben«, machte Vater geltend. »Und der von Blodwen war doch wirklich schön. Eine Freude, ihn zu lesen.«

»Die Freude gönne ich dir«, rief Mutter. »Du bist leicht zufrieden, Gwilym. Ein Stückchen dummes Papier und mit Tinte etwas daraufgeschrieben, dann ist es dir gleich, ob deine Söhne über alle Berge gehen.«

»Dir wird leichter zumute werden, wenn Angharad nach Hause kommt, Beth«, tröstete Vater sie. »Hoffentlich kommt sie bald.«

Und Angharad kam bald.

Einunddreißigstes Kapitel

Sie war so verändert, daß wir sie kaum wiedererkannten, unsere Angharad.

Aber ich wußte erst, wie sie früher gewesen war, als ich sie sah, wie sie jetzt war.

In Tyn-y-Coed lebte sie nun, als Herrin des Hauses, aber nie kam sie zu uns. Nie.

Eines Montags kam am Morgen der Wagen, um meine Mutter abzuholen. Der Reitknecht gab ihr einen Brief. Sie las ihn und gab ihn dann meinem Vater zum Lesen; sie selbst aber ging hinauf, um sich anzuziehen, mit trockenen Augen, aber ihr Gang war so, als sei es eine schwere Arbeit für sie, überhaupt zu leben.

Bronwen kam zu uns, um zu kochen. Als Mutter fort war, schüttelte sie den Kopf. »Schlimm, schlimm«, sagte sie, »arme Angharad.«

»Warum muß Mutter denn zu ihr fahren?« fragte ich entrüstet. »Hat Angharad so schwache Beine, daß sie nicht zu uns kommen kann?«

»Kein Wort gegen Angharad, ich erlaube es nicht«, sagte Bronwen, und so hart stellte sie den Kessel nieder, daß zischender Dampf über die Herdplatte lief. »Ein gutes liebes Ding ist sie, und gar keine Freude hat sie vom Leben.«

»Sie wohnt doch in dem schönen Haus in Tyn-y-Coed.«

»Schon lange sollte sie in Gorphwysfa wohnen.«

Gorphwysfa war das kleine Haus bei der Kirche.

»Ob Herr Gruffydd wohl schon weiß, daß Angharad zurück ist?« fragte ich.

»Er wird es bald genug erfahren«, meinte Bronwen. »Es gibt genug Leute hier im Tal, die sich beeilen werden, es ihm zuzuflüstern.«

Wir waren in dieser Woche auf Nachmittagsschicht, deshalb hatte ich keine Gelegenheit, Angharad zu besuchen, aber Mutter brachte mir Grüße von ihr, dazu eine Schreibgarnitur und ein Buch von Charles Dickens. Es war ein schönes Buch, »Martin Chuzzlewit« hieß es. Herr Dickens gehörte bald zu meinen Lieblingen. Später bekam ich auch seine »Pickwickiers«. Wirklich ein lustiges Buch war das. Mutter bekam Lachkrämpfe, als ich in der Küche daraus vorlas.

Aber als ich am ersten Tag, an dem ich Gelegenheit dazu hatte, nach Tyn-y-Coed ging, war ich so erschrocken darüber, wie Angharad aussah, daß ich kaum ein vernünftiges Wort sprechen konnte.

Weiße Fäden waren in ihrem Haar; sogar in dem halbdunklen Zimmer konnte man es deutlich sehen.

Zu wenig Licht war in ihren Augen. Etwas Starres, Totes war

um sie, das nicht einmal ihr Lächeln zum Weichen bringen konnte. Und die tiefen Töne in ihrer Stimme waren welk geworden, so daß auch ihr Lachen dünn klang und nicht mehr warm und freudig wie früher. Ihre Finger waren unruhig geworden, und oft kamen, wenn sie einen anblickte, drei kleine unregelmäßige Falten zwischen ihre Augen, anzusehen wie der verkrüppelte Fuß einer Krähe. Und früher war Angharad doch so ruhig, so sicher, so eins mit sich gewesen, und dabei immer sprühend vor Leben.

»Nun, Huw?« sagte sie, als ich sie auf die Wange küßte.

»Nun?« sagte auch ich.

Und wir sahen einander an.

Ihr Haar war in Flechten um den Kopf gewunden, und sie trug einen kleinen Hut mit blauen Blumen. Eine vorne gefältelte Bluse aus gelber Seide hatte sie an und einen langen dunkleren Rock mit einem breiten Gürtel, der die gleiche Farbe hatte wie ihr Hut. An der Brust war eine kleine Uhr mit einer goldenen Schleife befestigt; nur einen einzigen Ring trug sie am Finger, einen Ehering.

Dieses Mädchen wusch früher immer die Töpfe hinter unserem Hause, schrubbte den Fußboden in der Küche, kitzelte Vater am Hals, um Pennies zu bekommen, und lief die Straße hinunter wie ein Junge.

Dieses Mädchen.

Diese Frau.

Angharad.

»Ich sehe krank aus und muß auf mich achtgeben«, sagte sie. »Jeder, der ins Haus kommt, sagt das. Sag du es auch, Huw, dann habe ich's hinter mir.«

»Ich glaube, es ist etwas Innerliches«, sagte ich.

Und wieder blickten wir einander an.

»Du bist groß geworden, Huw«, sagte Angharad mit einer Stimme, auf der etwas Schweres zu lasten schien. Um ihren Mund zuckte es. Sie sah zum Fenster hinaus.

»Du bist lange weg gewesen, Angharad. Erinnerst du dich noch, wie du mir immer ein bißchen Zuckerwerk gabst, wenn wir in die Sonntagsschule gingen?«

»Huw, mein Kleiner«, sagte sie, und in ihren Augen sah ich ein paar Tränen glänzen. »Wenn die Schule dann angefangen hatte, so bettelte ich dir das Zuckerwerk wieder ab. Ja, ich erinnere mich. Ich schäme mich jetzt noch.«

»Du hast eben gern etwas Süßes gegessen.«

Jetzt weinte sie, aber ohne daß sich ihr Gesicht bewegt hätte. Nur so.

Sie legte den Arm um meine Schultern, aber dabei sah sie immer noch zum Fenster hinaus, und ihr Körper war starr, aufrecht, nicht ein bißchen gab er nach; wie ein müder Wanderer sich an einen Meilenstein lehnt, der anzeigt, daß wieder ein kleines Stückchen der langen Straße zurückgelegt ist.

Dann schüttelte sie den Kopf, schloß fest die Augen und wischte so hart darüber, als seien es Augen im Gesicht einer Feindin.

»Töricht bin ich«, sagte sie. »Setz dich hin, Huw. Du bekommst gleich etwas zu essen.« Sie ging quer durch das Zimmer, zu der Klingel an der Wand, wie die frühere Angharad jetzt wieder, und sie zog so heftig daran, daß man es in den russischen Wäldern hätte hören müssen.

»So, sprechen wir jetzt von etwas Vernünftigem«, sagte sie. »Du darfst mir nicht mehr in die Grube gehen, Huw.«

Sie war in diesem Augenblick Mutter so ähnlich, daß ich laut lachen mußte.

»Es ist schön, wieder einmal jemand lachen zu hören«, sagte sie, und jetzt lächelte auch sie.

»Komm doch zu uns herüber, Angharad«, bat ich sie. »Da hörst du genug lachen und wirst es auch selbst wieder tun.«

»Nie mehr komme ich nach Hause, Huw.« Wie Angharad das sagte, ein Wort an das andere gereiht wie an einer Kette, jedes gleich groß und schwer, ohne Gefühl, nur ein Öffnen des Mundes, da wußte ich, daß es keinen Zweck hatte, sie nach dem Grund zu fragen.

Dann kam Frau Nicholas mit einem Tablett herein, und hinter ihr ein Mädchen mit einem zweiten Tablett.

»So, Frau Evans, da ist der Tee«, sagte sie mit ihrer fetten Stimme und einem Lächeln um die Nase.

»Danke, Frau Nicholas«, sagte Angharad, so wie Blodwen gesprochen hatte, sogar noch feiner. »Stellen Sie ihn nur hin, ich schenke selber ein.«

»Ach so, Sie schenken selber ein, Frau Evans, wie? Sonst habe ich allerdings für die Damen immer eingegossen. Daumen von den Tellern weg, Enid.« Und Enid bekam mit den Schlüsseln einen Schlag auf den Handrücken.

»Seien Sie, bitte, nicht so rasch mit dem Schlagen bei der Hand, Frau Nicholas, sonst muß ich Ihnen die Schlüssel abnehmen«, sagte

Angharad. »Und einschenken werde *ich*.«

»Bitte, Frau Evans.« Frau Nicholas machte einen leichten Knicks; um ihre Nase war noch immer das Lächeln. »Eine neue Herrin im Haus ist wie ein neues Leintuch. Ein bißchen hart, aber im Waschen gibt sich das.«

Sie ging hinaus, rund, dick und schwarz, und bei der Tür summte sie ein bißchen.

»Ein Ekel ist das«, meinte ich.

»Ein altes Hausübel«, sagte Angharad. »Ich mag sie auch nicht in meiner Nähe haben.«

»Schick sie doch weg.«

»Sie ist seit siebenundvierzig Jahren im Hause, das erzählt sie einem fünfzigmal am Tag. Mit gutem Gewissen könnte ich sie nicht wegschicken. Es liegt auch kein Grund dafür vor. Das Haus wird trefflich geführt, ohne daß ich eine Hand zu rühren brauche. Morgens ist sie die erste und immer gleich da mit einer Tasse Tee, dem Riechsalz oder einem Kissen. Aber wenn sie mir in die Nähe kommt, möchte ich jedesmal schreien.«

»Ein Ekel.«

»Ein Ekel«, nickte Angharad, und wir lachten beide.

»Wie geht es all unseren Freunden und Freundinnen?« fragte sie nun. Aber ich erkannte an ihrem Blick und an ihrer Stimme, daß die Frage, die zu stellen sie sich sehnte, ungefragt geblieben war.

»Allen geht es gut«, antwortete ich, »Eunice und Eiluned Jenkins sind verheiratet. Eunice ist zu Hause, und Eiluned hat in London ein Milchgeschäft. Maldwyn Hughes studiert Medizin. Rhys Howell ist in der Stadt in einem Rechtsanwaltbüro und schickt zehn Schilling in der Woche nach Hause. Madog Powys arbeitet in der Blechfabrik drüben im anderen Tal, Owen hat ihn dort untergebracht. Tegwen Beynon hat den Sohn von Merddyn Jones geheiratet und ist oben auf dem Hof.«

Was für einen Zweck hätte es gehabt, noch mehr aufzuzählen? Angharad hörte wohl kaum zu. Sie wartete darauf, daß ich von dem spräche, was sie hören wollte.

»Und Herr Gruffydd ist noch immer von früh bis abends auf den Beinen«, sagte ich und bemühte mich, Angharad dabei nicht ins Gesicht zu sehen. Aber ich sah ihre Hände. »Und seine Stimme ist noch immer so laut, daß man sie im nächsten Tal hören kann.«

Stille.

So still war es, daß man glaubte, hören zu können, wie die Blumen Wassertröpfchen in sich einschluckten.

So still, daß man, wenn ein Stück Zwieback zwischen den Zähnen krachte, ein Gefühl hatte, als habe man in der Kirche Lärm gemacht.

»Wie geht es ihm, Huw?« fragte Angharad dann.

So, als seien ihre Lippen trocken, als dürstete sie nach einem Schluck Wasser.

»Er ist nicht mehr der Alte«, antwortete ich. Bewußt sagte ich ihr das.

Ihre Augen wurden groß, und kleine scharfe Punkte glänzten darin.

»Was fehlt ihm? Ist er krank?«

»In der Seele ist er krank«, antwortete ich. »In seinen Augen und in seinem Sprechen. Geradeso wie du.«

Angharad stand auf, stützte sich mit einer Hand auf das Kaminsims und blickte über mich hinweg zum Fenster hinaus. Ihr Gesicht hatte sich nicht verändert, aber ihre Augen waren schrecklich, schrecklich, schrecklich.

»Geh . . . geh weg von mir«, stieß sie hervor.

Und ich ging.

Geradewegs zu Herrn Gruffydd ging ich, in das kleine Haus. Er saß lesend in der Stube, in der wir so oft Tee getrunken hatten. Es war eine Freude, die Möbel zu sehen; alles stand jetzt an seinem Platz, und ein guter Teppich war dazugekommen, den die alte Frau Gethin und ihre Tochter in dem Häuschen oben beim Wasserfall gewebt hatten.

»Störe ich, Herr Gruffydd?« fragte ich bei der Tür.

»Komm nur herein, mein Kleiner«, lächelte er.

»Angharad ist in Tyn-y-Coed«, sagte ich.

Langsam, mit ruhiger Hand schloß er das Buch. »Ich weiß es.«

»Sie ist krank, Herr Gruffydd.«

»Ist der Arzt bei ihr gewesen?« fragte er mit einer neuen Stimme.

»Nein. Im Herzen ist sie krank.«

Er legte die Hände flach auf den Tisch und stand dann rasch auf. Seine Hände hinterließen einen grauen Hauch auf der polierten Tischplatte. »Ich kann nichts tun, Huw.«

»Sie sind ein Diener Gottes«, sagte ich. »Kommet zu mir, die ihr mühselig und beladen seid.«

»Oh, Huw.«

Und wieder war eine Stille, und während Herr Gruffydd dastand und seine Fäuste aufeinanderpreßte, ging ich.

Es war einige Wochen später, als Mutter mir sagte, Angharad wolle mich sprechen. Ich hatte Mutter erzählt, was vorgefallen war. Alles hatte ich ihr ganz genau erzählt. Nicht ein Wort hatte sie gesagt. Aber lange nachher noch bekam ich zum Abendtee besondere kleine Leckerbissen.

Als ich zu Angharad kam, war sie gerade im Gemüsegarten und pflückte Feuerbohnen. Weiß stand sie zwischen den grünen Wänden.

»Nun?« rief ich hinter ihrem Rücken.

Sie warf mir über die Schulter hinweg einen flüchtigen Blick zu, pflückte weiter die über ihr hängenden Bohnen und ließ sie in den Korb fallen.

»Nun, Huw?« sagte sie. »Lange warst du nicht mehr hier, ein Fremder bist du geworden.«

Sanft, lächelnd sagte sie es; ihr Gesicht war leicht gerötet, weil sie immer hinaufgreifen mußte, um die Bohnen zu pflücken. Zwischen uns war eine unsichtbare Wand; auf beiden Seiten führten Stufen hinauf, aber keiner von uns vermochte einen Schritt zu tun. Fremde waren wir, einander freundlich gesinnt.

»Hm, soll ich dir helfen?« fragte ich endlich.

»Ich bin schon fertig. Komm, gehen wir ins Haus.«

Bei den Johannisbeersträuchern blieb sie stehen, beugte sich nieder und sah nach, wie weit sie schon seien, aber gleich richtete sie sich wieder auf.

»Es tut mir leid, daß ich häßlich zu dir war«, sagte sie hastig und blickte auf den Strauch.

»Du warst nicht häßlich«, sagte ich, aber mit Unbehagen, und ich wäre am liebsten davongelaufen.

»Doch, häßlich. Ich hätte mich ohrfeigen können deswegen, als du dort warst. Zu vielen Leuten bin ich garstig gewesen, ohne daß einer es verdient hätte. Ich habe es bedauert, Huw, ich bedaure es auch jetzt noch.«

»Aber es war doch nichts, Angharad«, beschwichtigte ich sie, doch mir war noch unbehaglicher zumute als vorhin, und ich wurde rot. So dumm steht man da, wenn jemand einem sagt, etwas, was er dir getan oder zu dir gesprochen habe, täte ihm leid. Es ist schlimmer, als wenn man selbst etwas angestellt hat.

»Wollen wir uns nicht einen Kuß geben?« fragte Angharad

schüchtern und zog mit beiden Händen ihren Hut herauf.

»Ja«, antwortete ich und küßte sie leicht aufs Kinn; sie aber gab mir einen kräftigen Kuß auf die Wange.

Dann blies sie ihre Wangen auf und pustete.

»Gott sei Dank, jetzt ist es draußen«, sagte sie.

»Was?«

»Das Sagen, daß es mir leid getan hat«, lachte sie. »Seit Wochen habe ich mich darin geübt. Und dann habe ich gar nichts von dem, was ich sagen wollte, gesagt.«

»War auch nicht nötig, Angharad.«

»Doch! Komm, laufen wir um die Wette zum Treibhaus, ja?«

Wir liefen, ich gleich hinter ihr her; Angharad hatte ihre Röcke mit den Händen gerafft und rannte, als ob ihre ewige Seligkeit davon abhinge, als erste am Ziel zu sein. Sie lachte zum Himmel hinauf, aber schließlich mußte sie stehenbleiben, weil ihr Hut herunterrutschte und Hutnadeln in ihre Frisur geraten waren.

Sie lachte, holte tief Atem und zog Hutnadeln und Haarnadeln heraus. »Schön war das!«

»Ja, Angharad. Schön.«

Sie blickte auf die Nadeln in ihrer Hand hinab; der Wind wehte um ihr Haar, und sie schwieg.

Warm stiegen die Gerüche des Gartens zu uns auf, der Geruch der umgegrabenen Erde bei den Stachelbeerbeeten, der gute, kräftige Geruch der Apfelbäume, und der bitterfrische Duft der Dahlien flutete über dem Ganzen. Und der Wind trug froh und leise pfeifend die Düfte auf dem Kopf zu uns, wie ein Fleischerbursche eine mächtige Rindskeule zu einem Kunden bringt.

Angharad sah mich an, dann blickte sie zu Boden, drehte die Hutnadeln in den Händen, sah einem kleinen blauen Schmetterling zu, hinab auf die Nadeln, hinauf zu mir, wieder hinab. Und dann wieder hinauf und hinab. Hinauf und hinab. Hinauf.

»Danke, Huw«, sagte sie.

»Nichts zu danken, Angharad.«

Wieder hinab auf die Nadeln.

»O Huw«, sagte sie, dem Weinen nahe. »Du warst der einzige. Kein anderer dachte daran. Du hast es ihm gesagt.«

Und sie weinte, daß mir das Herz in kleine Stücke brach. Sie trat auf mich zu, lehnte sich an mich, zitternd, und die Hutnadeln stachen mich.

»Aber, aber Kind«, sagte ich. »Warum weinst du nur? Jetzt ist doch alles vorbei.«

»Dann erst soll man weinen. Nie vorher. Deshalb weine ich. Alles vorbei. Gott sei Dank.«

Und wieder kamen ihre Tränen. Noch mehr als vorher. Aber keine Tränen des Schmerzes mehr.

»Genug geweint, ja, Angharad?«

Da tat sie einen tüchtigen Atemzug und lächelte ein wenig, und dann ein tüchtiges Schneuzen in mein Taschentuch. »Ach Gott, Huw, wie ein kleines Kind bin ich.«

»Kleines Kind ... ich glaube, wenn ich nach Hause komme, ist schon ein neues kleines Kind da.«

»Arme Bronwen«, seufzte Angharad. »Komm, pflücken wir Obst für sie.«

Später dann ging ich über den Berg zurück mit zwei Körben voll von dem Segen der Sträucher und Bäume. Als ich nach Hause kam, war ich wieder Onkel geworden.

Ein Junge. Taliesin nannten sie ihn.

Ivor war so stolz an dem Abend.

Einen Monat später war er tot.

Wir waren auf Nachtschicht und gingen zu unserer Abbaustrecke hinauf; ich war stehengeblieben, um die Hacke fester zu fassen. Da hörte ich ein Krachen. Es klang wie eine Sprengung.

Ivor rief etwas in der Dunkelheit, aber ich hörte nicht mehr, was er sagte.

Das Dach stürzte auf ihn herab.

Und ich stand da und blickte in einen schwarzen Sturm.

Hilflos stand ich da, als das Gestein stürzte, splitterte, und Staub flog, mich zu blenden und zu erwürgen.

Nichts konnte ich tun als zurückgehen; das Echo der stürzenden Massen verklang. Es wurde still.

»Ist dir was geschehen, Morgan?« brüllte Rhys. Eine Kerze hielt er vor das Gesicht.

»Mein Bruder liegt drunter«, stöhnte ich.

»Barmherziger Gott, Junge«, schrie Rhys, »laß dir den Kopf vernähen, rasch ... Arbeit Schluß ... Arbeit Schluß!«

Ein Mann übergab mich dem nächsten, bis ich draußen war. Sie selbst aber drängten vor. Hacken stießen gegen das Gestein. Blöcke wurden fortgeschleppt.

Sie fanden Ivor, aber erst in einem Sarg kam er hinauf. Und der war verschlossen.

Tagelang saß Bronwen auf dem Lehnstuhl in der Ecke und sah auf die Tür. Keine Tränen. Kein Schmerz im Gesicht. Sie saß nur da, ganz still, und sah auf die Tür.

Zweiunddreißigstes Kapitel

»Der Herr gibt, der Herr nimmt«, sagte Vater, während er Taliesin auf den Armen wiegte.

»Geh zu Bronwen hinein und sage ihr das«, rief Mutter bitter. »Sie wird dir die rechte Antwort geben.«

»Still, Beth«, sagte Vater. »Fordere den Zorn Gottes nicht heraus.«

»Der Zorn Gottes kümmert mich nicht, Gwilym. Das sage ich jedem, der es hören will.«

Herr Gruffydd kam zuweilen herauf und setzte sich zu Bronwen, und manchmal fuhr er auch mit ihr für den Nachmittag nach Tyn-y-Coed. Aber es dauerte lange, bis wir allmählich wieder Bronwen sahen, wie sie früher gewesen war.

Ein paar Tage nach Ivors Tod fuhr ich schon wieder unter Tag, und zwar mit Davy in seine Grube, die etwas weiter lag als jene, in der Vater arbeitete. Dann mußte Davy nach London wegen der Gewerkschaft, und ich arbeitete als Gehilfe in der Schmiede.

Eines Abends kam ich mit einer kleinen Brandwunde nach Hause; da ging Mutter zu Bronwen, um sich Leinsamenöl von ihr auszuborgen, und brachte Bronwen mit nach Hause.

»Huw verbrennt und schneidet sich fortwährend«, sagte Mutter.

»Ein guter Junge ist Huw, das muß man ihm lassen«, meinte Bronwen und goß Öl auf meine Wunde.

»Du machst ihn noch eingebildet, Bronwen«, sagte Mutter. »Es tut mir jetzt im Herzen leid, daß ich dir zugeredet habe, in die Grube arbeiten zu gehen, mein Kleiner.«

»Warum, Mutter? Eine ganz kleine Wunde ist das. Andere Männer bemerken es gar nicht, wenn sie so etwas haben.«

»Andere Männer sind andere Männer. Aber meine Söhne sind meine Söhne. Ein gutes Glas Buttermilch?«

»Ja, bitte, Mutter«, sagte ich. »Und ein bißchen von Bronwens Mürbkuchen.«

»So«, sagte Mutter und machte ihren Mund so klein und rund wie ein Knopfloch. »Mein Kuchen ist also nur gut genug für die

Hühner, wie?«

»O nein, Mutter, aber morgen ist doch erst dein Kuchentag, und der von Bronwen ist heute.«

»Ich habe heute nur Brot gebacken«, erklärte Bronwen mit einem Lächeln, das gleich wieder verschwand. »Es ist ja niemand da außer Gareth und mir, um Kuchen zu essen, und wir haben Korinthenbrot lieber.«

Schweigen kam jäh über uns. Wie aus Stein saßen wir da, ohne uns zu bewegen. Und Ivor war mitten unter uns, zog seine Schuhe an und erzählte Mutter, wie falsch die Tenöre im zweiten Chor heute wieder gesungen hätten, und er summte ein bißchen, um es ihr vorzumachen . . .

Und meine Mutter stand da, die magere Hand an der Brust, und blickte zum Fenster hinaus; ihre Augen glänzten feucht.

Bronwen lehnte sich gegen den Türpfosten, eine Hand flach an der Wand.

»O Mutter«, sprach sie, »ich bin so einsam ohne ihn. Jeden Abend lege ich die Stiefel und Kleider für ihn zurecht. Aber am Morgen sind sie immer noch da. O Mutter, ich bin so allein.«

Nachdem Bronwen gegangen war, stand Mutter lange sinnend da.

»Huw«, sagte sie dann, »ich will Bronwen bitten, hier bei uns zu wohnen.«

»Sie wird nicht kommen, Mutter.«

»Dann sollst du zu ihr gehen und bei ihr wohnen«, sagte Mutter, und schon band sie sich die Schürze ab. »Jetzt gleich gehe ich hinüber und will sie fragen, ob es ihr recht ist. Dann hat sie wenigstens für jemand zu kochen und zu flicken, für jemand zu sorgen. Du wohnst bei ihr, bis die rechte Zeit kommt und sie einen anderen Mann nimmt.«

»Einen anderen Mann, Mutter?« rief ich, und, o Gott, die Welt stürzte um mich zusammen; ein neuer Haß traf mich wie fallendes Gestein. Eifersucht war es und Neid, eine Weigerung meines Blutes, einen anderen Mann neben Bronwen zu sehen. Ich wollte nicht, daß ein anderer Mann an Bronwens Seite das Leben in der Welt der kreisenden Monde führe. Das Haus reinhalten, kochen, nähen, flicken, alle die Dinge, die Frauen im täglichen Leben für Männer tun, alle diese Dinge mochte auch sie für einen anderen Mann tun. Doch daß sie ihm den Weg öffne zu jener Welt des Glanzes und des strahlenden Rausches — nein, nein. — Nein!

Ich mußte über sie wachen.

Und doch hatte ich nicht den Wunsch, mit Bronwen zu sein, wie ich mit Ceinwen gewesen war. Bronwen hatte ihre eigene Welt, die sie für Ivor bewahrte. Ich war der Fremde an den Toren, und in mir war kein Begehren.

Und dann erkannte und fühlte ich Bronwens Einsamkeit. Denn ich selbst war einsam aus Sehnsucht nach der Welt Ceinwens, der Welt, die ihr und mir gehörte, die wir zusammen entdeckt hatten.

»Einen anderen Mann«, sagte Mutter. »Ja, Huw, sie ist jung. Kein Mann bringt ihr den Lohn nach Haus. Sie ist schön und wird es noch lange bleiben. Und zu stolz, um von jemand Hilfe zu erbitten. Natürlich muß sie wieder heiraten. Und zwar so bald wie möglich.«

»Ich will zu Bronwen gehen und mit ihr sprechen«, sagte ich.

Ich ging in ihr Haus und fand sie in dem Lehnstuhl in der Ecke sitzen. Noch immer blickte sie zur Tür.

»Bronwen, möchtest du, daß ich hier bei dir wohne?«

Sie blickte auf, als hätte ich in einer anderen Sprache gesprochen.

»Meinen Lohn würde ich dir bringen.«

»Dein Heim ist bei deiner Mutter«, sagte sie still, so, als suchte sie Entschuldigungsgründe für sich selbst. Denn tief in ihren Augen war ein Licht.

»Mein Heim ist dort, wo ich gerade bin«, sagte ich.

»Deiner Mutter würde das Herz bluten.«

»Mutter war es, die den Vorschlag machte, Bronwen.«

»Aus Mitleid.«

»Nicht aus Mitleid. Aus Vernunft. Wenn du am Abend Kleider und Stiefel hinauslegst, laß es meine Kleider und Stiefel sein.«

»Ich koche nicht so gut wie deine Mutter, Huw.«

»Du bist eine großartige Köchin, Bronwen, Mutter kocht nur um so viele Jahre länger, das ist alles.«

»Es wird aber Ärger in euren Haushalt bringen«, sagte Bronwen und sah sich in der Küche um, ob sich nicht hinter dem Teetopf, hinter den Tellern im Küchenschrank oder hinter den kupfernen Kesseln auf dem Wandbrett Gründe fänden, die sie noch nicht vorgebracht hatte.

»Ja, Ärger wird es geben«, sagte ich nun. »Nämlich, wenn du nein sagst. Ich werde mich schämen, weil ich mir aufdringlich vorkomme, und Mutter wird glauben, ich sei dir nicht gut genug.«

Still war es, und wenn sich noch irgendwo Gründe versteckten, so gaben sie gut darauf acht, daß man sie nur ja nicht sähe.

»Ja oder nein?« fragte ich.

»Ja«, antwortete Bronwen ruhig.

Da ging ich hinauf in die Stube, in der ich jetzt bin, ich rollte die Matratze zusammen, auf der ich jetzt sitze, und ließ sie zum Fenster hinausgleiten, dann die Bettstatt. Ich lief hinunter, um die Sachen zu Bronwen zu tragen, in das kleine Zimmer oben, das leer war. Wieder zurück meine Kleider holen, und dann nochmals, um meiner Mutter Lebewohl zu sagen.

»Nun«, sagte Mutter.

»Ich werde oft herüberkommen, Mutter.«

»Gut. Und jeden Abend zum Essen, ja?«

»Ja, Mutter.«

»Dann leb wohl, Huw.«

»Leb wohl, Mutter«, sagte ich, küßte sie und ging.

Still waren die ersten Monate bei Bronwen. Ein Strich, der uns voneinander trennte, war zwischen uns, so deutlich, als sei er jeden Morgen aufs neue mit Kreide gezogen worden. Jeder lebte auf seiner Seite. Doch nicht als Fremde, dazu kannten wir einander zu gut. Wenn wir lachten, dann wußten wir, daß es nicht unser ganzes Lachen war, nicht offen, nicht frei, nicht herzlich genug; der beste Teil davon blieb diesseits oder jenseits der Trennungslinie zurück. Wenn wir miteinander sprachen, so wußten wir, daß wir nicht mit unserem ganzen Sein sprachen, sondern nur mit jenem Teil, den die anderen Menschen als Bronwen und Huw Morgan kannten. Wenn wir einander nahekamen, so waren wir wie Igel mit Stacheln, um uns voneinander fernzuhalten. Einer wußte es vom anderen. In der Luft war etwas, das nur wir zwei fühlen konnten. In unserem Lachen war ein falscher Ton, den nur wir hörten. Unser Sprechen war leer, vom Essen handelte es, vom Wetter, davon, daß es jetzt abends schon so früh dunkel werde. Aber wir wußten, daß unser Sprechen leer war.

Wir hatten eine Scheu voreinander, doch eine Scheu ohne Furcht. Eine Scheu war es gleich jener, die edle Rassepferde verspüren, wenn jemand die Hand auf ihr Fell legt und ein Beben durch ihren ganzen Körper geht.

Eine Scheu vor der Berührung durch Wort, Blick oder den Körper des anderen.

Und nur, weil wir um jene andere Welt wußten, die in einem Augenblick erreicht, einen Augenblick lang gefühlt, in weniger als einem Augenblick verloren werden kann.

In diesen Monaten lernte ich begreifen, warum Eva ein Feigenblatt nahm, warum die ersten Menschen sich voreinander verbargen, und ich erkannte die Gewalt des Fluches, der sie aus dem Paradies vertrieb, auf daß sie ihr Brot äßen im Schweiße ihres Angesichts — des Fluches, der den Mann zwingt, in Dunkelheit kriechend Kohle zu hauen, und die Frau, an einem Spülstein zu stehen und ihre Hände wundzuscheuern.

Seltsam ist es, daß man lebt von einem Tag zum anderen, Monate und Monate lang, und daß nichts geschieht, außer, daß man aufsteht und arbeitet und sich schlafen legt. Dann ereignet sich eine kleine Sache, man sieht sie voll Angst um sich her wachsen und wachsen, und um die Last ein wenig leichter tragen zu können, versucht man sich vorzutäuschen, daß man träume.

Dreiunddreißigstes Kapitel

Davy blieb lange in London. Er erreichte zwar nichts Besonderes, aber er erlangte genaue Kenntnis darüber, was in den anderen Gewerkschaften vorging, und sandte Berichte darüber an unsere Sektion. Ich schrieb den größten Teil der Briefe, und ich hatte das Gefühl, daß die wachsende Stärke unserer Vereinigung auch ein wenig meinem Tintenfaß und meinem Federhalter zu verdanken war.

Jede Woche kamen Hunderte neue Mitglieder hinzu, und jede Woche riefen mehr Stimmen, man müsse nun endlich handeln und gegen die Unternehmer vorgehen. Kürzere Arbeitszeit, höhere Löhne, Verlosung der Arbeitsplätze an den Stellen, an denen das Flöz am ergiebigsten war, Sperre für neue, auswärtige Arbeiter; alle diese Punkte hatten ihre begeisterten Fürsprecher. Und alle in der Gewerkschaft waren zum Kampf bereit.

Seit Wochen hatte Ianto Abend für Abend in Versammlungen gesprochen, und zwar war er dafür, nicht gegen die Unternehmer, sondern gegen die Regierung vorzugehen. Herr Gruffydd stand dabei auf seiner Seite. Sie erklärten es für ungerecht, daß den Besitzern von Weideland, denen ihr Boden schon über Tag Geld eintrug, auch noch soundso viel von jeder geförderten Tonne Kohle abgeliefert werden mußte, nur weil tief im Erdinnern das Hauptflöz darunter herlief.

»Nächstens werden sie noch einen Anteil für die Luft über ihrem Boden verlangen«, sagte Ianto. »Keine solchen Abgaben mehr darf es geben, dafür müssen wir aber unsere eigenen Güterwagen und Lokomotiven haben, unser eigenes Eisenbahnpersonal; den Eisenbahngesellschaften werden wir Miete für die Benützung ihrer Geleise und Anlagen im ganzen Lande bezahlen. Dann eine Flotte von Kohlendampfern, die unsere Kohle in die Welt hinausträgt. Aber erst dann soll die Welt draußen unsere Kohle erhalten, wenn in jedem Kamin und Herd im ganzen Lande ein gutes Feuer brennt, wenn jeder Kohlenkübel voll, jeder Kohlenkeller versorgt ist.«

»Wem soll das alles gehören?« fragte Vater, zog dabei kräftig an seiner Pfeife und blickte auf die Spitze seines Pantoffels.

»Dem Volk«, antwortete Ianto ruhig, doch voll Begeisterung. »Nur dem Volk. Gott schuf die Erde für die Menschheit, nicht für ein paar Männer.«

»Woher wollt ihr das Geld nehmen, um das alles zu kaufen?«

»Gott schuf die Kohle, Vater. Der Mensch schuf nur das Geld. Es wäre wahrhaftig eine Schande, wenn Gott seine Hand durch die Wolken streckte und uns eine Rechnung überreichte für die Reichtümer, die er für uns geschaffen und uns allen frei überlassen hat. Was würde dann geschehen?«

»Darauf kann ich dir keine Antwort geben, Ianto«, sagte Vater und klopfte in Sorge seine frischgestopfte Pfeife aus. »In dem, was du sagst, scheint etwas Wahres zu stecken. Aber Gott und die Bibel interessieren die Grundbesitzer nicht. Nur Geschäftsbücher und der Mammon. Wir werden es schwer haben, mein Sohn, sehr schwer.«

»Gut«, sagte Ianto. »Nur wenn die Menschen vergessen, für ihr Recht zu kämpfen, sind sie rechtlos. Denn Menschen, die bereit sind, für das Unrecht zu kämpfen, gibt es genug. Die gleitende Lohnskala muß jedenfalls zuerst abgeschafft werden. Das wird der Anfang sein.«

Abend für Abend versammelten sich Arbeiter in allen Tälern ringsumher, um über die gleitende Lohnskala zu diskutieren. Ältere Männer, wie mein Vater, die in früherer Zeit jede Woche eine Handvoll Goldstücke für ihre Arbeit erhalten hatten, machten die jüngeren dafür verantwortlich, daß es anders geworden war, und ließen sich nicht vom Gegenteil überzeugen. Sie klammerten sich an die gleitende Lohnskala, weil sie wenigstens Brot ins Haus brachte.

Dann wurde Ianto von der Direktion der Kohlengrube entlassen, mit ihm Will Thomas und Mostyn Marudydd, Arbeiter für die Gewerkschaft gleich ihm.

Die Leute wollten auf der Stelle die Arbeit niederlegen, aber Ianto hielt sie davon zurück. Er wollte keine hungernden Kinder auf dem Gewissen haben, meinte er.

Wochenlang gingen die drei von einer Grube zur anderen, um Arbeit zu suchen, aber obwohl sie tüchtige, erfahrene Bergleute waren, gab es nirgendwo Platz für sie.

»Die Herren haben es scharf auf euch«, sagte Vater zu Ianto. »Solange du lebst, wirst du in keiner Grube mehr Arbeit finden.«

»Dann gehe ich morgen zum Eisenwerk und versuche es dort«, erklärte Ianto.

»Ist denn die Gewerkschaft zu arm, dich ganztägig anzustellen?«

»Was ich für die Gewerkschaft tue, das tue ich aus Liebe für die Sache. Soll man von mir sagen, daß ich die Stelle nur geschaffen habe, um später bequem davon zu leben?«

»Aber Ianto, mein Kleiner, jemand muß doch die Arbeit leisten und dafür bezahlt werden«, meinte Vater.

»Gut«, sagte Ianto, »aber nicht ich.«

So ging er denn zum Eisenwerk hinüber und fand Arbeit im Feuerraum. Jeden Morgen vier Meilen, jeden Abend vier Meilen zurück, und dazwischen zwölf Stunden schwere, anstrengende Arbeit. Rasch ein Bad dann, Abendessen, und wieder Arbeit, mit der Feder oder mit der Stimme.

Ich war noch immer in der Schmiedewerkstätte der Grube, aber meistens arbeitete ich unter Tag; da gab es niedergebrochene Förderwagen zu reparieren, stumpfgewordene Werkzeuge zu schärfen und andere Schäden, die Hitze und ein Hammer gutzumachen verstehen.

Ich fand wenig Freude daran, mit Eisen zu arbeiten, denn Eisen hat keinen eigenen Willen. Den Blasebalg hergenommen, und nach kurzer Zeit schon kommt das glühende Eisen wie ein Sklave, um in jede Form gehämmert zu werden, die du ihm geben willst. Holz hingegen will mit Sorgfalt, mit Achtung und Liebe behandelt sein. Holz hat eine Seele und ist nicht jedem Stümper ausgeliefert. Ein kleiner Fehler nur aus Unachtsamkeit oder Mangel an Können, und die ganze Arbeit ist zum Teufel, das Stück, an dem du gearbeitet hast, ist nur noch als Brennholz zu verwenden.

Eisen aber kann man schlagen und schlagen, es wehrt sich nur mit zischenden Funken, und wenn du einen Fehler machst, rasch wieder ins Feuer damit, nochmals den Blasebalg her, und da ist das Eisen schon wieder, arm und gehorsam, bereit, aufs neue gehämmert zu werden.

Oft ging ich in die Stadt, um in der Schmiede dort irgendein Material zu holen, wenn unser Vorrat zu Ende gegangen war und wir rasch eine Arbeit beenden mußten.

Einmal war ich an einem Nachmittag dort, als gerade Markt war; ich hatte meine Arbeitskleider an, war schwarz von der Grube, schämte mich, zwischen den anderen Leuten umherzugehen, und bemühte mich, nicht an sie anzustreifen, weil ich Angst hatte, ihre guten Kleider zu beschmutzen.

Die Schmiede war in der Nähe der Markthalle, so daß die Bauern, die ihre Wagen auf dem Platz ausgeladen hatten, ihre Pferde zum Beschlagen in die Schmiede führen und dabei ihre Stände im Auge behalten konnten.

Vor der Schmiede ging es an Markttagen immer lebhaft zu. An diesem Tage sah ich den kleinen blauen Wagen aus Tyn-y-Coed, hinten mit Körben beladen, vor der Schmiede stehen. Drinnen stand die braune Stute, und eines ihrer Beine hielt der Schmied gerade zwischen den Knien.

Ich sah das Pferd an und mußte lachen, weil in seinen Augen zu erkennen war, daß es nicht recht wußte, ob es ausschlagen solle oder nicht; da hörte ich eine Stimme, die mir wohlbekannt war.

»Schon wieder neue Hufeisen«, sagte Frau Nicholas, mit dem eingefrorenen Lächeln um ihre Nase, zu einem Bauern aus dem anderen Tal und seiner Frau. »Aber anders ist es ja auch nicht zu erwarten. Den ganzen Tag kutschiert sie herum.«

»Da haben Sie wohl viel Arbeit in Tyn-y-Coed, liebe Frau Nicholas?« meinte die Bäuerin.

»Nie hört es auf«, antwortete Frau Nicholas und zog an den Fingern ihres Handschuhs. »Wenn eine Arbeit getan ist, kommt gleich die nächste, von morgens früh bis abends spät.«

»Viele Gäste hat die junge Frau Evans, nehme ich an«, warf der Bauer ein. »Der alte Evans wußte sich die Leute vom Leibe zu halten.«

»Es würde mich nicht wundern, wenn mein armer Herr dieser Tage einmal aus dem Grab aufstehen würde. Nur der Grabstein hält ihn noch unten, möchte ich schwören.«

»Ja um Gottes willen, Frau Nicholas, warum denn?« fragte jetzt wieder die Frau.

»Warum?« sagte Frau Nicholas mit einer Stimme, als ob sie die ewigen Höllenqualen zu erleiden hätte. »Wegen dem, was im Haus vorgeht, natürlich. Wollen Sie mir vielleicht einreden, daß Sie noch nichts davon gehört haben?«

»Nein«, versicherte ihr der Bauer, nahm seine Pfeife aus dem Mund, zog die Brauen hoch und beugte sich mitsamt seiner Frau neugierig vor. »Was gibt es denn?«

»Ihr seid wahrhaftig die einzigen in den fünf Tälern, die es nicht wissen.«

»Guter Gott, Frau Nicholas. So erzählen Sie doch schon!«

»Was für ein Recht hätte ich dazu, etwas zu sagen«, meinte Frau Nicholas und sah auf den Boden hinab, als sähe sie dort den alten Evans in den Windeln liegen. »Ich bin doch nur die Haushälterin und erst seit siebenundvierzig Jahren und ein paar Monaten in der Familie. Und heute bereue ich es, daß ich je hingegangen bin.«

»Gott, wie schrecklich«, sagte der Bauer. »Ich weiß nicht, was es ist, aber es muß schrecklich sein.«

»Schrecklich, Herr Davies? Schrecklich ist viel zu wenig gesagt. Eine Kohlengräberstochter ist sie, liebe Frau Davies, und dabei benutzt sie jeden Tag das beste Porzellan und die feinsten Tischtücher mit Spitze. Aber das ist noch gar nichts. Ob Sie es glauben oder nicht, jeden Tag fährt sie mit einem Pastor im Wagen herum.«

»Mit einem Pastor, Frau Nicholas?« flüsterte Frau Davies entsetzt.

»Wer ist es denn?« wollte Herr Davies wissen.

»Wer? Wer jeden Abend bis spät in die Nacht im Hause ist? Wer, fragen Sie? Ja, wer? Ich liege im Bett und lösche die Kerze aus, damit ich nichts sehe und höre.«

Frau Nicholas sah sich um, erkannte mich aber nicht, denn ich war ganz schwarz. Da beugte sie sich flüsternd zu den beiden Leuten, und vor Eifer spuckte sie beim Sprechen; der Mund und die Augen der Bauersleute aber wurden ganz rund vor Entrüstung und Vergnügen.

Herr Davies schüttelte nur in einem fort den Kopf, aber Frau Davies flüsterte: »Barmherziger Gott im Himmel«, als ob im nächsten Augenblick die Welt untergehen würde.

Dann sahen sie sich alle drei an, hämisch grinsende Teufel tanzten um sie herum.

»Und ihr Mann, der arme Junge, ist drüben in Kapstadt und blutet für sein Vaterland«, sagte Herr Davies.

»Aber warten Sie nur, Herr Davies.« Frau Nicholas hob die Hand und schrieb mit einer unsichtbaren Feder in die Luft. »Warten Sie nur.«

»Sie tun recht daran als gute und getreue Dienerin ihres Herrn«, sagte Herr Davies ernst und feierlich, wie der Prediger in der Kirche.

»Ja, wirklich, liebe Frau Nicholas«, fügte Frau Davies mit einer Stimme hinzu, als ob Frau Nicholas sie und ihrem Mann zumindest vom Galgen erretten würde. »Jetzt müssen Sie leiden, aber der Lohn wird Ihnen nicht versagt bleiben.«

»Der arme, arme Herr Iestyn«, sagte Frau Nicholas und drückte sich mit dem Taschentuch ein paar Tränen aus den Augen. »Eine Kohlengräberdirne beschmutzt sein Heim, jetzt, wo er tausend Meilen weg ist, o Gott, es ist schrecklich!«

»Wahrhaftig, es ist schrecklich«, nickte Frau Davies, schon ganz rot im Gesicht vor Freude, es gleich weitererzählen zu können. »Aber vertrauen Sie auf Gott, liebe Frau Nicholas.«

Blind, stumpf und leer ging ich weiter. Meinen Auftrag hatte ich vergessen. Ohne an die Folgen zu denken, hätte ich Frau Nicholas bei den fetten Wülsten ihres Halses packen und erwürgen können. Aber dann hatte ich doch Vernunft genug, ohne ein Wort zu gehen.

Zu Bronwen ging ich; sie trocknete Taliesin nach seinem Bad ab.

»Du kommst aber heute früh, Huw«, sagte sie. »Dein Bad ist noch nicht fertig und das Essen auch noch nicht.«

»Macht nichts«, sagte ich und erzählte ihr alles; ihr Gesicht war weiß wie das Handtuch, als ich zu Ende war.

»O Gott«, flüsterte sie müde, schloß die Augen, drückte Taliesin an sich und hob sein Köpfchen. »Ich hoffe nur von ganzem Herzen, daß die Zungen der Menschen nicht mehr so rasch bereit sein werden, anderen Menschen wehe zu tun, wenn meine Söhne einmal erwachsen sein werden.«

»Was sollen wir nun tun?« fragte ich.

»Angharad müssen wir es sagen«, antwortete sie, als ob das selbstverständlich wäre.

»Sie wird es nicht überleben.«

»Es ist immer noch besser, wenn sie es von uns hört. Wenn dieses Weibsbild Iestyn geschrieben hat, so wird er bald von sich hören lassen oder vielleicht gleich nach Hause kommen. Das wäre noch schlimmer für Angharad.«

»Ist es wahr, Bronwen? Ist Herr Gruffydd wirklich bis in die Nacht hinein in Tyn-y-Coed?«

»Weiß ich es? Geht es mich etwas an? Und zweifelst du daran?«

»Ich habe sicher geglaubt, es ist alles gelogen.«

»Das ist egal«, erklärte Bronwen. »Das geht nur die beiden an. Uns hat es nicht zu kümmern, und auch sonst niemand.«

»Aber, Bronwen, er ist doch ein Geistlicher«, wandte ich ein.

»Aber auch ein Mann«, sagte Bronwen, »und Angharad ist eine Frau.«

»Darf es denn sein, Bronwen? Sie ist die Frau eines anderen.«

Bronwen hielt Taliesin hoch, küßte ihn auf die dicken kleinen Wangen, und er krähte vor Vergnügen.

»Mit welchen Augen blickst du denn auf mich, Huw, all diese Monate schon?« rief sie rasch, ihren Mund noch halb auf Taliesins Wangen.

Ich blickte auf meine Hände hinab und sah die Adern anschwellen unter dem Schmutz der Kohle, und ich fühlte eine Scham, die wie die Schneide eines Messers tief in mich eindrang; so weh tat es, daß ich hätte aufschreien können.

»Ich schäme mich so, Bronwen«, sagte ich leise.

»Schämst du dich, ein Mann zu sein? Oder schämst du dich, daß ich es bemerkt habe?«

»Nein«, antwortete ich, und das Messer in meinem Inneren schnitt weiter, »ich schäme mich, weil du dir vielleicht Gedanken oder Kummer machst.«

»Du redest Unsinn, Junge«, sagte sie und küßte wieder den kleinen Taliesin. »Bade jetzt, iß, dann wollen wir weiterreden.«

Während ich zu Abend aß, zog Bronwen oben ihr bestes Kleid an; als ich fertig war, war auch sie schon bereit.

»Willst du mit Herrn Gruffydd sprechen, während ich zu Angharad gehe? Oder soll ich mit Herrn Gruffydd sprechen?«

»Es ist besser, wenn du zu Angharad gehst. Wenn ich die elende Schwätzerin zu sehen bekäme, würde ich sie umbringen. Aber wie ich es Herrn Gruffydd sagen soll, das weiß ich nicht.«

»Sprich ganz offen«, riet mir Bronwen. »Sage alles, wie es war. Dann kann er weiter entscheiden.«

»Gut.«

»Leb wohl jetzt«, sagte Bronwen, kam zu mir, strich mir über das Haar und lächelte mich an mit Augen, die ein schmaler Spalt geworden waren. »Oh, Huw, glaubst du, ich wäre blind, Junge?«

»Nein, Bronwen. Und ich wußte, daß du es wußtest, aber ich dachte, das macht nichts, solange wir nicht darüber sprechen.«

Sie lachte laut auf; schön war Bronwens Lachen, tief von innen herauf.

»Ein komischer Junge bist du«, sagte sie. »Wir sprechen weiter darüber, wenn ich zurückkomme, ja?«

»Ja«, antwortete ich, und mir war noch schlimmer zumute als zuvor, beschämt und voll Ärger.

»Sprich mit Herrn Gruffydd, ehe du zu deiner Mutter gehst, Huw, sonst wird sie dir am Gesicht ansehen, daß etwas nicht in Ordnung mit dir ist, und dann wird sie dich fragen, und du wirst ihr alles sagen müssen. Adieu jetzt.«

»Adieu, Bronwen«, sagte ich. Wir sahen einander an, und ich versuchte, sie nicht anzulächeln, um ihr zu zeigen, wie tief ich es fühlte, aber niemand hätte in diese Augen blicken und noch länger Kummer haben können.

So lächelte ich denn halb wider Willen; wieder lachte Bronwen leicht und sanft auf und schloß still die Tür hinter sich.

Ich saß da, bis es dunkelte, dachte über Bronwen und mich nach, immer noch mit dem gleichen Schmerz in mir, immer noch ein wenig beschämt. Aber dann sah ich wieder ihr Lächeln vor mir, und mit einemmal war es anders. Zorn gegen mich selbst stieg in mir auf, weil ich so dumm gewesen war, Bronwen zu sagen, ich hätte geglaubt, alles wäre gut, solange wir nicht darüber sprächen. Und als ich an die Stimme dachte, mit der sie darüber gesprochen hatte, daß ich sie so ansähe, wurde es noch schlimmer. Ich gab mir selbst Schimpfnamen und hätte mich ob meiner Dummheit verprügeln können. Und ich dachte über eine Strafe nach, die ich mir auferlegen könnte.

Aber immer wieder kehrte Bronwens Lächeln zurück, und da war es immer wieder anders.

Bronwen wußte, wie es in mir aussah.

Und sie lachte darüber.

Merkwürdig, daß einen eine kleine eigene Sorge die großen Sorgen der anderen so völlig vergessen lassen kann. Ich hatte Angharad und Herrn Gruffydd vergessen, und erst als ich Gareth so laut weinen hörte, daß Taliesin aufwachte, fiel mir wieder Bronwens Gang zu Angharad ein, und dies ließ mich daran denken, daß ich zu Herrn Gruffydd gehen mußte.

So lief ich denn die Straße hinab zu dem kleinen Haus bei der

Kirche.

»Nun, Huw«, sagte Herr Gruffydd und zog sich die Manschetten vor. Auf seinem Gesicht glänzten noch ein paar Wassertropfen vom Waschen; sein Hut und Mantel lagen bereit auf dem Tisch.

»Herr Gruffydd«, sagte ich, »ich muß Ihnen etwas sagen.«

»Hat es etwas Zeit, Huw?« fragte er mich lächelnd. »Ich muß nämlich gleich gehen.«

»Gehen Sie nach Tyn-y-Coed, Herr Gruffydd?« fragte ich.

»Ja«, sagte er; er wandte sich um und zog den Mantel an. Ich sah an der Art, wie er den Rücken beugte, daß er ein wenig ärgerlich war.

»Deswegen bin ich hergekommen, bitte«, sagte ich.

»Weswegen?« Noch immer kehrte er mir den Rücken zu.

Da sagte ich es ihm.

Die ganze Zeit über bewegte er sich nicht. Im Kerzenlicht stand er da, von mir abgewandt, und seine Hände hielten den Kragen seines Mantels.

»So«, sagte er so ruhig, als ob ich ihm berichtet hätte, daß es draußen regne, »endlich ist es soweit, wie, Huw?«

»Ja, Herr Gruffydd.«

»Und was jetzt? Angharad muß geschützt werden.«

»Dazu müßten Sie Frau Nicholas umbringen, Herr Gruffydd.«

»Man kann die Leute nicht am Reden hindern; man soll sie auch nicht am Denken hindern, Huw«, sagte Herr Gruffydd kühl und ruhig. Und noch immer stand er von mir abgewandt.

»Was werden Sie nun tun, Herr Gruffydd?«

»Geh jetzt, kleiner Huw. Ich will darüber nachdenken.«

»Gute Nacht, Herr Gruffydd.«

Sehr still war er, als ich ging, und als ich dann am Fenster vorbeiging, stand er noch immer mit dem Rücken zur Tür da.

Ruhig lag das Dorf, als ich den Heimweg antrat, nachdem ich noch ein Stück den Fluß entlanggegangen war. Nirgendwo ein Licht, nur bei der Grube drüben. Ich hatte den Spaziergang gemacht, weil ich hoffte, einen klareren Kopf zu bekommen, aber nun war mir schlimmer zumute als zuvor.

Selbst seit ich angefangen hatte zu arbeiten, hatte sich der Fluß verändert, aber auch die Straßen des Dorfes; sogar die Form des Tales war nicht mehr die gleiche. Längs des Flusses, bis zu dem Pfad, der zur Kirche führte, war gebaut worden, und die neuen Maschinenhallen standen in gleicher Höhe mit dem Fluß, so daß alle Abwässer gleich hineinströmten. Und dazu so viel Lärm, daß man krank wurde. Die neuen Straßen waren viel schmaler als unsere.

Kein Garten, nicht einmal ein bißchen Grün begrüßte einen, wenn man eintrat. Und alle Häuser in den langen Reihen waren einander völlig gleich, nicht einmal ein einziger Ziegel war bei dem einen anders als bei dem anderen. Und ganz eng waren sie zusammengezwängt, nicht eine Handbreit Luft war zwischen ihnen. Vier neue Schlackenhalden waren entstanden; die Endpunkte der Seilbahnen, deren Kasten unablässig neue Schlacke auf die Halden schütteten, waren oben auf dem Berge, so daß der schwarze Strom schon die grünen Wiesen dort oben verschüttet und jetzt auch schon den darunterliegenden Wald erreicht hatte. Eine hohe Buche, auf die ich noch unlängst geklettert war, ragte nun aus dem rauchenden Haufen wie die Hand eines Begrabenen hervor.

In der Küche war Licht, als ich heimkam, und mein Herz schlug laut, als ich es sah.

Bronwen saß nähend in dem Lehnstuhl, der Teekessel summte, die Katze lag da, hatte den Kopf auf eine Vorderpfote gelegt und öffnete nur ein Auge, als ich kam. Der gute Geruch einer Zwiebelsuppe stieg mir in die Nase.

»Noch auf?« sagte ich, ohne Bronwen anzusehen.

»Wir wollten ja miteinander reden«, sagte sie lächelnd, »deshalb bin ich noch nicht zu Bett gegangen. Hast du mit Herrn Gruffydd gesprochen?«

»Ja, aber er hat nur gesagt, man könne die Leute nicht daran hindern, zu denken und zu sprechen. Und über die Sache selbst will er nachdenken.«

»Angharad fährt morgen mit dem ersten Zug nach London zurück«, berichtete Bronwen.

»War sie böse?«

»Nein«, sagte Bronwen. »Sie wußte es schon.«

»Sie wußte es?«

»Glaubst du, Huw, daß sie ihr ganzes Leben hier verbracht hat, ohne zu wissen, wie die Leute in den Tälern sind?«

»Und doch ließ sie Herrn Gruffydd die ganze Zeit zu sich kommen, ohne ihn zu warnen?«

»Glaubst du, daß Herr Gruffydd es nicht auch wußte?« fragte Bronwen, eifrig mit ihren Tellern beschäftigt.

»Was hat es denn für einen Zweck, daß wir mit ihm gesprochen haben, ohne daß wir uns auch nur einen Augenblick Sorge darüber machten?« fragte ich und fühlte mich gekränkt und betrogen.

»Man soll sich nehmen, was man haben kann, solange es Zeit ist«, sagte sie und stellte einen Teller Suppe vor mich auf den Tisch. »Die beiden haben niemand einen Schaden zugefügt.«

»Aber er ist ein Priester, und sie ist Frau Iestyn Evans. Da muß es doch unrecht sein, Bronwen?«

»Warum?« gab Bronwen zurück. »Warum sollte es unrecht von Herrn Gruffydd gewesen sein, Angharad zu besuchen?«

»Nun ja«, sagte ich nur; der Dampf von der Suppe stieg mir feucht ins Gesicht; ich war froh darüber, eine Ausrede zu haben, um mein Taschentuch herauszuziehen und mir umständlich das Gesicht abwischen zu können; ich brauchte Zeit zum Nachdenken.

»Nun ja — das ist alles, was du zu sagen weißt!« wiederholte Bronwen scharf und ließ das Messer, mit dem sie den Brotlaib schon halb durchschnitten hatte, stecken. »Soll ich dir sagen, wie es ist? Du denkst eigentlich geradeso wie die Klatschmäuler dort unten, Huw. Wie Frau Nicholas. Ein feiner Bruder bist du. Am liebsten hättest du Angharad umgebracht, jawohl, das habe ich dir angesehen.«

»Du bist garstig zu mir, Bronwen«, sagte ich. »Ich habe doch nur gefragt.«

»Ist Herr Gruffydd anders als andere Männer, nur weil er ein Priester ist?« sagte Bronwen ärgerlich. »Hat er nicht die gleichen Rechte?«

»Aber nicht bei der Frau eines anderen, das wollte ich nur sagen«, rief ich zornig; am liebsten hätte ich das ganze Haus kaputtgeschlagen.

»Was meinst du damit ... die Frau eines anderen? Wem schadet es etwas, wenn Herr Gruffydd sich mit Angharad unterhält und ihr Gesellschaft leistet?«

»Das schadet allerdings niemand etwas.«

»Nun, also?«

»Zum Teufel«, rief ich. »Mich geht es ja schließlich nichts an.«

Bronwen fing an, so heftig zu lachen, daß sie das Brot nicht schneiden konnte. »Du bist ein dummer Junge, Huw.«

»Warum bin ich dumm, Bronwen?«

»Weil du genau das gleiche tust, was Herr Gruffydd getan hat. Du schläfst sogar im Hause. Wäre es dir recht, wenn andere über dich klatschten?«

Jetzt begriff ich plötzlich, was Bronwen mit alldem sagen wollte.

»Niemand kann etwas über mich oder über dich sagen, Bronwen. Ich möchte es auch keinem raten.«

»Es wird nicht lange dauern, bis du so etwas zu hören bekommst«, sagte Bronwen überzeugt.

»Dann will ich von dir fortziehen.«

»Du wirst bleiben, Huw. Laß sie nur reden, die dort unten, die sich das Maul zerreißen. Und denke zuerst einmal über dich selber nach, ehe du über andere redest. Ich habe heute nachmittag davon gesprochen, wie du mich ansiehst. Frage dich erst einmal, ob das recht oder unrecht ist, ehe du andere zur Rechenschaft ziehst.«

Ich saß da wie ein Hund, der Schläge bekommen hat, und bald ging ich zu Bett. Ich spürte, wie Bronwens Augen mir folgten, ich spürte ihr Lächeln, aber ich sah sie nicht an, und diesmal lächelte ich nicht zurück.

Vierunddreißigstes Kapitel

Angharad fuhr nach London zurück, und Ceridwen zog auf eine Weile mit den Kindern zu ihr. Auch Mutter fuhr auf einen Monat nach London, und eine Aufregung war darüber im Hause, daß man hätte glauben können, Mutter führe zuerst nach dem Südpol und dann noch viel weiter.

Wie still es doch in einem Heim ist, wenn die Hausfrau fort ist.

Man tritt ein, es riecht so gut wie sonst, die Luft an deiner Wange fühlt sich an wie sonst, das Feuer hat die gleiche Stimme, die Porzellanteller im Küchenschrank blicken dich an, wie sie es immer taten, und die Uhr tickt so laut wie immer die Zeit weg.

Aber eine Wärme fehlt, etwas Lebendiges, das dir entgegenschlug, sobald die Tür geöffnet wurde, und die Geräusche, die dann folgten, das Klappern der Teebüchse, das Knirschen, wenn der Deckel abgenommen wird, das Klirren der Löffel in den Untertassen, das hastige Zischen, wenn kochendes Wasser auf die Teeblätter gegossen wird, alle sind sie weg.

»Ich kann es gar nicht sagen, wie ich eure Mutter vermisse«, sagte Vater. »Das Leben ist nicht mehr schön, seit sie fort ist. Zum erstenmal seit neununddreißig Jahren hat sie mich allein gelassen. Wahrhaftig, ich fühle mich ganz verloren ohne meine gute Beth.«

Oft sah ich meinen Vater unter der Lampe Briefe an Mutter

schreiben; er kratzte sich den Kopf, um über immer neue Dinge nachzudenken, die sie interessieren könnten. Sogar, daß am Teekessel der Griff abgebrochen sei und daß Gareth mit meinem Meißel ein Stück Holz aus der Tür geschnitten hatte, berichtete er ihr, und über den kleinen Taliesin schrieb er ihr natürlich ganze Seiten.

Seltsam ist es, einem Manne zuzusehen, wie er still dasitzt in seiner eigenen Welt und nach Juwelen sucht, um sie seiner Königin zu schenken. Oft dachte ich darüber nach, wie Vater seine Welt wohl sehe, und ich wünschte mir, einmal nur eine Minute lang in ihm drin zu sitzen, während er an Mutter schrieb.

Mutters Briefe an ihn waren immer nur eine Seite lang, und sie schrieb mit ganz großen Buchstaben, um diese eine Seite vollzubekommen. Immer mußte sie sich beeilen, um die Post noch zu erreichen und verblieb »Deine Dich liebende Elizabeth Morgan«.

Und immer weinte er, wenn er uns Mutters Brief vorlas.

Ich ging wieder zur Arbeit und kam mit einer ordentlichen Strafpredigt des Schmiedes davon. Ein paar Wochen später wurde ich als Vollhauer unter Tag geschickt und bekam nun selbst einen Jungen als Unterstützung mit. Zwölf Jahre alt war er, ein braver Bursche, aber ein bißchen jung für die Arbeit, die er zu leisten hatte, deshalb hatte ich mehr zu tun.

Der Junge füllte an einem Samstag unten im Querschlag den Förderwagen, während ich oben vor Ort Schlacke aufschichtete. Plötzlich hörte ich unten Geschrei und fürchtete schon, mein Gehilfe wäre überfahren worden, so rutschte ich denn, so rasch ich nur konnte, durch den engen Spalt hinab.

Er raufte jedoch mit einem größeren Jungen und bekam Prügel, aber er wehrte sich tapfer und teilte auch ein paar ordentliche Schläge aus.

»Komm«, rief ich ihn. »Vergiß nicht, daß du für mich arbeitest.«

»Entschuldige, Huw«, sagte er und ließ die Hände sinken; das benutzte aber sein Gegner dazu, ihm einen harten Schlag aufs Ohr zu geben, daß der Kleine umfiel.

Das war gemein.

Ich gab dem Burschen eine kräftige Ohrfeige, so daß er auf einen Kohlenhaufen sank.

»Manieren scheint ihr in eurer Familie nicht zu haben«, rief ich ihm zu.

»Nicht so hitzig, Huw«, sagte einer der Männer, die zugeschaut hatten, »seit wann geht es denn in eurer Familie so fein zu?«

»Halte gefälligst den Mund und rede nicht über meine Familie«, herrschte ich ihn an.

»Dann fang du nicht damit an, Huw Morgan«, gab Evan John hitzig zurück. »Du hast gerade das Recht, über andere zu reden, wo deine Schwester mit jedem Pastor im Bezirk herumzieht, eine verheiratete Frau noch dazu.«

Ich brach ihm zwei Rippen mit einer Rechten, die Nase mit einer Linken, und sein Gesicht ließ ich erst los, als ich spürte, wie sein Kinn unter meiner Faust krachte.

Dann ging ich wieder an die Arbeit.

Als ich oben an der Schachtöffnung aus dem Förderkorb stieg, winkte mich der Direktorstellvertreter zu sich.

»Die Polizei sucht Sie«, teilte er mir mit.

»Gut«, sagte ich, »wo?«

»Im Büro.«

So folgte ich ihm ins Büro; ein Polizeiwachtmeister kam auf mich zu und klopfte mir auf die Schulter.

»Huw Morgan?« fragte er.

»Ja«, nickte ich.

»Raufhandel und schwere Körperverletzung.«

»Darf ich ein Bad nehmen, ehe Sie mich einsperren?«

»Sie werden nicht eingesperrt«, erklärte er. »Sie bekommen zuerst eine Vorladung.«

»Darf ich gehen?« fragte ich.

»Ja, aber bleiben Sie zu Hause, bis die Vorladung kommt.«

»Sie sind entlassen, Morgan«, sagte der Direktor zu mir. »Ihr Morgans habt uns von jeher Unannehmlichkeiten gemacht.«

Ich ging nach Hause, badete und setzte mich zu Tisch.

Bronwen stellte den Teller vor mich hin und sah mich dann an.

»Was hast du mit deinen Händen angestellt?« fragte sie mich.

»Wenn es ein unverheirateter Mann gewesen wäre, hätte ich ihn getötet. Er sprach schlecht von Angharad.«

»Oh, Huw«, sagte sie und setzte sich neben mich. »Was geschieht jetzt weiter?«

»Ich erwarte eine Vorladung zur Polizei«, antwortete ich. »Und ich bin entlassen worden.«

Wir schwiegen. Dann legte sie mir eine Hand auf die Schulter und sagte: »Iß jetzt ruhig.«

Ein wenig später hörten wir draußen Schritte, die Schritte eines Menschen, der eine Pflicht zu erfüllen und wenig Zeit hatte.

»Herr Gruffydd«, rief Bronwen, stand rasch auf, um die Stühle geradezustellen und das Tischtuch glattzustreichen.

»Huw«, sagte Herr Gruffydd — groß und dunkel stand er in der Tür — »du hast Unannehmlichkeiten gehabt.«

»Ja, Herr Gruffydd«, sagte ich und stand rasch auf, denn sein Gesicht war bleich, nur rot um die Augen herum.

»Wegen meines guten Namens und der Ehre deiner Schwester, nicht wahr?«

Ich schwieg.

»Ich schäme mich«, sagte er müde, aber von innerem Zorn geschüttelt. »Ja, ich schäme mich. Und vor Gericht wird es noch schlimmer sein.«

»Mir ist es gleichgültig, was man bei der Polizei oder bei Gericht sagen wird, Herr Gruffydd.«

»Herr Elias wird schon dafür sorgen, daß man es dir schwer macht.«

»Herr Elias?« fragte ich überrascht.

»Herr Abishai Elias hat die Klage durch seinen Sohn einbringen lassen, sonst wäre es zu gar nichts gekommen. Evan Johns Vater ist bei Elias angestellt.«

»Ich werde ruhig abwarten, was da kommt«, sagte ich.

Herr Gruffydd ließ sich schwer in einen Sessel fallen. »Ich gehe fort von hier«, sagte er langsam. »Ich verlasse das Tal. Mir ins Gesicht wagen sie nichts zu sagen, aber ich sehe an ihren Blicken, wie sie denken. Manche wenigstens. Es ist bloßer Eigensinn, daß ich noch hier bin. Ich hätte schon längst gehen sollen.«

Erschöpft wie ein geschlagener Mann, die Augen auf den Boden gerichtet, saß er da und drehte den Hut zwischen seinen Fingern; das Haar fiel ihm ins Gesicht, und seine Schulter ruhte schlaff unter faltigem Schwarz. Bronwen wischte sich mit der Schürze über die Augen.

Mir war kalt geworden.

»Es tut mir so leid, Herr Gruffydd, daß Sie weggehen wollen«, brachte ich mühsam hervor.

»Ich werde mit deinem Vater sprechen, Huw«, sagte Herr Gruffydd.

Als er gegangen war, blickte ich auf das Feuer im Kamin; an nichts konnte ich denken, nur an die gelben, züngelnden Flammen vor mir und daran, wie schmerzlich Bronwens leises Weinen klang.

»Nun, Huw, was willst du jetzt anfangen?« fragte Vater, als ich zu ihm kam.

»Schreiner will ich werden, Vater.«

»Was ist nur über uns gekommen?« sprach Vater sinnend. »Ivor, Ianto, Davy, Angharad, du. Was nur deine arme Mutter dazu sagen wird. Und Herr Gruffydd . . .«

»Hast du ihm nicht zugeredet, hierzubleiben, Vater?« fragte ich.

Mein Vater wies mit seiner Pfeife zum Berg empor. »Versuch den dort von seinem Platz zu schieben!« sagte er. »Nach Patagonien will Herr Gruffydd gehen, und er wird sich nicht davon abbringen lassen, Huw.«

Als Mutter aus London zurückkam, war ich gerade im anderen Tal, um Holz zu kaufen. Ich sah sie in Bronwens Lehnstuhl sitzen, als ich heimkam. Sie hatte Taliesin auf dem Arm; um ihr Schwarzseidenes hatte sie ein Tuch gelegt, damit es nicht schmutzig würde.

»Nun, Huw«, sagte sie, nachdem ich sie geküßt hatte. »Wieder einmal etwas passiert?«

»Ja, Mutter.«

»Wann mußt du vor Gericht?« fragte sie mich ganz ruhig.

»Übermorgen, Mutter.«

»Hast du Angst?« fragte sie weiter und sah mir gerade ins Gesicht.

»Nein.«

»Gut, Huw. Ich habe dir einen feinen Hut aus London mitgebracht.«

»Danke, Mutter«, sagte ich. »Wie geht es Angharad?«

»Sie fährt nach Kapstadt«, antwortete Mutter und hob den kleinen Taliesin hoch und küßte ihn, um zu verbergen, wie ihr Kinn zitterte.

Fünfunddreißigstes Kapitel

So fuhr ich denn in meinem besten Anzug, den neuen Hut aus London auf dem Kopf, zum Gericht. Zwischen meinem Vater und Herrn Gruffydd saß ich im besten Wagen, den Herr Thomas hatte. Viele Leute sahen uns auf unserer Fahrt die Straße hinab und durch das Dorf zu, aber sie lächelten nicht und winkten uns auch keinen Abschiedsgruß zu.

Während des ganzen Weges über den Berg kamen wir an Schlakkenhalden vorbei. Lebende Bäume waren unter ihnen begraben;

an manchen Stellen wuchs Stechginster darauf, gelb blühend, und hier und dort schaute grünes Gras schüchtern aus den Haufen hervor.

»Werden in unserem Tal noch Stellen übrigbleiben, wo keine Schlacke ist?« fragte ich.

»Als ich jung war, war das nicht erlaubt«, antwortete Vater. »Faulheit und Untüchtigkeit und die Sucht, alles möglichst billig zu machen, tragen die Schuld daran. Aber mehr Sorgen macht es mir jetzt, ob du frei ausgehen wirst, Huw. Die Schlacke ist einmal da, und es läßt sich nichts daran ändern.«

»Wir haben einen guten Verteidiger für dich, Huw, und du hast die besten Aussichten«, erklärte Herr Gruffydd.

»Ich habe keine Angst«, sagte ich, und so war es auch, seltsam genug.

Wenn ich an den Gerichtssaal, an die Polizei, an den Richter und vor allem an das Gefängnis und seine Gitter gedacht hatte, war mir freilich anfangs schlimm zumute gewesen.

Aber als ich an diesem Morgen weggegangen war, stand Bronwen bei der Tür, reichte mir meinen Hut und gab mir einen Abschiedskuß.

»Leb wohl«, sagte sie.

Wir sahen einander an, lange und tief. Und plötzlich erkannte ich ihre Einsamkeit, ihren Kummer, ihre Sehnsucht nach Ivor, all das, was sie niemals verriet, weder mit einem Wort noch mit einem Blick. Frauen haben ihre eigene Tapferkeit, ihren eigenen mächtigen Mut, der etwas anderes ist als der Mut der Männer.

In jenem Augenblick hatte Bronwen Mitleid mit mir, und in dem Mitleid entglitt ihr für eine kurze Minute der Schild ihres Mutes; ich sah ihr tief in die Augen und spürte die Leere dahinter, und ich hörte die Stimme rufen im Schweigen, und ich fühlte die Tränen, die sie weinte, wenn wir alle schliefen.

So sehr schämte ich mich, daß ich hätte zur Erde niederfallen und ihre Füße küssen mögen.

Und ich wußte nun, warum die Alten härene Gewänder trugen und sich kasteiten.

»Oh, Bronwen«, sagte ich, »jetzt erst kenne ich dich.«

Ihr Antlitz riß entzwei vor meinen Augen, und ich ertrug es nicht, sie anzusehen.

Ich blickte zum Berg empor, zu dem Grün und zu dem blauen Schimmer um seinen Gipfel; sein starker Atem wehte kalt auf mich hinab, und ich bat ihn, mir ein wenig mitzugeben von seinem Frieden, während Bronwen an meiner Seite litt.

»Ich habe keine Angst mehr, Bronwen, meine liebe Bronwen«, sagte ich. »Ich bin froh, daß dies geschah, denn nun weiß ich, wie du bist. Wenn ich zurückkomme, nun, dann komme ich zurück. Halten sie mich dort, dann bleibe ich eben dort. Aber ob ich bleibe oder zurückkehre, ich habe keine Angst. Ich schäme mich nur. Leb wohl, Bronwen.«

Ich legte meinen Arm um sie, ich spürte ihre sanfte Wärme, und inmitten ihrer Tränen, inmitten des Lavendelduftes, der nach mir griff, berührte ich ihre Wangen mit dem Kuß eines Bruders und ging, bereit für das, was da kommen würde.

Ich pflückte mir noch eine Blume für mein Knopfloch, stieg in den Wagen und fuhr davon, ohne mich einen Pfifferling um irgend jemanden zu kümmern.

Als wir beim Gericht ankamen, setzten wir uns vor dem Gebäude auf Bänke. Viele Gesichter sah ich, die ich kannte. Ich lächelte ihnen zu, das war alles. Dann kam Evan John auf mich zu; sein jüngster Bruder sprach für ihn, denn sein Kinn steckte noch in einem dicken Verband, und seine Augen waren geschwollen und rings von Schrammen umgeben.

»Huw«, sagte Dafydd John zu mir, »Evan möchte dir nur sagen, daß er nicht schuld daran ist. Er ist nur hier, weil er vorgeladen wurde. Aber er wird nichts aussagen.«

»Danke, Evan«, sagte ich.

»Es tut ihm leid, daß ihr Streit hattet, und er möchte dir die Hand schütteln«, erklärte Dafydd weiter.

»Mir tut es auch leid, Evan«, sagte ich. »Wir sind immer gute Freunde gewesen. Aber, siehst du, ich mußte es tun.«

Evan reichte mir die Hand und versuchte, mir zuzunicken, aber selbst dieses Nicken machte ihm Schmerzen. Er verzog das Gesicht dabei, aber seine Augen lächelten.

»Ich plädiere auf Notwehr«, erklärte unser Anwalt. »Eine Gefahr besteht nur, wenn die Zeugen ungünstig für ihn aussagen.«

Herr Esdras Daniels war ein kleiner Mann mit einem langen Schnurrbart, der, steif vor Pomade, bis zu seinem Kinn hinuntergebogen war und dann in einem zweiten Bogen wieder hinaufstieg. Sein Haar war flach über den Schädel gekämmt, der rosig hindurchschimmerte. Kleine schwarze Augen hatte er, die einen ansahen wie die eines Verkäufers, der nachsehen will, welche Kragen- oder Schuhnummer man hat; Herr Daniels aber nahm Maß für seine Rechnung, achteinhalb Schilling Honorar, fünf Schilling Stempel und dann noch die Zeugengebühren und kleinen Spesen.

»Morgan«, rief jetzt ein Mann in schwarzer Amtskleidung und mit einem Gesicht, dem man ansah, daß er viel mit Bierkrügen umging.

Drinnen im Verhandlungszimmer saßen vier alte Männer auf der Richterbank an der Wand, und der eine, ganz am Ende, war Abishai Elias. Als Schöffe saß er da.

Dann wies man mich zu dem für den Angeklagten bereitgehaltenen Platz, der auf drei Seiten von hölzernen Wänden umgeben war; alle schlurften leise über den Boden und sprachen mit gedämpften Stimmen; auf Pultdeckeln wurden Bücher zugeschlagen; es war ganz wie in der Schule, wenn der Lehrer hinausgegangen ist.

Bis zum heutigen Tag weiß ich nicht, wer der Mann war, der mir gebot, die Bibel in die Höhe zu halten und den Eid zu sprechen. In einem langen Wort sprach er ihn mir vor, und ich sprach ihn nach, so gut ich ihn verstand.

»Ich schwöre bei Gott dem Allmächtigen . . .«

Gewaltige, schreckliche Worte.

Aus dem Munde dieses Mannes aber und dem meinen klangen sie jetzt wie ein gesprochener Brei, dessen sich selbst ein kleines Kind hätte schämen müssen.

Wie ich so dastand, versank ich stehend in eine Art Traum; ich war mit Dai Bando und Cyfartha oben auf dem Berg, mit Shani in der Schule, mit Ceinwen bei den Komödianten, überall mit allen, nur nicht hier im Gerichtszimmer.

Erst als ich die Hände meines Vaters auf der Lehne des Stuhles vor ihm sah und Herrn Gruffydds bleiches Gesicht, wurde ich wieder wach.

Jetzt sprach der Klageanwalt zu den Richtern; sehr graziös war er, mit einem Bleistift zwischen den Fingern, und seine beiden kleinen Finger bewegte er, wie Frauen Teetassen anfassen, wenn besonders feiner Besuch da ist.

»Wir bitten um Entschuldigung dafür, daß wir diesen Fall vor Gericht gebracht haben«, sagte er, »aber in Anbetracht der Umstände hielt mein Klient es für notwendig, im Interesse der Gerechtigkeit. Daß unsere Zeugen sich samt und sonders entschlossen haben, nichts auszusagen, dürfte der Körperkraft und der Rauflust des Angeklagten zuzuschreiben sein. Es ist allgemein bekannt, daß er mit Vorliebe die Gesellschaft von Berufsboxern und ähnlichen wüsten Gesellen aufsucht.«

Herr Esdras Daniels stand sehr ruhig auf und beugte sich mit einem überlegenen Lächeln zur Richterbank vor.

»Herr Präsident«, sagte er, »ist diese Einleitung unbedingt nötig?«

»Der Herr Gegenanwalt wird mir wohl gestatten müssen, die Umstände genauer darzutun, die uns zwingen, die Anklage zu unserem Bedauern zurückzuziehen«, entgegnete Herr Pritchard, der Klageanwalt, mit einem nicht minder sorgsam einstudierten Lächeln.

»Fahren Sie fort, Herr Pritchard«, sagte einer der vier alten Männer, und vier Köpfe nickten gleichzeitig.

»Es gibt nicht mehr viel zu sagen«, erklärte Herr Pritchard kopfschüttelnd, »die unliebsame Angelegenheit wurde durch eine Bemerkung über die Schwester des Angeklagten, eine verheiratete Frau, und einen bekannten Geistlichen hervorgerufen. Ohne Zweifel fühlte sich der Angeklagte verpflichtet, die Ehre der betreffenden Frau zu verteidigen, aber er tat es auf höchst rohe und brutale Art, statt sich auf gebührende Weise an den zuständigen Gerichtshof mit einer Verleumdungsklage zu wenden, welche nach den bestehenden gesetzlichen Vorschriften durch die betreffende Frau, ihren abwesenden Gatten oder den in den Fall verwickelten Geistlichen hätte eingebracht werden können. Dies ist nicht geschehen. Und wie der Fall jetzt liegt, bin ich, da meine Zeugen nicht bereit sind, auszusagen, zur Zurückziehung der Anklage gezwungen.«

Herr Esdras Daniels sprang auf und rief wie der Racheengel in Person: »Ich muß das Gericht darauf hinweisen, daß mein Klient ebenso wie andere unschuldige Personen aufs schmählichste verleumdet und beschimpft worden sind.«

Der Richter sagte jetzt: »Diese Bemerkung muß ich rügen, sie geht über das zulässige Maß hinaus. Im übrigen ist der Angeklagte, da die Anklage gegen ihn zurückgezogen wurde, freigesprochen.«

Ein allgemeines Gemurmel erhob sich im Raume. Herr Daniels und Herr Pritchard unterhielten sich aufs liebenswürdigste miteinander, schlossen dann ihre Aktentaschen und entfernten sich Arm in Arm.

»Sie können gehen«, sagte der Mann in der Amtskleidung zu mir, und mitten durch die Menschen, die mich anstarrten, ging ich dem Ausgang zu.

Als ich hinauskam, saßen Vater und Herr Gruffydd schon im Wagen und warteten.

»So rasch wie möglich nach Hause«, sagte Vater, und Thomas knallte mit der Peitsche.

Zurück in unser Tal ging es; während der ganzen Fahrt wurde kaum gesprochen.

»Ich danke dir, Thomas«, sagte Vater, als wir nach Hause kamen.

»Nichts zu danken, nichts zu danken«, sagte Thomas, »adieu, Morgan.«

Für Herrn Gruffydd hatte Thomas kein Wort und keinen Blick.

»Wollen Sie mit zum Essen hereinkommen, Herr Gruffydd?« fragte Vater, aber er sah dabei die Hauswand an. Ich blickte auf das Korkband in meinem neuen Hut aus London.

Herr Gruffydd legte Vater nur stumm die Hand auf die Schulter, wandte sich um und ging.

»Komm herein, Huw, und schließe die Tür«, sagte Vater, und ich glaube, er weinte.

Es war das erstemal, daß unsere Haustür während des Tages verschlossen wurde.

Nach dem Essen kam James Rowlands und blieb in der hinteren Tür stehen. Seinen besten Anzug hatte er an, und sein Gesicht war sehr ernst.

»Gwilym«, sagte er, »eine Versammlung des Kirchenvorstandes.«

»So, wann denn?«

»Jetzt gleich. Kommst du?«

»Ja«, sagte Vater.

Mutter hörte ihnen zu, still und blaß.

»Nun«, sagte Vater zu Mutter und sah sie an.

In der Stille, die folgte, sprachen sie ihre eigene Sprache, mit ihren Augen, mit den Bewegungen ihrer Hände, durch die Art, wie sie dastanden; der eine wußte, was der andere sagte, und zog Kraft daraus; das hatten sie gelernt in den vierzig Jahren, die sie zusammen lebten, und ihr Fühlen und Denken war eins.

»Gute Nacht«, sagte Vater dann.

Mutter nickte nur, und er ging.

Als ich am Abend von einer Versammlung, auf der ich mit Ianto gewesen war, nach Hause kam, erwartete mich Bronwen mit dem Abendessen.

»Herr Gruffydd ist seines Amtes enthoben worden«, rief sie.

»Der Kirchenvorstand hat ihn für unwürdig erklärt, es auszuüben. Mit sieben Stimmen gegen drei.«

»Es gibt genug andere Kirchen.«

»Vater tritt aus der Kirchengemeinde aus.«

»Das werde ich auch tun«, rief ich rasch.

»Ich auch«, sagte Bronwen. »Es gibt eine Spaltung.«

»Herr Gruffydd wird anderswo predigen, und die ganze Gemeinde wird ihm folgen. Der Kirchenvorstand wird ganz allein in der alten Kirche bleiben.«

»Herr Gruffydd fährt Ende des Monats mit einem Segelschiff nach Patagonien«, berichtete Bronwen. »Er ersuchte den Kirchenvorstand, ihn bis dahin im Amt zu belassen. Aber sie haben gesagt, er wäre unrein. Herr Isaac Wynn hat das gesagt.«

»Was hat Vater gemeint?«

»Herr Isaac Wynn geht mit großen Pflastern im Gesicht herum, und dein guter Vater hat das eine Auge etwas blau.«

»Gut«, sagte ich. »Wo ist Herr Gruffydd?«

»Ich habe ihm eben das Essen hinuntergebracht«, erklärte Bronwen. »Er war gerade dabei, die Möbel zu verpacken. Bis morgen muß er sein Haus verlassen haben.«

Mir wurde kalt und heiß zugleich.

Die Uhr ging und ging.

»Ich gehe gleich zu ihm«, sagte ich.

»Geh erst morgen, Huw. Sein Abendessen habe ich in dem Korb da wieder zurückgebracht. Er wollte es nicht anrühren.«

Sechsunddreißigstes Kapitel

Am nächsten Morgen war ich schon früh in Gorphywysfa, aber Herr Gruffydd war bereits auf; er saß am Schreibtisch und las, als ich klopfte. Meine Schritte hallten laut wider; längs den Wänden des Ganges standen Kisten und zusammengeschnürte Bündel, und mitten im Zimmer waren weitere Sachen ausgetürmt.

»Guten Morgen, Huw«, sagte Herr Gruffydd ruhig, gar nicht anders als sonst. »Ich freue mich, daß du gekommen bist.«

»Danke, Herr Gruffydd. Sie haben so viel für mich getan, und ich kann gar nichts für Sie tun.«

»Doch, einen großen Gefallen kannst du mir erweisen«, sagte er lächelnd, »willst du?«

Ich nickte stumm. Er wandte sich um und blickte zum Fenster hinaus.

»Denkst du noch an die Schlüsselblumen, mein Kleiner?« sagte er, und seine Stimme war leise, wie der Wind aus Nordosten. »Erzieher und Schüler sind wir gewesen. Doch immer Freunde. Ich möchte dich bitten, diese Möbel, die wir mitsammen gemacht haben, nach Tyn-y-Coed zu bringen. Ich habe es versprochen.«

»Wir haben an diesen Möbeln mit Liebe gearbeitet. Wir waren glücklich hier.«

Draußen begann eine Amsel zu singen.

»Ich bedauere nur, daß ich gehe, ohne mein Werk getan zu haben«, fuhr Herr Gruffydd fort. »Nichts anderes bedauere ich. Die bösen Zungen, die Engherzigkeit, die geistige Armut, an alledem bin ich schuld. Vielleicht ist dort, wo ich hingehe, nützliche Arbeit zu leisten.«

Draußen fuhr Ellis vorbei; ich sah, daß Mari, die Stute, ein neues Hufeisen brauchte.

»Heute morgen schon gehe ich weg. Diese Uhr hat mir mein Vater gegeben, als ich Priester wurde. Ich wollte, ich könnte dir mehr geben. Nimm sie, Huw, sie hat Stunden geschlagen, die mir lieb waren.«

Warm noch von seiner Tasche, glitt die Uhr, glattes Gold und Glas, in meine Hand.

»Es ist nicht notwendig, daß wir uns zum Abschied die Hände schütteln«, sagte er und stand abgewandt. »Wir werden einander nicht vergessen, Huw, mein Kleiner. Leb wohl, sei glücklich.«

Ich ging.

Auf den Berg ging ich und lag dort mit dem Gesicht auf der Erde, bis mir die Morgensonne auf den Rücken schien.

Als ich hinunterstieg, war Gorphwysfa leer.

Gorphwysfa, Ort der Ruhe.

Während der nächsten Tage war das Dorf wie ein Friedhof. Die Menschen gingen durch die Straßen, als ob sich der Himmel öffnen und ein feuriger Regen herabfallen würde. Man ließ die Kinder nicht auf die Straße gehen.

Vater ging umher wie ein Schlafwandler, aber er dachte doch klar genug, um einen Stall zu mieten, Farbe zu kaufen, den Stall zu reinigen und frisch zu streichen. Den ganzen Samstag schrubbten und malten wir.

Und am Sonntagmorgen gingen wir zum Gottesdienst. Als wir die Straßen hinuntergingen, begrüßten wir dieselben Leute wie sonst. Aber unten bogen wir rechts ein und gingen zu dem Stall, der unsere neue Kirche war, und Vater las aus der Bibel vor.

Unser zehn waren wir.

Dann saßen wir drei Viertelstunden in stiller Andacht da; die Stimme Herrn Gruffydds, wo immer er jetzt sein mochte, gab uns wieder Mut und Hoffnung auf eine bessere Welt. Und seine Uhr war in meiner Hand, warm, wie er sie mir gegeben hatte.

»Sind Sie heute morgen hier bei uns, Herr Gruffydd?« sagte mein Vater und hielt Mutters Hand in der seinen. »Wir heben unseren Blick über die Berge, wie Sie es uns gesagt haben. Für immer. Gott segne Sie. Ja. Und, lieber Gott, mache heute die schweren Herzen leichter. Amen.«

»Amen«, sagten wir alle.

»Und jetzt wollen wir einen schönen Choral singen«, sagte Vater. »Geben wir unseren Stimmen Arbeit, solange wir sie haben.«

So sangen wir denn, und ich glaubte, Herrn Gruffydds Baß zu hören, wie man eine Stimme aus einem Chor heraushört, wenn man die Hand ans Ohr legt und lauscht, und wenn man ganz genau weiß, welche Stimme man erkennen will.

Als der Herbst verging und der Winter kam, hatte unsere neue Gemeinde schon fast hundert Mitglieder; alle zusammen kauften wir den Stall und arbeiteten emsig daran, damit er ein würdiger Ort wäre, die Bibel darin zu lesen. Abend für Abend waren wir dort, schnitzten Bänke und eine Kanzel, machten ordentliche Tore, deckten den Boden mit Steinplatten, bis es eine Freude war, hineinzugehen. Sogar Dai Bando und Cyfartha halfen mit; Dai konnte Steine setzen wie nur einer, und Hilfe, um schwere Steine aufzuheben, brauchte er auch nicht.

»Huw«, sagte er eines Abends zu mir, »komm am Samstag mit uns, ja? Ein Boxabend zugunsten Cyfarthas. Wir brauchen Sekundanten. Du bist noch nie bei einem richtigen Boxabend gewesen, Huw.«

»Tu mir den Gefallen«, bat Cyfartha. »Dai boxt.«

»Dai?« rief ich etwas überrascht, denn er war nun schon an die Fünfzig, und wenn wir jetzt morgens zum Berg hinaufgingen, hatte er schon ein bißchen Mühe mit dem Atmen.

»Ich bin Zeitnehmer. Willie Lewis ist der eine Sekundant, dem wir trauen können, und du sollst der andere sein. Kommst du?«

fragte Cyfartha.

»Wenn es zugunsten Cyfarthas ist, komme ich«, sagte ich. »Wer ist denn Dais Gegner?«

»Big Shoni.«

Big Shoni war größer und noch breiter als Dai, ein Mann mit einer lauten Stimme, der kleine, schwache Männer wegzustoßen und ihr Bier auszutrinken pflegte. Oft genug hatte er den Griff einer Hacke auf den Kopf bekommen, aber er war nicht der Richtige, gute Manieren zu lernen. Viele hatten Angst vor ihm, und sogar in der Grube gab man ihm die besten Arbeitsplätze.

»Wo wirst du boxen?« fragte ich Dai.

»Im anderen Tal drüben.«

Und Dai gewann den Kampf.

Fünfmal ging er zu Boden.

Fünfmal stand er wieder auf.

Und dann, als die johlende, tobende Menge ihn schon in der nächsten Sekunde knockout sah, als sein ganzes Gesicht eine einzige blutende Wunde war, tastete er sich vor; noch einmal schnellte seine Rechte gegen Shonis Kinn vor.

Shoni stürzte durch die Seile aus dem Ring.

Dais letzter Kampf war zu Ende.

Nie werde ich dieses Ende vergessen. Ich sprang in den Ring und schrie Dai, dessen tastender Arm noch immer den Gegner suchte, ins Ohr: »Hände runter, Dai! Es ist aus.«

»Aus?« keuchte er und sah mich mit leeren, toten Augen an. »Habe ich verloren?«

»Nein, nein, gewonnen hast du!« rief ich.

Dai tastete sich mit vorgestreckten Armen zu den Seilen hin.

Und nun war auch schon Cyfartha da, nahm Dai an der Schulter und zog ihn an sich.

»Ich bin es, Dai . . . Cyfartha. Kennst du mich denn nicht?«

»Etwas ist mit meinen Augen los«, sagte Dai leise.

Wir führten ihn zu dem Schemel in der Ecke und gossen ein paar Eimer Wasser über ihn aus.

Auch der Gang über den Berg in dieser Nacht werde ich nicht vergessen. Schwer stützte sich Dai auf meine Schultern. Cyfartha war betrunken, aber still dabei und böse auf die ganze Welt.

Weiß stand der Mond über uns, und mir war kalt; aber noch kälter wurde mir, als ich daran dachte, was in dem Mann vorgehen mußte, der meine Schulter gepackt hielt mit dem Griff eines, der mit dem Tode kämpft.

Alle sagten, Dais Erblindung sei die Strafe für seinen sündhaften Lebenswandel.

Auch mich traf ein Teil des Tadels, weil ich dabeigewesen war.

Unsere neue Kirchengemeinde tadelten die Leute, weil sie sagten, das sei die Strafe Gottes dafür, daß wir aus der richtigen Kirche ausgezogen seien und in einem alten Pferdestall beteten.

Cyfartha fuhr mit Dai nach Cardiff zum Augenarzt, aber Shonis Faust hatte etwas in Dais Auge zerstört, und wenn er auch allmählich wieder mehr und mehr sah, so gewann er doch nie wieder seine volle Sehkraft zurück.

So kauften Dai und Cyfartha gemeinsam mit ihren Ersparnissen die »Drei Glocken«. Dai stand den ganzen Tag hinter dem Schanktisch, während Cyfartha wie sonst in der Grube arbeitete und erst am Abend im Wirtshaus mithalf.

Ein einziges Mal nur verließ Dai seinen Platz hinter dem Schanktisch, zog seine alte Arbeitskleidung an und fuhr mit dem Förderkorb in den Schacht hinab. Ein einziges Mal nur.

Siebenunddreißigstes Kapitel

Es ging mir gut in den Jahren, in denen ich Schreinermeister war. Aus dem ganzen Tal kamen sie zu mir, um Türen, Fensterrahmen und einfache Möbel zu bestellen. Hinter unserem Haus hier und hinter Bronwens Haus sah es manchmal wie auf einem Holzlagerplatz aus. Schließlich hatte ich vier Gesellen und noch ein paar Lehrlinge.

Ich glaube, wir waren glücklich in dieser Zeit.

Vielleicht ist das Glück etwas Starkes und Köstliches, das wir nur ein- oder zweimal im Leben genießen. Aber der Geschmack davon bleibt uns im Munde unser ganzes Leben lang, und wir wünschen, wir hätten die Köstlichkeit von damals wieder einmal ordentlich und kräftig zwischen den Zähnen, wie ein besonders gutes Essen, an das man mit Freude zurückdenkt und das man im Geiste noch einmal ißt.

Zwei Männer waren hinter Bronwen her, mit Blumen und Süßigkeiten. Matthew Harries und Gomer James, beide waren sie brave, tüchtige Burschen, und wenn ich jetzt daran zurückdenke, so war es eigentlich eine Ehre für Bronwen, daß sie zwei solche Bewerber hatte, wenn es uns auch damals nicht so vorkam.

Seltsam ist unser Leben.

Jahrelang schon hatten wir in jedem Hause gelebt, Bronwen und ich, und die Jungen waren schon recht groß, als wir zu erstenmal ernsthaft über alles sprachen.

Seit dem Tage, an dem ich in die Stadt zu Gericht ging, waren wir immer richtige, wahre Freunde gewesen, aber stets, wenn ein Gespräch mir gefährlich zu werden schien, verließ ich das Zimmer oder sprach von etwas anderem.

Fest hatte ich mir vorgenommen, keine Quelle der Sorge mehr für Bronwen zu sein, und fest blieb ich dabei.

Bronwen schien geradeso entschlossen dazu, und da ich von morgens bis abend schwer arbeitete und Bronwen von ihrem Haus und ihren Jungen in Anspruch genommen wurde, so gab es während all der Zeit nur selten Stunden, in denen wir allein waren und Ruhe genug hatten, richtig zu denken und zu sprechen.

Erst wenn man Muße hat, seine Gedanken frei schweifen zu lassen, kommen die Sorgen und Erinnerungen. Zuweilen, wenn ich gerade ein Brett zersägte, dachte ich an Ceinwen, aber sie war fortgegangen, und niemand wußte, wohin. Oft ging ich in die Stadt, um Mervyn zu besuchen, aber auch er wußte nichts und schien sich zu schämen, von seiner Schwester zu sprechen. Dann zogen sie fort, um in einer anderen Stadt ein Kohlengeschäft zu eröffnen, und nichts von der Familie blieb zurück. So blieb mir denn Ceinwen nur in der Erinnerung, und dort bewahrte ich sie auf, wie manche Menschen seltene Bücher besitzen, die sie zwar nicht häufig aus dem Schrank nehmen, die zu besitzen ihnen aber doch ein Glück ist.

Dann kam der Abend, an dem Matt Harries Bronwen einen Heiratsantrag machte.

Ich kam vom Abendessen von meiner Mutter zurück und fand Bronwen im Lehnstuhl sitzend; ihre Näharbeit lag vergessen in ihrem Schoß, und sie mußte zur Tür geblickt haben, denn als ich eintrat, sah sie mir gerade ins Gesicht.

»Nun?« sagte ich.

»Nun?« sagte Bronwen.

»Hast du denn heute nicht zu Abend gegessen?« fragte ich sie, denn auf dem Tisch standen nur Blumen.

»O doch, und reichlich dazu«, antwortete sie und lächelte schüchtern. »Wie würde dir das gefallen — ›Frau Bronwen Harries‹?«

Nun, da sie die Frage so geradeheraus an mich richtete, spürte ich mit einem Gefühl der Erleichterung, daß ihr Verlust nichts anderes mehr in mir erwecken würde als tiefes Bedauern; gewiß, leid würde es mir tun, sie zu verlieren, sehr leid, denn meine Jugend, alles was Anfang und Frühe an mir war, schien mir unlöslich mit Bronwen verbunden. Eifersucht jedoch verspürte ich nicht mehr, denn ich wußte nun, daß die Welt Bronwens nicht meine Welt war, daß ich mich darin wie ein Fremder fühlen würde.

»Wenn er dir besser gefällt als Gomer, nimm ihn«, sagte ich.

»Würdest du mich gerne loswerden, Huw?«

»Nein«, sagte ich und zupfte an einem Faden im Tischtuch, »es wird mir immer schwer sein, dich an der Seite eines anderen Mannes zu sehen.«

»Warum?«

»Es scheint mir nicht recht, daß ein anderer Mann dir nahe ist, daß du an einen anderen denkst.«

»Warum?« fragte sie wieder.

Aber ein Mann kann in solchen Fällen keine Antwort auf die Frage ›Warum?‹ finden, das erkannte ich damals.

Wie Männer Fäuste und Hirne haben, sich zu verteidigen, so haben Frauen die Sanftheit des Schweigens in sich, eine Schutzwehr, erbaut aus den Dingen der Seele, aus Schmerz, Stille, Hilflosigkeit und Anmut, erbaut aus allem, was schön und fraulich ist, und das ihnen gegeben ist, weil sie Frauen sind und um ihr Frausein zu verteidigen. Und wenn ein Mann an diese Schutzwehr stößt, so muß er in seinem Angriff innehalten, seine Arme sinken herab, sein Mund bleibt verschlossen, und seine Augen werden kühl, die Glut in seinem Inneren läßt nach, und er zügelt die Wünsche seiner Phantasie. Diese Schutzwehr haben Frauen, die Frauen sind, immer vor sich aufgerichtet, und sie treten nur dahinter hervor, wenn sie völlig vertrauen. Man kann es in ihren Augen sehen.

Und ich wußte, daß Bronwen meinem Wort vertraute, Matthew Harries aber vertraute sie als einem Mann. Das war etwas Verschiedenes; der Unterschied kränkte mich, und doch war etwas Schönes daran, denn es ist Ehre für einen Mann, daß man seinem bloßen Wort traut.

Deshalb antwortete ich auf ihr ›Warum?‹: »Du bist Bronwen. Aus keinem anderen Grund.«

»Ich glaube, das Gesetz würde uns beiden nicht erlauben, zu heiraten«, sagte Bronwen ruhig.

»Seit langem sind wir zusammen, Bronwen, und Gott segnete den Tag, an dem ich zu dir kam. Aber ob Gesetz oder nicht Gesetz, es würde nicht recht sein. Du bist mir nicht als Frau bestimmt, und ich dir nicht als Mann.«

»Ich weiß es«, sagte sie unter Tränen, »aber es ist ein süßer Trost für mich, dich in meiner Nähe zu haben. Wie Ivor bist du, sieh, und in dir sehe ich ihn. In deiner Stimme höre ich seine Stimme, deine Augen sind wie die seinen. Du ziehst deine Schuhe an, wie er es tat. So bindest du deine Krawatte. So kämmst du dein Haar.«

Da erkannte ich, daß es Sünde in der Welt geben kann, so abscheulich, daß kein Wort sich entwürdigen will, ihr einen Namen zu geben.

Ich hatte geglaubt, unser Schweigen, unsere Scheu ist das gleiche bei ihr und bei mir, geboren aus der gleichen Furcht — aus der Furcht, daß Berührung zur Vereinigung führen würde.

Doch nun war mir, als sei etwas in mir gestorben, denn ich erkannte, daß Bronwen immer gewußt hatte, was ich für sie empfand, daß sie es nur geduldet hatte, weil sie in mir meinen Bruder sah, und die Ähnlichkeit zwischen ihm und mir war ihr teuer, und sie sehnte sich nach ihr. Tapfer und ohne Furcht hatte sie dem widerstanden, was eigen in mir war, um jene kleinen Züge in mir, in denen ich Ivor glich, nicht zu entbehren. Die Liebe der Frau ist etwas Wundervolles, und seltsam ist sie in ihren Wegen.

Wenn sie zusah, wie ich meine Schuhe schnürte, sah sie Ivor, wenn sie zusah, wie ich mich kämmte, sah sie Ivor, wenn sie mich singen hörte, war es wie ein Messer in ihrem Herzen, denn sie dachte an Ivor; und all die Zeit über, wenn sie mich angeblickt hatte, wie in Hunger, hatte ich geglaubt, sie dächte an mich, wie ich war.

Sünde, dunkle Sünde. Judas Ischariot und der Strick, an dem er sich erhängte, waren mir nahe, als ich dort saß an jenem Abend.

»Bronwen«, sagte ich, ohne sie anzusehen, »du weißt, warum ich mich schämte, nicht wahr?«

»Ja«, sagte sie mit ihrem Lächeln, das kein Lächeln war. »Aber nichts ist geschehen.«

»Und wenn ich nun ein Narr gewesen wäre, dich zu begehren?«

Bronwen blickte ins Feuer, und alles war still bis auf den Kessel, der pfiff, um uns zu sagen, ihm sei zu heiß, wir sollten ihn doch bitte herunternehmen, sonst würde er platzen und den Herd rostig machen. So nahm ich ihn denn vom Feuer, und dann kniete ich neben Bronwen nieder, voll warmen Gefühls, und doch kühl in meinem Inneren; und es war seltsam und beruhigend, ihre Hand zu nehmen und nur die Liebe der Seele für sie zu empfinden.

»Nun«, sagte sie leise und mit einem Lächeln, das ein halbes Weinen war, »in diesem Falle wäre ich wohl auch eine Närrin gewesen.«

»Um Ivors willen?«

»Wer kann es sagen? Um Ivors willen, ja, um ihn wiederzuhaben in meinen Gedanken. Doch auch um deinetwillen. So einsam bist du. Und immer so gut zu mir. Nicht immer fällt es schwer.«

»Warum wußtest du dann, daß es unrecht wäre, mich zu heiraten?« fragte ich voll Verwunderung.

»Ivor war wohl zu lebendig in mir. Und ich fürchtete mich auch. Elf Jahre älter als du bin ich. Du bist jung und deine Gedanken steigen höher als meine.«

»Warum fürchtest du dich, Bronwen?«

Ruhig blickte sie mich an, und ich sah meine Mutter in ihr.

»Bist du schon einmal mit einem Mädchen gewesen?« fragte sie.

»Ja.«

»Mit wem?« fragte sie nun und blickte wieder ins Feuer.

Ich schwieg, denn es fiel mir schwer, den Frieden der Welt, den ich auf der Wiese am Berg gefunden hattc, zu stören.

»Ceinwen Phillips«, sagte sie, so als ob ich geantwortet hätte.

Noch immer schwieg ich.

»O Huw«, sagte sie und legte den Arm um mich. »Schade.«

»Warum?«

»Warum, warum, warum!« wiederholte sie mit einem Auflachen. »Dein ganzes Leben ist ein einziges ›Warum?‹. Vielleicht, weil verlorene Unschuld immer etwas Schmerzliches ist.«

»Ich fand es aber schöner als irgend etwas anderes im Leben«.

»Schön . . . ja. Ivor hat mir das gleiche gesagt.«

»Deshalb können wir nicht heiraten«, sagte ich und stand auf. »Ivor fand seine Welt mit dir. Soll ich dort umhertrampeln, wo er noch lebt?«

»Was für eine Welt war es denn, Huw — die Welt Ivors, von der du sprachst?«

»Die Welt, die wir mit einer Frau finden«, sagte ich, aber ich schämte mich dabei, denn so, in Worten gesprochen, klang es dumm. Über gewöhnliche Dinge wie Teekannen mögen wir sprechen, denn wir kennen sie und fühlen sie fest in unserer Hand.

Aber von der Welt zu sprechen, die in jeder Frau verborgen ist, das ist eine schmerzliche Reise, denn es gibt keine Worte dafür, und die Worte, die es gibt, gebrauchen, ist nur ein Umherschlüpfen auf ungleichen Krücken.

»Was für eine Welt ist es, Huw?« fragte mich Bronwen abermals.

»O Bronwen, ich weiß nur, wie es mit mir ist. Nur eine kurze Weile fühlen wir uns wirklich und in Wahrheit leben, dann kommt der Engel mit dem flammenden Schwert und treibt uns hinaus. Schönheit und Musik ist darin. Doch ich bin töricht.«

»Nein, Huw, du bist nicht töricht«, sagte sie sanft. »Aber ich habe auch meine Welt, nicht wahr, und nur der, den ich wähle, soll sie mit mir teilen. Ivor war es zuerst, weil ich sagte — Ivor und kein anderer. Du wärest es dann gewesen, wenn ich ja gesagt hätte. Aber keiner von euch, wenn ich nein gesagt hätte.«

So zeigte mir Bronwen wiederum die Kraft der Frau, die stärker ist als Fäuste und Muskeln und Männergebrüll. Denn nun dachte ich nicht mehr an Bronwen als Hüterin einer Welt, die mir verschlossen und fremd war, weil sie einem anderen gehörte, sie erschien mir nun als die wahre Eigentümerin und Besitzerin dieser Welt, mit dem Recht, zu gewähren und zu versagen, mit dem Recht zu bestimmen, wer ihr rechtmäßiger Gefährte sein solle, nach ihrem Willen und keinem anderen. Und sie wurde größer in meinen Augen, denn sie trug Verantwortung, und ich trug keine. Ihre Kraft hatte mich von ihr ferngehalten, ihr Wille hatte mich gehindert, ihre Seele hatte triumphiert.

Die Welt, die ich einst mit Ceinwen teilte, hatte ebensosehr ihr gehört wie mir, und die Welt, die Ivor gekannt hatte, war ebenso die Bronwens wie die seine. Der Gedanke, daß Ceinwen das Recht hätte, ihre Welt mit einem anderen zu teilen, erschien mir unerträglich. Und doch durfte ihr das Recht nicht versagt werden, das ich in Anspruch nahm, als ich meine Augen zu Bronwen erhoben hatte.

»Huw, hast du an Kinder gedacht?« fragte Bronwen nun.

»Was für Kinder?«

»Ivor hatte zwei Söhne.«

Noch immer begriff ich nicht, was sie sagen wollte, denn zuweilen sind Worte nur ein leerer Schall und ohne Sinn.

»Zwei Söhne, Gareth und Taliesin«, nickte ich, »und prächtige Jungen sind es. Sie würden darüber lachen, mich zum Vater oder selbst zum Stiefvater zu haben.«

»Wenn du aber selbst Vater wärest, Huw, was wäre dann? Glaubst du, daß du deine eigene Welt finden kannst, ohne Vater zu sein?«

Ein Gefühl der Kälte in mir ließ mich erzittern, ich spürte, wie ich bleich wurde, und die Stimme Herrn Gruffydds erklang in meinen Ohren.

Die Falten auf Bronwens Stirne und über ihren Augen glätteten sich, als sei eine Hand darüber gefahren. »Ceinwen. Hast du je wieder von ihr gehört, Huw?«

»Oft habe ich gefragt, doch sie ist verschwunden. Nie aber habe ich an so etwas gedacht. Nicht einmal in all den Jahren. Ich bin ein Schuft.«

»Eben noch sahst du nichts als eine Welt voll Schönheit und Musik, und nun nennst du dich einen Schuft.«

»Eine Verantwortung«, sagte ich und vernahm dabei Herrn Gruffydds tiefe Stimme, »von unaussprechlicher Schönheit und Größe ist es, Vater zu werden. Herr Gruffydd sprach mir davon, und ich vergaß es. Wie mag es nur zugehen, Bronwen, daß wir wie Toren handeln und nicht wie Menschen?«

»Die Schönheit und die Musik tragen die Schuld daran«, antwortete sie und blickte abermals ins Feuer. »Es ist eine Lockung, Huw, und nicht alle sind stark genug, ihr zu widerstehen.«

»Fühlst du diese Lockung auch, Bronwen?«

Ihre Finger drehten und drehten ihren Ehering.

»Ja«, sagte sie dann.

Ich sah auf den Kessel, um mich auszuruhen von den Geheimnissen, die sich vor mir aufeinandertürmten; da stand der Kessel und blies mit vollen Backen, jeden Augenblick bereit, an seine Arbeit zu gehen und nach bestem Können seine Pflicht zu erfüllen; nur ein paar Tropfen Wasser verlangte er, ein bißchen Feuer, dann kochte und blies und spuckte er, daß es eine Art hatte.

Ich neidete ihm sein einfaches Leben, und dann schämte ich mich dessen wieder, denn ich war ein Mensch mit Verantwortung, wenn ich mich auch wenig genug darum scherte.

Als Ebenbild Gottes war ich geschaffen, ein Mann mit Macht über Leben und Tod, ein Vater, gesegnet mit dem Samen Adams, ein Säer der Saat, dazu bestimmt, Generationen neuen Lebens hervorzubringen.

Das war ich, und doch hatte ich einen Kessel beneidet.

»Merkwürdig ist ein Gespräch gleich diesem«, sagte Bronwen. »Noch vor kurzem wäre ich rot geworden und hätte mich geschämt, über solche Dinge zu sprechen. Jetzt erscheint es mir selbstverständlich. Aber froh bin ich doch darüber, daß deine Mutter nicht hier ist. Sicher würde sie gering von mir denken.«

»Ich denke jetzt noch besser von dir«, rief ich und küßte ihre Wangen, »und du wirst Matt Harries heiraten, ja, Bronwen?«

»Ich will es mir überlegen.« Sie stand auf, um die Teebüchse zu holen. »Die Jungen möchten ihn nicht. Und doch ist er so gut zu ihnen.«

»Eifersüchtig sind sie.«

»Bist auch du eifersüchtig, Huw?«

»Nein.«

»Bestimmt nicht?«

»Bestimmt nicht«, antwortete ich, denn ich spürte Ivor um uns her. Er mochte gestorben sein, aber immer noch war Bronwen gesegnet mit ihm; denn er war ihr nahe, ein Teil von ihr, bei ihr im Traum und im Wachen, und der Gedanke, sie anders zu küssen als mit dem Kuß der Seele, erschien mir abscheulich und verächtlich.

»Bin ich denn häßlich?« fragte sie nun, ein wenig gekränkt, so als habe ich es an Achtung ihr gegenüber fehlen lassen.

»O Bronwen«, sagte ich und ging zu ihr hin, aber sie hatte mir den Rücken zugewandt, der gerade war und schlank, die rechte Ruhestatt für den Arm des rechten Mannes. »Nicht häßlich bist du, Bronwen, du bist mir heilig. So klar ist mir nun alles. Wie könnte ich eifersüchtig sein? Wenn ich ein Narr mit dir wäre, was würde das Ende sein? Ich würde mir vor Scham den Hals abschneiden.«

»Warum würdest du dich schämen?« fragte sie, die Hände auf der Teebüchse, und starrte mich an. »Bin ich aus der Gosse gekommen?«

Lange sah ich sie an und versuchte, Worte zu finden, aber im Geiste klangen sie mir so verletzend, daß ich fürchtete, den Mund zu öffnen.

»Sieh, Bronwen«, sagte ich endlich. »Ein Mann, eine Frau, so soll es sein, nicht?«

»Ja«, antwortete sie, aber es klang, als hätte sie nein sagen wollen.

»Ivor und du. Er ist nicht mehr, aber du lebst. Und für mich ist er noch bei dir. Du und er, ihr seid eins. Dich sehen ist ihn sehen. Dich berühren ist ihn berühren. An dich denken ist an ihn denken.

Er ist um dich wie dein Lavendel. Seine Hände haben dich berührt, sein Mund hat dich geküßt. Er schlief an deiner Seite, und aus deinem Fleisch schuf er seine Söhne. Wo ist da Platz für mich?«

»O Gott«, sagte Bronwen, bleicher als ich sie je gesehen hatte. »Bin ich denn eine Sache, die jemand gehört? Bronwen Morgan bin ich, aber Morgan heiße ich nur, weil ich es wollte. Ivor ist noch Ivor für mich, unsere Söhne oben sind da, um es zu beweisen. Welches Recht aber hast du, mich für einen Gegenstand zu halten? Bin ich ein Haus mit einem Schild draußen? Hört auf, so töricht zu denken, Huw«, und trink eine Tasse Tee.«

Gut denn.

Ich trank meinen Tee schweigend, nachdenklich; ich blickte Bronwen an, aber die Lust zum Sprechen war mir vergangen; ich hatte geglaubt, die verwickelten Fäden gelöst zu haben, im nächsten Augenblick aber sah ich mich voll Verzweiflung einem Gewirr von Knoten gegenüber, die aufzuknüpfen meine Geduld auf die höchste Probe stellen, mich verrückt machen würde. Dabei war ich wohl auch gekränkt darüber, daß alle meine schönen Gefühle in den Aschenkübel geworfen worden waren, wohin sie wahrscheinlich gehörten.

»Ich werde keinen heiraten«, sagte Bronwen ruhig. »Und damit wird die Sache erledigt sein. Aber keine Dummheiten mehr reden, wie?«

»Nein, ich werde keine Dummheiten mehr reden.«

»Gut«, sagte sie und zündete ihre Kerze an. »Gute Nacht, Huw.«

»Gute Nacht.«

Ich blieb sitzen, während sie leichten Schrittes wie immer die Treppe hinaufging, hinüber zu ihrer Stube.

Zum erstenmal hörte ich, wie sich der Schlüssel streng und hart im Schlüsselloch drehte.

Dai Bando hat einen Mann nie härter getroffen.

Nach diesem Abend war die Scheu wieder zwischen uns, aber nicht wie früher, sondern mit mehr Empfindlichkeit und sogar mit leisem Groll, bis ich zur Überzeugung kam, es wäre besser, ich verließe das Haus, wenn auch nur, damit wir beide wieder Frieden hätten.

Ein schreckliches Gefühl ist es, wenn man spürt, daß man jemandem, den man liebhat, zur Last fällt.

Matt Harries heilte das Gefühl, und zwar rasch.

Blondes Haar hatte er, lockig, sorgfältig gescheitelt, und einen hübschen Schnurrbart, der immer sauber ausgezogen war, aber nie fettig glänzte. Und gute graue Augen hatte er, die einen gerade und aufrichtig ansahen.

»Huw«, sagte er eines Tages im Hof hinter dem Hause hier, »darf ich dir etwas sagen?«

»Was gibt es denn?« Ich suchte in meinen Taschen nach einem Bleistift.

Er nahm ein Stück Holz, riß kleine Stückchen davon ab und sah zu, wie der Wind sie forttrug.

»Du darfst dich aber nicht aufregen und nicht böse werden.«

»Nun, so sprich doch ruhig, Matt.«

»Bronwen«, sagte er, aber leise, als mache es ihm Mühe, den Namen auszusprechen.

»Nun?« Ich begann ungeduldig zu werden.

»Es wird geklatscht«, brachte er endlich hervor.

»So. Worüber?«

»Über dich und sie«, sagte er in einem Ton, als wollte er mich schon im voraus besänftigen. »Ich weiß, daß alles Lüge ist. Aber es ist nun einmal so; die Leute sagen, sie wolle von Gomer und mir nichts wissen, weil du da bist.«

»Wo hast du das gehört, Matt?«

»Meine Mutter hat es mir gesagt. Seit Wochen und Wochen hat sie auf dem Markt davon sprechen hören. Und nun sagte sie es mir.«

Manchmal im Leben sind wir wie Blinde, zuweilen Jahre und Jahre lang.

Wie konnte ich mir nur einbilden, daß Bronwen und ich tagaus, tagein in ein und demselben Haus wohnen könnten, seit Jahren nun schon, beide erwachsene, reife Menschen, mit niemandem im Haus als zwei kleinen Jungen, die uns nicht stören würden — wie konnte ich mir einbilden, daß wir vom Klatsch und der Verleumdung der bösen Zungen verschont bleiben würden!

Die ganze Zeit über mußte ich blind und toll gewesen sein.

Denn sicherlich hatten die Menschen, deren Fühlen und Denken eine einzige Senkgrube war, nur auf einen solchen Fall gewartet, um ihren Gestank zu verbreiten, und immer mehr Gestank bis man sich wundern mußte, daß sie nicht von ihrer eigenen Unreinheit und ihrem eigenen Gift verzehrt wurden.

»Haltet die Ohren offen, Matt, und ich werde das gleiche tun«, sagte ich. »Und wenn es ein Mann ist, der so etwas verbreitet, so gnade ihm Gott.«

Ich ging auf der Stelle zu Bronwen; sie lächelte, zuerst nur ganz leise, dann aber war es das richtige alte Lächeln, das nur Bronwen lächeln konnte.

»Ich habe es gewußt, Huw«, sagte sie. »Seit Monaten schon. Seit Jahren.«

»Und nicht ein Wort hast du darüber zu mir gesprochen?«

»Ich wollte nicht, daß du einen Mord begehst«, lachte sie. »Laß sie nur reden. Sie sind nicht einmal wert, daß man sie anspuckt.«

»Um dich geht es mir, Bronwen.«

»Was schadet es? Ich bin so, wie ich immer war, du bist so, wie du immer warst. Dummes Geschwätz ist es. Da sie nichts anderes zu tun haben, klatschen sie.«

Ich gab ihr einen Kuß auf die Wange und ging auf den Berg, um Frieden zu finden, denn ein Haß gegen alle wütete in mir, und nur dort ganz oben, wo es noch grün und still war, wo nur die Winde sprachen, war ein Ort des Friedens, an dem die Bosheit des Menschen dem Menschen gegenüber vergessen werden konnte. Dort würde ich Frieden finden.

Achtunddreißigstes Kapitel

An diesem Tage aber packte mich oben auf dem Berge grause Furcht. Voll Zorn und Wut kehrte ich zurück; sogar die bösen Zungen waren mir gleichgültig geworden, als ich sah, daß Arbeiter gerade hinter unserem Haus und hinter allen anderen Häusern bei uns oben Entladevorrichtungen anlegten, durch die immer neue Schlacke selbsttätig auf die riesigen schwarzen Haufen geschüttet werden sollte.

»Guten Tag, Lewis«, sagte ich unterwegs zu dem Vorarbeiter. »Was ist denn das? Die Schlacke wird ja bald auf unsere Häuser herunterrollen!«

»Mit der Zeit wird es wohl so kommen«, nickte er ganz ruhig. »Aber das wird noch Jahre dauern.«

»Jahre!« rief ich. »Die Herren haben kein Recht dazu. Unsere Häuser, unsere Heimstätten sind das.«

»Ja, mein Lieber, wo soll die Schlacke denn hin? Wenn man unten Kohle fördern will, muß die Schlacke heraus, irgendwo muß sie hin. So ist es nun einmal und nicht anders.«

Es hätte keinen Zweck gehabt, dem Manne Vorwürfe zu machen. Ich ging gleich zu Vater, aber er nickte nur und putzte seine Brillengläser ab.

»Ja, ich weiß es«, sagte er.

»Wir müssen etwas dagegen tun, Vater. Und zwar rasch!«

»Was sollen wir dagegen tun?« fragte Vater ruhig. »Irgendwohin müssen sie mit der Schlacke. Wenn sie unter Tag bleibt, wie früher, so werden die Arbeiter es an ihren Löhnen spüren. Während sie unten Schlacke aufschickten, können sie keine Kohle hauen. Das eine oder das andere. So entstehen um der Löhne willen dort oben die schwarzen Hügel.«

»Wer hat das Land dort oben verkauft? Jones, dem die Wiesen am Berg gehörten?«

»O nein«, antwortete Vater, »Jones gehören sie schon längst nicht mehr.«

»Wem denn, Vater? Wenn wir das wissen, können wir vielleicht alle zusammen den Grund dort oben kaufen.«

Vater kratzte sich den Kopf und lächelte eigentümlich. »Geh zu Abishai Elias und sprich mit dem. Er ist der Besitzer. Das heißt, er war der Besitzer. Jetzt gehört alles der Grube, alles ringsumher bis auf den Boden, auf dem unsere Häuser stehen.«

»Wir haben uns schlagen lassen, ohne überhaupt gekämpft zu haben«, rief ich zornig.

»Um der Frauen und Kinder willen. Misch dich nicht hinein, Sohn.«

Da empfand ich beinahe Haß gegen meinen Vater, aber später begriff ich, warum er sich nicht gewehrt hatte. So hartnäckig wir auch gekämpft hätten, zum Schluß wären wir immer durch den leeren Magen besiegt worden. Die Rechte der Menschen gelten wenig neben den Augen hungriger Kinder. Ungerechtigkeit tut nicht so weh wie Hunger.

Dann kam die Sache mit Davy, und unsere Gedanken beschäftigten sich eine Zeitlang nur mit ihm. Inzwischen war die Entladevorrichtung an der Seilbahn oben am Berg fertiggebaut, und wir konnten nichts tun als mit den Händen in den Taschen hinaufschauen, die ganze Anlage verfluchen und hoffen, daß sie eines Tages Abishai Elias auf den Kopf fallen würde.

Davy war erst seit wenigen Wochen nach Hause zurückgekommen, als es passierte. Mein Vater hatte sich dafür eingesetzt, daß er wieder Arbeit in der Grube bekäme. Davy war froh darüber, daß er wieder unten arbeiten durfte, und Wyn fühlte sich glücklicher als seit Jahren, denn sie war es müde geworden, von einem Ort zum anderen zu ziehen, und wollte auch einmal ein richtiges Heim haben.

Ausnahmsweise hatte Davy auf sie gehört.

Eines Morgens begegnete ich ihm, wie er von der Nachtschicht die Straße heraufkam, und selbst unter dem Kohlenstaub konnte ich den Zorn in seinem Gesicht sehen.

»Was hast du denn?« fragte ich ihn.

»Sie haben mir zu wenig ausgezahlt«, antwortete er. »Den ganzen Tag über habe ich mit dem Jungen bis zur Hüfte im Wasser gestanden und gearbeitet, und jetzt kürzen sie mir ohne vorherige Mitteilung den Lohn.«

»Hast du nicht den vorgeschriebenen Mindestlohn erhalten?«

»Nein«, rief Davy. »Aber ich werde schon mit ihnen abrechnen.«

Am nächsten Montag durfte er nicht mehr in die Grube einfahren, weil er sich in einem Brief beim Direktor beklagt hatte.

»Nun gut denn«, sagte Vater. »Nehmen wir uns einen Anwalt und bringen wir die Sache vor Gericht. Sonst treten die Leute in den Streik, und es gibt nur noch weiter Krach und Sorgen.«

Wir gingen in die Stadt und zu einem Rechtsanwalt, einem jungen Mann, der den Fall nicht gerade gern übernahm, denn er dachte an seine Zukunft und wußte, wie auch wir es wußten, daß die Grube ihn zugrunde richten konnte, wenn sie wollte.

»Überlassen Sie mir die Sache nur«, sagte er.

Tage und Wochen vergingen, wir mußten vor dem Friedensrichter erscheinen und alle die umständlichen Formalitäten erfüllen, die das Gesetz vorschrieb.

Geld kostete es und dann wieder und nochmals Geld.

»Macht nichts, mein Sohn«, sagte Vater zu Davy. »Und wenn wir das letzte Goldstück hergeben und das Haus verkaufen müssen, wir werden die Herren vor den Richter bekommen. Und alles Sichherauswinden wird ihnen nichts nützen, wenn der Tag des Gerichts kommt. Es ist eine Vereinbarung getroffen worden, und die müssen sie halten, genauso, wie wir sie gehalten haben.«

Dann wurde der Verhandlungstag festgesetzt, und Davy erhielt eine Vorladung mit dem Wappen des Königs darauf.

»Endlich!« rief Vater und wies mit der Pfeife auf das Wappen. »Seht ihr das? Wie der Teufel das Kreuz haßt, so hassen die Gauner und Verbrecher dieses Wappen. Ihr werdet schon sehen, wie klein sie werden.«

Aber als wir in das Gerichtsgebäude kamen, erwartete uns der Anwalt schon ungeduldig in der großen Vorhalle, die finster war von dem Regen draußen. Hastig gab er uns die Hand.

»Gleichen Sie sich mit ihnen aus«, sagte er beinahe flüsternd und sah sich um, ob niemand zuhöre. »Seien Sie vernünftig, Herr Morgan. Die Grube ist mächtig. Sie kann den Prozeß bis zur obersten Instanz schleppen, und das halten Sie nicht aus. Glauben Sie es mir.«

Vaters Hände griffen nach Herrn Vaughans Rockaufschlägen, wie der Habicht eine Maus packt.

»Hören Sie«, sagte er, und seine Stimme war hart wie Glassplitter. »Wir sind hierher zur Verhandlung gekommen, nachdem wir monatelang gewartet haben. Oberste oder unterste Instanz, gehen Sie hinein und bringen Sie unsere Sache vor, wenn Ihnen Ihr Leben lieb ist, Herr.«

»Gewiß, gewiß«, sagte Herr Vaughan ängstlich, schluckte schwer und ging mit zaghaften kleinen Schritten in den Gerichtssaal, wie ein kleines Mädchen, das zum erstenmal seiner neuen Stiefmutter entgegengeht.

In einem schönen, großen Saal waren wir da, in dem es nach Büchern, Tinte und leicht nach Rauch roch.

Oben ganz hoch saß der Richter in einem blau-roten Talar; eine graue Perücke hing ihm schön sauber bis zu den Schultern hinab, und er sah aus, als ob er lieber sogleich ins Grab steigen als auch nur noch das geringste von den dummen Streitigkeiten der Menschen hören wollte.

Unser Fall kam bald an die Reihe, und ein Anwalt erhob sich, um den Standpunkt der Grubenleitung zu vertreten. Eine Einzelheit nach der anderen aus Davys bisherigem Leben wurde vorgelesen, wie er immer ein Hitzkopf und Aufwiegler gewesen sei, wie man ihn entlassen mußte, ihn aber dann auf Bitten seines Vaters großmütig wieder aufgenommen habe.

»Was hat das mit der Klage zu tun?« warf der Richter ein, und seine Stimme klang, als sei gerade reiner Sand auf den Boden seines Mundes gestreut worden.

Diese Frage verursachte große Aufregung bei der Gegenpartei; Stirnen runzelten sich, Flüstern erhob sich, feine Herren trugen auf Zehenspitzen Aktenstücke hin und her, und der Richter blickte über seine Brillenränder hinweg ruhig auf das Ganze hinab.

»Meine Klienten vertreten den Standpunkt, daß die Klage unberechtigt ist«, fuhr der Gegenanwalt nun fort. »Der Kläger erhielt den verminderten Lohn, der, wie zugegeben sei, niedriger als der Mindestlohn war, weil er nach Ansicht der Direktion kein vollwertiger Arbeiter ist. Die Berechtigung dieser Ansicht wird durch Zeugen erhärtet werden.«

Das Gesicht meines Vaters hättet ihr sehen sollen.

Davy saß still wie eine Bildsäule da, mit gekreuzten Armen, als ein Mann nach dem anderen — lauter Leute, die wir kannten — an die Zeugenbarre trat und unter Eid bestätigte, daß Davy untüchtig sei. Und er saß da und sah einen nach dem anderen kommen und gehen.

Herr Vaughan tat nichts als hier und da dem Anwalt der Grubenleitung freundlich zuzulächeln.

»Können wir jetzt den Kläger hören?« sprach der Richter in die Luft, zu niemand besonderem, so als wollte er nur seine Stimme hören.

Wieder liefen Leute hin und her, und Herr Vaughan sah keineswegs glücklich aus, als er Davy nun vor den Richter geleitete.

»Wie gedenken Sie uns zu beweisen, daß Sie in der Tat ein vollwertiger Arbeiter sind, der das Anrecht auf den Mindestlohn hat, der laut den bestehenden Vereinbarungen für solche Arbeit bezahlt wird?« wandte sich der Richter an Davy, und es schien mir, als klänge so etwas wie Wohlwollen aus seiner Stimme.

Davy sah in seinem schwarzen Anzug wirklich sehr gut aus.

»Ich habe seit meinem zwölften Lebensjahr in der Grube gearbeitet, Euer Gnaden«, erklärte er.

Der Richter schüttelte rasch den Kopf, und seine Brillengläser blitzten im Lampenlicht auf.

»Sie könnten seit fünfzig Jahren gearbeitet haben, und doch könnte Ihnen die notwendige Befähigung fehlen«, sagte er. »Wie können Sie also Ihren Anspruch rechtfertigen?«

Mein Vater gab mir einen Stoß mit dem Ellbogen, daß ich beinahe umflog.

»Die Lohnzettel«, flüsterte er mir zu, und seine Augen brannten. »Die Lohnzettel, Huw, wo hast du sie?«

Dank der Ordnung, die von jeher in unserem Hause geherrscht hatte, waren alle unsere wöchentlichen Lohnzettel aufbewahrt worden, angefangen vom ersten Wochenlohn, den wir überhaupt erhalten hatten.

Beide Arme voll weißer Lohnzettel stand ich auf; der ganze Saal blickte mich an, wie ich nun zwischen den Bänken her auf den Richter zuging.

»Was will dieser Mann?« fragte der Richter.

»Mein Bruder ist es, Euer Gnaden«, erklärte Davy. »Er bringt den Nachweis für meine vollwertigen Leistungen. Aus diesen Zetteln sind die Löhne ersichtlich, die ich Woche für Woche erhalten habe, seit ich anfing in der Grube zu arbeiten.«

Einen Zettel nach dem anderen blickte der Richter genau an, und während langer, stiller Minuten war nichts im Saale zu hören als das Rascheln des Papiers.

Dann sah der Richter Davy und dann den Anwalt der Grubenleitung an.

»Kann mir jemand sagen«, sagte er, »wie ein Mann durch Jahre hindurch in derselben Kohlengrube einen dreimal, viermal, ja sogar sechsmal höheren Wochenlohn verdienen kann als den jetzt geforderten, wenn er ein untüchtiger Arbeiter ist?«

Keine Antwort. Mir war, als schrumpfte der Saal um mich her zusammen.

»Anscheinend nicht«, fuhr der Richter fort. »Nach meinem Ermessen hat der Kläger gemäß dem Beweismaterial, das ihm das beklagte Unternehmen selbst in Gestalt dieser Lohnzettel zur Verfügung gestellt hat, unwiderleglich bewiesen, daß er ein vollwertiger Arbeiter ist und infolgedessen Anspruch auf den Mindestlohn gemäß den getroffenen Vereinbarungen hat. Der Klage wird stattgegeben. Die Kosten hat die beklagte Partei zu zahlen.«

Es tat mir nur leid, daß wir dem Richter nicht die Hand schütteln und dann auf den Schreibtischen umhertanzen durften.

An diesem Abend kamen wir erst spät zum Abendessen, denn aus allen Tälern strömten Leute herbei, um meinem Vater und Davy zu gratulieren und ihnen die Hand zu schütteln. Mutter griff sich mit einer Hand an die Brust, strich mit der anderen über die Schürze und tat so, als ob sie lächelte. Sie wußte, ebenso wie mein Vater es wußte, daß jedes Ding zwei Seiten hat.

»Täuscht euch nicht darüber«, sagte Vater zu uns, während Mutter und Olwen das Geschirr wuschen. »Mit uns ist es in diesem Tal aus. Wenn man mit mir gnädig umgeht, läßt man mich noch ein paar Jahre arbeiten, dann ist Schluß. Ianto ist Eisenarbeiter geworden, Huw Schreiner. Was willst du nun unternehmen, Davy, mein Sohn?«

»Ich möchte meine Anteile aus der Geldbüchse haben und nach Neuseeland auswandern. Wyns Vater will mit uns kommen.«

»Ihr könntet auch zu euren Brüdern nach Amerika fahren«, meinte Vater, aber leise und schwach sagte er es, denn er kannte die Antwort im voraus.

»Neuseeland«, sagte Davy; unbewegt war seine Stimme und sein Gesicht.

»Ich weiß, daß du Owen und Gwilym nicht zur Last fallen willst«, erklärte Vater. »Aber es würde mich glücklich machen, zu wissen, daß ihr beisammen seid. Ihr seid ja Brüder.«

»Neuseeland, Vater«, sagte Davy.

»Gut«, nickte Vater.

»Es tut mir leid, daß ich es dir sagen muß, Vater«, meldete sich Ianto nun. »Ich gehe auch fort.«

In der dunklen Fensterscheibe sah ich, wie Vater die Augen schloß.

»Du auch Ianto, mein Sohn«, sagte er schwerfällig. »Auch nach Neuseeland?«

»Nein, Vater. Nach Deutschland. Drüben im Werk arbeitet ein Deutscher, der mir sagte, daß ich mit ihm gehen solle und in seiner Heimat eine bessere Stelle finden würde. Hier habe ich ja doch keine Aussichten.«

Still saßen wir da, blickten auf den Fußboden, auf die Wände, auf die Möbel, aber keiner wagte Vater anzusehen.

»Wollen wir jetzt ein Kapitel lesen, meine Söhne?« fragte Vater nach einer Weile, und gleich holte Davy die Bibel herbei.

»Was sollen wir lesen, Vater?« fragte er. Es klang wie Schuld aus seiner Stimme. Das alte Buch mit dem Ledereinband hielt er auf den Knien, und seine Finger bohrten sich in die Seite.

»Wohlan, alle die ihr durstig seid, kommet her zum Wasser! Und die ihr nicht Geld habt, kommet her, kaufet und esset; kommt her und kauft ohne Geld und umsonst beides, Wein und Milch.«

Und während Davy las, kam Mutter herbei und setzte sich neben Vater; Olwen setzte sich auf den Boden und schlang den Arm um Vaters Knie, und ihr Gesicht legte sie auf seinen Arm. Seine Hand ruhte auf ihrem Kopf, fast verborgen in ihrem Haar. Vaters andere Hand hatte Mutters Hand ergriffen und hielt sie fest in ihrem Schoß.

Ianto und Davy reisten zusammen ab, denn Ianto wußte, daß es Mutter schwer sein würde, zweimal Abschied zu nehmen, und Deutschland kam ihr geradeso weit vor wie Neuseeland.

Ich packte Davys Möbel ein und machte Kisten mit Holzwolle für das Geschirr zurecht, aber es war eine traurige Arbeit für mich. Jeder Schlag des Hammers schien meine Brüder weiter von mir zu entfernen.

Und dann kam ein Morgen, an dem sie vor meiner Mutter standen, die Mäntel über dem Arm, den Hut in der Hand.

»Nun«, sagte Mutter und legte ihre Schürze ab, unter der sie ihr bestes schwarzseidenes Kleid anhatte.

»Nun, Mutter.« Ianto hatte es schwer mit seiner Stimme, aber er versuchte zu lächeln.

»Wieder einmal fort?« sagte Mutter und lächelte auch; ihre Hände hatten lange damit zu tun, ihre Puffärmel zurechtzuziehen.

»Ja, Mutter.« Ianto rieb hart mit der Hand über seinen Hut, den Olwen gerade so schön gebürstet hatte.

»Und du auch, Davy«, sagte Mutter nun; ihre Hände waren jetzt ruhig.

»Ja, Mutter«, nickte Davy, ohne Mutter anzusehen.

»Werdet ihr schreiben?« fragte Mutter jetzt, und ihre Stimme klang höher als sonst.

Meine Brüder aber schwiegen, und ich sah zur Tür hinaus.

Die Küche war voll mit der Sprache der Augen meiner Mutter.

Die Uhr tickte.

»Also«, sagte Vater. »Wollen wir gehen?«

Plötzlich weinte Olwen laut auf.

»Leb wohl, Mutter«, sagte Ianto.

»Leb wohl, Mutter«, sagte Davy.

Aber Mutter hatte kein »Lebewohl« für sie; nur der kaum hörbare Laut ihres Kusses war zu hören, ihres kurzen Kusses auf die Wange.

Ianto ging als erster hinaus, hinter ihm Davy und dann Vater. Mutter blieb in dem Stuhl beim Kamin sitzen; der Arbeitskorb stand ganz dicht bei ihren Füßen.

Sie stopfte die Socken sonst immer erst am Nachmittag, wenn es ruhiger im Hause wurde, aber dasitzen und nichts tun konnte sie nicht; so nahm sie denn auch jetzt, als ihre guten Söhne fortgingen, ihre Arbeit zur Hand, aber noch nie hatte ich Mutter so gebeugt gesehen, noch nie hatte sie so langsam die Nadel eingefädelt. Und Olwen stellte die Frühstücksteller aufeinander, als ob es ihre Schuld wäre, daß ihre Brüder die Straße hinab und in die Welt hinausfuhren . . .

In meinem Atlas versuchte ich Mutter zu zeigen, wohin ihre Kinder gegangen waren. Ich zog Bleistiftlinien von uns zu Owen und Gwilym über den Atlantischen Ozean, zu Angharad unten in Kapstadt, zu Davy in Neuseeland und zu Ianto in Deutschland.

Sie hielt den Atlas lose zwischen den Fingern, blickte aber nur von der Seite her, als traute sie dem, was sie dort sah, nicht recht, und am liebsten hätte sie sich wohl auch die Ohren zugestopft, als ich ihr erläuterte, wo die Länder waren. Sie wollte nichts hören und nichts sehen, das ihrem Herzen vielleicht noch mehr Kälte bringen würde.

Sie dachte an alle ihre Kinder, wie sie an Ceridwen dachte, die gerade drüben über dem Berg wohnte und die man mit einem tüchtigen Spaziergang jederzeit besuchen konnte.

»Was bedeutet die Spinne, die du da gezeichnet hast?« fragte Mutter mich und setzte nicht einmal die Brille auf.

»Ein Strich von uns zu Owen und Gwilym«, sagte ich und zog mit dem Finger die Striche nach. »Da unten ist Angharad. Dort drüben geht's zu Ianto, und ganz dort unten sind Davy und Wyn. Du bist wie die Mutter eines Sternes. Von diesem Haus aus glänzt der Stern nach allen Richtungen weithin über die Kontinente und die Meere.«

»Weithin?« wiederholte Mutter ungläubig. »Du lieber Himmel, Junge, wie weit kann es wohl sein, wenn alles auf einem Stückchen Papier Platz hat?«

»Es ist ja nur eine Landkarte, Beth«, sagte Vater und gab mir einen Wink, ich möge nicht mehr reden. »Ein Bild ist es, siehst du, um dir zu sagen, wo sie sind.«

»Sie sind hier im Hause«, sagte Mutter leise. »Keine dummen Bilder und keine Spinnen mit Bleistift, wenn ich bitten darf.«

»Ja, mein Liebling«, sagte Vater, und ich ging mit meinem Atlas weg.

Es war beinahe ein Glück, daß Ianto und Davy damals fortgingen, denn wenn sie bis zum Ende des Jahres gewartet hätten, wäre eine schwere Zeit für sie gekommen.

»Bald haben wir wieder Streik, Huw«, sagte Vater, so wie man zu einer Regenwolke aufschaut und sich überlegt, ob noch Zeit ist, zurückzugehen und den Mantel zu holen. »Diesmal wird es schlimmer werden als je zuvor. Ich habe deiner Mutter schon gesagt, daß sie sich auf einen schlimmen Winter vorbereiten muß. Ich danke Gott dafür, daß deine guten Brüder fort sind. Immer habe ich mir Angst und Sorge gemacht, daß sie einmal ins Gefängnis kommen.«

Ich glaube, Mutter war auch froh darüber, denn auch in ihr war diese Angst immer gewesen, und vielleicht half ihr in diesen dunklen Tagen das Bewußtsein, daß ihre Söhne in Frieden das Tal verlassen hatten; still war sie, kaum ein Wort hatte sie für uns, und wir wußten, daß sie trauerte.

Bronwen war uns in diesen Tagen eine große Hilfe; wir wagten es kaum, ein Wort zu Mutter zu sprechen. Bronwen aber konnte den Arm um sie legen, ihr eine gute Tasse Tee machen; wenn sie sich dann neben Mutters Sessel setzte und mit ihr über die Jungen und Angharad plauderte, weinte und lächelte Mutter zugleich, und dann war sie wieder eine Zeitlang, wie sie früher gewesen war.

So vergingen die Wochen, aber von Tag zu Tag wurde die Lage im Dorf gespannter; wo es früher eine Versammlung gegeben hatte, gab es jetzt ein Dutzend, nicht nur abends, sondern auch nachmittags, und schließlich fing es schon am Morgen damit an.

Mit Sorge sah ich, daß die Versammlungen jetzt ganz anders waren als früher. Einst, zur Zeit Herrn Gruffydds und meiner Brüder, wurden die Versammlungen zu einem ganz bestimmten Zweck einberufen, die Tagesordnung wurde eingehalten, ein Thema festgesetzt und schließlich genau und ordentlich abgestimmt.

Jetzt aber schien jeder reden zu können, was er wollte, jeder fand Zuhörer, mochte das, was aus seinem Munde kam, noch so unvernünftig sein; und am meisten überraschte es mich, daß kluge, besonnene Männer dastanden und jedem Unsinn zuhörten.

Ich hatte in meiner Werkstatt hinter dem Haus von morgens bis abends zu tun; Türen, Fensterrahmen, Tische und Stühle machte ich; im Anfang beschränkte ich mich auf einfache Sachen, wollte zuerst einmal ein Lager anlegen, um später Zeit zu haben, wirklich gute Möbel und vielleicht auch Wandtäfelungen zu machen.

So sehr nahm mich meine Arbeit in Anspruch, daß ich wenig Zeit hatte, mich um die Vorgänge in der Außenwelt zu kümmern; hörte ich einmal etwas, so war es sicher nichts Gutes; doch ich vergaß über die Freude, mit meinen sauberen, glänzenden Werkzeugen etwas Ordentliches zu schaffen, meine Besorgnis. Um so unerwarteter traf es mich dann . . .

An einem Samstag hatte Bronwen Geburtstag, und ich dachte, es würde ihr Freude machen und eine Abwechslung für sie sein, wenn ich mit ihr nach Cardiff führe und ihr dort ein Geschenk kaufte. Gareth und Taliesin ließen wir bei Mutter und nahmen Olwen mit uns.

Einen schönen Tag verlebten wir.

Es gibt nichts Hübscheres, als mit jemandem, den man liebhat, einen Ausflug in die Stadt zu machen; immer ist ein Lächeln auf den Gesichtern, schon über einen kleinen Scherz lacht man herzlich, und wenn ein wirklich guter Witz gemacht wird, kennt die Fröhlichkeit keine Grenzen mehr.

Und welch königliches Gefühl ist es, Geld auszugeben, ohne zu rechnen, und an jenem Tag war ich wirklich ein König. So verging der Tag prächtig zwischen Lachen und der Freude, den großen Herrn zu spielen.

In den Straßen blieben Leute stehen, um Bronwen und Olwen anzusehen.

»Was ist denn nur los, Huw?« fragte Bronwen mich mit großen Augen und einer kleinen Stimme. »Bin ich nicht richtig angezogen?«

»Du kannst dich sehen lassen, Bronwen«, sagte ich und fühlte mich so stolz, als ob ich dreimal da wäre und doppelt so groß wie in Wirklichkeit. »Lieblicher als die Töchter des Pharao siehst du aus. Also komm, gehen wir weiter.«

»Ein dummer Komplimentmacher bist du«, sagte Bronwen, aber sie freute sich doch darüber. Und sie beobachtete, ob die Leute mehr sie oder mehr Olwen ansähen. Wenn ein Mann sie anblickte, so hob sie die Nase bis zum Himmel hinauf und wurde rot, wenn sie dann aber einen sah, der Olwen anschaute, so war sie ein bißchen gekränkt und fragte sich, ob sie am Ende Ruß auf der Nase oder zu viele Jahre auf dem Rücken habe.

Ich mußte ordentlich lachen, wie ich die beiden das alte Spiel der Frauen spielen sah. Ein hübsches Spiel ist es, und Männer haben ebensoviel Vergnügen davon, wenn sie den Mut besitzen, ihre Augen zu öffnen. Frauen haben es gerne, wenn man sie ansieht, mögen sie auch heilige Eide schwören, daß es nicht wahr sei. Die Männer aber, die Tölpel, schauen hinauf, schauen hinunter, bekommen einen krummen Buckel vom Hinabblicken auf das Trottoir oder verrenken sich den Hals, weil sie angestrengt nach rechts oder links blicken, um nur keine Frau anzusehen oder in den Verdacht zu kommen, einer Frau ins Gesicht zu gucken. Dumm ist das und unsinnig.

Denn wenn es einen besseren Anblick gibt als eine hübsche Frau, dann sagt es mir bitte, und ich will vom Essen aufstehen, um mir das Wunder anzusehen. Jede Frau, welche es auch sein mag, hat ihren eigenen Reiz, und wenn einer sagt, daß wir unsere Augen bedecken und nichts ansehen sollen als das Pflaster und den Himmel, dann ist er ohne Verstand und Gefühl, undankbar für das Geschenk des Sehens und nur ein halber Mann.

»Ich habe meinen guten Ruf zu wahren«, sagte Bronwen, als ich ihr riet, sich aus dem Angestarrtwerden nichts zu machen. »Gib mir also keine schlechten Ratschläge, Huw. Wie würde mir zumute sein, wenn ich in ein Schaufenster blickte und ein Mann spräche mich an. Gleich würde ich einen Polizisten herbeirufen, und dem Mann würde es schlecht ergehen.«

Merkwürdig, daß Frauen immer mit dem Schlimmsten rechnen, das niemals eintritt. Nicht ein einziger von all den hundert Männern, die wir an diesem Tage sahen, hätte es gewagt, ein Wort zu Bronwen zu sprechen, selbst wenn sie sich nach ihm umgedreht hätte, denn in Bronwens Miene und Haltung lag etwas, das frechen Gesellen eine lautere Warnung zurief, als irgendeine Warnungstafel es hätte tun können.

Zu sehr war sie sich ihres Frauseins bewußt, und zu leicht ließ sie sich den Tag durch Sorgen solcher Art verderben.

»Es ist dumm von dir, Bronwen«, sagte ich, »hier gibt es ja keine bösen Zungen wie zu Hause, sondern nur Augen, die dich ansehen, und die sollten dich hindern, dich an den schönen Schaufenstern zu freuen?«

»Ich spüre die Blicke aber. Willst du nicht auf die andere Seite gehen?«

»Gerne Bronwen, wenn es dir eine Beruhigung ist. Aber die Leute sehen dich nur an, weil du ein Wunder bist, wie man es so selten sieht, und noch in späteren Jahren werden sie an dich denken. So wirst du an vielen Orten zugleich leben, in ewiger Schönheit. Bist du nicht dankbar?«

»Nein«, antwortete sie, doch ich sah, daß sie dankbar dafür war, es aber nicht zugeben wollte, weil sie das alte Spiel der Frauen spielte.

Olwen sah Bronwen in der Hoffnung an, daß sie bald müde

werde und ihren Schritt verlangsame, damit wir uns in Ruhe die Schaufenster ansehen könnten, denn rings um uns waren lauter Dinge ausgestellt, die man sonst nur in Träumen sieht, und ein ganzer Nachmittag lag vor uns.

Aber Bronwen war nur an die Dorfstraße gewöhnt und an die Blicke der Leute, die sie kannte; ich wußte, daß es wohl noch eine Stunde dauern würde, bis sie ihre neue Empfindlichkeit verlöre und wirklich ein Teil dieser Menge würde, die unablässig durch die staubige, lärmende Straße hin- und herströmte, dieser Straße, in der mehr Wagen und Pferde einherfuhren, als wir in unserem ganzen Leben gesehen hatten.

Seltsam ist es, durch die Straßen einer großen Stadt zu gehen. Seltsam sind auch die Gesichter der Menschen, die ihr ganzes Dasein in einer Stadt verbringen. Ihr Leben wird vom Zeiger der Uhr beherrscht, ihre Augen sind blind geworden, weil sie so viele Wunder sehen, und das Glück der Erwartung ist ihnen fremd und ihr Wünschen ist vergiftet. Gute und schöne Dinge sind in den Schaufenstern um sie her angehäuft, aber ihre Taschen sind leer, und das macht sie bitter; unerfüllte Wünsche werden zur Begierde, die sich in den Zügen spiegelt. Zuviel zu sehen gibt es Tag für Tag für die Menschen der Stadt. Zuviel Lärm, um Frieden zu finden, und zuwenig Zeit an den immer zu kurzen Tagen, um einmal ruhig dazusitzen und nachzudenken.

Endlich ruhten sich unsere Augen aus, als wir die Arkaden erreichten und durch die beleuchtete Stille dieser gewundenen Straßen aus Glas gingen.

Herrliche Minuten verlebte ich in einer Buchhandlung, während Bronwen und Olwen in Modegeschäften Geschenke einkauften.

Ein schönes Gefühl ist es, ein gutes Buch in der Hand zu halten; seine behäbige Dicke ist voll reicher Versprechungen, und es wird dir im Herzen warm, wenn du an die guten Stunden denkst, die dir bevorstehen.

Gerne wäre ich dort geblieben, bis der Laden am Abend geschlossen worden wäre, da kam aber Bronwen herein und zog mich sanft am Arm zur Tür.

»Schon wieder über den dummen Büchern«, sagte sie. »Und hier draußen gehen zwei auf und ab, während du deine Nase an den Seiten hinauf und herunter reibst.«

»Kaufen wir ein paar Bücher für die Jungen«, schlug ich vor, und der Buchhändler sah mich an, als ob ich ihm Geld schuldig wäre.

»Jedem eine Bibel«, sagte Bronwen rasch, denn an denen fehlte es in dem Laden nicht.

»Aber geh, Bronwen. Bibeln haben die Jungen genug. Ein richtiges Buch zum Lesen, meine ich. Etwas, das sie mit glühenden Wangen verschlingen.«

So kaufte ich denn nach einer ernsthaften Unterredung mit dem Buchhändler »Ivanhoe« und »Die Schatzinsel« und schaute zuerst einmal selber gründlich hinein, bis Bronwen ungeduldig mit dem Fuß zu stampfen begann und Olwen so sauer dreinblickte, daß unreife Äpfel süß dagegen waren.

»Ich glaubte, ein Ausflug für mich sollte es sein«, sagte Bronwen eisig. »Komm, wir suchen noch eine andere Buchhandlung, und in der beschließen wir dann unser Leben. Und dabei werden die Geschäfte schon bald geschlossen.«

Aber als wir eine Tasse Tee getrunken hatten, wurde ihre Laune besser, und die Welt kam uns allen wieder schön vor, als wir auf den Markt kamen.

Lang, weit und hoch lag die Markthalle unter ihrer gläsernen Kuppel; die Sonne schien kräftig herein, ein Stand neben dem anderen, hübsch ordentlich und voll guter Dinge; die Stimmen von Hunderten von Menschen, zu einem tiefen Summen vereint, und ein köstlicher Geruch, aus vielen kleinen Gerüchen bestehend, aus Minze und Kohl und Sellerie, aus geräuchertem Speck und Schinken, aus Karamellen und Flanell und Leder und Käse und Petroleum und Blumen.

Es tut dem Auge wohl, so viele verschiedene Blumen in langen Reihen zu sehen; in Eimern und Kisten stehen sie brav nebeneinander, rot und gelb und blau und purpurn und weiß mit schlanken Gräsern dazwischen, und schön ist es, näher heranzutreten, die Nase in einen Eimer voll kühler roter Rosen zu stecken.

Dann gingen wir wieder auf die Straße, beladen mit Blumen, Käse, schwarzgeräuchertem Schinken, zwei Stücken Flanell, zwei Paar kräftigen Schuhen für die Jungen, einer handgestickten Schürze für Mutter, aus meinen Taschen schauten große Tüten voll Karamellen hervor, und schon jetzt lutschten wir jeder eine.

Dann kauften wir noch Puppen für Ceridwens kleine Mädchen, ein Boot und eine Lokomotive für die Jungen, einen kupfernen Schmortiegel für Mutter und Puddingformen für Bronwen. Ich wartete vor einem Modegeschäft, in dem Bronwen ein Kleid anprobierte und Olwen einen Mantel kaufte; als sie herauskamen, hatten sie die Hände voll Pakete; ganz außer Atem waren sie vor lauter Kaufen, aber selbst wenn sie eine Million Pfund ausgegeben hätten, würden ihre Augen nicht glücklicher gestrahlt haben können. Und mein Herz hätte auch nicht mehr leichter werden dürfen, sonst wäre ich nach oben geflogen, bis zum Himmel hinauf.

Wie Packesel beladen kamen wir zum Bahnhof, während der ganzen Heimfahrt sangen wir, und als wir dann in Thomas' Wagen saßen, sang er mit.

An der Wegbiegung, kurz bevor die Straße ein wenig steigt, ehe sie sich in unser Tal hinabsenkt, sahen wir auf einer Wiese hunderte Lichter, und Thomas schnalzte ärgerlich mit der Zunge.

»Noch immer schwätzen sie«, sagte er. »Schon als ich heute nachmittag vorbeikam, haben sie dort ihr Mundwerk geübt.«

»Was gibt es denn schon wieder?« wollte ich wissen.

»Der Streik steht vor der Tür«, gab Thomas Auskunft.

»Ich will hinübergehen und hören, was sie reden.«

»Es ist besser, du kommst gleich mit uns heim«, sagte Bronwen besorgt und versuchte mich zurückzuhalten.

»Halten Sie an, Thomas«, rief ich und ging zur Versammlung hinüber.

Ein Fremder sprach über Kapital und Arbeit und schüttete die Namen Marx und Hegel in seiner Rede, wie man Mandeln in einen Kuchenteig streut. Der Name des Herrn Marx wurde in einem Tone genannt, als sei er ein neuerstandener Heiland, und Herr Hegel wurde eine Art Johannes der Täufer. Das Gold floß so reichlich in der Rede wie das Wasser im Fluß Jordan, und jeder konnte sich eine Kappe voll herausschöpfen.

Einige Minuten hörte ich zu, aber der Lärm ringsumher war so groß, daß ich nicht alles verstehen konnte, was der Redner sagte, denn die Zuhörer stritten laut miteinander, und an einigen Stellen wurde sogar gerauft.

Selbst wenn ich die Stimme eines Stieres gehabt hätte, würde ich mir kein Gehör verschafft haben können, und ich war auch viel zu beklommen und mutlos, einen Versuch dazu zu machen.

So ging ich denn durch die dunkle Nacht nach Hause; erst der mächtige Schlackenhaufen trennte mich von dem Lärm der Versammlung, und zum ersten- und letztenmal im Leben war ich der Schlacke dankbar.

Es tat mir weh, daß Menschen so blind sein konnten, aber noch mehr schmerzte es mich, daß meine Brüder, Herr Gruffydd und die tapferen Kämpfer aus früheren Tagen vergessen waren in einer Verwirrung des Denkens, die mehr auf die Ansichten Fremder gab als auf die Grundsätze unserer Väter.

Unten an dem toten Fluß vorbei ging ich, Schlacke ragte hinter mir auf, unter meinem Fuß war harter Stein, dort wo vor Jahren die Forellen auf Fliegen gewartet hatten.

In der kühlen Stille blieb ich stehen, blickte zum dunklen Berg empor und hörte nichts als den Nordostwind, der eifrig das Gras kämmte; meine Augen blickten starr in die Finsternis.

Mit einem Male wurde der Himmel zu Gold, der Berg war aus Silber, der Fluß strömte frei und breit dahin im Glanz von Edelsteinen. Überall oben am Berge glänzten nackte Schwerter, und ich sah in erhabener Furcht, daß ein Heer von gepanzerten Kriegern dort oben stand und in das Tal hinabblickte; bunte Schilde trugen sie, und ihre Hände lagen um den Knauf von Schwertern, die auf den Boden deuteten.

Meine Furcht wich, und ich wünschte näher zu gehen, ihre Gesichter zu sehen, ihre Stimme zu hören und den Klang ihrer Worte zu vernehmen.

Irgendwo hinter den ehernen Reihen sang eine Trompete ihr stolzes, männliches Lied, tausend Banner erhoben sich wie ein einziges, und Schwerter stiegen flammend empor.

Ein einziger Trommelwirbel ertönte, die Banner setzten sich in Bewegung, und ein goldener Staub stieg auf von marschierenden Reihen, glänzte über ihren Helmen und reichte fast bis zu den Bändern und Blumen empor, die von den Spitzen der Banner herabhingen.

Dann eilten alle Winde des Himmels, einander die Hand zu reichen, die Schulter zu beugen und zu mir den Klang einer mächtigen Hymne herabzutragen, die schwer war vom Duft der Zeit, die gewesen ist. Gewaltig stieg der Gesang der glitzernden Scharen empor, und mein Herz sehnte sich danach, eine Stimme zu hören, die ich kannte.

Die Männer des Tales marschierten wieder.

Meine Väter waren es, die dort oben sangen.

Laut, triumphierend stieg die Hymne empor, und ich wußte in der verborgenen Tiefe meines Inneren, daß diese königliche Musik das Gebet bedeutete, ich möge wieder Mut gewinnen, guter Dinge sein, Treue halten, ich möge wissen, daß der Tod nur den Dingen, die aus Staub gemacht sind, ein Ende bereitet, ich möge alles, was den Geist zu vernichten droht, bekämpfen, ohne auf Wunden zu achten, zu Ehren des ewigen Vaters, in Ewigkeit Amen.

Wieder schmetterten Trompeten, Trommelwirbel führte die marschierenden Füße über den goldenen Himmel, und die Arme des Windes hoben die Banner hoch, um mir die roten Drachen zu zeigen, das Kreuz und die Krone.

Der Himmel verdunkelte sich, ich stand wieder in der Finsternis, meine Augen waren schwer und flimmerten, und ich glaubte, die große Stimme zu hören hinter der Stimme des Himmels.

Langsam ging ich dem Dorfe zu, lüftete meinen Hut, als ich an dem kleinen Haus neben der Kirche vorbeikam, und langsamer noch schritt ich dann die Straße hinauf zu unserem Hause.

»Lange bist du ausgeblieben, Junge«, sagte Mutter und lächelte heller als seit Monaten. »Es ist dir doch nichts zugestoßen?«

»Nein, Mutter.«

»Gibt es wirklich gar nichts Neues, mein Kleiner?« fragte sie weiter und legte mir die Hand auf den Arm.

»Nur, was ich auf der Versammlung gehört habe, Mutter.«

»Was gibt es denn?« warf Vater ein.

»Revolution«, antwortete ich. »Ich möchte nur wissen, was meine Brüder sagen würden, wenn sie das hörten.«

»Laß sie nur«, riet mir Vater und zog an seiner Pfeife, »sie werden der Sache bald müde werden. Revolution! Und dabei haben sie alle zusammen nicht genug Vernunft, um einen Wasserhahn aufzudrehen.«

»Wollen wir nicht einen Abend Ruhe davon haben?« rief Mutter ungeduldig. »Kommt lieber und seht euch die schönen Geschenke an, Gwilym, und dann zum Essen.«

Aber ich hatte an diesem Abend so viel gesehen, daß die kleinen Dinge, die wir mitgebracht hatten und die Mutter mit so viel Freude betrachtete, mir nichts bedeuteten, wenn ich mich auch bemühte, es nicht zu zeigen.

Als wir nach Hause kamen, gab ich Bronwen das Geschenk, das ich ihr gekauft hatte, eine goldene Brosche mit Granaten.

»Oh«, rief sie entzückt und ihre Augen glänzten. Weich und zärtlich erschien mir ihr Mund, aber mein Herz schwieg, denn groß und schwer klang noch die Stimme vom Berge in mir nach.

»Komm, Bronwen«, sagte ich, »ich will die Brosche an dein bestes Seidenkleid stecken.« Da zuckte es jäh um ihren Mund. Falten kamen in ihr Gesicht, und ich hätte mich ohrfeigen können, denn dies war immer Ivors Lieblingskleid gewesen. Wieder einmal hatte ich etwas Dummes und Falsches gesagt und damit den Glanz aus ihren Augen und die Weichheit von ihren Lippen genommen.

»Danke«, sagte sie und ging dann rasch hinaus, um die Kerzen anzuzünden.

Ich blieb in der Küche stehen, als sie hinaufging, ohne ein »Gute Nacht« für mich, und ich wußte, daß sie schwieg, weil sie weinte. Minutenlang stand ich da, voll Verlangen nun, sie zu küssen und um Vergebung zu bitten, aber da erklangen wieder die Stimmen, die ich in der Finsternis auf dem Berge gehört hatte, und ich saß im Dunkeln und lauschte.

Und wieder drehte sich oben der Schlüssel in der Tür . . .

Am nächsten Morgen kamen Männer um den Berg gelaufen und riefen, daß im nächsten Tal der Streik ausgebrochen sei.

Während des Frühstücks streifte Mutter meinen Vater oft mit kleinen, raschen Blicken, aber er sagte nichts, und auch in seinen Augen war nichts zu lesen; doch Mutter wußte genug.

Bronwen war schon frühmorgens mit Olwen nach Tyn-y-Coed gegangen, um wieder einmal nach dem Hause zu sehen, aber ehe sie gegangen war, hatte ich ihr eine Tasse Tee gemacht und die Brosche an die Innenseite ihrer Schürze gesteckt.

Keine Worte, nur eine Tasse Tee, das Anstecken einer Brosche, ein Kuß und ein Lächeln, und doch sägte ich ein riesenlanges Brett durch, ohne ein einziges Mal innezuhalten, so froh war mir zumute.

Am Nachmittag kam Olwen zu mir gelaufen, mit kaum getrockneten Tränen auf dem Gesicht. »Huw«, sagte sie, »die Streikenden aus dem anderen Tal marschieren um den Berg herum hierher. Sie haben mich und Bronwen verspottet wegen Iestyn.«

»Da mußt du das nächste Mal den Umweg über den Berg machen, Olwen; ich werde dir einen guten Weg zeigen«, sagte ich, zornig darüber, daß ein Lümmel Bronwen und Olwen Kummer zugefügt hatte, und ich wünschte, ich hätte den Burschen vor meinen Fäusten.

»Sie haben gesagt, sie würden uns daran hindern, noch einmal nach Tyn-y-Coed zu gehen«, berichtete sie weiter. »Häßliche Dinge haben sie gesagt. Sie wollten uns die Kleider ausziehen.«

»Schade, daß ich nicht in der Nähe war«, rief ich wütend.

Als Vater am Abend zur Arbeit ging, kam er gleich wieder zurück und sah sehr niedergeschlagen aus.

»Streik, wieder einmal«, sagte er. »Nichts zu machen.«

»Wie können die Männer nur so töricht sein?« fragte ich ihn. »Sie haben doch oft genug gesehen, daß es nichts nützt.«

»Ein paar geschickte Worte, ein bißchen Schmeichelei, ein bißchen Mitgefühl, dann recht lautes Kampfgeschrei, und die meisten von ihnen folgen blind wie Schafe. Wer nicht der gleichen Ansicht ist, wird als Feigling oder als Unternehmerknecht beschimpft. Du kennst die Männer ja.«

Ja, ich kannte sie, ich war ihr Freund und bedauerte sie von ganzem Herzen.

»Was nun?« fragte Mutter.

»Abwarten«, sagte Vater. »Es hat keinen Zweck zu reden. Zu viele reden schon. Ich will schweigen, bis ich gefragt werde, oder bis die Zeit gekommen ist, zu helfen, so gut ich kann.«

»Aber jetzt ist es doch sicherlich Zeit für uns, zu den Leuten zu gehen und zu ihnen zu sprechen?« meinte ich.

Vater legte mir die Hand fest auf die Schulter und sah mir gerade ins Auge.

»Mein Sohn«, sagte er, »deine guten Brüder mußten nur deshalb das Tal verlassen, weil sie zu den Leuten gesprochen haben und für sie. Oft genug haben sie sie vor dem Streik gewarnt. Zum Schluß aber haben sie eingesehen, was ich schon seit vielen Jahren weiß, daß der Streik zwecklos ist. Heute zu den Leuten zu sprechen ist verlorene Mühe. Wie in einem Rausch sind sie, in einem Rausch der Unvernunft. Kümmere dich nicht darum, Huw.«

Vierzigstes Kapitel

Am Abend ging ich in die »Drei Glocken«, um Bretter vor die Fenster zu nageln.

Dai war übler Laune und Cyfartha nicht minder, denn ein Streik bedeutete schlechte Geschäfte für die beiden. Seit Cyfartha aus der Grube zurückgekehrt war, hatte Dai nicht aufgehört, mit ihm zu schimpfen.

»Aber hör mal, Dai«, verteidigte sich Cyfartha jetzt, »ich hätte ja nicht allein unten in der Grube bleiben können, um Kohle zu hauen. Es wäre ja nicht einmal jemand dagewesen, um die Förderwagen zu ziehen.«

»Ich wäre lieber zur Hölle gefahren, als mir von denen befehlen zu lassen, was ich zu tun habe. Eine Menge Geld haben wir schon durch Streiks verloren. Und was habe ich oder du oder sonst jemand schon gewonnen dabei, möchtest du mir das nicht gefälligst sagen? Nichts, nicht einmal einen halben Penny, he, Cyfartha?«

»Du hast recht, Dai«, sagte Cyfartha und schüttete den Inhalt seines Bierglases hinunter, als wollte er alle seine Sünden wegschwemmen, »aber bei der Hölle und sämtlichen Teufeln, ich habe es dir doch schon gesagt. Kein Mensch war mehr unten. Ganz allein hätte ich mit meinem Jungen nicht in der Grube bleiben können.«

»Ob du unten geblieben wärst oder nicht, ist mir egal, nur eines möchte ich, daß du selbst denkst und nicht die anderen denken läßt. Wissen sie denn überhaupt, weshalb sie streiken? Jeder wegen einer anderen Sache. Statt einig zu sein, zieht jeder nach einer anderen Richtung. Und die Unternehmer sitzen da und lachen sich den Buckel voll über die Narren, he, Cyfartha?«

»Ich bin zu müde zum Reden, Dai«, meinte Cyfartha. »Ich möchte meinen Mund an ein Spundloch legen, mich vollsaufen und durchschlafen, bis der Streik zu Ende ist.«

»Wenn die Leute doch lieber auf deinen guten Vater hören wollten, Huw, statt auf diese Hohlköpfe. Weinen möchte man am liebsten!« Dai tat einen Schluck aus seinem Glas und fragte mich dann: »Halten die Bretter da auch was aus?«

»So fest sind sie, wie das Haus selber. Fürchtest du, daß es Krach geben wird?«

Dai blickte sich um, ob wirklich nirgendwo ein Gast wäre, dann flüsterte er mir zu: »Diesmal haben sie gedroht, die Gruben unter Wasser zu setzen. Wenn ich einen das laut sagen höre, dann schlage ich ihm die Zähne ein. Aber heimlich geschieht alles. Niemand weiß, von wo die Befehle kommen. Ich habe es hier im Schankraum gehört, aber es war nur so ein Gerede. Ohren offen, Mund zu, Huw, mein Kleiner, und wenn du was hörst, sage es mir, ja? Hier ist ja doch nichts los, machen wir morgen einen Bummel über den Berg?«

»Gut«, sagte ich. »Wir wollen nach Tyn-y-Coed meiner Schwester und Schwägerin entgegengehen. Schon gestern sind ein paar frech geworden; Bronwen und Olwen haben Angst, man könnte ihnen etwas tun, weil wir mit Iestyn verwandt sind.«

Dai sah zuerst mich, dann Cyfartha an, und seine Fäuste öffneten sich und schlossen sich dann wieder. Er wurde ganz rot im Gesicht. »Zum Teufel noch einmal, jetzt werden schon Frauen belästigt hier im Tal! Dreckig sieht es aus bei uns. Weißt du was,

Huw, wir passen ein bißchen auf, du und ich. Cyfartha und drei oder vier tüchtige Burschen ein paar Schritte hinterdrein, he, Cyfartha?«

»Aber nicht zu weit weg, Dai«, meinte Cyfartha. »Wenn's losgeht und wir versäumen was, das wäre ein Malheur.«

In diesem Augenblick kam James Rowlands herein, ganz außer Atem, schlechte Nachrichten standen ihm über das ganze Gesicht geschrieben.

»Herr Winston Churchill schickt Soldaten her«, keuchte er; sein Asthma machte ihm wieder einmal arg zu schaffen.

»Churchill? Zum Teufel, wer ist denn das schon wieder?« erkundigte sich Dai.

»Der Minister des Inneren«, erklärte Rowlands, dankbar für das Glas Bier, das Cyfartha ihm reichte. »In London.«

»Ist das was Besonderes?« fragte Dai, so klug wie zuvor.

»Das will ich meinen«, antwortete Rowlands, den Mund voll Bier.

»Soldaten«, sagte Dai. »Englische Soldaten?«

»Sie werden keine Narren sein und Waliser herschicken.«

»Narren sind nur wir hier. Hm ... Englische Soldaten, he, Cyfartha?«

»Da gibt's Krach«, meinte Cyfartha.

»Ob ich sehen kann oder nicht, da mache ich mit. Verfluchte englische Soldaten. Zum Teufel mit ihnen. He, Cyfartha?«

»Jawohl, zum Teufel, Dai, mein Kleiner«, nickte Cyfartha.

Als ich ein paar Tage später sah, wie die beiden den englischen Soldaten so viel Bier einschenkten, wie sie nur trinken konnten, und keinen Penny dafür nahmen, sagte ich erstaunt: »Du bist mir ein Feiner, Dai. Zum Teufel mit den englischen Soldaten, habe ich gemeint. Und jetzt traktierst du sie mit Bier? Wahrscheinlich, damit sie unten in der Hölle eine Erfrischung haben.«

»Hm, na ja.« Dai wurde ein bißchen rot. »Sind ja eigentlich ganz brave Burschen. Tun keinem etwas und schimpfen genug darüber, daß man sie gegen die Arbeiter geschickt hat. Hinten im Extrazimmer sitzen ein paar Offiziere, die schimpfen noch mehr, he, Cyfartha?«

»Nette, ordentliche Leute, die Soldaten«, nickte Cyfartha. »Nur ein paar Pence Löhnung bekommen sie am Tag, und nicht einen Penny extra für ein blaues Auge.«

In allen anderen Tälern gab es arge Krawalle; mit Knüppeln

prügelte man sich, und Raufereien zwischen Streikposten und Streikbrechern gab es alle Augenblicke. Bei uns aber hatte es bisher, obgleich die Männer den ganzen Tag auf der Straße waren, nur Schimpfereien gegeben.

Wieder waren an allen Hauswänden in Schulterhöhe die Flecke zu sehen, die ein Zeichen dafür waren, daß viele Männer müßig die besten Stunden ihres Lebens vergeudeten, während unter ihnen die Erde ihre Schätze darbot wie früher.

Vielleicht wäre es bei uns gar nicht zu Krawallen gekommen, wenn nicht ein Polizist im Bewußtsein seiner Amtswürde sich hätte hinreißen lassen, einen armen Idioten mit seinem Knüppel zu schlagen.

»Sami Kanalwasser« nannte man den armen Teufel, weil seine Mutter Ingwerbier und Limonade machte, die Sami an den Grubeneingängen verkaufte. Ein karges Brot fürwahr, aber die Leute waren niemandem etwas schuldig und verlangten keine Unterstützung.

Die Arbeiter kamen gerade von einer Versammlung zurück, und ich wartete auf der Uferböschung auf meinen Vater, als ich einen berittenen Polizisten dahersprengen sah, der den Leuten zubrüllte, Platz zu machen.

Einige der Leute sprangen beiseite, um nicht unter die Hufe des Pferdes zu kommen, aber die meisten fingen an zu johlen und bildeten eine Kette, um den Polizisten aufzuhalten.

Sami Kanalwasser lief händeringend und vor Angst schreiend von der einen Straßenseite auf die andere; die Flaschen fielen aus dem Korb, platzten, und der Inhalt spritzte über den Boden. Da schrie und jammerte Sami noch mehr und wollte die Scherben auflesen; da kam das Pferd in gestrecktem Galopp auf ihn zugerast.

Als dicht vor den Vorderbeinen des Gaules wieder eine Flasche knallend barst, scheute das Pferd und stellte sich auf die Hinterbeine; der Polizist hob seinen Knüppel und ließ ihn auf Samis Kopf niedersausen.

Krieg.

Von diesem Tage an galt alles, was eine blaue Uniform mit glänzenden Knöpfen trug, als Feind.

Der Polizist, der Sami und uns alle wohl kannte, war aus unserem Ort. Seine Mutter muß ihren Sohn an diesem Abend kaum wiedererkannt haben, so hatte man ihn zugerichtet. Sein Gaul weidete dann herrenlos, dick und wohlgenährt auf der Wiese hinter den »Drei Glocken«.

An jenem Abend aber griffen über tausend Mann die Grube an, um mit der Polizei, die im Kesselhaus einquartiert war, abzurechnen.

Aber nicht nur unsere Arbeiter waren es. Fremde waren darunter, die die Befehle zu erteilen schienen, und ich hörte, wie jemand den Leuten zurief, sie sollten die Pumpe stillegen und die Grube überfluten. Und da lief ich rasch zu Dai und Cyfartha.

»Gut«, nickte Dai, »ruf die Burschen zusammen, Cyfartha.«

Stockdunkel war es, als wir auf einem Umweg, um nicht mit der brüllenden Menge zusammenzustoßen, zur Schachtöffnung marschierten. Etwa zwanzig Mann waren wir.

Schon wurden in den Büros die Fenster eingeschlagen; ein Steinhagel ergoß sich auf die Wände des Kraftwerkes.

»Was wollen die Narren nur damit erreichen, wenn sie die Grube unter Wasser setzen?« brummte Dai, die Hand auf meiner Schulter. »Verständige die Leute im Maschinenhaus, Cyfartha.«

Da ging Cyfartha mit mir und ein paar anderen zum Maschinenhaus, wir klopften an die Tür und schrien hinein. Iorweth öffnete die Tür nur einen Spaltbreit; wir sahen seinen Kopf hinter der Laterne, aber als er bemerkte, daß eine ganze Anzahl von Männern draußen stand, schlug er sie rasch wieder zu. Wir mußten wieder klopfen und brüllen; endlich waren wir drinnen.

Seit Tagen schon war Iorweth im Maschinenhaus; er schlief sogar dort und ging gar nicht nach Hause, weil er Angst hatte, die Leute könnten ihn als Streikbrecher ansehen und ihm etwas zuleide tun.

»Wir wollen nur ganz ruhig durchs Fenster schauen«, erklärte Dai, »weil wir gerne herausbekommen möchten, wer bei den Leuten draußen das große Wort führt. Den möchten wir hoppnehmen. Dann kannst du in Ruhe mit uns nach Hause gehen, und wenn du willst, schlafe ich heute nacht in deinem Haus!«

»Danke, Dai«, sprach Iorweth, zu müde, um zu lächeln, »da bin ich wirklich froh. Geht nur hinauf.«

Wir stiegen hinauf zu den Fenstern, vorsichtig, damit wir keinen herüberfliegenden Stein ins Auge bekämen, und sahen uns die Menge dort draußen an. Große Fenster mit vielen kleinen Scheiben waren da, um den Mechanikern, die an dem großen Ventilatorrad arbeiteten, genügend Licht zu geben.

Dichtgedrängt bis zum Dorf hinunter stand die Menge draußen, alle Gesichter fahl schimmernd im Fackellicht. Laute Drohrufe ertönten, und die vornestehenden jungen Leute schienen zu wetten, wer die meisten Fensterscheiben einwerfen könne.

»Da drüben ist er«, sagte Cyfartha. »Ich sehe ihn.«

Er wies auf eine kleine Gruppe von Männern, die abseits von der Menge standen, in der Mitte ein Mann mit einem steifen Hut, der ununterbrochen redete und gestikulierte.

»Du und ich, Dai«, sagte Cyfartha und sprang herunter. »Nur wir beide.«

»Gut«, nickte Dai, und herunter mit Jacke und Mütze. »Führe mich hin, und wenn ich bei ihm bin, laß mich los, he, Cyfartha?«

»Komm, Dai, mein Kleiner«, sagte Cyfartha, und Hand in Hand gingen sie hinaus.

Erst als sie nur noch ein paar Meter von den abseits stehenden Männern entfernt waren, kamen sie in den Lichtschein. Als die Leute sie sahen, empfingen sie sie mit Zurufen und Händeklatschen, denn niemand konnte die breite vierschrötige Gestalt Dais mit dem schlanken Cyfartha neben ihm verkennen.

Jetzt waren sie ganz dicht bei der kleinen Gruppe.

Dann ging's los.

Blitzartig schnellten Dais weiße Unterarme empor, nun schossen seine Fäuste vor. Daneben Cyfarthas federnde Flinkheit. Einer nach dem anderen fielen die Männer um, mit auseinanderfliegenden Armen, bleichen Gesichtern. Dann lagen sie mäuschenstill da. Dai und Cyfartha kamen seelenruhig, die Hände in den Taschen, zu uns zurück, indes Männer sich um die bewußtlos auf dem Boden Liegenden drängten, um zu sehen, was sie abbekommen hatten.

»Ein gemeiner Hund«, erklärte Dai, als er wieder zu uns hereinkam, »den mit dem steifen Hut meine ich. Wollte unsere Grube ersäufen. Ich habe es ihm gezeigt.«

»Jetzt nach Hause, Iorweth«, sagte Cyfartha.

»Hör mal, Dai, sollen wir nicht ins Kesselhaus hinübergehen und helfen? Sonst bleiben die Pumpen stehen.«

»Gut«, sagte Dai. Wir gingen zum Kesselhaus hinüber; als die Männer draußen uns sahen, warfen sie mit Steinen nach uns, aber sie trafen uns nicht, weil wir zu weit entfernt waren.

Im Kesselhaus trafen wir den Direktor, der müde und erschöpft war. Ein paar Polizisten spielten Karten, während einige Schreiber, die gleichfalls todmüde waren, versuchten, das Feuer in Gang zu halten.

»Geht nach Hause und schlaft«, rief ihnen Cyfartha zu und nahm einem von ihnen die Feuerschaufel aus der Hand. »Ein paar von uns bleiben hier, ihr habt Ruhe nötig, das sieht man euch an.«

»Seid ihr Mitglieder der Gewerkschaft?« fragte uns der Direktor.

»Ja«, antwortete ich.

»Sie sind es, Morgan?« rief er überrascht, als er mich erkannt hatte.

»Morgan oder nicht Morgan, das Feuer wird weiterbrennen, die Grube darf nicht ersaufen.«

»Ich danke Ihnen«, sagte der Direktor.

»Wer nach Hause gehen will, soll mit mir kommen«, sagte Dai, und einige gingen. Cyfartha, ich und noch ein paar andere blieben mit dem kartenspielenden Polizisten in der Hitze des Kesselhauses zurück.

Am nächsten Morgen gegen sechs — draußen schimmerte Reif — sah ich Bronwen ganz allein, einen schweren Korb am Arm, über den Hängeboden eilen und meinen Namen rufen.

»Wahrhaftig, das ist eine Frau, wie es nicht viele gibt«, rief Cyfartha, den Mund noch voll mit dem Frühstück, das Bronwen uns gebracht hatte.

»Kommst du mit nach Hause, Huw?« fragte Bronwen mich.

»Erst, wenn Ablösung kommt«, antwortete ich und kaute vergnügt an einem Stück Speck.

»Gib acht, daß du nicht in Gefahr gerätst, Huw«, sagte Bronwen besorgt.

»Gefahr!« rief ich. »Du sprichst von Gefahr und bist ganz allein hierhergekommen! Bleibe im Haus, Bronwen, mein Liebling, sorge dafür, daß auch Olwen und die Jungen nicht ausgehen. Die Leute sind wie wahnsinnig.«

»Gut«, nickte sie, »kommst du mit mir bis zur Straße?«

Ich begleitete sie, während Cyfartha aufpaßte, aber das Dorf war leer, nirgendwo war ein Arbeiter zu sehen; scharf traten die Umrisse der Häuser im Morgenlicht hervor.

Schön war Bronwen an diesem Morgen; die Kälte brachte helles Rot auf ihre Wangen; sanft und blau blickten ihre Augen mich an, in die der scharfe Nordostwind ein paar Tränen geweht hatte.

Alles fügt sich bei der Frau zu einem vollkommenen Ganzen — Gestalt, Klang, Farbe, Duft, die Ruhe, die in ihr ist —, so daß man sie ganz eng an sich drücken möchte, still und ohne zu sprechen, bedauernd nur, daß unser ungeschickter Arm sie nicht ganz auf einmal festhalten kann. So fühlt man, wenn man liebt.

So fühlte ich für Bronwen, aber ich habe es ihr nie gesagt.

»Nun, Huw«, sagte sie, als wir einen Augenblick stehengeblieben waren.

»Vergiß nicht, Bronwen, was ich dir gesagt habe. Nicht mehr aus dem Hause gehen! Und sage bitte Mutter, daß ich ihr für das Frühstück recht schön danke.«

»Ja«, sagte sie leise wie ein kleines Mädchen, dem man in der Sonntagsschule einschärft, wie es sich zu benehmen hat.

»Wenn Malachi Edwards kommt und seine Stühle holen will, sage ihm bitte, daß er noch etwas warten muß. Ich bleibe hier, solange es notwendig ist.«

»Heute abend kommst du also noch nicht heim, Huw?« fragte sie.

»Ich werde sehen.«

»Gut«, lächelte sie. »Leb wohl jetzt, Huw.«

»Leb wohl, Bronwen.«

Noch einmal sahen wir einander lange an.

Oh, wie könnte es eine Sünde sein, eine Frau zu lieben, die aussieht, wie Bronwen aussah?

Ihre Fraulichkeit ist wie ein Segen um sie, und man sehnt sich danach, die Hände um sie zu legen und sie zu küssen, nicht mit Begierde, sondern mit der Freude eines, der zurückkehrt zu einem verlorenen Glück.

Aber dein Denken und dein Fühlen und dein Gewissen binden dich und halten dich fest, so daß du nicht einmal einen Finger erhebst nach ihr. Diese Fesseln umschnürten mich eng jetzt, so daß ich schüchtern wurde und still.

Bronwen wandte sich halb ab von mir, doch dann drehte sie sich noch einmal um, als hätte ich sie gerufen; ihre blauen Augen wurden um einen Schimmer dunkler und schwer mit zärtlicher Sorge um mich, ihr Mund öffnete sich, als wollte er eine Frage stellen, doch nun lächelte sie ihr Lächeln, das kein Lächeln war. Und dann schloß sich ihr Mund und wurde zum Mund Evas im Paradies.

»Nun?« sagte sie.

»Nichts«, sagte ich. »Leb wohl, das ist alles.«

Und sie ging die Straße hinauf, aufrecht, mit geradem Rücken, mit festen klaren Schritten. Dann wandte sie sich noch einmal um und winkte mir zu.

Tag für Tag waren wir im Kesselhaus, um die Pumpen in Gang zu halten; morgens brachte uns Vater Essen, und am Abend kam Dai mit ein paar Leuten zur Ablösung.

Von Stunde zu Stunde wurde die Menge erregter, ihre Führer konnten nichts tun, die Unternehmer wollten nichts tun, die Regierung tat nichts, um den Streit zu schlichten. Inzwischen marschierten die Soldaten in Gruppen auf und ab. Die Polizisten wagten sich kaum auf die Straße, wenn ihrer weniger als fünfzig waren, und wo sie sich blicken ließen, mußten sie mit Angriffen rechnen; Fenster wurden eingeschlagen und Läden geplündert; ernste Männer, die zur Vernunft rieten, wurden von jungen Burschen niedergeschrien, die acht Jahre lang in die Schule gegangen waren und doch nicht wußten, wie sie ihren Verstand benutzen sollten. Den ganzen Tag gab es Gebrüll und Gewalttätigkeit auf den Straßen; man muß so etwas mitgemacht haben, um zu wissen, wie traurig es ist.

Eines Nachmittags hörten wir einen noch stärkeren Lärm als sonst draußen und liefen zur Tür, um nachzusehen, was es gäbe.

Olwen war es, die versuchte, sich zu uns durchzukämpfen; Hände rissen an ihrem Mantel und griffen nach ihren Haaren.

Mit Schürhaken und Kohlenschaufeln eilten wir hinaus und befreiten meine Schwester; ein paar von den Angreifern blieben liegen.

»Wie kannst du nur so unvernünftig sein?« schrie ich.

»Die Pferde«, schluchzte sie, »die Pferde.«

»Was für Pferde?«

»Unten in den Ställen sind sie«, sagte sie weinend, »Hunger und Durst haben sie.«

»Zum Teufel«, rief Cyfartha, »die Pferde haben wir vergessen.«

»Howell hat versucht, einen Waffenstillstand abzuschließen, um die Pferde heraufzubringen«, berichtete Olwen. »In den meisten anderen Gruben hat man sie heraufgeholt, aber bei uns nicht. Vater ist gerade von einer Versammlung nach Hause gekommen und hat es uns gesagt, da bin ich rasch hergelaufen.«

»Cyfartha, ich werde mit den unvernünftigen Leuten draußen verhandeln«, sagte ich.

»Gut«, nickte er. »Sorge dafür, daß der Förderkorb zur Einfahrt bereit ist.«

Ich trat vor das Haus; Steine zischten an meinem Kopf vorbei.

»Hört zu«, brüllte ich den Streikenden zu, »die Pferde sind dort unten, niemand versorgt sie. Wer hilft mit, sie heraufzuholen?«

»Sollen nur unten bleiben«, schrie einer. »Uns läßt man auch verrecken.«

Aber, es muß gesagt werden, die Leute hatten dann doch Mitleid mit den Tieren. Helfer traten vor, und als ich zwanzig Leute hatte, war es genug. Zum Hängeboden gingen wir hinüber und fuhren im Förderkorb hinab.

Die Pferdchen hättet ihr sehen müssen, als sie uns erblickten! Wie Kinder waren sie, die sich zu einem Geburtstagstee setzen, und geradesoviel Lärm machten sie. Alle Lichter unten in der Grube erloschen, nur Kerzen hatten wir, aber die kleinen Pferde freuten sich so, daß sie mit ihren Nüstern gegen uns stießen, ihren Hals an uns rieben und so die Kerzen zum Erlöschen brachten. Fluchend suchten wir Streichhölzer, und endlich konnten wir wieder ein wenig sehen.

Die Pferde aber kannten den Weg zu den Förderkörben; wie Katzen fühlten sie sich in der Dunkelheit zu Hause, und nun ging's hinauf, Förderkorb auf Förderkorb voll mit Pferden, und alle wieherten sie aus Freude darüber, hinaufzukommen zu frischem Gras. Wie die Pferdchen rannten, als wir sie freiließen! Blind waren sie, aber sie wußten, daß der Abhang des Berges nur Güte für sie hatte, daß nichts da war, worüber sie stürzen konnten.

Wenn wir nur alle so glücklich wären.

Vater ging von einem Schacht zum anderen in der ganzen Gegend, um zu untersuchen, wie es in den Gruben stand. Stündlich setzte er sein Leben aufs Spiel, denn die Menge war bereit, jeden zu töten, der für die Unternehmer arbeitete.

Ich wußte, daß Vater in die Grube eingefahren war, die früher Iestyn gehört hatte; am Morgen hatte er mir gesagt, daß er die Absicht hätte, die ganze Grube, die jetzt unter Tag mit der unseren in Verbindung stand, abzusuchen und durch unseren Schacht wieder aufzufahren. Soviel wir wußten, hielten die Pumpen das Wasser nieder, denn die Meßapparate zeigten einen normalen Stand an, aber Vater wollte sich vergewissern.

Und während die Leute oben brüllten und Steine warfen und die Führer beider Parteien stritten und angeschrien wurden, während die Männer sich Sorge um ihre Frauen und Kinder machten, war Vater unter Tag und hielt scharf Ausschau, um Gefahren für die Zukunft aufzuspüren. Ratten und Grubenwasser waren seine einzigen Gefährten dort unten.

Während des ganzen Tages hörten wir nichts von ihm. Der Nachmittag verging, schon dunkelte der Abend. Immer noch nichts. Es war beängstigend.

»Huw, mein Junge, komm einmal her«, sagte Cyfartha.

Er stand bei den Meßapparaten und blickte das Glas an.

»Nun?« sagte ich und beobachtete den Stand.

Das Schwarze stieg; das bedeutete, daß Wasser in der Grube war, mehr, als die Pumpen herausschöpfen konnten.

»Ich fahre hinunter«, erklärte Cyfartha und runzelte die Stirne.

»Es ist etwas nicht in Ordnung.«

»Vater ist unten«, sagte ich leise.

»Vielleicht ist er drüben auf der anderen Seite aufgefahren«, meinte Cyfartha.

»Ich fahre hinunter, in einer Stunde bin ich wieder da.«

»Gut«, sagte ich. Wir drückten uns die Hand; dann lief ich zum Maschinenhaus hinüber und gab Iorweth den Auftrag, den Förderkorb hinunterzulassen. Dann eilte ich zu der Menge, die darauf wartete, daß sich ein Polizist blicken ließ.

»Die Grube ersäuft«, brüllte ich den Männern zu. »Geht jemand mit hinunter?«

Niemand meldete sich. Die Männer, die bereit gewesen wären, mitzukommen, hatten Angst davor, daß man sie später verprügeln oder in ihren Wohnungen alles kurz und klein schlagen würde, während sie unter Tag waren.

»Ihr schadet euch nur selbst, wenn ihr das Wasser weiter eindringen laßt«, rief ich ihnen zu. »Wenn der Streik morgen zu Ende ist, wird es Wochen dauern, bis das Wasser wieder aus den Sohlen draußen ist. Das bedeutet noch mehr Not für euch alle.«

»Trau dich nur her«, schrie einer, »dann schneiden wir dir den Hals ab und schicken ihn der Regierung in London.«

Wieder Brüllen und Johlen, einer näherte sich mir drohend. Steine wurden geworfen. Die Leute wollten keine Vernunft annehmen.

Ich lief zum Kesselhaus zurück.

Ich wußte, daß Mutter zu Hause saß und sich sorgte, und voll Scham dachte ich daran, daß ich all diese letzten Tage nicht ein einziges Mal mit ihr gesprochen, sondern ihr nur durch andere hatte Grüße ausrichten lassen. An alles andere denken wir öfter in dieser Welt als an die Ruhe unserer Mutter.

Ich wartete, bis die Polizisten Ablösung bekamen, und während die Menge draußen sich mit ihnen befaßte, lief ich rasch die Böschung hinab zum Flußbett und dann bis zu den »Drei Glocken«. Durch die Seitentür schlüpfte ich hinein.

»Dai«, sagte ich, »Cyfartha ist allein eingefahren, um zu sehen, ob Wasser in die Grube eingebrochen ist.«

»So?« Er fuhr fort, eine Patience zu legen. »Hast du schon Nachricht von deinem Vater?«

»Nein«, antwortete ich hastig. »Ich laufe rasch hinauf, um Mutter zu sehen, ich habe Angst, Cyfartha könnte etwas zustoßen dort unten, Dai.«

»Grüße deine gute Mutter von mir, Huw«, sagte er, »und komm auf dem Rückweg hier vorbei, ja? Ich werde ein paar Leute bereit haben.«

»Gut«, rief ich und eilte davon.

Aus den hinteren Fenstern unseres Hauses drang der Schein des Kaminfeuers. Bronwens Küche hingegen war dunkel, kein Rauch stieg aus dem Schornstein, und ich sah die Umrisse von Gareths Lokomotive bei der Hintertür. Das war merkwürdig; das Spielzeug hätte längst im Hause sein müssen. Und Bronwen sang nicht wie sonst in der Küche.

»Mutter«, sagte ich dann, als ich durch die Hintertür unseres Hauses trat, »bist du hier?«

»Wo sollte ich sonst sein?« tönte ihre Stimme von Vaters Lehnstuhl beim Feuer. »Ist er mit dir gekommen?«

»Nein«, sagte ich und ich wußte, daß sie Vater meinte, und Angst um ihn packte mich, obgleich Mutter ganz leichthin und sorglos gesprochen hatte. Wie tief besorgt sie war, spürte ich, als ich sie küßte und ihr Zittern fühlte. Und sie saß im Dunkeln, in Vaters Lehnstuhl.

»Willst du essen, Huw, mein Kleiner?« fragte sie, aber sie stand nicht wie sonst auf, sondern blieb ganz still in dem Sessel sitzen.

»Nein, Mutter«, sagte ich, »ich bin nur heraufgekommen, um einen Kuß von dir zu bekommen.«

»Dein Vater ist seit heute morgen fort, Huw«, sagte sie; ich legte meinen Arm um Mutter, und tiefes Gefühl wallte in mir auf, als ich sie so klein und schwach in meinem Arm hielt und an die Männer und Frauen dachte, die ihr Leben und ihre Kraft aus ihr gezogen hatten.

»Ja, Mutter«, sagte ich leise, »und jetzt wartest du auf ihn.«

»Ich war im Waschhaus und habe Kartoffeln geschält«, sagte sie und starrte ins Feuer. »Da kam Ivor.«

Schwarz wurde es um mich her, und meine Lippen preßten sich aufeinander in Angst um sie und um mich.

»Du machst dir zuviel Sorgen, Mutter«, sagte ich, doch nicht mit der Stimme, die ich kannte.

»Sollte ich meinen eigenen Sohn nicht kennen? Ivor war es, den ich gesehen habe. Ich lächelte ihm zu, und er lächelte mir zu und nickte.«

Mutter versuchte ruhig zu sein, aber ihr Gesicht war schlaff vor Schwäche, und um ihren Mund zuckte es ohne Unterlaß.

»Warum nur Vater noch nicht kommt?« sagte sie, und ihre Stimme war wie ihr Mund.

»Ich fahre jetzt gleich hinunter, um zu sehen, wo er ist.« Ich stand auf. »Ist Bronwen ausgegangen?«

»Sie ist unten bei Iestyns Schacht. Mit Olwen ist sie heute nachmittag hingegangen, um Vater trockene Kleider zu bringen.«

»Er wollte aber durch unseren Schacht herauffahren.«

»Bronwen wunderte sich darüber, daß er so lange blieb; sie ging zu Iestyns Grube für den Fall, daß er dort heraufkäme. Zu Vaters Grube konnte sie nicht, es waren zu viele Menschen auf dem Weg.«

»Bronwen und Olwen hätten das Haus nicht verlassen sollen.«

»Sie hielten es zu Hause nicht mehr aus«, sagte Mutter, und sie weinte, aber ohne Tränen.

»Mutter«, sagte ich, »mach dir keine Sorgen, bitte. Im Dunkeln sitzt du hier und fürchtest dich. Komm. Licht und eine Tasse Tee, jetzt gleich, ja?«

»Geh«, sagte sie ernst. »Geh zu deinem Vater.«

»Ja, Mutter.« Ich küßte sie und lief hinab zu den »Drei Glokken«.

Dai und die anderen warteten schon; ihre Arbeitskleider hatten sie an; die von Dai waren sauberer als die anderen, man sah ihnen an, daß sie lange in der Kommode gelegen waren, und sie waren ihm zu eng geworden. Jeder der Männer hatte ein Glas in der Hand, und Dai gab auch mir eins, das zur Hälfte mit Branntwein gefüllt war.

»Trinkt«, sagte Dai. »Auf das Wohl der beiden Braven dort unten.«

Wir tranken, und ich hustete noch, als wir schon mitten in der Menge beim Schachteingang waren. Dai hielt sich an meinem Arm fest und kämpfte sich mit der rechten Faust durch; wir anderen bahnten uns einen Weg mit Hacken und Schaufeln. Langsam drangen wir bis zum Förderkorb vor; die Polizei ging vom Kesselhaus aus mit Knüppeln auf die Menge vor, um sie daran zu hindern, uns anzugreifen.

»Ist einer von unten heraufgekommen?« fragte Dai den Wachtmeister.

»Nein«, antwortete der Mann. »Und das Wasser steigt immer noch.«

Dai hielt sich an mir fest, bis wir im Förderkorb waren. »Gut ist es, wieder einmal in den Kleidern hier zu stecken, fertig für die Arbeit. Aber sieh nur mal, die Knöpfe an der Hose gehen nicht mehr zu. Einen Bauch wie ein Schwein habe ich, seit ich hinter dem Schanktisch sitze und saufe.«

Der Förderkorb glitt hinab, doch nicht ganz bis zur untersten Sohle, denn das Wasser stand so hoch, daß es uns sicherlich bis zur Hüfte gegangen wäre. Deshalb hielten wir den Korb in einer Höhe an, wo er trocken blieb; dann sprangen wir einer nach dem anderen in das dunkle, eisige Wasser hinab. Eine der Pumpen war beschädigt, aber die andere schien in Ordnung zu sein, und wir arbeiteten daran, bis von oben das Signal kam, daß das Wasser zu sinken beginne.

Gut war es, zu wissen, daß das Wasser besiegt war.

»Sie haben ihr möglichstes getan, um die Pumpen zu ruinieren, aber Gott sei Dank ist es ihnen nicht gelungen«, sagte einer. »Cyfartha muß einen von den Kerlen erwischt haben, wie er gerade bei der Arbeit war«, meinte Dai. »Würde mich nicht wundern, wenn die Leiche von dem Kerl hier irgendwo im Wasser schwimmt. Aber wo ist nur Cyfartha?«

»Vielleicht jagt er den anderen nach«, sagte Gomer.

»Würde ihm ähnlich sehen«, nickte Dai. »Kommt, gehen wir ihn suchen. Ihr könnt sehen. Kommt.«

So gingen wir denn, die Kerzen hoch in der Hand, den Querschlag entlang. An manchen Stellen reichte uns das Wasser bis zur Brust, und immer wieder mußten wir freche Ratten verjagen. Später ging uns das Wasser nur noch bis zu den Knien.

Und dann sahen wir, was geschehen war.

Das Dach war eingestürzt. Stützpfeiler hatten nachgegeben; der Druck des Wassers hatte die Zahnräder weggerissen, als ob sie aus Papier gewesen wären.

»O Gott«, rief Dai und tastete das herabgestürzte Gestein mit den Händen ab, »liegt Cyfartha da drunter?«

»Und mein Vater?« sagte ich, und ganz deutlich sah ich Mutter neben mir.

»Los«, kommandierte Dai.

Ja, los!

Die Angst um Vater fraß Stücke aus meinem Innern. Mein Mund war trocken. Zitternd hob ich die Hacke. Neben mir arbeitete Dai für drei.

Durch die Stein- und Erdmassen mußten wir uns durcharbeiten; ein Felsblock nach dem anderen mußte aus dem Wege geräumt werden. Schaufel um Schaufel Erde flog beiseite, und dort unten irgendwo lag vielleicht mein Vater, lag Cyfartha, verletzt ... sterbend ... tot ...

Während der Arbeit beteten wir, und zwischen den Gebeten stießen wir Flüche aus gegen die schwere, tote, sinnlose Härte des Gesteins, gegen die leblosen Erdklumpen, und dann beteten wir wieder, ein Zeichen möge uns gegeben werden, daß hier irgendwo die Stelle sei, die wir suchten.

Mit größter Vorsicht mußten wir arbeiten, denn das Dach war weich, und zuweilen sagte uns ein leises dumpfes Grollen, daß weitere Massen auf uns hinabstürzen würden bei der ersten ungeschickten Bewegung einer Hacke oder einer Schaufel.

Als wir zu müde geworden waren, lösten uns andere ab, und als auch die vor Müdigkeit umfielen, griffen drei andere zu Schaufel und Hacke, bis die Reihe wieder an uns kam, doch während der ganzen Zeit warfen wir Felsblöcke beiseite und schafften Lehm und Dreck aus dem Weg. Bis zu den Knien standen wir im Wasser, gebeugt, denn der Raum über unseren Köpfen war eng, und dabei wußten wir, daß wir rasch arbeiten mußten, daß in einer Sekunde ein neuer Einsturz unsere ganze Arbeit zunichte machen konnte.

Die Kerzen brannten herab, einer ging zurück, um frische zu holen und Getränke, denn wir waren der Ohnmacht nahe, so heißt war uns, so voll Staub waren unsere Kehlen; eine dicke Staubschicht schwamm auch auf dem Wasser, und Schlamm klebte an unseren Beinen.

Dai war über und über mit Schmutz bedeckt; er warf Felsblöcke weg, so rasch seine Hände sie nur greifen konnten; Haß war um seinen Mund, und seine Augen glänzten irr durch schwarzen Schlamm. Nun, da er die Hacke schwang, wagte sich niemand in seine Nähe, so hart biß sie zu. Dann wieder sauste sie nieder, und immer mehr Felsblöcke warf er hinter sich, weiter, weiter . . .

Stunde um Stunde arbeiteten wir dort unten; mit jedem Meter, den wir weiterkamen, wurde die Luft kälter, bis wir starr und steif gefroren waren, eisig stieg uns das Wasser nun wieder bis zur Hüfte, immer weiter gruben und schleppten und hoben und schmissen wir.

In uns schrien die Muskeln um Gnade; um einen Augenblick Ruhe nur bat der gebeugte Rücken, baten die geschundenen Hände.

Aber Dai Bando war uns immer voran, ohne eine Sekunde innezuhalten bohrte er sich weiter; von Dunkel umgeben arbeitete er, tastete nach dem Stein mit seinen Händen, lautlos bis auf das schluchzende Keuchen seines Atems, und in seinem geduckten Rükken lag eine gewaltige Drohung gegen jeden, der sich auch nur die Zeit nähme, seine Hose heraufzuziehen.

Dann schrie Dai auf, ein schrilles Schreien war es, das mich zutiefst erschauern ließ. »Cyfartha, da ist sein Rock — da!«

»In dem Spalt dort oben«, rief ich. Wir hatten nahe an der Wand gearbeitet, und der Rock war in dem engen Schlitz, oben rechts in der Wand.

»Weiter den Querschlag frei machen oder den Spalt dort?« fragte Dai.

Alle hielten in der Arbeit inne.

Wenn wir geradeaus weiterarbeiteten, überließen wir Cyfartha und vielleicht meinen Vater dort oben in dem engen Loch ihrem Schicksal.

Arbeiteten wir uns in den Spalt hinein, so starben sie vielleicht inzwischen im Querschlag vor uns.

Ich glaube, Gottvater versteht die Gefühle der Menschen in einem solchen Augenblick und gibt ihnen ein Zeichen.

Das Zeichen kam.

Wir hörten Cyfarthas Hacke ein Signal gegen das Gestein schlagen.

Hinauf in den Spalt!

Hätten wir unsere Arbeit nicht unterbrochen, so würden wir den schwachen Laut nie gehört haben.

Und Dai, der seit seiner Knabenzeit in keiner Kirche mehr gebetet hatte, faltete die Hände, sank im Schlamm auf die Knie und weinte wie ein Kind.

»O Gott«, betete er, »ich danke dir für dieses Geschenk. Cyfartha ist das Blut meines Herzens. Ich danke dir. Gelobt sei Jesus

Christus. Amen.«

»Amen«, sagten wir alle.

»Gebt mir die Hacke wieder«, rief Dai, von neuer Kraft erfüllt. Und er schlug zu, als hätte er eben erst mit der Arbeit begonnen.

»Gib auf das Dach acht, Dai«, rief Gomer angstvoll, denn die Hacke drang tief in den Stein, und in der Decke über uns grollte es warnend.

»Das Dach soll der Teufel holen«, brüllte Dai wie ein Tier. »Gott hilft uns, und verflucht noch mal, es ist auch schon Zeit.«

Hinter uns hörten wir Schritte, sahen Laternen. Der Direktor war es mit einer Anzahl von Leuten.

»Fahrt hinauf, Männer«, sagte er zu uns. »Ich bin stolz auf euch.«

Aber Dai arbeitete weiter wie ein Rasender, und auch von uns anderen unterbrach keiner die Arbeit.

»Kommt«, drängte der Direktor, »ihr müßt euch ausruhen, die Leute hier sind frisch.«

»Ich will Cyfartha herausholen. Sagt dem Herrn, er soll zur Hölle gehen«, brüllte Dai aus dem engen Spalt herunter.

Da gab der Direktor es auf; immer weiter arbeitete sich Dai vor, immer höher hinauf. Flach ausgestreckt lag er jetzt, und hinter ihm wieder ein Mann, flach auf dem Bauch, und hinter dem wieder einer und noch einer, alle lagen ausgestreckt. Einer reichte dem anderen Steine und Erdklumpen, immer einer dem anderen, und das Dach streifte unsere Rücken, und unsere Leiber bluteten von den spitzen Kanten des Gesteins, und eine schwarze Hitze war um uns, und jeder Atemzug war ein Schmerz.

Und wieder schrie Dai auf. Ein Laut des Schreckens und des Triumphes. Gedämpft durch die Enge und die Hitze.

»Cyfartha«, brüllte er, »Cyfartha. Zurück jetzt!«

»Zurück«, hörte ich Gomer, der vor mir kroch, sagen, und die Sohlen seiner Stiefel zerkratzten mein Gesicht.

»Zurück«, sagte ich zu Willie, der hinter mir war, und rutschte zurück; Gestein rutschte mit mir.

»Zurück«, sagte Willie Lewis zu dem, der hinter ihm war.

So krochen wir aus dem Spalt; Gomer stürzte ohnmächtig ins Wasser, als er wieder im Querschlag angelangt war.

Und dann kam Dai.

Wenn der Teufel einmal aus dem Höllenschlund so vor uns auftauchen wird, wie jetzt Dai aus dem engen Loch, dann wird so mancher von uns ein zweites Mal sterben. Aus Furcht und Schrecken.

Schwarz, nackt; Erdklumpen klebten ihm an Kopf und Schultern, und sein ganzer Körper zitterte vor ungeheuer schwindender Kraft; naß glänzte er im Licht der Laternen, rotgerahmt die Augen, blind nun auch vor Tränen, der Mund weit aufgerissen in der Gier, zu atmen.

Und auf seinen Armen trug er Cyfartha, schwarz auch und still.

»Ist mein Vater auch dort oben?«

»Auch dort oben«, flüsterte Cyfartha, kaum hörbar.

»Ich bringe Cyfartha hinauf«, sagte Dai, »dann komme ich deinen Vater suchen.«

»Ich gehe dort hinein«, stieß ich hervor und wies auf den Spalt.

»Ich liebe dich wie einen Sohn«, sagte Dai. »Los geh.«

So kroch ich denn wieder in den Spalt hinein, so weit, wie Dai gekommen war, in eine kleine Höhle, und vor mir ragten wieder abgestürzte Felsmassen empor.

»Vater«, schrie ich, »bist du hier?«

Ich lauschte.

Nur ein Krachen über mir, und Stimmen, gedämpft, unter mir.

So arbeitete ich mich denn weiter vor, mit der Hacke und, wo es ging, mit der Schaufel.

Und dann fand ich ihn.

Hoch oben lag er in einem kleinen Raum, den das heruntergebrochene Gestein nicht ganz ausgefüllt hatte.

Ich stellte meine Kerze auf einen Gesteinsvorsprung und kroch zu ihm hin, und er sah mich und lächelte.

Sein Kopf ruhte auf einem Kissen aus Stein; auf einem Bett aus Stein lag Vater, Tücher aus Stein bedeckten ihn bis zum Hals, und ich sah, daß das Dach einstürzen würde, wenn ich die geringste Bewegung machen würde.

Auch Vater sah es, und er schüttelte nur ganz, ganz leicht den Kopf, und seine Augen schlossen sich.

Er wußte, daß andere in Gefahr waren.

Nun war ich bei ihm, zog den Stein unter seinem Kopf hervor und bettete ihn auf mein Knie.

»Willie«, rief ich hinab, »man soll Stützpfähle heraufschicken.«

Ich hörte, wie meine Weisung weitergegeben wurde, und Willie versuchte genug Gestein beiseite zu schaffen, um mich zu erreichen.

»Achtgeben, Willie«, rief ich, »das Dach stürzt ein.«

»Hast du ihn gefunden?«

»Ja.« Mehr konnte ich nicht sagen.

Mein Vater bewegte den Kopf, ich blickte auf ihn hinab und zermarterte mir das Hirn, wie ich ihm Erleichterung verschaffen könne. Nur atmen sollte er.

Aber die Erde drückte herab mit großer Macht, und ich dachte daran, daß dort oben Häuser still in der Sonne stünden, daß Menschen durch die Straßen liefen, brüllend und voll Haß, daß Kinder spielten und tanzten, daß Frauen ihr Haus besorgten und daß all dies ein Teil der Decke war, unter der mein Vater lag. Voll Geduld ist die Erde; sie erlaubt uns, in sie hinabzusteigen, zu graben, sie zu verwunden mit Schächten und Gängen, und wenn wir das Fleisch zurückgeben, das wir aus ihrem Leibe gerissen haben, so ist sie zufrieden, daß wir sie zur Ader lassen. Aber wenn wir nur nehmen und sie so schwach zurücklassen, so ergrimmt sie darüber, daß wir so grausam gegen sie waren und so wenig an sie dachten. Dann legt sie sich auf die Lauer, und sie weiß uns zu finden, drückt auf uns nieder, erdrückt uns, macht uns zu einem Teil ihrer selbst, Fleisch von ihrem Fleische, daß unser zu Erde gewordener Leib die Erde ersetze, die wir achtlos beiseite geschaufelt haben.

Ich blickte empor um Hilfe und betete um einen einzigen freien Atemzug für meinen Vater, aber während ich betete, wußte ich, daß ich zuviel verlangte. Die gewaltigen Massen konnten nicht in einem Augenblick hinweggerückt werden, oder doch nur mit Gefahr für andere.

Ich fürchtete mich, meine Hände mit Zärtlichkeit auf sein Gesicht zu legen; meine Berührung, mochte sie auch aus der Liebe kommen, konnte ihm aufs neue weh tun, konnte eine neue Last für ihn bedeuten, denn meine Hände waren voll Schmutz und Wunden, häßlich von einer Arbeit, die sinnlos war, nicht gut vor seinen Augen, denn es waren die Hände der Erde, die ihn festhielt.

Und als ich auf sein Gesicht hinabblickte, auf das Blut, das ihm aus Mund und Nase rann und rot auch aus den Augen tropfte, da sah ich mit einemmal das strahlende Lächeln in ihnen, das aus einem Glanz in seinem Inneren kam, und ich war erfüllt mit bitterem Stolz, daß er mein Vater war, kämpfend selbst jetzt noch und ohne Furcht.

Nun drückte sich sein zitternder Kopf gegen mich, als er sich streckte und einging zu seinen Vätern, und ich sah, wie sich das Gestein über ihm bewegte, doch nur ein wenig. Und dann lag Vater still, aber seine Augen waren auch jetzt noch Feuer, die auf dem

Gipfel seines Geistes brannten.

Ich schloß die Augen, dachte an ihn, wie ich an seiner Seite den Berg hinaufgegangen war, meine Hand in der seinen, und versucht hatte, Schritt mit ihm zu halten, und ich sah ihn, wie das Wasser über seinen weißen, muskelstarken Rücken spritzte, wenn er im Bade stand, und seine Hände sah ich im Lampenlicht über den Stuhlsitz gefaltet, wenn er betend in der Kirche kniete.

Ich drückte ihm die Augen zu und hielt ihn eng an mich gepreßt; seine Bartstoppeln schnitten scharf in meine Wunden, und ich war ganz voll mit Liebe für ihn, wie er voll Liebe gewesen war; und voll Trauer war ich, daß ich ihn verloren hatte.

»Wir können jetzt anfangen, die Steine wegzuschaffen, Willie«, sagte ich.

»O Gott, Huw, ist er tot?«

»Ja, Willie, mein Vater ist tot.«

»Armer Huw«, sagte Willie und begann zu weinen. »Ein guter Mann war dein Vater.«

Meine Mutter saß im Lehnstuhl, die Hände im Schoß gefaltet, und blickte durch die offene Tür zum Gipfel des Berges hinauf.

»Auf hundert Arten hätte Gott ihn zu sich nehmen können«, sagte sie, und Tränen brannten in ihren Augen, »aber so hat er ihn mir nehmen müssen. Wie ein Käfer, den der Fuß zertritt.«

»Er ist leicht gestorben, Mutter.«

»Ich habe ihn gesehen«, Mutter lachte bitter. »Leicht wahrhaftig. Schön zugerichtet war er, gerade recht, um vor den Richterstuhl Gottes zu treten. Hast du seine armen Hände gesehen? Wenn mich die Kirche noch einmal sieht, dann ist es, wenn ich in meinem Sarg liege und nichts davon weiß. Oh, wie leer ist es doch in mir, ohne dich, Gwilym, mein Kleiner. Süßes Lieb meines Herzens.«

Ja . . .

Es ist seltsam, daß unser Geist so viel vergißt und doch das Bild der Blumen, die seit dreißig Jahren und länger verwelkt sind, darin lebendig bleibt.

Ich erinnere mich noch der Blumen, die auf unserem Fenstersims waren, als meine Mutter an jenem Morgen zu mir sprach, und ich sehe das Wasser durch einen Sprung in dem roten Blumentopf ganz am Ende tropfen, denn dort stand Bronwen, und ihr Gesicht war wie dunkles, mattes Gold in dem Sonnenlicht, das durch die

Fensterläden drang.

Vor dreißig Jahren war das, aber so frisch und nahe wie heute. Keine Bitterkeit ist in mir, da ich so an mein Leben zurückdenke. Huw Morgan bin ich, glücklich in mir selbst, wenn ich es auch im Leben nicht weit gebracht habe.

Eine Zeit habe ich gekannt, in der Gutes war und Schlechtes, aber mehr Gutes als Schlechtes, das weiß ich gewiß. Wenigstens wußten wir, was gutes Essen war und gute Arbeit und Güte in Männern und Frauen.

Aber ihr seid dahin, ihr, die ihr schön waret, als die Frische des Lebens in euch war.

Doch nein, ihr seid nicht dahingegangen, denn in mir lebt ihr noch alle. Wie könntet ihr tot sein, meine Brüder und Schwestern, da ihr doch so sicher in mir lebt, wie ich selber lebe?

Sollen wir denn sagen, der gute Dr. Johnson sei tot, da doch sein treuer Freund, Herr Boswell, ihn in Zorn und Liebe wie zu seinen Lebzeiten vor euch erstehen läßt? Ist Sokrates tot, da ich doch das Gold seiner Stimme höre?

Sind meine Freunde tot, da ihre Stimmen mir noch voll Kraft und Glanz in den Ohren schallen?

Nein, sage ich, und immer wieder will ich aufstehen und sagen: »Nein!«

Ist Ceinwen tot, da doch ihre Schönheit zärtlich neben mir liegt, und ihre Augen für mich schimmern wie Juwelen, und meine Arme schmerzen unter dem Griff ihrer Finger?

Ist Bronwen tot, die mich in Wahrheit die Liebe der Frau erkennen ließ? Ist sie tot, die mir bewies, daß die Kraft der Frau stärker ist als die Kraft der Fäuste und der Muskeln und das laute Gebrüll der Männer?

Starb mein Vater, begraben unter dem Gestein? Aber ich sehe ihn doch dort unten, wie er mitten auf der Straße tanzt mit Davys rotem Leibchen über seinem Mantel, und im nächsten Augenblick muß er, die Pfeife im Mund, in die Stube kommen und Mutters Hände streicheln. Und seht ihn doch nur, wie stolz er dasteht vor dem Bild einer Königin, das eine Königin in ihrem Palast seinem ältesten Sohn schenkte, dessen Taktstock die Stimmen aufklingen ließ zu einer Melodie, schön genug, von einer Königin gehört zu werden.

Ist Herr Gruffydd tot, er, der Fels und die Flamme, er, der mein Freund war, der mir seine Uhr gab, alles, was er auf Erden besaß

— weil er mich liebhatte? ist er tot, da doch die Tränen auf meinen Wangen noch feucht sind, und meine Stimme nach den rechten Worten des Abschieds sucht — den Worten, die nicht kommen wollten, so daß ich schweigend von ihm ging, in Tränen.

Ist er tot?

Dann wäre auch ich tot, und wir alle, und die ganze Welt wäre ein Trug.

Wie grün war mein Tal doch und das Tal jener, die nicht mehr sind.

Mazo
de la Roche

Die Jalna-Saga

ein Ullstein Buch

Jalna wird erbaut
Ullstein Buch 2753

Frühling in Jalna
Ullstein Buch 2783

Mary Wakefield
Ullstein Buch 2797

Der junge Renny
Ullstein Buch 2810

Der Whiteoak-Erbe
Ullstein Buch 2825

Die Whiteoak-Brüder
Ullstein Buch 2848

Die Brüder und ihre Frauen
Ullstein Buch 2858

Das unerwartete Erbe
Ullstein Buch 2875

Finch im Glück
Ullstein Buch 2891

Der Herr auf Jalna
Ullstein Buch 2913

Trygve Gulbranssen

Und ewig singen die Wälder

Ullstein Buch 2754

Das Erbe von Björndal

Ullstein Buch 2732

ein Ullstein Buch

Der zweiteilige Roman des norwegischen Dichters gehört zu den unvergänglichen Werken der skandinavischen Literatur. Es ist die Geschichte eines hochfahrenden und selbstbewußten Bauerngeschlechts. Auch für die mächtigen Herren ist das Leben ein ständiger Kampf gegen eine feindliche Umwelt, gegen Neid und Mißgunst, gegen ein unerbittliches Schicksal.

John Steinbeck

Logbuch des Lebens

Mit einer Vita von Ed Ricketts

Ullstein Buch 2928

ein Ullstein Buch

Gemeinsam mit dem Biologen Edward F. Ricketts mietete John Steinbeck ein Schiff mit zwei Beibooten und fuhr damit zu Anfang des Zweiten Weltkrieges die Pazifikküste entlang, um das Leben der Seefauna im Kalifornischen Golf zu ergründen.
Sieben Jahre nach ihrer Rückkehr, kurz vor Antritt einer neuen Expedition, ist Steinbecks Gefährte Ed Ricketts, das Urbild des Doc aus »Cannery Row«, einem Autounfall zum Opfer gefallen. Sein Leben und seinen Tod schildert John Steinbeck im ersten Teil des Buches.

Bücher von JOHN STEINBECK

JENSEITS VON EDEN
Roman · 568 Seiten

FRÜCHTE DES ZORNS
Roman · 512 Seiten

MEINE REISE MIT CHARLY
Reiseerlebnisse · 310 Seiten

WONNIGER DONNERSTAG
Roman · 350 Seiten

DIE PERLE
Erzählung · 118 Seiten mit Zeichnungen

AUTOBUS AUF SEITENWEGEN
Roman · 328 Seiten

VON MÄUSEN UND MENSCHEN
Erzählung · 190 Seiten

GELD BRINGT GELD
Roman · 383 Seiten

LASST UNS KÖNIG SPIELEN
ein fabriziertes Märchen · 210 Seiten

DIE GUTE ALTE UND DIE BESSERE NEUE ZEIT
Erzählungen · 208 Seiten

DIE WUNDERLICHEN SCHELME VON TORTILLA FLAT
Roman · 270 Seiten

CANNERY ROW, DIE STRASSE DER ÖLSARDINEN
Roman · 232 Seiten

Der ROTE PONY
Erzählungen · 239 Seiten

DIE WILDE FLAMME
Schauspielnovelle · 151 Seiten

CABILAN, DER ROTE PONY
Erzählung für die Jugend · 120 Seiten

TAGEBUCH EINES ROMANS
288 Seiten

DIANA VERLAG ZÜRICH